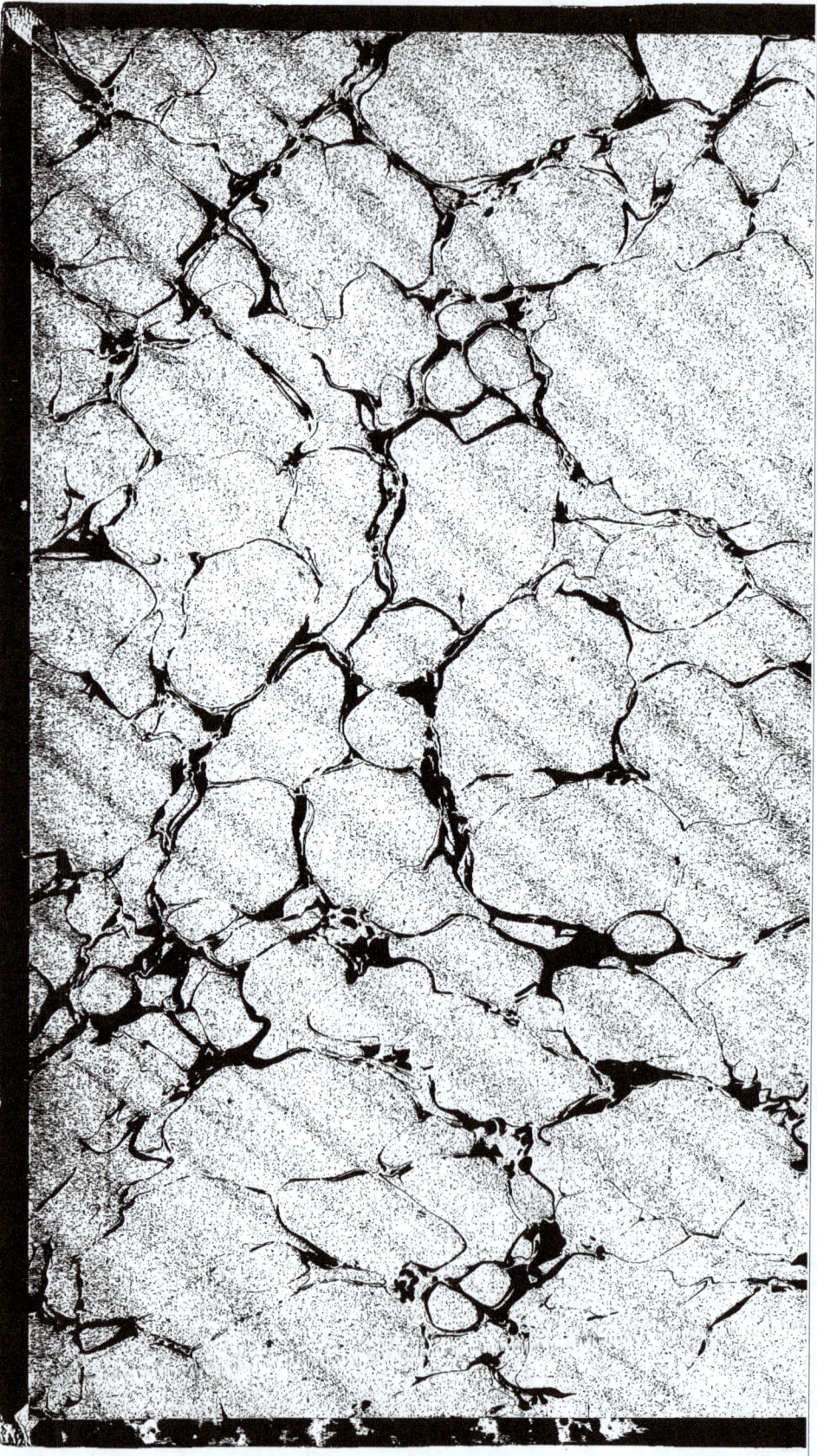

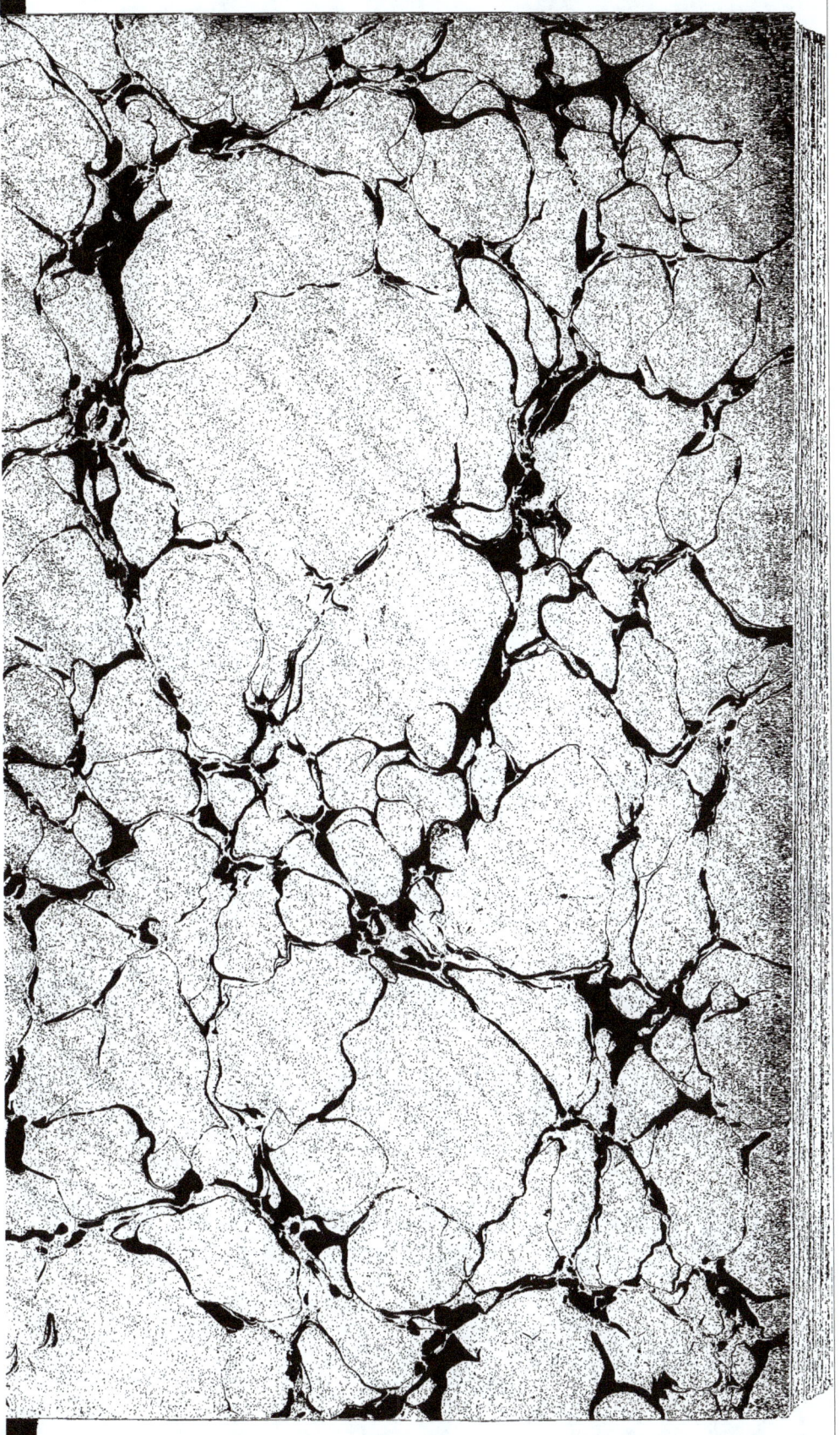

VICTOR HUGO

—

LES MISÉRABLES

—

CINQUIÈME PARTIE

JEAN VALJEAN

PARIS

IMPRIMÉ	ÉDITÉ
PAR	PAR
L'IMPRIMERIE NATIONALE	LA LIBRAIRIE OLLENDORFF

MDCCCCIX

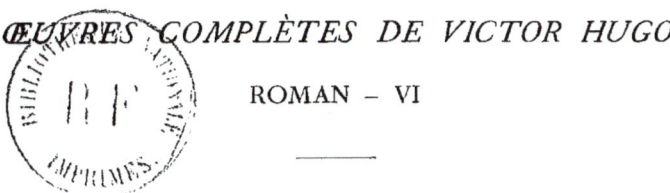

ŒUVRES COMPLÈTES DE VICTOR HUGO

ROMAN – VI

LES MISÉRABLES

CINQUIÈME PARTIE

JEAN VALJEAN

IL A ÉTÉ TIRÉ À PART

5 exemplaires sur papier du Japon, numérotés de 1 à 5
5 exemplaires sur papier de Chine, numérotés de 6 à 10
40 exemplaires sur papier de Hollande, numérotés de 11 à 50
300 exemplaires sur papier vélin du Marais, numérotés de 51 à 350

VICTOR HUGO

—

LES MISÉRABLES

———

CINQUIÈME PARTIE

JEAN VALJEAN

PARIS

IMPRIMÉ	ÉDITÉ
PAR	PAR
L'IMPRIMERIE NATIONALE	LA LIBRAIRIE OLLENDORFF

MDCCCCIX

j'ai fini ce matin
19 mai 1862 a dix
heures la révision totale
des Misérables. je m'étais
remis au travail de la fin
il y aura un ou deux trois
jours, le 22 mai 1861
à Mont St Jean.

Hauteville House. —

V. H.

FAC-SIMILÉ D'UNE NOTE ÉCRITE PAR VICTOR HUGO EN TÊTE DE LA CINQUIÈME PARTIE.

IMPRIMERIE NATIONALE.

CINQUIÈME PARTIE

JEAN VALJEAN

LIVRE PREMIER.

LA GUERRE ENTRE QUATRE MURS.

I

LA CHARYBDE DU FAUBOURG SAINT-ANTOINE
ET LA SCYLLA DU FAUBOURG DU TEMPLE.

Les deux plus mémorables barricades que l'observateur des maladies sociales puisse mentionner n'appartiennent point à la période où est placée l'action de ce livre. Ces deux barricades, symboles toutes les deux, sous deux aspects différents, d'une situation redoutable, sortirent de terre lors de la fatale insurrection de juin 1848, la plus grande guerre des rues qu'ait vue l'histoire.

Il arrive quelquefois que, même contre les principes, même contre la liberté, l'égalité et la fraternité, même contre le vote universel, même contre le gouvernement de tous par tous, du fond de ses angoisses, de ses découragements, de ses dénûments, de ses fièvres, de ses détresses, de ses miasmes, de ses ignorances, de ses ténèbres, cette grande désespérée, la canaille, proteste, et que la populace livre bataille au peuple.

Les gueux attaquent le droit commun; l'ochlocratie s'insurge contre le démos.

Ce sont des journées lugubres; car il y a toujours une certaine quantité de droit même dans cette démence, il y a du suicide dans ce duel; et ces mots, qui veulent être des injures, gueux, canaille, ochlocratie, populace, constatent, hélas! plutôt la faute de ceux qui règnent que la faute de ceux qui souffrent; plutôt la faute des privilégiés que la faute des déshérités.

Quant à nous, ces mots-là, nous ne les prononçons jamais sans douleur et sans respect, car, lorsque la philosophie sonde les faits auxquels ils correspondent, elle y trouve souvent bien des grandeurs à côté des misères. Athènes était une ochlocratie; les gueux ont fait la Hollande; la populace a plus d'une fois sauvé Rome; et la canaille suivait Jésus-Christ.

Il n'est pas de penseur qui n'ait parfois contemplé les magnificences d'en bas.

C'est à cette canaille que songeait sans doute saint-Jérôme, et à tous ces pauvres gens, et à tous ces vagabonds, et à tous ces misérables d'où sont sortis les apôtres et les martyrs, quand il disait cette parole mystérieuse : *Fex urbis, lex orbis*.

Les exaspérations de cette foule qui souffre et qui saigne, ses violences à contre-sens sur les principes qui sont sa vie, ses voies de fait contre le droit, sont des coups d'état populaires, et doivent être réprimés. L'homme probe s'y dévoue, et, par amour même pour cette foule, il la combat. Mais comme il la sent excusable tout en lui tenant tête! comme il la vénère tout en lui résistant! C'est là un de ces moments rares où, en faisant ce qu'on doit faire, on sent quelque chose qui déconcerte et qui déconseillerait presque d'aller plus loin; on persiste, il le faut; mais la conscience satisfaite est triste, et l'accomplissement du devoir se complique d'un serrement de cœur.

Juin 1848 fut, hâtons-nous de le dire, un fait à part, et presque impossible à classer dans la philosophie de l'histoire. Tous les mots que nous venons de prononcer doivent être écartés quand il s'agit de cette émeute extraordinaire où l'on sentit la sainte anxiété du travail réclamant ses droits. Il fallut la combattre, et c'était le devoir, car elle attaquait la République. Mais, au fond, que fut juin 1848 ? Une révolte du peuple contre lui-même.

Là où le sujet n'est point perdu de vue, il n'y a point de digression; qu'il nous soit donc permis d'arrêter un moment l'attention du lecteur sur les deux barricades absolument uniques dont nous venons de parler et qui ont caractérisé cette insurrection.

L'une encombrait l'entrée du faubourg Saint-Antoine; l'autre défendait l'approche du faubourg du Temple; ceux devant qui se sont dressés, sous l'éclatant ciel bleu de juin, ces deux effrayants chefs-d'œuvre de la guerre civile, ne les oublieront jamais.

La barricade Saint-Antoine était monstrueuse; elle était haute de trois étages et large de sept cents pieds. Elle barrait d'un angle à l'autre la vaste embouchure du faubourg, .c'est-à-dire trois rues; ravinée, déchiquetée, dentelée, hachée, crénelée d'une immense déchirure, contre-butée de monceaux qui étaient eux-mêmes des bastions, poussant des caps çà et là, puissamment adossée aux deux grands promontoires de maisons du faubourg, elle surgissait comme une levée cyclopéenne au fond de la redoutable place qui a vu le 14 juillet. Dix-neuf barricades s'étageaient dans la profondeur des rues derrière cette barricade mère. Rien qu'à la voir, on sentait dans le faubourg l'immense souffrance agonisante arrivée à cette minute extrême où une détresse veut devenir une catastrophe. De quoi était faite cette barricade ? De l'écroulement de trois maisons à six étages, démolies exprès,

disaient les uns. Du prodige de toutes les colères, disaient les autres. Elle
avait l'aspect lamentable de toutes les constructions de la haine : la ruine.
On pouvait dire : qui a bâti cela ? On pouvait dire aussi : qui a détruit cela ?
C'était l'improvisation du bouillonnement. Tiens ! cette porte ! cette grille !
cet auvent ! ce chambranle ! ce réchaud brisé ! cette marmite fêlée ! Donnez
tout ! jetez tout ! poussez, roulez, piochez, démantelez, bouleversez, écroulez
tout ! C'était la collaboration du pavé, du moellon, de la poutre, de la
barre de fer, du chiffon, du carreau défoncé, de la chaise dépaillée, du
trognon de chou, de la loque, de la guenille, et de la malédiction. C'était
grand et c'était petit. C'était l'abîme parodié sur place par le tohu-bohu.
La masse près de l'atome ; le pan de mur arraché et l'écuelle cassée ; une
fraternisation menaçante de tous les débris ; Sisyphe avait jeté là son rocher
et Job son tesson. En somme, terrible. C'était l'acropole des va-nu-pieds.
Des charrettes renversées accidentaient le talus ; un immense haquet y était
étalé en travers, l'essieu vers le ciel, et semblait une balafre sur cette façade
tumultueuse ; un omnibus, hissé gaîment à force de bras tout au sommet
de l'entassement, comme si les architectes de cette sauvagerie eussent voulu
ajouter la gaminerie à l'épouvante, offrait son timon dételé à on ne sait
quels chevaux de l'air. Cet amas gigantesque, alluvion de l'émeute, figurait
à l'esprit un Ossa sur Pélion de toutes les révolutions ; 93 sur 89, le 9 thermidor sur le 10 août, le 18 brumaire sur le 21 janvier, vendémiaire sur
prairial, 1848 sur 1830. La place en valait la peine, et cette barricade était
digne d'apparaître à l'endroit même où la Bastille avait disparu. Si l'océan
faisait des digues, c'est ainsi qu'il les bâtirait. La furie du flot était empreinte
sur cet encombrement difforme. Quel flot ? la foule. On croyait voir du
vacarme pétrifié. On croyait entendre bourdonner, au-dessus de cette barricade, comme si elles eussent été là sur leur ruche, les énormes abeilles
ténébreuses du progrès violent. Était-ce une broussaille ? était-ce une bacchanale ? était-ce une forteresse ? Le vertige semblait avoir construit cela à
coups d'aile. Il y avait du cloaque dans cette redoute et quelque chose
d'olympien dans ce fouillis. On y voyait, dans un pêle-mêle plein de
désespoir, des chevrons de toits, des morceaux de mansardes avec leur papier
peint, des châssis de fenêtres avec toutes leurs vitres plantés dans les décombres, attendant le canon, des cheminées descellées, des armoires, des
tables, des bancs, un sens dessus dessous hurlant, et ces mille choses indi-
gentes, rebuts même du mendiant, qui contiennent à la fois de la fureur
et du néant. On eût dit que c'était le haillon d'un peuple, haillon de bois,
de fer, de bronze, de pierre, et que le faubourg Saint-Antoine l'avait poussé
là à sa porte d'un colossal coup de balai, faisant de sa misère sa barricade.
Des blocs pareils à des billots, des chaînes disloquées, des charpentes à

tasseaux ayant forme de potences, des roues horizontales sortant des décombres, amalgamaient à cet édifice de l'anarchie la sombre figure des
vieux supplices soufferts par le peuple. La barricade Saint-Antoine faisait
arme de tout; tout ce que la guerre civile peut jeter à la tête de la société
sortait de là; ce n'était pas du combat, c'était du paroxysme; les carabines
qui défendaient cette redoute, parmi lesquelles il y avait quelques espingoles,
envoyaient des miettes de faïence, des osselets, des boutons d'habit, jusqu'à
des roulettes de tables de nuit, projectiles dangereux à cause du cuivre. Cette
barricade était forcenée; elle jetait dans les nuées une clameur inexprimable;
à de certains moments, provoquant l'armée, elle se couvrait de foule et de
tempête; une cohue de têtes flamboyantes la couronnait; un fourmillement
l'emplissait; elle avait une crête épineuse de fusils, de sabres, de bâtons, de
haches, de piques et de bayonnettes; un vaste drapeau rouge y claquait
dans le vent; on y entendait les cris du commandement, les chansons
d'attaque, des roulements de tambours, des sanglots de femmes, et l'éclat de
rire ténébreux des meurt-de-faim. Elle était démesurée et vivante; et, comme
du dos d'une bête électrique, il en sortait un pétillement de foudres.
L'esprit de révolution couvrait de son nuage ce sommet où grondait cette
voix du peuple qui ressemble à la voix de Dieu; une majesté étrange se
dégageait de cette titanique hottée de gravats. C'était un tas d'ordures et
c'était le Sinaï.

Comme nous l'avons dit plus haut, elle attaquait au nom de la Révolution, quoi? la Révolution. Elle, cette barricade, le hasard, le désordre,
l'effarement, le malentendu, l'inconnu, elle avait en face d'elle l'assemblée
constituante, la souveraineté du peuple, le suffrage universel, la nation, la
République; et c'était la Carmagnole défiant la Marseillaise.

Défi insensé, mais héroïque, car ce vieux faubourg est un héros.

Le faubourg et sa redoute se prêtaient main-forte. Le faubourg s'épaulait
à la redoute, la redoute s'acculait au faubourg. La vaste barricade s'étalait
comme une falaise où venait se briser la stratégie des généraux d'Afrique.
Ses cavernes, ses excroissances, ses verrues, ses gibbosités, grimaçaient, pour
ainsi dire, et ricanaient sous la fumée. La mitraille s'y évanouissait dans
l'informe; les obus s'y enfonçaient, s'y engloutissaient, s'y engouffraient;
les boulets n'y réussissaient qu'à trouer des trous; à quoi bon canonner le
chaos? Et les régiments, accoutumés aux plus farouches visions de la guerre,
regardaient d'un œil inquiet cette espèce de redoute bête fauve, par le
hérissement sanglier, et par l'énormité montagne.

A un quart de lieue de là, de l'angle de la rue du Temple qui débouche
sur le boulevard près du Château-d'Eau, si l'on avançait hardiment la tête
en dehors de la pointe formée par la devanture du magasin Dallemagne, on

apercevait au loin, au delà du canal, dans la rue qui monte les rampes de Belleville, au point culminant de la montée, une muraille étrange atteignant au deuxième étage des façades, sorte de trait d'union des maisons de droite aux maisons de gauche, comme si la rue avait replié d'elle-même son plus haut mur pour se fermer brusquement. Ce mur était bâti avec des pavés. Il était droit, correct, froid, perpendiculaire, nivelé à l'équerre, tiré au cordeau, aligné au fil à plomb. Le ciment y manquait sans doute, mais comme à de certains murs romains, sans troubler sa rigide architecture. A sa hauteur on devinait sa profondeur. L'entablement était mathématiquement parallèle au soubassement. On distinguait d'espace en espace, sur sa surface grise, des meurtrières presque invisibles qui ressemblaient à des fils noirs. Ces meurtrières étaient séparées les unes des autres par des intervalles égaux. La rue était déserte à perte de vue. Toutes les fenêtres et toutes les portes fermées. Au fond se dressait ce barrage qui faisait de la rue un cul-de-sac; mur immobile et tranquille; on n'y voyait personne, on n'y entendait rien; pas un cri, pas un bruit, pas un souffle. Un sépulcre.

L'éblouissant soleil de juin inondait de lumière cette chose terrible.

C'était la barricade du faubourg du Temple.

Dès qu'on arrivait sur le terrain et qu'on l'apercevait, il était impossible, même aux plus hardis, de ne pas devenir pensif devant cette apparition mystérieuse. C'était ajusté, emboîté, imbriqué, rectiligne, symétrique, et funèbre. Il y avait là de la science et des ténèbres. On sentait que le chef de cette barricade était un géomètre ou un spectre. On regardait cela et l'on parlait bas.

De temps en temps, si quelqu'un, soldat, officier ou représentant du peuple, se hasardait à traverser la chaussée solitaire, on entendait un sifflement aigu et faible, et le passant tombait blessé ou mort, ou, s'il échappait, on voyait s'enfoncer dans quelque volet fermé, dans un entre-deux de moellons, dans le plâtre d'un mur, une balle. Quelquefois un biscayen. Car les hommes de la barricade s'étaient fait de deux tronçons de tuyaux de fonte du gaz bouchés à un bout avec de l'étoupe et de la terre à poêle, deux petits canons. Pas de dépense de poudre inutile. Presque tout coup portait. Il y avait quelques cadavres çà et là, et des flaques de sang sur les pavés. Je me souviens d'un papillon blanc qui allait et venait dans la rue. L'été n'abdique pas.

Aux environs, le dessous des portes cochères était encombré de blessés.

On se sentait là visé par quelqu'un qu'on ne voyait point, et l'on comprenait que toute la longueur de la rue était couchée en joue.

Massés derrière l'espèce de dos d'âne que fait à l'entrée du faubourg du Temple le pont cintré du canal, les soldats de la colonne d'attaque observaient, graves et recueillis, cette redoute lugubre, cette immobilité, cette impassibilité, d'où la mort sortait. Quelques-uns rampaient à plat ventre jusqu'au haut de la courbe du pont en ayant soin que leurs shakos ne passassent point.

Le vaillant colonel Monteynard admirait cette barricade avec un frémissement. — *Comme c'est bâti !* disait-il à un représentant. *Pas un pavé ne déborde l'autre. C'est de la porcelaine.* — En ce moment une balle lui brisa sa croix sur sa poitrine, et il tomba.

— Les lâches! disait-on. Mais qu'ils se montrent donc! qu'on les voie! ils n'osent pas! ils se cachent! — La barricade du faubourg du Temple, défendue par quatrevingts hommes, attaquée par dix mille, tint trois jours. Le quatrième, on fit comme à Zaatcha et à Constantine, on perça les maisons, on vint par les toits, la barricade fut prise. Pas un des quatrevingts lâches ne songea à fuir; tous y furent tués, excepté le chef, Barthélemy, dont nous parlerons tout à l'heure.

La barricade Saint-Antoine était le tumulte des tonnerres; la barricade du Temple était le silence. Il y avait entre ces deux redoutes la différence du formidable au sinistre. L'une semblait une gueule; l'autre un masque.

En admettant que la gigantesque et ténébreuse insurrection de juin fût composée d'une colère et d'une énigme, on sentait dans la première barricade le dragon et derrière la seconde le sphinx.

Ces deux forteresses avaient été édifiées par deux hommes nommés, l'un Cournet, l'autre Barthélemy. Cournet avait fait la barricade Saint-Antoine; Barthélemy la barricade du Temple. Chacune d'elles était l'image de celui qui l'avait bâtie.

Cournet était un homme de haute stature; il avait les épaules larges, la face rouge, le poing écrasant, le cœur hardi, l'âme loyale, l'œil sincère et terrible. Intrépide, énergique, irascible, orageux; le plus cordial des hommes, le plus redoutable des combattants. La guerre, la lutte, la mêlée, étaient son air respirable et le mettaient de belle humeur. Il avait été officier de marine, et, à ses gestes et à sa voix, on devinait qu'il sortait de l'océan et qu'il venait de la tempête; il continuait l'ouragan dans la bataille. Au génie près, il y avait en Cournet quelque chose de Danton, comme, à la divinité près, il y avait en Danton quelque chose d'Hercule.

Barthélemy, maigre, chétif, pâle, taciturne, était une espèce de gamin tragique qui, souffleté par un sergent de ville, le guetta, l'attendit, et le tua, et, à dix-sept ans, fut mis au bagne. Il en sortit, et fit cette barricade.

Plus tard, chose fatale, à Londres, proscrits tous deux, Barthélemy tua Cournet. Ce fut un duel funèbre. Quelque temps après, pris dans l'engrenage d'une de ces mystérieuses aventures où la passion est mêlée, catastrophes où la justice française voit des circonstances atténuantes et où la justice anglaise ne voit que la mort, Barthélemy fut pendu. La sombre construction sociale est ainsi faite que, grâce au dénûment matériel, grâce à l'obscurité morale, ce malheureux être qui contenait une intelligence, ferme à coup sûr, grande peut-être, commença par le bagne en France et finit par le gibet en Angleterre. Barthélemy, dans les occasions, n'arborait qu'un drapeau; le drapeau noir.

II

QUE FAIRE DANS L'ABÎME A MOINS QUE L'ON NE CAUSE?

Seize ans comptent dans la souterraine éducation de l'émeute, et juin 1848 en savait plus long que juin 1832. Aussi la barricade de la rue de la Chanvrerie n'était-elle qu'une ébauche et qu'un embryon, comparée aux deux barricades colosses que nous venons d'esquisser; mais, pour l'époque, elle était redoutable.

Les insurgés, sous l'œil d'Enjolras, car Marius ne regardait plus rien, avaient mis la nuit à profit. La barricade avait été non seulement réparée, mais augmentée. On l'avait exhaussée de deux pieds. Des barres de fer plantées dans les pavés ressemblaient à des lances en arrêt. Toutes sortes de décombres ajoutés et apportés de toutes parts compliquaient l'enchevêtrement extérieur. La redoute avait été savamment refaite en muraille au dedans et en broussaille au dehors.

On avait rétabli l'escalier de pavés qui permettait d'y monter comme à un mur de citadelle.

On avait fait le ménage de la barricade, désencombré la salle basse, pris la cuisine pour ambulance, achevé le pansement des blessés, recueilli la poudre éparse à terre et sur les tables, fondu des balles, fabriqué des cartouches, épluché de la charpie, distribué les armes tombées, nettoyé l'intérieur de la redoute, ramassé les débris, emporté les cadavres.

On déposa les morts en tas dans la ruelle Mondétour dont on était toujours maître. Le pavé a été longtemps rouge à cet endroit. Il y avait parmi les morts quatre gardes nationaux de la banlieue. Enjolras fit mettre de côté leurs uniformes.

Enjolras avait conseillé deux heures de sommeil. Un conseil d'Enjolras était une consigne. Pourtant, trois ou quatre seulement en profitèrent. Feuilly employa ces deux heures à la gravure de cette inscription sur le mur qui faisait face au cabaret :

VIVENT LES PEUPLES!

Ces trois mots, creusés dans le moellon avec un clou, se lisaient encore sur cette muraille en 1848.

Les trois femmes avaient profité du répit de la nuit pour disparaître définitivement; ce qui faisait respirer les insurgés plus à l'aise.

Elles avaient trouvé moyen de se réfugier dans quelque maison voisine.

La plupart des blessés pouvaient et voulaient encore combattre. Il y avait, sur une litière de matelas et de bottes de paille, dans la cuisine devenue l'ambulance, cinq hommes gravement atteints, dont deux gardes municipaux. Les gardes municipaux furent pansés les premiers.

Il ne resta plus dans la salle basse que Mabeuf sous son drap noir et Javert lié au poteau.

— C'est ici la salle des morts, dit Enjolras.

Dans l'intérieur de cette salle, à peine éclairée d'une chandelle, tout au fond, la table mortuaire étant derrière le poteau comme une barre horizontale, une sorte de grande croix vague résultait de Javert debout et de Mabeuf couché.

Le timon de l'omnibus, quoique tronqué par la fusillade, était encore assez debout pour qu'on pût y accrocher un drapeau.

Enjolras, qui avait cette qualité d'un chef, de toujours faire ce qu'il disait, attacha à cette hampe l'habit troué et sanglant du vieillard tué.

Aucun repas n'était plus possible. Il n'y avait ni pain ni viande. Les cinquante hommes de la barricade, depuis seize heures qu'ils étaient là, avaient eu vite épuisé les maigres provisions du cabaret. A un instant donné, toute barricade qui tient devient inévitablement le radeau de la Méduse. Il fallut se résigner à la faim. On était aux premières heures de cette journée spartiate du 6 juin où, dans la barricade Saint-Merry, Jeanne, entouré d'insurgés qui demandaient du pain, à tous ces combattants criant : A manger ! répondait : Pourquoi ? il est trois heures. A quatre heures nous serons morts.

Comme on ne pouvait plus manger, Enjolras défendit de boire. Il interdit le vin et rationna l'eau-de-vie.

On avait trouvé dans la cave une quinzaine de bouteilles pleines, hermétiquement cachetées. Enjolras et Combeferre les examinèrent. Combeferre en remontant dit : — C'est du vieux fonds du père Hucheloup qui a commencé par être épicier. — Cela doit être du vrai vin, observa Bossuet. Il est heureux que Grantaire dorme. S'il était debout, on aurait de la peine à sauver ces bouteilles-là. — Enjolras, malgré les murmures, mit son veto sur les quinze bouteilles, et afin que personne n'y touchât et qu'elles fussent comme sacrées, il les fit placer sous la table où gisait le père Mabeuf.

Vers deux heures du matin, on se compta. Ils étaient encore trente-sept.

Le jour commençait à paraître. On venait d'éteindre la torche qui avait été replacée dans son alvéole de pavés. L'intérieur de la barricade, cette espèce de petite cour prise sur la rue, était noyé de ténèbres et ressemblait, à travers la vague horreur crépusculaire, au pont d'un navire désemparé. Les combattants allant et venant s'y mouvaient comme des formes noires.

Au-dessus de cet effrayant nid d'ombre, les étages des maisons muettes s'ébauchaient lividement; tout en haut les cheminées blêmissaient. Le ciel avait cette charmante nuance indécise qui est peut-être le blanc et peut-être le bleu. Des oiseaux y volaient avec des cris de bonheur. La haute maison qui faisait le fond de la barricade, étant tournée vers le levant, avait sur son toit un reflet rose. A la lucarne du troisième étage, le vent du matin agitait les cheveux gris sur la tête de l'homme mort.

— Je suis charmé qu'on ait éteint la torche, disait Courfeyrac à Feuilly. Cette torche effarée au vent m'ennuyait. Elle avait l'air d'avoir peur. La lumière des torches ressemble à la sagesse des lâches; elle éclaire mal, parce qu'elle tremble.

L'aube éveille les esprits comme les oiseaux; tous causaient.

Joly, voyant un chat rôder sur une gouttière, en extrayait la philosophie.

— Qu'est-ce que le chat? s'écriait-il. C'est un correctif. Le bon Dieu, ayant fait la souris, a dit : Tiens, j'ai fait une bêtise. Et il a fait le chat. Le chat, c'est l'erratum de la souris. La souris, plus le chat, c'est l'épreuve revue et corrigée de la création.

Combeferre, entouré d'étudiants et d'ouvriers, parlait des morts, de Jean Prouvaire, de Bahorel, de Mabeuf, et même du Cabuc, et de la tristesse sévère d'Enjolras. Il disait :

— Harmodius et Aristogiton, Brutus, Chéréas, Stephanus, Cromwell, Charlotte Corday, Sand, tous ont eu, après le coup, leur moment d'angoisse. Notre cœur est si frémissant et la vie humaine est un tel mystère que, même dans un meurtre civique, même dans un meurtre libérateur, s'il y en a, le remords d'avoir frappé un homme dépasse la joie d'avoir servi le genre humain.

Et, ce sont là les méandres de la parole échangée, une minute après, par une transition venue des vers de Jean Prouvaire, Combeferre comparait entre eux les traducteurs des Géorgiques, Raux à Cournand, Cournand à Delille, indiquant les quelques passages traduits par Malfilâtre, particulièrement les prodiges de la mort de César; et par ce mot, César, la causerie revenait à Brutus.

— César, disait Combeferre, est tombé justement. Cicéron a été sévère pour César, et il a eu raison. Cette sévérité-là n'est point la diatribe. Quand Zoïle insulte Homère, quand Mævius insulte Virgile, quand Visé insulte Molière, quand Pope insulte Shakespeare, quand Fréron insulte Voltaire, c'est une vieille loi d'envie et de haine qui s'exécute; les génies attirent l'injure, les grands hommes sont toujours plus ou moins aboyés. Mais Zoïle et Cicéron, c'est deux. Cicéron est un justicier par la pensée de même que Brutus est un justicier par l'épée. Je blâme, quant à moi, cette dernière justice-là, le glaive; mais l'antiquité l'admettait. César, violateur du Rubicon, conférant, comme venant de lui, les dignités qui venaient du peuple, ne se levant pas à l'entrée du sénat, faisait, comme dit Eutrope, des choses de roi et presque de tyran, *regia ac pœnè tyrannica*. C'était un grand homme; tant pis, ou tant mieux; la leçon est plus haute. Ses vingt-trois blessures me touchent moins que le crachat au front de Jésus-Christ. César est poignardé par les sénateurs; Christ est soufflété par les valets. A plus d'outrage, on sent le dieu.

Bossuet, dominant les causeurs du haut d'un tas de pavés, s'écriait, la carabine à la main :

— O Cydathenæum, ô Myrrhinus, ô Probalinthe, ô grâces de l'Æantide! Oh! qui me donnera de prononcer les vers d'Homère comme un grec de Laurium ou d'Édaptéon!

III

ÉCLAIRCISSEMENT ET ASSOMBRISSEMENT.

Enjolras était allé faire une reconnaissance. Il était sorti par la ruelle Mon-détour en serpentant le long des maisons.

Les insurgés, disons-le, étaient pleins d'espoir. La façon dont ils avaient repoussé l'attaque de la nuit leur faisait presque dédaigner d'avance l'attaque du point du jour. Ils l'attendaient et en souriaient. Ils ne doutaient pas plus de leur succès que de leur cause. D'ailleurs un secours allait évidemment leur venir. Ils y comptaient. Avec cette facilité de prophétie triomphante qui est une des forces du français combattant, ils divisaient en trois phases certaines la journée qui allait s'ouvrir : à six heures du matin, un régiment, « qu'on avait travaillé », tournerait; à midi, l'insurrection de tout Paris; au coucher du soleil, la révolution.

On entendait le tocsin de Saint-Merry qui ne s'était pas tu une minute depuis la veille; preuve que l'autre barricade, la grande, celle de Jeanne, tenait toujours.

Toutes ces espérances s'échangeaient d'un groupe à l'autre dans une sorte de chuchotement gai et redoutable qui ressemblait au bourdonnement de guerre d'une ruche d'abeilles.

Enjolras reparut. Il revenait de sa sombre promenade d'aigle dans l'obscu-rité extérieure. Il écouta un instant toute cette joie les bras croisés, une main sur sa bouche. Puis, frais et rose dans la blancheur grandissante du matin, il dit :

— Toute l'armée de Paris donne. Un tiers de cette armée pèse sur la barricade où vous êtes. De plus la garde nationale. J'ai distingué les shakos du cinquième de ligne et les guidons de la sixième légion. Vous serez atta-qués dans une heure. Quant au peuple, il a bouillonné hier, mais ce matin il ne bouge pas. Rien à attendre, rien à espérer. Pas plus un faubourg qu'un régiment. Vous êtes abandonnés.

Ces paroles tombèrent sur le bourdonnement des groupes, et y firent l'effet que fait sur un essaim la première goutte de l'orage. Tous restèrent muets. Il y eut un moment d'inexprimable silence où l'on eût entendu voler la mort.

Ce moment fut court.

Une voix, du fond le plus obscur des groupes, cria à Enjolras :

— Soit. Élevons la barricade à vingt pieds de haut, et restons-y tous.

Citoyens, faisons la protestation des cadavres. Montrons que, si le peuple abandonne les républicains, les républicains n'abandonnent pas le peuple.

Cette parole dégageait du pénible nuage des anxiétés individuelles la pensée de tous. Une acclamation enthousiaste l'accueillit.

On n'a jamais su le nom de l'homme qui avait parlé ainsi; c'était quelque porte-blouse ignoré, un inconnu, un oublié, un passant héros, ce grand anonyme toujours mêlé aux crises humaines et aux genèses sociales qui, à un instant donné, dit d'une façon suprême le mot décisif, et qui s'évanouit dans les ténèbres après avoir représenté une minute, dans la lumière d'un éclair, le peuple et Dieu.

Cette résolution inexorable était tellement dans l'air du 6 juin 1832 que, presque à la même heure, dans la barricade de Saint-Merry, les insurgés poussaient cette clameur demeurée historique et consignée au procès : Qu'on vienne à notre secours ou qu'on n'y vienne pas, qu'importe! Faisons-nous tuer ici jusqu'au dernier.

Comme on voit, les deux barricades, quoique matériellement isolées, communiquaient.

IMPRIMERIE NATIONALE.

IV

CINQ DE MOINS, UN DE PLUS.

Après que l'homme quelconque, qui décrétait « la protestation des cadavres », eut parlé et donné la formule de l'âme commune, de toutes les bouches sortit un cri étrangement satisfait et terrible, funèbre par le sens et triomphal par l'accent :

— Vive la mort! Restons ici tous.

— Pourquoi tous? dit Enjolras.

— Tous! tous!

Enjolras reprit :

— La position est bonne, la barricade est belle. Trente hommes suffisent. Pourquoi en sacrifier quarante?

Ils répliquèrent :

— Parce que pas un ne voudra s'en aller.

— Citoyens, cria Enjolras, et il y avait dans sa voix une vibration presque irritée, la république n'est pas assez riche en hommes pour faire des dépenses inutiles. La gloriole est un gaspillage. Si, pour quelques-uns, le devoir est de s'en aller, ce devoir-là doit être fait comme un autre.

Enjolras, l'homme principe, avait sur ses coreligionnaires cette sorte de toute-puissance qui se dégage de l'absolu. Cependant, quelle que fût cette omnipotence, on murmura.

Chef jusque dans le bout des ongles, Enjolras, voyant qu'on murmurait, insista. Il reprit avec hauteur :

— Que ceux qui craignent de n'être plus que trente le disent.

Les murmures redoublèrent.

— D'ailleurs, observa une voix dans un groupe, s'en aller, c'est facile à dire. La barricade est cernée.

— Pas du côté des halles, dit Enjolras. La rue Mondétour est libre, et par la rue des Prêcheurs on peut gagner le marché des Innocents.

— Et là, reprit une autre voix du groupe, on sera pris. On tombera dans quelque grand'garde de la ligne ou de la banlieue. Ils verront passer un homme en blouse et en casquette. D'où viens-tu, toi? serais-tu pas de la barricade? Et on vous regarde les mains. Tu sens la poudre. Fusillé.

Enjolras, sans répondre, toucha l'épaule de Combeferre, et tous deux entrèrent dans la salle basse.

Ils ressortirent un moment après. Enjolras tenait dans ses deux mains étendues les quatre uniformes qu'il avait fait réserver. Combeferre le suivait portant les buffleteries et les shakos.

— Avec cet uniforme, dit Enjolras, on se mêle aux rangs et l'on s'échappe. Voici toujours pour quatre.

Et il jeta sur le sol dépavé les quatre uniformes.

Aucun ébranlement ne se faisait dans le stoïque auditoire. Combeferre prit la parole.

— Allons, dit-il, il faut avoir un peu de pitié. Savez-vous de quoi il est question ici? Il est question des femmes. Voyons. Y a-t-il des femmes, oui ou non? y a-t-il des enfants, oui ou non? y a-t-il, oui ou non, des mères, qui poussent des berceaux du pied et qui ont des tas de petits autour d'elles? Que celui de vous qui n'a jamais vu le sein d'une nourrice lève la main. Ah! vous voulez vous faire tuer, je le veux aussi, moi qui vous parle, mais je ne veux pas sentir des fantômes de femmes qui se tordent les bras autour de moi. Mourez, soit, mais ne faites pas mourir. Des suicides comme celui qui va s'accomplir ici sont sublimes, mais le suicide est étroit, et ne veut pas d'extension; et dès qu'il touche à vos proches, le suicide s'appelle meurtre. Songez aux petites têtes blondes, et songez aux cheveux blancs. Écoutez, tout à l'heure, Enjolras, il vient de me le dire, a vu au coin de la rue du Cygne une croisée éclairée, une chandelle à une pauvre fenêtre, au cinquième, et sur la vitre l'ombre toute branlante d'une tête de vieille femme qui avait l'air d'avoir passé la nuit et d'attendre. C'est peut-être la mère de l'un de vous. Eh bien, qu'il s'en aille, celui-là, et qu'il se dépêche d'aller dire à sa mère : Mère, me voilà! Qu'il soit tranquille, on fera la besogne ici tout de même. Quand on soutient ses proches de son travail, on n'a plus le droit de se sacrifier. C'est déserter la famille, cela. Et ceux qui ont des filles, et ceux qui ont des sœurs! Y pensez-vous? Vous vous faites tuer, vous voilà morts, c'est bon, et demain? Des jeunes filles qui n'ont pas de pain, cela est terrible. L'homme mendie, la femme vend. Ah! ces charmants êtres si gracieux et si doux qui ont des bonnets de fleurs, qui chantent, qui jasent, qui emplissent la maison de chasteté, qui sont comme un parfum vivant, qui prouvent l'existence des anges dans le ciel par la pureté des vierges sur la terre, cette Jeanne, cette Lise, cette Mimi, ces adorables et honnêtes créatures qui sont votre bénédiction et votre orgueil, ah mon Dieu, elles vont avoir faim! Que voulez-vous que je vous dise? Il y a un marché de chair humaine, et ce n'est pas avec vos mains d'ombres, frémissantes autour d'elles, que vous les empêcherez d'y entrer! Songez à la rue, songez au pavé couvert de passants, songez aux boutiques devant lesquelles des femmes vont et viennent décolletées et dans la boue. Ces femmes-là aussi ont été pures. Songez à vos sœurs, ceux qui en ont. La misère, la prosti-

2.

tution, les sergents de ville, Saint-Lazare, voilà où vont tomber ces délicates belles filles, ces fragiles merveilles de pudeur, de gentillesse et de beauté, plus fraîches que les lilas du mois de mai. Ah! vous vous êtes fait tuer! ah! vous n'êtes plus là! C'est bien; vous avez voulu soustraire le peuple à la royauté, vous donnez vos filles à la police. Amis, prenez garde, ayez de la compassion. Les femmes, les malheureuses femmes, on n'a pas l'habitude d'y songer beaucoup. On se fie sur ce que les femmes n'ont pas reçu l'éducation des hommes, on les empêche de lire, on les empêche de penser, on les empêche de s'occuper de politique; les empêcherez-vous d'aller ce soir à la morgue et de reconnaître vos cadavres? Voyons, il faut que ceux qui ont des familles soient bons enfants et nous donnent une poignée de main et s'en aillent, et nous laissent faire ici l'affaire tout seuls. Je sais bien qu'il faut du courage pour s'en aller, c'est difficile; mais plus c'est difficile, plus c'est méritoire. On dit : J'ai un fusil, je suis à la barricade, tant pis, j'y reste. Tant pis, c'est bientôt dit. Mes amis, il y a un lendemain, vous n'y serez pas à ce lendemain, mais vos familles y seront. Et que de souffrances! Tenez, un joli enfant bien portant qui a des joues comme une pomme, qui babille, qui jacasse, qui jabote, qui rit, qu'on sent frais sous le baiser, savez-vous ce que cela devient quand c'est abandonné? J'en ai vu un, tout petit, haut comme cela. Son père était mort. De pauvres gens l'avaient recueilli par charité, mais ils n'avaient pas de pain pour eux-mêmes. L'enfant avait toujours faim. C'était l'hiver. Il ne pleurait pas. On le voyait aller près du poêle où il n'y avait jamais de feu et dont le tuyau, vous savez, était mastiqué avec de la terre jaune. L'enfant détachait avec ses petits doigts un peu de cette terre et la mangeait. Il avait la respiration rauque, la face livide, les jambes molles, le ventre gros. Il ne disait rien. On lui parlait, il ne répondait pas. Il est mort. On l'a apporté mourir à l'hospice Necker, où je l'ai vu. J'étais interne à cet hospice-là. Maintenant, s'il y a des pères parmi vous, des pères qui ont pour bonheur de se promener le dimanche en tenant dans leur bonne main robuste la petite main de leur enfant, que chacun de ces pères se figure que cet enfant-là est le sien. Ce pauvre môme, je me le rappelle, il me semble que je le vois, quand il a été nu sur la table d'anatomie, ses côtes faisaient saillie sous sa peau comme les fosses sous l'herbe d'un cimetière. On lui a trouvé une espèce de boue dans l'estomac. Il avait de la cendre dans les dents. Allons, tâtons-nous en conscience et prenons conseil de notre cœur. Les statistiques constatent que la mortalité des enfants abandonnés est de cinquante-cinq pour cent. Je le répète, il s'agit des femmes, il s'agit des mères, il s'agit des jeunes filles, il s'agit des mioches. Est-ce qu'on vous parle de vous? On sait bien ce que vous êtes; on sait bien que vous êtes tous des braves, parbleu! on sait bien que vous

avez tous dans l'âme la joie et la gloire de donner votre vie pour la grande
cause; on sait bien que vous vous sentez élus pour mourir utilement et
magnifiquement, et que chacun de vous tient à sa part du triomphe. A la
bonne heure. Mais vous n'êtes pas seuls en ce monde. Il y a d'autres êtres
auxquels il faut penser. Il ne faut pas être égoïstes.

Tous baissèrent la tête d'un air sombre.

Étranges contradictions du cœur humain à ses moments les plus sublimes!
Combeferre, qui parlait ainsi, n'était pas orphelin. Il se souvenait des mères
des autres, et il oubliait la sienne. Il allait se faire tuer. Il était « égoïste ».

Marius, à jeun, fiévreux, successivement sorti de toutes les espérances,
échoué dans la douleur, le plus sombre des naufrages, saturé d'émotions
violentes, et sentant la fin venir, s'était de plus en plus enfoncé dans cette
stupeur visionnaire qui précède toujours l'heure fatale volontairement
acceptée.

Un physiologiste eût pu étudier sur lui les symptômes croissants de cette
absorption fébrile connue et classée par la science, et qui est à la souffrance
ce que la volupté est au plaisir. Le désespoir aussi a son extase. Marius en
était là. Il assistait à tout comme du dehors; ainsi que nous l'avons dit, les
choses qui se passaient devant lui lui semblaient lointaines; il distinguait
l'ensemble, mais n'apercevait point les détails. Il voyait les allants et venants
à travers un flamboiement. Il entendait les voix parler comme au fond d'un
abîme.

Cependant ceci l'émut. Il y avait dans cette scène une pointe qui perça
jusqu'à lui, et qui le réveilla. Il n'avait plus qu'une idée, mourir, et il ne
voulait pas s'en distraire; mais il songea, dans son somnambulisme funèbre,
qu'en se perdant, il n'est pas défendu de sauver quelqu'un.

Il éleva la voix :

— Enjolras et Combeferre ont raison, dit-il; pas de sacrifice inutile. Je
me joins à eux, et il faut se hâter. Combeferre vous a dit les choses décisives. Il y en a parmi vous qui ont des familles, des mères, des sœurs, des
femmes, des enfants. Que ceux-là sortent des rangs.

Personne ne bougea.

— Les hommes mariés et les soutiens de famille hors des rangs! répéta
Marius.

Son autorité était grande. Enjolras était bien le chef de la barricade, mais
Marius en était le sauveur.

— Je l'ordonne! cria Enjolras.

— Je vous en prie, dit Marius.

Alors, remués par la parole de Combeferre, ébranlés par l'ordre d'Enjolras, émus par la prière de Marius, ces hommes héroïques commencèrent

à se dénoncer les uns les autres. — C'est vrai, disait un jeune à un homme fait. Tu es père de famille. Va-t'en. — C'est plutôt toi, répondait l'homme, tu as tes deux sœurs que tu nourris. — Et une lutte inouïe éclatait. C'était à qui ne se laisserait pas mettre à la porte du tombeau.

— Dépêchons, dit Courfeyrac, dans un quart d'heure il ne serait plus temps.

— Citoyens, poursuivit Enjolras, c'est ici la république, et le suffrage universel règne. Désignez vous-mêmes ceux qui doivent s'en aller.

On obéit. Au bout de quelques minutes, cinq étaient unanimement désignés et sortaient des rangs.

— Ils sont cinq! s'écria Marius.

Il n'y avait que quatre uniformes.

— Eh bien, reprirent les cinq, il faut qu'un reste.

Et ce fut à qui resterait, et à qui trouverait aux·autres des raisons de ne pas rester. La généreuse querelle recommença.

— Toi, tu as une femme qui t'aime. — Toi, tu as ta vieille mère. — Toi, tu n'as plus ni père ni mère, qu'est-ce que tes trois petits frères vont devenir? — Toi, tu es père de cinq enfants. — Toi, tu as le droit de vivre, tu as dix-sept ans, c'est trop tôt.

Ces grandes barricades révolutionnaires étaient des rendez-vous d'héroïsmes. L'invraisemblable y était simple. Ces hommes ne s'étonnaient pas les uns les autres.

— Faites vite, répétait Courfeyrac.

On cria des groupes à Marius :

— Désignez, vous, celui qui doit rester.

— Oui, dirent les cinq, choisissez. Nous vous obéirons.

Marius ne croyait plus à une émotion possible. Cependant à cette idée, choisir un homme pour la mort, tout son sang reflua vers son cœur. Il eût pâli, s'il eût pu pâlir encore.

Il s'avança·vers les cinq qui lui souriaient, et chacun, l'œil plein de cette grande flamme qu'on voit au fond de l'histoire sur les Thermopyles, lui criait :

— Moi! moi! moi!

Et Marius, stupidement, les compta; ils étaient toujours cinq! Puis son regard s'abaissa sur les quatre uniformes.

En cet instant, un cinquième uniforme tomba, comme du ciel, sur les quatre autres.

Le cinquième homme était sauvé.

Marius leva les yeux et reconnut M. Fauchelevent.

Jean Valjean venait d'entrer dans la barricade.

Soit renseignement pris, soit instinct, soit hasard, il arrivait par la ruelle Mondétour. Grâce à son habit de garde national, il avait passé aisément.

La vedette placée par les insurgés dans la rue Mondétour, n'avait point à donner le signal d'alarme pour un garde national seul. Elle l'avait laissé s'engager dans la rue en se disant : c'est un renfort probablement, ou au pis aller un prisonnier. Le moment était trop grave pour que la sentinelle pût se distraire de son devoir et de son poste d'observation.

Au moment où Jean Valjean était entré dans la redoute, personne ne l'avait remarqué, tous les yeux étant fixés sur les cinq choisis et sur les quatre uniformes. Jean Valjean, lui, avait vu et entendu, et, silencieusement, il s'était dépouillé de son habit et l'avait jeté sur le tas des autres.

L'émotion fut indescriptible.

— Quel est cet homme ? demanda Bossuet.

— C'est, répondit Combeferre, un homme qui sauve les autres.

Marius ajouta d'une voix grave :

— Je le connais.

Cette caution suffisait à tous.

Enjolras se tourna vers Jean Valjean.

— Citoyen, soyez le bienvenu.

Et il ajouta :

— Vous savez qu'on va mourir.

Jean Valjean, sans répondre, aida l'insurgé qu'il sauvait à revêtir son uniforme.

V

QUEL HORIZON ON VOIT DU HAUT DE LA BARRICADE.

La situation de tous, dans cette heure fatale et dans ce lieu inexorable, avait comme résultante et comme sommet la mélancolie suprême d'Enjolras.

Enjolras avait en lui la plénitude de la révolution; il était incomplet pourtant, autant que l'absolu peut l'être; il tenait trop de Saint-Just, et pas assez d'Anacharsis Clootz; cependant son esprit, dans la société des Amis de l'A B C, avait fini par subir une certaine aimantation des idées de Combeferre; depuis quelque temps, il sortait peu à peu de la forme étroite du dogme et se laissait aller aux élargissements du progrès, et il en était venu à accepter, comme évolution définitive et magnifique, la transformation de la grande république française en immense république humaine. Quant aux moyens immédiats, une situation violente étant donnée, il les voulait violents; en cela, il ne variait pas; et il était resté de cette école épique et redoutable que résume ce mot : Quatrevingt-treize.

Enjolras était debout sur l'escalier de pavés, un de ses coudes sur le canon de sa carabine. Il songeait; il tressaillait, comme à des passages de souffles; les endroits où est la mort ont de ces effets de trépieds. Il sortait de ses prunelles, pleines du regard intérieur, des espèces de feux étouffés. Tout à coup, il dressa la tête, ses cheveux blonds se renversèrent en arrière comme ceux de l'ange sur le sombre quadrige fait d'étoiles, ce fut comme une crinière de lion effarée en flamboiement d'auréole, et Enjolras s'écria :

— Citoyens, vous représentez-vous l'avenir? Les rues des villes inondées de lumières, des branches vertes sur les seuils, les nations sœurs, les hommes justes, les vieillards bénissant les enfants, le passé aimant le présent, les penseurs en pleine liberté, les croyants en pleine égalité, pour religion le ciel, Dieu prêtre direct, la conscience humaine devenue l'autel, plus de haines, la fraternité de l'atelier et de l'école, pour pénalité et pour récompense la notoriété, à tous le travail, pour tous le droit, sur tous la paix, plus de sang versé, plus de guerres, les mères heureuses! Dompter la matière, c'est le premier pas; réaliser l'idéal, c'est le second. Réfléchissez à ce qu'a déjà fait le progrès. Jadis les premières races humaines voyaient avec terreur passer devant leurs yeux l'hydre qui soufflait sur les eaux, le dragon qui vomissait du feu, le griffon qui était le monstre de l'air et qui volait avec les ailes d'un aigle et les griffes d'un tigre; bêtes effrayantes qui étaient au-dessus de l'homme. L'homme cependant a tendu ses pièges, les pièges sacrés de l'intelligence, et il a fini par y prendre les monstres.

Nous avons dompté l'hydre, et elle s'appelle le steamer; nous avons dompté le dragon, et il s'appelle la locomotive; nous sommes sur le point de dompter le griffon, nous le tenons déjà, et il s'appelle le ballon. Le jour où cette œuvre prométhéenne sera terminée et où l'homme aura définitivement attelé à sa volonté la triple Chimère antique, l'hydre, le dragon et le griffon, il sera maître de l'eau, du feu et de l'air, et il sera pour le reste de la création animée ce que les anciens dieux étaient jadis pour lui. Courage, et en avant! Citoyens, où allons-nous? A la science faite gouvernement, à la force des choses devenue seule force publique, à la loi naturelle ayant sa sanction et sa pénalité en elle-même et se promulguant par l'évidence, à un lever de vérité correspondant au lever du jour. Nous allons à l'union des peuples; nous allons à l'unité de l'homme. Plus de fictions; plus de parasites. Le réel gouverné par le vrai, voilà le but. La civilisation tiendra ses assises au sommet de l'Europe, et plus tard au centre des continents, dans un grand parlement de l'intelligence. Quelque chose de pareil s'est vu déjà. Les amphictyons avaient deux séances par an, l'une à Delphes, lieu des dieux, l'autre aux Thermopyles, lieu des héros. L'Europe aura ses amphictyons; le globe aura ses amphictyons. La France porte cet avenir sublime dans ses flancs. C'est là la gestation du dix-neuvième siècle. Ce qu'avait ébauché la Grèce est digne d'être achevé par la France. Écoute-moi, toi Feuilly, vaillant ouvrier, homme du peuple, homme des peuples. Je te vénère. Oui, tu vois nettement les temps futurs, oui, tu as raison. Tu n'avais ni père ni mère, Feuilly; tu as adopté pour mère l'humanité et pour père le droit. Tu vas mourir ici, c'est-à-dire triompher. Citoyens, quoi qu'il arrive aujourd'hui, par notre défaite aussi bien que par notre victoire, c'est une révolution que nous allons faire. De même que les incendies éclairent toute la ville, les révolutions éclairent tout le genre humain. Et quelle révolution ferons-nous? Je viens de le dire, la révolution du Vrai. Au point de vue politique, il n'y a qu'un seul principe: la souveraineté de l'homme sur lui-même. Cette souveraineté de moi sur moi s'appelle Liberté. Là où deux ou plusieurs de ces souverainetés s'associent commence l'état. Mais dans cette association il n'y a nulle abdication. Chaque souveraineté concède une certaine quantité d'elle-même pour former le droit commun. Cette quantité est la même pour tous. Cette identité de concession que chacun fait à tous s'appelle Égalité. Le droit commun n'est pas autre chose que la protection de tous rayonnant sur le droit de chacun. Cette protection de tous sur chacun s'appelle Fraternité. Le point d'intersection de toutes ces souverainetés qui s'agrègent s'appelle Société. Cette intersection étant une jonction, ce point est un nœud. De là ce qu'on appelle le lien social. Quelques-uns disent contrat social; ce qui est la même chose, le mot contrat étant étymologiquement formé avec l'idée de lien. Entendons-nous sur l'égalité; car, si la liberté est le sommet, l'égalité est la base. L'égalité, citoyens, ce n'est pas toute la végétation à niveau, une société de grands brins d'herbe et de petits chênes; un voisinage de jalousies s'entre-châtrant; c'est, civilement, toutes les aptitudes ayant la même ouverture; politiquement, tous les votes ayant le même poids; religieusement, toutes les consciences ayant le même droit. L'Égalité a un organe : l'instruction gratuite et obligatoire. Le droit à l'alphabet, c'est par là qu'il faut commencer. L'école primaire imposée à tous, l'école secondaire offerte à tous, c'est là la loi. De l'école identique sort la société égale. Oui, enseignement! Lumière! lumière! tout vient de la lumière et tout y retourne. Citoyens, le dix-neuvième siècle est grand, mais le vingtième siècle sera heureux. Alors plus rien de semblable à la vieille histoire; on n'aura plus à craindre, comme aujourd'hui, une conquête, une invasion, une usurpation, une rivalité de nations à main armée, une interruption de civilisation dépendant d'un mariage de rois, une naissance dans les tyrannies héréditaires, un partage de peuples par congrès, un démembrement par écroulement de dynastie, un combat de deux religions se rencontrant de front, comme deux boucs de l'ombre, sur le pont de l'infini; on n'aura plus à craindre la famine, l'exploitation, la prostitution par détresse, la misère par chômage, et l'échafaud, et le glaive, et les batailles, et tous les brigandages du hasard dans la forêt des évènements. On pourrait presque dire : il n'y aura plus d'évènements. On sera heureux. Le genre humain accomplira sa loi comme le globe terrestre accomplit la sienne; l'harmonie se rétablira entre l'âme et l'astre. L'âme gravitera autour de la vérité comme l'astre autour de la lumière. Amis, l'heure où nous sommes et où je vous parle est une heure sombre; mais ce sont là les achats terribles de l'avenir. Une révolution est un péage. Oh! le genre humain sera délivré, relevé et consolé! Nous le lui affirmons sur cette barricade. D'où poussera-t-on le cri d'amour, si ce n'est du haut du sacrifice? O mes frères, c'est ici le lieu de jonction de ceux qui pensent et de ceux qui souffrent; cette barricade n'est faite ni de pavés, ni de poutres, ni de ferrailles; elle est faite de deux monceaux, un monceau d'idées et un monceau de douleurs. La misère y rencontre l'idéal. Le jour y embrasse la nuit et lui dit : Je vais mourir avec toi et tu vas renaître avec moi. De l'étreinte de toutes les désolations jaillit la foi. Les souffrances apportent ici leur agonie, et les idées leur immortalité. Cette agonie et cette immortalité vont se mêler et composer notre mort. Frères, qui meurt ici meurt dans le rayonnement de l'avenir, et nous entrons dans une tombe toute pénétrée d'aurore.

Enjolras s'interrompit plutôt qu'il ne se tut; ses lèvres remuaient silencieusement comme s'il continuait de se parler à lui-même, ce qui fit qu'attentifs, et pour tâcher de l'entendre encore, ils le regardèrent. Il n'y eut
pas d'applaudissements; mais on chuchota longtemps. La parole étant
souffle, les frémissements d'intelligences ressemblent à des frémissements de
feuilles.

VI

MARIUS HAGARD, JAVERT LACONIQUE.

Disons ce qui se passait dans la pensée de Marius.

Qu'on se souvienne de sa situation d'âme. Nous venons de le rappeler, tout n'était plus pour lui que vision. Son appréciation était trouble. Marius, insistons-y, était sous l'ombre des grandes ailes ténébreuses ouvertes sur les agonisants. Il se sentait entré dans le tombeau, il lui semblait qu'il était déjà de l'autre côté de la muraille, et il ne voyait plus les faces des vivants qu'avec les yeux d'un mort.

Comment M. Fauchelevent était-il là? Pourquoi y était-il? Qu'y venait-il faire? Marius ne s'adressa point toutes ces questions. D'ailleurs, notre désespoir ayant cela de particulier qu'il enveloppe autrui comme nous-même, il lui semblait logique que tout le monde vînt mourir.

Seulement il songea à Cosette avec un serrement de cœur.

Du reste M. Fauchelevent ne lui parla pas, ne le regarda pas, et n'eut pas même l'air d'entendre lorsque Marius éleva la voix pour dire : Je le connais.

Quant à Marius, cette attitude de M. Fauchelevent le soulageait, et si l'on pouvait employer un tel mot pour de telles impressions, nous dirions, lui plaisait. Il s'était toujours senti une impossibilité absolue d'adresser la parole à cet homme énigmatique qui était à la fois pour lui équivoque et imposant. Il y avait en outre très longtemps qu'il ne l'avait vu; ce qui, pour la nature timide et réservée de Marius, augmentait encore l'impossibilité.

Les cinq hommes désignés sortirent de la barricade par la ruelle Mondétour; ils ressemblaient parfaitement à des gardes nationaux. Un d'eux s'en alla en pleurant. Avant de partir, ils embrassèrent ceux qui restaient.

Quand les cinq hommes renvoyés à la vie furent partis, Enjolras pensa au condamné à mort. Il entra dans la salle basse. Javert, lié au pilier, songeait.

— Te faut-il quelque chose? lui demanda Enjolras.

Javert répondit :

— Quand me tuerez-vous?

— Attends. Nous avons besoin de toutes nos cartouches en ce moment.

— Alors, donnez-moi à boire, dit Javert.

Enjolras lui présenta lui-même un verre d'eau, et, comme Javert était garrotté, il l'aida à boire.

— Est-ce là tout? reprit Enjolras.

— Je suis mal à ce poteau, répondit Javert. Vous n'êtes pas tendres de m'avoir laissé passer la nuit là. Liez-moi comme il vous plaira, mais vous pouvez bien me coucher sur une table, comme l'autre.

Et d'un mouvement de tête il désignait le cadavre de M. Mabeuf.

Il y avait, on s'en souvient, au fond de la salle une grande et longue table sur laquelle on avait fondu des balles et fait des cartouches. Toutes les cartouches étant faites et toute la poudre étant employée, cette table était libre.

Sur l'ordre d'Enjolras, quatre insurgés délièrent Javert du poteau. Tandis qu'on le déliait, un cinquième lui tenait une bayonnette appuyée sur la poitrine. On lui laissa les mains attachées derrière le dos, on lui mit aux pieds une corde à fouet mince et solide qui lui permettait de faire des pas de quinze pouces comme à ceux qui vont monter à l'échafaud, et on le fit marcher jusqu'à la table au fond de la salle où on l'étendit, étroitement lié par le milieu du corps.

Pour plus de sûreté, au moyen d'une corde fixée au cou, on ajouta au système de ligatures qui lui rendaient toute évasion impossible cette espèce de lien, appelé dans les prisons martingale, qui part de la nuque, se bi-furque sur l'estomac, et vient rejoindre les mains après avoir passé entre les jambes.

Pendant qu'on garrottait Javert, un homme, sur le seuil de la porte, le considérait avec une attention singulière. L'ombre que faisait cet homme fit tourner la tête à Javert. Il leva les yeux et reconnut Jean Valjean. Il ne tres-saillit même pas, abaissa fièrement la paupière, et se borna à dire : C'est tout simple.

VII

LA SITUATION S'AGGRAVE.

Le jour croissait rapidement. Mais pas une fenêtre ne s'ouvrait, pas une porte ne s'entre-bâillait; c'était l'aurore, non le réveil. L'extrémité de la rue de la Chanvrerie opposée à la barricade avait été évacuée par les troupes, comme nous l'avons dit; elle semblait libre et s'ouvrait aux passants avec une tranquillité sinistre. La rue Saint-Denis était muette comme l'avenue des Sphinx à Thèbes. Pas un être vivant dans les carrefours que blanchissait un reflet de soleil. Rien n'est lugubre comme cette clarté des rues désertes.

On ne voyait rien, mais on entendait. Il se faisait à une certaine distance un mouvement mystérieux. Il était évident que l'instant critique arrivait. Comme la veille au soir les vedettes se replièrent; mais cette fois toutes.

La barricade était plus forte que lors de la première attaque. Depuis le départ des cinq, on l'avait exhaussée encore.

Sur l'avis de la vedette qui avait observé la région des halles, Enjolras, de peur d'une surprise par derrière, prit une résolution grave. Il fit barricader le petit boyau de la ruelle Mondétour resté libre jusqu'alors. On dépava pour cela quelques longueurs de maisons de plus. De cette façon, la barricade, murée sur trois rues, en avant sur la rue de la Chanvrerie, à gauche sur la rue du Cygne et la Petite-Truanderie, à droite sur la rue Mondétour, était vraiment presque inexpugnable; il est vrai qu'on y était fatalement enfermé. Elle avait trois fronts, mais n'avait plus d'issue. — Forteresse, mais souricière, dit Courfeyrac en riant.

Enjolras fit entasser près de la porte du cabaret une trentaine de pavés, « arrachés de trop », disait Bossuet.

Le silence était maintenant si profond du côté d'où l'attaque devait venir qu'Enjolras fit reprendre à chacun le poste de combat.

On distribua à tous une ration d'eau-de-vie.

Rien n'est plus curieux qu'une barricade qui se prépare à un assaut. Chacun choisit sa place comme au spectacle. On s'accote, on s'accoude, on s'épaule. Il y en a qui se font des stalles avec des pavés. Voilà un coin de mur qui gêne, on s'en éloigne; voici un redan qui peut protéger, on s'y abrite. Les gauchers sont précieux; ils prennent les places incommodes aux autres. Beaucoup s'arrangent pour combattre assis. On veut être à l'aise pour tuer et confortablement pour mourir. Dans la funeste guerre de juin 1848, un insurgé qui avait un tir redoutable et qui se battait du haut d'une terrasse sur un toit, s'y était fait apporter un fauteuil Voltaire; un coup de mitraille vint l'y trouver.

Sitôt que le chef a commandé le branle-bas de combat, tous les mouvements désordonnés cessent; plus de tiraillements de l'un à l'autre; plus de coteries; plus d'aparté; plus de bande à part; tout ce qui est dans les esprits converge et se change en attente de l'assaillant. Une barricade avant le danger, chaos; dans le danger, discipline. Le péril fait l'ordre.

Dès qu'Enjolras eut pris sa carabine à deux coups et se fut placé à une espèce de créneau qu'il s'était réservé, tous se turent. Un pétillement de petits bruits secs retentit confusément le long de la muraille de pavés. C'était les fusils qu'on armait.

Du reste, les attitudes étaient plus fières et plus confiantes que jamais; l'excès du sacrifice est un affermissement; ils n'avaient plus l'espérance, mais ils avaient le désespoir. Le désespoir, dernière arme, qui donne la victoire quelquefois; Virgile l'a dit. Les ressources suprêmes sortent des résolutions extrêmes. S'embarquer dans la mort, c'est parfois le moyen d'échapper au naufrage; et le couvercle du cercueil devient une planche de salut.

Comme la veille au soir, toutes les attentions étaient tournées, et on pourrait presque dire appuyées, sur le bout de la rue, maintenant éclairé et visible.

L'attente ne fut pas longue. Le remuement recommença distinctement du côté de Saint-Leu, mais cela ne ressemblait pas au mouvement de la première attaque. Un clapotement de chaînes, le cahotement inquiétant d'une masse, un cliquetis d'airain sautant sur le pavé, une sorte de fracas solennel, annoncèrent qu'une ferraille sinistre s'approchait. Il y eut un tressaillement dans les entrailles de ces vieilles rues paisibles, percées et bâties pour la circulation féconde des intérêts et des idées, et qui ne sont pas faites pour le roulement monstrueux des roues de la guerre.

La fixité des prunelles de tous les combattants sur l'extrémité de la rue devint farouche.

Une pièce de canon apparut.

Les artilleurs poussaient la pièce; elle était dans son encastrement de tir; l'avant-train avait été détaché; deux soutenaient l'affût, quatre étaient aux roues; d'autres suivaient avec le caisson. On voyait fumer la mèche allumée.

— Feu! cria Enjolras.

Toute la barricade fit feu, la détonation fut effroyable; une avalanche de fumée couvrit et effaça la pièce et les hommes; après quelques secondes le nuage se dissipa, et le canon et les hommes reparurent; les servants de la pièce achevaient de la rouler en face de la barricade lentement, correctement, et sans se hâter. Pas un n'était atteint. Puis le chef de pièce, pesant sur la culasse pour élever le tir, se mit à pointer le canon avec la gravité d'un astronome qui braque une lunette.

— Bravo les canonniers! cria Bossuet.

Et toute la barricade battit des mains.

Un moment après, carrément posée au beau milieu de la rue, à cheval sur le ruisseau, la pièce était en batterie. Une gueule formidable était ouverte sur la barricade.

— Allons, gai! fit Courfeyrac. Voilà le brutal. Après la chiquenaude, le coup de poing. L'armée étend vers nous sa grosse patte. La barricade va être sérieusement secouée. La fusillade tâte, le canon prend.

— C'est une pièce de huit, nouveau modèle, en bronze, ajouta Combeferre. Ces pièces-là, pour peu qu'on dépasse la proportion de dix parties d'étain sur cent de cuivre, sont sujettes à éclater. L'excès d'étain les fait trop tendres. Il arrive alors qu'elles ont des caves et des chambres dans la lumière. Pour obvier à ce danger et pouvoir forcer la charge, il faudrait peut-être en revenir au procédé du quatorzième siècle, le cerclage, et émenaucher extérieurement la pièce d'une suite d'anneaux d'acier sans soudure, depuis la culasse jusqu'au tourillon. En attendant, on remédie comme on peut au défaut; on parvient à reconnaître où sont les trous et les caves dans la lumière d'un canon au moyen du chat. Mais il y a un meilleur moyen, c'est l'étoile mobile de Gribeauval.

— Au seizième siècle, observa Bossuet, on rayait les canons.

— Oui, répondit Combeferre, cela augmente la puissance balistique, mais diminue la justesse de tir. En outre, dans le tir à courte distance, la trajectoire n'a pas toute la roideur désirable, la parabole s'exagère, le chemin du projectile n'est plus assez rectiligne pour qu'il puisse frapper tous les objets intermédiaires, nécessité de combat pourtant, dont l'importance croît avec la proximité de l'ennemi et la précipitation du tir. Ce défaut de tension de la courbe du projectile dans les canons rayés du seizième siècle tenait à la faiblesse de la charge; les faibles charges, pour cette espèce d'engins, sont imposées par des nécessités balistiques, telles, par exemple, que la conservation des affûts. En somme, le canon, ce despote, ne peut pas tout ce qu'il veut; la force est une grosse faiblesse. Un boulet de canon ne fait que six cents lieues par heure; la lumière fait soixante-dix mille lieues par seconde. Telle est la supériorité de Jésus-Christ sur Napoléon.

— Rechargez les armes, dit Enjolras.

De quelle façon le revêtement de la barricade allait-il se comporter sous le boulet? le coup ferait-il brèche? Là était la question. Pendant que les insurgés rechargeaient les fusils, les artilleurs chargeaient le canon.

L'anxiété était profonde dans la redoute.

Le coup partit, la détonation éclata.

— Présent! cria une voix joyeuse.

Et en même temps que le boulet sur la barricade, Gavroche s'abattit dedans.

Il arrivait du côté de la rue du Cygne et il avait lestement enjambé la barricade accessoire qui faisait front au dédale de la Petite-Truanderie.

Gavroche fit plus d'effet dans la barricade que le boulet.

Le boulet s'était perdu dans le fouillis des décombres. Il avait tout au plus brisé une roue de l'omnibus, et achevé la vieille charrette Anceau. Ce que voyant, la barricade se mit à rire.

— Continuez, cria Bossuet aux artilleurs.

VIII

LES ARTILLEURS SE FONT PRENDRE AU SÉRIEUX.

On entoura Gavroche.

Mais il n'eut le temps de rien raconter. Marius, frissonnant, le prit à part.

— Qu'est-ce que tu viens faire ici ?

— Tiens! dit l'enfant. Et vous ?

Et il regarda fixement Marius avec son effronterie épique. Ses deux yeux s'agrandissaient de la clarté fière qui était dedans.

Ce fut avec un accent sévère que Marius continua :

— Qui est-ce qui te disait de revenir ? As-tu au moins remis ma lettre à son adresse ?

Gavroche n'était point sans quelque remords à l'endroit de cette lettre. Dans sa hâte de revenir à la barricade, il s'en était défait plutôt qu'il ne l'avait remise. Il était forcé de s'avouer à lui-même qu'il l'avait confiée un peu légèrement à cet inconnu dont il n'avait même pu distinguer le visage. Il est vrai que cet homme était nu-tête, mais cela ne suffisait pas. En somme, il se faisait à ce sujet de petites remontrances intérieures et il craignait les reproches de Marius. Il prit, pour se tirer d'affaire, le procédé le plus simple; il mentit abominablement.

— Citoyen, j'ai remis la lettre au portier. La dame dormait. Elle aura la lettre en se réveillant.

Marius, en envoyant cette lettre, avait deux buts, dire adieu à Cosette et sauver Gavroche. Il dut se contenter de la moitié de ce qu'il voulait.

L'envoi de sa lettre, et la présence de M. Fauchelevent dans la barricade, ce rapprochement s'offrit à son esprit. Il montra à Gavroche M. Fauchelevent :

— Connais-tu cet homme ?

— Non, dit Gavroche.

Gavroche, en effet, nous venons de le rappeler, n'avait vu Jean Valjean que la nuit.

Les conjectures troubles et maladives qui s'étaient ébauchées dans l'esprit de Marius se dissipèrent. Connaissait-il les opinions de M. Fauchelevent ? M. Fauchelevent était républicain peut-être. De là sa présence toute simple dans ce combat.

Cependant Gavroche était déjà à l'autre bout de la barricade criant : mon fusil!

Courfeyrac le lui fit rendre.

Gavroche prévint « les camarades », comme il les appelait, que la barricade était bloquée. Il avait eu grand'peine à arriver. Un bataillon de ligne, dont les faisceaux étaient dans la Petite-Truanderie, observait le côté de la rue du Cygne; du côté opposé, la garde municipale occupait la rue des Prêcheurs. En face, on avait le gros de l'armée.

Ce renseignement donné, Gavroche ajouta :

— Je vous autorise à leur flanquer une pile indigne.

Cependant Enjolras à son créneau, l'oreille tendue, épiait.

Les assaillants, peu contents sans doute du coup à boulet, ne l'avaient pas répété.

Une compagnie d'infanterie de ligne était venue occuper l'extrémité de la rue, en arrière de la pièce. Les soldats dépavaient la chaussée et y construisaient avec les pavés une petite muraille basse, une façon d'épaulement qui n'avait guère plus de dix-huit pouces de hauteur et qui faisait front à la barricade. A l'angle de gauche de cet épaulement, on voyait la tête de colonne d'un bataillon de la banlieue, massé rue Saint-Denis.

Enjolras, au guet, crut distinguer le bruit particulier qui se fait quand on retire des caissons les boîtes à mitraille, et il vit le chef de pièce changer le pointage et incliner légèrement la bouche du canon à gauche. Puis les canonniers se mirent à charger la pièce. Le chef de pièce saisit lui-même le boute-feu et l'approcha de la lumière.

— Baissez la tête, ralliez le mur! cria Enjolras, et tous à genoux le long de la barricade!

Les insurgés, épars devant le cabaret et qui avaient quitté leur poste de combat à l'arrivée de Gavroche, se ruèrent pêle-mêle vers la barricade; mais avant que l'ordre d'Enjolras fût exécuté, la décharge se fit avec le râle effrayant d'un coup de mitraille. C'en était un en effet.

La charge avait été dirigée sur la coupure de la redoute, y avait ricoché sur le mur, et ce ricochet épouvantable avait fait deux morts et trois blessés.

Si cela continuait, la barricade n'était plus tenable. La mitraille entrait.

Il y eut une rumeur de consternation.

— Empêchons toujours le second coup, dit Enjolras.

Et, abaissant sa carabine, il ajusta le chef de pièce qui, en ce moment, penché sur la culasse du canon, rectifiait et fixait définitivement le pointage.

Ce chef de pièce était un beau sergent de canonniers, tout jeune, blond, à la figure très douce, avec l'air intelligent propre à cette arme prédestinée et redoutable qui, à force de se perfectionner dans l'horreur, doit finir par tuer la guerre.

Combeferre, debout près d'Enjolras, considérait ce jeune homme.

3.

— Quel dommage! dit Combeferre. La hideuse chose que ces boucheries! Allons, quand il n'y aura plus de rois, il n'y aura plus de guerre. Enjolras, tu vises ce sergent, tu ne le regardes pas. Figure-toi que c'est un charmant jeune homme, il est intrépide, on voit qu'il pense, c'est très instruit, ces jeunes gens de l'artillerie; il a un père, une mère, une famille, il aime probablement, il a tout au plus vingt-cinq ans, il pourrait être ton frère.

— Il l'est, dit Enjolras.

— Oui, reprit Combeferre, et le mien aussi. Eh bien, ne le tuons pas.

— Laisse-moi. Il faut ce qu'il faut.

Et une larme coula lentement sur la joue de marbre d'Enjolras.

En même temps il pressa la détente de sa carabine. L'éclair jaillit. L'artilleur tourna deux fois sur lui-même, les bras étendus devant lui et la tête levée comme pour aspirer l'air, puis se renversa le flanc sur la pièce et y resta sans mouvement. On voyait son dos du centre duquel sortait tout droit un flot de sang. La balle lui avait traversé la poitrine de part en part. Il était mort.

Il fallut l'emporter et le remplacer. C'étaient en effet quelques minutes de gagnées.

IX

EMPLOI DE CE VIEUX TALENT DE BRACONNIER

ET DE CE COUP DE FUSIL INFAILLIBLE

QUI A INFLUÉ SUR LA CONDAMNATION DE 1796.

Les avis se croisaient dans la barricade. Le tir de la pièce allait recommencer. On n'en avait pas pour un quart d'heure avec cette mitraille. Il était absolument nécessaire d'amortir les coups.

Enjolras jeta ce commandement :

— Il faut mettre là un matelas.

— On n'en a pas, dit Combeferre, les blessés sont dessus.

Jean Valjean, assis à l'écart sur une borne, à l'angle du cabaret, son fusil entre les jambes, n'avait jusqu'à cet instant pris part à rien de ce qui se passait. Il semblait ne pas entendre les combattants dire autour de lui : Voilà un fusil qui ne fait rien.

A l'ordre donné par Enjolras, il se leva.

On se souvient qu'à l'arrivée du rassemblement rue de la Chanvrerie, une vieille femme, prévoyant les balles, avait mis son matelas devant sa fenêtre. Cette fenêtre, fenêtre de grenier, était sur le toit d'une maison à six étages située un peu en dehors de la barricade. Le matelas, posé en travers, appuyé par le bas sur deux perches à sécher le linge, était soutenu en haut par deux cordes qui, de loin, semblaient deux ficelles et qui se rattachaient à des clous plantés dans les chambranles de la mansarde. On voyait ces deux cordes distinctement sur le ciel comme des cheveux.

— Quelqu'un peut-il me prêter une carabine à deux coups ? dit Jean Valjean.

Enjolras, qui venait de recharger la sienne, la lui tendit.

Jean Valjean ajusta la mansarde et tira.

Une des deux cordes du matelas était coupée.

Le matelas ne pendait plus que par un fil.

Jean Valjean lâcha le second coup. La deuxième corde fouetta la vitre de la mansarde. Le matelas glissa entre les deux perches et tomba dans la rue.

La barricade applaudit.

Toutes les voix crièrent :

— Voilà un matelas.

— Oui, dit Combeferre, mais qui l'ira chercher ?

Le matelas en effet était tombé en dehors de la barricade, entre les assiégés et les assiégeants. Or, la mort du sergent de canonniers ayant exaspéré la troupe, les soldats, depuis quelques instants, s'étaient couchés à plat ventre derrière la ligne de pavés qu'ils avaient élevée, et, pour suppléer au silence forcé de la pièce qui se taisait en attendant que son service fût réorganisé, ils avaient ouvert le feu contre la barricade. Les insurgés ne répondaient pas à cette mousqueterie, pour épargner les munitions. La fusillade se brisait à la barricade; mais la rue, qu'elle remplissait de balles, était terrible.

Jean Valjean sortit de la coupure, entra dans la rue, traversa l'orage de balles, alla au matelas, le ramassa, le chargea sur son dos, et revint dans la barricade.

Lui-même mit le matelas dans la coupure. Il l'y fixa contre le mur de façon que les artilleurs ne le vissent pas.

Cela fait, on attendit le coup de mitraille.

Il ne tarda pas.

Le canon vomit avec un rugissement son paquet de chevrotines. Mais il n'y eut pas de ricochet. La mitraille avorta sur le matelas. L'effet prévu était obtenu. La barricade était préservée.

— Citoyen, dit Enjolras à Jean Valjean, la république vous remercie.

Bossuet admirait et riait. Il s'écria :

— C'est immoral qu'un matelas ait tant de puissance. Triomphe de ce qui plie sur ce qui foudroie. Mais c'est égal, gloire au matelas qui annule un canon !

X

AURORE.

En ce moment-là, Cosette se réveillait.

Sa chambre était étroite, propre, discrète, avec une longue croisée au levant sur l'arrière-cour de la maison.

Cosette ne savait rien de ce qui se passait dans Paris. Elle n'était point là la veille et elle était déjà rentrée dans sa chambre quand Toussaint avait dit : Il paraît qu'il y a du train.

Cosette avait dormi peu d'heures, mais bien. Elle avait eu de doux rêves, ce qui tenait peut-être un peu à ce que son petit lit était très blanc. Quelqu'un qui était Marius lui était apparu dans de la lumière. Elle se réveilla avec du soleil dans les yeux, ce qui d'abord lui fit l'effet de la continuation du songe.

Sa première pensée sortant de ce rêve fut riante. Cosette se sentit toute rassurée. Elle traversait, comme Jean Valjean quelques heures auparavant, cette réaction de l'âme qui ne veut absolument pas du malheur. Elle se mit à espérer de toutes ses forces sans savoir pourquoi. Puis un serrement de cœur lui vint. — Voilà trois jours qu'elle n'avait vu Marius. Mais elle se dit qu'il devait avoir reçu sa lettre, qu'il savait où elle était, et qu'il avait tant d'esprit, et qu'il trouverait moyen d'arriver jusqu'à elle. — Et cela certainement aujourd'hui, et peut-être ce matin même. — Il faisait grand jour, mais le rayon de lumière était très horizontal, elle pensa qu'il était de très bonne heure; qu'il fallait se lever pourtant; pour recevoir Marius.

Elle sentait qu'elle ne pouvait vivre sans Marius, et que par conséquent cela suffisait, et que Marius viendrait. Aucune objection n'était recevable. Tout cela était certain. C'était déjà assez monstrueux d'avoir souffert trois jours. Marius absent trois jours, c'était horrible au bon Dieu. Maintenant, cette cruelle taquinerie d'en haut était une épreuve traversée, Marius allait arriver, et apporterait une bonne nouvelle. Ainsi est faite la jeunesse; elle essuie vite ses yeux; elle trouve la douleur inutile et ne l'accepte pas. La jeunesse est le sourire de l'avenir devant un inconnu qui est lui-même. Il lui est naturel d'être heureuse. Il semble que sa respiration soit faite d'espérance.

Du reste, Cosette ne pouvait parvenir à se rappeler ce que Marius lui avait dit au sujet de cette absence qui ne devait durer qu'un jour, et quelle explication il lui en avait donnée. Tout le monde a remarqué avec quelle adresse une monnaie qu'on laisse tomber à terre court se cacher, et quel art elle a de se rendre introuvable. Il y a des pensées qui nous jouent le même tour; elles se blottissent dans un coin de notre cerveau; c'est fini; elles sont perdues; impossible de remettre la mémoire dessus. Cosette se dépitait quelque peu du petit effort inutile que faisait son souvenir. Elle se disait que c'était bien mal à elle et bien coupable d'avoir oublié des paroles prononcées par Marius.

Elle sortit du lit et fit les deux ablutions de l'âme et du corps, sa prière et sa toilette.

On peut à la rigueur introduire le lecteur dans une chambre nuptiale, non dans une chambre virginale. Le vers l'oserait à peine, la prose ne le doit pas.

C'est l'intérieur d'une fleur encore close, c'est une blancheur dans l'ombre, c'est la cellule intime d'un lys fermé qui ne doit pas être regardé par l'homme tant qu'il n'a pas été regardé par le soleil. La femme en bouton est sacrée. Ce lit innocent qui se découvre, cette adorable demi-nudité qui a peur d'elle-même, ce pied blanc qui se réfugie dans une pantoufle, cette gorge qui se voile devant un miroir comme si ce miroir était une prunelle, cette chemise qui se hâte de remonter et de cacher l'épaule pour un meuble qui craque ou pour une voiture qui passe, ces cordons noués, ces agrafes accrochées, ces lacets tirés, ces tressaillements, ces petits frissons de froid et de pudeur, cet effarouchement exquis de tous les mouvements, cette inquiétude presque ailée là où rien n'est à craindre, les phases successives du vêtement aussi charmantes que les nuages de l'aurore, il ne sied point que tout cela soit raconté, et c'est déjà trop de l'indiquer.

L'œil de l'homme doit être plus religieux encore devant le lever d'une jeune fille que devant le lever d'une étoile. La possibilité d'atteindre doit tourner en augmentation de respect. Le duvet de la pêche, la cendre de la prune, le cristal radié de la neige, l'aile du papillon poudrée de plumes, sont des choses grossières auprès de cette chasteté qui ne sait pas même qu'elle est chaste. La jeune fille n'est qu'une lueur de rêve et n'est pas encore une statue. Son alcôve est cachée dans la partie sombre de l'idéal. L'indiscret toucher du regard brutalise cette vague pénombre. Ici, contempler, c'est profaner.

Nous ne montrerons donc rien de tout ce suave petit remue-ménage du réveil de Cosette.

Un conte d'orient dit que la rose avait été faite par Dieu blanche, mais qu'Adam l'ayant regardée au moment où elle s'entr'ouvrait, elle eut honte et devint rose. Nous sommes de ceux qui se sentent interdits devant les jeunes filles et les fleurs, les trouvant vénérables.

Cosette s'habilla bien vite, se peigna, se coiffa, ce qui était fort simple en ce temps-là où les femmes n'enflaient pas leurs boucles et leurs bandeaux avec des coussinets et des tonnelets et ne mettaient point de crinolines dans leurs cheveux. Puis elle ouvrit la fenêtre et promena ses yeux partout autour d'elle, espérant découvrir quelque peu de la rue, un angle de maison, un coin de pavés, et pouvoir guetter là Marius. Mais on ne voyait rien du dehors. L'arrière-cour était enveloppée de murs assez hauts, et n'avait pour échappée que quelques jardins. Cosette déclara ces jardins hideux; pour la première fois de sa vie elle trouva des fleurs laides. Le moindre bout de ruisseau du carrefour eût été bien mieux son affaire. Elle prit le parti de regarder le ciel, comme si elle pensait que Marius pouvait venir aussi de là.

Subitement, elle fondit en larmes. Non que ce fût mobilité d'âme; mais, des espérances coupées d'accablement, c'était sa situation. Elle sentit confusément on ne sait quoi d'horrible. Les choses passent dans l'air en effet. Elle se dit qu'elle n'était sûre de rien, que se perdre de vue, c'était se perdre; et l'idée que Marius pourrait bien lui revenir du ciel, lui apparut, non plus charmante, mais lugubre.

Puis, tels sont ces nuages, le calme lui revint, et l'espoir, et une sorte de sourire inconscient, mais confiant en Dieu.

Tout le monde était encore couché dans la maison. Un silence provincial régnait. Aucun volet n'était poussé. La loge du portier était fermée. Toussaint n'était pas levée, et Cosette pensa tout naturellement que son père dormait. Il fallait qu'elle eût bien souffert, et qu'elle souffrît bien encore, car elle se disait que son père avait été méchant; mais elle comptait sur Marius. L'éclipse d'une telle lumière était décidément impossible. Elle pria. Par instants elle entendait à une certaine distance des espèces de secousses sourdes, et elle disait : C'est singulier qu'on ouvre et qu'on ferme les portes cochères de si bonne heure. C'étaient les coups de canon qui battaient la barricade.

Il y avait, à quelques pieds au-dessous de la croisée de Cosette, dans la vieille corniche toute noire du mur, un nid de martinets; l'encorbellement de ce nid faisait un peu saillie au delà de la corniche, si bien que d'en haut on pouvait voir le dedans de ce petit paradis. La mère y était, ouvrant ses ailes en éventail sur sa couvée; le père voletait, s'en allait, puis revenait, rapportant dans son bec de la nourriture et des baisers. Le jour levant dorait cette chose heureuse, la grande loi Multipliez était là souriante et auguste, et ce doux mystère s'épanouissait dans la gloire du matin. Cosette, les cheveux dans le soleil, l'âme dans les chimères, éclairée par l'amour au dedans et par l'aurore au dehors, se pencha comme machinalement, et, sans presque oser s'avouer qu'elle pensait en même temps à Marius, se mit à regarder ces oiseaux, cette famille, ce mâle et cette femelle, cette mère et ces petits, avec le profond trouble qu'un nid donne à une vierge.

XI

LE COUP DE FUSIL QUI NE MANQUE RIEN
ET QUI NE TUE PERSONNE.

Le feu des assaillants continuait. La mousqueterie et la mitraille alternaient, sans grand ravage à la vérité. Le haut de la façade de Corinthe souffrait seul; la croisée du premier étage et les mansardes du toit, criblées de chevrotines et de biscayens, se déformaient lentement. Les combattants qui s'y étaient postés avaient dû s'effacer. Du reste, ceci est une tactique de l'attaque des barricades; tirailler longtemps, afin d'épuiser les munitions des insurgés, s'ils font la faute de répliquer. Quand on s'aperçoit, au ralentissement de leur feu, qu'ils n'ont plus ni balles ni poudre, on donne l'assaut. Enjolras n'était pas tombé dans ce piège; la barricade ne ripostait point.

A chaque feu de peloton, Gavroche se gonflait la joue avec sa langue, signe de haut dédain.

— C'est bon, disait-il, déchirez de la toile. Nous avons besoin de charpie.

Courfeyrac interpellait la mitraille sur son peu d'effet et disait au canon :

— Tu deviens diffus, mon bonhomme.

Dans la bataille on s'intrigue comme au bal. Il est probable que ce silence de la redoute commençait à inquiéter les assiégeants et à leur faire craindre quelque incident inattendu, et qu'ils sentirent le besoin de voir clair à travers ce tas de pavés et de savoir ce qui se passait derrière cette muraille impassible qui recevait les coups sans y répondre. Les insurgés aperçurent subitement un casque qui brillait au soleil sur un toit voisin. Un pompier était adossé à une haute cheminée et semblait là en sentinelle. Son regard plongeait à pic dans la barricade.

— Voilà un surveillant gênant, dit Enjolras.

Jean Valjean avait rendu la carabine d'Enjolras, mais il avait son fusil.

Sans dire un mot, il ajusta le pompier, et, une seconde après, le casque, frappé d'une balle, tombait bruyamment dans la rue. Le soldat effaré se hâta de disparaître.

Un deuxième observateur prit sa place. Celui-ci était un officier. Jean Valjean, qui avait rechargé son fusil, ajusta le nouveau venu, et envoya le casque de l'officier rejoindre le casque du soldat. L'officier n'insista pas, et se retira très vite. Cette fois l'avis fut compris. Personne ne reparut sur le toit; et l'on renonça à espionner la barricade.

— Pourquoi n'avez-vous pas tué l'homme? demanda Bossuet à Jean Valjean.

Jean Valjean ne répondit pas.

XII

LE DÉSORDRE PARTISAN DE L'ORDRE.

Bossuet murmura à l'oreille de Combeferre :

— Il n'a pas répondu à ma question.

— C'est un homme qui fait de la bonté à coups de fusil, dit Combeferre.

Ceux qui ont gardé quelque souvenir de cette époque déjà lointaine savent que la garde nationale de la banlieue était vaillante contre les insurrections. Elle fut particulièrement acharnée et intrépide aux journées de juin 1832. Tel bon cabaretier de Pantin, des Vertus ou de la Cunette, dont l'émeute faisait chômer «l'établissement», devenait léonin en voyant sa salle de danse déserte, et se faisait tuer pour sauver l'ordre représenté par la guinguette. Dans ce temps à la fois bourgeois et héroïque, en présence des idées qui avaient leurs chevaliers, les intérêts avaient leurs paladins. Le prosaïsme du mobile n'ôtait rien à la bravoure du mouvement. La décroissance d'une pile d'écus faisait chanter à des banquiers la Marseillaise. On versait lyriquement son sang pour le comptoir; et l'on défendait avec un enthousiasme lacédémonien la boutique, cet immense diminutif de la patrie.

Au fond, disons-le, il n'y avait rien dans tout cela que de très sérieux. C'étaient les éléments sociaux qui entraient en lutte, en attendant le jour où ils entreront en équilibre.

Un autre signe de ce temps, c'était l'anarchie mêlée au gouvernementalisme (nom barbare du parti correct). On était pour l'ordre avec indiscipline. Le tambour battait inopinément, sur le commandement de tel colonel de la garde nationale, des rappels de caprice; tel capitaine allait au feu par inspiration; tel garde national se battait « d'idée », et pour son propre compte. Dans les minutes de crise, dans les « journées », on prenait conseil moins de ses chefs que de ses instincts. Il y avait dans l'armée de l'ordre de véritables guérilleros, les uns d'épée comme Fannicot, les autres de plume comme Henri Fonfrède.

La civilisation, malheureusement représentée à cette époque plutôt par une agrégation d'intérêts que par un groupe de principes, était ou se croyait en péril; elle poussait le cri d'alarme; chacun, se faisant centre, la défendait, la secourait et la protégeait, à sa tête; et le premier venu prenait sur lui de sauver la société.

Le zèle parfois allait jusqu'à l'extermination. Tel peloton de gardes nationaux se constituait de son autorité privée conseil de guerre, et jugeait et exécutait en cinq minutes un insurgé prisonnier. C'est une improvisation de cette sorte qui avait tué Jean Prouvaire. Féroce loi de Lynch, qu'aucun parti n'a le droit de reprocher aux autres, car elle est appliquée par la république en Amérique comme par la monarchie en Europe. Cette loi de Lynch se compliquait de méprises. Un jour d'émeute, un jeûne poëte, nommé Paul-Aimé Garnier, fut poursuivi place Royale, la bayonnette aux reins, et n'échappa qu'en se réfugiant sous la porte cochère du numéro 6. On criait : — *En voilà encore un de ces Saint-Simoniens!* et l'on voulait le tuer. Or, il avait sous le bras un volume des mémoires du duc de Saint-Simon. Un garde national avait lu sur ce livre le mot : *Saint-Simon,* et avait crié : A mort!

Le 6 juin 1832, une compagnie de gardes nationaux de la banlieue, commandée par le capitaine Fannicot, nommé plus haut, se fit, par fantaisie et bon plaisir, décimer rue de la Chanvrerie. Le fait, si singulier qu'il soit, a été constaté par l'instruction judiciaire ouverte à la suite de l'insurrection de 1832. Le capitaine Fannicot, bourgeois impatient et hardi, espèce de condottiere de l'ordre, de ceux que nous venons de caractériser, gouvernementaliste fanatique et insoumis, ne put résister à l'attrait de faire feu avant l'heure et à l'ambition de prendre la barricade à lui tout seul, c'est-à-dire avec sa compagnie. Exaspéré par l'apparition successive du drapeau rouge et du vieil habit qu'il prit pour le drapeau noir, il blâmait tout haut les généraux et les chefs de corps, lesquels tenaient conseil, ne jugeaient pas que le moment de l'assaut décisif fût venu, et laissaient, suivant une expression célèbre de l'un d'eux, « l'insurrection cuire dans son jus ». Quant à lui, il trouvait la barricade mûre, et, comme ce qui est mûr doit tomber, il essaya.

Il commandait à des hommes résolus comme lui, « à des enragés », a dit un témoin. Sa compagnie, celle-là même qui avait fusillé le poëte Jean Prouvaire, était la première du bataillon posté à l'angle de la rue. Au moment où l'on s'y attendait le moins, le capitaine lança ses hommes contre la barricade. Ce mouvement, exécuté avec plus de bonne volonté que de stratégie, coûta cher à la compagnie Fannicot. Avant qu'elle fût arrivée aux deux tiers de la rue, une décharge générale de la barricade l'accueillit. Quatre, les plus audacieux, qui couraient en tête, furent foudroyés à bout portant au pied même de la redoute, et cette courageuse cohue de gardes nationaux, gens très braves, mais qui n'avaient point la ténacité militaire, dut se replier, après quelque hésitation, en laissant quinze cadavres sur le pavé. L'instant d'hésitation donna aux insurgés le temps de recharger les armes, et une seconde décharge, très meurtrière, atteignit la compagnie avant qu'elle eût pu regagner l'angle de la rue, son abri. Un moment, elle fut prise entre deux mitrailles, et elle reçut la volée de la pièce en batterie qui, n'ayant pas d'ordre, n'avait pas discontinué son feu. L'intrépide et imprudent Fannicot fut un des morts de cette mitraille. Il fut tué par le canon, c'est-à-dire par l'ordre.

Cette attaque, plus furieuse que sérieuse, irrita Enjolras. — Les imbéciles! dit-il. Ils font tuer leurs hommes, et ils nous usent nos munitions, pour rien.

Enjolras parlait comme un vrai général d'émeute qu'il était. L'insurrection et la répression ne luttent point à armes égales. L'insurrection, promptement épuisable, n'a qu'un nombre de coups à tirer, et qu'un nombre de combattants à dépenser. Une giberne vidée, un homme tué, ne se remplacent pas. La répression, ayant l'armée, ne compte pas les hommes, et, ayant Vincennes, ne compte pas les coups. La répression a autant de régiments que la barricade a d'hommes, et autant d'arsenaux que la barricade a de cartouchières. Aussi sont-ce là des luttes d'un contre cent, qui finissent toujours par l'écrasement des barricades; à moins que la révolution, surgissant brusquement, ne vienne jeter dans la balance son flamboyant glaive d'archange. Cela arrive. Alors tout se lève, les pavés entrent en bouillonnement, les redoutes populaires pullulent, Paris tressaille souverainement, le *quid divinum* se dégage, un 10 août est dans l'air, un 29 juillet est dans l'air, une prodigieuse lumière apparaît, la gueule béante de la force recule, et l'armée, ce lion, voit devant elle, debout et tranquille, ce prophète, la France.

XIII

LUEURS QUI PASSENT.

Dans le chaos de sentiments et de passions qui défendent une barricade, il y a de tout; il y a de la bravoure, de la jeunesse, du point d'honneur, de l'enthousiasme, de l'idéal, de la conviction, de l'acharnement de joueur, et surtout, des intermittences d'espoir.

Une de ces intermittences, un de ces vagues frémissements d'espérance traversa subitement, à l'instant le plus inattendu, la barricade de la Chanvrerie.

— Écoutez, s'écria brusquement Enjolras toujours aux aguets, il me semble que Paris s'éveille.

Il est certain que, dans la matinée du 6 juin, l'insurrection eut, pendant une heure ou deux, une certaine recrudescence. L'obstination du tocsin de Saint-Merry ranima quelques velléités. Rue du Poirier, rue des Gravilliers, des barricades s'ébauchèrent. Devant la Porte Saint-Martin, un jeune homme, armé d'une carabine, attaqua seul un escadron de cavalerie. A découvert, en plein boulevard, il mit un genou en terre, épaula son arme, tira, tua le chef d'escadron, et se retourna en disant : *En voilà encore un qui ne nous fera plus de mal.* Il fut sabré. Rue Saint-Denis, une femme tirait sur la garde municipale de derrière une jalousie baissée. On voyait à chaque coup trembler les feuilles de la jalousie. Un enfant de quatorze ans fut arrêté rue de la Cossonnerie avec ses poches pleines de cartouches. Plusieurs postes furent attaqués. A l'entrée de la rue Bertin-Poirée, une fusillade très vive et tout à fait imprévue accueillit un régiment de cuirassiers, en tête duquel marchait le général Cavaignac de Baragne. Rue Planche-Mibray, on jeta du haut des toits sur la troupe de vieux tessons de vaisselle et des ustensiles de ménage; mauvais signe; et quand on rendit compte de ce fait au maréchal Soult, le vieux lieutenant de Napoléon devint rêveur, se rappelant le mot de Suchet à Saragosse : *Nous sommes perdus quand les vieilles femmes nous vident leur pot de chambre sur la tête.*

Ces symptômes généraux qui se manifestaient au moment où l'on croyait l'émeute localisée, cette fièvre de colère qui reprenait le dessus, ces flammèches qui volaient çà et là au-dessus de ces masses profondes de combustible qu'on nomme les faubourgs de Paris, tout cet ensemble inquiéta les chefs militaires. On se hâta d'éteindre ces commencements d'incendie. On retarda, jusqu'à ce que ces pétillements fussent étouffés, l'attaque des barri-

cades Maubuée, de la Chanvrerie et de Saint-Merry, afin de n'avoir plus
affaire qu'à elles, et de pouvoir tout finir d'un coup. Des colonnes furent
lancées dans les rues en fermentation, balayant les grandes, sondant les
petites, à droite, à gauche, tantôt avec précaution et lentement, tantôt au
pas de charge. La troupe enfonçait les portes des maisons d'où l'on avait
tiré; en même temps des manœuvres de cavalerie dispersaient les groupes
des boulevards. Cette répression ne se fit pas sans rumeur et sans ce fracas
tumultueux propre aux chocs d'armée et de peuple. C'était là ce qu'Enjolras,
dans les intervalles de la canonnade et de la mousqueterie, saisissait. En
outre, il avait vu au bout de la rue passer des blessés sur des civières, et il
disait à Courfeyrac : — Ces blessés-là ne viennent pas de chez nous.

L'espoir dura peu; la lueur s'éclipsa vite. En moins d'une demi-heure,
ce qui était dans l'air s'évanouit, ce fut comme un éclair sans foudre, et les
insurgés sentirent retomber sur eux cette espèce de chape de plomb que
l'indifférence du peuple jette sur les obstinés abandonnés.

Le mouvement général qui semblait s'être vaguement dessiné avait
avorté; et l'attention du ministre de la guerre et la stratégie des généraux
pouvaient se concentrer maintenant sur les trois ou quatre barricades restées
debout.

Le soleil montait sur l'horizon.

Un insurgé interpella Enjolras :

— On a faim ici. Est-ce que vraiment nous allons mourir comme ça
sans manger?

Enjolras, toujours accoudé à son créneau, sans quitter des yeux l'extrémité de la rue, fit un signe de tête affirmatif.

IMPRIMERIE NATIONALE.

XIV

OÙ ON LIRA LE NOM DE LA MAÎTRESSE D'ENJOLRAS.

Courfeyrac, assis sur un pavé à côté d'Enjolras, continuait d'insulter le canon, et chaque fois que passait, avec son bruit monstrueux, cette sombre nuée de projectiles qu'on appelle la mitraille, il l'accueillait par une bouffée d'ironie.

— Tu t'époumones, mon pauvre vieux brutal, tu me fais de la peine, tu perds ton vacarme. Ce n'est pas du tonnerre, ça. C'est de la toux.

Et l'on riait autour de lui.

Courfeyrac et Bossuet, dont la vaillante belle humeur croissait avec le péril, remplaçaient, comme madame Scarron, la nourriture par la plaisanterie, et, puisque le vin manquait, versaient à tous de la gaîté.

— J'admire Enjolras, disait Bossuet. Sa témérité impassible m'émerveille. Il vit seul, ce qui le rend peut-être un peu triste; Enjolras se plaint de sa grandeur qui l'attache au veuvage. Nous autres, nous avons tous plus ou moins des maîtresses qui nous rendent fous, c'est-à-dire braves. Quand on est amoureux comme un tigre, c'est bien le moins qu'on se batte comme un lion. C'est une façon de nous venger des traits que nous font mesdames nos grisettes. Roland se fait tuer pour faire bisquer Angélique. Tous nos héroïsmes viennent de nos femmes. Un homme sans femme, c'est un pistolet sans chien; c'est la femme qui fait partir l'homme. Eh bien, Enjolras n'a pas de femme. Il n'est pas amoureux, et il trouve le moyen d'être intrépide. C'est une chose inouïe qu'on puisse être froid comme la glace et hardi comme le feu.

Enjolras ne paraissait pas écouter, mais quelqu'un qui eût été près de lui l'eût entendu murmurer à demi-voix : *Patria*.

Bossuet riait encore quand Courfeyrac s'écria :

— Du nouveau!

Et, prenant une voix d'huissier qui annonce, il ajouta :

— Je m'appelle Pièce de Huit.

En effet, un nouveau personnage venait d'entrer en scène. C'était une deuxième bouche à feu.

Les artilleurs firent rapidement la manœuvre de force, et mirent cette seconde pièce en batterie près de la première.

Ceci ébauchait le dénouement.

Quelques instants après, les deux pièces, vivement servies, tiraient de front contre la redoute; les feux de peloton de la ligne et de la banlieue soutenaient l'artillerie.

On entendait une autre canonnade à quelque distance. En même temps que deux pièces s'acharnaient sur la redoute de la rue de la Chanvrerie, deux autres bouches à feu, braquées, l'une rue Saint-Denis, l'autre rue Aubry-le-Boucher, criblaient la barricade Saint-Merry. Les quatre canons se faisaient lugubrement écho.

Les aboiements des sombres chiens de la guerre se répondaient.

Des deux pièces qui battaient maintenant la barricade de la rue de la Chanvrerie, l'une tirait à mitraille, l'autre à boulet.

La pièce qui tirait à boulet était pointée un peu haut et le tir était calculé de façon que le boulet frappait le bord extrême de l'arête supérieure de la barricade, l'écrêtait, et émiettait les pavés sur les insurgés en éclats de mitraille.

Ce procédé de tir avait pour but d'écarter les combattants du sommet de la redoute, et de les contraindre à se pelotonner dans l'intérieur; c'est-à-dire que cela annonçait l'assaut.

Une fois les combattants chassés du haut de la barricade par le boulet et des fenêtres du cabaret par la mitraille, les colonnes d'attaque pourraient s'aventurer dans la rue sans être visées, peut-être même sans être aperçus, escalader brusquement la redoute, comme la veille au soir, et, qui sait? la prendre par surprise.

— Il faut absolument diminuer l'incommodité de ces pièces, dit Enjolras, et il cria : Feu sur les artilleurs!

Tous étaient prêts. La barricade, qui se taisait depuis si longtemps, fit feu éperdument, sept ou huit décharges se succédèrent avec une sorte de rage et de joie, la rue s'emplit d'une fumée aveuglante, et, au bout de quelques minutes, à travers cette brume toute rayée de flamme, on put distinguer confusément les deux tiers des artilleurs couchés sous les roues des canons. Ceux qui étaient restés debout continuaient de servir les pièces avec une tranquillité sévère; mais le feu était ralenti.

— Voilà qui va bien, dit Bossuet à Enjolras. Succès.

Enjolras hocha la tête et répondit :

— Encore un quart d'heure de ce succès, et il n'y aura plus dix cartouches dans la barricade.

Il paraît que Gavroche entendit ce mot.

XV

GAVROCHE DEHORS.

Courfeyrac tout à coup aperçut quelqu'un au bas de la barricade, dehors, dans la rue, sous les balles.

Gavroche avait pris un panier à bouteilles dans le cabaret, était sorti par la coupure, et était paisiblement occupé à vider dans son panier les gibernes pleines de cartouches des gardes nationaux tués sur le talus de la redoute.

— Qu'est-ce que tu fais là ? dit Courfeyrac.

Gavroche leva le nez :

— Citoyen, j'emplis mon panier.

— Tu ne vois donc pas la mitraille ?

Gavroche répondit :

— Eh bien, il pleut. Après ?

Courfeyrac cria :

— Rentre !

— Tout à l'heure, fit Gavroche.

Et, d'un bond, il s'enfonça dans la rue.

On se souvient que la compagnie Fannicot, en se retirant, avait laissé derrière elle une traînée de cadavres.

Une vingtaine de morts gisaient çà et là dans toute la longueur de la rue sur le pavé. Une vingtaine de gibernes pour Gavroche. Une provision de cartouches pour la barricade.

La fumée était dans la rue comme un brouillard. Quiconque a vu un nuage tombé dans une gorge de montagnes entre deux escarpements à pic, peut se figurer cette fumée resserrée et comme épaissie par deux sombres lignes de hautes maisons. Elle montait lentement et se renouvelait sans cesse ; de là un obscurcissement graduel qui blêmissait même le plein jour. C'est à peine si, d'un bout à l'autre de la rue, pourtant fort courte, les combattants s'apercevaient.

Cet obscurcissement, probablement voulu et calculé par les chefs qui devaient diriger l'assaut de la barricade, fut utile à Gavroche.

Sous les plis de ce voile de fumée, et grâce à sa petitesse, il put s'avancer assez loin dans la rue sans être vu. Il dévalisa les sept ou huit premières gibernes sans grand danger.

Il rampait à plat ventre, galopait à quatre pattes, prenait son panier aux dents, se tordait, glissait, ondulait, serpentait d'un mort à l'autre, et vidait la giberne ou la cartouchière comme un singe ouvre une noix.

De la barricade, dont il était encore assez près, on n'osait lui crier de revenir, de peur d'appeler l'attention sur lui.

Sur un cadavre, qui était un caporal, il trouva une poire à poudre.

— Pour la soif, dit-il, en la mettant dans sa poche.

A force d'aller en avant, il parvint au point où le brouillard de la fusillade devenait transparent.

Si bien que les tirailleurs de la ligne rangés et à l'affût derrière leur levée de pavés, et les tirailleurs de la banlieue massés à l'angle de la rue, se montrèrent soudainement quelque chose qui remuait dans la fumée.

Au moment où Gavroche débarrassait de ses cartouches un sergent gisant près d'une borne, une balle frappa le cadavre.

— Fichtre! fit Gavroche. Voilà qu'on me tue mes morts.

Une deuxième balle fit étinceler le pavé à côté de lui. Une troisième renversa son panier.

Gavroche regarda, et vit que cela venait de la banlieue.

Il se dressa tout droit, debout, les cheveux au vent, les mains sur les hanches, l'œil fixé sur les gardes nationaux qui tiraient, et il chanta :

> On est laid à Nanterre,
> C'est la faute à Voltaire,
> Et bête à Palaiseau,
> C'est la faute à Rousseau.

Puis il ramassa son panier, y remit, sans en perdre une seule, les cartouches qui en étaient tombées, et, avançant vers la fusillade, alla dépouiller une autre giberne. Là une quatrième balle le manqua encore. Gavroche chanta :

> Je ne suis pas notaire,
> C'est la faute à Voltaire,
> Je suis petit oiseau,
> C'est la faute à Rousseau.

Une cinquième balle ne réussit qu'à tirer de lui un troisième couplet :

> Joie est mon caractère,
> C'est la faute à Voltaire,
> Misère est mon trousseau,
> C'est la faute à Rousseau.

Cela continua ainsi quelque temps.

Le spectacle était épouvantable et charmant. Gavroche, fusillé, taquinait la fusillade. Il avait l'air de s'amuser beaucoup. C'était le moineau becquetant les chasseurs. Il répondait à chaque décharge par un couplet. On le visait sans cesse, on le manquait toujours. Les gardes nationaux et les soldats riaient en l'ajustant. Il se couchait, puis se redressait, s'effaçait dans un coin de porte, puis bondissait, disparaissait, reparaissait, se sauvait, revenait, rispostait à la mitraille par des pieds de nez, et cependant pillait les cartouches, vidait les gibernes et remplissait son panier. Les insurgés, haletants d'anxiété, le suivaient des yeux. La barricade tremblait; lui, il chantait. Ce n'était pas un enfant, ce n'était pas un homme; c'était un étrange gamin fée. On eût dit le nain invulnérable de la mêlée. Les balles couraient après lui, il était plus leste qu'elles. Il jouait on ne sait quel effrayant jeu de cache-cache avec la mort; chaque fois que la face camarde du spectre s'approchait, le gamin lui donnait une pichenette.

Une balle pourtant, mieux ajustée ou plus traître que les autres, finit par atteindre l'enfant feu follet. On vit Gavroche chanceler, puis il s'affaissa. Toute la barricade poussa un cri; mais il y avait de l'Antée dans ce pygmée; pour le gamin toucher le pavé, c'est comme pour le géant toucher la terre; Gavroche n'était tombé que pour se redresser; il resta assis sur son séant, un long filet de sang rayait son visage, il éleva ses deux bras en l'air, regarda du côté d'où était venu le coup, et se mit à chanter :

> Je suis tombé par terre,
> C'est la faute à Voltaire,
> Le nez dans le ruisseau,
> C'est la faute à...

Il n'acheva point. Une seconde balle du même tireur l'arrêta court. Cette fois il s'abattit la face contre le pavé, et ne remua plus. Cette petite grande âme venait de s'envoler.

XVI

COMMENT DE FRÈRE ON DEVIENT PÈRE.

Il y avait en ce moment-là même dans le jardin du Luxembourg, — car le regard du drame doit être présent partout, — deux enfants qui se tenaient par la main. L'un pouvait avoir sept ans, l'autre cinq. La pluie les ayant mouillés, ils marchaient dans les allées du côté du soleil; l'aîné conduisait le petit; ils étaient en haillons et pâles; ils avaient un air d'oiseaux fauves. Le plus petit disait : J'ai bien faim.

L'aîné, déjà un peu protecteur, conduisait son frère de la main gauche et avait une baguette dans sa main droite.

Il étaient seuls dans le jardin. Le jardin était désert, les grilles étaient fermées par mesure de police à cause de l'insurrection. Les troupes qui y avaient bivouaqué en étaient sorties pour les besoins du combat.

Comment ces enfants étaient-ils là ? Peut-être s'étaient-ils évadés de quelque corps de garde entrebâillé; peut-être aux environs, à la barrière d'Enfer, ou sur l'esplanade de l'Observatoire, ou dans le carrefour voisin dominé par le fronton où on lit : *invenerunt parvulum pannis involutum,* y avait-il quelque baraque de saltimbanques dont ils s'étaient enfuis; peut-être avaient-ils, la veille au soir, trompé l'œil des inspecteurs du jardin à l'heure de la clôture, et avaient-ils passé la nuit dans quelqu'une de ces guérites où on lit les journaux ? Le fait est qu'ils étaient errants et qu'ils semblaient libres. Être errant et sembler libre, c'est être perdu. Ces pauvres petits étaient perdus en effet.

Ces deux enfants étaient ceux-là mêmes dont Gavroche avait été en peine, et que le lecteur se rappelle. Enfants des Thénardier, en location chez la Magnon, attribués à M. Gillenormand, et maintenant feuilles tombées de toutes ces branches sans racines, et roulées sur la terre par le vent.

Leurs vêtements, propres du temps de la Magnon et qui lui servaient de prospectus vis-à-vis de M. Gillenormand, étaient devenus guenilles.

Ces êtres appartenaient désormais à la statistique des « Enfants Abandonnés » que la police constate, ramasse, égare et retrouve sur le pavé de Paris.

Il fallait le trouble d'un tel jour pour que ces petits misérables fussent dans ce jardin. Si les surveillants les eussent aperçus, ils eussent chassé ces haillons. Les petits pauvres n'entrent pas dans les jardins publics; pourtant on devrait songer que, comme enfants, ils ont droit aux fleurs.

Ceux-ci étaient là, grâce aux grilles fermées. Ils étaient en contravention. Ils s'étaient glissés dans le jardin, et ils y étaient restés. Les grilles fermées ne donnent pas congé aux inspecteurs, la surveillance est censée continuer, mais elle s'amollit et se repose; et les inspecteurs, émus eux aussi par l'anxiété publique et plus occupés du dehors que du dedans, ne regardaient plus le jardin, et n'avaient pas vu les deux délinquants.

Il avait plu la veille, et même un peu le matin. Mais en juin les ondées ne comptent pas. C'est à peine si l'on s'aperçoit, une heure après un orage, que cette belle journée blonde a pleuré. La terre en été est aussi vite sèche que la joue d'un enfant.

A cet instant du solstice, la lumière du plein midi est, pour ainsi dire, poignante. Elle prend tout. Elle s'applique et se superpose à la terre avec une sorte de succion. On dirait que le soleil a soif. Une averse est un verre d'eau; une pluie est tout de suite bue. Le matin tout ruisselait, l'après-midi tout poudroie.

Rien n'est admirable comme une verdure débarbouillée par la pluie et essuyée par le rayon; c'est de la fraîcheur chaude. Les jardins et les prairies, ayant de l'eau dans leurs racines et du soleil dans leurs fleurs, deviennent des cassolettes d'encens et fument de tous leurs parfums à la fois. Tout rit, chante et s'offre. On se sent doucement ivre. Le printemps est un paradis provisoire; le soleil aide à faire patienter l'homme.

Il y a des êtres qui n'en demandent pas davantage; vivants qui, ayant l'azur du ciel, disent : c'est assez! songeurs absorbés dans le prodige, puisant dans l'idolâtrie de la nature l'indifférence du bien et du mal, contemplateurs du cosmos radieusement distraits de l'homme, qui ne comprennent pas qu'on s'occupe de la faim de ceux-ci, de la soif de ceux-là, de la nudité du pauvre en hiver, de la courbure lymphatique d'une petite épine dorsale, du grabat, du grenier, du cachot, et des haillons des jeunes filles grelottantes, quand on peut rêver sous les arbres; esprits paisibles et terribles, impitoyablement satisfaits. Chose étrange, l'infini leur suffit. Ce grand besoin de l'homme, le fini, qui admet l'embrassement, ils l'ignorent. Le fini, qui admet le progrès, ce travail sublime, ils n'y songent pas. L'indéfini, qui naît de la combinaison humaine et divine de l'infini et du fini, leur échappe. Pourvu qu'ils soient face à face avec l'immensité, ils sourient. Jamais la joie, toujours l'extase. S'abîmer, voilà leur vie. L'histoire de l'humanité pour eux n'est qu'un plan parcellaire; Tout n'y est pas; le vrai Tout reste en dehors; à quoi bon s'occuper de ce détail, l'homme? L'homme souffre, c'est possible; mais regardez donc Aldebaran qui se lève! La mère n'a plus de lait, le nouveau-né se meurt, je n'en sais rien, mais considérez donc cette rosace merveilleuse que fait une rondelle de l'aubier du sapin examinée au microscope! comparez-moi la plus belle malines à cela! Ces penseurs oublient d'aimer. Le zodiaque réussit sur eux au point de les empêcher de voir l'enfant qui pleure. Dieu leur éclipse l'âme. C'est là une famille d'esprits, à la fois petits et grands. Horace en était, Gœthe en était, La Fontaine peut-être; magnifiques égoïstes de l'infini, spectateurs tranquilles de la douleur, qui ne voient pas Néron s'il fait beau, auxquels le soleil cache le bûcher, qui regarderaient guillotiner en y cherchant un effet de lumière, qui n'entendent ni le cri, ni le sanglot, ni le râle, ni le tocsin, pour qui tout est bien puisqu'il y a le mois de mai, qui, tant qu'il y aura des nuages de pourpre et d'or au-dessus de leur tête, se déclarent contents, et qui sont déterminés à être heureux jusqu'à épuisement du rayonnement des astres et du chant des oiseaux.

Ce sont de radieux ténébreux. Ils ne se doutent pas qu'ils sont à plaindre. Certes, ils le sont. Qui ne pleure pas ne voit pas. Il faut les admirer et les plaindre, comme on plaindrait et comme on admirerait un être à la fois nuit et jour qui n'aurait pas d'yeux sous les sourcils et qui aurait un astre au milieu du front.

L'indifférence de ces penseurs, c'est là, selon quelques-uns, une philosophie supérieure. Soit; mais dans cette supériorité il y a de l'infirmité. On peut être immortel et boiteux; témoin Vulcain. On peut être plus qu'homme et moins qu'homme. L'incomplet immense est dans la nature. Qui sait si le soleil n'est pas un aveugle?

Mais alors, quoi! à qui se fier? *Solem quis dicere falsum audeat?* Ainsi de certains génies eux-mêmes, de certains Très-Hauts humains, des hommes astres, pourraient se tromper? Ce qui est là-haut, au faîte, au sommet, au zénith, ce qui envoie sur la terre tant de clarté, verrait peu, verrait mal, ne verrait pas? Cela n'est-il pas désespérant? Non. Mais qu'y a-t-il donc au-dessus du soleil? Le dieu.

Le 6 juin 1832, vers onze heures du matin, le Luxembourg, solitaire et dépeuplé, était charmant. Les quinconces et les parterres s'envoyaient dans la lumière des baumes et des éblouissements. Les branches, folles à la clarté de midi, semblaient chercher à s'embrasser. Il y avait dans les sycomores un tintamarre de fauvettes, les passereaux triomphaient, les pique-bois grimpaient le long des marronniers en donnant de petits coups de bec dans les trous de l'écorce. Les plates-bandes acceptaient la royauté légitime des lys; le plus auguste des parfums, c'est celui qui sort de la blancheur. On respirait l'odeur poivrée des œillets. Les vieilles corneilles de Marie de Médicis étaient amoureuses dans les grands arbres. Le soleil dorait, empourprait et allumait les tulipes, qui ne sont autre chose que toutes les variétés de la flamme, faites fleurs. Tout autour des bancs de tulipes tourbillonnaient les abeilles, étincelles de ces fleurs flammes. Tout était grâce et gaîté, même la pluie prochaine; cette récidive, dont les muguets et les chèvrefeuilles devaient profiter, n'avait rien d'inquiétant; les hirondelles faisaient la charmante menace de voler bas. Qui était là aspirait du bonheur; la vie sentait bon; toute cette nature exhalait la candeur, le secours, l'assistance, la paternité, la caresse, l'aurore. Les pensées qui tombaient du ciel étaient douces comme une petite main d'enfant qu'on baise.

Les statues sous les arbres, nues et blanches, avaient des robes d'ombre trouées de lumière; ces déesses étaient toutes déguenillées de soleil; il leur pendait des rayons de tous les côtés. Autour du grand bassin, la terre était déjà séchée au point d'être presque brûlée. Il faisait assez de vent pour soulever çà et là de petites émeutes de poussière. Quelques feuilles jaunes, restées du dernier automne, se poursuivaient joyeusement, et semblaient gaminer.

L'abondance de la clarté avait on ne sait quoi de rassurant. Vie, sève, chaleur, effluves, débordaient; on sentait sous la création l'énormité de la source; dans tous ces souffles pénétrés d'amour, dans ce va-et-vient de réverbérations et de reflets, dans cette prodigieuse dépense de rayons, dans ce versement indéfini d'or fluide, on sentait la prodigalité de l'inépuisable; et, derrière cette splendeur comme derrière un rideau de flamme, on entrevoyait Dieu, ce millionnaire d'étoiles.

Grâce au sable, il n'y avait pas une tache de boue; grâce à la pluie, il n'y avait pas un grain de cendre. Les bouquets venaient de se laver; tous les velours, tous les satins, tous les vernis, tous les ors, qui sortent de la terre sous forme de fleurs, étaient irréprochables. Cette magnificence était propre. Le grand silence de la nature heureuse emplissait le jardin. Silence céleste compatible avec mille musiques, roucoulements de nids, bourdonnements d'essaims, palpitations du vent. Toute l'harmonie de la saison s'accomplissait dans un gracieux ensemble; les entrées et les sorties du printemps avaient lieu dans l'ordre voulu; les lilas finissaient, les jasmins commençaient; quelques fleurs étaient attardées, quelques insectes en avance; l'avant-garde des papillons rouges de juin fraternisait avec l'arrière-garde des papillons blancs de mai. Les platanes faisaient peau neuve. La brise creusait des ondulations dans l'énormité magnifique des marronniers. C'était splendide. Un vétéran de la caserne voisine qui regardait à travers la grille disait : Voilà le printemps au port d'armes et en grande tenue.

Toute la nature déjeunait; la création était à table; c'était l'heure; la grande nappe bleue était mise au ciel et la grande nappe verte sur la terre; le soleil éclairait à giorno. Dieu servait le repas universel. Chaque être avait sa pâture ou sa pâtée. Le ramier trouvait du chènevis, le pinson trouvait du millet, le chardonneret trouvait du mouron, le rouge-gorge trouvait des vers, l'abeille trouvait des fleurs, la mouche trouvait des infusoires, le verdier trouvait des mouches. On se mangeait bien un peu les uns les autres, ce qui est le mystère du mal mêlé au bien; mais pas une bête n'avait l'estomac vide.

Les deux petits abandonnés étaient parvenus près du grand bassin, et, un peu troublés par toute cette lumière, ils tâchaient de se cacher, instinct du pauvre et du faible devant la magnificence, même impersonnelle; et ils se tenaient derrière la baraque des cygnes.

Çà et là, par intervalles, quand le vent donnait, on entendait confusément des cris, une rumeur, des espèces de râles tumultueux qui étaient des fusillades, et des frappements sourds qui étaient des coups de canon. Il y avait de la fumée au-dessus des toits du côté des halles. Une cloche, qui avait l'air d'appeler, sonnait au loin.

Ces enfants ne semblaient pas percevoir ces bruits. Le petit répétait de temps en temps à demi-voix : J'ai faim.

Presque au même instant que les deux enfants, un autre couple s'approchait du grand bassin. C'était un bonhomme de cinquante ans qui menait par la main un bonhomme de six ans. Sans doute le père avec son fils. Le bonhomme de six ans tenait une grosse brioche.

A cette époque, de certaines maisons riveraines, rue Madame et rue d'Enfer, avaient une clef du Luxembourg dont jouissaient les locataires quand les grilles étaient fermées, tolérance supprimée depuis. Ce père et ce fils sortaient sans doute d'une de ces maisons-là.

Le deux petits pauvres regardèrent venir « ce monsieur », et se cachèrent un peu plus.

Celui-ci était un bourgeois. Le même peut-être qu'un jour Marius, à travers sa fièvre d'amour, avait entendu, près de ce même grand bassin, conseillant à son fils « d'éviter les excès ». Il avait l'air affable et altier, et une bouche qui, ne se fermant pas, souriait toujours. Ce sourire mécanique, produit par trop de mâchoire et trop peu de peau, montre les dents plutôt que l'âme. L'enfant, avec sa brioche mordue qu'il n'achevait pas, semblait gavé. L'enfant était vêtu en garde national à cause de l'émeute, et le père était resté habillé en bourgeois à cause de la prudence.

Le père et le fils s'étaient arrêtés près du bassin où s'ébattaient les deux cygnes. Ce bourgeois paraissait avoir pour les cygnes une admiration spéciale. Il leur ressemblait en ce sens qu'il marchait comme eux.

Pour l'instant les cygnes nageaient, ce qui est leur talent principal, et ils étaient superbes.

Si les deux petits pauvres eussent écouté et eussent été d'âge à comprendre, ils eussent pu recueillir les paroles d'un homme grave. Le père disait au fils :

— Le sage vit content de peu. Regarde-moi, mon fils. Je n'aime pas le faste. Jamais on ne me voit avec des habits chamarrés d'or et de pierreries; je laisse ce faux éclat aux âmes mal organisées.

Ici les cris profonds qui venaient du côté des halles éclatèrent avec un redoublement de cloche et de rumeur.

— Qu'est-ce que c'est que cela? demanda l'enfant.

Le père répondit :

— Ce sont des saturnales.

Tout à coup, il aperçut les deux petits déguenillés, immobiles derrière la maisonnette verte des cygnes.

— Voilà le commencement, dit-il.

Et après un silence il ajouta :

— L'anarchie entre dans ce jardin.

Cependant le fils mordit la brioche, la recracha, et brusquement se mit à pleurer.

— Pourquoi pleures-tu? demanda le père.

— Je n'ai plus faim, dit l'enfant.

Le sourire du père s'accentua.

— On n'a pas besoin de faim pour manger un gâteau.

— Mon gâteau m'ennuie. Il est rassis.

— Tu n'en veux plus?

— Non.

Le père lui montra les cygnes.

— Jette-le à ces palmipèdes.

L'enfant hésita. On ne veut plus de son gâteau; ce n'est pas une raison pour le donner.

Le père poursuivit :

— Sois humain. Il faut avoir pitié des animaux.

Et, prenant à son fils le gâteau, il le jeta dans le bassin.

Le gâteau tomba assez près du bord.

Les cygnes étaient loin, au centre du bassin, et occupés à quelque proie. Ils n'avaient vu ni le bourgeois, ni la brioche.

Le bourgeois, sentant que le gâteau risquait de se perdre, et ému de ce naufrage inutile, se livra à une agitation télégraphique qui finit par attirer l'attention des cygnes.

Ils aperçurent quelque chose qui surnageait, virèrent de bord comme des navires qu'ils sont, et se dirigèrent vers la brioche lentement, avec la majesté béate qui convient à des bêtes blanches.

— Les cygnes comprennent les signes, dit le bourgeois, heureux d'avoir de l'esprit.

En ce moment le tumulte lointain de la ville eut encore un grossissement subit. Cette fois, ce fut sinistre. Il y a des bouffées de vent qui parlent plus distinctement que d'autres. Celle qui soufflait en cet instant-là apporta nettement des roulements de tambour, des clameurs, des feux de peloton, et les répliques lugubres du tocsin et du canon. Ceci coïncida avec un nuage noir qui cacha brusquement le soleil.

Les cygnes n'étaient pas encore arrivés à la brioche.

— Rentrons, dit le père, on attaque les Tuileries.

Il ressaisit la main de son fils. Puis il continua :

— Des Tuileries au Luxembourg, il n'y a que la distance qui sépare la royauté de la pairie; ce n'est pas loin. Les coups de fusil vont pleuvoir.

Il regarda le nuage.

— Et peut-être aussi la pluie elle-même va pleuvoir; le ciel s'en mêle; la branche cadette est condamnée. Rentrons vite.

— Je voudrais voir les cygnes manger la brioche, dit l'enfant.

Le père répondit :

— Ce serait une imprudence.

Et il emmena son petit bourgeois.

Le fils, regrettant les cygnes, tourna la tête vers le bassin jusqu'à ce qu'un coude des quinconces le lui eût caché.

Cependant, en même temps que les cygnes, les deux petits errants s'étaient approchés de la brioche. Elle flottait sur l'eau. Le plus petit regardait le gâteau, le plus grand regardait le bourgeois qui s'en allait.

Le père et le fils entrèrent dans le labyrinthe d'allées qui mène au grand escalier du massif d'arbres du côté de la rue Madame.

Dès qu'ils ne furent plus en vue, l'aîné se coucha vivement à plat ventre sur le rebord arrondi du bassin, et, s'y cramponnant de la main gauche, penché sur l'eau, presque prêt à y tomber, étendit avec sa main droite sa baguette vers le gâteau. Les cygnes, voyant l'ennemi, se hâtèrent, et en se hâtant firent un effet de poitrail utile au petit pêcheur; l'eau devant les cygnes reflua, et l'une de ces molles ondulations concentriques poussa doucement la brioche vers la baguette de l'enfant. Comme les cygnes arrivaient, la baguette toucha le gâteau. L'enfant donna un coup vif, ramena la brioche, effraya les cygnes, saisit le gâteau, et se redressa. Le gâteau était mouillé; mais ils avaient faim et soif. L'aîné fit deux parts de la brioche, une grosse et une petite, prit la petite pour lui, donna la grosse à son petit frère, et lui dit :

— Colle-toi ça dans le fusil.

XVII

MORTUUS PATER FILIUM MORITURUM EXPECTAT.

Marius s'était élancé hors de la barricade. Combeferre l'avait suivi. Mais il était trop tard. Gavroche était mort. Combeferre rapporta le panier de cartouches; Marius rapporta l'enfant.

Hélas! pensait-il, ce que le père avait fait pour son père, il le rendait au fils; seulement Thénardier avait rapporté son père vivant; lui, il rapportait l'enfant mort.

Quand Marius rentra dans la redoute avec Gavroche dans ses bras, il avait, comme l'enfant, le visage inondé de sang.

A l'instant où il s'était baissé pour ramasser Gavroche, une balle lui avait effleuré le crâne; il ne s'en était pas aperçu.

Courfeyrac défit sa cravate et en banda le front de Marius.

On déposa Gavroche sur la même table que Mabeuf, et l'on étendit sur les deux corps le châle noir. Il y en eut assez pour le vieillard et pour l'enfant.

Combeferre distribua les cartouches du panier qu'il avait rapporté.

Cela donnait à chaque homme quinze coups à tirer.

Jean Valjean était toujours à la même place, immobile sur sa borne. Quand Combeferre lui présenta ses quinze cartouches, il secoua la tête.

— Voilà un rare excentrique, dit Combeferre bas à Enjolras. Il trouve moyen de ne pas se battre dans cette barricade.

— Ce qui ne l'empêche pas de la défendre, répondit Enjolras.

— L'héroïsme a ses originaux, reprit Combeferre.

Et Courfeyrac, qui avait entendu, ajouta :

— C'est un autre genre que le père Mabeuf.

Chose qu'il faut noter, le feu qui battait la barricade en troublait à peine l'intérieur. Ceux qui n'ont jamais traversé le tourbillon de ces sortes de guerre, ne peuvent se faire aucune idée des singuliers moments de tranquillité mêlés à ces convulsions. On va et vient, on cause, on plaisante, on flâne. Quelqu'un que nous connaissons a entendu un combattant lui dire au milieu de la mitraille : *Nous sommes ici comme à un déjeuner de garçons.* La redoute de la rue de la Chanvrerie, nous le répétons, semblait au dedans fort calme. Toutes les péripéties et toutes les phases avaient été ou allaient être épuisées. La position, de critique, était devenue menaçante, et, de menaçante, allait probablement devenir désespérée. A mesure que la situation s'assombrissait, la lueur héroïque empourprait de plus en plus la barricade. Enjolras, grave, la dominait, dans l'attitude d'un jeune spartiate dévouant son glaive nu au sombre génie Épidotas.

Combeferre, le tablier sur le ventre, pansait les blessés; Bossuet et Feuilly faisaient des cartouches avec la poire à poudre cueillie par Gavroche sur le caporal mort, et Bossuet disait à Feuilly : *Nous allons bientôt prendre la diligence pour une autre planète;* Courfeyrac, sur les quelques pavés qu'il s'était réservés près d'Enjolras, disposait et rangeait tout un arsenal, sa canne à épée, son fusil, deux pistolets d'arçon et un coup de poing, avec le soin d'une jeune fille qui met en ordre un petit dunkerque. Jean Valjean, muet, regardait le mur en face de lui. Un ouvrier s'assujettissait sur la tête avec une ficelle un large chapeau de paille de la mère Hucheloup, *de peur des coups de soleil,* disait-il. Les jeunes gens de la Cougourde d'Aix devisaient gaîment entre eux, comme s'ils avaient hâte de parler patois une dernière fois. Joly, qui avait décroché le miroir de la veuve Hucheloup, y examinait sa langue. Quelques combattants, ayant découvert des croûtes de pain, à peu près moisies, dans un tiroir, les mangeaient avidement. Marius était inquiet de ce que son père allait lui dire.

XVIII

LE VAUTOUR DEVENU PROIE.

Insistons sur un fait psychologique propre aux barricades. Rien de ce qui caractérise cette surprenante guerre des rues ne doit être omis.

Quelle que soit cette étrange tranquillité intérieure dont nous venons de parler, la barricade, pour ceux qui sont dedans, n'en reste pas moins vision.

Il y a de l'apocalypse dans la guerre civile, toutes les brumes de l'inconnu se mêlent à ces flamboiements farouches, les révolutions sont sphinx, et quiconque a traversé une barricade croit avoir traversé un songe.

Ce qu'on ressent dans ces lieux-là, nous l'avons indiqué à propos de Marius, et nous en verrons les conséquences, c'est plus et c'est moins que de la vie. Sorti d'une barricade, on ne sait plus ce qu'on y a vu. On a été terrible, on l'ignore. On a été entouré d'idées combattantes qui avaient des faces humaines; on a eu la tête dans de la lumière d'avenir. Il y avait des cadavres couchés et des fantômes debout. Les heures étaient colossales et semblaient des heures d'éternité. On a vécu dans la mort. Des ombres ont passé. Qu'était-ce? On a vu des mains où il y avait du sang; c'était un assourdissement épouvantable, c'était aussi un affreux silence; il y avait des bouches ouvertes qui criaient, et d'autres bouches ouvertes qui se taisaient; on était dans de la fumée, dans de la nuit peut-être. On croit avoir touché au suintement sinistre des profondeurs inconnues; on regarde quelque chose de rouge qu'on a dans les ongles. On ne se souvient plus.

Revenons à la rue de la Chanvrerie.

Tout à coup, entre deux décharges, on entendit le son lointain d'une heure qui sonnait.

— C'est midi, dit Combeferre.

Les douze coups n'étaient pas sonnés qu'Enjolras se dressait tout debout, et jetait du haut de la barricade cette clameur tonnante :

— Montez des pavés dans la maison. Garnissez-en le rebord de la fenêtre et des mansardes. La moitié des hommes aux fusils, l'autre moitié aux pavés. Pas une minute à perdre.

Un peloton de sapeurs-pompiers, la hache à l'épaule, venait d'apparaître en ordre de bataille à l'extrémité de la rue.

Ceci ne pouvait être qu'une tête de colonne; et de quelle colonne? de la colonne d'attaque évidemment; les sapeurs-pompiers chargés de démolir la barricade devant toujours précéder les soldats chargés de l'escalader.

On touchait évidemment à l'instant que M. de Clermont-Tonnerre, en 1822, appelait « le coup de collier ».

L'ordre d'Enjolras fut exécuté avec la hâte correcte propre aux navires et aux barricades, les deux seuls lieux de combat d'où l'évasion soit impossible. En moins d'une minute, les deux tiers des pavés qu'Enjolras avait fait entasser à la porte de Corinthe furent montés au premier étage et au grenier, et, avant qu'une deuxième minute fût écoulée, ces pavés, artistement posés l'un sur l'autre, muraient jusqu'à moitié de la hauteur la fenêtre du premier et les lucarnes des mansardes. Quelques intervalles, ménagés soigneusement par Feuilly, principal constructeur, pouvaient laisser passer des canons de fusil. Cet armement des fenêtres put se faire d'autant plus facilement que la mitraille avait cessé. Les deux pièces tiraient maintenant à boulet sur le centre du barrage afin d'y faire une trouée, et, s'il était possible, une brèche, pour l'assaut.

Quand les pavés, destinés à la défense suprême, furent en place, Enjolras fit porter au premier étage les bouteilles qu'il avait placées sous la table où était Mabeuf.

— Qui donc boira cela ? lui demanda Bossuet.

— Eux, répondit Enjolras.

Puis on barricada la fenêtre d'en bas, et l'on tint toutes prêtes les traverses de fer qui servaient à barrer intérieurement la nuit la porte du cabaret.

La forteresse était complète. La barricade était le rempart, le cabaret était le donjon.

Des pavés qui restaient, on boucha la coupure.

Comme les défenseurs d'une barricade sont toujours obligés de ménager les munitions, et que les assiégeants le savent, les assiégeants combinent leurs arrangements avec une sorte de loisir irritant, s'exposent avant l'heure au feu, mais en apparence plus qu'en réalité, et prennent leurs aises. Les apprêts d'attaque se font toujours avec une certaine lenteur méthodique; après quoi, la foudre.

Cette lenteur permit à Enjolras de tout revoir et de tout perfectionner. Il sentait que puisque de tels hommes allaient mourir, leur mort devait être un chef-d'œuvre.

Il dit à Marius : — Nous sommes les deux chefs. Je vais donner les derniers ordres au dedans. Toi, reste dehors et observe.

Marius se posta en observation sur la crête de la barricade.

Enjolras fit clouer la porte de la cuisine qui, on s'en souvient, était l'ambulance.

— Pas d'éclaboussures sur les blessés, dit-il.

Il donna ses dernières instructions dans la salle basse d'une voix brève, mais profondément tranquille; Feuilly écoutait et répondait au nom de tous.

— Au premier étage, tenez des haches prêtes pour couper l'escalier. Les a-t-on?

— Oui, dit Feuilly.

— Combien?

— Deux haches et un merlin.

— C'est bien. Nous sommes vingt-six combattants debout. Combien y a-t-il de fusils?

— Trente-quatre.

— Huit de trop. Tenez ces huit fusils chargés comme les autres, et sous la main. Aux ceintures les sabres et les pistolets. Vingt hommes à la barricade. Six embusqués aux mansardes et à la fenêtre du premier pour faire feu sur les assaillants à travers les meurtrières des pavés. Qu'il ne reste pas ici un seul travailleur inutile. Tout à l'heure, quand le tambour battra la charge, que les vingt d'en bas se précipitent à la barricade. Les premiers arrivés seront les mieux placés.

Ces dispositions faites, il se tourna vers Javert, et lui dit :

— Je ne t'oublie pas.

Et, posant sur la table un pistolet, il ajouta :

— Le dernier qui sortira d'ici cassera la tête à cet espion.

— Ici? demanda une voix.

— Non, ne mêlons pas ce cadavre aux nôtres. On peut enjamber la petite barricade sur la ruelle Mondétour. Elle n'a que quatre pieds de haut. L'homme est bien garrotté. On l'y mènera, et on l'y exécutera.

Quelqu'un, en ce moment-là, était plus impassible qu'Enjolras; c'était Javert.

Ici Jean Valjean apparut.

Il était confondu dans le groupe des insurgés. Il en sortit, et dit à Enjolras :

— Vous êtes le commandant?

— Oui.

— Vous m'avez remercié tout à l'heure.

— Au nom de la République. La barricade a deux sauveurs : Marius Pontmercy et vous.

— Pensez-vous que je mérite une récompense?

— Certes.

— Eh bien, j'en demande une.

— Laquelle?

— Brûler moi-même la cervelle à cet homme-là.

Javert leva la tête, vit Jean Valjean, eut un mouvement imperceptible, et dit :

— C'est juste.

Quant à Enjolras, il s'était mis à recharger sa carabine; il promena ses yeux autour de lui :

— Pas de réclamation?

Et il se tourna vers Jean Valjean :

— Prenez le mouchard.

Jean Valjean, en effet, prit possession de Javert en s'asseyant sur l'extrémité de la table. Il saisit le pistolet, et un faible cliquetis annonça qu'il venait de l'armer.

Presque au même instant, on entendit une sonnerie de clairons.

— Alerte! cria Marius du haut de la barricade.

Javert se mit à rire de ce rire sans bruit qui lui était propre, et, regardant fixement les insurgés, leur dit :

— Vous n'êtes guère mieux portants que moi.

— Tous dehors! cria Enjolras.

Les insurgés s'élancèrent en tumulte, et, en sortant, reçurent dans le dos, qu'on nous passe l'expression, cette parole de Javert :

— A tout à l'heure!

XIX

JEAN VALJEAN SE VENGE.

Quand Jean Valjean fut seul avec Javert, il défit la corde qui assujettissait le prisonnier par le milieu du corps, et dont le nœud était sous la table. Après quoi, il lui fit signe de se lever.

Javert obéit, avec cet indéfinissable sourire où se condense la suprématie de l'autorité enchaînée.

Jean Valjean prit Javert par la martingale comme on prendrait une bête de somme par la bricole, et, l'entraînant après lui, sortit du cabaret, lentement, car Javert, entravé aux jambes, ne pouvait faire que de très petits pas.

Jean Valjean avait le pistolet au poing.

Ils franchirent ainsi le trapèze intérieur de la barricade. Les insurgés, tout à l'attaque imminente, tournaient le dos.

Marius, seul, placé de côté à l'extrémité gauche du barrage, les vit passer. Ce groupe du patient et du bourreau s'éclaira de la lueur sépulcrale qu'il avait dans l'âme.

Jean Valjean fit escalader, avec quelque peine, à Javert garrotté, mais sans le lâcher un seul instant, le petit retranchement de la ruelle Mondétour.

Quand ils eurent enjambé ce barrage, ils se trouvèrent seuls tous les deux dans la ruelle. Personne ne les voyait plus. Le coude des maisons les cachait aux insurgés. Les cadavres retirés de la barricade faisaient un monceau terrible à quelques pas.

On distinguait dans le tas des morts une face livide, une chevelure dénouée, une main percée, et un sein de femme demi-nu. C'était Éponine.

Javert considéra obliquement cette morte, et, profondément calme, dit à demi-voix :

— Il me semble que je connais cette fille-là.

Puis il se tourna vers Jean Valjean.

Jean Valjean mit le pistolet sous son bras, et fixa sur Javert un regard qui n'avait pas besoin de paroles pour dire : — Javert, c'est moi.

Javert répondit :

— Prends ta revanche.

Jean Valjean tira de son gousset un couteau, et l'ouvrit.

— Un surin! s'écria Javert. Tu as raison. Cela te convient mieux.

Jean Valjean coupa la martingale que Javert avait au cou, puis il coupa

les cordes qu'il avait aux poignets, puis, se baissant, il coupa la ficelle qu'il
avait aux pieds; et, se redressant, il lui dit :

— Vous êtes libre.

Javert n'était pas facile à étonner. Cependant, tout maître qu'il était de
lui, il ne put se soustraire à une commotion. Il resta béant et immobile.

Jean Valjean poursuivit :

— Je ne crois pas que je sorte d'ici. Pourtant, si, par hasard, j'en sor-
tais, je demeure, sous le nom de Fauchelevent, rue de l'Homme-Armé,
numéro sept.

Javert eut un froncement de tigre qui lui entr'ouvrit un coin de la bouche,
et il murmura entre ses dents :

— Prends garde.

— Allez, dit Jean Valjean.

Javert reprit :

— Tu as dit Fauchelevent, rue de l'Homme-Armé?

— Numéro sept.

Javert répéta à demi-voix : — Numéro sept.

Il reboutonna sa redingote, remit de la roideur militaire entre ses deux
épaules, fit demi-tour, croisa les bras en soutenant son menton dans une
de ses mains, et se mit à marcher dans la direction des halles. Jean Valjean
le suivait des yeux. Après quelques pas, Javert se retourna, et cria à Jean
Valjean :

— Vous m'ennuyez. Tuez-moi plutôt.

Javert ne s'apercevait pas lui-même qu'il ne tutoyait plus Jean Valjean.

— Allez-vous-en, dit Jean Valjean.

Javert s'éloigna à pas lents. Un moment après, il tourna l'angle de la
rue des Prêcheurs.

Quand Javert eut disparu, Jean Valjean déchargea le pistolet en l'air.

Puis il rentra dans la barricade et dit :

— C'est fait.

Cependant voici ce qui s'était passé :

Marius, plus occupé du dehors que du dedans, n'avait pas jusque-là
regardé attentivement l'espion garrotté au fond obscur de la salle basse.

Quand il le vit au grand jour, enjambant la barricade pour aller mourir,
il le reconnut. Un souvenir subit lui entra dans l'esprit. Il se rappela l'inspecteur de la rue de Pontoise, et les deux pistolets qu'il lui avait remis et dont
il s'était servi, lui Marius, dans cette barricade même; et non seulement
il se rappela la figure, mais il se rappela le nom.

Ce souvenir pourtant était brumeux et trouble comme toutes ses
idées. Ce ne fut pas une affirmation qu'il se fit, ce fut une question qu'il

s'adressa : — Est-ce que ce n'est pas là cet inspecteur de police qui m'a dit s'appeler Javert?

Peut-être était-il encore temps d'intervenir pour cet homme? Mais il fallait d'abord savoir si c'était bien ce Javert.

Marius interpella Enjolras qui venait de se placer à l'autre bout de la barricade.

— Enjolras!

— Quoi?

— Comment s'appelle cet homme-là?

— Qui?

— L'agent de police. Sais-tu son nom?

— Sans doute. Il nous l'a dit.

— Comment s'appelle-t-il?

— Javert.

Marius se dressa.

En ce moment on entendit le coup de pistolet.

Jean Valjean reparut et cria : C'est fait.

Un froid sombre traversa le cœur de Marius.

XX

LES MORTS ONT RAISON ET LES VIVANTS N'ONT PAS TORT.

L'agonie de la barricade allait commencer.

Tout concourait à la majesté tragique de cette minute suprême; mille fracas mystérieux dans l'air, le souffle des masses armées mises en mouvement dans des rues qu'on ne voyait pas, le galop intermittent de la cavalerie, le lourd ébranlement des artilleries en marche, les feux de peloton et les canonnades se croisant dans le dédale de Paris, les fumées de la bataille montant toutes dorées au-dessus des toits, on ne sait quels cris lointains vaguement terribles, des éclairs de menace partout, le tocsin de Saint-Merry qui maintenant avait l'accent du sanglot, la douceur de la saison, la splendeur du ciel plein de soleil et de nuages, la beauté du jour et l'épouvantable silence des maisons.

Car, depuis la veille, les deux rangées de maisons de la rue de la Chanvrerie étaient devenues deux murailles; murailles farouches. Portes fermées, fenêtres fermées, volets fermés.

Dans ces temps-là, si différents de ceux où nous sommes, quand l'heure était venue où le peuple voulait en finir avec une situation qui avait trop duré, avec une charte octroyée ou avec un pays légal, quand la colère universelle était diffuse dans l'atmosphère, quand la ville consentait au soulèvement de ses pavés, quand l'insurrection faisait sourire la bourgeoisie en lui chuchotant son mot d'ordre à l'oreille, alors l'habitant, pénétré d'émeute, pour ainsi dire, était l'auxiliaire du combattant, et la maison fraternisait avec la forteresse improvisée qui s'appuyait sur elle. Quand la situation n'était pas mûre, quand l'insurrection n'était décidément pas consentie, quand la masse désavouait le mouvement, c'en était fait des combattants, la ville se changeait en désert autour de la révolte, les âmes se glaçaient, les asiles se muraient, et la rue se faisait défilé pour aider l'armée à prendre la barricade.

On ne fait pas marcher un peuple par surprise plus vite qu'il ne veut. Malheur à qui tente de lui forcer la main! Un peuple ne se laisse pas faire. Alors il abandonne l'insurrection à elle-même. Les insurgés deviennent des pestiférés. Une maison est un escarpement, une porte est un refus, une façade est un mur. Ce mur voit, entend, et ne veut pas. Il pourrait s'entr'ouvrir et vous sauver. Non. Ce mur, c'est un juge. Il vous regarde et vous condamne. Quelle sombre chose que ces maisons fermées! Elles semblent mortes, elles sont vivantes. La vie, qui y est comme suspendue, y persiste. Personne n'en est sorti depuis vingt-quatre heures, mais personne n'y manque. Dans l'intérieur de cette roche, on va, on vient, on se couche, on se lève; on y est en famille; on y boit et on y mange; on y a peur, chose terrible! La peur excuse cette inhospitalité redoutable; elle y mêle l'effarement, circonstance atténuante. Quelquefois même, et cela s'est vu, la peur devient passion; l'effroi peut se changer en furie, comme la prudence en rage; de là ce mot si profond : *Les enragés de modérés.* Il y a des flamboiements d'épouvante suprême d'où sort, comme une fumée lugubre, la colère. — Que veulent ces gens-là? ils ne sont jamais contents. Ils compromettent les hommes paisibles. Comme si l'on n'avait pas assez de révolutions comme cela! Qu'est-ce qu'ils sont venus faire ici? Qu'ils s'en tirent. Tant pis pour eux. C'est leur faute. Ils n'ont que ce qu'ils méritent. Cela ne nous regarde pas. Voilà notre pauvre rue criblée de balles. C'est un tas de vauriens. Surtout n'ouvrez pas la porte. — Et la maison prend une figure de tombe. L'insurgé devant cette porte agonise; il voit arriver la mitraille et les sabres nus; s'il crie, il sait qu'on l'écoute, mais qu'on ne viendra pas; il y a là des murs qui pourraient le protéger, il y a là des hommes qui pourraient le sauver, et ces murs ont des oreilles de chair, et ces hommes ont des entrailles de pierre.

Qui accuser?

Personne, et tout le monde.

Les temps incomplets où nous vivons.

C'est toujours à ses risques et périls que l'utopie se transforme en insurrection, et se fait de protestation philosophique protestation armée, et de Minerve Pallas. L'utopie qui s'impatiente et devient émeute sait ce qui l'attend; presque toujours elle arrive trop tôt. Alors elle se résigne, et accepte stoïquement, au lieu du triomphe, la catastrophe. Elle sert, sans se plaindre, et en les disculpant même, ceux qui la renient, et sa magnanimité est de consentir à l'abandon. Elle est indomptable contre l'obstacle et douce envers l'ingratitude.

Est-ce l'ingratitude d'ailleurs?

Oui, au point de vue du genre humain.

Non, au point de vue de l'individu.

Le progrès est le mode de l'homme. La vie générale du genre humain s'appelle le Progrès; le pas collectif du genre humain s'appelle le Progrès. Le progrès marche; il fait le grand voyage humain et terrestre vers le céleste et le divin; il a ses haltes où il rallie le troupeau attardé; il a ses stations où il médite, en présence de quelque Chanaan splendide dévoilant tout à coup son horizon; il a ses nuits où il dort; et c'est une des poignantes anxiétés du penseur de voir l'ombre sur l'âme humaine, et de tâter dans les ténèbres, sans pouvoir le réveiller, le progrès endormi.

— *Dieu est peut-être mort,* disait un jour à celui qui écrit ces lignes Gérard de Nerval, confondant le progrès avec Dieu, et prenant l'interruption du mouvement pour la mort de l'Être.

Qui désespère a tort. Le progrès se réveille infailliblement, et, en somme, on pourrait dire qu'il a marché, même endormi, car il a grandi. Quand on le revoit debout, on le retrouve plus haut. Être toujours paisible, cela ne dépend pas plus du progrès que du fleuve; n'y élevez point de barrage, n'y jetez pas de rocher; l'obstacle fait écumer l'eau et bouillonner l'humanité. De là des troubles; mais après ces troubles, on reconnaît qu'il y a du chemin de fait. Jusqu'à ce que l'ordre, qui n'est autre chose que la paix universelle, soit établi, jusqu'à ce que l'harmonie et l'unité règnent, le progrès aura pour étapes les révolutions.

Qu'est ce donc que le Progrès? Nous venons de le dire. La vie permanente des peuples.

Or, il arrive quelquefois que la vie momentanée des individus fait résistance à la vie éternelle du genre humain.

Avouons-le sans amertume, l'individu a son intérêt distinct, et peut sans forfaiture stipuler pour cet intérêt et le défendre; le présent a sa quantité excusable d'égoïsme; la vie momentanée a son droit, et n'est pas tenue de se sacrifier sans cesse à l'avenir. La génération qui a actuellement son tour de passage sur la terre n'est pas forcée de l'abréger pour les générations, ses égales après tout, qui auront leur tour plus tard. — J'existe, murmure ce quelqu'un qui se nomme Tous. Je suis jeune et je suis amoureux, je suis vieux et je veux me reposer, je suis père de famille, je travaille, je prospère, je fais de bonnes affaires, j'ai des maisons à louer, j'ai de l'argent sur l'état, je suis heureux, j'ai femme et enfants, j'aime tout cela, je désire vivre, laissez-moi tranquille. — De là, à de certaines heures, un froid profond sur les magnanimes avant-gardes du genre humain.

L'utopie d'ailleurs, convenons-en, sort de sa sphère radieuse en faisant la guerre. Elle, la vérité de demain, elle emprunte son procédé, la bataille, au mensonge d'hier. Elle, l'avenir, elle agit comme le passé. Elle, l'idée pure, elle devient voie de fait. Elle complique son héroïsme d'une violence dont il est juste qu'elle réponde; violence d'occasion et d'expédient, contraire aux principes, et dont elle est fatalement punie. L'utopie insurrection combat, le vieux code militaire au poing; elle fusille les espions, elle exécute les traîtres, elle supprime des êtres vivants et les jette dans les ténèbres inconnues. Elle se sert de la mort, chose grave. Il semble que l'utopie n'ait plus foi dans le rayonnement, sa force irrésistible et incorruptible. Elle frappe avec le glaive. Or aucun glaive n'est simple. Toute épée a deux tranchants; qui blesse avec l'un se blesse à l'autre.

Cette réserve faite, et faite en toute sévérité, il nous est impossible de ne pas admirer, qu'ils réussissent ou non, les glorieux combattants de l'avenir, les confesseurs de l'utopie. Même quand ils avortent, ils sont vénérables, et c'est peut-être dans l'insuccès qu'ils ont plus de majesté. La victoire, quand elle est selon le progrès, mérite l'applaudissement des peuples; mais une défaite héroïque mérite leur attendrissement. L'une est magnifique, l'autre est sublime. Pour nous, qui préférons le martyre au succès, John Brown est plus grand que Washington, et Pisacane est plus grand que Garibaldi.

Il faut bien que quelqu'un soit pour les vaincus.

On est injuste pour ces grands essayeurs de l'avenir quand ils avortent.

On accuse les révolutionnaires de semer l'effroi. Toute barricade semble attentat. On incrimine leurs théories, on suspecte leur but, on redoute leur arrière-pensée, on dénonce leur conscience. On leur reproche d'élever, d'échafauder et d'entasser contre le fait social régnant un monceau de misères, de douleurs, d'iniquités, de griefs, de désespoirs, et d'arracher des bas-fonds des blocs de ténèbres pour s'y créneler et y combattre. On leur crie : Vous dépavez l'enfer! Ils pourraient répondre : C'est pour cela que notre barricade est faite de bonnes intentions.

Le mieux, certes, c'est la solution pacifique. En somme, convenons-en, lorsqu'on voit le pavé, on songe à l'ours, et c'est une bonne volonté dont la société s'inquiète. Mais il dépend de la société de se sauver elle-même; c'est à sa propre bonne volonté que nous faisons appel. Aucun remède violent n'est nécessaire. Étudier le mal à l'amiable, le constater, puis le guérir. C'est à cela que nous la convions.

Quoi qu'il en soit, même tombés, surtout tombés, ils sont augustes, ces hommes qui, sur tous les points de l'univers, l'œil fixé sur la France, luttent pour la grande œuvre avec la logique inflexible de l'idéal; ils donnent leur vie en pur don pour le progrès; ils accomplissent la volonté de la providence; ils font un acte religieux. A l'heure dite, avec autant de désintéressement qu'un acteur qui arrive à sa réplique, obéissant au scénario divin, ils entrent dans le tombeau. Et ce combat sans espérance, et cette disparition stoïque, ils l'acceptent pour amener à ses splendides et suprêmes conséquences universelles le magnifique mouvement humain irrésistiblement commencé le 14 juillet 1789. Ces soldats sont des prêtres. La révolution française est un geste de Dieu.

Du reste il y a, et il convient d'ajouter cette distinction aux distinctions déjà indiquées dans un autre chapitre, il y a les insurrections acceptées qui s'appellent révolutions; il y a les révolutions refusées qui s'appellent émeutes.

Une insurrection qui éclate, c'est une idée qui passe son examen devant le peuple. Si le peuple laisse tomber sa boule noire, l'idée est fruit sec, l'insurrection est échauffourée.

L'entrée en guerre à toute sommation et chaque fois que l'utopie le désire n'est pas le fait des peuples. Les nations n'ont pas toujours et à toute heure le tempérament des héros et des martyrs.

Elles sont positives. A priori, l'insurrection leur répugne; premièrement, parce qu'elle a souvent pour résultat une catastrophe, deuxièmement, parce qu'elle a toujours pour point de départ une abstraction.

Car, et ceci est beau, c'est toujours pour l'idéal, et pour l'idéal seul que se dévouent ceux qui se dévouent. Une insurrection est un enthousiasme. L'enthousiasme peut se mettre en colère; de là les prises d'armes. Mais toute insurrection qui couche en joue un gouvernement ou un régime vise plus haut. Ainsi, par exemple, insistons-y, ce que combattaient les chefs de l'insurrection de 1832, et en particulier les jeunes enthousiastes de la rue de la Chanvrerie, ce n'était pas précisément Louis-Philippe. La plupart, causant à cœur ouvert, rendaient justice aux qualités de ce roi mitoyen à la monarchie et à la révolution; aucun ne le haïssait. Mais ils attaquaient la branche cadette du droit divin dans Louis-Philippe comme ils en avaient attaqué la branche aînée dans Charles X; et ce qu'ils voulaient renverser en renversant la royauté en France, nous l'avons expliqué, c'était l'usurpation de l'homme sur l'homme et du privilège sur le droit dans l'univers entier. Paris sans roi a pour contre-coup le monde sans despotes. Ils raisonnaient de la sorte. Leur but était lointain sans doute, vague peut-être, et reculant devant l'effort; mais grand.

Cela est ainsi. Et l'on se sacrifie pour ces visions, qui, pour les sacrifiés, sont des illusions presque toujours, mais des illusions auxquelles, en somme, toute la certitude humaine est mêlée. L'insurgé poétise et dore l'insurrection. On se jette dans ces choses tragiques en se grisant de ce qu'on va faire. Qui sait? on réussira peut-être. On est le petit nombre; on a contre soi toute une armée; mais on défend le droit, la loi naturelle, la souveraineté de chacun sur soi-même qui n'a pas d'abdication possible, la justice, la vérité, et au besoin on mourra comme les trois cents spartiates. On ne songe pas à Don Quichotte, mais à Léonidas. Et l'on va devant soi, et, une fois engagé, on ne recule plus, et l'on se précipite tête baissée, ayant pour espérance une victoire inouïe, la révolution complétée, le progrès remis en liberté, l'agrandissement du genre humain, la délivrance universelle; et pour pis aller les Thermopyles.

Ces passes d'armes pour le progrès échouent souvent, et nous venons de dire pourquoi. La foule est rétive à l'entraînement des paladins. Ces lourdes masses, les multitudes, fragiles à cause de leur pesanteur même, craignent les aventures; et il y a de l'aventure dans l'idéal.

D'ailleurs, qu'on ne l'oublie pas, les intérêts sont là, peu amis de l'idéal et du sentimental. Quelquefois l'estomac paralyse le cœur.

La grandeur et la beauté de la France, c'est qu'elle prend moins de ventre que les autres peuples; elle se noue plus aisément la corde aux reins. Elle est la première éveillée, la dernière endormie. Elle va en avant. Elle est chercheuse.

Cela tient à ce qu'elle est artiste.

L'idéal n'est autre chose que le point culminant de la logique, de même que le beau n'est autre chose que la cime du vrai. Les peuples artistes sont aussi les peuples conséquents. Aimer la beauté, c'est vouloir la lumière. C'est ce qui fait que le flambeau de l'Europe, c'est-à-dire de la civilisation, a été porté d'abord par la Grèce, qui l'a passé à l'Italie, qui l'a passé à la France. Divins peuples éclaireurs! *Vitaï lampada tradunt.*

Chose admirable, la poésie d'un peuple est l'élément de son progrès. La quantité de civilisation se mesure à la quantité d'imagination. Seulement un peuple civilisateur doit rester un peuple mâle. Corinthe, oui; Sybaris, non. Qui s'efféminé s'abâtardit. Il ne faut être ni dilettante, ni virtuose; mais il faut être artiste. En matière de civilisation, il ne faut pas raffiner, mais il faut sublimer. A cette condition, on donne au genre humain le patron de l'idéal.

L'idéal moderne a son type dans l'art, et son moyen dans la science. C'est par la science qu'on réalisera cette vision auguste des poëtes : le beau social. On refera l'Éden par A + B. Au point où la civilisation est parvenue, l'exact est un élément nécessaire du splendide, et le sentiment artiste est non-seulement servi, mais complété par l'organe scientifique; le rêve doit calculer. L'art, qui est le conquérant, doit avoir pour point d'appui la science, qui est le marcheur. La solidité de la monture importe. L'esprit moderne, c'est le génie de la Grèce ayant pour véhicule le génie de l'Inde; Alexandre sur l'éléphant.

Les races pétrifiées dans le dogme ou démoralisées par le lucre sont impropres à la conduite de la civilisation. La génuflexion devant l'idole ou devant l'écu atrophie le muscle qui marche et la volonté qui va. L'absorption hiératique ou marchande amoindrit le rayonnement d'un peuple, abaisse son horizon en abaissant son niveau, et lui retire cette intelligence à la fois humaine et divine du but universel, qui fait les nations missionnaires. Babylone n'a pas d'idéal; Carthage n'a pas d'idéal. Athènes et Rome ont et gardent, même à travers toute l'épaisseur nocturne des siècles, des auréoles de civilisation.

La France est de la même qualité de peuple que la Grèce et l'Italie. Elle est athénienne par le beau et romaine par le grand. En outre, elle est bonne. Elle se donne. Elle est plus souvent que les autres peuples en humeur de dévouement et de sacrifice. Seulement, cette humeur la prend et la quitte. Et c'est là le grand péril pour ceux qui courent quand elle ne veut que marcher, ou qui marchent quand elle veut s'arrêter. La France a ses rechutes de matérialisme, et, à de certains instants, les idées qui obstruent ce cerveau sublime n'ont plus rien qui rappelle la grandeur française et sont de la dimension d'un Missouri ou d'une Caroline du Sud. Qu'y faire ? La géante joue la naine ; l'immense France a ses fantaisies de petitesse. Voilà tout.

A cela rien à dire. Les peuples comme les astres ont le droit d'éclipse. Et tout est bien, pourvu que la lumière revienne et que l'éclipse ne dégénère pas en nuit. Aube et résurrection sont synonymes. La réapparition de la lumière est identique à la persistance du moi.

Constatons ces faits avec calme. La mort sur la barricade, ou la tombe dans l'exil, c'est pour le dévouement un en-cas acceptable. Le vrai nom du dévouement, c'est désintéressement. Que les abandonnés se laissent abandonner, que les exilés se laissent exiler, et bornons-nous à supplier les grands peuples de ne pas reculer trop loin quand ils reculent. Il ne faut pas, sous prétexte de retour à la raison, aller trop avant dans la descente.

La matière existe, la minute existe, les intérêts existent, le ventre existe ; mais il ne faut pas que le ventre soit la seule sagesse. La vie momentanée a son droit, nous l'admettons, mais la vie permanente a le sien. Hélas ! être monté, cela n'empêche pas de tomber. On voit ceci dans l'histoire plus souvent qu'on ne voudrait. Une nation est illustre ; elle goûte à l'idéal, puis elle mord dans la fange, et elle trouve cela bon ; et si on lui demande d'où vient qu'elle abandonne Socrate pour Falstaff, elle répond : C'est que j'aime les hommes d'état.

Un mot encore avant de rentrer dans la mêlée.

Une bataille comme celle que nous racontons en ce moment n'est autre chose qu'une convulsion vers l'idéal. Le progrès entravé est maladif, et il a de ces tragiques épilepsies. Cette maladie du progrès, la guerre civile, nous avons dû la rencontrer sur notre passage. C'est là une des phases fatales, à la fois acte et entr'acte, de ce drame dont le pivot est un damné social, et dont le titre véritable est : *le Progrès*.

Le Progrès !

Ce cri que nous jetons souvent est toute notre pensée ; et, au point de ce drame où nous sommes, l'idée qu'il contient ayant encore plus d'une épreuve à subir, il nous est permis peut-être, sinon d'en soulever le voile, du moins d'en laisser transparaître nettement la lueur.

Le livre que le lecteur a sous les yeux en ce moment, c'est, d'un bout à l'autre, dans son ensemble et dans ses détails, quelles que soient les intermittences, les exceptions ou les défaillances, la marche du mal au bien, de l'injuste au juste, du faux au vrai, de la nuit au jour, de l'appétit à la conscience, de la pourriture à la vie, de la bestialité au devoir, de l'enfer au ciel, du néant à Dieu. Point de départ : la matière, point d'arrivée : l'âme. L'hydre au commencement, l'ange à la fin.

XXI

LES HÉROS.

Tout à coup le tambour battit la charge.

L'attaque fut l'ouragan. La veille, dans l'obscurité, la barricade avait été approchée silencieusement comme par un boa. A présent, en plein jour, dans cette rue évasée, la surprise était décidément impossible, la vive force d'ailleurs s'était démasquée, le canon avait commencé le rugissement, l'armée se rua sur la barricade. La furie était maintenant l'habileté. Une puissante colonne d'infanterie de ligne, coupée à intervalles égaux de garde nationale et de garde municipale à pied, et appuyée sur des masses profondes qu'on entendait sans les voir, déboucha dans la rue au pas de course, tambour battant, clairon sonnant, bayonnettes croisées, sapeurs en tête, et, imperturbable sous les projectiles, arriva droit sur la barricade avec le poids d'une poutre d'airain sur un mur.

Le mur tint bon.

Les insurgés firent feu impétueusement. La barricade escaladée eut une crinière d'éclairs. L'assaut fut si forcené qu'elle fut un moment inondée d'assaillants; mais elle secoua les soldats ainsi que le lion les chiens, et elle ne se couvrit d'assiégeants que comme la falaise d'écume, pour reparaître l'instant d'après, escarpée, noire et formidable.

La colonne, forcée de se replier, resta massée dans la rue, à découvert, mais terrible, et riposta à la redoute par une mousqueterie effrayante. Quiconque a vu un feu d'artifice se rappelle cette gerbe faite d'un croisement de foudres qu'on appelle le bouquet. Qu'on se représente ce bouquet, non plus vertical, mais horizontal, portant une balle, une chevrotine ou un biscayen à la pointe de chacun de ses jets de feu, et égrenant la mort dans ses grappes de tonnerres. La barricade était là-dessous.

Des deux parts résolution égale. La bravoure était là presque barbare et se compliquait d'une sorte de férocité héroïque qui commençait par le sacrifice de soi-même. C'était l'époque où un garde national se battait comme un zouave. La troupe voulait en finir; l'insurrection voulait lutter. L'acceptation de l'agonie en pleine jeunesse et en pleine santé fait de l'intrépidité une frénésie. Chacun dans cette mêlée avait le grandissement de l'heure suprême. La rue se joncha de cadavres.

La barricade avait à l'une de ses extrémités Enjolras et à l'autre Marius. Enjolras, qui portait toute la barricade dans sa tête, se réservait et s'abritait;

trois soldats tombèrent l'un après l'autre sous son créneau sans l'avoir même aperçu; Marius combattait à découvert. Il se faisait point de mire. Il sortait du sommet de la redoute plus qu'à mi-corps. Il n'y a pas de plus violent prodigue qu'un avare qui prend le mors aux dents; il n'y a pas d'homme plus effrayant dans l'action qu'un songeur. Marius était formidable et pensif. Il était dans la bataille comme dans un rêve. On eût dit un fantôme qui fait le coup de fusil.

Les cartouches des assiégés s'épuisaient; leurs sarcasmes non. Dans ce tourbillon du sépulcre où ils étaient, ils riaient.

Courfeyrac était nu-tête.

—Qu'est-ce que tu as donc fait de ton chapeau? lui demanda Bossuet. Courfeyrac répondit :

— Ils ont fini par me l'emporter à coups de canon.

Ou bien ils disaient des choses hautaines.

— Comprend-on, s'écriait amèrement Feuilly, ces hommes — (et il citait les noms, des noms connus, célèbres même, quelques-uns de l'ancienne armée) — qui avaient promis de nous rejoindre et fait serment de nous aider, et qui s'y étaient engagés d'honneur, et qui sont nos généraux, et qui nous abandonnent!

Et Combeferre se bornait à répondre avec un grave sourire :

— Il y a des gens qui observent les règles de l'honneur comme on observe les étoiles, de très loin.

L'intérieur de la barricade était tellement semé de cartouches déchirées qu'on eût dit qu'il y avait neigé.

Les assaillants avaient le nombre; les insurgés avaient la position. Ils étaient au haut d'une muraille, et ils foudroyaient à bout portant les soldats trébuchant dans les morts et les blessés et empêtrés dans l'escarpement. Cette barricade, construite comme elle l'était et admirablement contrebutée, était vraiment une de ces situations où une poignée d'hommes tient en échec une légion. Cependant, toujours recrutée et grossissant sous la pluie de balles, la colonne d'attaque se rapprochait inexorablement, et maintenant, peu à peu, pas à pas, mais avec certitude, l'armée serrait la barricade comme la vis le pressoir.

Les assauts se succédèrent. L'horreur alla grandissant.

Alors éclata, sur ce tas de pavés, dans cette rue de la Chanvrerie, une lutte digne d'une muraille de Troie. Ces hommes hâves, déguenillés, épuisés, qui n'avaient pas mangé depuis vingt-quatre heures, qui n'avaient pas dormi, qui n'avaient plus que quelques coups à tirer, qui tâtaient leurs poches vides de cartouches, presque tous blessés, la tête ou le bras bandé d'un linge rouillé et noirâtre, ayant dans leurs habits des trous d'où le sang coulait, à peine armés de mauvais fusils et de vieux sabres ébréchés, devinrent des Titans. La barricade fut dix fois abordée, assaillie, escaladée, et jamais prise.

Pour se faire une idée de cette lutte, il faudrait se figurer le feu mis à un tas de courages terribles, et qu'on regarde l'incendie. Ce n'était pas un combat, c'était le dedans d'une fournaise; les bouches y respiraient de la flamme; les visages y étaient extraordinaires, la forme humaine y semblait impossible, les combattants y flamboyaient, et c'était formidable de voir aller et venir dans cette fumée rouge ces salamandres de la mêlée. Les scènes successives et simultanées de cette tuerie grandiose, nous renonçons à les peindre. L'épopée seule a le droit de remplir douze mille vers avec une bataille.

On eût dit cet enfer du brahmanisme, le plus redoutable des dix-sept abîmes, que le Véda appelle la Forêt des Épées.

On se battait corps à corps, pied à pied, à coups de pistolet, à coups de sabre, à coups de poing, de loin, de près, d'en haut, d'en bas, de partout, des toits de la maison, des fenêtres du cabaret, des soupiraux des caves où quelques-uns s'étaient glissés. Ils étaient un contre soixante. La façade de Corinthe, à demi démolie, était hideuse. La fenêtre, tatouée de mitraille, avait perdu vitres et châssis, et n'était plus qu'un trou informe, tumultueusement bouché avec des pavés. Bossuet fut tué; Feuilly fut tué; Courfeyrac fut tué; Joly fut tué; Combeferre, traversé de trois coups de bayonnette dans la poitrine au moment où il relevait un soldat blessé, n'eut que le temps de regarder le ciel, et expira.

Marius, toujours combattant, était si criblé de blessures, particulièrement à la tête, que son visage disparaissait dans le sang et qu'on eût dit qu'il avait la face couverte d'un mouchoir rouge.

Enjolras seul n'était pas atteint. Quand il n'avait plus d'arme, il tendait la main à droite ou à gauche et un insurgé lui mettait une lame quelconque au poing. Il n'avait plus qu'un tronçon de quatre épées; une de plus que François Ier à Marignan.

Homère dit : « Diomède égorge Axyle, fils de Teuthranis, qui habitait « l'heureuse Arisba; Euryale, fils de Mécistée, extermine Drésos, et Ophel- « tios, Ésèpe, et ce Pédasus que la naïade Abarbarée conçut de l'irrépro- « chable Boucolion; Ulysse renverse Pidyte de Percose; Antiloque, Ablère; « Polypætès, Astyale; Polydamas, Otos de Cyllène, et Teucer, Arétaon. « Méganthios meurt sous les coups de pique d'Euripyle. Agamemnon, roi « des héros, terrasse Élatos né dans la ville escarpée que baigne le sonore « fleuve Satnoïs. » Dans nos vieux poëmes de Gestes, Esplandian attaque avec une bisaiguë de feu le marquis géant Swantibore, lequel se défend en

IMPRIMERIE NATIONALE.

lapidant le chevalier avec des tours qu'il déracine. Nos anciennes fresques murales nous montrent les deux ducs de Bretagne et de Bourbon, armés, armoriés et timbrés en guerre, à cheval, et s'abordant, la hache d'armes à la main, masqués de fer, bottés de fer, gantés de fer, l'un caparaçonné d'hermine, l'autre drapé d'azur; Bretagne avec son lion entre les deux cornes de sa couronne, Bourbon casqué d'une monstrueuse fleur de lys à visière. Mais pour être superbe, il n'est pas nécessaire de porter, comme Yvon, le morion ducal, d'avoir au poing, comme Esplandian, une flamme vivante, ou, comme Phylès, père de Polydamas, d'avoir rapporté d'Éphyre une bonne armure présent du roi des hommes Euphète; il suffit de donner sa vie pour une conviction ou pour une loyauté. Ce petit soldat naïf, hier paysan de la Beauce ou du Limousin, qui rôde, le coupe-chou au côté, autour des bonnes d'enfants dans le Luxembourg, ce jeune étudiant pâle penché sur une pièce d'anatomie ou sur un livre, blond adolescent qui fait sa barbe avec des ciseaux, prenez-les tous les deux, soufflez-leur un souffle de devoir, mettez-les en face l'un de l'autre dans le carrefour Boucherat ou dans le cul-de-sac Planche-Mibray, et que l'un combatte pour son drapeau, et que l'autre combatte pour son idéal, et qu'ils s'imaginent tous les deux combattre pour la patrie; la lutte sera colossale; et l'ombre que feront, dans le grand champ épique où se débat l'humanité, ce pioupiou et ce carabin aux prises, égalera l'ombre que jette Mégaryon, roi de la Lycie pleine de tigres, étreignant corps à corps l'immense Ajax, égal aux dieux.

XXII

PIED A PIED.

Quand il n'y eut plus de chefs vivants qu'Enjolras et Marius aux deux extrémités de la barricade, le centre, qu'avaient si longtemps soutenu Courfeyrac, Joly, Bossuet, Feuilly et Combeferre, plia. Le canon, sans faire de brèche praticable, avait assez largement échancré le milieu de la redoute; là, le sommet de la muraille avait disparu sous le boulet, et s'était écroulé; et les débris, qui étaient tombés, tantôt à l'intérieur, tantôt à l'extérieur, avaient fini, en s'amoncelant, par faire, des deux côtés du barrage, deux espèces de talus, l'un au dedans, l'autre au dehors. Le talus extérieur offrait à l'abordage un plan incliné.

Un suprême assaut y fut tenté et cet assaut réussit. La masse hérissée de bayonnettes et lancée au pas gymnastique arriva irrésistible, et l'épais front de bataille de la colonne d'attaque apparut dans la fumée au haut de l'escarpement. Cette fois c'était fini. Le groupe d'insurgés qui défendait le centre recula pêle-mêle.

Alors le sombre amour de la vie se réveilla chez quelques-uns. Couchés en joue par cette forêt de fusils, plusieurs ne voulurent plus mourir. C'est là une minute où l'instinct de la conservation pousse des hurlements et où la bête reparaît dans l'homme. Ils étaient acculés à la haute maison à six étages qui faisait le fond de la redoute. Cette maison pouvait être le salut. Cette maison était barricadée et comme murée du haut en bas. Avant que la troupe de ligne fût dans l'intérieur de la redoute, une porte avait le temps de s'ouvrir et de se fermer, la durée d'un éclair suffisait pour cela, et la porte de cette maison, entre-bâillée brusquement et refermée tout de suite, pour ces désespérés c'était la vie. En arrière de cette maison, il y avait les rues, la fuite possible, l'espace. Ils se mirent à frapper contre cette porte à coups de crosse et à coups de pied, appelant, criant, suppliant, joignant les mains. Personne n'ouvrit. De la lucarne du troisième étage, la tête morte les regardait.

Mais Enjolras et Marius, et sept ou huit ralliés autour d'eux, s'étaient élancés et les protégeaient. Enjolras avait crié aux soldats : N'avancez pas! et un officier n'ayant pas obéi, Enjolras avait tué l'officier. Il était maintenant dans la petite cour intérieure de la redoute, adossé à la maison de Corinthe, l'épée d'une main, la carabine de l'autre, tenant ouverte la porte du cabaret qu'il barrait aux assaillants. Il cria aux désespérés : — Il n'y a

6.

qu'une porte ouverte. Celle-ci. —— Et, les couvrant de son corps, faisant à lui seul face à un bataillon, il les fit passer derrière lui. Tous s'y précipitèrent. Enjolras, exécutant avec sa carabine, dont il se servait maintenant comme d'une canne, ce que les bâtonnistes appellent la rose couverte, rabattit les bayonnettes autour de lui et devant lui, et entra le dernier; et il y eut un instant horrible, les soldats voulant pénétrer, les insurgés voulant fermer. La porte fut close avec une telle violence qu'en se remboîtant dans son cadre, elle laissa voir coupés et collés à son chambranle les cinq doigts d'un soldat qui s'y était cramponné.

Marius était resté dehors. Un coup de feu venait de lui casser la clavicule; il sentit qu'il s'évanouissait et qu'il tombait. En ce moment, les yeux déjà fermés, il eut la commotion d'une main vigoureuse qui le saisissait, et son évanouissement, dans lequel il se perdit, lui laissa à peine le temps de cette pensée mêlée au suprême souvenir de Cosette : —— Je suis fait prisonnier. Je serai fusillé.

Enjolras, ne voyant pas Marius parmi les réfugiés du cabaret, eut la même idée. Mais ils étaient à cet instant où chacun n'a que le temps de songer à sa propre mort. Enjolras assujettit la barre de la porte, et la verrouilla, et en ferma à double tour la serrure et le cadenas, pendant qu'on la battait furieusement au dehors, les soldats à coups de crosse, les sapeurs à coups de hache. Les assaillants s'étaient groupés sur cette porte. C'était maintenant le siège du cabaret qui commençait.

Les soldats, disons-le, étaient pleins de colère.

La mort du sergent d'artillerie les avait irrités, et puis, chose plus funeste, pendant les quelques heures qui avaient précédé l'attaque, il s'était dit parmi eux que les insurgés mutilaient les prisonniers, et qu'il y avait dans le cabaret le cadavre d'un soldat sans tête. Ce genre de rumeurs fatales est l'accompagnement ordinaire des guerres civiles, et ce fut un faux bruit de cette espèce qui causa plus tard la catastrophe de la rue Transnonain.

Quand la porte fut barricadée, Enjolras dit aux autres :

—— Vendons-nous cher.

Puis il s'approcha de la table où étaient étendus Mabeuf et Gavroche. On voyait sous le drap noir deux formes droites et rigides, l'une grande, l'autre petite, et les deux visages se dessinaient vaguement sous les plis froids du suaire. Une main sortait de dessous le linceul et pendait vers la terre. C'était celle du vieillard.

Enjolras se pencha et baisa cette main vénérable, de même que la veille il avait baisé le front.

C'étaient les deux seuls baisers qu'il eût donnés dans sa vie.

Abrégeons. La barricade avait lutté comme une porte de Thèbes, le cabaret lutta comme une maison de Saragosse. Ces résistances-là sont bourrues. Pas de quartier. Pas de parlementaire possible. On veut mourir pourvu qu'on tue. Quand Suchet dit : — Capitulez, — Palafox répond : « Après la guerre au canon, la guerre au couteau. » Rien ne manqua à la prise d'assaut du cabaret Hucheloup : ni les pavés pleuvant de la fenêtre et du toit sur les assiégeants et exaspérant les soldats par d'horribles écrasements, ni les coups de feu des caves et des mansardes, ni la fureur de l'attaque, ni la rage de la défense, ni enfin, quand la porte céda, les démences frénétiques de l'extermination. Les assaillants, en se ruant dans le cabaret, les pieds embarrassés dans les panneaux de la porte enfoncée et jetée à terre, n'y trouvèrent pas un combattant. L'escalier en spirale, coupé à coups de hache, gisait au milieu de la salle basse, quelques blessés achevaient d'expirer, tout ce qui n'était pas tué était au premier étage, et là, par le trou du plafond, qui avait été l'entrée de l'escalier, un feu terrifiant éclata. C'étaient les dernières cartouches. Quand elles furent brûlées, quand ces agonisants redoutables n'eurent plus ni poudre ni balles, chacun prit à la main deux de ces bouteilles réservées par Enjolras et dont nous avons parlé, et ils tinrent tête à l'escalade avec ces massues effroyablement fragiles. C'étaient des bouteilles d'eau-forte. Nous disons telles qu'elles sont ces choses sombres du carnage. L'assiégé, hélas, fait arme de tout. Le feu grégeois n'a pas déshonoré Archimède; la poix bouillante n'a pas déshonoré Bayard. Toute la guerre est de l'épouvante, et il n'y a rien à y choisir. La mousqueterie des assiégeants, quoique gênée et de bas en haut, était meurtrière. Le rebord du trou du plafond fut bientôt entouré de têtes mortes d'où ruisselaient de longs fils rouges et fumants. Le fracas était inexprimable; une fumée enfermée et brûlante faisait presque la nuit sur ce combat. Les mots manquent pour dire l'horreur arrivée à ce degré. Il n'y avait plus d'hommes dans cette lutte maintenant infernale. Ce n'étaient plus des géants contre des colosses. Cela ressemblait plus à Milton et à Dante qu'à Homère. Des démons attaquaient, des spectres résistaient.

C'était l'héroïsme monstre.

XXIII

ORESTE A JEUN ET PYLADE IVRE.

Enfin, se faisant la courte échelle, s'aidant du squelette de l'escalier, grimpant aux murs, s'accrochant au plafond, écharpant, au bord de la trappe même, les derniers qui résistaient, une vingtaine d'assiégeants, soldats, gardes nationaux, gardes municipaux, pêle-mêle, la plupart défigurés par des blessures au visage dans cette ascension redoutable, aveuglés par le sang, furieux, devenus sauvages, firent irruption dans la salle du premier étage. Il n'y avait plus là qu'un seul homme qui fût debout, Enjolras. Sans cartouches, sans épée, il n'avait plus à la main que le canon de sa carabine dont il avait brisé la crosse sur la tête de ceux qui entraient. Il avait mis le billard entre les assaillants et lui; il avait reculé à l'angle de la salle, et là, l'œil fier, la tête haute, ce tronçon d'arme au poing, il était encore assez inquiétant pour que le vide se fût fait autour de lui. Un cri s'éleva :

— C'est le chef. C'est lui qui a tué l'artilleur. Puisqu'il s'est mis là, il y est bien. Qu'il y reste. Fusillons-le sur place.

— Fusillez-moi, dit Enjolras.

Et, jetant le tronçon de sa carabine, et croisant les bras, il présenta sa poitrine.

L'audace de bien mourir émeut toujours les hommes. Dès qu'Enjolras eut croisé les bras, acceptant la fin, l'assourdissement de la lutte cessa dans la salle, et ce chaos s'apaisa subitement dans une sorte de solennité sépulcrale. Il semblait que la majesté menaçante d'Enjolras désarmé et immobile pesât sur ce tumulte, et que, rien que par l'autorité de son regard tranquille, ce jeune homme, qui seul n'avait pas une blessure, superbe, sanglant, charmant, indifférent comme un invulnérable, contraignît cette cohue sinistre à le tuer avec respect. Sa beauté, en ce moment-là augmentée de sa fierté, était un resplendissement, et, comme s'il ne pouvait pas plus être fatigué que blessé, après les effrayantes vingt-quatre heures qui venaient de s'écouler, il était vermeil et rose. C'était de lui peut-être que parlait le témoin qui disait plus tard devant le conseil de guerre : « Il y avait un insurgé que j'ai entendu nommer Apollon. » Un garde national qui visait Enjolras abaissa son arme en disant : « Il me semble que je vais fusiller une fleur. »

Douze hommes se formèrent en peloton à l'angle opposé à Enjolras, et apprêtèrent leurs fusils en silence.

Puis un sergent cria : — Joue.

Un officier intervint.

— Attendez.

Et s'adressant à Enjolras :

— Voulez-vous qu'on vous bande les yeux ?

— Non.

— Est-ce bien vous qui avez tué le sergent d'artillerie ?

— Oui.

Depuis quelques instants Grantaire s'était réveillé.

Grantaire, on s'en souvient, dormait depuis la veille dans la salle haute du cabaret, assis sur une chaise, affaissé sur une table.

Il réalisait, dans toute son énergie, la vieille métaphore : ivre mort. Le hideux philtre absinthe-stout-alcool l'avait jeté en léthargie. Sa table étant petite et ne pouvant servir à la barricade, on la lui avait laissée. Il était toujours dans la même posture, la poitrine pliée sur la table, la tête appuyée à plat sur les bras, entouré de verres, de chopes et de bouteilles. Il dormait de cet écrasant sommeil de l'ours engourdi et de la sangsue repue. Rien n'y avait fait, ni la fusillade, ni les boulets, ni la mitraille qui pénétrait par la croisée dans la salle où il était, ni le prodigieux vacarme de l'assaut. Seulement, il répondait quelquefois au canon par un ronflement. Il semblait attendre là qu'une balle vînt lui épargner la peine de se réveiller. Plusieurs cadavres gisaient autour de lui ; et, au premier coup d'œil, rien ne le distinguait de ces dormeurs profonds de la mort.

Le bruit n'éveille pas un ivrogne, le silence le réveille. Cette singularité a été plus d'une fois observée. La chute de tout, autour de lui, augmentait l'anéantissement de Grantaire ; l'écroulement le berçait. L'espèce de halte que fit le tumulte devant Enjolras fut une secousse pour ce pesant sommeil. C'est l'effet d'une voiture au galop qui s'arrête court. Les assoupis s'y réveillent. Grantaire se dressa en sursaut, étendit les bras, se frotta les yeux, regarda, bâilla, et comprit.

L'ivresse qui finit ressemble à un rideau qui se déchire. On voit, en bloc et d'un seul coup d'œil, tout ce qu'elle cachait. Tout s'offre subitement à la mémoire ; et l'ivrogne qui ne sait rien de ce qui s'est passé depuis vingt-quatre heures, n'a pas achevé d'ouvrir les paupières qu'il est au fait. Les idées lui reviennent avec une lucidité brusque ; l'effacement de l'ivresse, sorte de buée qui aveuglait le cerveau, se dissipe, et fait place à la claire et nette obsession des réalités.

Relégué qu'il était dans un coin et comme abrité derrière le billard, les soldats, l'œil fixé sur Enjolras, n'avaient pas même aperçu Grantaire, et le sergent se préparait à répéter l'ordre : En joue! quand tout à coup ils entendirent une voix forte crier à côté d'eux :

— Vive la république! J'en suis.

Grantaire s'était levé.

L'immense lueur de tout le combat qu'il avait manqué, et dont il n'avait pas été, apparut dans le regard éclatant de l'ivrogne transfiguré.

Il répéta : Vive la république! traversa la salle d'un pas ferme, et alla se placer devant les fusils debout près d'Enjolras.

— Faites-en deux d'un coup, dit-il.

Et, se tournant vers Enjolras avec douceur, il lui dit :

— Permets-tu?

Enjolras lui serra la main en souriant.

Ce sourire n'était pas achevé que la détonation éclata.

Enjolras, traversé de huit coups de feu, resta adossé au mur comme si les balles l'y eussent cloué. Seulement il pencha la tête.

Grantaire, foudroyé, s'abattit à ses pieds.

Quelques instants après, les soldats délogeaient les derniers insurgés réfugiés au haut de la maison. Ils tiraillaient à travers un treillis de bois dans le grenier. On se battait dans les combles. On jetait des corps par les fenêtres, quelques-uns vivants. Deux voltigeurs, qui essayaient de relever l'omnibus fracassé, étaient tués de deux coups de carabine tirés des mansardes. Un homme en blouse en était précipité, un coup de bayonnette dans le ventre, et râlait à terre. Un soldat et un insurgé glissaient ensemble sur le talus de tuiles du toit, et ne voulaient pas se lâcher, et tombaient, se tenant embrassés d'un embrassement féroce. Lutte pareille dans la cave. Cris, coups de feu, piétinement farouche. Puis le silence. La barricade était prise.

Les soldats commencèrent la fouille des maisons d'alentour et la poursuite des fuyards.

XXIV

PRISONNIER.

Marius était prisonnier en effet. Prisonnier de Jean Valjean.

La main qui l'avait étreint par derrière au moment où il tombait, et dont, en perdant connaissance, il avait senti le saisissement, était celle de Jean Valjean.

Jean Valjean n'avait pris au combat d'autre part que de s'y exposer. Sans lui, à cette phase suprême de l'agonie, personne n'eût songé aux blessés. Grâce à lui, partout présent dans le carnage comme une providence, ceux qui tombaient étaient relevés, transportés dans la salle basse, et pansés. Dans les intervalles, il réparait la barricade. Mais rien qui pût ressembler à un coup, à une attaque, ou même à une défense personnelle, ne sortit de ses mains. Il se taisait et secourait. Du reste, il avait à peine quelques égratignures. Les balles n'avaient pas voulu de lui. Si le suicide faisait partie de ce qu'il avait rêvé en venant dans ce sépulcre, de ce côté-là il n'avait point réussi. Mais nous doutons qu'il eût songé au suicide, acte irréligieux.

Jean Valjean, dans la nuée épaisse du combat, n'avait pas l'air de voir Marius; le fait est qu'il ne le quittait pas des yeux. Quand un coup de feu renversa Marius, Jean Valjean bondit avec une agilité de tigre, s'abattit sur lui comme sur une proie, et l'emporta.

Le tourbillon de l'attaque était en cet instant-là si violemment concentré sur Enjolras et sur la porte du cabaret que personne ne vit Jean Valjean, soutenant dans ses bras Marius évanoui, traverser le champ dépavé de la barricade et disparaître derrière l'angle de la maison de Corinthe.

On se rappelle cet angle qui faisait une sorte de cap dans la rue; il garantissait des balles et de la mitraille, et des regards aussi, quelques pieds carrés de terrain. Il y a ainsi parfois dans les incendies une chambre qui ne brûle point, et dans les mers les plus furieuses, en deçà d'un promontoire ou au fond d'un cul-de-sac d'écueils, un petit coin tranquille. C'était dans cette espèce de repli du trapèze intérieur de la barricade qu'Éponine avait agonisé.

Là Jean Valjean s'arrêta, il laissa glisser à terre Marius, s'adossa au mur et jeta les yeux autour de lui.

La situation était épouvantable.

Pour l'instant, pour deux ou trois minutes peut-être, ce pan de muraille était un abri; mais comment sortir de ce massacre? Il se rappelait l'angoisse où il s'était trouvé rue Polonceau, huit ans auparavant, et de quelle façon il était parvenu à s'échapper; c'était difficile alors, aujourd'hui c'était impossible. Il avait devant lui cette implacable et sourde maison à six étages qui ne semblait habitée que par l'homme mort penché à sa fenêtre; il avait à sa droite la barricade assez basse qui fermait la Petite-Truanderie; enjamber cet obstacle paraissait facile, mais on voyait au-dessus de la crête du barrage une rangée de pointes de bayonnettes. C'était la troupe de ligne, postée au delà de cette barricade, et aux aguets. Il était évident que franchir la barricade c'était aller chercher un feu de peloton, et que toute tête qui se risquerait à dépasser le haut de la muraille de pavés servirait de cible à soixante coups de fusil. Il avait à sa gauche le champ du combat. La mort était derrière l'angle du mur.

Que faire?

Un oiseau seul eût pu se tirer de là.

Et il fallait se décider sur-le-champ, trouver un expédient, prendre un parti. On se battait à quelques pas de lui; par bonheur tous s'acharnaient sur un point unique, sur la porte du cabaret; mais qu'un soldat, un seul, eût l'idée de tourner la maison, ou de l'attaquer en flanc, tout était fini.

Jean Valjean regarda la maison en face de lui, il regarda la barricade à côté de lui, puis il regarda la terre, avec la violence de l'extrémité suprême, éperdu, et comme s'il eût voulu y faire un trou avec ses yeux.

A force de regarder, on ne sait quoi de vaguement saisissable dans une telle agonie se dessina et prit forme à ses pieds, comme si c'était une puissance du regard de faire éclore la chose demandée. Il aperçut à quelques pas de lui, au bas du petit barrage si impitoyablement gardé et guetté au dehors, sous un écroulement de pavés qui la cachait en partie, une grille de fer posée à plat et de niveau avec le sol. Cette grille, faite de forts barreaux transversaux, avait environ deux pieds carrés. L'encadrement de pavés qui la maintenait avait été arraché, et elle était comme descellée. A travers les barreaux on entrevoyait une ouverture obscure, quelque chose de pareil au conduit d'une cheminée ou au cylindre d'une citerne. Jean Valjean s'élança. Sa vieille science des évasions lui monta au cerveau comme une clarté. Écarter les pavés, soulever la grille, charger sur ses épaules Marius inerte comme un corps mort, descendre, avec ce fardeau sur les reins, en s'aidant des coudes et des genoux, dans cette espèce de puits heureusement peu profond, laisser retomber au-dessus de sa tête la lourde trappe de fer sur laquelle les pavés ébranlés croulèrent de nouveau, prendre pied sur une surface dallée à trois mètres au-dessous du sol, cela fut exécuté comme ce qu'on fait dans le délire, avec une force de géant et une rapidité d'aigle; cela dura quelques minutes à peine.

Jean Valjean se trouva, avec Marius toujours évanoui, dans une sorte de long corridor souterrain.

Là, paix profonde, silence absolu, nuit.

L'impression qu'il avait autrefois éprouvée en tombant de la rue dans le couvent, lui revint. Seulement, ce qu'il emportait aujourd'hui, ce n'était plus Cosette, c'était Marius.

C'est à peine maintenant s'il entendait au-dessus de lui, comme un vague murmure, le formidable tumulte du cabaret pris d'assaut.

LIVRE DEUXIÈME.

L'INTESTIN DE LÉVIATHAN.

———

I

LA TERRE APPAUVRIE PAR LA MER.

Paris jette par an vingt-cinq millions à l'eau. Et ceci sans métaphore. Comment, et de quelle façon? jour et nuit. Dans quel but? sans aucun but. Avec quelle pensée? sans y penser. Pourquoi faire? pour rien. Au moyen de quel organe? au moyen de son intestin. Quel est son intestin? c'est son égout.

Vingt-cinq millions, c'est le plus modéré des chiffres approximatifs que donnent les évaluations de la science spéciale.

La science, après avoir longtemps tâtonné, sait aujourd'hui que le plus fécondant et le plus efficace des engrais, c'est l'engrais humain. Les chinois, disons-le à notre honte, le savaient avant nous. Pas un paysan chinois, c'est Eckeberg qui le dit, ne va à la ville sans rapporter, aux deux extrémités de son bambou, deux seaux pleins de ce que nous nommons immondices. Grâce à l'engrais humain, la terre en Chine est encore aussi jeune qu'au temps d'Abraham. Le froment chinois rend jusqu'à cent vingt fois la semence. Il n'est aucun guano comparable en fertilité au détritus d'une capitale. Une grande ville est le plus puissant des stercoraires. Employer la ville à fumer la plaine, ce serait une réussite certaine. Si notre or est fumier, en revanche, notre fumier est or.

Que fait-on de cet or fumier? On le balaye à l'abîme.

On expédie à grands frais des convois de navires afin de récolter au pôle austral la fiente des pétrels et des pingouins, et l'incalculable élément d'opulence qu'on a sous la main, on l'envoie à la mer. Tout l'engrais humain et animal que le monde perd, rendu à la terre au lieu d'être jeté à l'eau, suffirait à nourrir le monde.

Ces tas d'ordures du coin des bornes, ces tombereaux de boue cahotés la nuit dans les rues, ces affreux tonneaux de la voirie, ces fétides écoulements de fange souterraine que le pavé vous cache, savez-vous ce que c'est ? C'est de la prairie en fleur, c'est de l'herbe verte, c'est du serpolet et du thym et de la sauge, c'est du gibier, c'est du bétail, c'est le mugissement satisfait des grands bœufs le soir, c'est du foin parfumé, c'est du blé doré, c'est du pain sur votre table, c'est du sang chaud dans vos veines, c'est de la santé, c'est de la joie, c'est de la vie. Ainsi le veut cette création mystérieuse qui est la transformation sur la terre et la transfiguration dans le ciel.

Rendez cela au grand creuset; votre abondance en sortira. La nutrition des plaines fait la nourriture des hommes.

Vous êtes maîtres de perdre cette richesse, et de me trouver ridicule par-dessus le marché. Ce sera là le chef-d'œuvre de votre ignorance.

La statistique a calculé que la France à elle seule fait tous les ans à l'Atlantique par la bouche de ses rivières un versement d'un demi-milliard. Notez ceci : avec ces cinq cents millions on payerait le quart des dépenses du budget. L'habileté de l'homme est telle qu'il aime mieux se débarrasser de ces cinq cents millions dans le ruisseau. C'est la substance même du peuple qu'emportent, ici goutte à goutte, là à flots, le misérable vomissement de nos égouts dans les fleuves et le gigantesque vomissement de nos fleuves dans l'océan. Chaque hoquet de nos cloaques nous coûte mille francs. A cela deux résultats : la terre appauvrie et l'eau empestée. La faim sortant du sillon et la maladie sortant du fleuve.

Il est notoire, par exemple, qu'à cette heure, la Tamise empoisonne Londres.

Pour ce qui est de Paris, on a dû, dans ces derniers temps, transporter la plupart des embouchures d'égouts en aval au-dessous du dernier pont.

Un double appareil tubulaire, pourvu de soupapes et d'écluses de chasse, aspirant et refoulant, un système de drainage élémentaire, simple comme le poumon de l'homme, et qui est déjà en pleine fonction dans plusieurs communes d'Angleterre, suffirait pour amener dans nos villes l'eau pure des champs et pour renvoyer dans nos champs l'eau riche des villes, et ce facile va-et-vient, le plus simple du monde, retiendrait chez nous les cinq cents millions jetés dehors. On pense à autre chose.

Le procédé actuel fait le mal en voulant faire le bien. L'intention est bonne, le résultat est triste. On croit expurger la ville, on étiole la population. Un égout est un malentendu. Quand partout le drainage, avec sa fonction double, restituant ce qu'il prend, aura remplacé l'égout, simple lavage appauvrissant, alors, ceci étant combiné avec les données d'une économie sociale nouvelle, le produit de la terre sera décuplé, et le problème de la misère sera singulièrement atténué. Ajoutez la suppression des parasitismes, il sera résolu.

En attendant, la richesse publique s'en va à la rivière, et le coulage a lieu. Coulage est le mot. L'Europe se ruine de la sorte par épuisement.

Quant à la France, nous venons de dire son chiffre. Or, Paris contenant le vingt-cinquième de la population française totale, et le guano parisien étant le plus riche de tous, on reste au-dessous de la vérité en évaluant à vingt-cinq millions la part de perte de Paris dans le demi-milliard que la France refuse annuellement. Ces vingt-cinq millions, employés en assistance et en jouissance, doubleraient la splendeur de Paris. La ville les dépense en cloaques. De sorte qu'on peut dire que la grande prodigalité de Paris, sa fête merveilleuse, sa folie Beaujon, son orgie, son ruissellement d'or à pleines mains, son faste, son luxe, sa magnificence, c'est son égout.

C'est de cette façon que, dans la cécité d'une mauvaise économie politique, on noie et on laisse aller à vau-l'eau et se perdre dans les gouffres le bien-être de tous. Il devrait y avoir des filets de Saint-Cloud pour la fortune publique.

Économiquement, le fait peut se résumer ainsi : Paris panier percé.

Paris, cette cité modèle, ce patron des capitales bien faites dont chaque peuple tâche d'avoir une copie, cette métropole de l'idéal, cette patrie auguste de l'initiative, de l'impulsion et de l'essai, ce centre et ce lieu des esprits, cette ville nation, cette ruche de l'avenir, ce composé merveilleux de Babylone et de Corinthe, ferait, au point de vue que nous venons de signaler, hausser les épaules à un paysan du Fo-Kian.

Imitez Paris, vous vous ruinerez.

Au reste, particulièrement en ce gaspillage immémorial et insensé, Paris lui-même imite.

Ces surprenantes inepties ne sont pas nouvelles; ce n'est point là de la sottise jeune. Les anciens agissaient comme les modernes. « Les cloaques de « Rome, dit Liebig, ont absorbé tout le bien-être du paysan romain. » Quand la campagne de Rome fut ruinée par l'égout romain, Rome épuisa l'Italie, et quand elle eut mis l'Italie dans son cloaque, elle y versa la Sicile, puis la Sardaigne, puis l'Afrique. L'égout de Rome a engouffré le monde. Ce cloaque offrait son engloutissement à la cité et à l'univers. *Urbi et orbi.* Ville éternelle, égout insondable.

Pour ces choses-là comme pour d'autres, Rome donne l'exemple.

Cet exemple, Paris le suit, avec toute la bêtise propre aux villes d'esprit.

Pour les besoins de l'opération sur laquelle nous venons de nous expliquer, Paris a sous lui un autre Paris; un Paris d'égouts; lequel a ses rues, ses carrefours, ses places, ses impasses, ses artères, et sa circulation, qui est de la fange, avec la forme humaine de moins.

Car il ne faut rien flatter, pas même un grand peuple; là où il y a tout, il y a l'ignominie à côté de la sublimité; et, si Paris contient Athènes, la ville de lumière, Tyr, la ville de puissance, Sparte, la ville de vertu, Ninive, la ville de prodige, il contient aussi Lutèce, la ville de boue.

D'ailleurs le cachet de sa puissance est là aussi, et la titanique sentine de Paris réalise, parmi les monuments, cet idéal étrange réalisé dans l'humanité par quelques hommes tels que Machiavel, Bacon et Mirabeau : le grandiose abject.

Le sous-sol de Paris, si l'œil pouvait en pénétrer la surface, présenterait l'aspect d'un madrépore colossal. Une éponge n'a guère plus de pertuis et de couloirs que la motte de terre de six lieues de tour sur laquelle repose l'antique grande ville. Sans parler des catacombes, qui sont une cave à part, sans parler de l'inextricable treillis des conduits du gaz, sans compter le vaste système tubulaire de la distribution d'eau vive qui aboutit aux bornes-fontaines, les égouts à eux seuls font sous les deux rives un prodigieux réseau ténébreux; labyrinthe qui a pour fil sa pente.

Là apparaît, dans la brume humide, le rat, qui semble le produit de l'accouchement de Paris.

L'HISTOIRE ANCIENNE DE L'ÉGOUT.

Qu'on s'imagine Paris ôté comme un couvercle, le réseau souterrain des égouts, vu à vol d'oiseau, dessinera sur les deux rives une espèce de grosse branche greffée au fleuve. Sur la rive droite l'égout de ceinture sera le tronc de cette branche, les conduits secondaires seront les rameaux et les impasses seront les ramuscules.

Cette figure n'est que sommaire et à demi exacte, l'angle droit, qui est l'angle habituel de ce genre de ramifications souterraines, étant très rare dans la végétation.

On se fera une image plus ressemblante de cet étrange plan géométral en supposant qu'on voie à plat sur un fond de ténèbres quelque bizarre alphabet d'orient brouillé comme un fouillis, et dont les lettres difformes seraient soudées les unes aux autres, dans un pêle-mêle apparent et comme au hasard, tantôt par leurs angles, tantôt par leurs extrémités.

Les sentines et les égouts jouaient un grand rôle au moyen-âge, au Bas-Empire et dans ce vieil orient. La peste y naissait, les despotes y mouraient. Les multitudes regardaient presque avec une crainte religieuse ces lits de pourriture, monstrueux berceaux de la Mort. La fosse aux vermines de Bénarès n'est pas moins vertigineuse que la fosse aux lions de Babylone. Téglath-Phalasar, au dire des livres rabbiniques, jurait par la sentine de Ninive. C'est de l'égout de Munster que Jean de Leyde faisait sortir sa fausse lune, et c'est du puits-cloaque de Kekhscheb que son ménechme oriental, Mokannâ, le prophète voilé du Khorassan, faisait sortir son faux soleil.

L'histoire des hommes se reflète dans l'histoire des cloaques. Les gémonies racontaient Rome. L'égout de Paris a été une vieille chose formidable. Il a été sépulcre, il a été asile. Le crime, l'intelligence, la protestation sociale, la liberté de conscience, la pensée, le vol, tout ce que les lois humaines poursuivent ou ont poursuivi, s'est caché dans ce trou; les maillotins au quatorzième siècle, les tire-laine au quinzième, les huguenots au seizième, les illuminés de Morin au dix-septième, les chauffeurs au dix-huitième. Il y a cent ans, le coup de poignard nocturne en sortait, le filou en danger y glissait; le bois avait la caverne, Paris avait l'égout. La truanderie, cette *picareria* gauloise, acceptait l'égout comme succursale de la Cour

ROMAN. — VI.

IMPRIMERIE NATIONALE.

des Miracles, et le soir, narquoise et féroce, rentrait sous le vomitoire Maubuée comme dans une alcôve.

Il était tout simple que ceux qui avaient pour lieu de travail quotidien
le cul-de-sac Vide-Gousset ou la rue Coupe-Gorge eussent pour domicile
nocturne le ponceau du Chemin-Vert ou le cagnard Hurepoix. De là un
fourmillement de souvenirs. Toutes sortes de fantômes hantent ces longs
corridors solitaires; partout la putridité et le miasme; çà et là un soupirail
où Villon dedans cause avec Rabelais dehors.

L'égout, dans l'ancien Paris, est le rendez-vous de tous les épuisements
et de tous les essais. L'économie politique y voit un détritus, la philosophie
sociale y voit un résidu.

L'égout, c'est la conscience de la ville. Tout y converge, et s'y confronte.
Dans ce lieu livide, il y a des ténèbres, mais il n'y a plus de secrets. Chaque
chose a sa forme vraie, ou du moins sa forme définitive. Le tas d'ordures a
cela pour lui qu'il n'est pas menteur. La naïveté s'est réfugiée là. Le masque
de Basile s'y trouve, mais on en voit le carton, et les ficelles, et le dedans
comme le dehors, et il est accentué d'une boue honnête. Le faux nez de
Scapin l'avoisine. Toutes les malpropretés de la civilisation, une fois hors
de service, tombent dans cette fosse de vérité où aboutit l'immense glissement social, elles s'y engloutissent, mais elles s'y étalent. Ce pêle-mêle
est une confession. Là, plus de fausse apparence, aucun plâtrage possible,
l'ordure ôte sa chemise, dénudation absolue, déroute des illusions et des
mirages, plus rien que ce qui est, faisant la sinistre figure de ce qui finit.
Réalité et disparition. Là, un cul de bouteille avoue l'ivrognerie, une anse
de panier raconte la domesticité; là, le trognon de pomme qui a eu des
opinions littéraires redevient le trognon de pomme; l'effigie du gros sou se
vert-de-grise franchement, le crachat de Caïphe rencontre le vomissement de
Falstaff, le louis d'or qui sort du tripot heurte le clou où pend le bout de
corde du suicide, un fœtus livide roule enveloppé dans des paillettes qui
ont dansé le mardi gras dernier à l'Opéra, une toque qui a jugé les hommes
se vautre près d'une pourriture qui a été la jupe de Margoton; c'est plus
que de la fraternité, c'est du tutoiement. Tout ce qui se fardait se bar-
bouille. Le dernier voile est arraché. Un égout est un cynique. Il dit tout.

Cette sincérité de l'immondice nous plaît, et repose l'âme. Quand on a
passé son temps à subir sur la terre le spectacle des grands airs que prennent
la raison d'état, le serment, la sagesse politique, la justice humaine, les pro-
bités professionnelles, les austérités de situation, les robes incorruptibles,
cela soulage d'entrer dans un égout et de voir de la fange qui en convient.

Cela enseigne en même temps. Nous l'avons dit tout à l'heure, l'histoire
passe par l'égout. Les Saint-Barthélemy y filtrent goutte à goutte entre les

pavés. Les grands assassinats publics, les boucheries politiques et religieuses, traversent ce souterrain de la civilisation et y poussent leurs cadavres. Pour l'œil du songeur, tous les meurtriers historiques sont là, dans la pénombre hideuse, à genoux, avec un pan de leur suaire pour tablier, épongeant lugubrement leur besogne. Louis XI y est avec Tristan, François Ier y est avec Duprat, Charles IX y est avec sa mère, Richelieu y est avec Louis XIII, Louvois y est, Letellier y est, Hébert et Maillard y sont, grattant les pierres et tâchant de faire disparaître la trace de leurs actions. On entend sous ces voûtes le balai de ces spectres. On y respire la fétidité énorme des catastrophes sociales. On voit dans des coins des miroitements rougeâtres. Il coule là une eau terrible où se sont lavées des mains sanglantes.

L'observateur social doit entrer dans ces ombres. Elles font partie de son laboratoire. La philosophie est le microscope de la pensée. Tout veut la fuir, mais rien ne lui échappe. Tergiverser est inutile. Quel côté de soi montre-t-on en tergiversant? le côté honte. La philosophie poursuit de son regard probe le mal, et ne lui permet pas de s'évader dans le néant. Dans l'effacement des choses qui disparaissent, dans le rapetissement des choses qui s'évanouissent, elle reconnaît tout. Elle reconstruit la pourpre d'après le haillon et la femme d'après le chiffon. Avec le cloaque elle refait la ville; avec la boue elle refait les mœurs. Du tesson elle conclut l'amphore, ou la cruche. Elle reconnaît à une empreinte d'ongle sur un parchemin la différence qui sépare la juiverie de la Judengasse de la juiverie du Ghetto. Elle retrouve dans ce qui reste ce qui a été, le bien, le mal, le faux, le vrai, la tache de sang du palais, le pâté d'encre de la caverne, la goutte de suif du lupanar, les épreuves subies, les tentations bien venues, les orgies vomies, le pli qu'ont fait les caractères en s'abaissant, la trace de la prostitution dans les âmes que leur grossièreté en faisait capables, et sur la veste des portefaix de Rome la marque du coup de coude de Messaline.

III

BRUNESEAU.

L'égout de Paris, au moyen-âge, était légendaire. Au seizième siècle Henri II essaya un sondage qui avorta. Il n'y a pas cent ans, le cloaque, Mercier l'atteste, était abandonné à lui-même et devenait ce qu'il pouvait.

Tel était cet ancien Paris, livré aux querelles, aux indécisions et aux tâtonnements. Il fut longtemps assez bête. Plus tard, 89 montra comment l'esprit vient aux villes. Mais, au bon vieux temps, la capitale avait peu de tête; elle ne savait faire ses affaires ni moralement ni matériellement, et pas mieux balayer les ordures que les abus. Tout était obstacle, tout faisait question. L'égout, par exemple, était réfractaire à tout itinéraire. On ne parvenait pas plus à s'orienter dans la voirie qu'à s'entendre dans la ville; en haut l'inintelligible, en bas l'inextricable; sous la confusion des langues il y avait la confusion des caves; Dédale doublait Babel.

Quelquefois, l'égout de Paris se mêlait de déborder, comme si ce Nil méconnu était subitement pris de colère. Il y avait, chose infâme, des inondations d'égout. Par moments, cet estomac de la civilisation digérait mal, le cloaque refluait dans le gosier de la ville, et Paris avait l'arrière-goût de sa fange. Ces ressemblances de l'égout avec le remords avaient du bon; c'étaient des avertissements; fort mal pris du reste; la ville s'indignait que sa boue eût tant d'audace, et n'admettait pas que l'ordure revînt. Chassez-la mieux.

L'inondation de 1802 est un des souvenirs actuels des parisiens de quatre-vingts ans. La fange se répandit en croix place des Victoires, où est la statue de Louis XIV; elle entra rue Saint-Honoré par les deux bouches d'égout des Champs-Élysées, rue Saint-Florentin par l'égout Saint-Florentin, rue Pierre-à-Poisson par l'égout de la Sonnerie, rue Popincourt par l'égout du Chemin-Vert, rue de la Roquette par l'égout de la rue de Lappe; elle couvrit le caniveau de la rue des Champs-Élysées jusqu'à une hauteur de trente-cinq centimètres; et, au midi, par le vomitoire de la Seine faisant sa fonction en sens inverse, elle pénétra rue Mazarine, rue de l'Échaudé, et rue des Marais, où elle s'arrêta à une longueur de cent neuf mètres, précisément à quelques pas de la maison qu'avait habitée Racine, respectant, dans le dix-septième siècle, le poëte plus que le roi. Elle atteignit son maximum de profondeur rue Saint-Pierre où elle s'éleva à trois pieds au-dessus des dalles de la gargouille, et son maximum d'étendue rue Saint-Sabin où elle s'étala sur une longueur de deux cent trente-huit mètres.

Au commencement de ce siècle, l'égout de Paris était encore un lieu mystérieux. La boue ne peut jamais être bien famée; mais ici le mauvais renom allait jusqu'à l'effroi. Paris savait confusément qu'il avait sous lui une cave terrible. On en parlait comme de cette monstrueuse souille de Thèbes où fourmillaient des scolopendres de quinze pieds de long et qui eût pu servir de baignoire à Béhémoth. Les grosses bottes des égoutiers ne s'aventuraient jamais au delà de certains points connus. On était encore très voisin du temps où les tombereaux des boueurs, du haut desquels Sainte-Foix fraternisait avec le marquis de Créqui, se déchargeaient tout simplement dans l'égout. Quant au curage, on confiait cette fonction aux averses, qui encombraient plus qu'elles ne balayaient. Rome laissait encore quelque poésie à son cloaque et l'appelait Gémonies; Paris insultait le sien et l'appelait Trou punais. La science et la superstition étaient d'accord pour l'horreur. Le Trou punais ne répugnait pas moins à l'hygiène qu'à la légende. Le Moine-Bourru était éclos sous la voussure fétide de l'égout Mouffetard; les cadavres des Marmousets avaient été jetés dans l'égout de la Barillerie; Fagon avait attribué la redoutable fièvre maligne de 1685 au grand hiatus de l'égout du Marais qui resta béant jusqu'en 1833 rue Saint-Louis presque en face de l'enseigne du Messager galant. La bouche d'égout de la rue de la Mortellerie était célèbre par les pestes qui en sortaient; avec sa grille de fer à pointes qui simulait une rangée de dents, elle était dans cette rue fatale comme une gueule de dragon soufflant l'enfer sur les hommes. L'imagination populaire assaisonnait le sombre évier parisien d'on ne sait quel hideux mélange d'infini. L'égout était sans fond. L'égout, c'était le barathrum. L'idée d'explorer ces régions lépreuses ne venait pas même à la police. Tenter cet inconnu, jeter la sonde dans cette ombre, aller à la découverte dans cet abîme, qui l'eût osé? C'était effrayant. Quelqu'un se présenta pourtant. Le cloaque eut son Christophe Colomb.

Un jour, en 1805, dans une de ces rares apparitions que l'empereur faisait à Paris, le ministre de l'intérieur, un Decrès ou un Crétet quelconque, vint au petit lever du maître. On entendait dans le Carrousel le traînement des sabres de tous ces soldats extraordinaires de la grande république et du grand empire; il y avait encombrement de héros à la porte de Napoléon; hommes du Rhin, de l'Escaut, de l'Adige et du Nil; compagnons de Joubert, de Desaix, de Marceau, de Hoche, de Kléber; aérostiers de Fleurus, grenadiers de Mayence, pontonniers de Gênes, hussards que les pyramides avaient regardés, artilleurs qu'avait éclaboussés le boulet de Junot, cuirassiers qui avaient pris d'assaut la flotte à l'ancre dans le Zuyderzée; les uns avaient suivi Bonaparte sur le pont de Lodi, les autres avaient accompagné Murat dans la tranchée de Mantoue, les autres avaient devancé Lannes dans le chemin creux de Montebello. Toute l'armée d'alors était là, dans la cour des Tuileries, représentée par une escouade ou par un peloton, et gardant Napoléon au repos; et c'était l'époque splendide où la grande armée avait derrière elle Marengo et devant elle Austerlitz. — Sire, dit le ministre de l'intérieur à Napoléon, j'ai vu hier l'homme le plus intrépide de votre empire. — Qu'est-ce que cet homme? dit brusquement l'empereur, et qu'est-ce qu'il a fait? — Il veut faire une chose, sire. — Laquelle? — Visiter les égouts de Paris.

Cet homme existait et se nommait Bruneseau.

IV

DÉTAILS IGNORÉS.

La visite eut lieu. Ce fut une campagne redoutable ; une bataille nocturne contre la peste et l'asphyxie. Ce fut en même temps un voyage de découvertes. Un des survivants de cette exploration, ouvrier intelligent, très jeune alors, en racontait encore il y a quelques années les curieux détails que Bruneseau crut devoir omettre dans son rapport au préfet de police, comme indignes du style administratif. Les procédés désinfectants étaient à cette époque très rudimentaires. A peine Bruneseau eut-il franchi les premières articulations du réseau souterrain, que huit des travailleurs sur vingt refusèrent d'aller plus loin. L'opération était compliquée ; la visite entraînait le curage ; il fallait donc curer, et en même temps arpenter : noter les entrées d'eau, compter les grilles et les bouches, détailler les branchements, indiquer les courants à points de partage, reconnaître les circonscriptions respectives des divers bassins, sonder les petits égouts greffés sur l'égout principal, mesurer la hauteur sous clef de chaque couloir, et la largeur, tant à la naissance des voûtes qu'à fleur du radier, enfin déterminer les ordonnées du nivellement au droit de chaque entrée d'eau, soit du radier de l'égout, soit du sol de la rue. On avançait péniblement. Il n'était pas rare que les échelles de descente plongeassent dans trois pieds de vase. Les lanternes agonisaient dans les miasmes. De temps en temps on emportait un égoutier évanoui. A de certains endroits, précipice. Le sol s'était effondré, le dallage avait croulé, l'égout s'était changé en puits perdu ; on ne trouvait plus le solide ; un homme disparut brusquement ; on eut grand'peine à le retirer. Par le conseil de Fourcroy, on allumait de distance en distance, dans les endroits suffisamment assainis, de grandes cages pleines d'étoupe imbibée de résine. La muraille, par places, était couverte de fongus difformes, et l'on eût dit des tumeurs ; la pierre elle-même semblait malade dans ce milieu irrespirable.

Bruneseau, dans son exploration, procéda d'amont en aval. Au point de partage des deux conduites d'eau du Grand-Hurleur, il déchiffra sur une pierre en saillie la date 1550 ; cette pierre indiquait la limite où s'était arrêté Philibert Delorme, chargé par Henri II de visiter la voirie souterraine de Paris. Cette pierre était la marque du seizième siècle à l'égout. Bruneseau retrouva la main-d'œuvre du dix-septième dans le conduit du Ponceau et dans le conduit de la rue Vieille-du-Temple, voûtés entre 1600 et 1650, et la main-d'œuvre du dix-huitième dans la section ouest du canal collecteur, encaissée et voûtée en 1740. Ces deux voûtes, surtout la moins ancienne, celle de 1740, étaient plus lézardées et plus décrépites que la maçonnerie de l'égout de ceinture, laquelle datait de 1412, époque où le ruisseau d'eau vive de Ménilmontant fut élevé à la dignité de grand égout de Paris, avancement analogue à celui d'un paysan qui deviendrait premier valet de chambre du roi; quelque chose comme Gros-Jean transformé en Lebel.

On crut reconnaître çà et là, notamment sous le Palais de justice, des alvéoles d'anciens cachots pratiqués dans l'égout même. *In pace* hideux. Un carcan de fer pendait dans l'une de ces cellules. On les mura toutes. Quelques trouvailles furent bizarres; entre autres le squelette d'un orang-outang disparu du Jardin des Plantes en 1800, disparition probablement connexe à la fameuse et incontestable apparition du diable rue des Bernardins dans la dernière année du dix-huitième siècle. Le pauvre diable avait fini par se noyer dans l'égout.

Sous le long couloir cintré qui aboutit à l'Arche-Marion, une hotte de chiffonnier, parfaitement conservée, fit l'admiration des connaisseurs. Partout, la vase, que les égoutiers en étaient venus à manier intrépidement, abondait en objets précieux, bijoux d'or et d'argent, pierreries, monnaies. Un géant qui eût filtré ce cloaque eût eu dans son tamis la richesse des siècles. Au point de partage des deux branchements de la rue du Temple et de la rue Sainte-Avoye, on ramassa une singulière médaille huguenote en cuivre, portant d'un côté un porc coiffé d'un chapeau de cardinal et de l'autre un loup la tiare en tête.

La rencontre la plus surprenante fut à l'entrée du Grand Égout. Cette entrée avait été autrefois fermée par une grille dont il ne restait plus que les gonds. A l'un de ces gonds pendait une sorte de loque informe et souillée qui, sans doute arrêtée là au passage, y flottait dans l'ombre et achevait de s'y déchiqueter. Bruneseau approcha sa lanterne et examina ce lambeau. C'était de la batiste très fine, et l'on distinguait à l'un des coins moins rongé que le reste une couronne héraldique brodée au-dessus de ces sept lettres: LAVBESP. La couronne était une couronne de marquis et les sept lettres signifiaient *Laubeſpine*. On reconnut que ce qu'on avait sous les yeux était un morceau du linceul de Marat. Marat, dans sa jeunesse, avait eu des amours. C'était quand il faisait partie de la maison du comte d'Artois en qualité de médecin des écuries. De ces amours, historiquement constatés, avec une grande dame, il lui était resté ce drap de lit. Épave ou souvenir. A sa mort, comme c'était le seul linge un peu fin qu'il eût chez lui, on l'y avait enseveli. De vieilles femmes avaient emmaillotté pour la tombe, dans ce lange où il y avait eu de la volupté, le tragique Ami du Peuple.

Bruneseau passa outre. On laissa cette guenille où elle était; on ne l'acheva pas. Fut-ce mépris ou respect? Marat méritait les deux. Et puis, la destinée y était assez empreinte pour qu'on hésitât à y toucher. D'ailleurs, il faut laisser aux choses du sépulcre la place qu'elles choisissent. En somme, la relique était étrange. Une marquise y avait dormi; Marat y avait pourri; elle avait traversé le Panthéon pour aboutir aux rats de l'égout. Ce chiffon d'alcôve, dont Watteau eût jadis joyeusement dessiné tous les plis, avait fini par être digne du regard fixe de Dante.

La visite totale de la voirie immonditielle souterraine de Paris dura sept ans, de 1805 à 1812. Tout en cheminant, Bruneseau désignait, dirigeait et mettait à fin des travaux considérables; en 1808, il abaissait le radier du Ponceau, et, créant partout des lignes nouvelles, il poussait l'égout, en 1809, sous la rue Saint-Denis jusqu'à la fontaine des Innocents; en 1810, sous la rue Froidmanteau et sous la Salpêtrière, en 1811, sous la rue Neuve-des-Petits-Pères, sous la rue du Mail, sous la rue de l'Écharpe, sous la place Royale, en 1812, sous la rue de la Paix et sous la chaussée d'Antin. En même temps, il faisait désinfecter et assainir tout le réseau. Dès la deuxième année, Bruneseau s'était adjoint son gendre Nargaud.

C'est ainsi qu'au commencement de ce siècle la vieille société cura son double-fond et fit la toilette de son égout. Ce fut toujours cela de nettoyé.

Tortueux, crevassé, dépavé, craquelé, coupé de fondrières, cahoté par des coudes bizarres, montant et descendant sans logique, fétide, sauvage, farouche, submergé d'obscurité, avec des cicatrices sur ses dalles et des balafres sur ses murs, épouvantable, tel était, vu rétrospectivement, l'antique égout de Paris. Ramifications en tous sens, croisements de tranchées, branchements, pattes d'oie, étoiles comme dans les sapes, cœcums, culs-de-sac, voûtes salpêtrées, puisards infects, suintements dartreux sur les parois, gouttes tombant des plafonds, ténèbres; rien n'égalait l'horreur de cette vieille crypte exutoire, appareil digestif de Babylone, antre, fosse, gouffre percé de rues, taupinière titanique où l'esprit croit voir rôder à travers l'ombre, dans de l'ordure qui a été de la splendeur, cette énorme taupe aveugle, le passé.

Ceci, nous le répétons, c'était l'égout d'Autrefois.

V

PROGRÈS ACTUEL.

Aujourd'hui l'égout est propre, froid, droit, correct. Il réalise presque l'idéal de ce qu'on entend en Angleterre par le mot « respectable ». Il est convenable et grisâtre; tiré au cordeau; on pourrait presque dire à quatre épingles. Il ressemble à un fournisseur devenu conseiller d'état. On y voit presque clair. La fange s'y comporte décemment. Au premier abord, on le prendrait volontiers pour un de ces corridors souterrains si communs jadis et si utiles aux fuites de monarques et de princes, dans cet ancien bon temps « où le peuple aimait ses rois ». L'égout actuel est un bel égout; le style pur y règne; le classique alexandrin rectiligne qui, chassé de la poésie, paraît s'être réfugié dans l'architecture, semble mêlé à toutes les pierres de cette longue voûte ténébreuse et blanchâtre; chaque dégorgeoir est une arcade; la rue de Rivoli fait école jusque dans le cloaque. Au reste, si la ligne géométrique est quelque part à sa place, c'est à coup sûr dans la tranchée stercoraire d'une grande ville. Là, tout doit être subordonné au chemin le plus court. L'égout a pris aujourd'hui un certain aspect officiel. Les rapports mêmes de police dont il est quelquefois l'objet ne lui manquent plus de respect. Les mots qui le caractérisent dans le langage administratif sont relevés et dignes. Ce qu'on appelait boyau, on l'appelle galerie; ce qu'on appelait trou, on l'appelle regard. Villon ne reconnaîtrait plus son antique logis en-cas. Ce réseau de caves a bien toujours son immémoriale population de rongeurs, plus pullulante que jamais; de temps en temps, un rat, vieille moustache, risque sa tête à la fenêtre de l'égout et examine les parisiens; mais cette vermine elle-même s'apprivoise, satisfaite qu'elle est de son palais souterrain. Le cloaque n'a plus rien de sa férocité primitive. La pluie, qui salissait l'égout d'autrefois, lave l'égout d'à présent. Ne vous y fiez pas trop pourtant. Les miasmes l'habitent encore. Il est plutôt hypocrite qu'irréprochable. La préfecture de police et la commission de salubrité ont eu beau faire. En dépit de tous les procédés d'assainissement, il exhale une vague odeur suspecte, comme Tartuffe après la confession.

Convenons-en, comme, à tout prendre, le balayage est un hommage que l'égout rend à la civilisation, et comme, à ce point de vue, la conscience de Tartuffe est un progrès sur l'étable d'Augias, il est certain que l'égout de Paris s'est amélioré.

C'est plus qu'un progrès; c'est une transmutation. Entre l'égout ancien et l'égout actuel, il y a une révolution. Qui a fait cette révolution?

L'homme que tout le monde oublie et que nous avons nommé, Bruneseau.

VI

PROGRÈS FUTUR.

Le creusement de l'égout de Paris n'a pas été une petite besogne. Les dix derniers siècles y ont travaillé sans le pouvoir terminer, pas plus qu'ils n'ont pu finir Paris. L'égout, en effet, reçoit tous les contre-coups de la croissance de Paris. C'est, dans la terre, une sorte de polype ténébreux aux mille antennes qui grandit dessous en même temps que la ville dessus. Chaque fois que la ville perce une rue, l'égout allonge un bras. La vieille monarchie n'avait construit que vingt-trois mille trois cents mètres d'égouts; c'est là que Paris en était le 1ᵉʳ janvier 1806. A partir de cette époque, dont nous reparlerons tout à l'heure, l'œuvre a été utilement et énergiquement reprise et continuée; Napoléon a bâti, ces chiffres sont curieux, quatre mille huit cent quatre mètres; Louis XVIII, cinq mille sept cent neuf; Charles X, dix mille huit cent trente-six; Louis-Philippe, quatrevingt-neuf mille vingt; la république de 1848, vingt-trois mille trois cent quatrevingt-un; le régime actuel, soixante-dix mille cinq cents; en tout, à l'heure qu'il est, deux cent vingt-six mille six cent dix mètres, soixante lieues d'égouts; entrailles énormes de Paris. Ramification obscure, toujours en travail; construction ignorée et immense.

Comme on le voit, le dédale souterrain de Paris est aujourd'hui plus que décuple de ce qu'il était au commencement du siècle. On se figure malaisément tout ce qu'il a fallu de persévérance et d'efforts pour amener ce cloaque au point de perfection relative où il est maintenant. C'était à grand'peine que la vieille prévôté monarchique et, dans les dix dernières années du dix-huitième siècle, la mairie révolutionnaire étaient parvenues à forer les cinq lieues d'égouts qui existaient avant 1806. Tous les genres d'obstacles entravaient cette opération, les uns propres à la nature du sol, les autres inhérents aux préjugés mêmes de la population laborieuse de Paris. Paris est bâti sur un gisement étrangement rebelle à la pioche, à la houe, à la sonde, au maniement humain. Rien de plus difficile à percer et à pénétrer que cette formation géologique à laquelle se superpose la merveilleuse formation historique nommée Paris; dès que, sous une forme quelconque, le travail s'engage et s'aventure dans cette nappe d'alluvions, les résistances souterraines abondent. Ce sont des argiles liquides, des sources vives, des roches dures, de ces vases molles et profondes que la science spéciale appelle moutardes. Le pic avance laborieusement dans des lames calcaires alternées de filets de glaises très minces et de couches schisteuses aux feuillets incrustés d'écailles d'huîtres contemporaines des océans préadamites. Parfois un ruisseau crève brusquement une voûte commencée et inonde les travailleurs; ou c'est une coulée de marne qui se fait jour et se rue avec la furie d'une cataracte, brisant comme verre les plus grosses poutres de soutènement. Tout récemment, à la Villette, quand il a fallu, sans interrompre la navigation et sans vider le canal, faire passer l'égout collecteur sous le canal Saint-Martin, une fissure s'est faite dans la cuvette du canal, l'eau a abondé subitement dans le chantier souterrain, au delà de toute la puissance des pompes d'épuisement; il a fallu faire chercher par un plongeur la fissure qui était dans le goulet du grand bassin, et on ne l'a point bouchée sans peine. Ailleurs, près de la Seine, et même assez loin du fleuve, comme par exemple à Belleville, Grande-Rue et passage Lunière, on rencontre des sables sans fond où l'on s'enlize et où un homme peut fondre à vue d'œil. Ajoutez l'asphyxie par les miasmes, l'ensevelissement par les éboulements, les effondrements subits. Ajoutez le typhus, dont les travailleurs s'imprègnent lentement. De nos jours, après avoir creusé la galerie de Clichy, avec banquette pour recevoir une conduite maîtresse d'eau de l'Ourcq, travail exécuté en tranchée, à dix mètres de profondeur; après avoir, à travers les éboulements, à l'aide des fouilles, souvent putrides, et des étrésillonnements, voûté la Bièvre du boulevard de l'Hôpital jusqu'à la Seine; après avoir, pour délivrer Paris des eaux torrentielles de Montmartre et pour donner écoulement à cette mare fluviale de neuf hectares qui croupissait près de la barrière des Martyrs; après avoir, disons-nous, construit la ligne d'égouts de la barrière Blanche au chemin d'Aubervilliers, en quatre mois, jour et nuit, à une profondeur de onze mètres; après avoir, chose qu'on n'avait pas vue encore, exécuté souterrainement un égout rue Barre-du-Bec, sans tranchée, à six mètres au-dessous du sol, le conducteur Monnot est mort. Après avoir voûté trois mille mètres d'égouts sur tous les points de la ville, de la rue Traversière-Saint-Antoine à la rue de Lourcine, après avoir, par le branchement de l'Arbalète, déchargé des inondations pluviales le carrefour Censier-Mouffetard; après avoir bâti l'égout Saint-Georges sur enrochement et béton dans des sables fluides, après avoir dirigé le redoutable abaissement de radier du branchement Notre-Dame-de-Nazareth, l'ingénieur Duleau est mort. Il n'y a pas de bulletin pour ces actes de bravoure-là, plus utiles pourtant que la tuerie bête des champs de bataille.

Les égouts de Paris, en 1832, étaient loin d'être ce qu'ils sont aujourd'hui. Bruneseau avait donné le branle, mais il fallait le choléra pour déterminer la vaste reconstruction qui a eu lieu depuis. Il est surprenant de dire, par exemple, qu'en 1821, une partie de l'égout de ceinture, dit Grand Canal, comme à Venise, croupissait encore à ciel ouvert, rue des Gourdes. Ce n'est qu'en 1823 que la ville de Paris a trouvé dans son gousset les deux cent soixante-six mille quatrevingts francs six centimes nécessaires à la couverture de cette turpitude. Les trois puits absorbants du Combat, de la Cunette et de Saint-Mandé, avec leurs dégorgeoirs, leurs appareils, leurs puisards et leurs branchements dépuratoires, ne datent que de 1836. La voirie intestinale de Paris a été refaite à neuf et, comme nous l'avons dit, plus que décuplée depuis un quart de siècle.

Il y a trente ans, à l'époque de l'insurrection des 5 et 6 juin, c'était encore, dans beaucoup d'endroits, presque l'ancien égout. Un très grand nombre de rues, aujourd'hui bombées, étaient alors des chaussées fendues. On voyait très souvent, au point déclive où les versants d'une rue ou d'un carrefour aboutissaient, de larges grilles carrées à gros barreaux dont le fer luisait fourbi par les pas de la foule, dangereuses et glissantes aux voitures et faisant abattre les chevaux. La langue officielle des ponts et chaussées donnait à ces points déclives et à ces grilles le nom expressif de *cassis.* En 1832, dans une foule de rues, rue de l'Étoile, rue Saint-Louis, rue du Temple, rue Vieille-du-Temple, rue Notre-Dame-de-Nazareth, rue Folie-Méricourt, quai aux Fleurs, rue du Petit-Musc, rue de Normandie, rue Pont-aux-Biches, rue des Marais, faubourg Saint-Martin, rue Notre-Dame-des-Victoires, faubourg Montmartre, rue Grange-Batelière, aux Champs-Élysées, rue Jacob, rue de Tournon, le vieux cloaque gothique montrait encore cyniquement ses gueules. C'étaient d'énormes hiatus de pierre à cagnards, quelquefois entourés de bornes, avec une effronterie monumentale.

Paris, en 1806, en était encore presque au chiffre d'égouts constaté en mai 1663 : cinq mille trois cent vingt-huit toises. Après Bruneseau, le 1ᵉʳ janvier 1832, il en avait quarante mille trois cents mètres. De 1806 à 1831, on avait bâti annuellement, en moyenne, sept cent cinquante mètres; depuis on a construit tous les ans huit et même dix mille mètres de galeries, en maçonnerie de petits matériaux à bain de chaux hydraulique sur fondation de béton. A deux cents francs le mètre, les soixante lieues d'égouts du Paris actuel représentent quarante-huit millions.

Outre le progrès économique que nous avons indiqué en commençant, de graves problèmes d'hygiène publique se rattachent à cette immense question : l'égout de Paris.

Paris est entre deux nappes, une nappe d'eau et une nappe d'air. La nappe d'eau, gisante à une assez grande profondeur souterraine, mais déjà tâtée par deux forages, est fournie par la couche de grès vert située entre la craie et le calcaire jurassique; cette couche peut être représentée par un disque de vingt-cinq lieues de rayon; une foule de rivières et de ruisseaux y suintent; on boit la Seine, la Marne, l'Yonne, l'Oise, l'Aisne, le Cher, la Vienne et la Loire dans un verre d'eau du puits de Grenelle. La nappe d'eau est salubre, elle vient du ciel d'abord, de la terre ensuite; la nappe d'air est malsaine, elle vient de l'égout. Tous les miasmes du cloaque se mêlent à la respiration de la ville; de là cette mauvaise haleine. L'air pris au-dessus d'un fumier, ceci a été scientifiquement constaté, est plus pur que l'air pris au-dessus de Paris. Dans un temps donné, le progrès aidant, les mécanismes se perfectionnant, et la clarté se faisant, on emploiera la nappe d'eau à purifier la nappe d'air. C'est-à-dire à laver l'égout. On sait que par : lavage de l'égout, nous entendons : restitution de la fange à la terre; renvoi du fumier au sol et de l'engrais aux champs. Il y aura, par ce simple fait, pour toute la communauté sociale, diminution de misère et augmentation de santé. A l'heure où nous sommes, le rayonnement des maladies de Paris va à cinquante lieues autour du Louvre, pris comme moyeu de cette roue pestilentielle.

On pourrait dire que, depuis dix siècles, le cloaque est la maladie de Paris. L'égout est le vice que la ville a dans le sang. L'instinct populaire ne s'y est jamais trompé. Le métier d'égoutier était autrefois presque aussi périlleux, et presque aussi répugnant au peuple, que le métier d'équarrisseur, frappé d'horreur et si longtemps abandonné au bourreau. Il fallait une haute paye pour décider un maçon à disparaître dans cette sape fétide; l'échelle du puisatier hésitait à s'y plonger; on disait proverbialement : *descendre dans l'égout, c'est entrer dans la fosse;* et toutes sortes de légendes hideuses, nous l'avons dit, couvraient d'épouvante ce colossal évier; sentine redoutée qui a la trace des révolutions du globe comme des révolutions des hommes, et où l'on trouve des vestiges de tous les cataclysmes depuis le coquillage du déluge jusqu'au haillon de Marat.

LIVRE TROISIÈME.

LA BOUE, MAIS L'ÂME.

————

I

LE CLOAQUE ET SES SURPRISES.

C'est dans l'égout de Paris que se trouvait Jean Valjean.

Ressemblance de plus de Paris avec la mer. Comme dans l'océan, le plongeur peut y disparaître.

La transition était inouïe. Au milieu même de la ville, Jean Valjean était sorti de la ville; et, en un clin d'œil, le temps de lever un couvercle et de le refermer, il avait passé du plein jour à l'obscurité complète, de midi à minuit, du fracas au silence, du tourbillon des tonnerres à la stagnation de la tombe, et, par une péripétie bien plus prodigieuse encore que celle de la rue Polonceau, du plus extrême péril à la sécurité la plus absolue.

Chute brusque dans une cave; disparition dans l'oubliette de Paris; quitter cette rue où la mort était partout pour cette espèce de sépulcre où il y avait la vie; ce fut un instant étrange. Il resta quelques secondes comme étourdi; écoutant, stupéfait. La chausse-trape du salut s'était subitement ouverte sous lui. La bonté céleste l'avait en quelque sorte pris par trahison. Adorables embuscades de la providence!

Seulement le blessé ne remuait point, et Jean Valjean ne savait pas si ce qu'il emportait dans cette fosse était un vivant ou un mort.

Sa première sensation fut l'aveuglement. Brusquement, il ne vit plus rien. Il lui sembla aussi qu'en une minute il était devenu sourd. Il n'entendait plus rien. Le frénétique orage de meurtre qui se déchaînait à quelques pieds au-dessus de lui n'arrivait jusqu'à lui, nous l'avons dit, grâce à l'épaisseur de terre qui l'en séparait, qu'éteint et indistinct, et comme une rumeur dans une profondeur. Il sentait que c'était solide sous ses pieds; voilà tout; mais cela suffisait. Il étendit un bras, puis l'autre, et toucha le mur des deux côtés, et reconnut que le couloir était étroit; il glissa, et reconnut que la dalle était mouillée. Il avança un pied avec précaution, craignant un

IMPRIMERIE NATIONALE.

trou, un puisard, quelque gouffre; il constata que le dallage se prolongeait. Une bouffée de fétidité l'avertit du lieu où il était.

Au bout de quelques instants, il n'était plus aveugle. Un peu de lumière tombait du soupirail par où il s'était glissé, et son regard s'était fait à cette cave. Il commença à distinguer quelque chose. Le couloir où il s'était terré, nul autre mot n'exprime mieux la situation, était muré derrière lui. C'était un de ces culs-de-sac que la langue spéciale appelle branchements. Devant lui, il y avait un autre mur, un mur de nuit. La clarté du soupirail expirait à dix ou douze pas du point où était Jean Valjean, et faisait à peine une blancheur blafarde sur quelques mètres de la paroi humide de l'égout. Au delà l'opacité était massive; y pénétrer paraissait horrible, et l'entrée y semblait un engloutissement. On pouvait s'enfoncer pourtant dans cette muraille de brume, et il le fallait. Il fallait même se hâter. Jean Valjean songea que cette grille, aperçue par lui sous les pavés, pouvait l'être par les soldats, et que tout tenait à ce hasard. Ils pouvaient descendre eux aussi dans ce puits et le fouiller. Il n'y avait pas une minute à perdre. Il avait déposé Marius sur le sol, il le ramassa, ceci est encore le mot vrai, le reprit sur ses épaules et se mit en marche. Il entra résolûment dans cette obscurité.

La réalité est qu'ils étaient moins sauvés que Jean Valjean ne le croyait. Des périls d'un autre genre et non moins grands les attendaient peut-être. Après le tourbillon fulgurant du combat, la caverne des miasmes et des pièges; après le chaos, le cloaque. Jean Valjean était tombé d'un cercle de l'enfer dans l'autre.

Quand il eut fait cinquante pas, il fallut s'arrêter. Une question se présenta. Le couloir aboutissait à un autre boyau qu'il rencontrait transversalement. Là s'offraient deux voies. Laquelle prendre? fallait-il tourner à gauche ou à droite? Comment s'orienter dans ce labyrinthe noir? Ce labyrinthe, nous l'avons fait remarquer, a un fil; c'est sa pente. Suivre la pente, c'est aller à la rivière.

Jean Valjean le comprit sur-le-champ.

Il se dit qu'il était probablement dans l'égout des halles; que, s'il choisissait la gauche et suivait la pente, il arriverait avant un quart d'heure à quelque embouchure sur la Seine entre le Pont-au-Change et le Pont-Neuf, c'est-à-dire à une apparition en plein jour sur le point le plus peuplé de Paris. Peut-être aboutirait-il à quelque cagnard de carrefour. Stupeur des passants de voir deux hommes sanglants sortir de terre sous leurs pieds. Survenue des sergents de ville, prise d'armes du corps de garde voisin. On serait saisi avant d'être sorti. Il valait mieux s'enfoncer dans le dédale, se fier à cette noirceur, et s'en remettre à la providence quant à l'issue.

Il remonta la pente et prit à droite.

Quand il eut tourné l'angle de la galerie, la lointaine lueur du soupirail disparut, le rideau d'obscurité retomba sur lui et il redevint aveugle. Il n'en avança pas moins, et aussi rapidement qu'il put. Les deux bras de Marius étaient passés autour de son cou et les pieds pendaient derrière lui. Il tenait les deux bras d'une main et tâtait le mur de l'autre. La joue de Marius touchait la sienne et s'y collait, étant sanglante. Il sentait couler sur lui et pénétrer sous ses vêtements un ruisseau tiède qui venait de Marius. Cependant une chaleur humide à son oreille que touchait la bouche du blessé indiquait de la respiration, et par conséquent de la vie. Le couloir où Jean Valjean cheminait maintenant était moins étroit que le premier. Jean Valjean y marchait assez péniblement. Les pluies de la veille n'étaient pas encore écoulées et faisaient un petit torrent au centre du radier, et il était forcé de se serrer contre le mur pour ne pas avoir les pieds dans l'eau. Il allait ainsi ténébreusement. Il ressemblait aux êtres de nuit tâtonnant dans l'invisible et souterrainement perdus dans les veines de l'ombre.

Pourtant, peu à peu, soit que des soupiraux lointains envoyassent un peu de lueur flottante dans cette brume opaque, soit que ses yeux s'accoutumassent à l'obscurité, il lui revint quelque vision vague, et il recommença à se rendre confusément compte, tantôt de la muraille à laquelle il touchait, tantôt de la voûte sous laquelle il passait. La pupille se dilate dans la nuit et finit par y trouver du jour, de même que l'âme se dilate dans le malheur et finit par y trouver Dieu.

Se diriger était malaisé.

Le tracé des égouts répercute, pour ainsi dire, le tracé des rues qui lui est superposé. Il y avait dans le Paris d'alors deux mille deux cents rues. Qu'on se figure là-dessous cette forêt de branches ténébreuses qu'on nomme l'égout. Le système d'égouts existant à cette époque, mis bout à bout, eût donné une longueur de onze lieues. Nous avons dit plus haut que le réseau actuel, grâce à l'activité spéciale des trente dernières années, n'a pas moins de soixante lieues.

Jean Valjean commença par se tromper. Il crut être sous la rue Saint-Denis, et il était fâcheux qu'il n'y fût pas. Il y a sous la rue Saint-Denis un vieil égout en pierre qui date de Louis XIII et qui va droit à l'égout collecteur dit Grand Égout, avec un seul coude, à droite, à la hauteur de l'ancienne cour des Miracles, et un seul embranchement, l'égout Saint-Martin, dont les quatre bras se coupent en croix. Mais le boyau de la Petite-Truanderie dont l'entrée était près du cabaret de Corinthe n'a jamais communiqué avec le souterrain de la rue Saint-Denis; il aboutit à l'égout Montmartre

8.

et c'est là que Jean Valjean était engagé. Là, les occasions de se perdre abondaient. L'égout Montmartre est un des plus dédaléens du vieux réseau. Heureusement Jean Valjean avait laissé derrière lui l'égout des halles dont le plan géométral figure une foule de mâts de perroquet enchevêtrés; mais il avait devant lui plus d'une rencontre embarrassante et plus d'un coin de rue — car ce sont des rues — s'offrant dans l'obscurité comme un point d'interrogation : premièrement, à sa gauche, le vaste égout Plâtrière, espèce de casse-tête chinois, poussant et brouillant son chaos de T et de Z sous l'hôtel des Postes et sous la rotonde de la halle aux blés jusqu'à la Seine où il se termine en Y; deuxièmement, à sa droite, le corridor courbe de la rue du Cadran avec ses trois dents qui sont autant d'impasses; troisièmement, à sa gauche, l'embranchement du Mail, compliqué, presque à l'entrée, d'une espèce de fourche, et allant de zigzag en zigzag aboutir à la grande crypte exutoire du Louvre tronçonnée et ramifiée dans tous les sens; enfin, à droite, le couloir cul-de-sac de la rue des Jeûneurs, sans compter de petits réduits çà et là, avant d'arriver à l'égout de ceinture, lequel seul pouvait le conduire à quelque issue assez lointaine pour être sûre.

Si Jean Valjean eût eu quelque notion de tout ce que nous indiquons ici, il se fût vite aperçu, rien qu'en tâtant la muraille, qu'il n'était pas dans la galerie souterraine de la rue Saint-Denis. Au lieu de la vieille pierre de taille, au lieu de l'ancienne architecture, hautaine et royale jusque dans l'égout, avec radier et assises courantes en granit et mortier de chaux grasse, laquelle coûtait huit cents livres la toise, il eût senti sous sa main le bon marché contemporain, l'expédient économique, la meulière à bain de mortier hydraulique sur couche de béton qui coûte deux cents francs le mètre, la maçonnerie bourgeoise dite à *petits matériaux;* mais il ne savait rien de tout cela.

Il allait devant lui, avec anxiété, mais avec calme, ne voyant rien, ne sachant rien, plongé dans le hasard, c'est-à-dire englouti dans la providence.

Par degrés, disons-le, quelque horreur le gagnait. L'ombre qui l'enveloppait entrait dans son esprit. Il marchait dans une énigme. Cet aqueduc du cloaque est redoutable; il s'entre-croise vertigineusement. C'est une chose lugubre d'être pris dans ce Paris de ténèbres. Jean Valjean était obligé de trouver et presque d'inventer sa route sans la voir. Dans cet inconnu, chaque pas qu'il risquait pouvait être le dernier. Comment sortirait-il de là? Trouverait-il une issue? La trouverait-il à temps? Cette colossale éponge souterraine aux alvéoles de pierre se laisserait-elle pénétrer et percer? Y rencontrerait-on quelque nœud inattendu d'obscurité? Arriverait-on à l'inextricable et à l'infranchissable? Marius y mourrait-il d'hémorrhagie, et lui de faim?

Finiraient-ils par se perdre là tous les deux, et par faire deux squelettes dans un coin de cette nuit? Il l'ignorait. Il se demandait tout cela et ne pouvait se répondre. L'intestin de Paris est un précipice. Comme le prophète, il était dans le ventre du monstre.

Il eut brusquement une surprise. A l'instant le plus imprévu, et sans avoir cessé de marcher en ligne droite, il s'aperçut qu'il ne montait plus; l'eau du ruisseau lui battait les talons au lieu de lui venir sur la pointe des pieds. L'égout maintenant descendait. Pourquoi? Allait-il donc arriver soudainement à la Seine? Ce danger était grand, mais le péril de reculer l'était plus encore. Il continua d'avancer.

Ce n'était point vers la Seine qu'il allait. Le dos d'âne que fait le sol de Paris sur la rive droite vide un de ses versants dans la Seine et l'autre dans le Grand Égout. La crête de ce dos d'âne qui détermine la division des eaux dessine une ligne très capricieuse. Le point culminant, qui est le lieu de partage des écoulements, est, dans l'égout Sainte-Avoye, au delà de la rue Michel-le-Comte, dans l'égout du Louvre, près des boulevards, et dans l'égout Montmartre, près des halles. C'est à ce point culminant que Jean Valjean était arrivé. Il se dirigeait vers l'égout de ceinture; il était dans le bon chemin. Mais il n'en savait rien.

Chaque fois qu'il rencontrait un embranchement, il en tâtait les angles, et s'il trouvait l'ouverture qui s'offrait moins large que le corridor où il était, il n'entrait pas et continuait sa route, jugeant avec raison que toute voie plus étroite devait aboutir à un cul-de-sac et ne pouvait que l'éloigner du but, c'est-à-dire de l'issue. Il évita ainsi le quadruple piège qui lui était tendu dans l'obscurité par les quatre dédales que nous venons d'énumérer.

A un certain moment il reconnut qu'il sortait de dessous le Paris pétrifié par l'émeute, où les barricades avaient supprimé la circulation, et qu'il rentrait sous le Paris vivant et normal. Il eut subitement au-dessus de sa tête comme un bruit de foudre, lointain, mais continu. C'était le roulement des voitures.

Il marchait depuis une demi-heure environ, du moins au calcul qu'il faisait en lui-même, et n'avait pas encore songé à se reposer; seulement il avait changé la main qui soutenait Marius. L'obscurité était plus profonde que jamais, mais cette profondeur le rassurait.

Tout à coup il vit son ombre devant lui. Elle se découpait sur une faible rougeur presque indistincte qui empourprait vaguement le radier à ses pieds et la voûte sur sa tête, et qui glissait à sa droite et à sa gauche sur les deux murailles visqueuses du corridor. Stupéfait, il se retourna.

Derrière lui, dans la partie du couloir qu'il venait de dépasser, à une distance qui lui parut immense, flamboyait, rayant l'épaisseur obscure, une sorte d'astre horrible qui avait l'air de le regarder.

C'était la sombre étoile de la police qui se levait dans l'égout.

Derrière cette étoile remuaient confusément huit ou dix formes noires, droites, indistinctes, terribles.

II

EXPLICATION.

Dans la journée du 6 juin, une battue des égouts avait été ordonnée. On craignit qu'ils ne fussent pris pour refuge par les vaincus, et le préfet Gisquet dut fouiller le Paris occulte pendant que le général Bugeaud balayait le Paris public; double opération connexe qui exigea une double stratégie de la force publique représentée en haut par l'armée et en bas par la police. Trois pelotons d'agents et d'égoutiers explorèrent la voirie souterraine de Paris, le premier, rive droite, le deuxième, rive gauche, le troisième, dans la Cité.

Les agents étaient armés de carabines, de casse-tête, d'épées et de poignards.

Ce qui était en ce moment dirigé sur Jean Valjean, c'était la lanterne de la ronde de la rive droite.

Cette ronde venait de visiter la galerie courbe et les trois impasses qui sont sous la rue du Cadran. Pendant qu'elle promenait son falot au fond de ces impasses, Jean Valjean avait rencontré sur son chemin l'entrée de la galerie, l'avait reconnue plus étroite que le couloir principal et n'y avait point pénétré. Il avait passé outre. Les hommes de police, en ressortant de la galerie du Cadran, avaient cru entendre un bruit de pas dans la direction de l'égout de ceinture. C'étaient les pas de Jean Valjean en effet. Le sergent chef de ronde avait élevé sa lanterne, et l'escouade s'était mise à regarder dans le brouillard du côté d'où était venu le bruit.

Ce fut pour Jean Valjean une minute inexprimable.

Heureusement, s'il voyait bien la lanterne, la lanterne le voyait mal. Elle était la lumière et il était l'ombre. Il était très loin, et mêlé à la noirceur du lieu. Il se rencogna le long du mur et s'arrêta.

Du reste, il ne se rendait pas compte de ce qui se mouvait là derrière lui. L'insomnie, le défaut de nourriture, les émotions, l'avaient fait passer, lui aussi, à l'état visionnaire. Il voyait un flamboiement, et, autour de ce flamboiement, des larves. Qu'était-ce? Il ne comprenait pas.

Jean Valjean s'étant arrêté, le bruit avait cessé.

Les hommes de la ronde écoutaient et n'entendaient rien, ils regardaient et ne voyaient rien. Ils se consultèrent.

Il y avait à cette époque sur ce point de l'égout Montmartre une espèce de carrefour dit *de service* qu'on a supprimé depuis à cause du petit lac intérieur qu'y formait, en s'y engorgeant dans les forts orages, le torrent des eaux pluviales. La ronde put se pelotonner dans ce carrefour.

Jean Valjean vit ces larves faire une sorte de cercle. Ces têtes de dogues se rapprochèrent et chuchotèrent.

Le résultat de ce conseil tenu par les chiens de garde fut qu'on s'était trompé, qu'il n'y avait pas eu de bruit, qu'il n'y avait là personne, qu'il était inutile de s'engager dans l'égout de ceinture, que ce serait du temps perdu, mais qu'il fallait se hâter d'aller vers Saint-Merry, que s'il y avait quelque chose à faire et quelque « bousingot » à dépister, c'était dans ce quartier-là.

De temps en temps les partis remettent des semelles neuves à leurs vieilles injures. En 1832, le mot *bousingot* faisait l'intérim entre le mot *jacobin* qui était éculé, et le mot *démagogue* alors presque inusité et qui a fait depuis un si excellent service.

Le sergent donna l'ordre d'obliquer à gauche vers le versant de la Seine. S'ils eussent eu l'idée de se diviser en deux escouades et d'aller dans les deux sens, Jean Valjean était saisi. Cela tint à ce fil. Il est probable que les instructions de la préfecture, prévoyant un cas de combat et les insurgés en nombre, défendaient à la ronde de se morceler. La ronde se remit en marche, laissant derrière elle Jean Valjean. De tout ce mouvement Jean Valjean ne perçut rien sinon l'éclipse de la lanterne qui se retourna subitement.

Avant de s'en aller, le sergent, pour l'acquit de la conscience de la police, déchargea sa carabine du côté qu'on abandonnait, dans la direction de Jean Valjean. La détonation roula d'écho en écho dans la crypte comme le borborygme de ce boyau titanique. Un plâtras qui tomba dans le ruisseau et fit clapoter l'eau à quelques pas de Jean Valjean, l'avertit que la balle avait frappé la voûte au-dessus de sa tête.

Des pas mesurés et lents résonnèrent quelque temps sur le radier, de plus en plus amortis par l'augmentation progressive de l'éloignement, le groupe des formes noires s'enfonça, une lueur oscilla et flotta, faisant à la voûte un cintre rougeâtre qui décrut, puis disparut, le silence redevint profond, l'obscurité redevint complète, la cécité et la surdité reprirent possession des ténèbres; et Jean Valjean, n'osant encore remuer, demeura longtemps adossé au mur, l'oreille tendue, la prunelle dilatée, regardant l'évanouissement de cette patrouille de fantômes.

III

L'HOMME FILE.

Il faut rendre à la police de ce temps-là cette justice que, même dans les plus graves conjonctures publiques, elle accomplissait imperturbablement son devoir de voirie et de surveillance. Une émeute n'était point à ses yeux un prétexte pour laisser aux malfaiteurs la bride sur le cou, et pour négliger la société par la raison que le gouvernement était en péril. Le service ordinaire se faisait correctement à travers le service extraordinaire, et n'en était pas troublé. Au milieu d'un incalculable évènement politique commencé, sous la pression d'une révolution possible, sans se laisser distraire par l'insurrection et la barricade, un agent « filait » un voleur.

C'était précisément quelque chose de pareil qui se passait dans l'après-midi du 6 juin au bord de la Seine, sur la berge de la rive droite, un peu au delà du pont des Invalides.

Il n'y a plus là de berge aujourd'hui. L'aspect des lieux a changé.

Sur cette berge, deux hommes séparés par une certaine distance semblaient s'observer, l'un évitant l'autre. Celui qui allait en avant tâchait de s'éloigner, celui qui venait par derrière tâchait de se rapprocher.

C'était comme une partie d'échecs qui se jouait de loin et silencieusement. Ni l'un ni l'autre ne semblait se presser, et ils marchaient lentement tous les deux, comme si chacun d'eux craignait de faire par trop de hâte doubler le pas à son partenaire.

On eût dit un appétit qui suit une proie, sans avoir l'air de le faire exprès. La proie était sournoise et se tenait sur ses gardes.

Les proportions voulues entre la fouine traquée et le dogue traqueur étaient observées. Celui qui tâchait d'échapper avait peu d'encolure et une chétive mine ; celui qui tâchait d'empoigner, gaillard de haute stature, était de rude aspect et devait être de rude rencontre.

Le premier, se sentant le plus faible, évitait le second ; mais il l'évitait d'une façon profondément furieuse ; qui eût pu l'observer eût vu dans ses yeux la sombre hostilité de la fuite, et toute la menace qu'il y a dans la crainte.

La berge était solitaire ; il n'y avait point de passant ; pas même de batelier ni de débardeur dans les chalands amarrés çà et là.

On ne pouvait apercevoir aisément ces deux hommes que du quai en face, et pour qui les eût examinés à cette distance, l'homme qui allait devant

eût apparu comme un être hérissé, déguenillé et oblique, inquiet et grelot-
tant sous une blouse en haillons, et l'autre comme une personne classique
et officielle, portant la redingote de l'autorité boutonnée jusqu'au menton.

Le lecteur reconnaîtrait peut-être ces deux hommes, s'il les voyait de plus
près.

Quel était le but du dernier ?

Probablement d'arriver à vêtir le premier plus chaudement.

Quand un homme habillé par l'état poursuit un homme en guenilles,
c'est afin d'en faire aussi un homme habillé par l'état. Seulement la couleur
est toute la question. Être habillé de bleu, c'est glorieux; être habillé de
rouge, c'est désagréable.

Il y a une pourpre d'en bas.

C'est probablement quelque désagrément et quelque pourpre de ce genre
que le premier désirait esquiver.

Si l'autre le laissait marcher devant et ne le saisissait pas encore, c'était,
selon toute apparence, dans l'espoir de le voir aboutir à quelque rendez-vous
significatif et à quelque groupe de bonne prise. Cette opération délicate
s'appelle « la filature ».

Ce qui rend cette conjecture tout à fait probable, c'est que l'homme
boutonné, apercevant de la berge sur le quai un fiacre qui passait à vide, fit
signe au cocher; le cocher comprit, reconnut évidemment à qui il avait
affaire, tourna bride et se mit à suivre au pas du haut du quai les deux
hommes. Ceci ne fut pas aperçu du personnage louche et déchiré qui allait
en avant.

Le fiacre roulait le long des arbres des Champs-Élysées. On voyait
passer au-dessus du parapet le buste du cocher, son fouet à la main.

Une des instructions secrètes de la police aux agents contient cet article :
— « Avoir toujours à portée une voiture de place, en cas ».

Tout en manœuvrant chacun de leur côté avec une stratégie irréprochable,
ces deux hommes approchaient d'une rampe du quai descendant jusqu'à la
berge qui permettait alors aux cochers de fiacre arrivant de Passy de venir
à la rivière faire boire leurs chevaux. Cette rampe a été supprimée depuis,
pour la symétrie; les chevaux crèvent de soif, mais l'œil est flatté.

Il était vraisemblable que l'homme en blouse allait monter par cette
rampe afin d'essayer de s'échapper dans les Champs-Élysées, lieu orné
d'arbres, mais en revanche fort croisé d'agents de police, et où l'autre aurait
aisément main-forte.

Ce point du quai est fort peu éloigné de la maison apportée de Moret à
Paris en 1824 par le colonel Brack, et dite maison de François Ier. Un corps
de garde est là tout près.

A la grande surprise de son observateur, l'homme traqué ne prit point par la rampe de l'abreuvoir. Il continua de s'avancer sur la berge le long du quai.

Sa position devenait visiblement critique.

A moins de se jeter à la Seine, qu'allait-il faire?

Aucun moyen désormais de remonter sur le quai; plus de rampe et pas d'escalier; et l'on était tout près de l'endroit, marqué par le coude de la Seine vers le pont d'Iéna, où la berge, de plus en plus rétrécie, finissait en langue mince et se perdait sous l'eau. Là il allait inévitablement se trouver bloqué entre le mur à pic à sa droite, la rivière à gauche et en face, et l'autorité sur ses talons.

Il est vrai que cette fin de la berge était masquée au regard par un monceau de déblais de six à sept pieds de haut, produit d'on ne sait quelle démolition. Mais cet homme espérait-il se cacher utilement derrière ce tas de gravats qu'il suffisait de tourner? L'expédient eût été puéril. Il n'y songeait certainement pas. L'innocence des voleurs ne va point jusque-là.

Le tas de déblais faisait au bord de l'eau une sorte d'éminence qui se prolongeait en promontoire jusqu'à la muraille du quai.

L'homme suivi arriva à cette petite colline et la doubla, de sorte qu'il cessa d'être aperçu par l'autre.

Celui-ci, ne voyant pas, n'était pas vu; il en profita pour abandonner toute dissimulation et pour marcher très rapidement. En quelques instants il fut au monceau de déblais et le tourna. Là, il s'arrêta stupéfait. L'homme qu'il chassait n'était plus là.

Éclipse totale de l'homme en blouse.

La berge n'avait guère à partir du monceau de déblais qu'une longueur d'une trentaine de pas, puis elle plongeait sous l'eau qui venait battre le mur du quai.

Le fuyard n'aurait pu se jeter à la Seine ni escalader le quai sans être vu par celui qui le suivait. Qu'était-il devenu?

L'homme à la redingote boutonnée marcha jusqu'à l'extrémité de la berge, et y resta un moment pensif, les poings convulsifs, l'œil furetant. Tout à coup il se frappa le front. Il venait d'apercevoir, au point où finissait la terre et où l'eau commençait, une grille de fer large et basse, cintrée, garnie d'une épaisse serrure et de trois gonds massifs. Cette grille, sorte de porte percée au bas du quai, s'ouvrait sur la rivière autant que sur la berge. Un ruisseau noirâtre passait dessous. Ce ruisseau se dégorgeait dans la Seine.

Au delà de ses lourds barreaux rouillés on distinguait une sorte de corridor voûté et obscur.

L'homme croisa les bras et regarda la grille d'un air de reproche.

Ce regard ne suffisant pas, il essaya de la pousser; il la secoua, elle résista solidement. Il était probable qu'elle venait d'être ouverte, quoiqu'on n'eût entendu aucun bruit, chose singulière d'une grille si rouillée; mais il était certain qu'elle avait été refermée. Cela indiquait que celui devant qui cette porte venait de tourner avait non un crochet, mais une clef.

Cette évidence éclata tout de suite à l'esprit de l'homme qui s'efforçait d'ébranler la grille et lui arracha cet épiphonème indigné :

— Voilà qui est fort! une clef du gouvernement!

Puis, se calmant immédiatement, il exprima tout un monde d'idées intérieures par cette bouffée de monosyllabes accentués presque ironiquement :

— Tiens! tiens! tiens! tiens!

Cela dit, espérant on ne sait quoi, ou voir ressortir l'homme, ou en voir entrer d'autres, il se posta aux aguets derrière le tas de déblais, avec la rage patiente du chien d'arrêt.

De son côté, le fiacre, qui se réglait sur toutes ses allures, avait fait halte au-dessus de lui près du parapet. Le cocher, prévoyant une longue station, emboîta le museau de ses chevaux dans le sac d'avoine humide en bas, si connu des parisiens, auxquels les gouvernements, soit dit par parenthèse, le mettent quelquefois. Les rares passants du pont d'Iéna, avant de s'éloigner, tournaient la tête pour regarder un moment ces deux détails du paysage immobiles, l'homme sur la berge, le fiacre sur le quai.

IV

LUI AUSSI PORTE SA CROIX.

Jean Valjean avait repris sa marche et ne s'était plus arrêté.

Cette marche était de plus en plus laborieuse. Le niveau de ces voûtes varie; la hauteur moyenne est d'environ cinq pieds six pouces, et a été calculée pour la taille d'un homme; Jean Valjean était forcé de se courber pour ne pas heurter Marius à la voûte; il fallait à chaque instant se baisser, puis se redresser, tâter sans cesse le mur. La moiteur des pierres et la viscosité du radier en faisaient de mauvais points d'appui, soit pour la main, soit pour le pied. Il trébuchait dans le hideux fumier de la ville. Les reflets intermittents des soupiraux n'apparaissaient qu'à de très longs intervalles, et si blêmes que le plein soleil y semblait clair de lune; tout le reste était brouillard, miasme, opacité, noirceur. Jean Valjean avait faim et soif; soif surtout; et c'est là, comme la mer, un lieu plein d'eau où l'on ne peut boire. Sa force, qui était prodigieuse, on le sait, et fort peu diminuée par l'âge, grâce à sa vie chaste et sobre, commençait pourtant à fléchir. La fatigue lui venait, et la force en décroissant faisait croître le poids du fardeau. Marius, mort peut-être, pesait comme pèsent les corps inertes. Jean Valjean le soutenait de façon que la poitrine ne fût pas gênée et que la respiration pût toujours passer le mieux possible. Il sentait entre ses jambes le glissement rapide des rats. Un d'eux fut effaré au point de le mordre. Il lui venait de temps en temps par les bavettes des bouches de l'égout un souffle d'air frais qui le ranimait.

Il pouvait être trois heures de l'après-midi quand il arriva à l'égout de ceinture.

Il fut d'abord étonné de cet élargissement subit. Il se trouva brusquement dans une galerie dont ses mains étendues n'atteignaient point les deux murs et sous une voûte que sa tête ne touchait pas. Le Grand Égout en effet a huit pieds de large sur sept de haut.

Au point où l'égout Montmartre rejoint le Grand Égout, deux autres galeries souterraines, celle de la rue de Provence et celle de l'Abattoir, viennent faire un carrefour. Entre ces quatre voies, un moins sagace eût été indécis. Jean Valjean prit la plus large, c'est-à-dire l'égout de ceinture. Mais ici revenait la question : descendre, ou monter? Il pensa que la situation pressait, et qu'il fallait, à tout risque, gagner maintenant la Seine. En d'autres termes, descendre. Il tourna à gauche.

Bien lui en prit. Car ce serait une erreur de croire que l'égout de ceinture a deux issues, l'une vers Bercy, l'autre vers Passy, et qu'il est, comme l'indique son nom, la ceinture souterraine du Paris de la rive droite. Le Grand Égout, qui n'est, il faut s'en souvenir, autre chose que l'ancien ruisseau Ménilmontant, aboutit, si on le remonte, à un cul-de-sac, c'est-à-dire à son ancien point de départ, qui fut sa source, au pied de la butte Ménilmontant. Il n'a point de communication directe avec le branchement qui ramasse les eaux de Paris à partir du quartier Popincourt, et qui se jette dans la Seine par l'égout Amelot au-dessus de l'ancienne île Louviers. Ce branchement, qui complète l'égout collecteur, en est séparé, sous la rue Ménilmontant même, par un massif qui marque le point de partage des eaux en amont et en aval. Si Jean Valjean eût remonté la galerie, il fût arrivé, après mille efforts, épuisé de fatigue, expirant, dans les ténèbres, à une muraille. Il était perdu.

A la rigueur, en revenant un peu sur ses pas, en s'engageant dans le couloir des Filles-du-Calvaire, à la condition de ne pas hésiter à la patte d'oie souterraine du carrefour Boucherat, en prenant le corridor Saint-Louis, puis, à gauche, le boyau Saint-Gilles, puis en tournant à droite et en évitant la galerie Saint-Sébastien, il eût pu gagner l'égout Amelot, et de là, pourvu qu'il ne s'égarât point dans l'espèce d'F qui est sous la Bastille, atteindre l'issue sur la Seine près de l'Arsenal. Mais, pour cela, il eût fallu connaître à fond, et dans toutes ses ramifications et dans toutes ses percées, l'énorme madrépore de l'égout. Or, nous devons y insister, il ne savait rien de cette voirie effrayante où il cheminait; et, si on lui eût demandé dans quoi il était, il eût répondu : dans de la nuit.

Son instinct le servit bien. Descendre, c'était en effet le salut possible.

Il laissa à sa droite les deux couloirs qui se ramifient en forme de griffe sous la rue Laffitte et la rue Saint-Georges et le long corridor bifurqué de la chaussée d'Antin.

Un peu au delà d'un affluent qui était vraisemblablement le branchement de la Madeleine, il fit halte. Il était très las. Un soupirail assez large, probablement le regard de la rue d'Anjou, donnait une lumière presque vive. Jean Valjean, avec la douceur de mouvements qu'aurait un frère pour son frère blessé, déposa Marius sur la banquette de l'égout. La face sanglante de Marius apparut sous la lueur blanche du soupirail comme au fond d'une tombe. Il avait les yeux fermés, les cheveux appliqués aux tempes comme des pinceaux séchés dans de la couleur rouge, les mains pendantes et mortes, les membres froids, du sang coagulé au coin des lèvres. Un caillot de sang s'était amassé dans le nœud de la cravate; la chemise entrait dans les plaies, le drap de l'habit frottait les coupures béantes de la chair vive. Jean Valjean, écartant du bout des doigts les vêtements, lui posa la main sur la poitrine; le cœur battait encore. Jean Valjean déchira sa chemise, banda les plaies le mieux qu'il put et arrêta le sang qui coulait; puis, se penchant dans ce demi-jour sur Marius toujours sans connaissance et presque sans souffle, il le regarda avec une inexprimable haine.

En dérangeant les vêtements de Marius, il avait trouvé dans les poches deux choses, le pain qui y était oublié depuis la veille, et le portefeuille de Marius. Il mangea le pain et ouvrit le portefeuille. Sur la première page, il trouva les quatre lignes écrites par Marius. On s'en souvient :

« Je m'appelle Marius Pontmercy. Porter mon cadavre chez mon grand-« père M. Gillenormand, rue des Filles-du-Calvaire, n° 6, au Marais. »

Jean Valjean lut, à la clarté du soupirail, ces quatre lignes, et resta un moment comme absorbé en lui-même, répétant à demi-voix : Rue des Filles-du-Calvaire, numéro six, monsieur Gillenormand. Il replaça le portefeuille dans la poche de Marius. Il avait mangé, la force lui était revenue; il reprit Marius sur son dos, lui appuya soigneusement la tête sur son épaule droite, et se remit à descendre l'égout.

Le Grand Égout, dirigé selon le thalweg de la vallée de Ménilmontant, a près de deux lieues de long. Il est pavé sur une notable partie de son parcours.

Ce flambeau du nom des rues de Paris dont nous éclairons pour le lecteur la marche souterraine de Jean Valjean, Jean Valjean ne l'avait pas. Rien ne lui disait quelle zone de la ville il traversait, ni quel trajet il avait fait. Seulement la pâleur croissante des flaques de lumière qu'il rencontrait de temps en temps lui indiqua que le soleil se retirait du pavé et que le jour ne tarderait pas à décliner; et le roulement des voitures au-dessus de sa tête, étant devenu de continu intermittent, puis ayant presque cessé, il en conclut qu'il n'était plus sous le Paris central et qu'il approchait de quelque région solitaire, voisine des boulevards extérieurs ou des quais extrêmes. Là où il y a moins de maisons et moins de rues, l'égout a moins de soupiraux. L'obscurité s'épaississait autour de Jean Valjean. Il n'en continua pas moins d'avancer, tâtonnant dans l'ombre.

Cette ombre devint brusquement terrible.

V

POUR LE SABLE COMME POUR LA FEMME

IL Y A UNE FINESSE QUI EST PERFIDIE.

Il sentit qu'il entrait dans l'eau, et qu'il avait sous ses pieds, non plus du pavé, mais de la vase.

Il arrive parfois, sur de certaines côtes de Bretagne ou d'Écosse, qu'un homme, un voyageur ou un pêcheur, cheminant à marée basse sur la grève loin du rivage, s'aperçoit soudainement que depuis plusieurs minutes il marche avec quelque peine. La plage est sous ses pieds comme de la poix; la semelle s'y attache; ce n'est plus du sable, c'est de la glu. La grève est parfaitement sèche, mais à tous les pas qu'on fait, dès qu'on a levé le pied, l'empreinte qu'il laisse se remplit d'eau. L'œil, du reste, ne s'est aperçu d'aucun changement; l'immense plage est unie et tranquille, tout le sable a le même aspect, rien ne distingue le sol qui est solide du sol qui ne l'est plus; la petite nuée joyeuse des pucerons de mer continue de sauter tumultueusement sur les pieds du passant. L'homme suit sa route, va devant lui, appuie vers la terre, tâche de se rapprocher de la côte. Il n'est pas inquiet. Inquiet de quoi? Seulement il sent quelque chose comme si la lourdeur de ses pieds croissait à chaque pas qu'il fait. Brusquement, il enfonce. Il enfonce de deux ou trois pouces. Décidément il n'est pas dans la bonne route; il s'arrête pour s'orienter. Tout à coup il regarde à ses pieds. Ses pieds ont disparu. Le sable les couvre. Il retire ses pieds du sable, il veut revenir sur ses pas, il retourne en arrière; il enfonce plus profondément. Le sable lui vient à la cheville, il s'en arrache et se jette à gauche, le sable lui vient à mi-jambe, il se jette à droite, le sable lui vient aux jarrets. Alors il reconnaît avec une indicible terreur qu'il est engagé dans de la grève mouvante, et qu'il a sous lui le milieu effroyable où l'homme ne peut pas plus marcher que le poisson n'y peut nager. Il jette son fardeau s'il en a un, il s'allège comme un navire en détresse; il n'est déjà plus temps, le sable est au-dessus de ses genoux.

Il appelle, il agite son chapeau ou son mouchoir, le sable le gagne de plus en plus; si la grève est déserte, si la terre est trop loin, si le banc de sable est trop mal famé, s'il n'y a pas de héros dans les environs, c'est fini, il est condamné à l'enlizement. Il est condamné à cet épouvantable enterrement long, infaillible, implacable, impossible à retarder ni à hâter, qui dure des heures, qui n'en finit pas, qui vous prend debout, libre et en pleine santé, qui vous tire par les pieds, qui, à chaque effort que vous tentez, à chaque clameur que vous poussez, vous entraîne un peu plus bas, qui a l'air de vous punir de votre résistance par un redoublement d'étreinte, qui fait rentrer lentement l'homme dans la terre en lui laissant tout le temps de regarder l'horizon, les arbres, les campagnes vertes, les fumées des villages dans la plaine, les voiles des navires sur la mer, les oiseaux qui volent et qui chantent, le soleil, le ciel. L'enlizement, c'est le sépulcre qui se fait marée et qui monte du fond de la terre vers un vivant. Chaque minute est une ensevelisseuse inexorable. Le misérable essaye de s'asseoir, de se coucher, de ramper; tous les mouvements qu'il fait l'enterrent; il se redresse, il enfonce; il se sent engloutir; il hurle, implore, crie aux nuées, se tord les bras, désespère. Le voilà dans le sable jusqu'au ventre; le sable atteint la poitrine; il n'est plus qu'un buste. Il élève les mains, jette des gémissements furieux, crispe ses ongles sur la grève, veut se retenir à cette cendre, s'appuie sur les coudes pour s'arracher de cette gaine molle, sanglote frénétiquement; le sable monte. Le sable atteint les épaules, le sable atteint le cou; la face seule est visible maintenant. La bouche crie, le sable l'emplit; silence. Les yeux regardent encore, le sable les ferme; nuit. Puis le front décroît, un peu de chevelure frissonne au-dessus du sable; une main sort, troue la surface de la grève, remue et s'agite, et disparaît. Sinistre effacement d'un homme.

Quelquefois le cavalier s'enlize avec le cheval; quelquefois le charretier s'enlize avec la charrette; tout sombre sous la grève. C'est le naufrage ailleurs que dans l'eau. C'est la terre noyant l'homme. La terre, pénétrée d'océan, devient piège. Elle s'offre comme une plaine et s'ouvre comme une onde. L'abîme a de ces trahisons.

Cette funèbre aventure, toujours possible sur telle ou telle plage de la mer, était possible aussi, il y a trente ans, dans l'égout de Paris.

Avant les importants travaux commencés en 1833, la voirie souterraine de Paris était sujette à des effondrements subits.

L'eau s'infiltrait dans de certains terrains sous-jacents, particulièrement friables; le radier, qu'il fût de pavé, comme dans les anciens égouts, ou de chaux hydraulique sur béton, comme dans les nouvelles galeries, n'ayant plus de point d'appui, pliait. Un pli dans un plancher de ce genre, c'est une fente; une fente, c'est l'écroulement. Le radier croulait sur une certaine longueur. Cette crevasse, hiatus d'un gouffre de boue, s'appelait dans la langue spéciale *fontis*. Qu'est-ce qu'un fontis? C'est le sable mouvant des bords de la mer tout à coup rencontré sous terre; c'est la grève du mont Saint-Michel dans un égout. Le sol, détrempé, est comme en fusion; toutes ses molécules

IMPRIMERIE NATIONALE.

sont en suspension dans un milieu mou; ce n'est pas de la terre et ce n'est pas de l'eau. Profondeur quelquefois très grande. Rien de plus redoutable qu'une telle rencontre. Si l'eau domine, la mort est prompte, il y a engloutissement; si la terre domine, la mort est lente, il y a enlizement.

Se figure-t-on une telle mort? si l'enlizement est effroyable sur une grève de la mer, qu'est-ce dans le cloaque? Au lieu du plein air, de la pleine lumière, du grand jour, de ce clair horizon, de ces vastes bruits, de ces libres nuages d'où pleut la vie, de ces barques aperçues au loin, de cette espérance sous toutes les formes, des passants probables, du secours possible jusqu'à la dernière minute, au lieu de tout cela, la surdité, l'aveuglement, une voûte noire, un dedans de tombe déjà tout fait, la mort dans de la bourbe sous un couvercle! l'étouffement lent par l'immondice, une boîte de pierre où l'asphyxie ouvre sa griffe dans la fange et vous prend à la gorge; la fétidité mêlée au râle; la vase au lieu de la grève, l'hydrogène sulfuré au lieu de l'ouragan, l'ordure au lieu de l'océan! et appeler, et grincer des dents, et se tordre, et se débattre, et agoniser, avec cette ville énorme qui n'en sait rien, et qu'on a au-dessus de sa tête!

Inexprimable horreur de mourir ainsi! La mort rachète quelquefois son atrocité par une certaine dignité terrible. Sur le bûcher, dans le naufrage, on peut être grand; dans la flamme comme dans l'écume, une attitude superbe est possible; on s'y transfigure en s'y abîmant. Mais ici point. La mort est malpropre. Il est humiliant d'expirer. Les suprêmes visions flottantes sont abjectes. Boue est synonyme de honte. C'est petit, laid, infâme. Mourir dans une tonne de malvoisie, comme Clarence, soit; dans la fosse du boueur, comme d'Escoubleau, c'est horrible. Se débattre là-dedans est hideux; en même temps qu'on agonise, on patauge. Il y a assez de ténèbres pour que ce soit l'enfer, et assez de fange pour que ce ne soit que le bourbier, et le mourant ne sait pas s'il va devenir spectre ou s'il va devenir crapaud.

Partout ailleurs le sépulcre est sinistre; ici il est difforme.

La profondeur des fontis variait, et leur longueur, et leur densité, en raison de la plus ou moins mauvaise qualité du sous-sol. Parfois un fontis était profond de trois ou quatre pieds, parfois de huit ou dix; quelquefois on ne trouvait pas le fond. La vase était ici presque solide, là presque liquide. Dans le fontis Lunière, un homme eût mis un jour à disparaître, tandis qu'il eût été dévoré en cinq minutes par le bourbier Phélippeaux. La vase porte plus ou moins selon son plus ou moins de densité. Un enfant se sauve où un homme se perd. La première loi de salut, c'est de se dépouiller de toute espèce de chargement. Jeter son sac d'outils, ou sa hotte ou son auge, c'était par là que commençait tout égoutier qui sentait le sol fléchir sous lui.

Les fontis avaient des causes diverses : friabilité du sol; quelque éboulement à une profondeur hors de la portée de l'homme; les violentes averses de l'été; l'ondée incessante de l'hiver; les longues petites pluies fines. Parfois le poids des maisons environnantes sur un terrain marneux ou sablonneux chassait les voûtes des galeries souterraines et les faisait gauchir, ou bien il arrivait que le radier éclatait et se fendait sous cette écrasante poussée. Le tassement du Panthéon a oblitéré de cette façon, il y a un siècle, une partie des caves de la montagne Sainte-Geneviève. Quand un égout s'effondrait sous la pression des maisons, le désordre, dans certaines occasions, se traduisait en haut dans la rue par une espèce d'écarts en dents de scie entre les pavés; cette déchirure se développait en ligne serpentante dans toute la longueur de la voûte lézardée, et alors, le mal étant visible, le remède pouvait être prompt. Il advenait aussi que souvent le ravage intérieur ne se révélait par aucune balafre au dehors. Et dans ce cas-là, malheur aux égoutiers. Entrant sans précaution dans l'égout défoncé, ils pouvaient s'y perdre. Les anciens registres font mention de quelques puisatiers ensevelis de la sorte dans les fontis. Ils donnent plusieurs noms; entre autres celui de l'égoutier qui s'enliza dans un effondrement sous le cagnard de la rue Carême-Prenant, un nommé Blaise Poutrain; ce Blaise Poutrain était frère de Nicolas Poutrain qui fut le dernier fossoyeur du cimetière dit charnier des Innocents en 1785, époque où ce cimetière mourut.

Il y eut aussi ce jeune et charmant vicomte d'Escoubleau dont nous venons de parler, l'un des héros du siège de Lérida où l'on donna l'assaut en bas de soie, violons en tête. D'Escoubleau, surpris une nuit chez sa cousine, la duchesse de Sourdis, se noya dans une fondrière de l'égout Beautreillis où il s'était réfugié pour échapper au duc. Madame de Sourdis, quand on lui raconta cette mort, demanda son flacon, et oublia de pleurer à force de respirer des sels. En pareil cas, il n'y a pas d'amour qui tienne; le cloaque l'éteint. Héro refuse de laver le cadavre de Léandre. Thisbé se bouche le nez devant Pyrame et dit : Pouah!

VI

LE FONTIS.

Jean Valjean se trouvait en présence d'un fontis.

Ce genre d'écroulement était alors fréquent dans le sous-sol des Champs-Élysées, difficilement maniable aux travaux hydrauliques et peu conservateur des constructions souterraines à cause de son excessive fluidité. Cette fluidité dépasse l'inconsistance des sables même du quartier Saint-Georges, qui n'ont pu être vaincus que par un enrochement sur béton, et des couches glaiseuses infectées de gaz du quartier des Martyrs, si liquides que le passage n'a pu être pratiqué sous la galerie des Martyrs qu'au moyen d'un tuyau en fonte. Lorsqu'en 1836 on a démoli sous le faubourg Saint-Honoré, pour le reconstruire, le vieil égout en pierre où nous voyons en ce moment Jean Valjean engagé, le sable mouvant, qui est le sous-sol des Champs-Élysées jusqu'à la Seine, fit obstacle au point que l'opération dura près de six mois, au grand récri des riverains, surtout des riverains à hôtels et à carrosses. Les travaux furent plus que malaisés; ils furent dangereux. Il est vrai qu'il y eut quatre mois et demi de pluie et trois crues de la Seine.

Le fontis que Jean Valjean rencontrait avait pour cause l'averse de la veille. Un fléchissement du pavé mal soutenu par le sable sous-jacent avait produit un engorgement d'eau pluviale. L'infiltration s'étant faite, l'effondrement avait suivi. Le radier, disloqué, s'était affaissé dans la vase. Sur quelle longueur? Impossible de le dire. L'obscurité était là plus épaisse que partout ailleurs. C'était un trou de boue dans une caverne de nuit.

Jean Valjean sentit le pavé se dérober sous lui. Il entra dans cette fange. C'était de l'eau à la surface, de la vase au fond. Il fallait bien passer. Revenir sur ses pas était impossible. Marius était expirant, et Jean Valjean exténué. Où aller d'ailleurs? Jean Valjean avança. Du reste la fondrière parut peu profonde aux premiers pas. Mais à mesure qu'il avançait, ses pieds plongeaient. Il eut bientôt de la vase jusqu'à mi-jambe et de l'eau plus haut que les genoux. Il marchait, exhaussant de ses deux bras Marius le plus qu'il pouvait au-dessus de l'eau. La vase lui venait maintenant aux jarrets et l'eau à la ceinture. Il ne pouvait déjà plus reculer. Il enfonçait de plus en plus. Cette vase, assez dense pour le poids d'un homme, ne pouvait évidemment en porter deux. Marius et Jean Valjean eussent eu chance de s'en tirer, isolément. Jean Valjean continua d'avancer, soutenant ce mourant, qui était un cadavre peut-être.

L'eau lui venait aux aisselles; il se sentait sombrer; c'est à peine s'il pouvait se mouvoir dans la profondeur de bourbe où il était. La densité, qui était le soutien, était aussi l'obstacle. Il soulevait toujours Marius, et, avec une dépense de force inouïe, il avançait; mais il enfonçait. Il n'avait plus que la tête hors de l'eau, et ses deux bras élevant Marius. Il y a, dans les vieilles peintures du déluge, une mère qui fait ainsi de son enfant.

Il enfonça encore, il renversa sa face en arrière pour échapper à l'eau et pouvoir respirer; qui l'eût vu dans cette obscurité eût cru voir un masque flottant sur de l'ombre; il apercevait vaguement au-dessus de lui la tête pendante et le visage livide de Marius; il fit un effort désespéré, et lança son pied en avant; son pied heurta on ne sait quoi de solide. Un point d'appui. Il était temps.

Il se dressa et se tordit et s'enracina avec une sorte de furie sur ce point d'appui. Cela lui fit l'effet de la première marche d'un escalier remontant à la vie.

Ce point d'appui, rencontré dans la vase au moment suprême, était le commencement de l'autre versant du radier, qui avait plié sans se briser et s'était courbé sous l'eau comme une planche et d'un seul morceau. Les pavages bien construits font voûte et ont de ces fermetés-là. Ce fragment du radier, submergé en partie, mais solide, était une véritable rampe, et, une fois sur cette rampe, on était sauvé. Jean Valjean remonta ce plan incliné et arriva de l'autre côté de la fondrière.

En sortant de l'eau, il se heurta à une pierre et tomba sur les genoux. Il trouva que c'était juste, et y resta quelque temps, l'âme abîmée dans on ne sait quelle parole à Dieu.

Il se redressa, frissonnant, glacé, infect, courbé sous ce mourant qu'il traînait, tout ruisselant de fange, l'âme pleine d'une étrange clarté.

VII

QUELQUEFOIS ON ÉCHOUE OÙ L'ON CROIT DÉBARQUER.

Il se remit en route encore une fois.

Du reste, s'il n'avait pas laissé sa vie dans le fontis, il semblait y avoir laissé sa force. Ce suprême effort l'avait épuisé. Sa lassitude était maintenant telle, que tous les trois ou quatre pas, il était obligé de reprendre haleine, et s'appuyait au mur. Une fois, il dut s'asseoir sur la banquette pour changer la position de Marius, et il crut qu'il demeurerait là. Mais si sa vigueur était morte, son énergie ne l'était point. Il se releva.

Il marcha désespérément, presque vite, fit ainsi une centaine de pas, sans dresser la tête, presque sans respirer, et tout à coup se cogna au mur. Il était parvenu à un coude de l'égout, et, en arrivant tête basse au tournant, il avait rencontré la muraille. Il leva les yeux, et à l'extrémité du souterrain, là-bas devant lui, loin, très loin, il aperçut une lumière. Cette fois, ce n'était pas la lumière terrible; c'était la lumière bonne et blanche. C'était le jour.

Jean Valjean voyait l'issue.

Une âme damnée qui, du milieu de la fournaise, apercevrait tout à coup la sortie de la géhenne, éprouverait ce qu'éprouva Jean Valjean. Elle volerait éperdument avec le moignon de ses ailes brûlées vers la porte radieuse. Jean Valjean ne sentit plus la fatigue, il ne sentit plus le poids de Marius, il retrouva ses jarrets d'acier, il courut plus qu'il ne marcha. A mesure qu'il approchait, l'issue se dessinait de plus en plus distinctement. C'était une arche cintrée, moins haute que la voûte qui se restreignait par degrés et moins large que la galerie qui se resserrait en même temps que la voûte s'abaissait. Le tunnel finissait en intérieur d'entonnoir; rétrécissement vicieux, imité des guichets de maisons de force, logique dans une prison, illogique dans un égout, et qui a été corrigé depuis.

Jean Valjean arriva à l'issue.

Là, il s'arrêta.

C'était bien la sortie, mais on ne pouvait sortir.

L'arche était fermée d'une forte grille, et la grille, qui, selon toute apparence, tournait rarement sur ses gonds oxydés, était assujettie à son chambranle de pierre par une serrure épaisse qui, rouge de rouille, semblait une énorme brique. On voyait le trou de la clef, et le pêne robuste profondément plongé dans la gâche de fer. La serrure était visiblement fermée à double tour. C'était une de ces serrures de bastilles que le vieux Paris prodiguait volontiers.

Au delà de la grille, le grand air, la rivière, le jour, la berge très étroite, mais suffisante pour s'en aller, les quais lointains, Paris, ce gouffre où l'on se dérobe si aisément, le large horizon, la liberté. On distinguait à droite, en aval, le pont d'Iéna, et à gauche, en amont, le pont des Invalides; l'endroit eût été propice pour attendre la nuit et s'évader. C'était un des points les plus solitaires de Paris; la berge qui fait face au Gros-Caillou. Les mouches entraient et sortaient à travers les barreaux de la grille.

Il pouvait être huit heures et demie du soir. Le jour baissait.

Jean Valjean déposa Marius le long du mur sur la partie sèche du radier, puis marcha à la grille et crispa ses deux poings sur les barreaux; la secousse fut frénétique, l'ébranlement nul. La grille ne bougea pas. Jean Valjean saisit les barreaux l'un après l'autre, espérant pouvoir arracher le moins solide et s'en faire un levier pour soulever la porte ou pour briser la serrure. Aucun barreau ne remua. Les dents d'un tigre ne sont pas plus solides dans leurs alvéoles. Pas de levier; pas de pesée possible. L'obstacle était invincible. Aucun moyen d'ouvrir la porte.

Fallait-il donc finir là? Que faire? que devenir? Rétrograder; recommencer le trajet effrayant qu'il avait déjà parcouru; il n'en avait pas la force. D'ailleurs, comment traverser de nouveau cette fondrière d'où l'on ne s'était tiré que par miracle? Et après la fondrière, n'y avait-il pas cette ronde de police à laquelle, certes, on n'échapperait pas deux fois? Et puis, où aller? quelle direction prendre? Suivre la pente, ce n'était point aller au but. Arrivât-on à une autre issue, on la trouverait obstruée d'un tampon ou d'une grille. Toutes les sorties étaient indubitablement closes de cette façon. Le hasard avait descellé la grille par laquelle on était entré, mais évidemment toutes les autres bouches de l'égout étaient fermées. On n'avait réussi qu'à s'évader dans une prison.

C'était fini. Tout ce qu'avait fait Jean Valjean était inutile. Dieu refusait.

Ils étaient pris l'un et l'autre dans la sombre et immense toile de la mort, et Jean Valjean sentait courir sur ces fils noirs tressaillant dans les ténèbres l'épouvantable araignée.

Il tourna le dos à la grille, et tomba sur le pavé, plutôt terrassé qu'assis, près de Marius toujours sans mouvement, et sa tête s'affaissa entre ses genoux. Pas d'issue. C'était la dernière goutte de l'angoisse.

A qui songeait-il dans ce profond accablement? Ni à lui-même, ni à Marius. Il pensait à Cosette.

VIII

LE PAN DE L'HABIT DÉCHIRÉ.

Au milieu de cet anéantissement, une main se posa sur son épaule, et une voix qui parlait bas lui dit :

— Part à deux.

Quelqu'un dans cette ombre ? Rien ne ressemble au rêve comme le désespoir. Jean Valjean crut rêver. Il n'avait point entendu de pas. Était-ce possible ? Il leva les yeux.

Un homme était devant lui.

Cet homme était vêtu d'une blouse; il avait les pieds nus; il tenait ses souliers dans sa main gauche; il les avait évidemment ôtés pour pouvoir arriver jusqu'à Jean Valjean, sans qu'on l'entendît marcher.

Jean Valjean n'eut pas un moment d'hésitation. Si imprévue que fût la rencontre, cet homme lui était connu. Cet homme était Thénardier.

Quoique réveillé, pour ainsi dire, en sursaut, Jean Valjean, habitué aux alertes et aguerri aux coups inattendus qu'il faut parer vite, reprit possession sur-le-champ de toute sa présence d'esprit. D'ailleurs la situation ne pouvait empirer, un certain degré de détresse n'est plus capable de crescendo, et Thénardier lui-même ne pouvait ajouter de la noirceur à cette nuit.

Il y eut un instant d'attente.

Thénardier, élevant sa main droite à la hauteur de son front, s'en fit un abat-jour, puis il rapprocha les sourcils en clignant les yeux, ce qui, avec un léger pincement de la bouche, caractérise l'attention sagace d'un homme qui cherche à en reconnaître un autre. Il n'y réussit point. Jean Valjean, on vient de le dire, tournait le dos au jour, et était d'ailleurs si défiguré, si fangeux et si sanglant qu'en plein midi il eût été méconnaissable. Au contraire, éclairé de face par la lumière de la grille, clarté de cave, il est vrai, livide, mais précise dans sa lividité, Thénardier, comme dit l'énergique métaphore banale, sauta tout de suite aux yeux de Jean Valjean. Cette inégalité de conditions suffisait pour assurer quelque avantage à Jean Valjean dans ce mystérieux duel qui allait s'engager entre les deux situations et les deux hommes. La rencontre avait lieu entre Jean Valjean voilé et Thénardier démasqué.

Jean Valjean s'aperçut tout de suite que Thénardier ne le reconnaissait pas.

Ils se considérèrent un moment dans cette pénombre, comme s'ils se prenaient mesure. Thénardier rompit le premier le silence.

— Comment vas-tu faire pour sortir?

Jean Valjean ne répondit pas.

Thénardier continua :

— Impossible de crocheter la porte. Il faut pourtant que tu t'en ailles d'ici.

— C'est vrai, dit Jean Valjean.

— Eh bien, part à deux.

— Que veux-tu dire?

— Tu as tué l'homme; c'est bien. Moi, j'ai la clef.

Thénardier montrait du doigt Marius. Il poursuivit :

— Je ne te connais pas, mais je veux t'aider. Tu dois être un ami.

Jean Valjean commença à comprendre. Thénardier le prenait pour un assassin.

Thénardier reprit :

— Écoute, camarade. Tu n'as pas tué cet homme sans regarder ce qu'il avait dans ses poches. Donne-moi ma moitié. Je t'ouvre la porte.

Et, tirant à demi une grosse clef de dessous sa blouse toute trouée, il ajouta :

— Veux-tu voir comment est faite la clef des champs? Voilà.

Jean Valjean « demeura stupide », le mot est du vieux Corneille, au point de douter que ce qu'il voyait fût réel. C'était la providence apparaissant horrible, et le bon ange sortant de terre sous la forme de Thénardier.

Thénardier fourra son poing dans une large poche cachée sous sa blouse, en tira une corde et la tendit à Jean Valjean.

— Tiens, dit-il, je te donne la corde par-dessus le marché.

— Pourquoi faire, une corde?

— Il te faut aussi une pierre, mais tu en trouveras dehors. Il y a là un tas de gravats.

— Pourquoi faire, une pierre?

— Imbécile, puisque tu vas jeter le pantre à la rivière, il te faut une pierre et une corde, sans quoi ça flotterait sur l'eau.

Jean Valjean prit la corde. Il n'est personne qui n'ait de ces acceptations machinales.

Thénardier fit claquer ses doigts comme à l'arrivée d'une idée subite :

— Ah çà, camarade, comment as-tu fait pour te tirer là-bas de la fondrière? je n'ai pas osé m'y risquer. Peuh! tu ne sens pas bon.

Après une pause, il ajouta :

— Je te fais des questions, mais tu as raison de ne pas y répondre. C'est un apprentissage pour le fichu quart d'heure du juge d'instruction. Et puis, en ne parlant pas du tout, on ne risque pas de parler trop haut. C'est égal, parce que je ne vois pas ta figure et parce que je ne sais pas ton nom, tu aurais tort de croire que je ne sais pas qui tu es et ce que tu veux. Connu. Tu as un peu cassé ce monsieur; maintenant tu voudrais le serrer quelque part. Il te faut la rivière, le grand cache-sottise. Je vas te tirer d'embarras. Aider un bon garçon dans la peine, ça me botte.

Tout en approuvant Jean Valjean de se taire, il cherchait visiblement à le faire parler. Il lui poussa l'épaule, de façon à tâcher de le voir de profil, et s'écria sans sortir pourtant du médium où il maintenait sa voix :

— A propos de la fondrière, tu es un fier animal. Pourquoi n'y as-tu pas jeté l'homme ?

Jean Valjean garda le silence.

Thénardier reprit en haussant jusqu'à sa pomme d'Adam la loque qui lui servait de cravate, geste qui complète l'air capable d'un homme sérieux :

— Au fait, tu as peut-être agi sagement. Les ouvriers demain en venant boucher le trou auraient, à coup sûr, trouvé le pantinois oublié là, et on aurait pu, fil à fil, brin à brin, pincer ta trace, et arriver jusqu'à toi. Quelqu'un a passé par l'égout. Qui ? par où est-il sorti ? l'a-t-on vu sortir ? La police est pleine d'esprit. L'égout est traître, et vous dénonce. Une telle trouvaille est une rareté, cela appelle l'attention, peu de gens se servent de l'égout pour leurs affaires, tandis que la rivière est à tout le monde. La rivière, c'est la vraie fosse. Au bout d'un mois, on vous repêche l'homme aux filets de Saint-Cloud. Eh bien, qu'est-ce que cela fiche ? c'est une charogne, quoi ! Qui a tué cet homme ? Paris. Et la justice n'informe même pas. Tu as bien fait.

Plus Thénardier était loquace, plus Jean Valjean était muet. Thénardier lui secoua de nouveau l'épaule.

— Maintenant, concluons l'affaire. Partageons. Tu as vu ma clef, montre-moi ton argent.

Thénardier était hagard, fauve, louche, un peu menaçant, pourtant amical.

Il y avait une chose étrange; les allures de Thénardier n'étaient pas simples; il n'avait pas l'air tout à fait à son aise; tout en n'affectant pas d'air mystérieux, il parlait bas; de temps en temps il mettait son doigt sur sa bouche et murmurait : chut ! Il était difficile de deviner pourquoi. Il n'y avait là personne qu'eux deux. Jean Valjean pensa que d'autres bandits étaient peut-être cachés dans quelque recoin, pas très loin, et que Thénardier ne se souciait pas de partager avec eux.

Thénardier reprit :

— Finissons. Combien le pantre avait-il dans ses profondes ?

Jean Valjean se fouilla.

C'était, on s'en souvient, son habitude, d'avoir toujours de l'argent sur lui. La sombre vie d'expédients à laquelle il était condamné lui en faisait une loi. Cette fois pourtant il était pris au dépourvu. En mettant, la veille au soir, son uniforme de garde national, il avait oublié, lugubrement absorbé qu'il était, d'emporter son portefeuille. Il n'avait que quelque monnaie dans le gousset de son gilet. Cela se montait à une trentaine de francs. Il retourna sa poche, toute trempée de fange, et étala sur la banquette du radier un louis d'or, deux pièces de cinq francs et cinq ou six gros sous.

Thénardier avança la lèvre inférieure avec une torsion de cou significative.

— Tu l'as tué pour pas cher, dit-il.

Il se mit à palper, en toute familiarité, les poches de Jean Valjean et les poches de Marius. Jean Valjean, préoccupé surtout de tourner le dos au jour, le laissait faire. Tout en maniant l'habit de Marius, Thénardier, avec une dextérité d'escamoteur, trouva moyen d'en arracher, sans que Jean Valjean s'en aperçût, un lambeau qu'il cacha sous sa blouse, pensant probablement que ce morceau d'étoffe pourrait lui servir plus tard à reconnaître l'homme assassiné et l'assassin. Il ne trouva du reste rien de plus que les trente francs.

— C'est vrai, dit-il, l'un portant l'autre, vous n'avez pas plus que ça.

Et, oubliant son mot : *part à deux,* il prit tout.

Il hésita un peu devant les gros sous. Réflexion faite, il les prit aussi en grommelant :

— N'importe ! c'est suriner les gens à trop bon marché.

Cela fait, il tira de nouveau la clef de dessous sa blouse.

— Maintenant, l'ami, il faut que tu sortes. C'est ici comme à la foire, on paye en sortant. Tu as payé, sors.

Et il se mit à rire.

Avait-il, en apportant à un inconnu l'aide de cette clef et en faisant sortir par cette porte un autre que lui, l'intention pure et désintéressée de sauver un assassin ? c'est ce dont il est permis de douter.

Thénardier aida Jean Valjean à replacer Marius sur ses épaules, puis il se dirigea vers la grille sur la pointe de ses pieds nus, faisant signe à Jean Valjean de le suivre, il regarda au dehors, posa le doigt sur sa bouche, et demeura quelques secondes comme en suspens; l'inspection faite, il mit la clef dans la serrure. Le pêne glissa et la porte tourna. Il n'y eut ni craquement, ni grincement. Cela se fit très doucement. Il était visible que cette grille et ces gonds, huilés avec soin, s'ouvraient plus souvent qu'on ne l'eût pensé. Cette douceur était sinistre; on y sentait les allées et venues furtives, les entrées et les sorties silencieuses des hommes nocturnes, et les pas de loup du crime. L'égout était évidemment en complicité avec quelque bande mystérieuse. Cette grille taciturne était une recéleuse.

Thénardier entre-bâilla la porte, livra tout juste passage à Jean Valjean, referma la grille, tourna deux fois la clef dans la serrure, et replongea dans l'obscurité, sans faire plus de bruit qu'un souffle. Il semblait marcher avec les pattes de velours du tigre. Un moment après, cette hideuse providence était rentrée dans l'invisible.

Jean Valjean se trouva dehors.

IX

MARIUS FAIT L'EFFET D'ÊTRE MORT

A QUELQU'UN QUI S'Y CONNAÎT.

Il laissa glisser Marius sur la berge.

Ils étaient dehors!

Les miasmes, l'obscurité, l'horreur, étaient derrière lui. L'air salubre, pur, vivant, joyeux, librement respirable, l'inondait. Partout autour de lui le silence, mais le silence charmant du soleil couché en plein azur. Le crépuscule s'était fait; la nuit venait, la grande libératrice, l'amie de tous ceux qui ont besoin d'un manteau d'ombre pour sortir d'une angoisse. Le ciel s'offrait de toutes parts comme un calme énorme. La rivière arrivait à ses pieds avec le bruit d'un baiser. On entendait le dialogue aérien des nids qui se disaient bonsoir dans les ormes des Champs-Élysées. Quelques étoiles, piquant faiblement le bleu pâle du zénith et visibles à la seule rêverie, faisaient dans l'immensité de petits resplendissements imperceptibles. Le soir déployait sur la tête de Jean Valjean toutes les douceurs de l'infini.

C'était l'heure indécise et exquise qui ne dit ni oui ni non. Il y avait déjà assez de nuit pour qu'on pût s'y perdre à quelque distance, et encore assez de jour pour qu'on pût s'y reconnaître de près.

Jean Valjean fut pendant quelques secondes irrésistiblement vaincu par toute cette sérénité auguste et caressante; il y a de ces minutes d'oubli; la souffrance renonce à harceler le misérable; tout s'éclipse dans la pensée; la paix couvre le songeur comme une nuit; et sous le crépuscule qui rayonne, et à l'imitation du ciel qui s'illumine, l'âme s'étoile. Jean Valjean ne put s'empêcher de contempler cette vaste ombre claire qu'il avait au-dessus de lui; pensif, il prenait dans le majestueux silence du ciel éternel un bain d'extase et de prière. Puis, vivement, comme si le sentiment d'un devoir lui revenait, il se courba vers Marius, et, puisant de l'eau dans le creux de sa main, il lui en jeta doucement quelques gouttes sur le visage. Les paupières de Marius ne se soulevèrent pas; cependant sa bouche entr'ouverte respirait.

Jean Valjean allait plonger de nouveau sa main dans la rivière, quand tout à coup il sentit je ne sais quelle gêne, comme lorsqu'on a, sans le voir, quelqu'un derrière soi.

Nous avons déjà indiqué ailleurs cette impression, que tout le monde connaît.

Il se retourna.

Comme tout à l'heure, quelqu'un en effet était derrière lui.

Un homme de haute stature, enveloppé d'une longue redingote, les bras croisés, et portant dans son poing droit un casse-tête dont on voyait la pomme de plomb, se tenait debout à quelques pas en arrière de Jean Valjean accroupi sur Marius.

C'était, l'ombre aidant, une sorte d'apparition. Un homme simple en eût eu peur à cause du crépuscule, et un homme réfléchi à cause du casse-tête.

Jean Valjean reconnut Javert.

Le lecteur a deviné sans doute que le traqueur de Thénardier n'était autre que Javert. Javert, après sa sortie inespérée de la barricade, était allé à la préfecture de police, avait rendu verbalement compte au préfet en personne, dans une courte audience, puis avait repris immédiatement son service, qui impliquait, on se souvient de la note saisie sur lui, une certaine surveillance de la berge de la rive droite aux Champs-Élysées, laquelle depuis quelque temps éveillait l'attention de la police. Là, il avait aperçu Thénardier et l'avait suivi. On sait le reste.

On comprend aussi que cette grille, si obligeamment ouverte devant Jean Valjean, était une habileté de Thénardier. Thénardier sentait Javert toujours là; l'homme guetté a un flair qui ne le trompe pas; il fallait jeter un os à ce limier. Un assassin, quelle aubaine! C'était la part du feu, qu'il ne faut jamais refuser. Thénardier, en mettant dehors Jean Valjean à sa place, donnait une proie à la police, lui faisait lâcher sa piste, se faisait oublier dans une plus grosse aventure, récompensait Javert de son attente, ce qui flatte toujours un espion, gagnait trente francs, et comptait bien, quant à lui, s'échapper à l'aide de cette diversion.

Jean Valjean était passé d'un écueil à l'autre.

Ces deux rencontres coup sur coup, tomber de Thénardier en Javert, c'était rude.

Javert ne reconnut pas Jean Valjean qui, nous l'avons dit, ne se ressemblait plus à lui-même. Il ne décroisa pas les bras, assura son casse-tête dans son poing par un mouvement imperceptible, et dit d'une voix brève et calme :

— Qui êtes-vous?

— Moi.

— Qui, vous?

— Jean Valjean.

Javert mit le casse-tête entre ses dents, ploya les jarrets, inclina le torse, posa ses deux mains puissantes sur les épaules de Jean Valjean, qui s'y emboîtèrent comme dans deux étaux, l'examina, et le reconnut. Leurs visages se touchaient presque. Le regard de Javert était terrible.

Jean Valjean demeura inerte sous l'étreinte de Javert comme un lion qui consentirait à la griffe d'un lynx.

— Inspecteur Javert, dit-il, vous me tenez. D'ailleurs, depuis ce matin je me considère comme votre prisonnier. Je ne vous ai point donné mon adresse pour chercher à vous échapper. Prenez-moi. Seulement, accordez-moi une chose.

Javert semblait ne pas entendre. Il appuyait sur Jean Valjean sa prunelle fixe. Son menton froncé poussait ses lèvres vers son nez, signe de rêverie farouche. Enfin, il lâcha Jean Valjean, se dressa tout d'une pièce, reprit à plein poignet le casse-tête, et, comme dans un songe, murmura plutôt qu'il ne prononça cette question :

— Que faites-vous là ? et qu'est-ce que c'est que cet homme ?

Il continuait de ne plus tutoyer Jean Valjean.

Jean Valjean répondit, et le son de sa voix parut réveiller Javert :

— C'est de lui précisément que je voulais vous parler. Disposez de moi comme il vous plaira ; mais aidez-moi d'abord à le rapporter chez lui. Je ne vous demande que cela.

La face de Javert se contracta comme cela lui arrivait toutes les fois qu'on semblait le croire capable d'une concession. Cependant il ne dit pas non.

Il se courba de nouveau, tira de sa poche un mouchoir qu'il trempa dans l'eau, et essuya le front ensanglanté de Marius.

— Cet homme était à la barricade, dit-il à demi-voix et comme se parlant à lui-même. C'est celui qu'on appelait Marius.

Espion de première qualité, qui avait tout observé, tout écouté, tout entendu et tout recueilli, croyant mourir ; qui épiait même dans l'agonie, et qui, accoudé sur la première marche du sépulcre, avait pris des notes.

Il saisit la main de Marius, cherchant le pouls.

— C'est un blessé, dit Jean Valjean.

— C'est un mort, dit Javert.

Jean Valjean répondit :

— Non. Pas encore.

— Vous l'avez donc apporté de la barricade ici ? observa Javert.

Il fallait que sa préoccupation fût profonde pour qu'il n'insistât point sur cet inquiétant sauvetage par l'égout, et pour qu'il ne remarquât même pas le silence de Jean Valjean après sa question.

Jean Valjean, de son côté, semblait avoir une pensée unique. Il reprit :

— Il demeure au Marais, rue des Filles-du-Calvaire, chez son aïeul...

— Je ne sais plus le nom.

Jean Valjean fouilla dans l'habit de Marius, en tira le portefeuille, l'ouvrit à la page crayonnée par Marius, et le tendit à Javert.

Il y avait encore dans l'air assez de clarté flottante pour qu'on pût lire. Javert, en outre, avait dans l'œil la phosphorescence féline des oiseaux de nuit. Il déchiffra les quelques lignes écrites par Marius, et grommela : — Gillenormand, rue des Filles-du-Calvaire, numéro 6.

Puis il cria : — Cocher!

On se rappelle le fiacre qui attendait, en cas.

Javert garda le portefeuille de Marius.

Un moment après, la voiture, descendue par la rampe de l'abreuvoir, était sur la berge, Marius était déposé sur la banquette du fond, et Javert s'asseyait près de Jean Valjean sur la banquette de devant.

La portière refermée, le fiacre s'éloigna rapidement, remontant les quais dans la direction de la Bastille.

Ils quittèrent les quais et entrèrent dans les rues. Le cocher, silhouette noire sur son siège, fouettait ses chevaux maigres. Silence glacial dans le fiacre. Marius, immobile, le torse adossé au coin du fond, la tête abattue sur la poitrine, les bras pendants, les jambes roides, paraissait ne plus attendre qu'un cercueil; Jean Valjean semblait fait d'ombre, et Javert de pierre; et dans cette voiture pleine de nuit, dont l'intérieur, chaque fois qu'elle passait devant un réverbère, apparaissait lividement blêmi comme par un éclair intermittent, le hasard réunissait et semblait confronter lugubrement les trois immobilités tragiques, le cadavre, le spectre, la statue.

X

RENTRÉE DE L'ENFANT PRODIGUE DE SA VIE.

A chaque cahot du pavé, une goutte de sang tombait des cheveux de Marius.

Il était nuit close quand le fiacre arriva au numéro 6 de la rue des Filles-du-Calvaire.

Javert mit pied à terre le premier, constata d'un coup d'œil le numéro au-dessus de la porte cochère, et, soulevant le lourd marteau de fer battu, historié à la vieille mode d'un bouc et d'un satyre qui s'affrontaient, frappa un coup violent. Le battant s'entr'ouvrit, et Javert le poussa. Le portier se montra à demi, bâillant, vaguement réveillé, une chandelle à la main.

Tout dormait dans la maison. On se couche de bonne heure au Marais, surtout les jours d'émeute. Ce bon vieux quartier, effarouché par la révolution, se réfugie dans le sommeil, comme les enfants, lorsqu'ils entendent venir Croquemitaine, cachent bien vite leur tête sous leur couverture.

Cependant Jean Valjean et le cocher tiraient Marius du fiacre, Jean Valjean le soutenant sous les aisselles et le cocher sous les jarrets.

Tout en portant Marius de la sorte, Jean Valjean glissa sa main sous les vêtements qui étaient largement déchirés, tâta la poitrine et s'assura que le cœur battait encore. Il battait même un peu moins faiblement, comme si le mouvement de la voiture avait déterminé une certaine reprise de la vie.

Javert interpella le portier du ton qui convient au gouvernement en présence du portier d'un factieux.

— Quelqu'un qui s'appelle Gillenormand ?

— C'est ici. Que lui voulez-vous ?

— On lui rapporte son fils.

— Son fils ? dit le portier avec hébétement.

— Il est mort.

Jean Valjean, qui venait, déguenillé et souillé, derrière Javert, et que le portier regardait avec quelque horreur, lui fit signe de la tête que non.

Le portier ne parut comprendre ni le mot de Javert, ni le signe de Jean Valjean.

Javert continua :

— Il est allé à la barricade, et le voilà.

— A la barricade ! s'écria le portier.

— Il s'est fait tuer. Allez réveiller le père.

IMPRIMERIE NATIONALE.

Le portier ne bougeait pas.

— Allez donc! reprit Javert.

Et il ajouta :

— Demain il y aura ici de l'enterrement.

Pour Javert, les incidents habituels de la voie publique étaient classés catégoriquement, ce qui est le commencement de la prévoyance et de la surveillance, et chaque éventualité avait son compartiment; les faits possibles étaient en quelque sorte dans des tiroirs d'où ils sortaient, selon l'occasion, en quantités variables; il y avait, dans la rue, du tapage, de l'émeute, du carnaval, de l'enterrement.

Le portier se borna à réveiller Basque. Basque réveilla Nicolette; Nicolette réveilla la tante Gillenormand. Quant au grand-père, on le laissa dormir, pensant qu'il saurait toujours la chose assez tôt.

On monta Marius au premier étage, sans que personne, du reste, s'en aperçût dans les autres parties de la maison, et on le déposa sur un vieux canapé dans l'antichambre de M. Gillenormand; et, tandis que Basque allait chercher un médecin et que Nicolette ouvrait les armoires à linge, Jean Valjean sentit Javert qui lui touchait l'épaule. Il comprit, et redescendit, ayant derrière lui le pas de Javert qui le suivait.

Le portier les regarda partir comme il les avait regardés arriver, avec une somnolence épouvantée.

Ils remontèrent dans le fiacre, et le cocher sur son siège.

— Inspecteur Javert, dit Jean Valjean, accordez-moi encore une chose.

— Laquelle? demanda rudement Javert.

— Laissez-moi rentrer un moment chez moi. Ensuite vous ferez de moi ce que vous voudrez.

Javert demeura quelques instants silencieux, le menton rentré dans le collet de sa redingote, puis il baissa la vitre de devant.

— Cocher, dit-il, rue de l'Homme-Armé, numéro 7.

XI

EBRANLEMENT DANS L'ABSOLU.

Ils ne desserrèrent plus les dents de tout le trajet.

Que voulait Jean Valjean? Achever ce qu'il avait commencé; avertir Cosette, lui dire où était Marius, lui donner peut-être quelque autre indication utile, prendre, s'il le pouvait, de certaines dispositions suprêmes. Quant à lui, quant à ce qui le concernait personnellement, c'était fini; il était saisi par Javert et n'y résistait pas; un autre que lui, en une telle situation, eût peut-être vaguement songé à cette corde que lui avait donnée Thénardier et aux barreaux du premier cachot où il entrerait; mais, depuis l'évêque, il y avait dans Jean Valjean devant tout attentat, fût-ce contre lui-même, insistons-y, une profonde hésitation religieuse.

Le suicide, cette mystérieuse voie de fait sur l'inconnu, laquelle peut contenir dans une certaine mesure la mort de l'âme, était impossible à Jean Valjean.

A l'entrée de la rue de l'Homme-Armé, le fiacre s'arrêta, cette rue étant trop étroite pour que les voitures puissent y pénétrer. Javert et Jean Valjean descendirent.

Le cocher représenta humblement à « monsieur l'inspecteur » que le velours d'Utrecht de sa voiture était tout taché par le sang de l'homme assassiné et par la boue de l'assassin. C'était là ce qu'il avait compris. Il ajouta qu'une indemnité lui était due. En même temps, tirant de sa poche son livret, il pria monsieur l'inspecteur d'avoir la bonté de lui écrire dessus « un petit bout d'attestation comme quoi ».

Javert repoussa le livret que lui tendait le cocher, et dit :

— Combien te faut-il, y compris ta station et ta course?

— Il y a sept heures et quart, répondit le cocher, et mon velours était tout neuf. Quatrevingts francs, monsieur l'inspecteur.

Javert tira de sa poche quatre napoléons et congédia le fiacre.

Jean Valjean pensa que l'intention de Javert était de le conduire à pied au poste des Blancs-Manteaux ou au poste des Archives, qui sont tout près.

Ils s'engagèrent dans la rue. Elle était, comme d'habitude, déserte. Javert suivait Jean Valjean. Ils arrivèrent au numéro 7. Jean Valjean frappa. La porte s'ouvrit.

— C'est bien, dit Javert. Montez.

10.

Il ajouta avec une expression étrange et comme s'il faisait effort en parlant de la sorte :

— Je vous attends ici.

Jean Valjean regarda Javert. Cette façon de faire était peu dans les habitudes de Javert. Cependant, que Javert eût maintenant en lui une sorte de confiance hautaine, la confiance du chat qui accorde à la souris une liberté de la longueur de sa griffe, résolu qu'était Jean Valjean à se livrer et à en finir, cela ne pouvait le surprendre beaucoup. Il poussa la porte, entra dans la maison, cria au portier qui était couché et qui avait tiré le cordon de son lit : C'est moi ! et monta l'escalier.

Parvenu au premier étage, il fit une pause. Toutes les voies douloureuses ont des stations. La fenêtre du palier, qui était une fenêtre-guillotine, était ouverte. Comme dans beaucoup d'anciennes maisons, l'escalier prenait jour et avait vue sur la rue. Le réverbère de la rue, situé précisément en face, jetait quelque lumière sur les marches, ce qui faisait une économie d'éclairage.

Jean Valjean, soit pour respirer, soit machinalement, mit la tête à cette fenêtre. Il se pencha sur la rue. Elle est courte et le réverbère l'éclairait d'un bout à l'autre. Jean Valjean eut un éblouissement de stupeur; il n'y avait plus personne.

Javert s'en était allé.

XII

L'AÏEUL.

Basque et le portier avaient transporté dans le salon Marius toujours étendu sans mouvement sur le canapé où on l'avait déposé en arrivant. Le médecin, qu'on avait été chercher, était accouru. La tante Gillenormand s'était levée.

La tante Gillenormand allait et venait, épouvantée, joignant les mains, et incapable de faire autre chose que de dire : Est-il Dieu possible ! Elle ajoutait par moments : Tout va être confondu de sang ! Quand la première horreur fut passée, une certaine philosophie de la situation se fit jour jusqu'à son esprit et se traduisit par cette exclamation : Cela devait finir comme ça ! Elle n'alla point jusqu'au : *Je l'avais bien dit !* qui est d'usage dans les occasions de ce genre.

Sur l'ordre du médecin, un lit de sangle avait été dressé près du canapé. Le médecin examina Marius, et, après avoir constaté que le pouls persistait, que le blessé n'avait à la poitrine aucune plaie pénétrante, et que le sang du coin des lèvres venait des fosses nasales, il le fit poser à plat sur le lit, sans oreiller, la tête sur le même plan que le corps, et même un peu plus basse, le buste nu, afin de faciliter la respiration. Mademoiselle Gillenormand, voyant qu'on déshabillait Marius, se retira. Elle se mit à dire son chapelet dans sa chambre.

Le torse n'était atteint d'aucune lésion intérieure; une balle, amortie par le portefeuille, avait dévié et fait le tour des côtes avec une déchirure hideuse, mais sans profondeur, et par conséquent sans danger. La longue marche souterraine avait achevé la dislocation de la clavicule cassée, et il y avait là de sérieux désordres. Les bras étaient sabrés. Aucune balafre ne défigurait le visage; la tête pourtant était comme couverte de hachures; que deviendraient ces blessures à la tête ? s'arrêtaient-elles au cuir chevelu ? entamaient-elles le crâne ? On ne pouvait le dire encore. Un symptôme grave, c'est qu'elles avaient causé l'évanouissement, et l'on ne se réveille pas toujours de ces évanouissements-là. L'hémorragie, en outre, avait épuisé le blessé. A partir de la ceinture, le bas du corps avait été protégé par la barricade.

Basque et Nicolette déchiraient des linges et préparaient des bandes; Nicolette les cousait, Basque les roulait. La charpie manquant, le médecin avait provisoirement arrêté le sang des plaies avec des galettes d'ouate. A côté du lit, trois bougies brûlaient sur une table où la trousse de chirurgie était étalée. Le médecin lava le visage et les cheveux de Marius avec de l'eau froide. Un seau plein fut rouge en un instant. Le portier, sa chandelle à la main, éclairait.

Le médecin semblait songer tristement. De temps en temps, il faisait un signe de tête négatif, comme s'il répondait à quelque question qu'il s'adressait intérieurement. Mauvais signe pour le malade, ces mystérieux dialogues du médecin avec lui-même.

Au moment où le médecin essuyait la face et touchait légèrement du doigt les paupières toujours fermées, une porte s'ouvrit au fond du salon, et une longue figure pâle apparut.

C'était le grand-père.

L'émeute, depuis deux jours, avait fort agité, indigné et préoccupé M. Gillenormand. Il n'avait pu dormir la nuit précédente, et il avait eu la fièvre toute la journée. Le soir, il s'était couché de très bonne heure, recommandant qu'on verrouillât tout dans la maison, et, de fatigue, il s'était assoupi.

Les vieillards ont le sommeil fragile; la chambre de M. Gillenormand était contiguë au salon, et, quelques précautions qu'on eût prises, le bruit l'avait réveillé. Surpris de la fente de lumière qu'il voyait à sa porte, il était sorti de son lit et était venu à tâtons.

Il était sur le seuil, une main sur le bec-de-cane de la porte entre-bâillée, la tête un peu penchée en avant, et branlante, le corps serré dans une robe de chambre blanche, droite et sans plis comme un suaire, étonné; et il avait l'air d'un fantôme qui regarde dans un tombeau.

Il aperçut le lit, et sur le matelas ce jeune homme sanglant, blanc d'une blancheur de cire, les yeux fermés, la bouche ouverte, les lèvres blêmes, nu jusqu'à la ceinture, tailladé partout de plaies vermeilles, immobile, vivement éclairé.

L'aïeul eut de la tête aux pieds tout le frisson que peuvent avoir des membres ossifiés, ses yeux dont la cornée était jaune à cause du grand âge se voilèrent d'une sorte de miroitement vitreux, toute sa face prit en un instant les angles terreux d'une tête de squelette, ses bras tombèrent pendants comme si un ressort s'y fût brisé, et sa stupeur se traduisit par l'écartement des doigts de ses deux vieilles mains toutes tremblantes, ses genoux firent un angle en avant, laissant voir par l'ouverture de la robe de chambre ses pauvres jambes nues hérissées de poils blancs, et il murmura :

— Marius!

— Monsieur, dit Basque, on vient de rapporter monsieur. Il est allé à la barricade, et...

— Il est mort! cria le vieillard d'une voix terrible. Ah! le brigand!

Alors une sorte de transfiguration sépulcrale redressa ce centenaire droit comme un jeune homme.

— Monsieur, dit-il, c'est vous le médecin. Commencez par me dire une chose. Il est mort, n'est-ce pas?

Le médecin, au comble de l'anxiété, garda le silence.

M. Gillenormand se tordit les mains avec un éclat de rire effrayant.

— Il est mort! il est mort! Il s'est fait tuer aux barricades! en haine de moi! C'est contre moi qu'il a fait ça! Ah! buveur de sang! c'est comme cela qu'il me revient! Misère de ma vie, il est mort!

Il alla à une fenêtre, l'ouvrit toute grande comme s'il étouffait, et, debout devant l'ombre, il se mit à parler dans la rue à la nuit :

— Percé, sabré, égorgé, exterminé, déchiqueté, coupé en morceaux! voyez-vous ça, le gueux! Il savait bien que je l'attendais, et que je lui avais fait arranger sa chambre, et que j'avais mis au chevet de mon lit son portrait du temps qu'il était petit enfant! Il savait bien qu'il n'avait qu'à revenir, et que depuis des ans je le rappelais, et que je restais le soir au coin de mon feu les mains sur mes genoux ne sachant que faire, et que j'en étais imbé- cile! Tu savais bien cela, que tu n'avais qu'à rentrer, et qu'à dire : C'est moi, et que tu serais le maître de la maison, et que je t'obéirais, et que tu ferais tout ce que tu voudrais de ta vieille ganache de grand-père! Tu le savais bien, et tu as dit : Non, c'est un royaliste, je n'irai pas! Et tu es allé aux barricades, et tu t'es fait tuer par méchanceté! pour te venger de ce que je t'avais dit au sujet de monsieur le duc de Berry! C'est ça qui est infâme! Couchez-vous donc et dormez donc tranquillement! Il est mort. Voilà mon réveil.

Le médecin, qui commençait à être inquiet de deux côtés, quitta un moment Marius et alla à M. Gillenormand, et lui prit le bras. L'aïeul se retourna, le regarda avec des yeux qui semblaient agrandis et sanglants, et lui dit avec calme :

— Monsieur, je vous remercie. Je suis tranquille, je suis un homme, j'ai vu la mort de Louis XVI, je sais porter les évènements. Il y a une chose qui est terrible, c'est de penser que ce sont vos journaux qui font tout le mal. Vous aurez des écrivassiers, des parleurs, des avocats, des orateurs, des tribunes, des discussions, des progrès, des lumières, des droits de l'homme, de la liberté de la presse, et voilà comment on vous rapportera vos enfants dans vos maisons! Ah! Marius! c'est abominable! Tué! mort avant moi! Une barricade! Ah! le bandit! Docteur, vous demeurez dans le quartier, je crois? Oh! je vous connais bien. Je vois de ma fenêtre passer votre cabriolet. Je vais vous dire. Vous auriez tort de croire que je suis en colère. On ne se met pas en colère contre un mort. Ce serait stupide. C'est un enfant que j'ai élevé. J'étais déjà vieux, qu'il était encore tout petit. Il jouait aux Tuileries avec sa petite pelle et sa petite chaise, et, pour que les inspecteurs ne grondassent pas, je bouchais à mesure avec ma canne les trous qu'il faisait dans la terre avec sa pelle. Un jour il a crié : A bas Louis XVIII! et s'en est allé. Ce n'est pas ma faute. Il était tout rose et tout blond. Sa mère est morte. Avez-vous remarqué que tous les petits enfants sont blonds? A quoi cela tient-il? C'est le fils d'un de ces brigands de la Loire. Mais les enfants sont innocents des crimes de leurs pères. Je me le rappelle quand il était haut comme ceci. Il ne pouvait pas parvenir à prononcer les *d*. Il avait un parler si doux et si obscur qu'on eût cru un oiseau. Je me souviens qu'une fois, devant l'Hercule Farnèse, on faisait cercle pour s'émerveiller et l'admirer, tant il était beau, cet enfant! C'était une tête comme il y en a dans les tableaux. Je lui faisais ma grosse voix, je lui faisais peur avec ma canne, mais il savait bien que c'était pour rire. Le matin, quand il entrait dans ma chambre, je bougonnais, mais cela me faisait l'effet du soleil. On ne peut pas se défendre contre ces mioches-là. Ils vous prennent, ils vous tiennent, ils ne vous lâchent plus. La vérité est qu'il n'y avait pas d'amour comme cet enfant-là. Maintenant, qu'est-ce que vous dites de vos Lafayette, de vos Benjamin Constant, et de vos Tirecuir de Corcelles, qui me le tuent! Ça ne peut pas passer comme ça.

Il s'approcha de Marius toujours livide et sans mouvement, et auquel le médecin était revenu, et il recommença à se tordre les bras. Les lèvres blanches du vieillard remuaient comme machinalement, et laissaient passer, comme des souffles dans un râle, des mots presque indistincts qu'on entendait à peine : — Ah! sans cœur! Ah! clubiste! Ah! scélérat! Ah! septembriseur! — Reproches à voix basse d'un agonisant à un cadavre.

Peu à peu, comme il faut toujours que les éruptions intérieures se fassent jour, l'enchaînement des paroles revint, mais l'aïeul paraissait n'avoir plus la force de les prononcer; sa voix était tellement sourde et éteinte qu'elle semblait venir de l'autre bord d'un abîme :

— Ça m'est bien égal, je vais mourir aussi, moi. Et dire qu'il n'y a pas dans Paris une drôlesse qui n'eût été heureuse de faire le bonheur de ce misérable! Un gredin qui, au lieu de s'amuser et de jouir de la vie, est allé se battre et s'est fait mitrailler comme une brute! Et pour qui pourquoi? Pour la république! Au lieu d'aller danser à la Chaumière, comme c'est le devoir des jeunes gens! C'est bien la peine d'avoir vingt ans. La république, belle fichue sottise! Pauvres mères, faites donc de jolis garçons! Allons, il est mort. Ça fera deux enterrements sous la porte cochère. Tu t'es donc fait arranger comme cela pour les beaux yeux du général Lamarque! Qu'est-ce

qu'il t'avait fait, ce général Lamarque! Un sabreur! un bavard! Se faire tuer
pour un mort! S'il n'y a pas de quoi rendre fou! Comprenez cela! A vingt
ans! Et sans retourner la tête pour regarder s'il ne laissait rien derrière lui!
Voilà maintenant les pauvres vieux bonshommes qui sont forcés de mourir
tout seuls. Crève dans ton coin, hibou! Eh bien, au fait, tant mieux, c'est
ce que j'espérais, ça va me tuer net. Je suis trop vieux, j'ai cent ans, j'ai
cent mille ans, il y a longtemps que j'ai le droit d'être mort. De ce coup-là,
c'est fait. C'est donc fini, quel bonheur! A quoi bon lui faire respirer de
l'ammoniaque et tout ce tas de drogues? Vous perdez votre peine, imbécile
de médecin! Allez, il est mort, bien mort. Je m'y connais, moi qui suis
mort aussi. Il n'a pas fait la chose à demi. Oui, ce temps-ci est infâme,
infâme, infâme, et voilà ce que je pense de vous, de vos idées, de vos systèmes, de vos maîtres, de vos oracles, de vos docteurs, de vos garnements
d'écrivains, de vos gueux de philosophes, et de toutes les révolutions qui
effarouchent depuis soixante ans les nuées de corbeaux des Tuileries! Et
puisque tu as été sans pitié en te faisant tuer comme cela, je n'aurai même
pas de chagrin de ta mort, entends-tu, assassin!

En ce moment, Marius ouvrit lentement les paupières, et son regard,
encore voilé par l'étonnement léthargique, s'arrêta sur M. Gillenormand.

— Marius! cria le vieillard. Marius! mon petit Marius! mon enfant!
mon fils bien-aimé! Tu ouvres les yeux, tu me regardes, tu es vivant,
merci!

Et il tomba évanoui.

LIVRE QUATRIÈME.

JAVERT DÉRAILLÉ.

Javert s'était éloigné à pas lents de la rue de l'Homme-Armé.

Il marchait la tête baissée, pour la première fois de sa vie, et, pour la première fois de sa vie également, les mains derrière le dos.

Jusqu'à ce jour, Javert n'avait pris, dans les deux attitudes de Napoléon, que celle qui exprime la résolution, les bras croisés sur la poitrine; celle qui exprime l'incertitude, les mains derrière le dos, lui était inconnue. Maintenant, un changement s'était fait; toute sa personne, lente et sombre, était empreinte d'anxiété.

Il s'enfonça dans les rues silencieuses.

Cependant il suivait une direction.

Il coupa par le plus court vers la Seine, gagna le quai des Ormes, longea le quai, dépassa la Grève, et s'arrêta, à quelque distance du poste de la place du Châtelet, à l'angle du pont Notre-Dame. La Seine fait là, entre le pont Notre-Dame et le Pont au Change d'une part, et d'autre part entre le quai de la Mégisserie et le quai aux Fleurs, une sorte de lac carré traversé par un rapide.

Ce point de la Seine est redouté des mariniers. Rien n'est plus dangereux que ce rapide, resserré à cette époque et irrité par les pilotis du moulin du pont, aujourd'hui démoli. Les deux ponts, si voisins l'un de l'autre, augmentent le péril; l'eau se hâte formidablement sous les arches. Elle y roule de larges plis terribles; elle s'y accumule et s'y entasse; le flot fait effort aux piles des ponts comme pour les arracher avec de grosses cordes liquides. Les hommes qui tombent là ne reparaissent pas; les meilleurs nageurs s'y noient.

Javert appuya ses deux coudes sur le parapet, son menton dans ses deux mains, et, pendant que ses ongles se crispaient machinalement dans l'épaisseur de ses favoris, il songea.

Une nouveauté, une révolution, une catastrophe, venait de se passer au fond de lui-même; et il y avait de quoi s'examiner.

Javert souffrait affreusement.

Depuis quelques heures Javert avait cessé d'être simple. Il était troublé;

ce cerveau, si limpide dans sa cécité, avait perdu sa transparence; il y avait un nuage dans ce cristal. Javert sentait dans sa conscience le devoir se dédoubler, et il ne pouvait se le dissimuler. Quand il avait rencontré si inopinément Jean Valjean sur la berge de la Seine, il y avait eu en lui quelque chose du loup qui ressaisit sa proie et du chien qui retrouve son maître.

Il voyait devant lui deux routes également droites toutes deux, mais il en voyait deux; et cela le terrifiait, lui qui n'avait jamais connu dans sa vie qu'une ligne droite. Et, angoisse poignante, ces deux routes étaient contraires. L'une de ces deux lignes droites excluait l'autre. Laquelle des deux était la vraie ?

Sa situation était inexprimable.

Devoir la vie à un malfaiteur, accepter cette dette et la rembourser, être, en dépit de soi-même, de plain-pied avec un repris de justice, et lui payer un service avec un autre service; se laisser dire : Va-t'en, et lui dire à son tour : Sois libre; sacrifier à des motifs personnels le devoir, cette obligation générale, et sentir dans ces motifs personnels quelque chose de général aussi, et de supérieur peut-être; trahir la société pour rester fidèle à sa conscience; que toutes ces absurdités se réalisassent et qu'elles vinssent s'accumuler sur lui-même, c'est ce dont il était atterré.

Une chose l'avait étonné, c'était que Jean Valjean lui eût fait grâce, et une chose l'avait pétrifié, c'était que, lui Javert, il eût fait grâce à Jean Valjean.

Où en était-il ? Il se cherchait et ne se trouvait plus.

Que faire maintenant? Livrer Jean Valjean, c'était mal; laisser Jean Valjean libre, c'était mal. Dans le premier cas, l'homme de l'autorité tombait plus bas que l'homme du bagne; dans le second, un forçat montait plus haut que la loi et mettait le pied dessus. Dans les deux cas, déshonneur pour lui Javert. Dans tous les partis qu'on pouvait prendre, il y avait de la chute. La destinée a de certaines extrémités à pic sur l'impossible, et au delà desquelles la vie n'est plus qu'un précipice. Javert était à une de ces extrémités-là.

Une de ses anxiétés, c'était d'être contraint de penser. La violence même de toutes ces émotions contradictoires l'y obligeait. La pensée, chose inusitée pour lui, et singulièrement douloureuse.

Il y a toujours dans la pensée une certaine quantité de rébellion intérieure; et il s'irritait d'avoir cela en lui.

La pensée, sur n'importe quel sujet en dehors du cercle étroit de ses fonctions, eût été pour lui, dans tous les cas, une inutilité et une fatigue; mais la pensée sur la journée qui venait de s'écouler était une torture. Il fallait bien cependant regarder dans sa conscience après de telles secousses, et se rendre compte de soi-même à soi-même.

Ce qu'il venait de faire lui donnait le frisson. Il avait, lui Javert, trouvé bon de décider, contre tous les règlements de police, contre toute l'organisation sociale et judiciaire, contre le code tout entier, une mise en liberté; cela lui avait convenu; il avait substitué ses propres affaires aux affaires publiques; n'était-ce pas inqualifiable? Chaque fois qu'il se mettait en face de cette action sans nom qu'il avait commise, il tremblait de la tête aux pieds. A quoi se résoudre? Une seule ressource lui restait : retourner en hâte rue de l'Homme-Armé, et faire écrouer Jean Valjean. Il était clair que c'était cela qu'il fallait faire. Il ne pouvait.

Quelque chose lui barrait le chemin de ce côté-là.

Quelque chose? Quoi? Est-ce qu'il y a au monde autre chose que les tribunaux, les sentences exécutoires, la police et l'autorité? Javert était bouleversé.

Un galérien sacré! un forçat imprenable à la justice! et cela par le fait de Javert!

Que Javert et Jean Valjean, l'homme fait pour sévir, l'homme fait pour subir, que ces deux hommes, qui étaient l'un et l'autre la chose de la loi, en fussent venus à ce point de se mettre tous les deux au-dessus de la loi, est-ce que ce n'était pas effrayant?

Quoi donc! de telles énormités arriveraient, et personne ne serait puni! Jean Valjean, plus fort que l'ordre social tout entier, serait libre, et lui Javert continuerait de manger le pain du gouvernement!

Sa rêverie devenait peu à peu terrible.

Il eût pu à travers cette rêverie se faire encore quelque reproche au sujet de l'insurgé rapporté rue des Filles-du-Calvaire; mais il n'y songeait pas. La faute moindre se perdait dans la plus grande. D'ailleurs cet insurgé était évidemment un homme mort, et, légalement, la mort éteint la poursuite.

Jean Valjean, c'était là le poids qu'il avait sur l'esprit.

Jean Valjean le déconcertait. Tous les axiomes qui avaient été les points d'appui de toute sa vie s'écroulaient devant cet homme. La générosité de Jean Valjean envers lui Javert l'accablait. D'autres faits, qu'il se rappelait et qu'il avait autrefois traités de mensonges et de folies, lui revenaient maintenant comme des réalités. M. Madeleine reparaissait derrière Jean Valjean, et les deux figures se superposaient de façon à n'en plus faire qu'une, qui était vénérable. Javert sentait que quelque chose d'horrible pénétrait dans son âme, l'admiration pour un forçat. Le respect d'un galérien, est-ce que c'est possible? Il en frémissait, et ne pouvait s'y soustraire. Il avait beau se débattre, il était réduit à confesser dans son for intérieur la sublimité de ce misérable. Cela était odieux.

Un malfaiteur bienfaisant, un forçat compatissant, doux, secourable, clément, rendant le bien pour le mal, rendant le pardon pour la haine, préférant la pitié à la vengeance, aimant mieux se perdre que de perdre son ennemi, sauvant celui qui l'a frappé, agenouillé sur le haut de la vertu, plus voisin de l'ange que de l'homme ! Javert était contraint de s'avouer que ce monstre existait.

Cela ne pouvait durer ainsi.

Certes, et nous y insistons, il ne s'était pas rendu sans résistance à ce monstre, à cet ange infâme, à ce héros hideux, dont il était presque aussi indigné que stupéfait. Vingt fois, quand il était dans cette voiture face à face avec Jean Valjean, le tigre légal avait rugi en lui. Vingt fois il avait été tenté de se jeter sur Jean Valjean, de le saisir et de le dévorer, c'est-à-dire de l'arrêter. Quoi de plus simple en effet ? Crier au premier poste devant lequel on passe : — Voilà un repris de justice en rupture de ban ! appeler les gendarmes et leur dire : — Cet homme est pour vous ! ensuite s'en aller, laisser là ce damné, ignorer le reste, et ne plus se mêler de rien. Cet homme est à jamais le prisonnier de la loi ; la loi en fera ce qu'elle voudra. Quoi de plus juste ? Javert s'était dit tout cela ; il avait voulu passer outre, agir, appréhender l'homme, et, alors comme à présent, il n'avait pas pu ; et chaque fois que sa main s'était convulsivement levée vers le collet de Jean Valjean, sa main, comme sous un poids énorme, était retombée, et il avait entendu au fond de sa pensée une voix, une étrange voix qui lui criait : — C'est bien. Livre ton sauveur. Ensuite fais apporter la cuvette de Ponce-Pilate, et lave-toi les griffes.

Puis sa réflexion retombait sur lui-même, et à côté de Jean Valjean grandi, il se voyait, lui Javert, dégradé.

Un forçat était son bienfaiteur !

Mais aussi pourquoi avait-il permis à cet homme de le laisser vivre ? Il avait, dans cette barricade, le droit d'être tué. Il aurait dû user de ce droit. Appeler les autres insurgés à son secours contre Jean Valjean, se faire fusiller de force, cela valait mieux.

Sa suprême angoisse, c'était la disparition de la certitude. Il se sentait déraciné. Le code n'était plus qu'un tronçon dans sa main. Il avait affaire à des scrupules d'une espèce inconnue. Il se faisait en lui une révélation sentimentale entièrement distincte de l'affirmation légale, son unique mesure jusqu'alors. Rester dans l'ancienne honnêteté, cela ne suffisait plus. Tout un ordre de faits inattendus surgissait et le subjuguait. Tout un monde nouveau apparaissait à son âme : le bienfait accepté et rendu, le dévouement, la miséricorde, l'indulgence, les violences faites par la pitié à l'austérité, l'acception de personnes, plus de condamnation définitive, plus de damnation, la possibilité d'une larme dans l'œil de la loi, on ne sait quelle justice selon

Dieu allant en sens inverse de la justice selon les hommes. Il apercevait dans les ténèbres l'effrayant lever d'un soleil moral inconnu; il en avait l'horreur et l'éblouissement. Hibou forcé à des regards d'aigle.

Il se disait que c'était donc vrai, qu'il y avait des exceptions, que l'auto- rité pouvait être décontenancée, que la règle pouvait rester court devant un fait, que tout ne s'encadrait pas dans le texte du code, que l'imprévu se faisait obéir, que la vertu d'un forçat pouvait tendre un piège à la vertu d'un fonctionnaire, que le monstrueux pouvait être divin, que la destinée avait de ces embuscades-là, et il songeait avec désespoir que lui-même n'avait pas été à l'abri d'une surprise.

Il était forcé de reconnaître que la bonté existait. Ce forçat avait été bon. Et lui-même, chose inouïe, il venait d'être bon. Donc il se dépravait.

Il se trouvait lâche. Il se faisait horreur.

L'idéal pour Javert, ce n'était pas d'être humain, d'être grand, d'être sublime; c'était d'être irréprochable.

Or il venait de faillir.

Comment en était-il arrivé là? comment tout cela s'était-il passé? Il n'au- rait pu se le dire à lui-même. Il prenait sa tête dans ses deux mains, mais il avait beau faire, il ne parvenait pas à se l'expliquer.

Il avait certainement toujours eu l'intention de remettre Jean Valjean à la loi, dont Jean Valjean était le captif, et dont lui, Javert, était l'esclave. Il ne s'était pas avoué un seul instant, pendant qu'il le tenait, qu'il eût la pensée de le laisser aller. C'était en quelque sorte à son insu que sa main s'était ouverte et l'avait lâché.

Toutes sortes de nouveautés énigmatiques s'entr'ouvraient devant ses yeux. Il s'adressait des questions, et il se faisait des réponses, et ses réponses l'effrayaient. Il se demandait : Ce forçat, ce désespéré, que j'ai poursuivi jusqu'à le persécuter, et qui m'a eu sous son pied, et qui pouvait se venger, et qui le devait tout à la fois pour sa rancune et pour sa sécurité, en me laissant la vie, en me faisant grâce, qu'a-t-il fait? Son devoir. Non. Quelque chose de plus. Et moi, en lui faisant grâce à mon tour, qu'ai-je fait? Mon devoir. Non. Quelque chose de plus. Il y a donc quelque chose de plus que le devoir? Ici il s'effarait; sa balance se disloquait; l'un des plateaux tombait dans l'abîme, l'autre s'en allait dans le ciel; et Javert n'avait pas moins d'épouvante de celui qui était en haut que de celui qui était en bas. Sans être le moins du monde ce qu'on appelle voltairien, ou philosophe, ou incrédule, respectueux au contraire, par instinct, pour l'église établie, il ne la connaissait que comme un fragment auguste de l'ensemble social; l'ordre était son dogme et lui suffisait; depuis qu'il avait âge d'homme et de fonctionnaire, il mettait dans la police à peu près toute sa religion, étant, et nous employons ici les mots sans la moindre ironie et dans leur acception la plus sérieuse, étant, nous l'avons dit, espion comme on est prêtre. Il avait un supérieur, M. Gisquet; il n'avait guère songé jusqu'à ce jour à cet autre supérieur, Dieu.

Ce chef nouveau, Dieu, il le sentait inopinément, et en était troublé.

Il était désorienté de cette présence inattendue; il ne savait que faire de ce supérieur-là, lui qui n'ignorait pas que le subordonné est tenu de se courber toujours, qu'il ne doit ni désobéir, ni blâmer, ni discuter, et que, vis-à-vis d'un supérieur qui l'étonne trop, l'inférieur n'a d'autre ressource que sa démission.

Mais comment s'y prendre pour donner sa démission à Dieu?

Quoi qu'il en fût, et c'était toujours là qu'il en revenait, un fait pour lui dominait tout, c'est qu'il venait de commettre une infraction épouvantable. Il venait de fermer les yeux sur un condamné récidiviste en rupture de ban. Il venait d'élargir un galérien. Il venait de voler aux lois un homme qui leur appartenait. Il avait fait cela. Il ne se comprenait plus. Il n'était pas sûr d'être lui-même. Les raisons même de son action lui échappaient, il n'en avait que le vertige. Il avait vécu jusqu'à ce moment de cette foi aveugle qui engendre la probité ténébreuse. Cette foi le quittait, cette probité lui faisait défaut. Tout ce qu'il avait cru se dissipait. Des vérités dont il ne voulait pas l'obsédaient inexorablement. Il fallait désormais être un autre homme. Il souffrait les étranges douleurs d'une conscience brusquement opérée de la cataracte. Il voyait ce qu'il lui répugnait de voir. Il se sentait vidé, inutile, disloqué de sa vie passée, destitué, dissous. L'autorité était morte en lui. Il n'avait plus de raison d'être.

Situation terrible! être ému.

Être le granit, et douter! être la statue du châtiment fondue tout d'une pièce dans le moule de la loi, et s'apercevoir subitement qu'on a sous sa mamelle de bronze quelque chose d'absurde et de désobéissant qui ressemble presque à un cœur! en venir à rendre le bien pour le bien, quoiqu'on se soit dit jusqu'à ce jour que ce bien-là c'est le mal! être le chien de garde, et lécher! être la glace, et fondre! être la tenaille, et devenir une main! se sentir tout à coup des doigts qui s'ouvrent! lâcher prise, chose épouvantable!

L'homme projectile ne sachant plus sa route, et reculant!

Être obligé de s'avouer ceci: l'infaillibilité n'est pas infaillible, il peut y avoir de l'erreur dans le dogme, tout n'est pas dit quand un code a parlé, la société n'est pas parfaite, l'autorité est compliquée de vacillation, un craquement dans l'immuable est possible, les juges sont des hommes, la loi peut se tromper, les tribunaux peuvent se méprendre! voir une fêlure dans l'immense vitre bleue du firmament!

Ce qui se passait dans Javert, c'était le Fampoux d'une conscience rectiligne, la mise hors de voie d'une âme, l'écrasement d'une probité irrésistiblement lancée en ligne droite et se brisant à Dieu. Certes, cela était
étrange. Que le chauffeur de l'ordre, que le mécanicien de l'autorité, monté
sur l'aveugle cheval de fer à voie rigide, puisse être désarçonné par un coup
de lumière! que l'incommutable, le direct, le correct, le géométrique, le
passif, le parfait, puisse fléchir! qu'il y ait pour la locomotive un chemin
de Damas!

Dieu, toujours intérieur à l'homme, et réfractaire, lui la vraie conscience,
à la fausse, défense à l'étincelle de s'éteindre, ordre au rayon de se souvenir du soleil, injonction à l'âme de reconnaître le véritable absolu
quand il se confronte avec l'absolu fictif, l'humanité imperdable, le cœur
humain inamissible, ce phénomène splendide, le plus beau peut-être
de nos prodiges intérieurs, Javert le comprenait-il? Javert le péné-
trait-il? Javert s'en rendait-il compte? Évidemment non. Mais sous la
pression de cet incompréhensible incontestable, il sentait son crâne s'entr'ouvrir.

Il était moins le transfiguré que la victime de ce prodige. Il le subissait,
exaspéré. Il ne voyait dans tout cela qu'une immense difficulté d'être. Il
lui semblait que désormais sa respiration était gênée à jamais.

Avoir sur sa tête de l'inconnu, il n'était pas accoutumé à cela.

Jusqu'ici tout ce qu'il avait au-dessus de lui avait été pour son regard une
surface nette, simple, limpide; là rien d'ignoré, ni d'obscur; rien qui ne fût
défini, coordonné, enchaîné, précis, exact, circonscrit, limité, fermé; tout
prévu; l'autorité était une chose plane; aucune chute en elle, aucun vertige
devant elle. Javert n'avait jamais vu de l'inconnu qu'en bas. L'irrégu-
lier, l'inattendu, l'ouverture désordonnée du chaos, le glissement possible
dans un précipice, c'était là le fait des régions inférieures, des rebelles,
des mauvais, des misérables. Maintenant Javert se renversait en arrière,
et il était brusquement effaré par cette apparition inouïe : un gouffre en
haut..

Quoi donc! on était démantelé de fond en comble! on était déconcerté,
absolument! A quoi se fier? Ce dont on était convaincu s'effondrait!

Quoi! le défaut de la cuirasse de la société pouvait être trouvé par un
misérable magnanime! Quoi! un honnête serviteur de la loi pouvait se voir
tout à coup pris entre deux crimes, le crime de laisser échapper un homme,
et le crime de l'arrêter! Tout n'était pas certain dans la consigne donnée par
l'état au fonctionnaire! Il pouvait y avoir des impasses dans le devoir! Quoi
donc! tout cela était réel! était-il vrai qu'un ancien bandit, courbé sous les
condamnations, pût se redresser et finir par avoir raison? était-ce croyable?

IMPRIMERIE NATIONALE.

y avait-il donc des cas où la loi devait se retirer devant le crime transfiguré en balbutiant des excuses!

Oui, cela était! et Javert le voyait! et Javert le touchait! et non seulement il ne pouvait le nier, mais il y prenait part. C'étaient là des réalités. Il était abominable que les faits réels pussent arriver à une telle difformité.

Si les faits faisaient leur devoir, ils se borneraient à être les preuves de la loi; les faits, c'est Dieu qui les envoie. L'anarchie allait-elle donc maintenant descendre de là-haut ?

Ainsi, — et dans le grossissement de l'angoisse, et dans l'illusion d'optique de la consternation, tout ce qui eût pu restreindre et corriger son impression s'effaçait, et la société, et le genre humain, et l'univers, se résumaient désormais à ses yeux dans un linéament simple et hideux, — ainsi la pénalité, la chose jugée, la force due à la législation, les arrêts des cours souveraines, la magistrature, le gouvernement, la prévention et la répression, la sagesse officielle, l'infaillibilité légale, le principe d'autorité, tous les dogmes sur lesquels repose la sécurité politique et civile, la souveraineté, la justice, la logique découlant du code, l'absolu social, la vérité publique, tout cela, décombre, monceau, chaos; lui-même Javert, le guetteur de l'ordre, l'incorruptibilité au service de la police, la providence-dogue de la société, vaincu et terrassé; et sur toute cette ruine un homme debout, le bonnet vert sur la tête et l'auréole au front; voilà à quel bouleversement il en était venu; voilà la vision effroyable qu'il avait dans l'âme.

Que cela fût supportable. Non.

État violent, s'il en fut. Il n'y avait que deux manières d'en sortir. L'une d'aller résolûment à Jean Valjean, et de rendre au cachot l'homme du bagne. L'autre... —

Javert quitta le parapet, et, la tête haute cette fois, se dirigea d'un pas ferme vers le poste indiqué par une lanterne à l'un des coins de la place du Châtelet.

Arrivé là, il aperçut par la vitre un sergent de ville, et entra. Rien qu'à la façon dont ils poussent la porte d'un corps de garde, les hommes de police se reconnaissent entre eux. Javert se nomma, montra sa carte au sergent, et s'assit à la table du poste où brûlait une chandelle. Il y avait sur la table une plume, un encrier de plomb, et du papier en cas pour les procès-verbaux éventuels et les consignations des rondes de nuit.

Cette table, toujours complétée par sa chaise de paille, est une institution; elle existe dans tous les postes de police; elle est invariablement ornée d'une soucoupe en buis pleine de sciure de bois et d'une grimace en carton pleine de pains à cacheter rouges, et elle est l'étage inférieur du style officiel. C'est à elle que commence la littérature de l'état.

Javert prit la plume et une feuille de papier et se mit à écrire. Voici ce qu'il écrivit :

QUELQUES OBSERVATIONS POUR LE BIEN DU SERVICE.

« Premièrement : je prie monsieur le préfet de jeter les yeux.

« Deuxièmement : les détenus arrivant de l'instruction ôtent leurs sou-« liers et restent pieds nus sur la dalle pendant qu'on les fouille. Plusieurs « toussent en rentrant à la prison. Cela entraîne des dépenses d'infirmerie.

« Troisièmement : la filature est bonne, avec relais des agents de distance « en distance, mais il faudrait que, dans les occasions importantes, deux « agents au moins ne se perdissent pas de vue, attendu que, si, pour une « cause quelconque, un agent vient à faiblir dans le service, l'autre le sur-« veille et le supplée.

« Quatrièmement : on ne s'explique pas pourquoi le règlement spécial de « la prison des Madelonnettes interdit au prisonnier d'avoir une chaise, « même en la payant.

« Cinquièmement : aux Madelonnettes, il n'y a que deux barreaux à la « cantine, ce qui permet à la cantinière de laisser toucher sa main aux dé-« tenus.

« Sixièmement, les détenus, dits aboyeurs, qui appellent les autres « détenus au parloir, se font payer deux sous par le prisonnier pour crier son « nom distinctement. C'est un vol.

« Septièmement : pour un fil courant, on retient dix sous au prisonnier « dans l'atelier des tisserands; c'est un abus de l'entrepreneur, puisque la « toile n'est pas moins bonne.

« Huitièmement : il est fâcheux que les visitants de la Force aient à tra-« verser la cour des mômes pour se rendre au parloir de Sainte-Marie-l'Égyp-« tienne.

« Neuvièmement : il est certain qu'on entend tous les jours des gen-« darmes raconter dans la cour de la préfecture des interrogatoires de pré-« venus par les magistrats. Un gendarme, qui devrait être sacré, répéter « ce qu'il a entendu dans le cabinet de l'instruction, c'est là un désordre « grave.

« Dixièmement : Mme Henry est une honnête femme; sa cantine est fort « propre; mais il est mauvais qu'une femme tienne le guichet de la souri-« cière du secret. Cela n'est pas digne de la Conciergerie d'une grande civi-« lisation. »

Javert écrivit ces lignes de son écriture la plus calme et la plus correcte,

11

n'omettant pas une virgule, et faisant fermement crier le papier sous la plume. Au-dessous de la dernière ligne il signa :

« JAVERT.

« Inspecteur de 1ʳᵉ classe.

« Au poste de la place du Châtelet.

« 7 juin 1832, environ une heure du matin. »

Javert sécha l'encre fraîche sur le papier, le plia comme une lettre, le cacheta, écrivit au·dos : *Note pour l'adminiſtration,* le laissa sur la table, et sortit du poste. La porte vitrée et grillée retomba derrière lui.

Il traversa de nouveau diagonalement la place du Châtelet, regagna le quai, et revint avec une précision automatique au point même qu'il avait quitté un quart d'heure auparavant; il s'y accouda, et se retrouva dans la même attitude sur la même dalle du parapet. Il semblait qu'il n'eût pas bougé.

L'obscurité était complète. C'était le moment sépulcral qui suit minuit. Un plafond de nuages cachait les étoiles. Le ciel n'était qu'une épaisseur sinistre. Les maisons de la Cité n'avaient plus une seule lumière; personne ne passait; tout ce qu'on apercevait des rues et des quais était désert; Notre-Dame et les tours du Palais de justice semblaient des linéaments de la nuit. Un réverbère rougissait la margelle du quai. Les silhouettes des ponts se déformaient dans la brume les unes derrière les autres. Les pluies avaient grossi la rivière.

L'endroit où Javert s'était accoudé était, on s'en souvient, précisément situé au-dessus du rapide de la Seine, à pic sur cette redoutable spirale de tourbillons qui se dénoue et se renoue comme une vis sans fin.

Javert pencha la tête et regarda. Tout était noir. On ne distinguait rien. On entendait un bruit d'écume; mais on ne voyait pas la rivière. Par instants, dans cette profondeur vertigineuse, une·lueur apparaissait et serpentait vaguement, l'eau ayant cette puissance, dans la nuit la plus complète, de prendre la lumière on ne sait où et de la changer en couleuvre. La lueur s'évanouissait, et tout redevenait indistinct. L'immensité semblait ouverte là. Ce qu'on avait au-dessous de soi, ce n'était pas de l'eau, c'était du gouffre. Le mur du quai, abrupt, confus, mêlé à la vapeur, tout de suite dérobé, faisait l'effet d'un escarpement de l'infini.

On ne voyait rien, mais on sentait la froideur hostile de l'eau et l'odeur fade des pierres mouillées. Un souffle farouche montait de cet abîme. Le grossissement du fleuve plutôt deviné qu'aperçu, le tragique chuchotement du flot, l'énormité lugubre des arches du pont, la chute imaginable dans ce vide sombre, toute cette ombre était pleine d'horreur.

Javert demeura quelques minutes immobile, regardant cette ouverture de ténèbres; il considérait l'invisible avec une fixité qui ressemblait à de l'attention. L'eau bruissait. Tout à coup, il ôta son chapeau et le posa sur le rebord du quai. Un moment après, une figure haute et noire, que de loin quelque passant attardé eût pu prendre pour un fantôme, apparut debout sur le parapet, se courba vers la Seine, puis se redressa, et tomba droite dans les ténèbres; il y eut un clapotement sourd; et l'ombre seule fut dans le secret des convulsions de cette forme obscure disparue sous l'eau.

LIVRE CINQUIÈME.
LE PETIT-FILS ET LE GRAND-PÈRE.

I

OÙ L'ON REVOIT L'ARBRE A L'EMPLÂTRE DE ZINC.

Quelque temps après les évènements que nous venons de raconter, le sieur Boulatruelle eut une émotion vive.

Le sieur Boulatruelle est ce cantonnier de Montfermeil qu'on a déjà entrevu dans les parties ténébreuses de ce livre.

Boulatruelle, on s'en souvient peut-être, était un homme occupé de choses troubles et diverses. Il cassait des pierres et endommageait des voyageurs sur la grande route. Terrassier et voleur, il avait un rêve; il croyait aux trésors enfouis dans la forêt de Montfermeil. Il espérait quelque jour trouver de l'argent dans la terre au pied d'un arbre; en attendant, il en cherchait volontiers dans les poches des passants.

Néanmoins, pour l'instant, il était prudent. Il venait de l'échapper belle. Il avait été, on le sait, ramassé dans le galetas Jondrette avec les autres bandits. Utilité d'un vice : son ivrognerie l'avait sauvé. On n'avait jamais pu éclaircir s'il était là comme voleur ou comme volé. Une ordonnance de non-lieu, fondée sur son état d'ivresse bien constaté dans la soirée du guet-apens, l'avait mis en liberté. Il avait repris la clef des bois. Il était revenu à son chemin de Gagny à Lagny faire, sous la surveillance administrative, de l'empierrement pour le compte de l'état, la mine basse, fort pensif, un peu refroidi pour le vol, qui avait failli le perdre, mais ne se tournant qu'avec plus d'attendrissement vers le vin, qui venait de le sauver.

Quant à l'émotion vive qu'il eut peu de temps après sa rentrée sous le toit de gazon de sa hutte de cantonnier, la voici :

Un matin, Boulatruelle, en se rendant comme d'habitude à son travail, et à son affût peut-être, un peu avant le point du jour, aperçut parmi les branches un homme dont il ne vit que le dos, mais dont l'encolure, à ce qui lui sembla, à travers la distance et le crépuscule, ne lui était pas tout à fait inconnue. Boulatruelle, quoique ivrogne, avait une mémoire correcte et lucide, arme défensive indispensable à quiconque est un peu en lutte avec l'ordre légal.

— Où diable ai-je vu quelque chose comme cet homme-là ? se demanda-t-il.

Mais il ne put rien se répondre, sinon que cela ressemblait à quelqu'un dont il avait confusément la trace dans l'esprit.

Boulatruelle, du reste, en dehors de l'identité qu'il ne réussissait point à ressaisir, fit des rapprochements et des calculs. Cet homme n'était pas du pays. Il y arrivait. A pied, évidemment. Aucune voiture publique ne passe à ces heures-là à Montfermeil. Il avait marché toute la nuit. D'où venait-il ? De pas loin. Car il n'avait ni havre-sac, ni paquet. De Paris sans doute. Pourquoi était-il dans ce bois ? pourquoi y était-il à pareille heure ? qu'y venait-il faire ?

Boulatruelle songea au trésor. A force de creuser dans sa mémoire, il se rappela vaguement avoir eu déjà, plusieurs années auparavant, une semblable alerte au sujet d'un homme qui lui faisait bien l'effet de pouvoir être cet homme-là.

Tout en méditant, il avait, sous le poids même de sa méditation, baissé la tête, chose naturelle, mais peu habile. Quand il la releva, il n'y avait plus rien. L'homme s'était effacé dans la forêt et dans le crépuscule.

— Par le diantre, dit Boulatruelle, je le retrouverai. Je découvrirai la paroisse de ce paroissien-là. Ce promeneur de patron-minette a un pourquoi, je le saurai. On n'a pas de secret dans mon bois sans que je m'en mêle.

Il prit sa pioche qui était fort aiguë.

— Voilà, grommela-t-il, de quoi fouiller la terre et un homme.

Et, comme on rattache un fil à un autre fil, emboîtant le pas de son mieux dans l'itinéraire que l'homme avait dû suivre, il se mit en marche à travers le taillis.

Quand il eut fait une centaine d'enjambées, le jour, qui commençait à se lever, l'aida. Des semelles empreintes sur le sable çà et là, des herbes foulées, des bruyères écrasées, de jeunes branches pliées dans les broussailles et se redressant avec une gracieuse lenteur comme les bras d'une jolie femme qui s'étire en se réveillant, lui indiquèrent une sorte de piste. Il la suivit, puis il la perdit. Le temps s'écoulait. Il entra plus avant dans le bois et parvint sur une espèce d'éminence. Un chasseur matinal qui passait au loin sur un sentier en sifflant l'air de Guillery lui donna l'idée de grimper dans un arbre. Quoique vieux, il était agile. Il y avait là un hêtre de grande taille, digne de Tityre et de Boulatruelle. Boulatruelle monta sur le hêtre, le plus haut qu'il put.

L'idée était bonne. En explorant la solitude du côté où le bois est tout à fait enchevêtré et farouche, Boulatruelle aperçut tout à coup l'homme.

A peine l'eut-il aperçu qu'il le perdit de vue.

L'homme entra, ou plutôt se glissa, dans une clairière assez éloignée, masquée par de grands arbres, mais que Boulatruelle connaissait très bien, pour y avoir remarqué, près d'un gros tas de pierres meulières, un châtaignier malade pansé avec une plaque de zinc clouée à même sur l'écorce. Cette clairière est celle qu'on appelait autrefois le fonds Blaru. Le tas de pierres, destiné à on ne sait quel emploi, qu'on y voyait il y a trente ans, y est sans doute encore. Rien n'égale la longévité d'un tas de pierres, si ce n'est celle d'une palissade en planches. C'est là provisoirement. Quelle raison pour durer !

Boulatruelle, avec la rapidité de la joie, se laissa tomber de l'arbre plutôt qu'il n'en descendit. Le gîte était trouvé, il s'agissait de saisir la bête. Ce fameux trésor rêvé était probablement là.

Ce n'était pas une petite affaire d'arriver à cette clairière. Par les sentiers battus, qui font mille zigzags taquinants, il fallait un bon quart d'heure. En ligne droite ; par le fourré, qui est là singulièrement épais, très épineux et très agressif, il fallait une grande demi-heure. C'est ce que Boulatruelle eut le tort de ne point comprendre. Il crut à la ligne droite ; illusion d'optique respectable, mais qui perd beaucoup d'hommes. Le fourré, si hérissé qu'il fût, lui parut le bon chemin.

— Prenons par la rue de Rivoli des loups, dit-il.

Boulatruelle, accoutumé à aller de travers, fit cette fois la faute d'aller droit.

Il se jeta résolûment dans la mêlée des broussailles.

Il eut affaire à des houx, à des orties, à des aubépines, à des églantiers, à des chardons, à des ronces fort irascibles. Il fut très égratigné.

Au bas du ravin, il trouva de l'eau qu'il fallut traverser.

Il arriva enfin à la clairière Blaru, au bout de quarante minutes, suant, mouillé, essoufflé, griffé, féroce.

Personne dans la clairière.

Boulatruelle courut au tas de pierres. Il était à sa place. On ne l'avait pas emporté.

Quant à l'homme, il s'était évanoui dans la forêt. Il s'était évadé. Où ? de quel côté ? dans quel fourré ? Impossible de le deviner.

Et, chose poignante, il y avait derrière le tas de pierres, devant l'arbre à la plaque de zinc, de la terre toute fraîche remuée, une pioche oubliée ou abandonnée, et un trou.

Ce trou était vide.

— Voleur ! cria Boulatruelle en montrant les deux poings à l'horizon.

II

MARIUS, EN SORTANT DE LA GUERRE CIVILE, S'APPRÊTE A LA GUERRE DOMESTIQUE.

Marius fut longtemps ni mort ni vivant. Il eut durant plusieurs semaines une fièvre accompagnée de délire, et d'assez graves symptômes cérébraux causés plutôt encore par les commotions des blessures à la tête que par les blessures elles-mêmes.

Il répéta le nom de Cosette pendant des nuits entières dans la loquacité lugubre de la fièvre et avec la sombre opiniâtreté de l'agonie. La largeur de certaines lésions fut un sérieux danger, la suppuration des plaies larges pouvant toujours se résorber, et par conséquent tuer le malade, sous de certaines influences atmosphériques; à chaque changement de temps, au moindre orage, le médecin était inquiet. — Surtout que le blessé n'ait aucune émotion, répétait-il. Les pansements étaient compliqués et difficiles, la fixation des appareils et des linges par le sparadrap n'ayant pas encore été imaginée à cette époque. Nicolette dépensa en charpie un drap de lit « grand comme un plafond », disait-elle. Ce ne fut pas sans peine que les lotions chlorurées et le nitrate d'argent vinrent à bout de la gangrène. Tant qu'il y eut péril, M. Gillenormand, éperdu au chevet de son petit-fils, fut comme Marius; ni mort ni vivant.

Tous les jours, et quelquefois deux fois par jour, un monsieur en cheveux blancs, fort bien mis, tel était le signalement donné par le portier, venait savoir des nouvelles du blessé, et déposait pour les pansements un gros paquet de charpie.

Enfin, le 7 septembre, quatre mois, jour pour jour, après la douloureuse nuit où on l'avait rapporté mourant chez son grand-père, le médecin déclara qu'il répondait de lui. La convalescence s'ébaucha. Marius dut pourtant rester encore plus de deux mois étendu sur une chaise longue, à cause des accidents produits par la fracture de la clavicule. Il y a toujours comme cela une dernière plaie qui ne veut pas se fermer et qui éternise les pansements, au grand ennui du malade.

Du reste, cette longue maladie et cette longue convalescence le sauvèrent des poursuites. En France, il n'y a pas de colère, même publique, que six mois n'éteignent. Les émeutes, dans l'état où est la société, sont tellement la faute de tout le monde qu'elles sont suivies d'un certain besoin de fermer les yeux.

Ajoutons que l'inqualifiable ordonnance Gisquet, qui enjoignait aux médecins de dénoncer les blessés, ayant indigné l'opinion, et non seulement l'opinion, mais le roi tout le premier, les blessés furent couverts et protégés par cette indignation; et, à l'exception de ceux qui avaient été faits prisonniers dans le combat flagrant, les conseils de guerre n'osèrent en inquiéter aucun. On laissa donc Marius tranquille.

M. Gillenormand traversa toutes les angoisses d'abord, et ensuite toutes les extases. On eut beaucoup de peine à l'empêcher de passer toutes les nuits près du blessé; il fit apporter son grand fauteuil à côté du lit de Marius; il exigea que sa fille prît le plus beau linge de la maison pour en faire des compresses et des bandes. Mademoiselle Gillenormand, en personne sage et aînée, trouva moyen d'épargner le beau linge, tout en laissant croire à l'aïeul qu'il était obéi. M. Gillenormand ne permit pas qu'on lui expliquât que pour faire de la charpie la batiste ne vaut pas la grosse toile, ni la toile neuve la toile usée. Il assistait à tous les pansements dont mademoiselle Gillenormand s'absentait pudiquement. Quand on coupait les chairs mortes avec des ciseaux, il disait : aïe! aïe! Rien n'était touchant comme de le voir tendre au blessé une tasse de tisane avec son doux tremblement sénile. Il accablait le médecin de questions. Il ne s'apercevait pas qu'il recommençait toujours les mêmes.

Le jour où le médecin lui annonça que Marius était hors de danger, le bonhomme fut en délire. Il donna trois louis de gratification à son portier. Le soir, en rentrant dans sa chambre, il dansa une gavotte, en faisant des castagnettes avec son pouce et son index, et il chanta une chanson que voici :

> Jeanne est née à Fougère,
> Vrai nid d'une bergère;
> J'adore son jupon
> Fripon.

> Amour, tu vis en elle;
> Car c'est dans sa prunelle
> Que tu mets ton carquois,
> Narquois!

> Moi, je la chante, et j'aime
> Plus que Diane même,
> Jeanne et ses durs tetons
> Bretons.

Puis il se mit à genoux sur une chaise, et Basque, qui l'observait par la porte entr'ouverte, crut être sûr qu'il priait.

Jusque-là, il n'avait guère cru en Dieu.

A chaque nouvelle phase du mieux, qui allait se dessinant de plus en plus, l'aïeul extravaguait. Il faisait un tas d'actions machinales pleines d'allégresse, il montait et descendait les escaliers sans savoir pourquoi. Une voisine, jolie du reste, fut toute stupéfaite de recevoir un matin un gros bouquet; c'était M. Gillenormand qui le lui envoyait. Le mari fit une scène de jalousie. M. Gillenormand essayait de prendre Nicolette sur ses genoux. Il appelait Marius monsieur le baron. Il criait : Vive la république!

A chaque instant, il demandait au médecin : N'est-ce pas qu'il n'y a plus de danger? Il regardait Marius avec des yeux de grand'mère. Il le couvait quand il mangeait. Il ne se connaissait plus, il ne se comptait plus, Marius était le maître de la maison, il y avait de l'abdication dans sa joie, il était le petit-fils de son petit-fils.

Dans cette allégresse où il était, c'était le plus vénérable des enfants. De peur de fatiguer ou d'importuner le convalescent, il se mettait derrière lui pour lui sourire. Il était content, joyeux, ravi, charmant, jeune. Ses cheveux blancs ajoutaient une majesté douce à la lumière gaie qu'il avait sur le visage. Quand la grâce se mêle aux rides, elle est adorable. Il y a on ne sait quelle aurore dans de la vieillesse épanouie.

Quant à Marius, tout en se laissant panser et soigner, il avait une idée fixe : Cosette.

Depuis que la fièvre et le délire l'avaient quitté, il ne prononçait plus ce nom, et l'on aurait pu croire qu'il n'y songeait plus. Il se taisait, précisément parce que son âme était là.

Il ne savait ce que Cosette était devenue, toute l'affaire de la rue de la Chanvrerie était comme un nuage dans son souvenir; des ombres presque indistinctes flottaient dans son esprit, Éponine, Gavroche, Mabeuf, les Thénardier, tous ses amis lugubrement mêlés à la fumée de la barricade; l'étrange passage de M. Fauchelevent dans cette aventure sanglante lui faisait l'effet d'une énigme dans une tempête; il ne comprenait rien à sa propre vie, il ne savait comment ni par qui il avait été sauvé, et personne ne le savait autour de lui; tout ce qu'on avait pu lui dire, c'est qu'il avait été rapporté la nuit dans un fiacre rue des Filles-du-Calvaire; passé, présent, avenir, tout n'était plus en lui que le brouillard d'une idée vague, mais il y avait dans cette brume un point immobile, un linéament net et précis, quelque chose qui était en granit, une résolution, une volonté : retrouver Cosette. Pour lui, l'idée de la vie n'était pas distincte de l'idée de Cosette; il avait décrété dans son cœur qu'il n'accepterait pas l'une sans l'autre, et il était inébranlablement décidé à exiger de n'importe qui voudrait le forcer à vivre, de son grand-père, du sort, de l'enfer, la restitution de son éden disparu.

Les obstacles, il ne se les dissimulait pas.

Soulignons ici un détail : il n'était point gagné et était peu attendri par toutes les sollicitudes et toutes les tendresses de son grand-père. D'abord il n'était pas dans le secret de toutes; ensuite, dans ses rêveries de malade, encore fiévreuses peut-être, il se défiait de ces douceurs-là comme d'une chose étrange et nouvelle ayant pour but de le dompter. Il y restait froid. Le grand-père dépensait en pure perte son pauvre vieux sourire. Marius se disait que c'était bon tant que lui Marius ne parlait pas et se laissait faire; mais que, lorsqu'il s'agirait de Cosette, il trouverait un autre visage, et que la véritable attitude de l'aïeul se démasquerait. Alors ce serait rude; recrudescence des questions de famille, confrontation des positions, tous les sarcasmes et toutes les objections à la fois, Fauchelevent, Coupelevent, la fortune, la pauvreté, la misère, la pierre au cou, l'avenir. Résistance violente; conclusion, refus. Marius se roidissait d'avance.

Et puis, à mesure qu'il reprenait vie, ses anciens griefs reparaissaient, les vieux ulcères de sa mémoire se rouvraient, il resongeait au passé, le colonel Pontmercy se replaçait entre M. Gillenormand et lui Marius, il se disait qu'il n'avait aucune vraie bonté à espérer de qui avait été si injuste et si dur pour son père. Et avec la santé, il lui revenait une sorte d'âpreté contre son aïeul. Le vieillard en souffrait doucement.

M. Gillenormand, sans en rien témoigner d'ailleurs, remarquait que Marius, depuis qu'il avait été rapporté chez lui et qu'il avait repris connaissance, ne lui avait pas dit une seule fois mon père. Il ne disait point monsieur, cela est vrai; mais il trouvait moyen de ne dire ni l'un ni l'autre, par une certaine manière de tourner ses phrases.

Une crise approchait évidemment.

Comme il arrive presque toujours en pareil cas, Marius, pour s'essayer, escarmoucha avant de livrer bataille. Cela s'appelle tâter le terrain. Un matin il advint que M. Gillenormand, à propos d'un journal qui lui était tombé sous la main, parla légèrement de la Convention et lâcha un épiphonème royaliste sur Danton, Saint-Just et Robespierre. — Les hommes de 93 étaient des géants, dit Marius avec sévérité. Le vieillard se tut et ne souffla point du reste de la journée.

Marius, qui avait toujours présent à l'esprit l'inflexible grand-père de ses premières années, vit dans ce silence une profonde concentration de colère, en augura une lutte acharnée, et augmenta dans les arrière-recoins de sa pensée ses préparatifs de combat.

Il arrêta qu'en cas de refus il arracherait ses appareils, disloquerait sa clavicule, mettrait à nu et à vif ce qu'il lui restait de plaies, et repousserait toute nourriture. Ses plaies, c'étaient ses munitions. Avoir Cosette ou mourir.

Il attendit le moment favorable avec la patience sournoise des malades. Ce moment arriva.

III

MARIUS ATTAQUE.

Un jour, M. Gillenormand, tandis que sa fille mettait en ordre les fioles et les tasses sur le marbre de la commode, était penché sur Marius, et lui disait de son accent le plus tendre :

— Vois-tu, mon petit Marius, à ta place je mangerais maintenant plutôt de la viande que du poisson. Une sole frite, cela est excellent pour commencer une convalescence, mais, pour mettre le malade debout, il faut une bonne côtelette.

Marius, dont presque toutes les forces étaient revenues, les rassembla, se dressa sur son séant, appuya ses deux poings crispés sur les draps de son lit, regarda son grand-père en face, prit un air terrible, et dit :

— Ceci m'amène à vous dire une chose.

— Laquelle ?

— C'est que je veux me marier.

— Prévu, dit le grand-père. Et il éclata de rire.

— Comment, prévu ?

— Oui, prévu. Tu l'auras, ta fillette.

Marius, stupéfait et accablé par l'éblouissement, trembla de tous ses membres.

M. Gillenormand continua :

— Oui, tu l'auras, ta belle jolie petite fille. Elle vient tous les jours sous la forme d'un vieux monsieur savoir de tes nouvelles. Depuis que tu es blessé, elle passe son temps à pleurer et à faire de la charpie. Je me suis informé. Elle demeure rue de l'Homme-Armé, numéro sept. Ah, nous y voilà ! Ah ! tu la veux. Eh bien, tu l'auras. Ça t'attrape. Tu avais fait ton petit complot, tu t'étais dit : — Je vais lui signifier cela carrément à ce grand-père, à cette momie de la régence et du directoire, à cet ancien beau, à ce Dorante devenu Géronte; il a eu ses légèretés aussi, lui, et ses amourettes, et ses grisettes, et ses Cosettes; il a fait son frou-frou, il a eu ses ailes, il a mangé du pain du printemps; il faudra bien qu'il s'en souvienne. Nous allons voir. Bataille. Ah ! tu prends le hanneton par les cornes. C'est bon. Je t'offre une côtelette, et tu me réponds : A propos, je veux me marier. C'est ça qui est une transition ! Ah ! tu avais compté sur de la bisbille ! Tu ne savais pas que j'étais un vieux lâche. Qu'est-ce que tu dis de ça ? Tu bisques. Trouver ton grand-père encore plus bête que toi, tu ne t'y attendais pas, tu perds le discours que tu devais me faire, monsieur l'avocat, c'est taquinant. Eh bien, tant pis, rage. Je fais ce que tu veux, ça te la coupe, imbécile! Écoute. J'ai pris des renseignements, moi aussi je suis sournois; elle est charmante, elle est sage, le lancier n'est pas vrai, elle a fait des tas de charpie, c'est un bijou, elle t'adore. Si tu étais mort, nous aurions été trois; sa bière aurait accompagné la mienne. J'avais bien eu l'idée, dès que tu as été mieux, de te la camper tout bonnement à ton chevet, mais il n'y a que dans les romans qu'on introduit tout de go les jeunes filles près du lit des jolis blessés qui les intéressent. Ça ne se fait pas. Qu'aurait dit ta tante? Tu étais tout nu les trois quarts du temps, mon bonhomme. Demande à Nicolette, qui ne t'a pas quitté une minute, s'il y avait moyen qu'une femme fût là. Et puis qu'aurait dit le médecin? Ça ne guérit pas la fièvre, une jolie fille. Enfin, c'est bon, n'en parlons plus, c'est dit, c'est fait, c'est bâclé, prends-la. Telle est ma férocité. Vois-tu, j'ai vu que tu ne m'aimais pas, j'ai dit : Qu'est-ce que je pourrais donc faire pour que cet animal-là m'aime? J'ai dit : Tiens, j'ai ma petite Cosette sous la main, je vais la lui donner, il faudra bien qu'il m'aime alors un peu, ou qu'il dise pourquoi. Ah! tu croyais que le vieux allait tempêter, faire la grosse voix, crier non, et lever la canne sur toute cette aurore. Pas du tout. Cosette, soit; amour, soit. Je ne demande pas mieux. Monsieur, prenez la peine de vous marier. Sois heureux, mon enfant bien-aimé.

Cela dit, le vieillard éclata en sanglots.

Et il prit la tête de Marius, et il la serra dans ses deux bras contre sa vieille poitrine, et tous deux se mirent à pleurer. C'est là une des formes du bonheur suprême.

— Mon père! s'écria Marius.

— Ah! tu m'aimes donc! dit le vieillard.

Il y eut un moment ineffable. Ils étouffaient et ne pouvaient parler.

Enfin le vieillard bégaya :

— Allons! le voilà débouché. Il m'a dit : Mon père.

Marius dégagea sa tête des bras de l'aïeul, et dit doucement:

— Mais, mon père, à présent que je me porte bien, il me semble que je pourrais la voir.

— Prévu encore, tu la verras demain.

— Mon père !

— Quoi?

— Pourquoi pas aujourd'hui?

— Eh bien, aujourd'hui. Va pour aujourd'hui. Tu m'as dit trois fois «mon père», ça vaut bien ça. Je vais m'en occuper. On te l'amènera. Prévu, te dis-je. Ceci a déjà été mis en vers. C'est le dénouement de l'élégie du *Jeune malade* d'André Chénier, d'André Chénier qui a été égorgé par les scélér... — par les géants de 93.

M. Gillenormand crut apercevoir un léger froncement du sourcil de Marius, qui, en vérité, nous devons le dire, ne l'écoutait plus, envolé qu'il était dans l'extase, et pensant beaucoup plus à Cosette qu'à 1793. Le grand-père, tremblant d'avoir introduit si mal à propos André Chénier, reprit précipitamment :

— Égorgé n'est pas le mot. Le fait est que les grands génies révolutionnaires, qui n'étaient pas méchants, cela est incontestable, qui étaient des héros, pardi! trouvaient qu'André Chénier les gênait un peu, et qu'ils l'ont fait guillot... — c'est-à-dire que ces grands hommes, le sept thermidor, dans l'intérêt du salut public, ont prié André Chénier de vouloir bien aller... —

M. Gillenormand, pris à la gorge par sa propre phrase, ne put continuer; ne pouvant ni la terminer, ni la rétracter, pendant que sa fille arrangeait derrière Marius l'oreiller, bouleversé de tant d'émotions, le vieillard se jeta, avec autant de vitesse que son âge le lui permit, hors de la chambre à coucher, en repoussa la porte derrière lui, et, pourpre, étranglant, écumant, les yeux hors de la tête, se trouva nez à nez avec l'honnête Basque qui cirait les bottes dans l'antichambre. Il saisit Basque au collet et lui cria en plein visage avec fureur : — Par les cent mille Javottes du diable, ces brigands l'ont assassiné!

— Qui, monsieur?

— André Chénier!

— Oui, monsieur, dit Basque épouvanté.

IMPRIMERIE NATIONALE.

IV

MADEMOISELLE GILLENORMAND
FINIT PAR NE PLUS TROUVER MAUVAIS QUE M. FAUCHELEVENT ·
SOIT ENTRÉ AVEC QUELQUE CHOSE SOUS LE BRAS.

Cosette et Marius se revirent.

Ce que fut l'entrevue, nous renonçons à le dire. Il y a des choses qu'il ne faut pas essayer de peindre; le soleil est du nombre.

Toute la famille, y compris Basque et Nicolette, était réunie dans la chambre de Marius au moment où Cosette entra.

Elle apparut sur le seuil; il semblait qu'elle était dans un nimbe.

Précisément à cet instant-là, le grand-père allait se moucher; il resta court, tenant son nez dans son mouchoir et regardant Cosette par-dessus :

— Adorable ! s'écria-t-il.

Puis il se moucha bruyamment.

Cosette était enivrée, ravie, effrayée, au ciel. Elle était aussi effarouchée qu'on peut l'être par le bonheur. Elle balbutiait, toute pâle, toute rouge, voulant se jeter dans les bras de Marius, et n'osant pas. Honteuse d'aimer devant tout ce monde. On est sans pitié pour les amants heureux; on reste là quand ils auraient le plus envie d'être seuls. Ils n'ont pourtant pas du tout besoin des gens.

Avec Cosette et derrière elle, était entré un homme en cheveux blancs, grave, souriant néanmoins, mais d'un vague et poignant sourire. C'était «monsieur Fauchelevent»; c'était Jean Valjean.

Il était *très bien mis,* comme avait dit le portier, entièrement vêtu de noir et de neuf et en cravate blanche.

Le portier était à mille lieues de reconnaître dans ce bourgeois correct, dans ce notaire probable, l'effrayant porteur de cadavres qui avait surgi à sa porte dans la nuit du 7 juin, déguenillé, fangeux, hideux, hagard, la face masquée de sang et de boue, soutenant sous les bras Marius évanoui; cependant son flair de portier était éveillé. Quand M. Fauchelevent était arrivé avec Cosette, le portier n'avait pu s'empêcher de confier à sa femme cet aparté : Je ne sais pourquoi je me figure toujours que j'ai déjà vu ce visage-là.

M. Fauchelevent, dans la chambre de Marius, restait comme à l'écart près de la porte. Il avait sous le bras un paquet assez semblable à un volume

in-octavo, enveloppé dans du papier. Le papier de l'enveloppe était ver-
dâtre et semblait moisi.

— Est-ce que ce monsieur a toujours comme cela des livres sous le bras ?
demanda à voix basse à Nicolette mademoiselle Gillenormand qui n'aimait
point les livres.

— Eh bien, répondit du même ton M. Gillenormand qui l'avait entendue, c'est un savant. Après ? Est-ce sa faute ? Monsieur Boulard, que j'ai
connu, ne marchait jamais sans un livre, lui non plus, et avait toujours
comme cela un bouquin contre son cœur.

Et, saluant, il dit à haute voix :

— Monsieur Tranchelevent...

Le père Gillenormand ne le fit pas exprès, mais l'inattention aux noms
propres était chez lui une manière aristocratique.

— Monsieur Tranchelevent, j'ai l'honneur de vous demander pour mon
petit-fils, monsieur le baron Marius Pontmercy, la main de mademoiselle.

«Monsieur Tranchelevent» s'inclina.

— C'est dit, fit l'aïeul.

Et, se tournant vers Marius et Cosette, les deux bras étendus et bénissant,
il cria :

— Permission de vous adorer.

Ils ne se le firent pas dire deux fois. Tant pis ! le gazouillement commença. Ils se parlaient bas, Marius accoudé sur sa chaise longue, Cosette
debout près de lui. — O mon Dieu ! murmurait Cosette, je vous revois.
C'est toi ! c'est vous ! Être allé se battre comme cela ! Mais pourquoi ? C'est
horrible. Pendant quatre mois, j'ai été morte. Oh ! que c'est méchant d'avoir
été à cette bataille ! Qu'est-ce que je vous avais fait ? Je vous pardonne, mais
vous ne le ferez plus. Tout à l'heure, quand on est venu nous dire de venir,
j'ai encore cru que j'allais mourir, mais c'était de joie. J'étais si triste ! Je
n'ai pas pris le temps de m'habiller, je dois faire peur. Qu'est-ce que vos
parents diront de me voir une collerette toute chiffonnée ? Mais parlez donc !
Vous me laissez parler toute seule. Nous sommes toujours rue de l'Homme-
Armé. Il paraît que votre épaule, c'était terrible. On m'a dit qu'on pouvait
mettre le poing dedans. Et puis il paraît qu'on a coupé les chairs avec des
ciseaux. C'est ça qui est affreux. J'ai pleuré, je n'ai plus d'yeux. C'est drôle
qu'on puisse souffrir comme cela. Votre grand-père a l'air très bon ! Ne vous
dérangez pas, ne vous mettez pas sur le coude, prenez garde, vous allez vous
faire du mal. Oh ! comme je suis heureuse ! C'est donc fini, le malheur ! Je
suis toute sotte. Je voulais vous dire des choses que je ne sais plus du tout.
M'aimez-vous toujours ? Nous demeurons rue de l'Homme-Armé. Il n'y a
pas de jardin. J'ai fait de la charpie tout le temps ; tenez, monsieur, re-

gardez, c'est votre faute, j'ai un durillon aux doigts. — Ange! disait Marius.

Ange est le seul mot de la langue qui ne puisse s'user. Aucun autre mot ne résisterait à l'emploi impitoyable qu'en font les amoureux.

Puis, comme il y avait des assistants, ils s'interrompirent et ne dirent plus un mot, se bornant à se toucher tout doucement la main.

M. Gillenormand se tourna vers tous ceux qui étaient dans la chambre et cria :

— Parlez donc haut, vous autres. Faites du bruit, la cantonnade. Allons, un peu de brouhaha, que diable! que ces enfants puissent jaser à leur aise.

Et, s'approchant de Marius et de Cosette, il leur dit tout bas :

— Tutoyez-vous. Ne vous gênez pas.

La tante Gillenormand assistait avec stupeur à cette irruption de lumière dans son intérieur vieillot. Cette stupeur n'avait rien d'agressif; ce n'était pas le moins du monde le regard scandalisé et envieux d'une chouette à deux ramiers; c'était l'œil bête d'une pauvre innocente de cinquante-sept ans; c'était la vie manquée regardant ce triomphe, l'amour.

— Mademoiselle Gillenormand aînée, lui disait son père, je t'avais bien dit que cela t'arriverait.

Il resta un moment silencieux et ajouta :

— Regarde le bonheur des autres.

Puis il se tourna vers Cosette :

— Qu'elle est jolie! qu'elle est jolie! C'est un Greuze. Tu vas donc avoir cela pour toi tout seul, polisson! Ah! mon coquin, tu l'échappes belle avec moi, tu es heureux, si je n'avais pas quinze ans de trop, nous nous battrions à l'épée à qui l'aurait. Tiens! je suis amoureux de vous, mademoiselle. C'est tout simple. C'est votre droit. Ah! la belle jolie charmante petite noce que cela va faire! C'est Saint-Denis du Saint-Sacrement qui est notre paroisse, mais j'aurai une dispense pour que vous vous épousiez à Saint-Paul. L'église est mieux. Ç'est bâti par les jésuites. C'est plus coquet. C'est vis-à-vis la fontaine du cardinal de Birague. Le chef-d'œuvre de l'architecture jésuite est à Namur. Ça s'appelle Saint-Loup. Il faudra y aller quand vous serez mariés. Cela vaut le voyage. Mademoiselle, je suis tout à fait de votre parti, je veux que les filles se marient, c'est fait pour ça. Il y a une certaine sainte-Catherine que je voudrais voir toujours décoiffée. Rester fille, c'est beau, mais c'est froid. La Bible dit : Multipliez. Pour sauver le peuple, il faut Jeanne d'Arc; mais, pour faire le peuple, il faut la mère Gigogne. Donc, mariez-vous, les belles. Je ne vois vraiment pas à quoi bon rester fille? Je sais bien qu'on a une chapelle à part dans l'église et qu'on se rabat sur la confrérie de la Vierge; mais, sapristi, un joli mari, brave garçon, et, au bout d'un an, un gros mioche blond qui vous tette gaillardement, et qui a de bons plis de graisse aux cuisses, et qui vous tripote le sein à poignées dans ses petites pattes roses en riant comme l'aurore, cela vaut pourtant mieux que de tenir un cierge à vêpres et de chanter *Turris eburnea!*

Le grand-père fit une pirouette sur ses talons de quatrevingt-dix ans, et se remit à parler, comme un ressort qui repart :

> — Ainsi, bornant le cours de tes rêvasseries,
> Alcippe, il est donc vrai, dans peu tu te maries.

A propos !

— Quoi, mon père ?

— N'avais-tu pas un ami intime ?

— Oui, Courfeyrac.

— Qu'est-il devenu ?

— Il est mort.

— Ceci est bon.

Il s'assit près d'eux, fit asseoir Cosette, et prit leurs quatre mains dans ses vieilles mains ridées.

— Elle est exquise, cette mignonne. C'est un chef-d'œuvre, cette Cosette-là ! Elle est très petite fille et très grande dame. Elle ne sera que baronne, c'est déroger; elle est née marquise. Vous a-t-elle des cils ! Mes enfants, fichez-vous bien dans la caboche que vous êtes dans le vrai. Aimez-vous. Soyez-en bêtes. L'amour, c'est la bêtise des hommes et l'esprit de Dieu. Adorez-vous. Seulement, ajouta-t-il rembruni tout à coup, quel malheur ! Voilà que j'y pense ! Plus de la moitié de ce que j'ai est en viager; tant que je vivrai, cela ira encore, mais après ma mort, dans une vingtaine d'années d'ici, ah ! mes pauvres enfants, vous n'aurez pas le sou ! Vos belles mains blanches, madame la baronne, feront au diable l'honneur de le tirer par la queue.

Ici on entendit une voix grave et tranquille qui disait :

— Mademoiselle Euphrasie Fauchelevent a six cent mille francs.

C'était la voix de Jean Valjean.

Il n'avait pas encore prononcé une parole, personne ne semblait même plus savoir qu'il était là, et il se tenait debout et immobile derrière tous ces gens heureux.

— Qu'est-ce que c'est que mademoiselle Euphrasie en question ? demanda le grand-père effaré.

— C'est moi, reprit Cosette.

— Six cent mille francs ! repondit M. Gillenormand.

— Moins quatorze ou quinze mille francs peut-être, dit Jean Valjean.

Et il posa sur la table le paquet que la tante Gillenormand avait pris pour un livre.

Jean Valjean ouvrit lui-même le paquet; c'était une liasse de billets de banque. On les feuilleta et on les compta. Il y avait cinq cents billets de mille francs et cent soixante-huit de cinq cents. En tout cinq cent quatrevingt-quatre mille francs.

— Voilà un bon livre, dit M. Gillenormand.

— Cinq cent quatrevingt-quatre mille francs! murmura la tante.

— Ceci arrange bien des choses, n'est-ce pas, mademoiselle Gillenormand aînée? reprit l'aïeul. Ce diable de Marius, il vous a déniché dans l'arbre des rêves une grisette millionnaire! Fiez-vous donc maintenant aux amourettes des jeunes gens! Les étudiants trouvent des étudiantes de six cent mille francs. Chérubin travaille mieux que Rothschild.

— Cinq cent quatrevingt-quatre mille francs! répétait à demi-voix mademoiselle Gillenormand. Cinq cent quatrevingt-quatre! autant dire six cent mille, quoi!

Quant à Marius et à Cosette, ils se regardaient pendant ce temps-là; ils firent à peine attention à ce détail.

V

On a sans doute compris, sans qu'il soit nécessaire de l'expliquer longuement, que Jean Valjean, après l'affaire Champmathieu, avait pu, grâce à sa
première évasion de quelques jours, venir à Paris, et retirer à temps de chez
Laffitte la somme gagnée par lui, sous le nom de monsieur Madeleine, à
Montreuil-sur-mer; et que, craignant d'être repris, ce qui lui arriva en effet
peu de temps après, il avait caché et enfoui cette somme dans la forêt de
Montfermeil au lieu dit le fonds Blaru. La somme, six cent trente mille
francs, toute en billets de banque, avait peu de volume et tenait dans une
boîte; seulement, pour préserver la boîte de l'humidité, il l'avait placée dans
un coffret en chêne plein de copeaux de châtaignier. Dans le même coffret,
il avait mis son autre trésor, les chandeliers de l'évêque. On se souvient qu'il
avait emporté ces chandeliers en s'évadant de Montreuil-sur-mer. L'homme
aperçu un soir une première fois par Boulatruelle, c'était Jean Valjean. Plus
tard, chaque fois que Jean Valjean avait besoin d'argent, il venait en chercher à la clairière Blaru. De là les absences dont nous avons parlé. Il avait
une pioche quelque part dans les bruyères, dans une cachette connue de lui
seul. Lorsqu'il vit Marius convalescent, sentant que l'heure approchait où
cet argent pourrait être utile, il était allé le chercher; et c'était encore
lui que Boulatruelle avait vu dans le bois, mais cette fois le matin et non
le soir. Boulatruelle hérita de la pioche.

La somme réelle était cinq cent quatrevingt-quatre mille cinq cents
francs. Jean Valjean retira les cinq cents francs pour lui. — Nous verrons
après, pensa-t-il.

La différence entre cette somme et les six cent trente mille francs
retirés de chez Laffitte représentait la dépense de dix années, de 1823 à
1833. Les cinq années de séjour au couvent n'avaient coûté que cinq mille
francs.

Jean Valjean mit les deux flambeaux d'argent sur la cheminée où ils
resplendirent à la grande admiration de Toussaint.

Du reste, Jean Valjean se savait délivré de Javert. On avait raconté devant
lui, et il avait vérifié le fait dans le *Moniteur,* qui l'avait publié, qu'un
inspecteur de police nommé Javert avait été trouvé noyé sous un bateau de

blanchisseuses entre le Pont au Change et le Pont-Neuf, et qu'un écrit laissé par cet homme, d'ailleurs irréprochable et fort estimé de ses chefs, faisait croire à un accès d'aliénation mentale et à un suicide. — Au fait, pensa Jean Valjean, puisque, me tenant, il m'a laissé en liberté, c'est qu'il fallait qu'il fût déjà fou.

VI

LES DEUX VIEILLARDS FONT TOUT, CHACUN A LEUR FAÇON, POUR QUE COSETTE SOIT HEUREUSE.

On prépara tout pour le mariage. Le médecin consulté déclara qu'il pourrait avoir lieu en février. On était en décembre. Quelques ravissantes semaines de bonheur parfait s'écoulèrent.

Le moins heureux n'était pas le grand-père. Il restait des quarts d'heure en contemplation devant Cosette.

— L'admirable jolie fille! s'écriait-il. Et elle a l'air si douce et si bonne! Il n'y a pas à dire mamie mon cœur, c'est la plus charmante fille que j'aie vue de ma vie. Plus tard, ça vous aura des vertus avec odeur de violette. C'est une grâce, quoi! On ne peut que vivre noblement avec une telle créature. Marius, mon garçon, tu es baron, tu es riche, n'avocasse pas, je t'en supplie.

Cosette et Marius étaient passés brusquement du sépulcre au paradis. La transition avait été peu ménagée, et ils en auraient été étourdis s'ils n'en avaient été éblouis.

— Comprends-tu quelque chose à cela? disait Marius à Cosette.

— Non, répondait Cosette, mais il me semble que le bon Dieu nous regarde.

Jean Valjean fit tout, aplanit tout, concilia tout, rendit tout facile. Il se hâtait vers le bonheur de Cosette avec autant d'empressement, et, en apparence, de joie, que Cosette elle-même.

Comme il avait été maire, il sut résoudre un problème délicat, dans le secret duquel il était seul, l'état civil de Cosette. Dire crûment l'origine, qui sait? cela eût pu empêcher le mariage. Il tira Cosette de toutes les difficultés. Il lui arrangea une famille de gens morts, moyen sûr de n'encourir aucune réclamation. Cosette était ce qui restait d'une famille éteinte; Cosette n'était pas sa fille à lui, mais la fille d'un autre Fauchelevent. Deux frères Fauchelevent avaient été jardiniers au couvent du Petit-Picpus. On alla à ce couvent; les meilleurs renseignements et les plus respectables témoignages abondèrent; les bonnes religieuses, peu aptes et peu enclines à sonder les questions de paternité, et n'y entendant pas malice, n'avaient jamais su bien au juste duquel des deux Fauchelevent la petite Cosette était la fille. Elles dirent ce qu'on voulut, et le dirent avec zèle. Un acte de notoriété fut dressé. Cosette devint devant la loi mademoiselle Euphrasie Fauchelevent. Elle fut déclarée orpheline de père et de mère. Jean Valjean s'arrangea de façon à être désigné, sous le nom de Fauchelevent, comme tuteur de Cosette, avec M. Gillenormand comme subrogé tuteur.

Quant aux cinq cent quatrevingt-quatre mille francs, c'était un legs fait à Cosette par une personne morte qui désirait rester inconnue. Le legs primitif avait été de cinq cent quatrevingt-quatorze mille francs; mais dix mille francs avaient été dépensés pour l'éducation de mademoiselle Euphrasie, dont cinq mille francs payés au couvent même. Ce legs, déposé dans les mains d'un tiers, devait être remis à Cosette à sa majorité ou à l'époque de son mariage. Tout cet ensemble était fort acceptable, comme on voit, surtout avec un appoint de plus d'un demi-million. Il y avait bien çà et là quelques singularités, mais on ne les vit pas; un des intéressés avait les yeux bandés par l'amour, les autres par les six cent mille francs.

Cosette apprit qu'elle n'était pas la fille de ce vieux homme qu'elle avait si longtemps appelé père. Ce n'était qu'un parent; un autre Fauchelevent était son père véritable. Dans tout autre moment, cela l'eût navrée. Mais à l'heure ineffable où elle était, ce ne fut qu'un peu d'ombre, un rembrunissement, et elle avait tant de joie que ce nuage dura peu. Elle avait Marius. Le jeune homme arrivait, le bonhomme s'effaçait; la vie est ainsi.

Et puis, Cosette était habituée depuis longues années à voir autour d'elle des énigmes; tout être qui a eu une enfance mystérieuse est toujours prêt à de certains renoncements.

Elle continua pourtant de dire à Jean Valjean : Père.

Cosette, aux anges, était enthousiasmée du père Gillenormand. Il est vrai qu'il la comblait de madrigaux et de cadeaux. Pendant que Jean Valjean construisait à Cosette une situation normale dans la société et une possession d'état inattaquable, M. Gillenormand veillait à la corbeille de noces. Rien ne l'amusait comme d'être magnifique. Il avait donné à Cosette une robe de guipure de Binche qui lui venait de sa propre grand'mère à lui. — Ces modes-là renaissent, disait-il, les antiquailles font fureur, et les jeunes femmes de ma vieillesse s'habillent comme les vieilles femmes de mon enfance.

Il dévalisait ses respectables commodes de laque de Coromandel à panse bombée qui n'avaient pas été ouvertes depuis des ans. — Confessons ces douairières, disait-il; voyons ce qu'elles ont dans la bedaine. Il violait bruyamment des tiroirs ventrus pleins des toilettes de toutes ses femmes, de toutes ses maîtresses, et de toutes ses aïeules. Pékins, damas, lampas, moires peintes, robes de gros de Tours flambé, mouchoirs des Indes brodés d'un or qui peut se laver, dauphines sans envers en pièces, points de Gênes et d'Alençon, parures en vieille orfévrerie, bonbonnières d'ivoire ornées de batailles microscopiques, nippes, rubans, il prodiguait tout à Cosette. Cosette, émerveillée, éperdue d'amour pour Marius et effarée de reconnaissance pour M. Gillenormand, rêvait un bonheur sans bornes vêtu de satin et de velours. Sa corbeille de noces lui apparaissait soutenue par les séraphins. Son âme s'envolait dans l'azur avec des ailes de dentelle de Malines.

L'ivresse des amoureux n'était égalée, nous l'avons dit, que par l'extase du grand-père. Il y avait comme une fanfare dans la rue des Filles-du-Calvaire.

Chaque matin, nouvelle offrande de bric-à-brac du grand-père à Cosette. Tous les falbalas possibles s'épanouissaient splendidement autour d'elle.

Un jour Marius, qui, volontiers, causait gravement à travers son bonheur, dit à propos de je ne sais quel incident : —

— Les hommes de la révolution sont tellement grands, qu'ils ont déjà le prestige des siècles, comme Caton et comme Phocion, et chacun d'eux semble une mémoire antique.

— Moire antique! s'écria le vieillard. Merci, Marius. C'est précisément l'idée que je cherchais.

Et le lendemain une magnifique robe de moire antique couleur thé s'ajoutait à la corbeille de Cosette.

Le grand-père extrayait de ces chiffons une sagesse.

— L'amour, c'est bien; mais il faut cela avec. Il faut de l'inutile dans le bonheur. Le bonheur, ce n'est que le nécessaire. Assaisonnez-le-moi énormément de superflu. Un palais et son cœur. Son cœur et le Louvre. Son cœur et les grandes eaux de Versailles. Donnez-moi ma bergère, et tâchez qu'elle soit duchesse. Amenez-moi Philis couronnée de bleuets et ajoutez-lui cent mille livres de rente. Ouvrez-moi une bucolique à perte de vue sous une colonnade de marbre. Je consens à la bucolique et aussi à la féerie de marbre et d'or. Le bonheur sec ressemble au pain sec. On mange, mais on ne dîne pas. Je veux du superflu, de l'inutile, de l'extravagant, du trop, de ce qui ne sert à rien. Je me souviens d'avoir vu dans la cathédrale de Strasbourg une horloge haute comme une maison à trois étages qui marquait l'heure, qui avait la bonté de marquer l'heure, mais qui n'avait pas l'air faite pour cela; et qui, après avoir sonné midi ou minuit, midi, l'heure du soleil, minuit, l'heure de l'amour, ou toute autre heure qu'il vous plaira, vous donnait la lune et les étoiles, la terre et la mer, les oiseaux et les poissons, Phébus et Phébé, et une ribambelle de choses qui sortaient d'une niche, et les douze apôtres, et l'empereur Charles-Quint, et Éponine et Sabinus, et un tas de petits bonshommes dorés qui jouaient de la trompette, par-dessus le marché. Sans compter de ravissants carillons qu'elle éparpillait dans l'air à tout propos sans qu'on sût pourquoi. Un méchant cadran tout nu qui ne dit que les heures vaut-il cela? Moi je suis de l'avis de la grosse horloge de Strasbourg, et je la préfère au coucou de la Forêt-Noire.

M. Gillenormand déraisonnait spécialement à propos de la noce, et tous les trumeaux du dix-huitième siècle passaient pêle-mêle dans ses dithyrambes.

— Vous ignorez l'art des fêtes. Vous ne savez pas faire un jour de joie dans ce temps-ci, s'écriait-il. Votre dix-neuvième siècle est veule. Il manque d'excès. Il ignore le riche, il ignore le noble. En toute chose, il est tondu ras. Votre tiers état est insipide, incolore, inodore et informe. Rêves de vos bourgeoises qui s'établissent, comme elles disent : un joli boudoir fraîchement décoré, palissandre et calicot. Place! place! le sieur Grigou épouse la demoiselle Grippesou. Somptuosité et splendeur! on a collé un louis d'or à un cierge. Voilà l'époque. Je demande à m'enfuir au delà des sarmates. Ah! dès 1787, j'ai prédit que tout était perdu, le jour où j'ai vu le duc de Rohan, prince de Léon, duc de Chabot, duc de Montbazon, marquis de Soubise, vicomte de Thouars, pair de France, aller à Longchamp en tapecul! Cela a porté ses fruits. Dans ce siècle on fait des affaires, on joue à la Bourse, on gagne de l'argent, et l'on est pingre. On soigne et on vernit sa surface; on est tiré à quatre épingles, lavé, savonné, ratissé, rasé, peigné, ciré, lissé, frotté, brossé, nettoyé au dehors, irréprochable, poli comme un caillou, discret, propret, et en même temps, vertu de ma mie! on a au fond de la conscience des fumiers et des cloaques à faire reculer une vachère qui se mouche dans ses doigts. J'octroie à ce temps-ci cette devise : Propreté sale. Marius, ne te fâche pas, donne-moi la permission de parler, je ne dis pas de mal du peuple, tu vois, j'en ai plein la bouche de ton peuple, mais trouve bon que je flanque un peu une pile à la bourgeoisie. J'en suis. Qui aime bien cingle bien. Sur ce, je le dis tout net, aujourd'hui on se marie, mais on ne sait plus se marier. Ah! c'est vrai, je regrette la gentillesse des anciennes mœurs. J'en regrette tout. Cette élégance, cette chevalerie, ces façons courtoises et mignonnes, ce luxe réjouissant que chacun avait, la musique faisant partie de la noce, symphonie en haut, tambourinage en bas, les danses, les joyeux visages attablés, les madrigaux alambiqués, les chansons, les fusées d'artifice, les francs rires, le diable et son train, les gros nœuds de rubans. Je regrette la jarretière de la mariée. La jarretière de la mariée est cousine de la ceinture de Vénus. Sur quoi roule la guerre de Troie? Parbleu, sur la jarretière d'Hélène. Pourquoi se bat-on, pourquoi Diomède le divin fracasse-t-il sur la tête de Mérionée ce grand casque d'airain à dix pointes, pourquoi Achille et Hector se pignochent-ils à grands

coups de pique? Parce que Hélène a laissé prendre à Pâris sa jarretière.
Avec la jarretière de Cosette, Homère ferait l'Iliade. Il mettrait dans son
poëme un vieux bavard comme moi, et il le nommerait Nestor. Mes amis,
autrefois, dans cet aimable autrefois, on se mariait savamment; on faisait
un bon contrat, et ensuite une bonne boustifaille. Sitôt Cujas sorti, Gamache
entrait. Mais, dame! c'est que l'estomac est une bête agréable qui demande
son dû, et qui veut avoir sa noce aussi. On soupait bien, et l'on avait à
table une belle voisine sans guimpe qui ne cachait sa gorge que modéré-
ment! Oh! les larges bouches riantes, et comme on était gai dans ce temps-
là! la jeunesse était un bouquet; tout jeune homme se terminait par une
branche de lilas ou par une touffe de roses; fût-on guerrier, on était berger;
et si, par hasard, on était capitaine de dragons, on trouvait moyen de s'appeler Florian. On tenait à être joli. On se brodait, on s'empourprait. Un
bourgeois avait l'air d'une fleur, un marquis avait l'air d'une pierrerie. On
n'avait pas de sous-pieds, on n'avait pas de bottes. On était pimpant, lustré,
moiré, mordoré, voltigeant, mignon, coquet, ce qui n'empêchait pas d'avoir
l'épée au côté. Le colibri a bec et ongles. C'était le temps des *Indes galantes*.
Un des côtés du siècle était le délicat, l'autre était le magnifique; et, par la
vertuchoux! on s'amusait. Aujourd'hui on est sérieux. Le bourgeois est avare,
la bourgeoise est prude; votre siècle est infortuné. On chasserait les Grâces
comme trop décolletées. Hélas! on cache la beauté comme une laideur. Depuis
la révolution, tout a des pantalons, même les danseuses; une baladine doit
être grave; vos rigodons sont doctrinaires. Il faut être majestueux. On serait
bien fâché de ne pas avoir le menton dans sa cravate. L'idéal d'un galopin
de vingt ans qui se marie, c'est de ressembler à monsieur Royer-Collard. Et
savez-vous à quoi l'on arrive avec cette majesté-là? à être petit. Apprenez
ceci : la joie n'est pas seulement joyeuse; elle est grande. Mais soyez donc
amoureux gaîment, que diable! mariez-vous donc, quand vous vous mariez,
avec la fièvre et l'étourdissement et le vacarme et le tohu-bohu du bonheur!
De la gravité à l'église, soit. Mais, sitôt la messe finie, sarpejeu! il faudrait
faire tourbillonner un songe autour de l'épousée. Un mariage doit être royal
et chimérique; il doit promener sa cérémonie de la cathédrale de Reims à la
pagode de Chanteloup. J'ai horreur d'une noce pleutre. Ventregoulette!
soyez dans l'olympe, au moins ce jour-là. Soyez des dieux. Ah! l'on pourrait
être des sylphes, des Jeux et des Ris, des argyraspides; on est des galoupiats!
Mes amis, tout nouveau marié doit être le prince Aldobrandini. Profitez de
cette minute unique de la vie pour vous envoler dans l'empyrée avec les
cygnes et les aigles, quitte à retomber le lendemain dans la bourgeoisie des
grenouilles. N'économisez point sur l'hyménée; ne lui rognez pas ses splen-
deurs; ne liardez pas le jour où vous rayonnez. La noce n'est pas le ménage.

Oh! si je faisais à ma fantaisie, ce serait galant. On entendrait des violons dans les arbres. Voici mon programme : bleu de ciel et argent. Je mêlerais à la fête les divinités agrestes, je convoquerais les dryades et les néréides. Les noces d'Amphitrite, une nuée rose, des nymphes bien coiffées et toutes nues, un académicien offrant des quatrains à la déesse, un char traîné par des monstres marins.

> Triton trottait devant, et tirait de sa conque
> Des sons si ravissants qu'il ravissait quiconque!

— Voilà un programme de fête, en voilà un, ou je ne m'y connais pas, sac à papier!

Pendant que le grand-père, en pleine effusion lyrique, s'écoutait lui-même, Cosette et Marius s'enivraient de se regarder librement.

La tante Gillenormand considérait tout cela avec sa placidité imperturbable. Elle avait eu depuis cinq ou six mois une certaine quantité d'émotions; Marius revenu, Marius rapporté sanglant, Marius rapporté d'une barricade, Marius mort, puis vivant, Marius réconcilié, Marius fiancé, Marius se mariant avec une pauvresse, Marius se mariant avec une millionnaire. Les six cent mille francs avaient été sa dernière surprise. Puis son indifférence de première communiante lui était revenue. Elle allait régulièrement aux offices, égrenait son rosaire, lisait son eucologe, chuchotait dans un coin de la maison des *Ave* pendant qu'on chuchotait dans l'autre des *I love you,* et, vaguement, voyait Marius et Cosette comme deux ombres. L'ombre, c'était elle.

Il y a un certain état d'ascétisme inerte où l'âme, neutralisée par l'engourdissement, étrangère à ce qu'on pourrait appeler l'affaire de vivre, ne perçoit, à l'exception des tremblements de terre et des catastrophes, aucune des impressions humaines, ni les impressions plaisantes, ni les impressions pénibles. — Cette dévotion-là, disait le père Gillenormand à sa fille, correspond au rhume de cerveau. Tu ne sens rien de la vie. Pas de mauvaise odeur, mais pas de bonne.

Du reste, les six cent mille francs avaient fixé les indécisions de la vieille fille. Son père avait pris l'habitude de la compter si peu qu'il ne l'avait pas consultée sur le consentement au mariage de Marius. Il avait agi de fougue, selon sa mode, n'ayant, despote devenu esclave, qu'une pensée, satisfaire Marius. Quant à la tante, que la tante existât, et qu'elle pût avoir un avis, il n'y avait pas même songé, et, toute moutonne qu'elle était, ceci l'avait froissée. Quelque peu révoltée dans son for intérieur, mais extérieurement impassible, elle s'était dit : Mon père résout la question du mariage sans moi; je résoudrai la question de l'héritage sans lui. Elle était riche, en effet, et le père ne l'était pas. Elle avait donc réservé là-dessus sa décision. Il est probable que si le mariage eût été pauvre, elle l'eût laissé pauvre. Tant pis pour monsieur mon neveu! Il épouse une gueuse, qu'il soit gueux. Mais le demi-million de Cosette plut à la tante et changea sa situation intérieure à l'endroit de cette paire d'amoureux. On doit de la considération à six cent mille francs, et il était évident qu'elle ne pouvait faire autrement que de laisser sa fortune à ces jeunes gens, puisqu'ils n'en avaient plus besoin.

Il fut arrangé que le couple habiterait chez le grand-père. M. Gillenormand voulut absolument leur donner sa chambre, la plus belle de la maison. — *Cela me rajeunira*, déclarait-il. *C'est un ancien projet. J'avais toujours eu l'idée de faire la noce dans ma chambre.* Il meubla cette chambre d'un tas de vieux bibelots galants. Il la fit plafonner et tendre d'une étoffe extraordinaire qu'il avait en pièce et qu'il croyait d'Utrecht, fond satiné bouton-d'or avec fleurs de velours oreilles-d'ours. — C'est de cette étoffe-là, disait-il, qu'était drapé le lit de la duchesse d'Anville à La Roche-Guyon. — Il mit sur la cheminée une figurine de Saxe portant un manchon sur son ventre nu.

La bibliothèque de M. Gillenormand devint le cabinet d'avocat dont avait besoin Marius, un cabinet, on s'en souvient, étant exigé par le conseil de l'ordre.

VII

LES EFFETS DE RÊVE MÊLÉS AU BONHEUR.

Les amoureux se voyaient tous les jours. Cosette venait avec M. Fauche-levent. — C'est le renversement des choses, disait mademoiselle Gillenor-mand, que la future vienne à domicile se faire faire la cour comme ça. — Mais la convalescence de Marius avait fait prendre l'habitude, et les fauteuils de la rue des Filles-du-Calvaire, meilleurs aux tête-à-tête que les chaises de paille de la rue de l'Homme-Armé, l'avaient enracinée. Marius et M. Fau-chelevent se voyaient, mais ne se parlaient pas Il semblait que cela fût convenu. Toute fille a besoin d'un chaperon. Cosette n'aurait pu venir sans M. Fauchelevent. Pour Marius, M. Fauchelevent était la condition de Cosette. Il l'acceptait. En mettant sur le tapis, vaguement et sans préciser, les matières de la politique, au point de vue de l'amélioration générale du sort de tous, ils parvenaient à se dire un peu plus que oui et non. Une fois, au sujet de l'enseignement, que Marius voulait gratuit et obligatoire, mul-tiplié sous toutes les formes, prodigué à tous comme l'air et le soleil, en un mot, respirable au peuple tout entier, ils furent à l'unisson et causèrent presque. Marius remarqua à cette occasion que M. Fauchelevent parlait bien, et même avec une certaine élévation de langage. Il lui manquait pourtant on ne sait quoi. M. Fauchelevent avait quelque chose de moins qu'un homme du monde, et quelque chose de plus.

Marius, intérieurement et au fond de sa pensée, entourait de toutes sortes de questions muettes ce M. Fauchelevent qui était pour lui simple-ment bienveillant et froid. Il lui venait par moments des doutes sur ses propres souvenirs. Il y avait dans sa mémoire un trou, un endroit noir, un abîme creusé par quatre mois d'agonie. Beaucoup de choses s'y étaient perdues. Il en était à se demander s'il était bien réel qu'il eût vu M. Fauche-levent, un tel homme si sérieux et si calme, dans la barricade.

Ce n'était pas d'ailleurs la seule stupeur que les apparitions et les dispa-ritions du passé lui eussent laissée dans l'esprit. Il ne faudrait pas croire qu'il fût délivré de toutes ces obsessions de la mémoire qui nous forcent, même heureux, même satisfaits, à regarder mélancoliquement en arrière. La tête qui ne se retourne pas vers les horizons effacés ne contient ni pensée ni amour. Par moments, Marius prenait son visage dans ses mains et le passé tumultueux et vague traversait le crépuscule qu'il avait dans le cerveau. Il revoyait tomber Mabeuf, il entendait Gavroche chanter sous la mitraille, il sentait sous sa lèvre le froid du front d'Éponine; Enjolras, Coufeyrac, Jean Prouvaire, Combeferre, Bossuet, Grantaire, tous ses amis, se dressaient devant lui, puis se dissipaient. Tous ces êtres chers, douloureux, vaillants, charmants ou tragiques, étaient-ce des songes? avaient-ils en effet existé? L'émeute avait tout roulé dans sa fumée. Ces grandes fièvres ont de grands rêves. Il s'interrogeait; il se tâtait; il avait le vertige de toutes ces réalités évanouies. Où étaient-ils donc tous? était-ce bien vrai que tout fût mort? Une chute dans les ténèbres avait tout emporté, excepté lui. Tout cela lui semblait avoir disparu comme derrière une toile de théâtre. Il y a de ces rideaux qui s'abaissent dans la vie. Dieu passe à l'acte suivant.

Et lui-même, était-il bien le même homme? Lui, le pauvre, il était riche; lui, l'abandonné, il avait une famille; lui, le désespéré, il épousait Cosette. Il lui semblait qu'il avait traversé une tombe, et qu'il y était entré noir, et qu'il en était sorti blanc. Et cette tombe, les autres y étaient restés. A de certains instants, tous ces êtres du passé, revenus et présents, faisaient cercle autour de lui et l'assombrissaient; alors il songeait à Cosette, et redevenait serein; mais il ne fallait rien moins que cette félicité pour effacer cette catastrophe.

M. Fauchelevent avait presque place parmi ces êtres évanouis. Marius hésitait à croire que le Fauchelevent de la barricade fût le même que ce Fauchelevent en chair et en os, si gravement assis près de Cosette. Le premier était probablement un de ces cauchemars apportés et remportés par ses heures de délire. Du reste, leurs deux natures étant escarpées, aucune question n'était possible de Marius à M. Fauchelevent. L'idée ne lui en fût pas même venue. Nous avons indiqué déjà ce détail caractéristique.

Deux hommes qui ont un secret commun, et qui, par une sorte d'accord tacite, n'échangent pas une parole à ce sujet, cela est moins rare qu'on ne pense.

Une fois seulement, Marius tenta un essai. Il fit venir dans la conversation la rue de la Chanvrerie, et, se tournant vers M. Fauchelevent, il lui dit :

— Vous connaissez-bien cette rue-là?

— Quelle rue?

— La rue de la Chanvrerie?

— Je n'ai aucune idée du nom de cette rue-là, répondit M. Fauchelevent du ton le plus naturel du monde.

La réponse, qui portait sur le nom de la rue, et point sur la rue elle-même, parut à Marius plus concluante qu'elle ne l'était.

— Décidément, pensa-t-il, j'ai rêvé. J'ai eu une hallucination. C'est quelqu'un qui lui ressemblait. M. Fauchelevent n'y était pas.

IMPRIMERIE NATIONALE.

VIII

DEUX HOMMES IMPOSSIBLES A RETROUVER.

L'enchantement, si grand qu'il fût, n'effaça point dans l'esprit de Marius d'autres préoccupations.

Pendant que le mariage s'apprêtait et en attendant l'époque fixée, il fit faire de difficiles et scrupuleuses recherches rétrospectives.

Il devait de la reconnaissance de plusieurs côtés; il en devait pour son père, il en devait pour lui-même.

Il y avait Thénardier; il y avait l'inconnu qui l'avait rapporté, lui Marius, chez M. Gillenormand.

Marius tenait à retrouver ces deux hommes, n'entendant point se marier, être heureux et les oublier, et craignant que ces dettes du devoir non payées ne fissent ombre sur sa vie, si lumineuse désormais. Il lui était impossible de laisser tout cet arriéré en souffrance derrière lui, et il voulait, avant d'entrer joyeusement dans l'avenir, avoir quittance du passé.

Que Thénardier fût un scélérat, cela n'ôtait rien à ce fait qu'il avait sauvé le colonel Pontmercy. Thénardier était un bandit pour tout le monde, excepté pour Marius.

Et Marius, ignorant la véritable scène du champ de bataille de Waterloo, ne savait pas cette particularité, que son père était vis-à-vis de Thénardier dans cette situation étrange de lui devoir la vie sans lui devoir de reconnaissance.

Aucun des divers agents que Marius employa ne parvint à saisir la piste de Thénardier. L'effacement semblait complet de ce côté-là. La Thénardier était morte en prison pendant l'instruction du procès. Thénardier et sa fille Azelma, les deux seuls qui restassent de ce groupe lamentable, avaient replongé dans l'ombre. Le gouffre de l'Inconnu social s'était silencieusement refermé sur ces êtres. On ne voyait même plus à la surface ce frémissement, ce tremblement, ces obscurs cercles concentriques qui annoncent que quelque chose est tombé là, et qu'on peut y jeter la sonde.

La Thénardier étant morte, Boulatruelle étant mis hors de cause, Claquesous ayant disparu, les principaux accusés s'étant échappés de prison, le procès du guet-apens de la masure Gorbeau avait à peu près avorté. L'affaire était restée assez obscure. Le banc des assises avait dû se contenter de deux subalternes, Panchaud, dit Printanier, dit Bigrenaille, et Demi-Liard, dit Deux-Milliards, qui avaient été condamnés contradictoirement à dix ans de galères. Les travaux forcés à perpétuité avaient été prononcés contre leurs complices évadés et contumaces. Thénardier, chef et meneur, avait été, par contumace également, condamné à mort. Cette condamnation était la seule chose qui restât sur Thénardier, jetant sur ce nom enseveli sa lueur sinistre, comme une chandelle à côté d'une bière.

Du reste, en refoulant Thénardier dans les dernières profondeurs par la crainte d'être ressaisi, cette condamnation ajoutait à l'épaississement ténébreux qui couvrait cet homme.

Quant à l'autre, quant à l'homme ignoré qui avait sauvé Marius, les recherches eurent d'abord quelque résultat, puis s'arrêtèrent court. On réussit à retrouver le fiacre qui avait rapporté Marius rue des Filles-du-Calvaire dans la soirée du 6 juin. Le cocher déclara que le 6 juin, d'après l'ordre d'un agent de police, il avait « stationné », depuis trois heures de l'après-midi jusqu'à la nuit, sur le quai des Champs-Élysées, au-dessus de l'issue du Grand Égout; que, vers neuf heures du soir, la grille de l'égout qui donne sur la berge de la rivière s'était ouverte; qu'un homme en était sorti, portant sur ses épaules un autre homme, qui semblait mort; que l'agent, lequel était en observation sur ce point, avait arrêté l'homme vivant et saisi l'homme mort; que, sur l'ordre de l'agent, lui cocher avait reçu « tout ce monde-là » dans son fiacre; qu'on était allé d'abord rue des Filles-du-Calvaire; qu'on y avait déposé l'homme mort; que l'homme mort, c'était monsieur Marius, et que lui cocher le reconnaissait bien, quoiqu'il fût vivant « cette fois-ci »; qu'ensuite on était remonté dans sa voiture, qu'il avait fouetté ses chevaux, que, à quelques pas de la porte des Archives, on lui avait crié de s'arrêter, que là, dans la rue, on l'avait payé et quitté, et que l'agent avait emmené l'autre homme; qu'il ne savait rien de plus; que la nuit était très noire.

Marius, nous l'avons dit, ne se rappelait rien. Il se souvenait seulement d'avoir été saisi en arrière par une main énergique au moment où il tombait à la renverse dans la barricade; puis tout s'effaçait pour lui. Il n'avait repris connaissance que chez M. Gillenormand.

Il se perdait en conjectures.

Il ne pouvait douter de sa propre identité. Comment se faisait-il pourtant que, tombé rue de la Chanvrerie, il eût été ramassé par l'agent de police sur la berge de la Seine, près du pont des Invalides? Quelqu'un l'avait emporté du quartier des halles aux Champs-Élysées. Et comment? Par l'égout. Dévouement inouï!

Quelqu'un? qui?

C'était cet homme que Marius cherchait.

De cet homme, qui était son sauveur, rien; nulle trace; pas le moindre indice.

13.

Marius, quoique obligé de ce côté-là à une grande réserve, poussa ses recherches jusqu'à la préfecture de police. Là, pas plus qu'ailleurs, les renseignements pris n'aboutirent à aucun éclaircissement. La préfecture en savait moins que le cocher de fiacre. On n'y avait connaissance d'aucune arrestation opérée le 6 juin à la grille du Grand Égout; on n'y avait reçu aucun rapport d'agent sur ce fait qui, à la préfecture, était regardé comme une fable. On y attribuait l'invention de cette fable au cocher. Un cocher qui veut un pourboire est capable de tout, même d'imagination. Le fait, pourtant, était certain, et Marius n'en pouvait douter, à moins de douter de sa propre identité, comme nous venons de le dire.

Tout, dans cette étrange énigme, était inexplicable.

Cet homme, ce mystérieux homme, que le cocher avait vu sortir de la grille du Grand Égout portant sur son dos Marius évanoui, et que l'agent de police aux aguets avait arrêté en flagrant délit de sauvetage d'un insurgé, qu'était-il devenu? qu'était devenu l'agent lui-même? Pourquoi cet agent avait-il gardé le silence? l'homme avait-il réussi à s'évader? avait-il corrompu l'agent? Pourquoi cet homme ne donnait-il aucun signe de vie à Marius qui lui devait tout? Le désintéressement n'était pas moins prodigieux que le dévouement. Pourquoi cet homme ne reparaissait-il pas? Peut-être était-il au-dessus de la récompense, mais personne n'est au-dessus de la reconnaissance. Était-il mort? quel homme était-ce? quelle figure avait-il? Personne ne pouvait le dire. Le cocher répondait : La nuit était très noire. Basque et Nicolette, ahuris, n'avaient regardé que leur jeune maître tout sanglant. Le portier, dont la chandelle avait éclairé la tragique arrivée de Marius, avait seul remarqué l'homme en question, et voici le signalement qu'il en donnait : « Cet homme était épouvantable. »

Dans l'espoir d'en tirer parti pour ses recherches, Marius fit conserver les vêtements ensanglantés qu'il avait sur le corps, lorsqu'on l'avait ramené chez son aïeul. En examinant l'habit, on remarqua qu'un pan était bizarrement déchiré. Un morceau manquait.

Un soir, Marius parlait, devant Cosette et Jean Valjean, de toute cette singulière aventure, des informations sans nombre qu'il avait prises et de l'inutilité de ses efforts. Le visage froid de « monsieur Fauchelevent » l'impatientait. Il s'écria avec une vivacité qui avait presque la vibration de la colère :

— Oui, cet homme-là, quel qu'il soit, a été sublime. Savez-vous ce qu'il a fait, monsieur? Il est intervenu comme l'archange. Il a fallu qu'il se jetât au milieu du combat, qu'il me dérobât, qu'il ouvrît l'égout, qu'il m'y traînât, qu'il m'y portât! Il a fallu qu'il fît plus d'une lieue et demie dans d'affreuses galeries souterraines, courbé, ployé, dans les ténèbres, dans le cloaque, plus

d'une lieue et demie, monsieur, avec un cadavre sur le dos! Et dans quel but?
Dans l'unique but de sauver ce cadavre. Et ce cadavre, c'était moi. Il s'est
dit : Il y a encore là peut-être une lueur de vie; je vais risquer mon existence
à moi pour cette misérable étincelle! Et son existence, il ne l'a pas risquée
une fois, mais vingt! Et chaque pas était un danger. La preuve, c'est qu'en
sortant de l'égout il a été arrêté. Savez-vous, monsieur, que cet homme a
fait tout cela? Et aucune récompense à attendre. Qu'étais-je? Un insurgé.
Qu'étais-je? Un vaincu. Oh! si les six cent mille francs de Cosette étaient à
moi...

— Ils sont à vous, interrompit Jean Valjean.

— Eh bien, reprit Marius, je les donnerais pour retrouver cet homme!
Jean Valjean garda le silence.

LIVRE SIXIÈME.

LA NUIT BLANCHE.

———

I

LE 16 FÉVRIER 1833.

La nuit du 16 au 17 février 1833 fut une nuit bénie. Elle eut au-dessus de son ombre le ciel ouvert. Ce fut la nuit de noces de Marius et de Cosette.

La journée avait été adorable.

Ce n'avait pas été la fête bleue rêvée par le grand-père, une féerie avec une confusion de chérubins et de cupidons au-dessus de la tête des mariés, un mariage digne de faire un dessus de porte; mais cela avait été doux et riant.

La mode du mariage n'était pas en 1833 ce qu'elle est aujourd'hui. La France n'avait pas encore emprunté à l'Angleterre cette délicatesse suprême d'enlever sa femme, de s'enfuir en sortant de l'église, de se cacher avec honte de son bonheur, et de combiner les allures d'un banqueroutier avec les ravissements du cantique des cantiques. On n'avait pas encore compris tout ce qu'il y a de chaste, d'exquis et de décent à cahoter son paradis en chaise de poste, à entrecouper son mystère de clic-clacs, à prendre pour lit nuptial un lit d'auberge, et à laisser derrière soi, dans l'alcôve banale à tant par nuit, le plus sacré des souvenirs de la vie pêle-mêle avec le tête-à-tête du conducteur de diligence et de la servante d'auberge.

Dans cette seconde moitié du dix-neuvième siècle où nous sommes, le maire et son écharpe, le prêtre et sa chasuble, la loi et Dieu, ne suffisent plus; il faut les compléter par le postillon de Longjumeau; veste bleue aux retroussis rouges et aux boutons grelots, plaque en brassard, culotte de peau verte, jurons aux chevaux normands à la queue nouée, faux galons, chapeau ciré, gros cheveux poudrés, fouet énorme et bottes fortes. La France ne pousse pas encore l'élégance jusqu'à faire, comme la nobility anglaise, pleuvoir sur la calèche de poste des mariés une grêle de pantoufles éculées et de vieilles savates, en souvenir de Churchill, depuis Marlborough, ou Malbrouck, assailli le jour de son mariage par une colère de tante qui lui porta bonheur. Les savates et les pantoufles ne font point encore partie de nos célébrations nuptiales; mais patience, le bon goût continuant à se répandre, on y viendra.

En 1833, il y a cent ans, on ne pratiquait pas le mariage au grand trot.

On s'imaginait encore à cette époque, chose bizarre, qu'un mariage est une fête intime et sociale, qu'un banquet patriarcal ne gâte point une solennité domestique, que la gaîté, fût-elle excessive, pourvu qu'elle soit honnête, ne fait aucun mal au bonheur, et qu'enfin il est vénérable et bon que la fusion de ces deux destinées d'où sortira une famille commence dans la maison, et que le ménage ait désormais pour témoin la chambre nuptiale.

Et l'on avait l'impudeur de se marier chez soi.

Le mariage se fit donc, suivant cette mode maintenant caduque, chez M. Gillenormand.

Si naturelle et si ordinaire que soit cette affaire de se marier, les bans à publier, les actes à dresser, la mairie, l'église, ont toujours quelque complication. On ne put être prêt avant le 16 février.

Or, nous notons ce détail pour la pure satisfaction d'être exact, il se trouva que le 16 était un mardi gras. Hésitations, scrupules, particulièrement de la tante Gillenormand.

— Un mardi gras! s'écria l'aïeul, tant mieux. Il y a un proverbe :

Mariage un mardi gras
N'aura point d'enfants ingrats.

Passons outre. Va pour le 16! Est-ce que tu veux retarder, toi, Marius?

— Non, certes! répondit l'amoureux.

— Marions-nous, fit le grand-père.

Le mariage se fit donc le 16, nonobstant la gaîté publique. Il pleuvait ce jour-là, mais il y a toujours dans le ciel un petit coin d'azur au service du bonheur, que les amants voient, même quand le reste de la création serait sous un parapluie.

La veille, Jean Valjean avait remis à Marius, en présence de M. Gillenormand, les cinq cent quatrevingt-quatre mille francs.

Le mariage se faisant sous le régime de la communauté, les actes avaient été simples.

Toussaint était désormais inutile à Jean Valjean; Cosette en avait hérité et l'avait promue au grade de femme de chambre.

Quant à Jean Valjean, il y avait dans la maison Gillenormand une belle chambre meublée exprès pour lui, et Cosette lui avait si irrésistiblement dit : « Père, je vous en prie », qu'elle lui avait fait à peu près promettre qu'il viendrait l'habiter.

Quelques jours avant le jour fixé pour le mariage, il était arrivé un accident à Jean Valjean; il s'était un peu écrasé le pouce de la main droite. Ce n'était point grave; et il n'avait pas permis que personne s'en occupât, ni le pansât, ni même vît son mal, pas même Cosette. Cela pourtant l'avait forcé de s'emmitoufler la main d'un linge, et de porter le bras en écharpe, et l'avait empêché de rien signer. M. Gillenormand, comme subrogé tuteur de Cosette, l'avait suppléé.

Nous ne mènerons le lecteur ni à la mairie ni à l'église. On ne suit guère deux amoureux jusque-là, et l'on a l'habitude de tourner le dos au drame dès qu'il met à sa boutonnière un bouquet de marié. Nous nous bornerons à noter un incident qui, d'ailleurs inaperçu de la noce, marqua le trajet de la rue des Filles-du-Calvaire à l'église Saint-Paul.

On repavait à cette époque l'extrémité nord de la rue Saint-Louis. Elle était barrée à partir de la rue du Parc-Royal. Il était impossible aux voitures de la noce d'aller directement à Saint-Paul. Force était de changer l'itiné-raire, et le plus simple était de tourner par le boulevard. Un des invités fit observer que c'était le mardi gras, et qu'il y aurait là encombrement de voi-tures. — Pourquoi ? demanda M. Gillenormand. — A cause des masques. — A merveille, dit le grand-père. Allons par là. Ces jeunes gens se marient; ils vont entrer dans le sérieux de la vie. Cela les préparera de voir un peu de mascarade.

On prit par le boulevard. La première des berlines de la noce contenait Cosette et la tante Gillenormand, M. Gillenormand et Jean Valjean. Marius, encore séparé de sa fiancée, selon l'usage, ne venait que dans la seconde. Le cortège nuptial, au sortir de la rue des Filles-du-Calvaire, s'engagea dans la longue procession de voitures qui faisait la chaîne sans fin de la Madeleine à la Bastille et de la Bastille à la Madeleine.

Les masques abondaient sur le boulevard. Il avait beau pleuvoir par inter-valles, Paillasse, Pantalon et Gille s'obstinaient. Dans la bonne humeur de cet hiver de 1833, Paris s'était déguisé en Venise. On ne voit plus de ces mardis gras-là aujourd'hui. Tout ce qui existe étant un carnaval répandu, il n'y a plus de carnaval.

Les contre-allées regorgeaient de passants et les fenêtres de curieux. Les terrasses qui couronnent les péristyles des théâtres étaient bordées de specta-teurs. Outre les masques, on regardait ce défilé, propre au mardi gras comme à Longchamp, de véhicules de toutes sortes, fiacres, citadines, tapissières, carrioles, cabriolets, marchant en ordre, rigoureusement rivés les uns aux autres par les règlements de police et comme emboîtés dans des rails. Quiconque est dans un de ces véhicules-là est tout à la fois spectateur et spectacle. Des sergents de ville maintenaient sur les bas côtés du boulevard ces deux interminables files parallèles se mouvant en mouvement contrarié, et surveillaient, pour que rien n'entravât leur double courant, ces deux ruisseaux de voitures coulant, l'un en aval, l'autre en amont, l'un vers la chaussée d'Antin, l'autre vers le faubourg Saint-Antoine. Les voitures armoriées des pairs de France et des ambassadeurs tenaient le milieu de la chaussée, allant et venant librement. De certains cortèges magnifiques et joyeux, notamment le Bœuf Gras, avaient le même privilège. Dans cette gaîté de Paris, l'Angleterre faisait claquer son fouet; la chaise de poste de lord Seymour, harcelée d'un sobriquet populacier, passait à grand bruit.

Dans la double file, le long de laquelle des gardes municipaux galopaient comme des chiens de berger, d'honnêtes berlingots de famille, encombrés de grand'tantes et d'aïeules, étalaient à leurs portières de frais groupes d'enfants déguisés, pierrots de sept ans, pierrettes de six ans, ravissants petits êtres, sentant qu'ils faisaient officiellement partie de l'allégresse publique, pénétrés de la dignité de leur arlequinade et ayant une gravité de fonctionnaires.

De temps en temps un embarras survenait quelque part dans la procession des véhicules, et l'une ou l'autre des deux files latérales s'arrêtait jusqu'à ce que le nœud fût dénoué; une voiture empêchée suffisait pour paralyser toute la ligne. Puis on se remettait en marche.

Les carrosses de la noce étaient dans la file allant vers la Bastille et longeant le côté droit du boulevard. A la hauteur de la rue du Pont-aux-Choux, il y eut un temps d'arrêt. Presque au même instant, sur l'autre bas côté, l'autre file qui allait vers la Madeleine s'arrêta également. Il y avait à ce point-là de cette file une voiture de masques.

Ces voitures, ou, pour mieux dire, ces charretées de masques sont bien connues des parisiens. Si elles manquaient à un mardi gras ou à une mi-carême, on y entendrait malice, et l'on dirait : *Il y a quelque chose là-dessous. Probablement le ministère va changer.* Un entassement de Cassandres, d'Arlequins et de Colombines, cahoté au-dessus des passants, tous les grotesques possibles depuis le turc jusqu'au sauvage, des hercules supportant des marquises, des poissardes qui feraient boucher les oreilles à Rabelais de même que les ménades faisaient baisser les yeux à Aristophane, perruques de filasse, maillots roses, chapeaux de faraud, lunettes de grimacier, tricornes de Janot taquinés par un papillon, cris jetés aux piétons, poings sur les hanches, postures hardies, épaules nues, faces masquées, impudeurs démuselées; un chaos d'effronteries promené par un cocher coiffé de fleurs; voilà ce que c'est que cette institution.

La Grèce avait besoin du chariot de Thespis, la France a besoin du fiacre de Vadé.

Tout peut être parodié, même la parodie. La saturnale, cette grimace de la beauté antique, arrive, de grossissement en grossissement, au mardi gras; et la bacchanale, jadis couronnée de pampres, inondée de soleil, montrant des seins de marbre dans une demi-nudité divine, aujourd'hui avachie sous la guenille mouillée du nord, a fini par s'appeler la chie-en-lit.

La tradition des voitures de masques remonte aux plus vieux temps de la monarchie. Les comptes de Louis XI allouent au bailli du palais « vingt sous « tournois pour trois coches de mascarades ès carrefours ». De nos jours, ces monceaux bruyants de créatures se font habituellement charrier par quelque ancien coucou dont ils encombrent l'impériale, ou accablent de leur tumultueux groupe un landau de régie dont les capotes sont rabattues. Ils sont vingt dans une voiture de six. Il y en a sur le siège, sur le strapontin, sur les joues des capotes, sur le timon. Ils enfourchent jusqu'aux lanternes de la voiture. Ils sont debout, couchés, assis, jarrets recroquevillés, jambes pendantes. Les femmes occupent les genoux des hommes. On voit de loin sur le fourmillement des têtes leur pyramide forcenée. Ces carrossées font des montagnes d'allégresse au milieu de la cohue. Collé, Panard et Piron en découlent, enrichis d'argot. On crache de là-haut sur le peuple le catéchisme poissard. Ce fiacre, devenu démesuré par son chargement, a un air de conquête. Brouhaha est à l'avant, Tohubohu est à l'arrière. On y vocifère, on y vocalise, on y hurle, on y éclate, on s'y tord de bonheur; la gaîté y rugit, le sarcasme y flamboie, la jovialité s'y étale comme une pourpre; deux haridelles y traînent la farce épanouie en apothéose; c'est le char de triomphe du Rire.

Rire trop cynique pour être franc. Et en effet ce rire est suspect. Ce rire a une mission. Il est chargé de prouver aux parisiens le carnaval.

Ces voitures poissardes, où l'on sent on ne sait quelles ténèbres, font songer le philosophe. Il y a du gouvernement là-dedans. On touche là du doigt une affinité mystérieuse entre les hommes publics et les femmes publiques.

Que des turpitudes échafaudées donnent un total de gaîté, qu'en étageant l'ignominie sur l'opprobre on affriande un peuple, que l'espionnage servant de cariatide à la prostitution amuse les cohues en les affrontant, que la foule aime à voir passer sur les quatre roues d'un fiacre ce monstrueux tas vivant, clinquant-haillon, mi-parti ordure et lumière, qui aboie et qui chante, qu'on batte des mains à cette gloire faite de toutes les hontes, qu'il n'y ait pas de fête pour les multitudes si la police ne promène au milieu d'elles ces espèces d'hydres de joie à vingt têtes, certes, cela est triste. Mais qu'y faire?

Ces tombereaux de fange enrubannée et fleurie sont insultés et amnistiés par le rire public. Le rire de tous est complice de la dégradation universelle. De certaines fêtes malsaines désagrègent le peuple et le font populace; et aux populaces comme aux tyrans il faut des bouffons. Le roi a Roquelaure, le peuple a Paillasse. Paris est la grande ville folle, toutes les fois qu'il n'est pas la grande cité sublime. Le carnaval y fait partie de la politique. Paris, avouons-le, se laisse volontiers donner la comédie par l'infamie. Il ne demande à ses maîtres, — quand il a des maîtres, — qu'une chose : fardez-moi la boue. Rome était de la même humeur. Elle aimait Néron. Néron était un débardeur titan.

Le hasard fit, comme nous venons de le dire, qu'une de ces difformes grappes de femmes et d'hommes masqués, trimballée dans une vaste calèche, s'arrêta à gauche du boulevard pendant que le cortège de la noce s'arrêtait à droite. D'un bord du boulevard à l'autre, la voiture où étaient les masques aperçut vis-à-vis d'elle la voiture où était la mariée.

— Tiens! dit un masque, une noce.

— Une fausse noce, reprit un autre. C'est nous qui sommes la vraie.

Et, trop loin pour pouvoir interpeller la noce, craignant d'ailleurs le holà des sergents de ville, les deux masques regardèrent ailleurs.

Toute la carrossée masquée eut fort à faire au bout d'un instant, la multitude se mit à la huer, ce qui est la caresse de la foule aux mascarades; et les deux masques qui venaient de parler durent faire front à tout le monde avec leurs camarades, et n'eurent pas trop de tous les projectiles du répertoire des halles pour répondre aux énormes coups de gueule du peuple. Il se fit entre les masques et la foule un effrayant échange de métaphores.

Cependant, deux autres masques de la même voiture, un espagnol au nez démesuré avec un air vieillot et d'énormes moustaches noires, et une poissarde maigre, et toute jeune fille, masquée d'un loup, avaient remarqué la noce, eux aussi, et, pendant que leurs compagnons et les passants s'insultaient, avaient un dialogue à voix basse.

Leur aparté était couvert par le tumulte et s'y perdait. Les bouffées de pluie avaient mouillé la voiture toute grande ouverte; le vent de février n'est pas chaud; tout en répondant à l'espagnol, la poissarde, décolletée, grelottait, riait, et toussait.

Voici le dialogue :

— Dis donc.

— Quoi, daron [1]?

— Vois-tu ce vieux?

[1] *Daron,* père.

— Quel vieux?

— Là, dans la première roulotte [1] de la noce, de notre côté.

— Qui a le bras accroché dans une cravate noire?

— Oui.

— Eh bien?

— Je suis sûr que je le connais.

— Ah!

— Je veux qu'on me fauche le colabre et n'avoir de ma vioc dit vousaille, tonorgue ni mézig, si je ne colombe pas ce pantinois-là [2].

— C'est aujourd'hui que Paris est Pantin.

— Peux-tu voir la mariée, en te penchant?

— Non.

— Et le marié?

— Il n'y a pas de marié dans cette roulotte-là.

— Bah!

— A moins que ce ne soit l'autre vieux.

— Tâche donc de voir la mariée en te penchant bien.

— Je ne peux pas.

— C'est égal, ce vieux qui a quelque chose à la patte, j'en suis sûr, je connais ça.

— Et à quoi ça te sert-il de le connaître?

— On ne sait pas. Des fois!

— Je me fiche pas mal des vieux, moi.

— Je le connais!

— Connais-le à ton aise.

— Comment diable est-il à la noce?

— Nous y sommes bien, nous.

— D'où vient-elle, cette noce?

— Est-ce que je sais?

— Écoute.

— Quoi?

— Tu devrais faire une chose.

— Quoi?

— Descendre de notre roulotte et filer [3] cette noce-là.

— Pourquoi faire?

— Pour savoir où elle va, et ce qu'elle est. Dépêche-toi de descendre, cours, ma fée [4], toi qui es jeune.

[1] *Roulotte,* voiture. — [2] Je veux qu'on me coupe le cou, et n'avoir de ma vie dit vous, toi, ni moi, si je ne connais pas ce parisien-là. — [3] *Filer,* suivre. — [4] *Fée,* fille.

— Je ne peux pas quitter la voiture.

— Pourquoi ça?

— Je suis louée.

— Ah fichtre!

— Je dois ma journée de poissarde à la préfecture.

— C'est vrai.

— Si je quitte la voiture, le premier inspecteur qui me voit m'arrête. Tu sais bien.

— Oui, je sais.

— Aujourd'hui, je suis achetée par Pharos[1].

— C'est égal. Ce vieux m'embête.

— Les vieux t'embêtent. Tu n'es pourtant pas une jeune fille.

— Il est dans la première voiture.

— Eh bien?

— Dans la roulotte de la mariée.

— Après?

— Donc il est le père.

— Qu'est-ce que cela me fait?

— Je te dis qu'il est le père.

— Il n'y a pas que ce père-là.

— Écoute.

— Quoi?

— Moi, je ne peux guère sortir que masqué. Ici, je suis caché, on ne sait pas que j'y suis. Mais demain, il n'y a plus de masques. C'est mercredi des cendres. Je risque de tomber[2]. Il faut que je rentre dans mon trou. Toi, tu es libre.

— Pas trop.

— Plus que moi toujours.

— Eh bien, après?

— Il faut que tu tâches de savoir où est allée cette noce-là?

— Où elle va?

— Oui.

— Je le sais.

— Où va-t-elle donc?

— Au Cadran Bleu.

— D'abord ce n'est pas de ce côté-là.

— Eh bien! à la Râpée.

— Ou ailleurs.

[1] *Pharos*, le gouvernement. — [2] *Tomber*, être arrêté.

— Elle est libre. Les noces sont libres.

— Ce n'est pas tout ça. Je te dis qu'il faut que tu tâches de me savoir ce que c'est que cette noce-là, dont est ce vieux, et où cette noce-là demeure.

— Plus souvent! voilà qui sera drôle. C'est commode de retrouver, huit jours après, une noce qui a passé dans Paris le mardi gras. Une tiquante [1] dans un grenier à foin! Est-ce que c'est possible?

— N'importe, il faudra tâcher. Entends-tu, Azelma?

Les deux files reprirent des deux côtés du boulevard leur mouvement en sens inverse, et la voiture des masques perdit de vue « la roulotte » de la mariée.

[1] *Tiquante*, épingle.

II

JEAN VALJEAN A TOUJOURS SON BRAS EN ÉCHARPE.

Réaliser son rêve. A qui cela est-il donné? Il doit y avoir des élections pour cela dans le ciel; nous sommes tous candidats à notre insu; les anges votent. Cosette et Marius avaient été élus.

Cosette, à la mairie et dans l'église, était éclatante et touchante. C'était Toussaint, aidée de Nicolette, qui l'avait habillée.

Cosette avait sur une jupe de taffetas blanc sa robe de guipure de Binche, un voile de point d'Angleterre, un collier de perles fines, une couronne de fleurs d'oranger; tout cela était blanc, et, dans cette blancheur, elle rayonnait. C'était une candeur exquise se dilatant et se transfigurant dans de la clarté. On eût dit une vierge en train de devenir déesse.

Les beaux cheveux de Marius étaient lustrés et parfumés; on entrevoyait çà et là, sous l'épaisseur des boucles, des lignes pâles qui étaient les cicatrices de la barricade.

Le grand-père, superbe, la tête haute, amalgamant plus que jamais dans sa toilette et dans ses manières toutes les élégances du temps de Barras, conduisait Cosette. Il remplaçait Jean Valjean qui, à cause de son bras en écharpe, ne pouvait donner la main à la mariée.

Jean Valjean, en noir, suivait et souriait.

— Monsieur Fauchelevent, lui disait l'aïeul, voilà un beau jour. Je vote la fin des afflictions et des chagrins. Il ne faut plus qu'il y ait de tristesse nulle part désormais. Pardieu! je décrète la joie! Le mal n'a pas le droit d'être. Qu'il y ait des hommes malheureux, en vérité, cela est honteux pour l'azur du ciel. Le mal ne vient pas de l'homme qui, au fond, est bon. Toutes les misères humaines ont pour chef-lieu et pour gouvernement central l'enfer, autrement dit les Tuileries du diable. Bon, voilà que je dis des mots démagogiques à présent! Quant à moi, je n'ai plus d'opinion politique; que tous les hommes soient riches, c'est-à-dire joyeux, voilà à quoi je me borne.

Quand, à l'issue de toutes les cérémonies, après avoir prononcé devant le maire et devant le prêtre tous les oui possibles, après avoir signé sur les registres à la municipalité et à la sacristie, après avoir échangé leurs anneaux, après avoir été à genoux coude à coude sous le poêle de moire blanche dans la fumée de l'encensoir, ils arrivèrent se tenant par la main, admirés et enviés de tous, Marius en noir, elle en blanc, précédés du suisse à épaulettes de colonel frappant les dalles de sa hallebarde, entre deux haies d'assistants émerveillés, sous le portail de l'église ouvert à deux battants, prêts à remonter en voiture et_tout étant fini, Cosette ne pouvait encore y croire. Elle regardait Marius, elle regardait la foule, elle regardait le ciel; il semblait qu'elle eût p ur de se réveiller. Son air étonné et inquiet lui ajoutait on ne sait quoi d'enchanteur. Pour s'en retourner, ils montèrent ensemble dans la même voiture, Marius près de Cosette; M. Gillenormand et Jean Valjean leur faisaient vis-à-vis. La tante Gillenormand avait reculé d'un plan, et était dans la seconde voiture. — Mes enfants, disait le grand-père, vous voilà monsieur le baron et madame la baronne avec trente mille livres de rente. Et Cosette, se penchant tout contre Marius, lui caressa l'oreille de ce chuchotement angélique : — C'est donc vrai. Je m'appelle Marius. Je suis madame Toi.

Ces deux êtres resplendissaient. Ils étaient à la minute irrévocable et introuvable, à l'éblouissant point d'intersection de toute la jeunesse et de toute la joie. Ils réalisaient le vers de Jean Prouvaire; à eux deux, ils n'avaient pas quarante ans. C'était le mariage sublimé; ces deux enfants étaient deux lys. Ils ne se voyaient pas, ils se contemplaient. Cosette apercevait Marius dans une gloire; Marius apercevait Cosette sur un autel. Et sur cet autel et dans cette gloire, les deux apothéoses se mêlant, au fond, on ne sait comment, derrière un nuage pour Cosette, dans un flamboiement pour Marius, il y avait la chose idéale, la chose réelle, le rendez-vous du baiser et du songe, l'oreiller nuptial.

Tout le tourment qu'ils avaient eu leur revenait en enivrement. Il leur semblait que les chagrins, les insomnies, les larmes, les angoisses, les épouvantes, les désespoirs, devenus caresses et rayons, rendaient plus charmante encore l'heure charmante qui approchait; et que les tristesses étaient autant de servantes qui faisaient la toilette de la joie. Avoir souffert, comme c'est bon! Leur malheur faisait auréole à leur bonheur. La longue agonie de leur amour aboutissait à une ascension.

C'était dans ces deux âmes le même enchantement, nuancé de volupté dans Marius et de pudeur dans Cosette. Ils se disaient tout bas : Nous irons revoir notre petit jardin de la rue Plumet. Les plis de la robe de Cosette étaient sur Marius.

Un tel jour est un mélange ineffable de rêve et de certitude. On possède et on suppose. On a encore du temps devant soi pour deviner. C'est une indicible émotion ce jour-là d'être à midi et de songer à minuit. Les délices de ces deux cœurs débordaient sur la foule et donnaient de l'allégresse aux passants.

On s'arrêtait rue Saint-Antoine devant Saint-Paul pour voir à travers la vitre de la voiture trembler les fleurs d'oranger sur la tête de Cosette.

Puis ils rentrèrent rue des Filles-du-Calvaire, chez eux. Marius, côte à côte avec Cosette, monta, triomphant et rayonnant, cet escalier où on l'avait traîné mourant. Les pauvres, attroupés devant la porte et se partageant leurs bourses, les bénissaient. Il y avait partout des fleurs. La maison n'était pas moins embaumée que l'église ; après l'encens, les roses. Ils croyaient entendre des voix chanter dans l'infini ; ils avaient Dieu dans le cœur ; la destinée leur apparaissait comme un plafond d'étoiles ; ils voyaient au-dessus de leurs têtes une lueur de soleil levant. Tout à coup l'horloge sonna. Marius regarda le charmant bras nu de Cosette et les choses roses qu'on apercevait vaguement à travers les dentelles de son corsage, et Cosette, voyant le regard de Marius, se mit à rougir jusqu'au blanc des yeux.

Bon nombre d'anciens amis de la famille Gillenormand avaient été invités ; on s'empressait autour de Cosette. C'était à qui l'appellerait madame la baronne.

L'officier Théodule Gillenormand, maintenant capitaine, était venu de Chartres où il tenait garnison, pour assister à la noce de son cousin Pontmercy. Cosette ne le reconnut pas.

Lui, de son côté, habitué à être trouvé joli par les femmes, ne se souvint pas plus de Cosette que d'une autre.

— Comme j'ai eu raison de ne pas croire à cette histoire du lancier ! disait à part soi le père Gillenormand.

Cosette n'avait jamais été plus tendre avec Jean Valjean. Elle était à l'unisson du père Gillenormand ; pendant qu'il érigeait la joie en aphorismes et en maximes, elle exhalait l'amour et la bonté comme un parfum. Le bonheur veut tout le monde heureux.

Elle retrouvait, pour parler à Jean Valjean, des inflexions de voix du temps qu'elle était petite fille. Elle le caressait du sourire.

Un banquet avait été dressé dans la salle à manger.

Un éclairage à giorno est l'assaisonnement nécessaire d'une grande joie. La brume et l'obscurité ne sont point acceptées par les heureux. Ils ne consentent pas à être noirs. La nuit, oui ; les ténèbres, non. Si l'on n'a pas de soleil, il faut en faire un.

La salle à manger était une fournaise de choses gaies. Au centre, au-dessus de la table blanche et éclatante, un lustre de Venise à lames plates, avec toutes sortes d'oiseaux de couleur, bleus, violets, rouges, verts, perchés au milieu des bougies ; autour du lustre des girandoles, sur le mur des miroirs-appliques à triples et quintuples branches ; glaces, cristaux, verreries, vaisselles, porcelaines, faïences, poteries, orfèvreries, argenteries, tout étincelait et se réjouissait. Les vides entre les candélabres étaient comblés par les bouquets, en sorte que, là où il n'y avait pas une lumière, il y avait une fleur.

Dans l'antichambre trois violons et une flûte jouaient en sourdine des quatuors de Haydn.

Jean Valjean s'était assis sur une chaise dans le salon, derrière la porte, dont le battant se repliait sur lui de façon à le cacher presque. Quelques instants avant qu'on se mît à table, Cosette vint, comme par coup de tête, lui faire une grande révérence en étalant de ses deux mains sa toilette de mariée, et, avec un regard tendrement espiègle, elle lui demanda :

— Père, êtes-vous content ?

— Oui, dit Jean Valjean, je suis content.

— Eh bien, riez alors.

Jean Valjean se mit à rire.

Quelques instants après, Basque annonça que le dîner était servi.

Les convives, précédés de M. Gillenormand donnant le bras à Cosette, entrèrent dans la salle à manger, et se répandirent, selon l'ordre voulu, autour de la table.

Deux grands fauteuils y figuraient, à droite et à gauche de la mariée, le premier pour M. Gillenormand, le second pour Jean Valjean. M. Gillenormand s'assit. L'autre fauteuil resta vide.

On chercha des yeux « monsieur Fauchelevent ».

Il n'était plus là.

M. Gillenormand interpella Basque.

— Sais-tu où est monsieur Fauchelevent ?

— Monsieur, répondit Basque, précisément. Monsieur Fauchelevent m'a dit de dire à monsieur qu'il souffrait un peu de sa main malade, et qu'il ne pourrait dîner avec monsieur le baron et madame la baronne. Qu'il priait qu'on l'excusât. Qu'il viendrait demain matin. Il vient de sortir.

Ce fauteuil vide refroidit un moment l'effusion du repas de noces. Mais, M. Fauchelevent absent, M. Gillenormand était là, et le grand-père rayonnait pour deux. Il affirma que M. Fauchelevent faisait bien de se coucher de bonne heure, s'il souffrait, mais que ce n'était qu'un « bobo ». Cette déclaration suffit. D'ailleurs, qu'est-ce qu'un coin obscur dans une telle submersion de joie ? Cosette et Marius étaient dans un de ces moments égoïstes et bénis où l'on n'a pas d'autre faculté que de percevoir le bonheur. Et puis, M. Gillenormand eut une idée. — Pardieu, ce fauteuil est vide. Viens-y, Marius. Ta tante, quoiqu'elle ait droit à toi, te le permettra. Ce fauteuil est pour toi. C'est légal, et c'est gentil. Fortunatus près de Fortunata. — Applaudissement de toute la table. Marius prit près de Cosette la place de Jean Valjean; et les choses s'arrangèrent de telle sorte que Cosette, d'abord triste de l'absence de Jean Valjean, finit par en être contente. Du moment où Marius était le remplaçant, Cosette n'eût pas regretté Dieu. Elle mit son doux petit pied chaussé de satin blanc sur le pied de Marius.

Le fauteuil occupé, M. Fauchelevent fut effacé; et rien ne manqua. Et, cinq minutes après, la table entière riait d'un bout à l'autre avec toute la verve de l'oubli.

Au dessert, M. Gillenormand debout, un verre de vin de champagne en main, à demi plein pour que le tremblement de ses quatrevingt-douze ans ne le fît pas déborder, porta la santé des mariés.

— Vous n'échapperez pas à deux sermons, s'écria-t-il. Vous avez eu le matin celui du curé, vous aurez le soir celui du grand-père. Écoutez-moi; je vais vous donner un conseil : adorez-vous. Je ne fais pas un tas de giries, je vais au but, soyez heureux. Il n'y a pas dans la création d'autres sages que les tourtereaux. Les philosophes disent : Modérez vos joies. Moi je dis : Lâchez-leur la bride, à vos joies. Soyez épris comme des diables. Soyez enragés. Les philosophes radotent. Je voudrais leur faire rentrer leur philo-sophie dans la gargoine. Est-ce qu'il peut y avoir trop de parfums, trop de boutons de rose ouverts, trop de rossignols chantants, trop de feuilles vertes, trop d'aurore dans la vie? est-ce qu'on peut trop s'aimer? est-ce qu'on peut trop se plaire l'un à l'autre? Prends garde, Estelle, tu es trop jolie! Prends garde, Némorin, tu es trop beau! La bonne balourdise! Est-ce qu'on peut trop s'enchanter, trop se cajoler, trop se charmer? est-ce qu'on peut trop être vivant? est-ce qu'on peut trop être heureux? Modérez vos joies. Ah ouiche! A bas les philosophes! La sagesse, c'est la jubilation. Jubilez, jubi-lons. Sommes-nous heureux parce que nous sommes bons, ou sommes-nous bons parce que nous sommes heureux? Le Sancy s'appelle-t-il le Sancy parce qu'il a appartenu à Harlay de Sancy, ou parce qu'il pèse cent six carats? Je n'en sais rien; la vie est pleine de ces problèmes-là; l'important, c'est d'avoir le Sancy, et le bonheur. Soyons heureux sans chicaner. Obéis-sons aveuglément au soleil. Qu'est-ce que le soleil? C'est l'amour. Qui dit amour, dit femme. Ah! ah! voilà une toute-puissance, c'est la femme. Demandez à ce démagogue de Marius s'il n'est pas l'esclave de cette petite tyranne de Cosette. Et de son plein gré, le lâche! La femme! Il n'y a pas de Robespierre qui tienne, la femme règne. Je ne suis plus royaliste que de cette royauté-là. Qu'est-ce qu'Adam? C'est le royaume d'Ève. Pas de 89 pour Ève. Il y avait le sceptre royal surmonté d'une fleur de lys, il y avait le sceptre impérial surmonté d'un globe, il y avait le sceptre de Charle-magne qui était en fer, il y avait le sceptre de Louis le Grand qui était en

or, la révolution les a tordus entre son pouce et son index, comme des fétus
de paille de deux liards; c'est fini, c'est cassé, c'est par terre, il n'y a plus de
sceptre; mais faites-moi donc des révolutions contre ce petit mouchoir brodé
qui sent le patchouli! Je voudrais vous y voir. Essayez. Pourquoi est-ce
solide? Parce que c'est un chiffon. Ah! vous êtes le dix-neuvième siècle?
Eh bien, après? Nous étions le dix-huitième, nous! Et nous étions aussi
bêtes que vous. Ne vous imaginez pas que vous ayez changé grand'chose
à l'univers, parce que votre trousse-galant s'appelle le choléra-morbus, et
parce que votre bourrée s'appelle la cachucha. Au fond, il faudra bien toujours aimer les femmes. Je vous défie de sortir de là. Ces diablesses sont nos
anges. Oui, l'amour, la femme, le baiser, c'est un cercle dont je vous défie
de sortir; et, quant à moi, je voudrais bien y rentrer. Lequel de vous a vu
se lever dans l'infini, apaisant tout au-dessous d'elle, regardant les flots
comme une femme, l'étoile Vénus, la grande coquette de l'abîme, la Céli-
mène de l'océan? L'océan, voilà un rude Alceste. Eh bien, il a beau bou-
gonner, Vénus paraît, il faut qu'il sourie. Cette bête brute se soumet. Nous
sommes tous ainsi. Colère, tempête, coups de foudre, écume jusqu'au
plafond. Une femme entre en scène, une étoile se lève; à plat ventre!
Marius se battait il y a six mois; il se marie aujourd'hui. C'est bien fait.
Oui, Marius, oui, Cosette, vous avez raison. Existez hardiment l'un pour
l'autre, faites-vous des mamours, faites-nous crever de rage de n'en pouvoir
faire autant, idolâtrez-vous. Prenez dans vos deux becs tous les petits brins
de félicité qu'il y a sur la terre, et arrangez-vous-en un nid pour la vie.
Pardi, aimer, être aimé, le beau miracle quand on est jeune! Ne vous
figurez pas que vous ayez inventé cela. Moi aussi, j'ai rêvé, j'ai songé, j'ai
soupiré; moi aussi, j'ai eu une âme clair de lune. L'amour est un enfant de
six mille ans. L'amour a droit à une longue barbe blanche. Mathusalem est
un gamin près de Cupidon. Depuis soixante siècles, l'homme et la femme
se tirent d'affaire en aimant. Le diable, qui est malin, s'est mis à haïr
l'homme; l'homme, qui est plus malin, s'est mis à aimer la femme. De
cette façon, il s'est fait plus de bien que le diable ne lui a fait de mal. Cette
finesse-là a été trouvée dès le paradis terrestre. Mes amis, l'invention est
vieille, mais elle est toute neuve. Profitez-en. Soyez Daphnis et Chloé en
attendant que vous soyiez Philémon et Baucis. Faites en sorte que, quand
vous êtes l'un avec l'autre, rien ne vous manque, et que Cosette soit le soleil
pour Marius, et que Marius soit l'univers pour Cosette. Cosette, que le
beau temps, ce soit le sourire de votre mari; Marius, que la pluie, ce soit
les larmes de ta femme. Et qu'il ne pleuve jamais dans votre ménage. Vous
avez chipé à la loterie le bon numéro, l'amour dans le sacrement; vous avez
le gros lot, gardez-le bien, mettez-le sous clef, ne le gaspillez pas, adorez-

vous, et fichez-vous du reste. Croyez ce que je dis là. C'est du bon sens. Bon sens ne peut mentir. Soyez-vous l'un pour l'autre une religion. Chacun a sa façon d'adorer Dieu. Saperlotte! la meilleure manière d'adorer Dieu, c'est d'aimer sa femme. Je t'aime! voilà mon catéchisme. Quiconque aime est orthodoxe. Le juron de Henri IV met la sainteté entre la ripaille et l'ivresse. Ventre-saint-gris! je ne suis pas de la religion de ce juron-là. La femme y est oubliée. Cela m'étonne de la part du juron de Henri IV. Mes amis, vive la femme! je suis vieux, à ce qu'on dit; c'est étonnant comme je me sens en train d'être jeune. Je voudrais aller écouter des musettes dans les bois. Ces enfants-là qui réussissent à être beaux et contents, cela me grise. Je me marierais bellement si quelqu'un voulait. Il est impossible de s'imaginer que Dieu nous ait faits pour autre chose que ceci : idolâtrer, roucouler, adoniser, être pigeon, être coq, becqueter ses amours du matin au soir, se mirer dans sa petite femme, être fier, être triomphant, faire jabot; voilà le but de la vie. Voilà, ne vous en déplaise, ce que nous pensions, nous autres, dans notre temps dont nous étions les jeunes gens. Ah! vertubamboche! qu'il y en avait donc de charmantes femmes, à cette époque-là, et des minois, et des tendrons! J'y exerçais mes ravages. Donc aimez-vous. Si l'on ne s'aimait pas, je ne vois pas vraiment à quoi cela servirait qu'il y eût un printemps; et, quant à moi, je prierais le bon Dieu de serrer toutes les belles choses qu'il nous montre, et de nous les reprendre, et de remettre dans sa boîte les fleurs, les oiseaux et les jolies filles. Mes enfants, recevez la bénédiction du vieux bonhomme.

La soirée fut vive, gaie, aimable. La belle humeur souveraine du grandpère donna l'ut à toute la fête, et chacun se régla sur cette cordialité presque centenaire. On dansa un peu, on rit beaucoup; ce fut une noce bonne enfant. On eût pu y convier le bonhomme Jadis. Du reste il y était dans la personne du père Gillenormand.

Il y eut tumulte, puis silence.

Les mariés disparurent.

Un peu après minuit la maison Gillenormand devint un temple.

Ici nous nous arrêtons. Sur le seuil des nuits de noce un ange est debout, souriant, un doigt sur la bouche.

L'âme entre en contemplation devant ce sanctuaire où se fait la célébration de l'amour.

Il doit y avoir des lueurs au-dessus de ces maisons-là. La joie qu'elles contiennent doit s'échapper à travers les pierres des murs en clarté et rayer vaguement les ténèbres. Il est impossible que cette fête sacrée et fatale n'envoie pas un rayonnement céleste à l'infini. L'amour, c'est le creuset sublime où se fait la fusion de l'homme et de la femme; l'être un, l'être triple, l'être final, la trinité humaine en sort. Cette naissance de deux âmes en une doit être une émotion pour l'ombre. L'amant est prêtre; la vierge ravie s'épouvante. Quelque chose de cette joie va à Dieu. Là où il y a vraiment mariage, c'est-à-dire où il y a amour, l'idéal s'en mêle. Un lit nuptial fait dans les ténèbres un coin d'aurore. S'il était donné à la prunelle de chair de percevoir les visions redoutables et charmantes de la vie supérieure, il est probable qu'on verrait les formes de la nuit, les inconnus ailés, les passants bleus de l'invisible, se pencher, foule de têtes sombres, autour de la maison lumineuse, satisfaits, bénissants, se montrant les uns aux autres la vierge épouse, doucement effarés, et ayant le reflet de la félicité humaine sur leurs visages divins. Si, à cette heure suprême, les époux éblouis de volupté, et qui se croient seuls, écoutaient, ils entendraient dans leur chambre un bruissement d'ailes confuses. Le bonheur parfait implique la solidarité des anges. Cette petite alcôve obscure a pour plafond tout le ciel. Quand deux bouches, devenues sacrées par l'amour, se rapprochent pour créer, il est impossible qu'au-dessus de ce baiser ineffable il n'y ait pas un tressaillement dans l'immense mystère des étoiles.

Ces félicités sont les vraies. Pas de joie hors de ces joies-là. L'amour, c'est là l'unique extase. Tout le reste pleure.

Aimer ou avoir aimé, cela suffit. Ne demandez rien ensuite. On n'a pas d'autre perle à trouver dans les plis ténébreux de la vie. Aimer est un accomplissement.

III

L'INSÉPARABLE.

Qu'était devenu Jean Valjean ?

Immédiatement après avoir ri, sur la gentille injonction de Cosette, personne ne faisant attention à lui, Jean Valjean s'était levé, et, inaperçu, il avait gagné l'antichambre. C'était cette même salle où, huit mois auparavant, il était entré noir de boue, de sang et de poudre, rapportant le petit-fils à l'aïeul. La vieille boiserie était enguirlandée de feuillages et de fleurs; les musiciens étaient assis sur le canapé où l'on avait déposé Marius. Basque en habit noir, en culotte courte, en bas blancs et en gants blancs, disposait des couronnes de roses autour de chacun des plats qu'on allait servir. Jean Valjean lui avait montré son bras en écharpe, l'avait chargé d'expliquer son absence, et était sorti.

Les croisées de la salle à manger donnaient sur la rue. Jean Valjean demeura quelques minutes debout et immobile dans l'obscurité sous ces fenêtres radieuses. Il écoutait. Le bruit confus du banquet venait jusqu'à lui. Il entendait la parole haute et magistrale du grand-père, les violons, le cliquetis des assiettes et des verres, les éclats de rire, et dans toute cette rumeur gaie il distinguait la douce voix joyeuse de Cosette.

Il quitta la rue des Filles-du-Calvaire et s'en revint rue de l'Homme-Armé.

Pour s'en retourner, il prit par la rue Saint-Louis, la rue Culture-Sainte-Catherine et les Blancs-Manteaux; c'était un peu le plus long, mais c'était le chemin par où, depuis trois mois, pour éviter les encombrements et les boues de la rue Vieille-du-Temple, il avait coutume de venir tous les jours, de la rue de l'Homme-Armé à la rue des Filles-du-Calvaire, avec Cosette.

Ce chemin où Cosette avait passé excluait pour lui tout autre itinéraire.

Jean Valjean rentra chez lui. Il alluma sa chandelle et monta. L'appartement était vide. Toussaint elle-même n'y était plus. Le pas de Jean Valjean faisait dans les chambres plus de bruit qu'à l'ordinaire. Toutes les armoires étaient ouvertes. Il pénétra dans la chambre de Cosette. Il n'y avait pas de draps au lit. L'oreiller de coutil, sans taie et sans dentelles, était posé sur les couvertures pliées au pied des matelas dont on voyait la toile et où personne ne devait plus coucher. Tous les petits objets féminins auxquels tenait Cosette avaient été emportés; il ne restait que les gros meubles et les quatre murs. Le lit de Toussaint était également dégarni. Un seul lit était fait et semblait attendre quelqu'un ; c'était celui de Jean Valjean.

Jean Valjean regarda les murailles, ferma quelques portes d'armoires, alla et vint d'une chambre à l'autre.

Puis il se retrouva dans sa chambre, et il posa sa chandelle sur une table.

Il avait dégagé son bras de l'écharpe, et il se servait de sa main droite comme s'il n'en souffrait pas.

Il s'approcha de son lit, et ses yeux s'arrêtèrent, fut-ce par hasard ? fut-ce avec intention ? sur l'*inséparable*, dont Cosette avait été jalouse, sur la petite malle qui ne le quittait jamais. Le 4 juin, en arrivant rue de l'Homme-Armé, il l'avait déposée sur un guéridon près de son chevet. Il alla à ce guéridon avec une sorte de vivacité, prit dans sa poche une clef, et ouvrit la valise.

Il en tira lentement les vêtements avec lesquels, dix ans auparavant, Cosette avait quitté Montfermeil ; d'abord la petite robe noire, puis le fichu noir, puis les bons gros souliers d'enfant que Cosette aurait presque pu mettre encore, tant elle avait le pied petit, puis la brassière de futaine bien épaisse, puis le jupon de tricot, puis le tablier à poches, puis les bas de laine. Ces bas, où était encore gracieusement marquée la forme d'une petite jambe, n'étaient guère plus longs que la main de Jean Valjean. Tout cela était de couleur noire. C'était lui qui avait apporté ces vêtements pour elle à Montfermeil. A mesure qu'il les ôtait de la valise, il les posait sur le lit. Il pensait. Il se rappelait. C'était en hiver, un mois de décembre très froid, elle grelottait à demi nue dans des guenilles, ses pauvres petits pieds tout rouges dans des sabots. Lui Jean Valjean, il lui avait fait quitter ces haillons pour lui faire mettre cet habillement de deuil. La mère avait dû être contente dans sa tombe de voir sa fille porter son deuil, et surtout de voir qu'elle était vêtue et qu'elle avait chaud. Il pensait à cette forêt de Montfermeil ; ils l'avaient traversée ensemble, Cosette et lui ; il pensait au temps qu'il faisait, aux arbres sans feuilles, au bois sans oiseaux, au ciel sans soleil ; c'est égal, c'était charmant. Il rangea les petites nippes sur le lit, le fichu près du jupon, les bas à côté des souliers, la brassière à côté de la robe, et il les regarda l'une après l'autre. Elle n'était pas plus haute que cela, elle avait sa grande poupée dans ses bras, elle avait mis son louis d'or dans la poche de ce tablier, elle riait, ils marchaient tous les deux se tenant par la main, elle n'avait que lui au monde.

Alors sa vénérable tête blanche tomba sur le lit, ce vieux cœur stoïque se brisa, sa face s'abîma pour ainsi dire dans les vêtements de Cosette, et si quelqu'un eût passé dans l'escalier en ce moment, on eût entendu d'effrayants sanglots.

IV

IMMORTALE JECUR.

La vieille lutte formidable, dont nous avons déjà vu plusieurs phases, recommença.

Jacob ne lutta avec l'ange qu'une nuit. Hélas! combien de fois avons-nous vu Jean Valjean saisi corps à corps dans les ténèbres par sa conscience, et luttant éperdument contre elle!

Lutte inouïe! A de certains moments, c'est le pied qui glisse; à d'autres instants, c'est le sol qui croule. Combien de fois cette conscience, forcenée au bien, l'avait-elle étreint et accablé! Combien de fois la vérité, inexorable, lui avait-elle mis le genou sur la poitrine! Combien de fois, terrassé par la lumière, lui avait-il crié grâce! Combien de fois cette lumière implacable, allumée en lui et sur lui par l'évêque, l'avait-elle ébloui de force lorsqu'il souhaitait être aveuglé! Combien de fois s'était-il redressé dans le combat, retenu au rocher, adossé au sophisme, traîné dans la poussière, tantôt renversant sa conscience sous lui, tantôt renversé par elle! Combien de fois, après une équivoque, après un raisonnement traître et spécieux de l'égoïsme, avait-il entendu sa conscience irritée lui crier à l'oreille : Croc-en-jambe! misérable! Combien de fois sa pensée réfractaire avait-elle râlé convulsivement sous l'évidence du devoir! Résistance à Dieu. Sueurs funèbres. Que de blessures secrètes, que lui seul sentait saigner! Que d'écorchures à sa lamentable existence! Combien de fois s'était-il relevé sanglant, meurtri, brisé, éclairé, le désespoir au cœur, la sérénité dans l'âme! et, vaincu, il se sentait vainqueur. Et, après l'avoir disloqué, tenaillé et rompu, sa conscience, debout au-dessus de lui, redoutable, lumineuse, tranquille, lui disait : Maintenant, va en paix!

Mais, au sortir d'une si sombre lutte, quelle paix lugubre, hélas!

Cette nuit-là pourtant, Jean Valjean sentit qu'il livrait son dernier combat.

Une question se présentait, poignante.

Les prédestinations ne sont pas toutes droites; elles ne se développent pas en avenue rectiligne devant le prédestiné; elles ont des impasses, des cœcums, des tournants obscurs, des carrefours inquiétants offrant plusieurs voies. Jean Valjean faisait halte en ce moment au plus périlleux de ces carrefours.

Il était parvenu au suprême croisement du bien et du mal. Il avait cette ténébreuse intersection sous les yeux. Cette fois encore, comme cela lui était déjà arrivé dans d'autres péripéties douloureuses, deux routes s'ouvraient devant lui ; l'une tentante, l'autre effrayante. Laquelle prendre?

Celle qui effrayait était conseillée par le mystérieux doigt indicateur que nous apercevons tous chaque fois que nous fixons nos yeux sur l'ombre.

Jean Valjean avait, encore une fois, le choix entre le port terrible et l'embûche souriante.

Cela est-il donc vrai? l'âme peut guérir ; le sort, non. Chose affreuse! une destinée incurable!

La question qui se présentait, la voici :

De quelle façon Jean Valjean allait-il se comporter avec le bonheur de Cosette et de Marius? Ce bonheur, c'était lui qui l'avait voulu, c'était lui qui l'avait fait ; il se l'était lui-même enfoncé dans les entrailles, et à cette heure, en le considérant, il pouvait avoir l'espèce de satisfaction qu'aurait un armurier qui reconnaîtrait sa marque de fabrique sur un couteau, en se le retirant tout fumant de la poitrine.

Cosette avait Marius, Marius possédait Cosette. Ils avaient tout, même la richesse. Et c'était son œuvre.

Mais ce bonheur, maintenant qu'il existait, maintenant qu'il était là, qu'allait-il en faire, lui Jean Valjean? S'imposerait-il à ce bonheur? Le traiterait-il comme lui appartenant? Sans doute Cosette était à un autre ; mais lui Jean Valjean retiendrait-il de Cosette tout ce qu'il en pourrait retenir? Resterait-il l'espèce de père, entrevu, mais respecté, qu'il avait été jusqu'alors? S'introduirait-il tranquillement dans la maison de Cosette? Apporterait-il, sans dire mot, son passé à cet avenir? Se présenterait-il là comme ayant droit, et viendrait-il s'asseoir, voilé, à ce lumineux foyer? Prendrait-il, en leur souriant, les mains de ces innocents dans ses deux mains tragiques? Poserait-il sur les paisibles chenets du salon Gillenormand ses pieds qui traînaient derrière eux l'ombre infamante de la loi? Entrerait-il en participation de chances avec Cosette et Marius? Épaissirait-il l'obscurité sur son front et le nuage sur le leur? Mettrait-il en tiers avec leurs deux félicités sa catastrophe? Continuerait-il de se taire? En un mot serait-il, près de ces deux êtres heureux, le sinistre muet de la destinée?

Il faut être habitué à la fatalité et à ses rencontres pour oser lever les yeux quand de certaines questions nous apparaissent dans leur nudité horrible. Le bien ou le mal sont derrière ce sévère point d'interrogation. Que vas-tu faire? demande le sphinx.

Cette habitude de l'épreuve, Jean Valjean l'avait. Il regarda le sphinx fixement.

Il examina l'impitoyable problème sous toutes ses faces.

Cosette, cette existence charmante, était le radeau de ce naufragé. Que faire ? S'y cramponner, ou lâcher prise ?

S'il s'y cramponnait, il sortait du désastre, il remontait au soleil, il laissait ruisseler de ses vêtements et de ses cheveux l'eau amère, il était sauvé, il vivait.

Allait-il lâcher prise ?

Alors, l'abîme.

Il tenait ainsi douloureusement conseil avec sa pensée. Ou, pour mieux dire, il combattait; il se ruait, furieux, au dedans de lui-même, tantôt contre sa volonté, tantôt contre sa conviction.

Ce fut un bonheur pour Jean Valjean d'avoir pu pleurer. Cela l'éclaira peut-être. Pourtant le commencement fut farouche. Une tempête, plus furieuse que celle qui autrefois l'avait poussé vers Arras, se déchaîna en lui. Le passé lui revenait en regard du présent; il comparait, et il sanglotait. Une fois l'écluse des larmes ouverte, le désespéré se tordit.

Il se sentait arrêté.

Hélas, dans ce pugilat à outrance entre notre égoïsme et notre devoir, quand nous reculons ainsi pas à pas devant notre idéal incommutable, égarés, acharnés, exaspérés de céder, disputant le terrain, espérant une fuite possible, cherchant une issue, quelle brusque et sinistre résistance derrière nous que le pied du mur!

Sentir l'ombre sacrée qui fait obstacle!

L'invisible inexorable, quelle obsession!

Donc avec la conscience on n'a jamais fini. Prends-en ton parti, Brutus; prends-en ton parti, Caton. Elle est sans fond, étant Dieu. On jette dans ce puits le travail de toute sa vie, on y jette sa fortune, on y jette sa richesse, on y jette son succès, on y jette sa liberté ou sa patrie, on y jette son bien-être, on y jette son repos, on y jette sa joie. Encore! encore! encore! Videz le vase! penchez l'urne! Il faut finir par y jeter son cœur.

Il y a quelque part dans la brume des vieux enfers un tonneau comme cela.

N'est-on pas pardonnable de refuser enfin ? Est-ce que l'inépuisable peut avoir un droit ? Est-ce que les chaînes sans fin ne sont pas au-dessus de la force humaine ? Qui donc blâmerait Sisyphe et Jean Valjean de dire : c'est assez!

L'obéissance de la matière est limitée par le frottement; est-ce qu'il n'y a pas une limite à l'obéissance de l'âme ? Si le mouvement perpétuel est impossible, est-ce que le dévouement perpétuel est exigible ?

Le premier pas n'est rien; c'est le dernier qui est difficile. Qu'était-ce que l'affaire Champmathieu à côté du mariage de Cosette et de ce qu'il entraînait? Qu'est-ce que ceci : rentrer au bagne, à côté de ceci : entrer dans le néant ?

O première marche à descendre, que tu es sombre! O seconde marche, que tu es noire!

Comment ne pas détourner la tête cette fois ?

Le martyre est une sublimation, sublimation corrosive. C'est une torture qui sacre. On peut y consentir la première heure; on s'assied sur le trône de fer rouge, on met sur son front la couronne de fer rouge, on accepte le globe de fer rouge, on prend le sceptre de fer rouge, mais il reste encore à vêtir le manteau de flamme, et n'y a-t-il pas un moment où la chair misérable se révolte, et où l'on abdique le supplice ?

Enfin Jean Valjean entra dans le calme de l'accablement.

Il pesa, il songea, il considéra les alternatives de la mystérieuse balance de lumière et d'ombre.

Imposer son bagne à ces deux enfants éblouissants, ou consommer lui-même son irrémédiable engloutissement. D'un côté le sacrifice de Cosette; de l'autre le sien propre.

A quelle solution s'arrêta-t-il ? Quelle détermination prit-il ? Quelle fut, au dedans de lui-même, sa réponse définitive à l'incorruptible interrogatoire de la fatalité ? Quelle porte se décida-t-il à ouvrir ? Quel côté de sa vie prit-il le parti de fermer et de condamner ? Entre tous ces escarpements insondables qui l'entouraient, quel fut son choix ? Quelle extrémité accepta-t-il ? Auquel de ces gouffres fit-il un signe de tête ?

Sa rêverie vertigineuse dura toute la nuit.

Il resta là jusqu'au jour, dans la même attitude, ployé en deux sur ce lit, prosterné sous l'énormité du sort, écrasé peut-être, hélas! les poings crispés, les bras étendus à angle droit comme un crucifié décloué qu'on aurait jeté la face contre terre. Il demeura douze heures, les douze heures d'une longue nuit d'hiver, glacé, sans relever la tête et sans prononcer une parole. Il était immobile comme un cadavre, pendant que sa pensée se roulait à terre et s'envolait, tantôt comme l'hydre, tantôt comme l'aigle. A le voir ainsi sans mouvement on eût dit un mort; tout à coup il tressaillait convulsivement et sa bouche, collée aux vêtements de Cosette, les baisait; alors on voyait qu'il vivait.

Qui ? on ? puisque Jean Valjean était seul, et qu'il n'y avait personne là ?

Le On qui est dans les ténèbres.

LIVRE SEPTIÈME.

LA DERNIÈRE GORGÉE DU CALICE.

I

LE SEPTIÈME CERCLE ET LE HUITIÈME CIEL.

Les lendemains de noce sont solitaires. On respecte le recueillement des heureux. Et aussi un peu leur sommeil attardé. Le brouhaha des visites et des félicitations ne commence que plus tard. Le matin du 17 février, il était un peu plus de midi quand Basque, la serviette et le plumeau sous le bras, occupé « à faire son antichambre », entendit un léger frappement à la porte. On n'avait point sonné, ce qui est discret un pareil jour. Basque ouvrit et vit M. Fauchelevent. Il l'introduisit dans le salon, encore encombré et sens dessus dessous, et qui avait l'air du champ de bataille des joies de la veille.

— Dame, monsieur, observa Basque, nous nous sommes réveillés tard.

— Votre maître est-il levé? demanda Jean Valjean.

— Comment va le bras de monsieur? répondit Basque.

— Mieux. Votre maître est-il levé?

— Lequel? l'ancien ou le nouveau?

— Monsieur Pontmercy.

— Monsieur le baron? fit Basque en se redressant.

On est surtout baron pour ses domestiques. Il leur en revient quelque chose; ils ont ce qu'un philosophe appellerait l'éclaboussure du titre, et cela les flatte. Marius, pour le dire en passant, républicain militant, et il l'avait prouvé, était maintenant baron malgré lui. Une petite révolution s'était faite dans la famille sur ce titre; c'était à présent M. Gillenormand qui y tenait et Marius qui s'en détachait. Mais le colonel Pontmercy avait écrit : *Mon fils portera mon titre.* Marius obéissait. Et puis Cosette, en qui la femme commençait à poindre, était ravie d'être baronne.

— Monsieur le baron? répéta Basque. Je vais voir. Je vais lui dire que monsieur Fauchelevent est là.

— Non. Ne lui dites pas que c'est moi. Dites-lui que quelqu'un demande à lui parler en particulier, et ne lui dites pas de nom.

— Ah! fit Basque.

— Je veux lui faire une surprise.

— Ah! reprit Basque, se donnant à lui-même son second Ah! comme explication du premier.

Et il sortit.

Jean Valjean resta seul

Le salon, nous venons de le dire, était tout en désordre. Il semblait qu'en prêtant l'oreille on eût pu y entendre encore la vague rumeur de la noce. Il y avait sur le parquet toutes sortes de fleurs tombées des guirlandes et des coiffures. Les bougies brûlées jusqu'au tronçon ajoutaient aux cristaux des lustres des stalactites de cire. Pas un meuble n'était à sa place. Dans des coins, trois ou quatre fauteuils, rapprochés les uns des autres et faisant cercle, avaient l'air de continuer une causerie. L'ensemble était riant. Il y a encore une certaine grâce dans une fête morte. Cela a été heureux. Sur ces chaises en désarroi, parmi ces fleurs qui se fanent, sous ces lumières éteintes, on a pensé de la joie. Le soleil succédait au lustre, et entrait gaîment dans le salon.

Quelques minutes s'écoulèrent. Jean Valjean était immobile à l'endroit où Basque l'avait quitté. Il était très pâle. Ses yeux étaient creux et tellement enfoncés par l'insomnie sous l'orbite qu'ils y disparaissaient presque. Son habit noir avait les plis fatigués d'un vêtement qui a passé la nuit. Les coudes étaient blanchis de ce duvet que laisse au drap le frottement du linge. Jean Valjean regardait à ses pieds la fenêtre dessinée sur le parquet par le soleil.

Un bruit se fit à la porte, il leva les yeux.

Marius entra, la tête haute, la bouche riante, on ne sait quelle lumière sur le visage, le front épanoui, l'œil triomphant. Lui aussi n'avait pas dormi.

— C'est vous, père! s'écria-t-il en apercevant Jean Valjean; cet imbécile de Basque qui avait un air mystérieux! Mais vous venez de trop bonne heure. Il n'est encore que midi et demi. Cosette dort.

Ce mot : Père, dit à M. Fauchelevent par Marius, signifiait : Félicité suprême. Il y avait toujours eu, on le sait, escarpement, froideur et contrainte entre eux, glace à rompre ou à fondre. Marius en était à ce point d'enivrement que l'escarpement s'abaissait, que la glace se dissolvait, et que M. Fauchelevent était pour lui, comme pour Cosette, un père.

Il continua; les paroles débordaient de lui, ce qui est propre à ces divins paroxysmes de la joie :

— Que je suis content de vous voir! Si vous saviez comme vous nous avez manqué hier! Bonjour, père. Comment va votre main? Mieux, n'est-ce pas?

Et, satisfait de la bonne réponse qu'il se faisait à lui-même, il poursuivit :

— Nous avons bien parlé de vous tous les deux. Cosette vous aime tant! Vous n'oubliez pas que vous avez votre chambre ici. Nous ne voulons plus de la rue de l'Homme-Armé. Nous n'en voulons plus du tout. Comment aviez-vous pu aller demeurer dans une rue comme ça, qui est malade, qui est grognon, qui est laide, qui à une barrière à un bout, où l'on a froid, où l'on ne peut pas entrer? Vous viendrez vous installer ici. Et dès aujourd'hui. Ou vous aurez affaire à Cosette. Elle entend nous mener tous par le bout du nez, je vous en préviens. Vous avez vu votre chambre, elle est tout près de la nôtre, elle donne sur des jardins; on a fait arranger ce qu'il y avait à la serrure, le lit est fait, elle est toute prête, vous n'avez qu'à arriver. Cosette a mis près de votre lit une grande vieille bergère en velours d'Utrecht, à qui elle a dit : tends-lui les bras. Tous les printemps, dans le massif d'acacias qui est en face de vos fenêtres, il vient un rossignol. Vous l'aurez dans deux mois. Vous aurez son nid à votre gauche et le nôtre à votre droite. La nuit il chantera, et le jour Cosette parlera. Votre chambre est en plein midi. Cosette vous y rangera vos livres, votre voyage du capitaine Cook, et l'autre, celui de Vancouver, toutes vos affaires. Il y a, je crois, une petite valise à laquelle vous tenez, j'ai disposé un coin d'honneur pour elle. Vous avez conquis mon grand-père, vous lui allez. Nous vivrons ensemble. Savez-vous le whist? vous comblerez mon grand-père si vous savez le whist. C'est vous qui mènerez promener Cosette mes jours de palais, vous lui donnerez le bras, vous savez, comme au Luxembourg autrefois. Nous sommes absolument décidés à être très heureux. Et vous en serez, de notre bonheur, entendez-vous, père? Ah çà, vous déjeunez avec nous aujourd'hui?

— Monsieur, dit Jean Valjean, j'ai une chose à vous dire. Je suis un ancien forçat.

La limite des sons aigus perceptibles peut être tout aussi bien dépassée pour l'esprit que pour l'oreille. Ces mots : *Je suis un ancien forçat,* sortant de la bouche de M. Fauchelevent et entrant dans l'oreille de Marius, allaient au delà du possible. Marius n'entendit pas. Il lui sembla que quelque chose venait de lui être dit; mais il ne sut quoi. Il resta béant.

Il s'aperçut alors que l'homme qui lui parlait était effrayant. Tout à son éblouissement, il n'avait pas jusqu'à ce moment remarqué cette pâleur terrible.

Jean Valjean dénoua la cravate noire qui lui soutenait le bras droit, défit le linge roulé autour de sa main, mit son pouce à nu et le montra à Marius.

— Je n'ai rien à la main, dit-il.

Marius regarda le pouce.

— Je n'y ai jamais rien eu, reprit Jean Valjean.

Il n'y avait en effet aucune trace de blessure.

Jean Valjean poursuivit :

— Il convenait que je fusse absent de votre mariage. Je me suis fait absent le plus que j'ai pu. J'ai supposé cette blessure pour ne point faire un faux, pour ne pas introduire de nullité dans les actes du mariage, pour être dispensé de signer.

Marius bégaya :

— Qu'est-ce que cela veut dire ?

— Cela veut dire, répondit Jean Valjean, que j'ai été aux galères.

— Vous me rendez fou ! s'écria Marius épouvanté.

— Monsieur Pontmercy, dit Jean Valjean, j'ai été dix-neuf ans aux galères. Pour vol. Puis j'ai été condamné à perpétuité. Pour vol. Pour récidive. A l'heure qu'il est, je suis en rupture de ban.

Marius avait beau reculer devant la réalité, refuser le fait, résister à l'évidence, il fallait s'y rendre. Il commença à comprendre, et comme cela arrive toujours en cas pareil, il comprit au delà. Il eut le frisson d'un hideux éclair intérieur; une idée, qui le fit frémir, lui traversa l'esprit. Il entrevit dans l'avenir, pour lui-même, une destinée difforme.

— Dites tout, dites tout ! cria-t-il. Vous êtes le père de Cosette !

Et il fit deux pas en arrière avec un mouvement d'indicible horreur.

Jean Valjean redressa la tête dans une telle majesté d'attitude qu'il sembla grandir jusqu'au plafond.

— Il est nécessaire que vous me croyiez ici, monsieur; et, quoique notre serment à nous autres ne soit pas reçu en justice...

Ici il fit un silence, puis, avec une sorte d'autorité souveraine et sépulcrale, il ajouta en articulant lentement et en pesant sur les syllabes :

— ... Vous me croirez. Le père de Cosette, moi ! devant Dieu, non. Monsieur le baron Pontmercy, je suis un paysan de Faverolles. Je gagnais ma vie à émonder des arbres. Je ne m'appelle pas Fauchelevent, je m'appelle Jean Valjean. Je ne suis rien à Cosette. Rassurez-vous.

Marius balbutia :

— Qui me prouve ?...

— Moi. Puisque je le dis.

Marius regarda cet homme. Il était lugubre et tranquille. Aucun mensonge ne pouvait sortir d'un tel calme. Ce qui est glacé est sincère. On sentait le vrai dans cette froideur de tombe.

— Je vous crois, dit Marius.

Jean Valjean inclina la tête comme pour prendre acte, et continua :

— Que suis-je pour Cosette ? un passant. Il y a dix ans, je ne savais pas qu'elle existât. Je l'aime, c'est vrai. Une enfant qu'on a vue petite, étant soi-même déjà vieux, on l'aime. Quand on est vieux, on se sent grand-père pour tous les petits enfants. Vous pouvez, ce me semble, supposer que j'ai quelque chose qui ressemble à un cœur. Elle était orpheline. Sans père ni mère. Elle avait besoin de moi. Voilà pourquoi je me suis mis à l'aimer. C'est si faible les enfants, que le premier venu, même un homme comme moi, peut être leur protecteur. J'ai fait ce devoir-là vis-à-vis de Cosette. Je ne crois pas qu'on puisse vraiment appeler si peu de chose une bonne action; mais si c'est une bonne action, eh bien, mettez que je l'ai faite. Enregistrez cette circonstance atténuante. Aujourd'hui Cosette quitte ma vie; nos deux chemins se séparent. Désormais je ne puis plus rien pour elle. Elle est madame Pontmercy. Sa providence a changé. Et Cosette gagne au change. Tout est bien. Quant aux six cent mille francs, vous ne m'en parlez pas, mais je vais au-devant de votre pensée, c'est un dépôt. Comment ce dépôt était-il entre mes mains? Qu'importe? Je rends le dépôt. On n'a rien de plus à me demander. Je complète la restitution en disant mon vrai nom. Ceci encore me regarde. Je tiens, moi, à ce que vous sachiez qui je suis.

Et Jean Valjean regarda Marius en face.

Tout ce qu'éprouvait Marius était tumultueux et incohérent. De certains coups de vent de la destinée font de ces vagues dans notre âme.

Nous avons tous eu de ces moments de trouble dans lesquels tout se disperse en nous; nous disons les premières choses venues, lesquelles ne sont pas toujours précisément celles qu'il faudrait dire. Il y a des révélations subites qu'on ne peut porter et qui enivrent comme un vin funeste. Marius était stupéfié de la situation nouvelle qui lui apparaissait, au point de parler à cet homme presque comme quelqu'un qui lui en aurait voulu de cet aveu.

— Mais enfin, s'écria-t-il, pourquoi me dites-vous tout cela? Qu'est-ce qui vous y force? Vous pouviez vous garder le secret à vous-même. Vous n'êtes ni dénoncé, ni poursuivi, ni traqué? Vous avez une raison pour faire, de gaîté de cœur, une telle révélation. Achevez. Il y a autre chose. A quel propos faites-vous cet aveu? Pour quel motif?

— Pour quel motif? répondit Jean Valjean d'une voix si basse et si sourde qu'on eût dit que c'était à lui-même qu'il parlait plus qu'à Marius. Pour quel motif, en effet, ce forçat vient-il dire: Je suis un forçat? Eh bien oui! le motif est étrange. C'est par honnêteté. Tenez, ce qu'il y a de malheureux, c'est un fil que j'ai là dans le cœur et qui me tient attaché. C'est surtout quand on est vieux que ces fils-là sont solides. Toute la vie se défait alentour; ils résistent. Si j'avais pu arracher ce fil, le casser, dénouer le nœud ou le couper, m'en aller bien loin, j'étais sauvé, je n'avais qu'à partir; il y a des diligences rue du Bouloi; vous êtes heureux, je m'en vais. J'ai essayé de le rompre, ce fil, j'ai tiré dessus, il a tenu bon, il n'a pas cassé, je m'arrachais le cœur avec. Alors j'ai dit : Je ne puis pas vivre ailleurs que là. Il faut que je reste. Eh bien oui, mais vous avez raison, je suis un imbécile, pourquoi ne pas rester tout simplement? Vous m'offrez une chambre dans la maison, madame Pontmercy m'aime bien, elle dit à ce fauteuil : tends-lui les bras, votre grand-père ne demande pas mieux que de m'avoir, je lui vas, nous habiterons tous ensemble, repas en commun, je donnerai le bras à Cosette... — à madame Pontmercy, pardon, c'est l'habitude, — nous n'aurons qu'un toit, qu'une table, qu'un feu, le même coin de cheminée l'hiver, la même promenade l'été, c'est la joie cela, c'est le bonheur cela, c'est tout, cela. Nous vivrons en famille. En famille!

A ce mot, Jean Valjean devint farouche. Il croisa les bras, considéra le plancher à ses pieds comme s'il voulait y creuser un abîme, et sa voix fut tout à coup éclatante :

— En famille! non. Je ne suis d'aucune famille, moi. Je ne suis pas de la vôtre. Je ne suis pas de celle des hommes. Les maisons où l'on est entre soi, j'y suis de trop. Il y a des familles, mais ce n'est pas pour moi. Je suis le malheureux; je suis dehors. Ai-je eu un père et une mère? j'en doute presque. Le jour où j'ai marié cette enfant, cela a été fini, je l'ai vue heureuse, et qu'elle était avec l'homme qu'elle aime, et qu'il y avait là un bon vieillard, un ménage de deux anges, toutes les joies dans cette maison, et que c'était bien, et je me suis dit : Toi, n'entre pas. Je pouvais mentir, c'est vrai, vous tromper tous, rester monsieur Fauchelevent. Tant que cela a été pour elle, j'ai pu mentir; mais maintenant ce serait pour moi, je ne le dois pas. Il suffisait de me taire, c'est vrai, et tout continuait. Vous me demandez ce qui me force à parler? une drôle de chose, ma conscience. Me taire, c'était pourtant bien facile. J'ai passé la nuit à tâcher de me le persuader; vous me confessez, et ce que je viens vous dire est si extraordinaire que vous en avez le droit; eh bien oui, j'ai passé la nuit à me donner des raisons, je me suis donné de très bonnes raisons, j'ai fait ce que j'ai pu, allez. Mais il y a deux choses où je n'ai pas réussi : ni à casser le fil qui me tient par le cœur fixé, rivé et scellé ici, ni à faire taire quelqu'un qui me parle bas quand je suis seul. C'est pourquoi je suis venu vous avouer tout ce matin. Tout, ou à peu près tout. Il y a de l'inutile à dire qui ne concerne que moi; je le garde pour moi. L'essentiel, vous le savez. Donc j'ai pris mon mystère, et je vous l'ai apporté. Et j'ai éventré mon secret sous vos yeux. Ce n'était pas une réso-

lution aisée à prendre. Toute la nuit je me suis débattu. Ah! vous croyez
que je ne me suis pas dit que ce n'était point là l'affaire Champmathieu,
qu'en cachant mon nom je ne faisais de mal à personne, que le nom de
Fauchelevent m'avait été donné par Fauchelevent lui-même en reconnaissance d'un service rendu, et que je pouvais bien le garder, et que je serais
heureux dans cette chambre que vous m'offrez, que je ne gênerais rien, que
je serais dans mon petit coin, et que, tandis que vous auriez Cosette, moi
j'aurais l'idée d'être dans la même maison qu'elle. Chacun aurait eu son
bonheur proportionné. Continuer d'être monsieur Fauchelevent, cela arrangeait tout. Oui, excepté mon âme. Il y avait de la joie partout sur moi, le
fond de mon âme restait noir. Ce n'est pas assez d'être heureux, il faut être
content. Ainsi je serais resté monsieur Fauchelevent, ainsi mon vrai visage,
je l'aurais caché, ainsi, en présence de votre épanouissement, j'aurais eu
une énigme, ainsi, au milieu de votre plein jour, j'aurais eu des ténèbres;
ainsi, sans crier gare, tout bonnement, j'aurais introduit le bagne à votre
foyer, je me serais assis à votre table avec la pensée que, si vous saviez qui
je suis, vous m'en chasseriez, je me serais laissé servir par des domestiques
qui, s'ils avaient su, auraient dit : Quelle horreur! Je vous aurais touché
avec mon coude dont vous avez droit de ne pas vouloir, je vous aurais
filouté vos poignées de main! Il y aurait eu dans votre maison un partage de
respect entre des cheveux blancs vénérables et des cheveux blancs flétris;
à vos heures les plus intimes, quand tous les cœurs se seraient crus ouverts
jusqu'au fond les uns pour les autres, quand nous aurions été tous quatre
ensemble, votre aïeul, vous deux, et moi, il y aurait eu là un inconnu!
J'aurais été côte à côte avec vous dans votre existence, ayant pour unique
soin de ne jamais déranger le couvercle de mon puits terrible. Ainsi, moi,
un mort, je me serais imposé à vous qui êtes des vivants. Elle, je l'aurais
condamnée à moi à perpétuité. Vous, Cosette et moi, nous aurions été trois
têtes dans le bonnet vert! Est-ce que vous ne frissonnez pas? Je ne suis que
le plus accablé des hommes, j'en aurais été le plus monstrueux. Et ce
crime, je l'aurais commis tous les jours! Et ce mensonge, je l'aurais fait
tous les jours! Et cette face de nuit, je l'aurais eue sur mon visage tous les
jours! Et ma flétrissure, je vous en aurais donné votre part tous les jours!
tous les jours! à vous mes bien-aimés, à vous mes enfants, à vous mes innocents! Se taire n'est rien? garder le silence est simple? Non, ce n'est pas
simple. Il y a un silence qui ment. Et mon mensonge, et ma fraude, et
mon indignité, et ma lâcheté, et ma trahison, et mon crime, je l'aurais bu
goutte à goutte, je l'aurais recraché, puis rebu, j'aurais fini à minuit et re-
commencé à midi, et mon bonjour aurait menti, et mon bonsoir aurait
menti, et j'aurais dormi là-dessus, et j'aurais mangé cela avec mon pain, et

j'aurais regardé Cosette en face, et j'aurais répondu au sourire de l'ange par
le sourire du damné, et j'aurais été un fourbe abominable! Pourquoi faire?
pour être heureux. Pour être heureux, moi! Est-ce que j'ai le droit d'être
heureux? Je suis hors de la vie, monsieur.

Jean Valjean s'arrêta. Marius écoutait. De tels enchaînements d'idées et
d'angoisses ne se peuvent interrompre. Jean Valjean baissa la voix de nouveau, mais ce n'était plus la voix sourde, c'était la voix sinistre.

— Vous demandez pourquoi je parle? je ne suis ni dénoncé, ni poursuivi, ni traqué, dites-vous. Si! je suis dénoncé! si! je suis poursuivi! si! je
suis traqué! Par qui? par moi. C'est moi qui me barre à moi-même le passage, et je me traîne, et je me pousse, et je m'arrête, et je m'exécute, et
quand on se tient soi-même, on est bien tenu.

Et, saisissant son propre habit à poigne-main et le tirant vers Marius :

— Voyez donc ce poing-ci, continua-t-il. Est-ce que vous ne trouvez
pas qu'il tient ce collet-là de façon à ne pas le lâcher? Eh bien! c'est bien
un autre poignet, la conscience! Il faut, si l'on veut être heureux, monsieur, ne jamais comprendre le devoir; car, dès qu'on l'a compris, il est
implacable. On dirait qu'il vous punit de le comprendre; mais non; il vous
en récompense; car il vous met dans un enfer où l'on sent à côté de soi
Dieu. On ne s'est pas sitôt déchiré les entrailles qu'on est en paix avec soi-
même.

Et, avec une accentuation poignante, il ajouta :

— Monsieur Pontmercy, cela n'a pas le sens commun, je suis un honnête homme. C'est en me dégradant à vos yeux que je m'élève aux miens.
Ceci m'est déja arrivé une fois, mais c'était moins douloureux; ce n'était
rien. Oui, un honnête homme. Je ne le serais pas si vous aviez, par ma
faute, continué de m'estimer; maintenant que vous me méprisez, je le
suis. J'ai cette fatalité sur moi que, ne pouvant jamais avoir que de la
considération volée, cette considération m'humilie et m'accable intérieurement, et que, pour que je me respecte, il faut qu'on me méprise. Alors
je me redresse. Je suis un galérien qui obéit à sa conscience. Je sais bien
que cela n'est pas ressemblant. Mais que voulez-vous que j'y fasse? cela
est. J'ai pris des engagements envers moi-même; je les tiens. Il y a des
rencontres qui nous lient, il y a des hasards qui nous entraînent dans
des devoirs. Voyez-vous, monsieur Pontmercy, il m'est arrivé des choses dans
ma vie.

Jean Valjean fit encore une pause, avalant sa salive avec effort comme si
ses paroles avaient un arrière-goût amer, et il reprit :

— Quand on a une telle horreur sur soi, on n'a pas le droit de la faire
partager aux autres à leur insu, on n'a pas le droit de leur communiquer sa

peste, on n'a pas le droit de les faire glisser dans son précipice sans qu'ils s'en aperçoivent, on n'a pas le droit de laisser traîner sa casaque rouge sur eux, on n'a pas le droit d'encombrer sournoisement de sa misère le bonheur d'autrui. S'approcher de ceux qui sont sains et les toucher dans l'ombre avec son ulcère invisible, c'est hideux. Fauchelevent a eu beau me prêter son nom, je n'ai pas le droit de m'en servir; il a pu me le donner, je n'ai pas pu le prendre. Un nom, c'est un moi. Voyez-vous, monsieur, j'ai un peu pensé, j'ai un peu lu, quoique je sois un paysan; et je me rends compte des choses. Vous voyez que je m'exprime convenablement. Je me suis fait une éducation à moi. Eh bien oui, soustraire un nom et se mettre dessous, c'est déshonnête. Des lettres de l'alphabet, cela s'escroque comme une bourse ou comme une montre. Être une fausse signature en chair et en os, être une fausse clef vivante, entrer chez d'honnêtes gens en trichant leur serrure, ne plus jamais regarder, loucher toujours, être infâme au dedans de moi, non! non! non! non! Il vaut mieux souffrir, saigner, pleurer, s'arracher la peau de la chair avec les ongles, passer les nuits à se tordre dans les angoisses, se ronger le ventre et l'âme. Voilà pourquoi je viens vous raconter tout cela. De gaîté de cœur, comme vous dites.

Il respira péniblement, et jeta ce dernier mot :

— Pour vivre, autrefois, j'ai volé un pain; aujourd'hui, pour vivre, je ne veux pas voler un nom.

— Pour vivre! interrompit Marius. Vous n'avez pas besoin de ce nom pour vivre ?

— Ah! je m'entends, répondit Jean Valjean, en levant et en abaissant la tête lentement plusieurs fois de suite.

Il y eut un silence. Tous deux se taisaient, chacun abîmé dans un gouffre de pensées. Marius s'était assis près d'une table et appuyait le coin de sa bouche sur un de ses doigts replié. Jean Valjean allait et venait. Il s'arrêta devant une glace et demeura sans mouvement. Puis, comme s'il répondait à un raisonnement intérieur, il dit en regardant cette glace où il ne se voyait pas :

— Tandis qu'à présent je suis soulagé!

Il se remit à marcher et alla à l'autre bout du salon. A l'instant où il se retourna, il s'aperçut que Marius le regardait marcher. Alors il lui dit avec un accent inexprimable :

— Je traîne un peu la jambe. Vous comprenez maintenant pourquoi.

Puis il acheva de se tourner vers Marius.

— Et maintenant, monsieur, figurez-vous ceci : Je n'ai rien dit, je suis resté monsieur Fauchelevent, j'ai pris ma place chez vous, je suis des vôtres, je suis dans ma chambre, je viens déjeuner le matin en pantoufles, les soirs nous allons au spectacle tous les trois, j'accompagne madame Pontmercy aux Tuileries et à la place Royale, nous sommes ensemble, vous me croyez votre semblable; un beau jour, je suis là, vous êtes là, nous causons, nous rions, tout à coup vous entendez une voix crier ce nom : Jean Valjean! et voilà que cette main épouvantable, la police, sort de l'ombre et m'arrache mon masque brusquement!

Il se tut encore; Marius s'était levé avec un frémissement. Jean Valjean reprit :

— Qu'en dites-vous?

Le silence de Marius répondait.

Jean Valjean continua :

— Vous voyez bien que j'ai raison de ne pas me taire. Tenez, soyez heureux, soyez dans le ciel, soyez l'ange d'un ange, soyez dans le soleil, et contentez-vous-en, et ne vous inquiétez pas de la manière dont un pauvre damné s'y prend pour s'ouvrir la poitrine et faire son devoir; vous avez un misérable homme devant vous, monsieur.

Marius traversa lentement le salon, et quand il fut près de Jean Valjean, lui tendit la main.

Mais Marius dut aller prendre cette main qui ne se présentait point, Jean Valjean se laissa faire, et il sembla à Marius qu'il étreignait une main de marbre.

— Mon grand-père a des amis, dit Marius; je vous aurai votre grâce.

— C'est inutile, répondit Jean Valjean. On me croit mort, cela suffit. Les morts ne sont pas soumis à la surveillance. Ils sont censés pourrir tranquillement. La mort, c'est la même chose que la grâce.

Et, dégageant sa main que Marius tenait, il ajouta avec une sorte de dignité inexorable :

— D'ailleurs, faire mon devoir, voilà l'ami auquel j'ai recours; et je n'ai besoin que d'une grâce, celle de ma conscience.

En ce moment, à l'autre extrémité du salon, la porte s'entr'ouvrit doucement et dans l'entre-bâillement la tête de Cosette apparut. On n'apercevait que son doux visage, elle était admirablement décoiffée, elle avait les paupières encore gonflées de sommeil. Elle fit le mouvement d'un oiseau qui passe sa tête hors du nid, regarda d'abord son mari, puis Jean Valjean, et leur cria en riant, on croyait voir un sourire au fond d'une rose :

— Parions que vous parlez politique! Comme c'est bête, au lieu d'être avec moi!

Jean Valjean tressaillit.

— Cosette!.. balbutia Marius. — Et il s'arrêta. On eût dit deux coupables.

Cosette, radieuse, continuait de les regarder tour à tour tous les deux. Il y avait dans ses yeux comme des échappées de paradis.

— Je vous prends en flagrant délit, dit Cosette. Je viens d'entendre à travers la porte mon père Fauchelevent qui disait : — La conscience... — Faire son devoir... — C'est de la politique, ça. Je ne veux pas. On ne doit pas parler politique dès le lendemain. Ce n'est pas juste.

— Tu te trompes, Cosette, répondit Marius. Nous parlons affaires. Nous parlons du meilleur placement à trouver pour tes six cent mille francs...

— Ce n'est pas tout ça, interrompit Cosette. Je viens. Veut-on de moi ici ?

Et, passant résolûment la porte, elle entra dans le salon. Elle était vêtue d'un large peignoir blanc à mille plis et à grandes manches qui, partant du cou, lui tombait jusqu'aux pieds. Il y a, dans les ciels d'or des vieux tableaux gothiques, de ces charmants sacs à mettre un ange.

Elle se contempla de la tête aux pieds dans une grande glace, puis s'écria avec une explosion d'extase ineffable :

— Il y avait une fois un roi et une reine. Oh! comme je suis contente !

Cela dit, elle fit la révérence à Marius et à Jean Valjean.

— Voilà, dit-elle, je vais m'installer près de vous sur un fauteuil, on déjeune dans une demi-heure, vous direz tout ce que vous voudrez, je sais bien qu'il faut que les hommes parlent, je serai bien sage.

Marius lui prit le bras, et lui dit amoureusement :

— Nous parlons affaires.

— A propos, répondit Cosette, j'ai ouvert ma fenêtre, il vient d'arriver un tas de pierrots dans le jardin. Des oiseaux, pas des masques. C'est aujourd'hui mercredi des cendres; mais pas pour les oiseaux.

— Je te dis que nous parlons affaires, va, ma petite Cosette, laisse-nous un moment. Nous parlons chiffres. Cela t'ennuierait.

— Tu as mis ce matin une charmante cravate, Marius. Vous êtes fort coquet, monseigneur. Non, cela ne m'ennuiera pas.

— Je t'assure que cela t'ennuiera.

— Non. Puisque c'est vous. Je ne vous comprendrai pas, mais je vous écouterai. Quand on entend les voix qu'on aime, on n'a pas besoin de comprendre les mots qu'elles disent. Être là ensemble, c'est tout ce que je veux. Je reste avec vous, bah !

— Tu es ma Cosette bien-aimée! Impossible.

— Impossible !

— Oui.

— C'est bon, reprit Cosette. Je vous aurais dit des nouvelles. Je vous aurais dit que mon grand-père dort encore, que votre tante est à la messe, que la cheminée de la chambre de mon père Fauchelevent fume, que Nicolette a fait venir le ramoneur, que Toussaint et Nicolette se sont déjà disputées, que Nicolette se moque du bégayement de Toussaint. Eh bien, vous ne saurez rien. Ah! c'est impossible? Moi aussi, à mon tour, vous verrez, monsieur, je dirai : c'est impossible. Qui est-ce qui sera attrapé? Je t'en prie, mon petit Marius, laisse-moi ici avec vous deux.

— Je te jure qu'il faut que nous soyons seuls.

— Eh bien, est-ce que je suis quelqu'un?

Jean Valjean ne prononçait pas une parole. Cosette se tourna vers lui :

— D'abord, père, vous, je veux que vous veniez m'embrasser. Qu'est-ce que vous faites là à ne rien dire au lieu de prendre mon parti? qui est-ce qui m'a donné un père comme ça? Vous voyez bien que je suis très malheureuse en ménage. Mon mari me bat. Allons, embrassez-moi tout de suite.

Jean Valjean s'approcha.

Cosette se retourna vers Marius.

— Vous, je vous fais la grimace.

Puis elle tendit son front à Jean Valjean.

Jean Valjean fit un pas vers elle.

Cosette recula.

— Père, vous êtes pâle. Est-ce que votre bras vous fait mal?

— Il est guéri, dit Jean Valjean.

— Est-ce que vous avez mal dormi?

— Non.

— Est-ce que vous êtes triste?

— Non.

— Embrassez-moi. Si vous vous portez bien, si vous dormez bien, si vous êtes content, je ne vous gronderai pas.

Et de nouveau elle lui tendit son front.

Jean Valjean déposa un baiser sur ce front où il y avait un reflet céleste.

— Souriez.

Jean Valjean obéit. Ce fut le sourire d'un spectre.

— Maintenant défendez-moi contre mon mari.

— Cosette!... fit Marius.

— Fâchez-vous, père. Dites-lui qu'il faut que je reste. On peut bien parler devant moi. Vous me trouvez donc bien sotte. C'est donc bien étonnant ce que vous dites! des affaires, placer de l'argent à une banque, voilà grand'chose. Les hommes font les mystérieux pour rien. Je veux rester. Je suis très jolie ce matin; regarde-moi, Marius.

Et avec un haussement d'épaules adorable et on ne sait quelle bouderie exquise, elle regarda Marius. Il y eut comme un éclair entre ces deux êtres. Que quelqu'un fût là, peu importait.

— Je t'aime! dit Marius.

— Je t'adore! dit Cosette.

Et ils tombèrent irrésistiblement dans les bras l'un de l'autre.

— A présent, reprit Cosette en rajustant un pli de son peignoir avec une petite moue triomphante, je reste.

— Cela, non, répondit Marius d'un ton suppliant. Nous avons quelque chose à terminer.

— Encore non?

Marius prit une inflexion de voix grave :

— Je t'assure, Cosette, que c'est impossible.

— Ah! vous faites votre voix d'homme, monsieur. C'est bon, on s'en va. Vous, père, vous ne m'avez pas soutenue. Monsieur mon mari, monsieur mon papa, vous êtes des tyrans. Je vais le dire à grand-père. Si vous croyez que je vais revenir et vous faire des platitudes, vous vous trompez. Je suis fière. Je vous attends à présent. Vous allez voir que c'est vous qui allez vous ennuyer sans moi. Je m'en vais, c'est bien fait.

Et elle sortit.

Deux secondes après, la porte se rouvrit, sa fraîche tête vermeille passa encore une fois entre les deux battants, et elle leur cria :

— Je suis très en colère.

La porte se referma et les ténèbres se refirent.

Ce fut comme un rayon de soleil fourvoyé qui, sans s'en douter, aurait traversé brusquement de la nuit.

Marius s'assura que la porte était bien refermée.

— Pauvre Cosette! murmura-t-il, quand elle va savoir...

A ce mot, Jean Valjean trembla de tous ses membres. Il fixa sur Marius un œil égaré.

— Cosette! oh oui, c'est vrai, vous allez dire cela à Cosette. C'est juste. Tiens, je n'y avais pas pensé. On a de la force pour une chose, on n'en a pas pour une autre. Monsieur, je vous en conjure, je vous en supplie, monsieur, donnez-moi votre parole la plus sacrée, ne le lui dites pas. Est-ce qu'il ne suffit pas que vous le sachiez, vous? J'ai pu le dire de moi-même sans y être forcé, je l'aurais dit à l'univers, à tout le monde, ça m'était égal. Mais elle, elle ne sait pas ce que c'est, cela l'épouvanterait. Un forçat, quoi! on serait forcé de lui expliquer, de lui dire : C'est un homme qui a été aux galères. Elle a vu un jour passer la chaîne. Oh mon Dieu!

Il s'affaissa sur un fauteuil et cacha son visage dans ses deux mains. On ne l'entendait pas, mais aux secousses de ses épaules, on voyait qu'il pleurait. Pleurs silencieux, pleurs terribles.

Il y a de l'étouffement dans le sanglot. Une sorte de convulsion le prit, il se renversa en arrière sur le dossier du fauteuil comme pour respirer, laissant pendre ses bras et laissant voir à Marius sa face inondée de larmes, et Marius l'entendit murmurer si bas que sa voix semblait être dans une profondeur sans fond : — Oh ! je voudrais mourir !

— Soyez tranquille, dit Marius, je garderai votre secret pour moi seul.

Et, moins attendri peut-être qu'il n'aurait dû l'être, mais obligé depuis une heure de se familiariser avec un inattendu effroyable, voyant par degrés un forçat se superposer sous ses yeux à M. Fauchelevent, gagné peu à peu par cette réalité lugubre, et amené par la pente naturelle de la situation à constater l'intervalle qui venait de se faire entre cet homme et lui, Marius ajouta :

— Il est impossible que je ne vous dise pas un mot du dépôt que vous avez si fidèlement et si honnêtement remis. C'est là un acte de probité. Il est juste qu'une récompense vous soit donnée. Fixez la somme vous-même, elle vous sera comptée. Ne craignez pas de la fixer très haut.

— Je vous remercie, monsieur, répondit Jean Valjean avec douceur.

Il resta pensif un moment, passant machinalement le bout de son index sur l'ongle de son pouce, puis il éleva la voix :

— Tout est à peu près fini. Il me reste une dernière chose...

— Laquelle ?

Jean Valjean eut comme une suprême hésitation, et, sans voix, presque sans souffle, il balbutia plus qu'il ne dit :

— A présent que vous savez, croyez-vous, monsieur, vous qui êtes le maître, que je ne dois plus voir Cosette ?

— Je crois que ce serait mieux, répondit froidement Marius.

— Je ne la verrai plus, murmura Jean Valjean.

Et il se dirigea vers la porte.

Il mit la main sur le bec-de-cane, le pêne céda, la porte s'entre-bâilla, Jean Valjean l'ouvrit assez pour pouvoir passer, demeura une seconde immobile, puis referma la porte et se retourna vers Marius.

Il n'était plus pâle, il était livide. Il n'y avait plus de larmes dans ses yeux, mais une sorte de flamme tragique. Sa voix était redevenue étrangement calme.

— Tenez, monsieur, dit-il, si vous voulez, je viendrai la voir. Je vous assure que je le désire beaucoup. Si je n'avais pas tenu à voir Cosette, je ne vous aurais pas fait l'aveu que je vous ai fait, je serais parti ; mais voulant rester dans l'endroit où est Cosette et continuer de la voir, j'ai dû honnêtement tout vous dire. Vous suivez mon raisonnement, n'est-ce pas? c'est là une chose qui se comprend. Voyez-vous, il y a neuf ans passés que je l'ai près de moi. Nous avons demeuré d'abord dans cette masure du boulevard, ensuite dans le couvent, ensuite près du Luxembourg. C'est là que vous l'avez vue pour la première fois. Vous vous rappelez son chapeau de peluche bleue. Nous avons été ensuite dans le quartier des Invalides où il y avait une grille et un jardin. Rue Plumet. J'habitais une petite arrière-cour d'où j'entendais son piano. Voilà ma vie. Nous ne nous quittions jamais. Cela a duré neuf ans et des mois. J'étais comme son père, et elle était mon enfant. Je ne sais pas si vous me comprenez, monsieur Pontmercy, mais s'en aller à présent, ne plus la voir, ne plus lui parler, n'avoir plus rien, ce serait difficile. Si vous ne le trouvez pas mauvais, je viendrai de temps en temps voir Cosette. Je ne viendrais pas souvent. Je ne resterais pas longtemps. Vous diriez qu'on me reçoive dans la petite salle basse. Au rez-de-chaussée. J'entrerais bien par la porte de derrière, qui est pour les domestiques, mais cela étonnerait peut-être. Il vaut mieux, je crois, que j'entre par la porte de tout le monde. Monsieur, vraiment. Je voudrais bien voir encore un peu Cosette. Aussi rarement qu'il vous plaira. Mettez-vous à ma place, je n'ai plus que cela. Et puis, il faut prendre garde. Si je ne venais plus du tout, il y aurait un mauvais effet, on trouverait cela singulier. Par exemple, ce que je puis faire, c'est de venir le soir, quand il commence à être nuit.

— Vous viendrez tous les soirs, dit Marius, et Cosette vous attendra.

— Vous êtes bon, monsieur, dit Jean Valjean.

Marius salua Jean Valjean, le bonheur reconduisit jusqu'à la porte le désespoir, et ces deux hommes se quittèrent.

II

LES OBSCURITES QUE PEUT CONTENIR UNE RÉVÉLATION.

Marius était bouleversé.

L'espèce d'éloignement qu'il avait toujours eu pour l'homme près duquel il voyait Cosette lui était désormais expliqué. Il y avait dans ce personnage un on ne sait quoi énigmatique dont son instinct l'avertissait. Cette énigme, c'était la plus hideuse des hontes, le bagne. Ce M. Fauchelevent était le forçat Jean Valjean.

Trouver brusquement un tel secret au milieu de son bonheur, cela ressemble à la découverte d'un scorpion dans un nid de tourterelles.

Le bonheur de Marius et de Cosette était-il condamné désormais à ce voisinage? Était-ce là un fait accompli? L'acceptation de cet homme faisait-elle partie du mariage consommé? N'y avait-il plus rien à faire?

Marius avait-il épousé aussi le forçat?

On a beau être couronné de lumière et de joie, on a beau savourer la grande heure de pourpre de la vie, l'amour heureux, de telles secousses forceraient même l'archange dans son extase, même le demi-dieu dans sa gloire, au frémissement.

Comme il arrive toujours dans les changements à vue de cette espèce, Marius se demandait s'il n'avait pas de reproche à se faire à lui-même? Avait-il manqué de divination? Avait-il manqué de prudence? S'était-il étourdi involontairement? Un peu, peut-être. S'était-il engagé, sans assez de précaution pour éclairer les alentours, dans cette aventure d'amour qui avait abouti à son mariage avec Cosette? Il constatait, — c'est ainsi, par une série de constatations successives de nous-mêmes sur nous-mêmes, que la vie nous amende peu à peu, — il constatait le côté chimérique et visionnaire de sa nature, sorte de nuage intérieur propre à beaucoup d'organisations, et qui, dans les paroxysmes de la passion et de la douleur, se dilate, la température de l'âme changeant, et envahit l'homme tout entier, au point de n'en plus faire qu'une conscience baignée d'un brouillard. Nous avons plus d'une fois indiqué cet élément caractéristique de l'individualité de Marius. Il se rappelait que, dans l'enivrement de son amour, rue Plumet, pendant ces six ou sept semaines extatiques, il n'avait pas même parlé à Cosette de ce drame énigmatique du bouge Gorbeau où la victime avait eu un si étrange parti pris de silence pendant la lutte et d'évasion après. Comment se faisait-il qu'il n'en eût point parlé à Cosette? Cela pourtant était si proche et si effroyable! Comment se faisait-il qu'il ne lui eût pas même nommé les Thénardier, et, particulièrement, le jour où il avait rencontré Éponine? Il avait presque peine à s'expliquer maintenant son silence d'alors. Il s'en rendait compte cependant. Il se rappelait son étourdissement, son ivresse de Cosette, l'amour absorbant tout, cet enlèvement de l'un par l'autre dans l'idéal, et peut-être aussi, comme la quantité imperceptible de raison mêlée à cet état violent et charmant de l'âme, un vague et sourd instinct de cacher et d'abolir dans sa mémoire cette aventure redoutable dont il craignait le contact, où il ne voulait jouer aucun rôle, à laquelle il se dérobait, et où il ne pouvait être narrateur ni témoin sans être accusateur. D'ailleurs, ces quelques semaines avaient été un éclair; on n'avait eu le temps de rien, que de s'aimer. Enfin, tout pesé, tout retourné, tout examiné, quand il eût raconté le guet-apens Gorbeau à Cosette, quand il lui eût nommé les Thénardier, quelles qu'eussent été les conséquences, quand même il eût découvert que Jean Valjean était un forçat, cela l'eût-il changé, lui Marius, cela l'eût-il changée, elle Cosette? Eût-il reculé? L'eût-il moins adorée? L'eût-il moins épousée? Non. Cela eût-il changé quelque chose à ce qui s'était fait? Non. Rien donc à regretter, rien à se reprocher. Tout était bien. Il y a un dieu pour ces ivrognes qu'on appelle les amoureux. Aveugle, Marius avait suivi la route qu'il eût choisie clair-voyant. L'amour lui avait bandé les yeux, pour le mener où? Au paradis.

Mais ce paradis était compliqué désormais d'un côtoiement infernal.

L'ancien éloignement de Marius pour cet homme, pour ce Fauchelevent devenu Jean Valjean, était à présent mêlé d'horreur.

Dans cette horreur, disons-le, il y avait quelque pitié, et même une cer-taine surprise.

Ce voleur, ce voleur récidiviste, avait restitué un dépôt. Et quel dépôt? Six cent mille francs. Il était seul dans le secret du dépôt. Il pouvait tout garder, il avait tout rendu.

En outre, il avait révélé de lui-même sa situation. Rien ne l'y obligeait. Si l'on savait qui il était, c'était par lui. Il y avait dans cet aveu plus que l'acceptation de l'humiliation, il y avait l'acceptation du péril. Pour un condamné, un masque n'est pas un masque, c'est un abri. Il avait renoncé à cet abri. Un faux nom, c'est de la sécurité; il avait rejeté ce faux nom. Il pouvait, lui galérien, se cacher à jamais dans une famille honnête; il avait résisté à cette tentation. Et pour quel motif? par scrupule de conscience. Il l'avait expliqué lui-même avec l'irrésistible accent de la réalité. En somme, quel que fût ce Jean Valjean, c'était incontestablement une con-science qui se réveillait. Il y avait là on ne sait quelle mystérieuse réhabi-litation commencée; et, selon toute apparence, depuis longtemps déjà le scrupule était maître de cet homme. De tels accès du juste et du bien ne sont pas propres aux natures vulgaires. Réveil de conscience, c'est grandeur d'âme.

Jean Valjean était sincère. Cette sincérité, visible, palpable, irréfragable, évidente même par la douleur qu'elle lui faisait, rendait les informations inutiles et donnait autorité à tout ce que disait cet homme. Ici, pour Marius, interversion étrange des situations. Que sortait-il de M. Fauche-levent? la défiance. Que se dégageait-il de Jean Valjean? la confiance.

Dans le mystérieux bilan de ce Jean Valjean que Marius pensif dressait, il constatait l'actif, il constatait le passif, et il tâchait d'arriver à une balance. Mais tout cela était comme dans un orage. Marius, s'efforçant de se faire une idée nette de cet homme, et poursuivant, pour ainsi dire, Jean Valjean au fond de sa pensée, le perdait et le retrouvait dans une brume fatale.

Le dépôt honnêtement rendu, la probité de l'aveu, c'était bien. Cela faisait comme une éclaircie dans la nuée, puis la nuée redevenait noire.

Si troubles que fussent les souvenirs de Marius, il lui en revenait quelque ombre.

Qu'était-ce décidément que cette aventure du galetas Jondrette? Pourquoi, à l'arrivée de la police, cet homme, au lieu de se plaindre, s'était-il évadé? Ici Marius trouvait la réponse. Parce que cet homme était un repris de justice en rupture de ban.

Autre question : Pourquoi cet homme était-il venu dans la barricade? Car à présent Marius revoyait distinctement ce souvenir, reparu dans ces émotions comme l'encre sympathique au feu. Cet homme était dans la barricade. Il n'y combattait pas. Qu'était-il venu y faire? Devant cette question un spectre se dressait, et faisait la réponse. Javert. Marius se rappelait parfaitement à cette heure la funèbre vision de Jean Valjean entraînant hors de la barricade Javert garrotté, et il entendait encore derrière l'angle de la petite rue Mondétour l'affreux coup de pistolet. Il y avait, vraisemblablement, haine entre cet espion et ce galérien. L'un gênait l'autre. Jean Valjean était allé à la barricade pour se venger. Il y était arrivé tard. Il savait probablement que Javert y était prisonnier. La vendetta corse a pénétré dans de certains bas-fonds et y fait loi; elle est si simple qu'elle n'étonne pas les âmes même à demi retournées vers le bien; et ces cœurs-là sont ainsi faits qu'un criminel, en voie de repentir, peut être scrupuleux sur le vol et ne l'être pas sur la vengeance. Jean Valjean avait tué Javert. Du moins, cela semblait évident.

Dernière question enfin; mais à celle-ci pas de réponse. Cette question, Marius la sentait comme une tenaille. Comment se faisait-il que l'existence de Jean Valjean eût coudoyé si longtemps celle de Cosette? Qu'était-ce que ce sombre jeu de la providence qui avait mis cet enfant en contact avec cet homme? Y a-t-il donc aussi des chaînes à deux forgées là-haut, et Dieu se plaît-il à accoupler l'ange avec le démon? Un crime et une innocence peuvent donc être camarades de chambrée dans le mystérieux bagne des misères? Dans ce défilé de condamnés qu'on appelle la destinée humaine, deux fronts peuvent passer l'un près de l'autre, l'un naïf, l'autre formidable, l'un tout baigné des divines blancheurs de l'aube, l'autre à jamais blêmi par la lueur d'un éternel éclair? Qui avait pu déterminer cet appareillement inexplicable? De quelle façon, par suite de quel prodige, la communauté de vie avait-elle pu s'établir entre cette céleste petite et ce vieux damné? Qui avait pu lier l'agneau au loup, et, chose plus incompréhensible encore, attacher le loup à l'agneau? Car le loup aimait l'agneau, car l'être farouche adorait l'être faible, car, pendant neuf années, l'ange avait eu pour point d'appui le monstre. L'enfance et l'adolescence de Cosette, sa venue au jour, sa virginale croissance vers la vie et la lumière, avaient été abritées par ce dévouement difforme. Ici, les questions s'exfoliaient, pour ainsi parler, en énigmes innombrables, les abîmes s'ouvraient au fond des abîmes, et Marius ne pouvait plus se pencher sur Jean Valjean sans vertige. Qu'était-ce donc que cet homme précipice?

Les vieux symboles génésiaques sont éternels; dans la société humaine, telle qu'elle existe, jusqu'au jour où une clarté plus grande la changera, il y a à jamais deux hommes, l'un supérieur, l'autre souterrain; celui qui est selon le bien, c'est Abel; celui qui est selon le mal, c'est Caïn. Qu'était-ce que ce Caïn tendre? Qu'était-ce que ce bandit religieusement absorbé dans l'adoration d'une vierge, veillant sur elle, l'élevant, la gardant, la dignifiant, et l'enveloppant, lui impur, de pureté? Qu'était-ce que ce cloaque qui avait vénéré cette innocence au point de ne pas lui laisser une tache? Qu'était-ce que ce Jean Valjean faisant l'éducation de Cosette? Qu'était-ce que cette figure de ténèbres ayant pour unique soin de préserver de toute ombre et de tout nuage le lever d'un astre?

Là était le secret de Jean Valjean; là aussi était le secret de Dieu.

Devant ce double secret, Marius reculait. L'un en quelque sorte le rassurait sur l'autre. Dieu était dans cette aventure aussi visible que Jean Valjean. Dieu a ses instruments. Il se sert de l'outil qu'il veut. Il n'est pas responsable devant l'homme. Savons-nous comment Dieu s'y prend? Jean Valjean avait travaillé à Cosette. Il avait un peu fait cette âme. C'était incontestable. Eh bien, après? L'ouvrier était horrible; mais l'œuvre était admirable. Dieu produit ses miracles comme bon lui semble. Il avait construit cette charmante Cosette, et il y avait employé Jean Valjean. Il lui avait plu de se choisir cet étrange collaborateur. Quel compte avons-nous à lui demander? Est-ce la première fois que le fumier aide le printemps à faire la rose?

Marius se faisait ces réponses-là et se déclarait à lui-même qu'elles étaient bonnes. Sur tous les points que nous venons d'indiquer, il n'avait pas osé presser Jean Valjean, sans s'avouer à lui-même qu'il ne l'osait pas. Il adorait Cosette, il possédait Cosette, Cosette était splendidement pure. Cela lui suffisait. De quel éclaircissement avait-il besoin? Cosette était une lumière. La lumière a-t-elle besoin d'être éclaircie? Il avait tout; que pouvait-il désirer? Tout, est-ce que ce n'est pas assez? Les affaires personnelles de Jean Valjean ne le regardaient pas. En se penchant sur l'ombre fatale de cet homme, il se cramponnait à cette déclaration solennelle du misérable : *Je ne suis rien à Cosette. Il y a dix ans, je ne savais pas qu'elle existât.*

Jean Valjean était un passant. Il l'avait dit lui-même. Eh bien, il passait. Quel qu'il fût, son rôle était fini. Il y avait désormais Marius pour faire les fonctions de la providence près de Cosette. Cosette était venue retrouver dans l'azur son pareil, son amant, son époux, son mâle céleste. En s'envolant, Cosette, ailée et transfigurée, laissait derrière elle à terre, vide et hideuse, sa chrysalide, Jean Valjean.

Dans quelque cercle d'idées que tournât Marius, il en revenait toujours à une certaine horreur de Jean Valjean. Horreur sacrée peut-être, car, nous venons de l'indiquer, il sentait un *quid divinum* dans cet homme. Mais, quoi qu'on fît, et quelque atténuation qu'on y cherchât, il fallait bien toujours retomber sur ceci : c'était un forçat; c'est-à-dire l'être qui, dans l'échelle sociale, n'a même pas de place, étant au-dessous du dernier échelon. Après le dernier des hommes vient le forçat. Le forçat n'est plus, pour ainsi dire, le semblable des vivants. La loi l'a destitué de toute la quantité d'humanité qu'elle peut ôter à un homme. Marius, sur les questions pénales, en était encore, quoique démocrate, au système inexorable, et il avait, sur ceux que la loi frappe, toutes les idées de la loi. Il n'avait pas encore, disons-le, accompli tous les progrès. Il n'en était pas encore à distinguer entre ce qui est écrit par l'homme et ce qui est écrit par Dieu, entre la loi et le droit. Il n'avait point examiné et pesé le droit que prend l'homme de disposer de l'irrévocable et de l'irréparable. Il n'était pas révolté du mot *vindicte*. Il trouvait simple que de certaines effractions de la loi écrite fussent suivies de peines éternelles, et il acceptait, comme procédé de civilisation, la damnation sociale. Il en était encore là, sauf à avancer infailliblement plus tard, sa nature étant bonne, et au fond toute faite de progrès latent.

Dans ce milieu d'idées, Jean Valjean lui apparaissait difforme et repoussant. C'était le réprouvé. C'était le forçat. Ce mot était pour lui comme un son de la trompette du jugement; et, après avoir considéré longtemps Jean Valjean, son dernier geste était de détourner la tête. *Vade retro.*

Marius, il faut le reconnaître et même y insister, tout en interrogeant Jean Valjean au point que Jean Valjean lui avait dit : *vous me confessez*, ne lui avait pourtant pas fait deux ou trois questions décisives. Ce n'était pas qu'elles ne se fussent présentées à son esprit, mais il en avait eu peur. Le galetas Jondrette? La barricade? Javert? Qui sait où se fussent arrêtées les révélations? Jean Valjean ne semblait pas homme à reculer, et qui sait si Marius, après l'avoir poussé, n'aurait pas souhaité le retenir? Dans de certaines conjonctures suprêmes, ne nous est-il pas arrivé à tous, après avoir fait une question, de nous boucher les oreilles pour ne pas entendre la réponse? C'est surtout quand on aime qu'on a de ces lâchetés-là. Il n'est pas sage de questionner à outrance les situations sinistres, surtout quand le côté indissoluble de notre propre vie y est fatalement mêlé. Des explications désespérées de Jean Valjean, quelque épouvantable lumière pouvait sortir, et qui sait si cette clarté hideuse n'aurait pas rejailli jusqu'à Cosette? Qui sait s'il n'en fût pas resté une sorte de lueur infernale sur le front de cet ange? L'éclaboussure d'un éclair, c'est encore de la foudre. La fatalité a de ces solidarités-là, où l'innocence elle-même s'empreint de crime par la sombre loi des reflets colorants. Les plus pures figures peuvent garder à jamais la réverbération d'un voisinage horrible. A tort ou à raison, Marius avait eu peur. Il en savait déjà trop. Il cherchait plutôt à s'étourdir qu'à s'éclairer. Éperdu, il emportait Cosette dans ses bras en fermant les yeux sur Jean Valjean.

Cet homme était de la nuit, de la nuit vivante et terrible. Comment oser en chercher le fond? C'est une épouvante de questionner l'ombre. Qui sait ce qu'elle va répondre? L'aube pourrait en être noircie pour jamais.

Dans cette situation d'esprit, c'était pour Marius une perplexité poignante de penser que cet homme aurait désormais un contact quelconque avec Cosette. Ces questions redoutables, devant lesquelles il avait reculé, et d'où aurait pu sortir une décision implacable et définitive, il se reprochait presque à présent de ne pas les avoir faites. Il se trouvait trop bon, trop doux, disons le mot, trop faible. Cette faiblesse l'avait entraîné à une concession imprudente. Il s'était laissé toucher. Il avait eu tort. Il aurait dû purement et simplement rejeter Jean Valjean. Jean Valjean était la part du feu, il aurait dû la faire, et débarrasser sa maison de cet homme. Il s'en voulait, il en voulait à la brusquerie de ce tourbillon d'émotions qui l'avait assourdi, aveuglé, et entraîné. Il était mécontent de lui-même.

Que faire maintenant? Les visites de Jean Valjean lui répugnaient profondément. A quoi bon cet homme chez lui? que faire? Ici il s'étourdissait, il ne voulait pas creuser, il ne voulait pas approfondir; il ne voulait pas se sonder lui-même. Il avait promis, il s'était laissé entraîner à promettre; Jean Valjean avait sa promesse; même à un forçat, surtout à un forçat, on doit tenir sa parole. Toutefois, son premier devoir était envers Cosette. En somme, une répulsion, qui dominait tout, le soulevait.

Marius roulait confusément tout cet ensemble d'idées dans son esprit, passant de l'une à l'autre, et remué par toutes. De là un trouble profond. Il ne lui fut pas aisé de cacher ce trouble à Cosette, mais l'amour est un talent, et Marius y parvint.

Du reste, il fit, sans but apparent, des questions à Cosette, candide comme une colombe est blanche, et ne se doutant de rien; il lui parla de son enfance et de sa jeunesse, et il se convainquit de plus en plus que tout ce qu'un homme peut être de bon, de paternel et de respectable, ce forçat l'avait été pour Cosette. Tout ce que Marius avait entrevu et supposé était réel. Cette ortie sinistre avait aimé et protégé ce lys.

LIVRE HUITIÈME.
LA DÉCROISSANCE CRÉPUSCULAIRE.

I

LA CHAMBRE D'EN BAS.

Le lendemain, à la nuit tombante, Jean Valjean frappait à la porte cochère de la maison Gillenormand. Ce fut Basque qui le reçut. Basque se
trouvait dans la cour à point nommé, et comme s'il avait eu des ordres. Il
arrive quelquefois qu'on dit à un domestique : Vous guetterez monsieur un
tel, quand il arrivera.

Basque, sans attendre que Jean Valjean vînt à lui, lui adressa la parole :

— Monsieur le baron m'a chargé de demander à monsieur s'il désire
monter ou rester en bas?

— Rester en bas, répondit Jean Valjean.

Basque, d'ailleurs absolument respectueux, ouvrit la porte de la salle
basse et dit : Je vais prévenir madame.

La pièce où Jean Valjean entra était un rez-de-chaussée voûté et humide,
servant de cellier dans l'occasion, donnant sur la rue, carrelé de carreaux
rouges, et mal éclairé d'une fenêtre à barreaux de fer.

Cette chambre n'était pas de celles que harcèlent le houssoir, la tête de
loup et le balai. La poussière y était tranquille. La persécution des araignées
n'y était pas organisée. Une belle toile, largement étalée, bien noire, ornée
de mouches mortes, faisait la roue sur une des vitres de la fenêtre. La salle,
petite et basse, était meublée d'un tas de bouteilles vides amoncelées dans
un coin. La muraille, badigeonnée d'un badigeon d'ocre jaune, s'écaillait
par larges plaques. Au fond, il y avait une cheminée de bois peinte en noir
à tablette étroite. Un feu y était allumé; ce qui indiquait qu'on avait compté
sur la réponse de Jean Valjean : *Rester en bas.*

Deux fauteuils étaient placés aux deux coins de la cheminée. Entre les
fauteuils était étendue, en guise de tapis, une vieille descente de lit montrant plus de corde que de laine.

La chambre avait pour éclairage le feu de la cheminée et le crépuscule
de la fenêtre.

Jean Valjean était fatigué. Depuis plusieurs jours il ne mangeait ni ne dormait. Il se laissa tomber sur un des fauteuils.

Basque revint, posa sur la cheminée une bougie allumée et se retira. Jean Valjean, la tête ployée et le menton sur la poitrine, n'aperçut ni Basque, ni la bougie.

Tout à coup, il se dressa comme en sursaut. Cosette était derrière lui.

Il ne l'avait pas vue entrer, mais il avait senti qu'elle entrait.

Il se retourna. Il la contempla. Elle était adorablement belle. Mais ce qu'il regardait de ce profond regard, ce n'était pas la beauté, c'était l'âme.

— Ah bien, s'écria Cosette, voilà une idée! père, je savais que vous étiez singulier, mais jamais je ne me serais attendue à celle-là. Marius me dit que c'est vous qui voulez que je vous reçoive ici.

— Oui, c'est moi.

— Je m'attendais à la réponse. Tenez-vous bien. Je vous préviens que je vais vous faire une scène. Commençons par le commencement. Père, embrassez-moi.

Et elle tendit sa joue.

Jean Valjean demeura immobile.

— Vous ne bougez pas. Je le constate. Attitude de coupable. Mais c'est égal, je vous pardonne. Jésus-Christ a dit : Tendez l'autre joue. La voici.

Et elle tendit l'autre joue.

Jean Valjean ne remua pas. Il semblait qu'il eût les pieds cloués dans le pavé.

— Ceci devient sérieux, dit Cosette. Qu'est-ce que je vous ai fait? Je me déclare brouillée. Vous me devez mon raccommodement. Vous dînez avec nous.

— J'ai dîné.

— Ce n'est pas vrai. Je vous ferai gronder par monsieur Gillenormand. Les grands-pères sont faits pour tancer les pères. Allons. Montez avec moi dans le salon. Tout de suite.

— Impossible.

Cosette ici perdit un peu de terrain. Elle cessa d'ordonner et passa aux questions.

— Mais pourquoi? Et vous choisissez pour me voir la chambre la plus laide de la maison. C'est horrible ici.

— Tu sais...

Jean Valjean se reprit.

— Vous savez, madame, je suis particulier, j'ai mes lubies.

Cosette frappa ses petites mains l'une contre l'autre.

— Madame!... vous savez!... encore du nouveau! Qu'est-ce que cela veut dire?

Jean Valjean attacha sur elle ce sourire navrant auquel il avait parfois recours.

— Vous avez voulu être madame. Vous l'êtes.

— Pas pour vous, père.

— Ne m'appelez plus père.

— Comment?

— Appelez-moi monsieur Jean. Jean, si vous voulez.

— Vous n'êtes plus père? je ne suis plus Cosette? monsieur Jean? Qu'est-ce que cela signifie? mais c'est des révolutions, ça! que s'est-il donc passé? regardez-moi donc un peu en face. Et vous ne voulez pas demeurer avec nous! Et vous ne voulez pas de ma chambre! Qu'est-ce que je vous ai fait? qu'est-ce que je vous ai fait? Il y a donc eu quelque chose?

— Rien.

— Eh bien alors?

— Tout est comme à l'ordinaire.

— Pourquoi changez-vous de nom?

— Vous en avez bien changé, vous.

Il sourit encore de ce même sourire et ajouta :

— Puisque vous êtes madame Pontmercy, je puis bien être monsieur Jean.

— Je n'y comprends rien. Tout cela est idiot. Je demanderai à mon mari la permission que vous soyez monsieur Jean. J'espère qu'il n'y consentira pas. Vous me faites beaucoup de peine. On a des lubies, mais on ne fait pas du chagrin à sa petite Cosette. C'est mal. Vous n'avez pas le droit d'être méchant, vous qui êtes bon.

Il ne répondit pas.

Elle lui prit vivement les deux mains, et, d'un mouvement irrésistible, les élevant vers son visage, elle les pressa contre son cou sous son menton, ce qui est un profond geste de tendresse.

— Oh! lui dit-elle, soyez bon!

Et elle poursuivit :

— Voici ce que j'appelle être bon : être gentil, venir demeurer ici, reprendre nos bonnes petites promenades, il y a des oiseaux ici comme rue Plumet, vivre avec nous, quitter ce trou de la rue de l'Homme-Armé, ne pas nous donner des charades à deviner, être comme tout le monde, dîner avec nous, déjeuner avec nous, être mon père.

Il dégagea ses mains.

— Vous n'avez plus besoin de père, vous avez un mari.

Cosette s'emporta.

— Je n'ai plus besoin de père! Des choses comme ça qui n'ont pas le sens commun, on ne sait que dire vraiment!

— Si Toussaint était là, reprit Jean Valjean comme quelqu'un qui en est à chercher des autorités et qui se rattache à toutes les branches, elle serait la première à convenir que c'est vrai que j'ai toujours eu mes manières à moi. Il n'y a rien de nouveau. J'ai toujours aimé mon coin noir.

— Mais il fait froid ici. On n'y voit pas clair. C'est abominable, ça, de vouloir être monsieur Jean. Je ne veux pas que vous me disiez vous.

— Tout à l'heure, en venant, répondit Jean Valjean, j'ai vu rue Saint-Louis un meuble. Chez un ébéniste. Si j'étais une jolie femme, je me donnerais ce meuble-là. Une toilette très bien; genre d'à présent. Ce que vous appelez du bois de rose, je crois. C'est incrusté. Une glace assez grande. Il y a des tiroirs. C'est joli.

— Hou! le vilain ours! répliqua Cosette.

Et avec une gentillesse suprême, serrant les dents et écartant les lèvres, elle souffla contre Jean Valjean. C'était une Grâce copiant une chatte.

— Je suis furieuse, reprit-elle. Depuis hier vous me faites tous rager. Je bisque beaucoup. Je ne comprends pas. Vous ne me défendez pas contre Marius. Marius ne me soutient pas contre vous. Je suis toute seule. J'arrange une chambre gentiment. Si j'avais pu y mettre le bon Dieu, je l'y aurais mis. On me laisse ma chambre sur les bras. Mon locataire me fait banqueroute. Je commande à Nicolette un bon petit dîner. On n'en veut pas de votre dîner, madame. Et mon père Fauchelevent veut que je l'appelle monsieur Jean, et que je le reçoive dans une affreuse vieille laide cave moisie où les murs ont de la barbe, et où il y a, en fait de cristaux, des bouteilles vides, et en fait de rideaux, des toiles d'araignées! Vous êtes singulier, j'y consens, c'est votre genre, mais on accorde une trêve à des gens qui se marient. Vous n'auriez pas dû vous remettre à être singulier tout de suite. Vous allez donc être bien content dans votre abominable rue de l'Homme-Armé. J'y ai été bien désespérée, moi! Qu'est-ce que vous avez contre moi? Vous me faites beaucoup de peine. Fi!

Et, sérieuse subitement, elle regarda fixement Jean Valjean, et ajouta :

— Vous m'en voulez donc de ce que je suis heureuse?

La naïveté, à son insu, pénètre quelquefois très avant. Cette question, simple pour Cosette, était profonde pour Jean Valjean. Cosette voulait égratigner; elle déchirait.

Jean Valjean pâlit. Il resta un moment sans répondre, puis, d'un accent inexprimable et se parlant à lui-même, il murmura :

— Son bonheur, c'était le but de ma vie. A présent Dieu peut me signer ma sortie. Cosette, tu es heureuse; mon temps est fait.

— Ah! vous m'avez dit *tu!* s'écria Cosette.

Et elle lui sauta au cou.

Jean Valjean, éperdu, l'étreignit contre sa poitrine avec égarement. Il lui sembla presque qu'il la reprenait.

— Merci, père! lui dit Cosette.

L'entraînement allait devenir poignant pour Jean Valjean. Il se retira doucement des bras de Cosette, et prit son chapeau.

— Eh bien? dit Cosette.

Jean Valjean répondit :

— Je vous quitte, madame, on vous attend.

Et, du seuil de la porte, il ajouta :

— Je vous ai dit tu. Dites à votre mari que cela ne m'arrivera plus. Pardonnez-moi.

Jean Valjean sortit, laissant Cosette stupéfaite de cet adieu énigmatique.

II

AUTRES PAS EN ARRIÈRE.

Le jour suivant, à la même heure, Jean Valjean vint.

Cosette ne lui fit pas de questions, ne s'étonna plus, ne s'écria plus qu'elle avait froid, ne parla plus du salon; elle évita de dire ni père ni monsieur Jean. Elle se laissa dire vous. Elle se laissa appeler madame. Seulement elle avait une certaine diminution de joie. Elle eût été triste, si la tristesse lui eût été possible.

Il est probable qu'elle avait eu avec Marius une de ces conversations dans lesquelles l'homme aimé dit ce qu'il veut, n'explique rien, et satisfait la femme aimée. La curiosité des amoureux ne va pas très loin au delà de leur amour.

La salle basse avait fait un peu de toilette. Basque avait supprimé les bouteilles, et Nicolette les araignées.

Tous les lendemains qui suivirent ramenèrent à la même heure Jean Valjean. Il vint tous les jours, n'ayant pas la force de prendre les paroles de Marius autrement qu'à la lettre. Marius s'arrangea de manière à être absent aux heures où Jean Valjean venait. La maison s'accoutuma à la nouvelle manière d'être de M. Fauchelevent. Toussaint y aida. *Monsieur a toujours été comme ça,* répétait-elle. Le grand-père rendit ce décret : — C'est un original. Et tout fut dit. D'ailleurs, à quatrevingt-dix ans il n'y a plus de liaison possible; tout est juxtaposition; un nouveau venu est une gêne. Il n'y a plus de place; toutes les habitudes sont prises. M. Fauchelevent, M. Tranchelevent, le père Gillenormand ne demanda pas mieux que d'être dispensé de « ce monsieur ». Il ajouta : — Rien n'est plus commun que ces originaux-là. Ils font toutes sortes de bizarreries. De motif, point. Le marquis de Canaples était pire. Il acheta un palais pour se loger dans le grenier. Ce sont des apparences fantasques qu'ont les gens.

Personne n'entrevit le dessous sinistre. Qui eût d'ailleurs pu deviner une telle chose? Il y a de ces marais dans l'Inde; l'eau semble extraordinaire, inexplicable, frissonnante sans qu'il y ait de vent, agitée là où elle devrait être calme. On regarde à la superficie ces bouillonnements sans cause; on n'aperçoit pas l'hydre qui se traîne au fond.

Beaucoup d'hommes ont ainsi un monstre secret, un mal qu'ils nourrissent, un dragon qui les ronge, un désespoir qui habite leur nuit. Tel homme ressemble aux autres, va, vient. On ne sait pas qu'il a en lui une effroyable douleur parasite aux mille dents, laquelle vit dans ce misérable, qui en meurt. On ne sait pas que cet homme est un gouffre. Il est stagnant, mais profond. De temps en temps un trouble auquel on ne comprend rien se fait à sa surface. Une ride mystérieuse se plisse, puis s'évanouit, puis reparaît; une bulle d'air monte et crève. C'est peu de chose, c'est terrible. C'est la respiration de la bête inconnue.

De certaines habitudes étranges, arriver à l'heure où les autres partent, s'effacer pendant que les autres s'étalent, garder dans toutes les occasions ce qu'on pourrait appeler le manteau couleur de muraille, chercher l'allée solitaire, préférer la rue déserte, ne point se mêler aux conversations, éviter les foules et les fêtes, sembler à son aise et vivre pauvrement, avoir, tout riche qu'on est, sa clef dans sa poche et sa chandelle chez le portier, entrer par la petite porte, monter par l'escalier dérobé, toutes ces singularités insignifiantes, rides, bulles d'air, plis fugitifs à la surface, viennent souvent d'un fond formidable.

Plusieurs semaines se passèrent ainsi. Une vie nouvelle s'empara peu à peu de Cosette; les relations que crée le mariage, les visites, le soin de la maison, les plaisirs, ces grandes affaires. Les plaisirs de Cosette n'étaient pas coûteux; ils consistaient en un seul: être avec Marius. Sortir avec lui, rester avec lui, c'était là la grande occupation de sa vie. C'était pour eux une joie toujours toute neuve de sortir bras dessus bras dessous, à la face du soleil, en pleine rue, sans se cacher, devant tout le monde, tous les deux tout seuls. Cosette eut une contrariété. Toussaint ne put s'accorder avec Nicolette, le soudage de deux vieilles filles étant impossible, et s'en alla. Le grand-père se portait bien; Marius plaidait çà et là quelques causes; la tante Gillenormand menait paisiblement près du nouveau ménage cette vie latérale qui lui suffisait. Jean Valjean venait tous les jours.

Le tutoiement disparu, le vous, le madame, le monsieur Jean, tout cela le faisait autre pour Cosette. Le soin qu'il avait pris lui-même de la détacher de lui, lui réussissait. Elle était de plus en plus gaie et de moins en moins tendre. Pourtant elle l'aimait toujours bien, et il le sentait. Un jour elle lui dit tout à coup : Vous étiez mon père, vous n'êtes plus mon père, vous étiez mon oncle, vous n'êtes plus mon oncle, vous étiez monsieur Fauchelevent, vous êtes Jean. Qui êtes-vous donc ? Je n'aime pas tout ça. Si je ne vous savais pas si bon, j'aurais peur de vous.

Il demeurait toujours rue de l'Homme-Armé, ne pouvant se résoudre à s'éloigner du quartier qu'habitait Cosette.

Dans les premiers temps il ne restait près de Cosette que quelques minutes, puis s'en allait.

Peu à peu il prit l'habitude de faire ses visites moins courtes. On eût dit qu'il profitait de l'autorisation des jours qui s'allongeaient; il arriva plus tôt et partit plus tard.

Un jour il échappa à Cosette de lui dire : Père. Un éclair de joie illumina le vieux visage sombre de Jean Valjean. Il la reprit : Dites Jean. — Ah! c'est vrai, répondit-elle avec un éclat de rire, monsieur Jean. — C'est bien, dit-il. Et il se détourna pour qu'elle ne le vît pas essuyer ses yeux.

III

ILS SE SOUVIENNENT DU JARDIN DE LA RUE PLUMET.

Ce fut la dernière fois. A partir de cette dernière lueur, l'extinction complète se fit. Plus de familiarité, plus de bonjour avec un baiser, plus jamais ce mot si profondément doux : mon père ! il était, sur sa demande et par sa propre complicité, successivement chassé de tous ses bonheurs ; et il avait cette misère qu'après avoir perdu Cosette tout entière en un jour, il lui avait fallu ensuite la reperdre en détail.

L'œil finit par s'habituer aux jours de cave. En somme, avoir tous les jours une apparition de Cosette, cela lui suffisait. Toute sa vie se concentrait dans cette heure-là. Il s'asseyait près d'elle, il la regardait en silence, ou bien il lui parlait des années d'autrefois, de son enfance, du couvent, de ses petites amies d'alors.

Une après-midi, — c'était une des premières journées d'avril, déjà chaude, encore fraîche, le moment de la grande gaîté du soleil, les jardins qui environnaient les fenêtres de Marius et de Cosette avaient l'émotion du réveil, l'aubépine allait poindre, une bijouterie de giroflées s'étalait sur les vieux murs, les gueules-de-loup roses bâillaient dans les fentes des pierres, il y avait dans l'herbe un charmant commencement de pâquerettes et de boutons-d'or, les papillons blancs de l'année débutaient, le vent, ce ménétrier de la noce éternelle, essayait dans les arbres les premières notes de cette grande symphonie aurorale que les vieux poëtes appelaient le renouveau, — Marius dit à Cosette : — Nous avons dit que nous irions revoir notre jardin de la rue Plumet. Allons-y. Il ne faut pas être ingrats. — Et ils s'envolèrent comme deux hirondelles vers le printemps. Ce jardin de la rue Plumet leur faisait l'effet de l'aube. Ils avaient déjà derrière eux dans la vie quelque chose qui était comme le printemps de leur amour. La maison de la rue Plumet, étant prise à bail, appartenait encore à Cosette. Ils allèrent à ce jardin et à cette maison. Ils s'y retrouvèrent, ils s'y oublièrent. Le soir, à l'heure ordinaire, Jean Valjean vint rue des Filles-du-Calvaire. — Madame est sortie avec monsieur, et n'est pas rentrée encore, lui dit Basque. — Il s'assit en silence et attendit une heure. Cosette ne rentra point. Il baissa la tête et s'en alla.

Cosette était si enivrée de sa promenade à « leur jardin » et si joyeuse d'avoir « vécu tout un jour dans son passé » qu'elle ne parla pas d'autre

chose le lendemain. Elle ne s'aperçut pas qu'elle n'avait point vu Jean
Valjean.

— De quelle façon êtes-vous allés là? lui demanda Jean Valjean.

— A pied.

— Et comment êtes-vous revenus?

— En fiacre.

Depuis quelque temps Jean Valjean remarquait la vie étroite que menait
le jeune couple. Il en était importuné. L'économie de Marius était sévère,
et le mot pour Jean Valjean avait son sens absolu. Il hasarda une question :

— Pourquoi n'avez-vous pas une voiture à vous? Un joli coupé ne vous
coûterait que cinq cents francs par mois. Vous êtes riches.

— Je ne sais pas, répondit Cosette.

— C'est comme Toussaint, reprit Jean Valjean. Elle est partie. Vous ne
l'avez pas remplacée. Pourquoi?

— Nicolette suffit.

— Mais il vous faudrait une femme de chambre.

— Est-ce que je n'ai pas Marius?

— Vous devriez avoir une maison à vous, des domestiques à vous, une
voiture, loge au spectacle. Il n'y a rien de trop beau pour vous. Pourquoi
ne pas profiter de ce que vous êtes riches? La richesse, cela s'ajoute au
bonheur.

Cosette ne répondit rien.

Les visites de Jean Valjean ne s'abrégeaient point. Loin de là. Quand
c'est le cœur qui glisse, on ne s'arrête pas sur la pente.

Lorsque Jean Valjean voulait prolonger sa visite et faire oublier l'heure,
il faisait l'éloge de Marius; il le trouvait beau, noble, courageux, spirituel, éloquent, bon. Cosette enchérissait. Jean Valjean recommençait. On
ne tarissait pas. Marius, ce mot était inépuisable; il y avait des volumes
dans ces six lettres. De cette façon Jean Valjean parvenait à rester longtemps.
Voir Cosette, oublier près d'elle, cela lui était si doux! C'était le pansement de sa plaie. Il arriva plusieurs fois que Basque vint dire à deux re-
prises : Monsieur Gillenormand m'envoie rappeler à madame la baronne
que le dîner est servi.

Ces jours-là, Jean Valjean rentrait chez lui très pensif.

Y avait-il donc du vrai dans cette comparaison de la chrysalide qui s'était
présentée à l'esprit de Marius? Jean Valjean était-il en effet une chrysalide
qui s'obstinerait, et qui viendrait faire des visites à son papillon?

Un jour il resta plus longtemps encore qu'à l'ordinaire. Le lendemain,
il remarqua qu'il n'y avait point de feu dans la cheminée. — Tiens! pensa-

t-il. Pas de feu. — Et il se donna à lui-même cette explication : — C'est tout simple. Nous sommes en avril. Les froids ont cessé.

— Dieu! qu'il fait froid ici! s'écria Cosette en entrant.

— Mais non, dit Jean Valjean.

— C'est donc vous qui avez dit à Basque de ne pas faire de feu?

— Oui. Nous sommes en mai tout à l'heure.

— Mais on fait du feu jusqu'au mois de juin. Dans cette cave-ci, il en faut toute l'année.

— J'ai pensé que le feu était inutile.

— C'est bien là une de vos idées! reprit Cosette.

Le jour d'après, il y avait du feu. Mais les deux fauteuils étaient rangés à l'autre bout de la salle près de la porte. — Qu'est-ce que cela veut dire? pensa Jean Valjean.

Il alla chercher les fauteuils, et les remit à leur place ordinaire près de la cheminée.

Ce feu rallumé l'encouragea pourtant. Il fit durer la causerie plus long-temps encore que d'habitude. Comme il se levait pour s'en aller, Cosette lui dit :

— Mon mari m'a dit une drôle de chose hier.

— Quelle chose donc?

— Il m'a dit : Cosette, nous avons trente mille livres de rente. Vingt-sept que tu as, trois que me fait mon grand-père. J'ai répondu : Cela fait trente. Il a repris : Aurais-tu le courage de vivre avec les trois mille? J'ai répondu : Oui, avec rien. Pourvu que ce soit avec toi. Et puis j'ai demandé : Pour-quoi me dis-tu ça? Il m'a répondu : Pour savoir.

Jean Valjean ne trouva pas une parole. Cosette attendait probablement de lui quelque explication; il l'écouta dans un morne silence. Il s'en retourna rue de l'Homme-Armé; il était si profondément absorbé qu'il se trompa de porte, et qu'au lieu de rentrer chez lui, il entra dans la maison voisine. Ce ne fut qu'après avoir monté presque deux étages qu'il s'aperçut de son erreur et qu'il redescendit.

Son esprit était bourrelé de conjectures. Il était évident que Marius avait des doutes sur l'origine de ces six cent mille francs, qu'il craignait quelque source non pure, qui sait? qu'il avait même peut-être décou-vert que cet argent venait de lui Jean Valjean, qu'il hésitait devant cette fortune suspecte, et répugnait à la prendre comme sienne, ai-mant mieux rester pauvres, lui et Cosette, que d'êtres riches d'une richesse trouble.

En outre, vaguement, Jean Valjean commençait à se sentir écon-duit.

Le jour suivant, il eut, en pénétrant dans la salle basse, comme une secousse. Les fauteuils avaient disparu. Il n'y avait pas même une chaise.

— Ah ça, s'écria Cosette en entrant, pas de fauteuils! Où sont donc les fauteuils?

— Ils n'y sont plus, répondit Jean Valjean.

— Voilà qui est fort!

Jean Valjean bégaya :

— C'est moi qui ai dit à Basque de les enlever.

— Et la raison?

— Je ne reste que quelques minutes aujourd'hui.

— Rester peu, ce n'est pas une raison pour rester debout.

— Je crois que Basque avait besoin des fauteuils pour le salon.

— Pourquoi?

— Vous avez sans doute du monde ce soir.

— Nous n'avons personne.

Jean Valjean ne put dire un mot de plus.

Cosette haussa les épaules.

— Faire enlever les fauteuils! L'autre jour vous faites éteindre le feu. Comme vous êtes singulier!

— Adieu, murmura Jean Valjean.

Il ne dit pas : Adieu, Cosette. Mais il n'eut pas la force de dire : Adieu, madame.

Il sortit accablé.

Cette fois il avait compris.

Le lendemain il ne vint pas. Cosette ne le remarqua que le soir.

— Tiens, dit elle, monsieur Jean n'est pas venu aujourd'hui.

Elle eut comme un léger serrement de cœur, mais elle s'en aperçut à peine, tout de suite distraite par un baiser de Marius.

Le jour d'après, il ne vint pas.

Cosette n'y prit pas garde, passa sa soirée et dormit sa nuit, comme à l'ordinaire, et n'y pensa qu'en se réveillant. Elle était si heureuse! Elle envoya bien vite Nicolette chez monsieur Jean savoir s'il était malade, et pourquoi il n'était pas venu la veille. Nicolette rapporta la réponse de monsieur Jean. Il n'était point malade. Il était occupé. Il viendrait bientôt. Le plus tôt qu'il pourrait. Du reste, il allait faire un petit voyage. Que madame devait se souvenir que c'était son habitude de faire des voyages de temps en temps. Qu'on n'eût pas d'inquiétude. Qu'on ne songeât point à lui.

Nicolette, en entrant chez monsieur Jean, lui avait répété les propres paroles de sa maîtresse. Que madame envoyait savoir « pourquoi monsieur Jean n'était pas venu la veille ». — Il y a deux jours que je ne suis venu, dit Jean Valjean avec douceur.

Mais l'observation glissa sur Nicolette qui n'en rapporta rien à Cosette.

IV

L'ATTRACTION ET L'EXTINCTION.

Pendant les derniers mois du printemps et les premiers mois de l'été de 1833, les passants clairsemés du Marais, les marchands des boutiques, les oisifs sur le pas des portes, remarquaient un vieillard proprement vêtu de noir, qui, tous les jours, vers la même heure, à la nuit tombante, sortait de la rue de l'Homme-Armé, du côté de la rue Sainte-Croix-de-la-Bretonnerie, passait devant les Blancs-Manteaux, gagnait la rue Culture-Sainte-Catherine, et, arrivé à la rue de l'Écharpe, tournait à gauche, et entrait dans la rue Saint-Louis.

Là il marchait à pas lents, la tête tendue en avant, ne voyant rien, n'entendant rien, l'œil immuablement fixé sur un point toujours le même, qui semblait pour lui étoilé, et qui n'était autre que l'angle de la rue des Filles-du-Calvaire. Plus il approchait de ce coin de rue, plus son œil s'éclairait; une sorte de joie illuminait ses prunelles comme une aurore intérieure, il avait l'air fasciné et attendri, ses lèvres faisaient des mouvements obscurs, comme s'il parlait à quelqu'un qu'il ne voyait pas, il souriait vaguement, et il avançait le plus lentement qu'il pouvait. On eût dit que, tout en souhaitant d'arriver, il avait peur du moment où il serait tout près. Lorsqu'il n'y avait plus que quelques maisons entre lui et cette rue qui paraissait l'attirer, son pas se ralentissait au point que par instants on pouvait croire qu'il ne marchait plus. La vacillation de sa tête et la fixité de sa prunelle faisaient songer à l'aiguille qui cherche le pôle. Quelque temps qu'il mît à faire durer l'arrivée, il fallait bien arriver; il atteignait la rue des Filles-du-Calvaire; alors il s'arrêtait, il tremblait, il passait sa tête avec une sorte de timidité sombre au delà du coin de la dernière maison, et il regardait dans cette rue, et il y avait dans ce tragique regard quelque chose qui ressemblait à l'éblouissement de l'impossible et à la réverbération d'un paradis fermé. Puis une larme, qui s'était peu à peu amassée dans l'angle des paupières, devenue assez grosse pour tomber, glissait sur sa joue, et quelquefois s'arrêtait à sa bouche. Le vieillard en sentait la saveur amère. Il restait ainsi quelques minutes comme s'il eût été de pierre; puis il s'en retournait par le même chemin et du même pas, et, à mesure qu'il s'éloignait, son regard s'éteignait.

Peu à peu, ce vieillard cessa d'aller jusqu'à l'angle de la rue des Filles-du-Calvaire; il s'arrêtait à mi-chemin dans la rue Saint-Louis; tantôt un peu plus loin, tantôt un peu plus près. Un jour, il resta au coin de la rue Culture-Sainte-Catherine et regarda la rue des Filles-du-Calvaire de loin. Puis il hocha silencieusement la tête de droite à gauche, comme s'il se refusait quelque chose, et rebroussa chemin.

Bientôt il ne vint même plus jusqu'à la rue Saint-Louis. Il arrivait jusqu'à la rue Pavée, secouait le front, et s'en retournait; puis il n'alla plus au delà de la rue des Trois-Pavillons; puis il ne dépassa plus les Blancs-Manteaux. On eût dit un pendule qu'on ne remonte plus et dont les oscillations s'abrègent en attendant qu'elles s'arrêtent.

Tous les jours, il sortait de chez lui à la même heure, il entreprenait le même trajet, mais il ne l'achevait plus, et, peut-être sans qu'il en eût conscience, il le raccourcissait sans cesse. Tout son visage exprimait cette unique idée : A quoi bon? La prunelle était éteinte; plus de rayonnement. La larme aussi était tarie; elle ne s'amassait plus dans l'angle des paupières; cet œil pensif était sec. La tête du vieillard était toujours tendue en avant; le menton par moments remuait; les plis de son cou maigre faisaient de la peine. Quelquefois, quand le temps était mauvais, il avait sous le bras un parapluie, qu'il n'ouvrait point. Les bonnes femmes du quartier disaient : C'est un innocent. Les enfants le suivaient en riant.

LIVRE NEUVIEME.

SUPRÊME OMBRE, SUPRÊME AURORE.

I

C'est une terrible chose d'être heureux! Comme on s'en contente! Comme on trouve que cela suffit! Comme, étant en possession du faux but de la vie, le bonheur, on oublie le vrai but, le devoir!

Disons-le pourtant, on aurait tort d'accuser Marius.

Marius, nous l'avons expliqué, avant son mariage, n'avait pas fait de questions à M. Fauchelevent, et, depuis, il avait craint d'en faire à Jean Valjean. Il avait regretté la promesse à laquelle il s'était laissé entraîner. Il s'était beaucoup dit qu'il avait eu tort de faire cette concession au désespoir. Il s'était borné à éloigner peu à peu Jean Valjean de sa maison et à l'effacer le plus possible dans l'esprit de Cosette. Il s'était en quelque sorte toujours placé entre Cosette et Jean Valjean, sûr que de cette façon elle ne l'apercevrait pas et n'y songerait point. C'était plus que l'effacement, c'était l'éclipse.

Marius faisait ce qu'il jugeait nécessaire et juste. Il croyait avoir, pour écarter Jean Valjean, sans dureté, mais sans faiblesse, des raisons sérieuses qu'on a vues déjà et d'autres encore qu'on verra plus tard. Le hasard lui ayant fait rencontrer, dans un procès qu'il avait plaidé, un ancien commis de la maison Laffitte, il avait eu, sans les chercher, de mystérieux renseignements qu'il n'avait pu, à la vérité, approfondir, par respect même pour ce secret qu'il avait promis de garder, et par ménagement pour la situation périlleuse de Jean Valjean. Il croyait, en ce moment-là même, avoir un grave devoir à accomplir, la restitution des six cent mille francs à quelqu'un qu'il cherchait le plus discrètement possible. En attendant, il s'abstenait de toucher à cet argent.

Quant à Cosette, elle n'était dans aucun de ces secrets-là; mais il serait dur de la condamner, elle aussi.

Il y avait de Marius à elle un magnétisme tout-puissant, qui lui faisait

faire, d'instinct et presque machinalement, ce que Marius souhaitait. Elle
sentait, du côté de « monsieur Jean », une volonté de Marius; elle s'y con-
formait. Son mari n'avait eu rien à lui dire; elle subissait la pression vague,
mais claire, de ses intentions tacites, et obéissait aveuglément. Son obéissance ici consistait à ne pas se souvenir de ce que Marius oubliait. Elle
n'avait aucun effort à faire pour cela. Sans qu'elle sût elle-même pourquoi,
et sans qu'il y ait à l'en accuser, son âme était tellement devenue celle de
son mari, que ce qui se couvrait d'ombre dans la pensée de Marius s'obscur-
cissait dans la sienne.

N'allons pas trop loin cependant; en ce qui concerne Jean Valjean, cet
oubli et cet effacement n'étaient que superficiels. Elle était plutôt étourdie
qu'oublieuse. Au fond, elle aimait bien celui qu'elle avait si longtemps
nommé son père. Mais elle aimait plus encore son mari. C'est ce qui avait
un peu faussé la balance de ce cœur, penchée d'un seul côté.

Il arrivait parfois que Cosette parlait de Jean Valjean et s'étonnait. Alors
Marius la calmait : — Il est absent, je crois. N'a-t-il pas dit qu'il partait
pour un voyage? — C'est vrai, pensait Cosette. Il avait l'habitude de disparaître ainsi. Mais pas si longtemps. — Deux ou trois fois elle envoya
Nicolette rue de l'Homme-Armé s'informer si monsieur Jean était revenu
de son voyage. Jean Valjean fit répondre que non.

Cosette n'en demanda pas davantage, n'ayant sur la terre qu'un besoin,
Marius.

Disons encore que, de leur côté, Marius et Cosette avaient été absents.
Ils étaient allés à Vernon. Marius avait mené Cosette au tombeau de son
père.

Marius avait peu à peu soustrait Cosette à Jean Valjean. Cosette s'était
laissée faire.

Du reste, ce qu'on appelle beaucoup trop durement, dans de certains
cas, l'ingratitude des enfants, n'est pas toujours une chose aussi reprochable
qu'on le croit. C'est l'ingratitude de la nature. La nature, nous l'avons dit
ailleurs, « regarde devant elle ». La nature divise les êtres vivants en arrivants
et en partants. Les partants sont tournés vers l'ombre, les arrivants vers la
lumière. De là un écart qui, du côté des vieux, est fatal, et, du côté des
jeunes, involontaire. Cet écart, d'abord insensible, s'accroît lentement
comme toute séparation de branches. Les rameaux, sans se détacher du tronc,
s'en éloignent. Ce n'est pas leur faute. La jeunesse va où est la joie, aux
fêtes, aux vives clartés, aux amours. La vieillesse va à la fin. On ne se perd
pas de vue, mais il n'y a plus d'étreinte. Les jeunes gens sentent le refroidissement de la vie; les vieillards celui de la tombe. N'accusons pas ces
pauvres enfants.

II

Jean Valjean un jour descendit son escalier, fit trois pas dans la rue, s'assit sur une borne, sur cette même borne où Gavroche, dans la nuit du 5 au 6 juin, l'avait trouvé songeant; il resta là quelques minutes, puis remonta. Ce fut la dernière oscillation du pendule. Le lendemain, il ne sortit pas de chez lui. Le surlendemain, il ne sortit pas de son lit.

Sa portière, qui lui apprêtait son maigre repas, quelques choux ou quelques pommes de terre avec un peu de lard, regarda dans l'assiette de terre brune et s'exclama :

— Mais vous n'avez pas mangé hier, pauvre cher homme!

— Si fait, répondit Jean Valjean.

— L'assiette est toute pleine.

— Regardez le pot à l'eau. Il est vide.

— Cela prouve que vous avez bu; cela ne prouve pas que vous avez mangé.

— Eh bien, fit Jean Valjean, si je n'ai eu faim que d'eau?

— Cela s'appelle la soif, et, quand on ne mange pas en même temps, cela s'appelle la fièvre.

— Je mangerai demain.

— Ou à la Trinité. Pourquoi pas aujourd'hui? Est-ce qu'on dit : Je mangerai demain! Me laisser tout mon plat sans y toucher! Mes viquelottes qui étaient si bonnes!

Jean Valjean prit la main de la vieille femme :

— Je vous promets de les manger, lui dit-il de sa voix bienveillante.

— Je ne suis pas contente de vous, répondit la portière.

Jean Valjean ne voyait guère d'autre créature humaine que cette bonne femme. Il y a dans Paris des rues où personne ne passe et des maisons où personne ne vient. Il était dans une de ces rues-là et dans une de ces maisons-là.

Du temps qu'il sortait encore, il avait acheté à un chaudronnier pour quelques sous un petit crucifix de cuivre qu'il avait accroché à un clou en face de son lit. Ce gibet-là est toujours bon à voir.

Une semaine s'écoula sans que Jean Valjean fît un pas dans sa chambre. Il demeurait toujours couché. La portière disait à son mari : — Le bonhomme de là-haut ne se lève plus, il ne mange plus, il n'ira pas loin.

Ça a des chagrins, ça. On ne m'ôtera pas de la tête que sa fille est mal mariée.

Le portier répliqua avec l'accent de la souveraineté maritale :

— S'il est riche, qu'il ait un médecin. S'il n'est pas riche, qu'il n'en ait pas. S'il n'a pas de médecin, il mourra.

— Et s'il en a un ?

— Il mourra, dit le portier.

La portière se mit à gratter avec un vieux couteau de l'herbe qui poussait dans ce qu'elle appelait son pavé, et tout en arrachant l'herbe, elle grommelait :

— C'est dommage. Un vieillard qui est si propre ! Il est blanc comme un poulet.

Elle aperçut au bout de la rue un médecin du quartier qui passait ; elle prit sur elle de le prier de monter.

— C'est au deuxième, lui dit-elle. Vous n'aurez qu'à entrer. Comme le bonhomme ne bouge plus de son lit, la clef est toujours à la porte.

Le médecin vit Jean Valjean et lui parla.

Quand il redescendit, la portière l'interpella :

— Eh bien, docteur ?

— Votre malade est bien malade.

— Qu'est-ce qu'il a ?

— Tout et rien. C'est un homme qui, selon toute apparence, a perdu une personne chère. On meurt de cela.

— Qu'est-ce qu'il vous a dit ?

— Il m'a dit qu'il se portait bien.

— Reviendrez-vous, docteur ?

— Oui, répondit le médecin. Mais il faudrait qu'un autre que moi revînt.

III

UNE PLUME PÈSE A QUI SOULEVAIT

LA CHARRETTE FAUCHELEVENT.

Un soir Jean Valjean eut de la peine à se soulever sur le coude; il se prit la main et ne trouva pas son pouls; sa respiration était courte et s'arrêtait par instants; il reconnut qu'il était plus faible qu'il ne l'avait encore été. Alors, sans doute sous la pression de quelque préoccupation suprême, il fit un effort, se dressa sur son séant, et s'habilla. Il mit son vieux vêtement d'ouvrier. Ne sortant plus, il y était revenu, et il le préférait. Il dut s'interrompre plusieurs fois en s'habillant; rien que pour passer les manches de la veste, la sueur lui coulait du front.

Depuis qu'il était seul, il avait mis son lit dans l'antichambre, afin d'habiter le moins possible cet appartement désert.

Il ouvrit la valise et en tira le trousseau de Cosette.

Il l'étala sur son lit.

Les chandeliers de l'évêque étaient à leur place sur la cheminée. Il prit dans un tiroir deux bougies de cire et les mit dans les chandeliers. Puis, quoiqu'il fît encore grand jour, c'était en été, il les alluma. On voit ainsi quelquefois des flambeaux allumés en plein jour dans les chambres où il y a des morts.

Chaque pas qu'il faisait en allant d'un meuble à l'autre l'exténuait, et il était obligé de s'asseoir. Ce n'était point de la fatigue ordinaire qui dépense la force pour la renouveler; c'était le reste des mouvements possibles; c'était la vie épuisée qui s'égoutte dans des efforts accablants qu'on ne recommencera pas.

Une des chaises où il se laissa tomber était placée devant le miroir, si fatal pour lui, si providentiel pour Marius, où il avait lu sur le buvard l'écriture renversée de Cosette. Il se vit dans ce miroir, et ne se reconnut pas. Il avait quatrevingts ans; avant le mariage de Marius, on lui eût à peine donné cinquante ans; cette année avait compté trente. Ce qu'il avait sur le front, ce n'était plus la ride de l'âge, c'était la marque mystérieuse de la mort. On sentait là le creusement de l'ongle impitoyable. Ses joues pendaient; la peau de son visage avait cette couleur qui ferait croire qu'il y a déjà de la terre dessus; les deux coins de sa bouche s'abaissaient comme dans ce masque que les anciens sculptaient sur les tombeaux; il regardait le vide avec un air de reproche; on eût dit un de ces grands êtres tragiques qui ont à se plaindre de quelqu'un.

Il était dans cette situation, la dernière phase de l'accablement, où la douleur ne coule plus; elle est, pour ainsi dire, coagulée; il y a sur l'âme comme un caillot de désespoir.

La nuit était venue. Il traîna laborieusement une table et le vieux fauteuil près de la cheminée, et posa sur la table une plume, de l'encre et du papier.

Cela fait, il eut un évanouissement. Quand il reprit connaissance, il avait soif. Ne pouvant soulever le pot à l'eau, il le pencha péniblement vers sa bouche, et but une gorgée.

Puis il se tourna vers le lit, et, toujours assis, car il ne pouvait rester debout, il regarda la petite robe noire et tous ces chers objets.

Ces contemplations-là durent des heures qui semblent des minutes. Tout à coup il eut un frisson, il sentit que le froid lui venait; il s'accouda à la table que les flambeaux de l'évêque éclairaient, et prit la plume.

Comme la plume ni l'encre n'avaient servi depuis longtemps, le bec de la plume était recourbé, l'encre était desséchée, il fallut qu'il se levât et qu'il mît quelques gouttes d'eau dans l'encre, ce qu'il ne put faire sans s'arrêter et s'asseoir deux ou trois fois, et il fut forcé d'écrire avec le dos de la plume. Il s'essuyait le front de temps en temps.

Sa main tremblait. Il écrivit lentement quelques lignes que voici :

« Cosette, je te bénis. Je vais t'expliquer. Ton mari a eu raison de me
« faire comprendre que je devais m'en aller; cependant il y a un peu d'erreur
« dans ce qu'il a cru, mais il a eu raison. Il est excellent. Aime-le toujours
« bien quand je serai mort. Monsieur Pontmercy, aimez toujours mon
« enfant bien-aimé. Cosette, on trouvera ce papier-ci, voici ce que je veux
« te dire, tu vas voir les chiffres, si j'ai la force de me les rappeler, écoute
« bien, cet argent est bien à toi. Voici toute la chose : Le jais blanc vient de
« Norvège, le jais noir vient d'Angleterre, la verroterie noire vient d'Alle-
« magne. Le jais est plus léger, plus précieux, plus cher. On peut faire en
« France des imitations comme en Allemagne. Il faut une petite enclume
« de deux pouces carrés et une lampe à esprit de vin pour amollir la cire.
« La cire autrefois se faisait avec de la résine et du noir de fumée et coûtait
« quatre francs la livre. J'ai imaginé de la faire avec de la gomme laque et
« de la térébenthine. Elle ne coûte plus que trente sous, et elle est bien
« meilleure. Les boucles se font avec un verre violet qu'on colle au moyen
« de cette cire sur une petite membrure en fer noir. Le verre doit être violet
« pour les bijoux de fer et noir pour les bijoux d'or. L'Espagne en achète
« beaucoup. C'est le pays du jais... »

Ici il s'interrompit, la plume tomba de ses doigts, il lui vint un de ces sanglots désespérés qui montaient par moments des profondeurs de son être, le pauvre homme prit sa tête dans ses deux mains, et songea.

— Oh! s'écria-t-il au dedans de lui-même (cris lamentables, entendus de Dieu seul), c'est fini. Je ne la verrai plus. C'est un sourire qui a passé sur moi. Je vais entrer dans la nuit sans même la revoir. Oh! une minute, un instant, entendre sa voix, toucher sa robe, la regarder, elle, l'ange! et puis mourir! Ce n'est rien de mourir, ce qui est affreux, c'est de mourir sans la voir. Elle me sourirait, elle me dirait un mot. Est-ce que cela ferait du mal à quelqu'un? Non, c'est fini, jamais. Me voilà tout seul. Mon Dieu! mon Dieu! je ne la verrai plus.

En ce moment on frappa à sa porte.

IV

BOUTEILLE D'ENCRE QUI NE RÉUSSIT QU'A BLANCHIR.

Ce même jour, ou, pour mieux dire, ce même soir, comme Marius sortait de table et venait de se retirer dans son cabinet, ayant un dossier à étudier, Basque lui avait remis une lettre en disant : La personne qui a écrit la lettre est dans l'antichambre.

Cosette avait pris le bras du grand-père et faisait un tour dans le jardin.

Une lettre peut, comme un homme, avoir mauvaise tournure. Gros papier, pli grossier, rien qu'à les voir, de certaines missives déplaisent. La lettre qu'avait apportée Basque était de cette espèce.

Marius la prit. Elle sentait le tabac. Rien n'éveille un souvenir comme une odeur. Marius reconnut ce tabac. Il regarda la suscription : *A monsieur, monsieur le baron Pommerci. En son hôtel.* Le tabac reconnu lui fit reconnaître l'écriture. On pourrait dire que l'étonnement a des éclairs. Marius fut comme illuminé d'un de ces éclairs-là.

L'odorat, ce mystérieux aide-mémoire, venait de faire revivre en lui tout un monde. C'était bien là le papier, la façon de plier, la teinte blafarde de l'encre, c'était bien là l'écriture connue; surtout c'était là le tabac. Le galetas Jondrette lui apparaissait.

Ainsi, étrange coup de tête du hasard! une des deux pistes qu'il avait tant cherchées, celle pour laquelle dernièrement encore il avait fait tant d'efforts et qu'il croyait à jamais perdue, venait d'elle-même s'offrir à lui.

Il décacheta avidement la lettre, et il lut :

« Monsieur le baron,

« Si l'Être Suprême m'en avait donné les talents, j'aurais pu être le baron « Thénard, membre de l'institut (académie des ciences), mais je ne le suis « pas. Je porte seulement le même nom que lui, heureux si ce souvenir me « recommande à l'excellence de vos bontés. Le bienfait dont vous m'hono- «rerez sera réciproque. Je suis en posession d'un secret conserrant un « individu. Cet individu vous conserne. Je tiens le secret à votre disposition « désirant avoir l'honneur de vous être hutile. Je vous donnerai le moyen « simple de chaser de votre honorable famille cet individu qui n'y a pas

« droit, madame la barone étant de haute naissance. Le sanctùaire de la
« vertu ne pourrait coabiter plus longtemps avec le crime sans abdiqer.
  « J'atends dans l'entichambre les ordres de monsieur le baron.

                                                « Avec respect. »
    La lettre était signée « THÉNARD ».

    Cette signature n'était pas fausse. Elle était seulement un peu abrégée.
    Du reste l'amphigouri et l'orthographe achevaient la révélation. Le certi-
ficat d'origine était complet. Aucun doute n'était possible.
    L'émotion de Marius fut profonde. Après le mouvement de surprise, il
eut un mouvement de bonheur. Qu'il trouvât maintenant l'autre homme
qu'il cherchait, celui qui l'avait sauvé lui Marius, et il n'aurait plus rien à
souhaiter.
    Il ouvrit un tiroir de son secrétaire, y prit quelques billets de banque, les
mit dans sa poche, referma le secrétaire et sonna. Basque entre-bâilla la
porte.
    — Faites entrer, dit Marius.
    Basque annonça :
    — Monsieur Thénard.
    Un homme entra.
    Nouvelle surprise pour Marius. L'homme qui entra lui était parfaitement
inconnu.
    Cet homme, vieux du reste, avait le nez gros, le menton dans la cravate,
des lunettes vertes à double abat-jour de taffetas vert sur les yeux, les cheveux lissés et aplatis sur le front au ras des sourcils comme la perruque des
cochers anglais de high life. Ses cheveux étaient gris. Il était vêtu de noir
de la tête aux pieds, d'un noir très râpé, mais propre; un trousseau de
breloques, sortant de son gousset, y faisait supposer une montre. Il tenait à
la main un vieux chapeau. Il marchait voûté, et la courbure de son dos
s'augmentait de la profondeur de son salut.
    Ce qui frappait au premier abord, c'est que l'habit de ce personnage,
trop ample, quoique soigneusement boutonné, ne semblait pas fait pour lui.
    Ici une courte digression est nécessaire.
    Il y avait à Paris, à cette époque, dans un vieux logis borgne, rue Beau-
treillis, près de l'Arsenal, un juif ingénieux qui avait pour profession de
changer un gredin en honnête homme. Pas pour trop longtemps, ce qui
eût pu être gênant pour le gredin. Le changement se faisait à vue, pour un
jour ou deux, à raison de trente sous par jour, au moyen d'un costume
ressemblant le plus possible à l'honnêteté de tout le monde. Ce loueur de

costumes s'appelait *le Changeur;* les filous parisiens lui avaient donné ce nom, et ne lui en connaissaient pas d'autre. Il avait un vestiaire assez complet. Les loques dont il affublait les gens étaient à peu près possibles. Il avait des spécialités et des catégories; à chaque clou de son magasin pendait, usée et fripée, une condition sociale; ici l'habit de magistrat, là l'habit de curé, là l'habit de banquier, dans un coin l'habit de militaire en retraite, ailleurs l'habit d'homme de lettres, plus loin l'habit d'homme d'état. Cet être était le costumier du drame immense que la friponnerie joue à Paris. Son bouge était la coulisse d'où le vol sortait et où l'escroquerie rentrait. Un coquin déguenillé arrivait à ce vestiaire, déposait trente sous, et choisissait, selon le rôle qu'il voulait jouer ce jour-là, l'habit qui lui convenait, et, en redescendant l'escalier, le coquin était quelqu'un. Le lendemain les nippes étaient fidèlement rapportées, et le Changeur, qui confiait tout aux voleurs, n'était jamais volé. Ces vêtements avaient un inconvénient, ils « n'allaient pas »; n'étant point faits pour ceux qui les portaient, ils étaient collants pour celui-ci, flottants pour celui-là, et ne s'ajustaient à personne. Tout filou qui dépassait la moyenne humaine en petitesse ou en grandeur, était mal à l'aise dans les costumes du Changeur. Il ne fallait être ni trop gras ni trop maigre. Le Changeur n'avait prévu que les hommes ordinaires. Il avait pris mesure à l'espèce dans la personne du premier gueux venu, lequel n'est ni gros, ni mince, ni grand, ni petit. De là des adaptations quelquefois difficiles dont les pratiques du Changeur se tiraient comme elles pouvaient. Tant pis pour les exceptions! L'habit d'homme d'état, par exemple, noir du haut en bas, et par conséquent convenable, eût été trop large pour Pitt et trop étroit pour Castelcicala. Le vêtement d'*homme d'état* était désigné comme il suit dans le catalogue du Changeur; nous copions : « Un habit de drap noir, un « pantalon de cuir de laine noir, un gilet de soie, des bottes et du linge. » Il y avait en marge : *Ancien ambassadeur,* et une note que nous transcrivons également : « Dans une boîte séparée, une perruque proprement frisée, des « lunettes vertes, des breloques, et deux petits tuyaux de plume d'un pouce « de long enveloppés de coton. » Tout cela revenait à l'homme d'état, ancien ambassadeur. Tout ce costume était, si l'on peut parler ainsi, exténué; les coutures blanchissaient, une vague boutonnière s'entr'ouvrait à l'un des coudes; en outre, un bouton manquait à l'habit sur la poitrine; mais ce n'est qu'un détail; la main de l'homme d'état, devant toujours être dans l'habit et sur le cœur, avait pour fonction de cacher le bouton absent.

Si Marius avait été familier avec les institutions occultes de Paris, il eût tout de suite reconnu, sur le dos du visiteur que Basque venait d'introduire, l'habit d'homme d'état emprunté au Décroche-moi-ça du Changeur.

Le désappointement de Marius, en voyant entrer un homme autre que celui qu'il attendait, tourna en disgrâce pour le nouveau venu. Il l'examina des pieds à la tête, pendant que le personnage s'inclinait démesurément, et lui demanda d'un ton bref :

— Que voulez-vous ?

L'homme répondit avec un rictus aimable dont le sourire caressant d'un crocodile donnerait quelque idée :

— Il me semble impossible que je n'aie pas déjà eu l'honneur de voir monsieur le baron dans le monde. Je crois bien l'avoir particulièrement rencontré, il y a quelques années, chez madame la princesse Bagration et dans les salons de sa seigneurie le vicomte Dambray, pair de France.

C'est toujours une bonne tactique en coquinerie que d'avoir l'air de reconnaître quelqu'un qu'on ne connaît point.

Marius était attentif au parler de cet homme. Il épiait l'accent et le geste, mais son désappointement croissait ; c'était une prononciation nasillarde, absolument différente du son de voix aigre et sec auquel il s'attendait. Il était tout à fait dérouté.

— Je ne connais, dit-il, ni madame Bagration, ni M. Dambray. Je n'ai de ma vie mis le pied ni chez l'un ni chez l'autre.

La réponse était bourrue. Le personnage, gracieux quand même, insista.

— Alors ce sera chez Chateaubriand que j'aurai vu monsieur ! Je connais beaucoup Chateaubriand. Il est très affable. Il me dit quelquefois : Thénard, mon ami,... est-ce que vous ne buvez pas un verre avec moi ?

Le front de Marius devint de plus en plus sévère :

— Je n'ai jamais eu l'honneur d'être reçu chez monsieur de Chateaubriand. Abrégeons. Qu'est-ce que vous voulez ?

L'homme, devant la voix plus dure, salua plus bas.

— Monsieur le baron, daignez m'écouter. Il y a en Amérique, dans un pays qui est du côté de Panama, un village appelé la Joya. Ce village se compose d'une seule maison. Une grande maison carrée de trois étages en briques cuites au soleil, chaque côté du carré long de cinq cents pieds, chaque étage en retraite de douze pieds sur l'étage inférieur de façon à laisser devant soi une terrasse qui fait le tour de l'édifice, au centre une cour intérieure où sont les provisions et les munitions, pas de fenêtres, des meurtrières, pas de porte, des échelles, des échelles pour monter du sol à la première terrasse, et de la première à la seconde, et de la seconde à la troisième, des échelles pour descendre dans la cour intérieure, pas de portes aux chambres, des trappes, pas d'escaliers aux chambres, des échelles ; le soir on ferme les trappes, on retire les échelles, on braque des tromblons et des carabines aux meurtrières; nul moyen d'entrer; une maison le jour, une citadelle la nuit, huit cents habitants, voilà ce village. Pourquoi tant de précautions? c'est que ce pays est dangereux; il est plein d'anthropophages. Alors pourquoi y va-t-on? c'est que ce pays est merveilleux; on y trouve de l'or.

— Où voulez-vous en venir? interrompit Marius qui du désappointement passait à l'impatience.

— A ceci, monsieur le baron. Je suis un ancien diplomate fatigué. La vieille civilisation m'a mis sur les dents. Je veux essayer des sauvages.

— Après?

— Monsieur le baron, l'égoïsme est la loi du monde. La paysanne prolétaire qui travaille à la journée se retourne quand la diligence passe, la paysanne propriétaire qui travaille à son champ ne se retourne pas. Le chien du pauvre aboie après le riche, le chien du riche aboie après le pauvre. Chacun pour soi. L'intérêt, voilà le but des hommes. L'or, voilà l'aimant.

— Après? Concluez.

— Je voudrais aller m'établir à la Joya. Nous sommes trois. J'ai mon épouse et ma demoiselle; une fille qui est fort belle. Le voyage est long et cher. Il me faut un peu d'argent.

— En quoi cela me regarde-t-il? demanda Marius.

L'inconnu tendit le cou hors de sa cravate, geste propre au vautour, et répliqua avec un redoublement de sourire :

— Est-ce que monsieur le baron n'a pas lu ma lettre?

Cela était à peu près vrai. Le fait est que le contenu de l'épître avait glissé sur Marius. Il avait vu l'écriture plus qu'il n'avait lu la lettre. Il s'en souvenait à peine. Depuis un moment un nouvel éveil venait de lui être donné. Il avait remarqué ce détail : mon épouse et ma demoiselle. Il attachait sur l'inconnu un œil pénétrant. Un juge d'instruction n'eût pas mieux regardé. Il le guettait presque. Il se borna à lui répondre :

— Précisez.

L'inconnu inséra ses deux mains dans ses deux goussets, releva sa tête sans redresser son épine dorsale, mais en scrutant de son côté Marius avec le regard vert de ses lunettes.

— Soit, monsieur le baron. Je précise. J'ai un secret à vous vendre.

— Un secret!

— Un secret.

— Qui me concerne?

— Un peu.

— Quel est ce secret?

Marius examinait de plus en plus l'homme, tout en l'écoutant.

— Je commence gratis, dit l'inconnu. Vous allez voir que je suis intéressant.

— Parlez.

— Monsieur le baron, vous avez chez vous un voleur et un assassin.

Marius tressaillit.

— Chez moi? non, dit-il.

L'inconnu, imperturbable, brossa son chapeau du coude, et poursuivit :

— Assassin et voleur. Remarquez, monsieur le baron, que je ne parle
pas ici de faits anciens, arriérés, caducs, qui peuvent être effacés par la
prescription devant la loi et par le repentir devant Dieu. Je parle de faits
récents, de faits actuels, de faits encore ignorés de la justice à cette heure.
Je continue. Cet homme s'est glissé dans votre confiance, et presque dans
votre famille, sous un faux nom. Je vais vous dire son nom vrai. Et vous le
dire pour rien.

— J'écoute.

— Il s'appelle Jean Valjean.

— Je le sais.

— Je vais vous dire, également pour rien, qui il est.

— Dites.

— C'est un ancien forçat.

— Je le sais.

— Vous le savez depuis que j'ai eu l'honneur de vous le dire.

— Non. Je le savais auparavant.

Le ton froid de Marius, cette double réplique *je le sais,* son laconisme
réfractaire au dialogue, remuèrent dans l'inconnu quelque colère sourde. Il
décocha à la dérobée à Marius un regard furieux, tout de suite éteint. Si
rapide qu'il fût, ce regard était de ceux qu'on reconnaît quand on les a vus
une fois; il n'échappa point à Marius. De certains flamboiements ne peuvent
venir que de certaines âmes; la prunelle, ce soupirail de la pensée, s'en em-
brase; les lunettes ne cachent rien; mettez donc une vitre à l'enfer.

L'inconnu reprit, en souriant :

— Je ne me permets pas de démentir monsieur le baron. Dans tous les
cas, vous devez voir que je suis renseigné. Maintenant ce que j'ai à vous
apprendre n'est connu que de moi seul. Cela intéresse la fortune de madame
la baronne. C'est un secret extraordinaire. Il est à vendre. C'est à vous que
je l'offre d'abord. Bon marché. Vingt mille francs.

— Je sais ce secret-là comme je sais les autres, dit Marius.

Le personnage sentit le besoin de baisser un peu son prix :

— Monsieur le baron, mettez dix mille francs, et je parle.

— Je vous répète que vous n'avez rien à m'apprendre. Je sais ce que vous voulez me dire.

Il y eut dans l'œil de l'homme un nouvel éclair. Il s'écria :

— Il faut pourtant que je dîne aujourd'hui. C'est un secret extraordinaire, vous dis-je. Monsieur le baron, je vais parler. Je parle. Donnez-moi vingt francs.

Marius le regarda fixement :

— Je sais votre secret extraordinaire; de même que je savais le nom de Jean Valjean, de même que je sais votre nom.

— Mon nom?

— Oui.

— Ce n'est pas difficile, monsieur le baron. J'ai eu l'honneur de vous l'écrire et de vous le dire. Thénard.

— Dier.

— Hein?

— Thénardier.

— Qui ça?

Dans le danger, le porc-épic se hérisse, le scarabée fait le mort, la vieille garde se forme en carré; cet homme se mit à rire.

Puis il épousseta d'une chiquenaude un grain de poussière sur la manche de son habit.

Marius continua :

— Vous êtes aussi l'ouvrier Jondrette, le comédien Fabantou, le poëte Genflot, l'espagnol don Alvarès, et la femme Balizard.

— La femme quoi?

— Et vous avez tenu une gargote à Montfermeil.

— Une gargote! Jamais.

— Et je vous dis que vous êtes Thénardier.

— Je le nie.

— Et que vous êtes un gueux. Tenez.

Et Marius, tirant de sa poche un billet de banque, le lui jeta à la face.

— Merci! pardon! cinq cents francs! monsieur le baron!

Et l'homme, bouleversé, saluant, saisissant le billet, l'examina.

— Cinq cents francs! reprit-il, ébahi. Et il bégaya à demi-voix : Un fafiot sérieux!

Puis brusquement :

— Eh bien soit, s'écria-t-il. Mettons-nous à notre aise.

Et, avec une prestesse de singe, rejetant ses cheveux en arrière, arrachant ses lunettes, retirant de son nez et escamotant les deux tuyaux de plume dont il a été question tout à l'heure, et qu'on a d'ailleurs déjà vus à une autre page de ce livre, il ôta son visage comme on ôte son chapeau.

L'œil s'alluma; le front inégal, raviné, bossu par endroits, hideusement ridé en, haut, se dégagea, le nez redevint aigu comme un bec; le profil féroce et sagace de l'homme de proie reparut.

— Monsieur le baron est infaillible, dit-il d'une voix nette et d'où avait disparu tout nasillement, je suis Thénardier.

Et il redressa son dos voûté.

Thénardier, car c'était bien lui, était étrangement surpris; il eût été troublé s'il avait pu l'être. Il était venu apporter de l'étonnement, et c'était lui qui en recevait. Cette humiliation lui était payée cinq cents francs, et, à tout prendre, il l'acceptait; mais il n'en était pas moins abasourdi.

Il voyait pour la première fois ce baron Pontmercy, et, malgré son déguisement, ce baron Pontmercy le reconnaissait, et le reconnaissait à fond. Et non seulement ce baron était au fait de Thénardier, mais il semblait au fait de Jean Valjean. Qu'était-ce que ce jeune homme presque imberbe, si glacial et si généreux, qui savait les noms des gens, qui savait tous leurs noms, et qui leur ouvrait sa bourse, qui malmenait les fripons comme un juge et qui les payait comme une dupe?

Thénardier, on se le rappelle, quoique ayant été voisin de Marius, ne l'avait jamais vu, ce qui est fréquent à Paris; il avait autrefois entendu vaguement ses filles parler d'un jeune homme très pauvre appelé Marius qui demeurait dans la maison. Il lui avait écrit, sans le connaître, la lettre qu'on sait. Aucun rapprochement n'était possible dans son esprit entre ce Marius-là et M. le baron Pontmercy.

Quant au nom de Pontmercy, on se rappelle que, sur le champ de bataille de Waterloo, il n'en avait entendu que les deux dernières syllabes, pour lesquelles il avait toujours eu le légitime dédain qu'on doit à ce qui n'est qu'un remercîment.

Du reste, par sa fille Azelma, qu'il avait mise à la piste des mariés du 16 février, et par ses fouilles personnelles, il était parvenu à savoir beaucoup de choses, et, du fond de ses ténèbres, il avait réussi à saisir plus d'un fil mystérieux. Il avait, à force d'industrie, découvert, ou, tout au moins, à force d'inductions, deviné, quel était l'homme qu'il avait rencontré un certain jour dans le Grand Égout. De l'homme, il était facilement arrivé au nom. Il savait que madame la baronne Pontmercy, c'était Cosette. Mais de ce côté-là, il comptait être discret. Qui était Cosette? Il ne le savait pas au juste lui-même. Il entrevoyait bien quelque bâtardise, l'histoire de Fantine lui avait toujours semblé louche; mais à quoi bon en parler? Pour se faire payer son silence? Il avait, ou croyait avoir, à vendre mieux que cela. Et,

18.

selon toute apparence, venir faire, sans preuve, cette révélation au baron Pontmercy : *Votre femme est bâtarde,* cela n'eût réussi qu'à attirer la botte du mari vers les reins du révélateur.

Dans la pensée de Thénardier, la conversation avec Marius n'avait pas encore commencé. Il avait dû reculer, modifier sa stratégie, quitter une position, changer de front; mais rien d'essentiel n'était encore compromis, et il avait cinq cents francs dans sa poche. En outre, il avait quelque chose de décisif à dire, et même contre ce baron Pontmercy si bien renseigné et si bien armé, il se sentait fort. Pour les hommes de la nature de Thénardier, tout dialogue est un combat. Dans celui qui allait s'engager, quelle était sa situation ? Il ne savait pas à qui il parlait, mais il savait de quoi il parlait. Il fit rapidement cette revue intérieure de ses forces, et après avoir dit : *Je suis Thénardier,* il attendit.

Marius était resté pensif. Il tenait donc enfin Thénardier. Cet homme, qu'il avait tant désiré retrouver, était là. Il allait donc pouvoir faire honneur à la recommandation du colonel Pontmercy. Il était humilié que ce héros dût quelque chose à ce bandit, et que la lettre de change tirée du fond du tombeau par son père sur lui Marius fût jusqu'à ce jour protestée. Il lui paraissait aussi, dans la situation complexe où était son esprit vis-à-vis de Thénardier, qu'il y avait lieu de venger le colonel du malheur d'avoir été sauvé par un tel gredin. Quoi qu'il en fût, il était content. Il allait donc enfin délivrer de ce créancier indigne l'ombre du colonel, et il lui semblait qu'il allait retirer de la prison pour dettes la mémoire de son père.

A côté de ce devoir, il en avait un autre, éclaircir, s'il se pouvait, la source de la fortune de Cosette. L'occasion semblait se présenter. Thénardier savait peut-être quelque chose. Il pouvait être utile de voir le fond de cet homme. Il commença par là.

Thénardier avait fait disparaître le « fafiot sérieux » dans son gousset, et regardait Marius avec une douceur presque tendre.

Marius rompit le silence.

— Thénardier, je vous ai dit votre nom. A présent, votre secret, ce que vous veniez m'apprendre, voulez-vous que je vous le dise ? J'ai mes informations aussi, moi. Vous allez voir que j'en sais plus long que vous. Jean Valjean, comme vous l'avez dit, est un assassin et un voleur. Un voleur, parce qu'il a volé un riche manufacturier dont il a causé la ruine, M. Madeleine. Un assassin, parce qu'il a assassiné l'agent de police Javert.

— Je ne comprends pas, monsieur le baron, fit Thénardier.

— Je vais me faire comprendre. Écoutez. Il y avait, dans un arrondissement du Pas-de-Calais, vers 1822, un homme qui avait eu quelque ancien démêlé avec la justice, et qui, sous le nom de M. Madeleine, s'était relevé et réhabilité. Cet homme était devenu, dans toute la force du terme, un juste. Avec une industrie, la fabrique des verroteries noires, il avait fait la fortune de toute une ville. Quant à sa fortune personnelle, il l'avait faite aussi, mais secondairement et, en quelque sorte, par occasion. Il était le père nourricier des pauvres. Il fondait des hôpitaux, ouvrait des écoles, visitait les malades, dotait les filles, soutenait les veuves, adoptait les orphelins; il était comme le tuteur du pays. Il avait refusé la croix, on l'avait nommé maire. Un forçat libéré savait le secret d'une peine encourue autrefois par cet homme; il le dénonça et le fit arrêter, et profita de l'arrestation pour venir à Paris et se faire remettre par le banquier Laffitte, — je tiens le fait du caissier lui-même, — au moyen d'une fausse signature, une somme de plus d'un demi-million qui appartenait à M. Madeleine. Ce forçat, qui a volé M. Madeleine, c'est Jean Valjean. Quant à l'autre fait, vous n'avez rien non plus à m'apprendre. Jean Valjean a tué l'agent Javert; il l'a tué d'un coup de pistolet. Moi qui vous parle, j'étais présent.

Thénardier jeta à Marius le coup d'œil souverain d'un homme battu qui remet la main sur la victoire et qui vient de regagner en une minute tout le terrain qu'il avait perdu. Mais le sourire revint tout de suite; l'inférieur vis-à-vis du supérieur doit avoir le triomphe câlin, et Thénardier se borna à dire à Marius :

— Monsieur le baron, nous faisons fausse route.

Et il souligna cette phrase en faisant faire à son trousseau de breloques un moulinet expressif.

— Quoi! repartit Marius, contestez-vous cela? Ce sont des faits.

— Ce sont des chimères. La confiance dont monsieur le baron m'honore me fait un devoir de le lui dire. Avant tout la vérité et la justice. Je n'aime pas voir accuser les gens injustement. Monsieur le baron, Jean Valjean n'a point volé M. Madeleine, et Jean Valjean n'a point tué Javert.

— Voilà qui est fort! comment cela?

— Pour deux raisons.

— Lesquelles? parlez.

— Voici la première : il n'a pas volé M. Madeleine, attendu que c'est lui-même Jean Valjean qui est M. Madeleine.

— Que me contez-vous là?

— Et voici la seconde : il n'a pas assassiné Javert, attendu que celui qui a tué Javert, c'est Javert.

— Que voulez-vous dire?

— Que Javert s'est suicidé.

— Prouvez! prouvez! cria Marius hors de lui.

Thénardier reprit en scandant sa phrase à la façon d'un alexandrin antique :

— L'agent-de-police-Ja-vert-a-été-trouvé-no-yé-sous-un-bateau-du-Pont-au-Change.

— Mais prouvez donc !

Thénardier tira de sa poche de côté une large enveloppe de papier gris qui semblait contenir des feuilles pliées de diverses grandeurs.

— J'ai mon dossier, dit-il avec calme.

Et il ajouta :

— Monsieur le baron, dans votre intérêt, j'ai voulu connaître à fond mon Jean Valjean. Je dis que Jean Valjean et Madeleine, c'est le même homme, et je dis que Javert n'a eu d'autre assassin que Javert, et quand je parle, c'est que j'ai des preuves. Non des preuves manuscrites, l'écriture est suspecte, l'écriture est complaisante, mais des preuves imprimées.

Tout en parlant, Thénardier extrayait de l'enveloppe deux numéros de journaux jaunis, fanés, et fortement saturés de tabac. L'un de ces deux journaux, cassé à tous les plis et tombant en lambeaux carrés, semblait beaucoup plus ancien que l'autre.

— Deux faits, deux preuves, fit Thénardier. Et il tendit à Marius les deux journaux déployés.

Ces deux journaux, le lecteur les connaît. L'un, le plus ancien, un numéro du *Drapeau blanc* du 25 juillet 1823, dont on a pu voir le texte à la page 148 [1] du tome troisième de ce livre, établissait l'identité de M. Madeleine et de Jean Valjean. L'autre, un *Moniteur* du 15 juin 1832, constatait le suicide de Javert, ajoutant qu'il résultait d'un rapport verbal de Javert au préfet que, fait prisonnier dans la barricade de la rue de la Chanvrerie, il avait dû la vie à la magnanimité d'un insurgé qui, le tenant sous son pistolet, au lieu de lui brûler la cervelle, avait tiré en l'air.

Marius lut. Il y avait évidence, date certaine, preuve irréfragable, ces deux journaux n'avaient pas été imprimés exprès pour appuyer les dires de Thénardier ; la note publiée dans le *Moniteur* était communiquée administrativement par la préfecture de police. Marius ne pouvait douter. Les renseignements du commis-caissier étaient faux, et lui-même s'était trompé. Jean Valjean, grandi brusquement, sortait du nuage. Marius ne put retenir un cri de joie :

— Eh bien alors, ce malheureux est un admirable homme ! toute cette fortune était vraiment à lui ! c'est Madeleine, la providence de tout un pays ! c'est Jean Valjean, le sauveur de Javert ! c'est un héros ! c'est un saint !

[1] Dans l'édition originale, c'est au tome troisième qu'on trouve le chapitre : *Le n° 24601 devient le n° 9430.*

— Ce n'est pas un saint, et ce n'est pas un héros, dit Thénardier. C'est un assassin et un voleur.

Et il ajouta du ton d'un homme qui commence à se sentir quelque autorité : — Calmons-nous.

Voleur, assassin, ces mots que Marius croyait disparus, et qui revenaient, tombèrent sur lui comme une douche de glace.

— Encore! dit-il.

— Toujours, fit Thénardier. Jean Valjean n'a pas volé Madeleine, mais c'est un voleur. Il n'a pas tué Javert, mais c'est un meurtrier.

— Voulez-vous parler, reprit Marius, de ce misérable vol d'il y a quarante ans, expié, cela résulte de vos journaux mêmes, par toute une vie de repentir, d'abnégation et de vertu?

— Je dis assassinat et vol, monsieur le baron. Et je répète que je parle de faits actuels. Ce que j'ai à vous révéler est absolument inconnu. C'est de l'inédit. Et peut-être y trouverez-vous la source de la fortune habilement offerte par Jean Valjean à madame la baronne. Je dis habilement, car, par une donation de ce genre, se glisser dans une honorable maison dont on partagera l'aisance, et, du même coup, cacher son crime, jouir de son vol, enfouir son nom, et se créer une famille, ce ne serait pas très maladroit.

— Je pourrais vous interrompre ici, observa Marius, mais continuez.

— Monsieur le baron, je vais vous dire tout, laissant la récompense à votre générosité. Ce secret vaut de l'or massif. Vous me direz : Pourquoi ne t'es-tu pas adressé à Jean Valjean? Par une raison toute simple : je sais qu'il s'est dessaisi, et dessaisi en votre faveur, et je trouve la combinaison ingénieuse; mais il n'a plus le sou, il me montrerait ses mains vides, et, puisque j'ai besoin de quelque argent pour mon voyage à la Joya, je vous préfère, vous qui avez tout, à lui qui n'a rien. Je suis un peu fatigué, permettez-moi de prendre une chaise.

Marius s'assit et lui fit signe de s'asseoir.

Thénardier s'installa sur une chaise capitonnée, reprit les deux journaux, les replongea dans l'enveloppe, et murmura en becquetant avec son ongle le *Drapeau blanc :* Celui-ci m'a donné du mal pour l'avoir. Cela fait, il croisa les jambes et s'étala sur le dos, attitude propre aux gens sûrs de ce qu'ils disent, puis entra en matière, gravement et en appuyant sur les mots :

— Monsieur le baron, le 6 juin 1832, il y a un an environ, le jour de l'émeute, un homme était dans le Grand Égout de Paris, du côté où l'égout vient rejoindre la Seine, entre le pont des Invalides et le pont d'Iéna.

Marius rapprocha brusquement sa chaise de celle de Thénardier. Thénardier remarqua ce mouvement et continua avec la lenteur d'un orateur qui tient son interlocuteur et qui sent la palpitation de son adversaire sous ses paroles :

— Cet homme, forcé de se cacher, pour des raisons du reste étrangères à la politique, avait pris l'égout pour domicile et en avait une clef. C'était, je le répète, le 6 juin ; il pouvait être huit heures du soir. L'homme entendit du bruit dans l'égout. Très surpris, il se blottit, et guetta. C'était un bruit de pas, on marchait dans l'ombre, on venait de son côté. Chose étrange, il y avait dans l'égout un autre homme que lui. La grille de sortie de l'égout n'était pas loin. Un peu de lumière qui en venait lui permit de reconnaître le nouveau venu et de voir que cet homme portait quelque chose sur son dos. Il marchait courbé. L'homme qui marchait courbé était un ancien forçat, et ce qu'il traînait sur ses épaules était un cadavre. Flagrant délit d'assassinat, s'il en fut. Quant au vol, il va de soi ; on ne tue pas un homme gratis. Ce forçat allait jeter ce cadavre à la rivière. Un fait à noter, c'est qu'avant d'arriver à la grille de sortie, ce forçat, qui venait de loin dans l'égout, avait nécessairement rencontré une fondrière épouvantable où il semble qu'il eût pu laisser le cadavre ; mais, dès le lendemain, les égoutiers, en travaillant à la fondrière, y auraient retrouvé l'homme assassiné, et ce n'était pas le compte de l'assassin. Il avait mieux aimé traverser la fondrière, avec son fardeau, et ses efforts ont dû être effrayants, il est impossible de risquer plus complètement sa vie ; je ne comprends pas qu'il soit sorti de là vivant.

La chaise de Marius se rapprocha encore. Thénardier en profita pour respirer longuement. Il poursuivit :

— Monsieur le baron, un égout n'est pas le Champ de Mars. On y manque de tout, et même de place. Quand deux hommes sont là, il faut qu'ils se rencontrent. C'est ce qui arriva. Le domicilié et le passant furent forcés de se dire bonjour, à regret l'un et l'autre. Le passant dit au domicilié : — *Tu vois ce que j'ai sur le dos, il faut que je sorte, tu as la clef, donne-la-moi.* Ce forçat était un homme d'une force terrible. Il n'y avait pas à refuser. Pourtant celui qui avait la clef parlementa, uniquement pour gagner du temps. Il examina ce mort, mais il ne put rien voir, sinon qu'il était jeune, bien mis, l'air d'un riche, et tout défiguré par le sang. Tout en causant, il trouva moyen de déchirer et d'arracher par derrière, sans que l'assassin s'en aperçût, un morceau de l'habit de l'homme assassiné. Pièce à conviction, vous comprenez ; moyen de ressaisir la trace des choses et de prouver le crime au criminel. Il mit la pièce à conviction dans sa poche. Après quoi il ouvrit la grille, fit sortir l'homme avec son embarras sur le dos, referma la grille et se sauva, se souciant peu d'être mêlé au surplus de l'aventure et surtout ne voulant pas être là quand l'assassin jetterait l'assassiné à la rivière. Vous comprenez à présent. Celui qui portait le cadavre, c'est Jean Valjean; celui qui avait la clef vous parle en ce moment; et le morceau de l'habit...

Thénardier acheva la phrase en tirant de sa poche et en tenant, à la hauteur de ses yeux, pincé entre ses deux pouces et ses deux index, un lambeau de drap noir déchiqueté, tout couvert de taches sombres.

Marius s'était levé, pâle, respirant à peine, l'œil fixé sur le morceau de drap noir, et, sans prononcer une parole, sans quitter ce haillon du regard, il reculait vers le mur et, de sa main droite étendue derrière lui, cherchait en tâtonnant sur la muraille une clef qui était à la serrure d'un placard près de la cheminée. Il trouva cette clef, ouvrit le placard, et y enfonça son bras sans y regarder, et sans que sa prunelle effarée se détachât du chiffon que Thénardier tenait déployé.

Cependant Thénardier continuait :

— Monsieur le baron, j'ai les plus fortes raisons de croire que le jeune homme assassiné était un opulent étranger attiré par Jean Valjean dans un piège et porteur d'une somme énorme.

— Le jeune homme était moi, et voici l'habit! cria Marius, et il jeta sur le parquet un vieil habit noir tout sanglant.

Puis, arrachant le morceau des mains de Thénardier, il s'accroupit sur l'habit, et rapprocha du pan déchiqueté le morceau déchiré. La déchirure s'adaptait exactement, et le lambeau complétait l'habit.

Thénardier était pétrifié. Il pensa ceci : Je suis épaté.

Marius se redressa frémissant, désespéré, rayonnant.

Il fouilla dans sa poche, et marcha, furieux, vers Thénardier, lui présentant et lui appuyant presque sur le visage son poing rempli de billets de cinq cents francs et de mille francs.

— Vous êtes un infâme! vous êtes un menteur, un calomniateur, un scélérat. Vous veniez accuser cet homme, vous l'avez justifié; vous vouliez le perdre, vous n'avez réussi qu'à le glorifier. Et c'est vous qui êtes un voleur! Et c'est vous qui êtes un assassin! Je vous ai vu, Thénardier Jondrette, dans ce bouge du boulevard de l'Hôpital. J'en sais assez sur vous pour vous envoyer au bagne, et plus loin même, si je voulais. Tenez, voilà mille francs, sacripant que vous êtes!

Et il jeta un billet de mille francs à Thénardier.

— Ah! Jondrette Thénardier, vil coquin! que ceci vous serve de leçon, brocanteur de secrets, marchand de mystères, fouilleur de ténèbres, misérable! Prenez ces cinq cents francs, et sortez d'ici! Waterloo vous protège.

— Waterloo! grommela Thénardier, en empochant les cinq cents francs avec les mille francs.

— Oui, assassin! vous y avez sauvé la vie à un colonel...

— A un général, dit Thénardier, en relevant la tête.

— A un colonel! reprit Marius avec emportement. Je ne donnerais pas un liard pour un général. Et vous veniez ici faire des infamies! Je vous dis que vous avez commis tous les crimes. Partez! disparaissez! Soyez heureux seulement, c'est tout ce que je désire. Ah! monstre! Voilà encore trois mille francs. Prenez-les. Vous partirez dès demain, pour l'Amérique, avec votre fille; car votre femme est morte, abominable menteur! Je veillerai à votre départ, bandit, et je vous compterai à ce moment-là vingt mille francs. Allez vous faire pendre ailleurs!

— Monsieur le baron, répondit Thénardier en saluant jusqu'à terre, reconnaissance éternelle.

Et Thénardier sortit, n'y concevant rien, stupéfait et ravi de ce doux écrasement sous des sacs d'or et de cette foudre éclatant sur sa tête en billets de banque.

Foudroyé, il l'était, mais content aussi; et il eût été très fâché d'avoir un paratonnerre contre cette foudre-là.

Finissons-en tout de suite avec cet homme. Deux jours après les évènements que nous racontons en ce moment, il partit, par les soins de Marius, pour l'Amérique, sous un faux nom, avec sa fille Azelma, muni d'une traite de vingt mille francs sur New-York. La misère morale de Thénardier, ce bourgeois manqué, était irrémédiable; il fut en Amérique ce qu'il était en Europe. Le contact d'un méchant homme suffit quelquefois pour pourrir une bonne action et pour en faire sortir une chose mauvaise. Avec l'argent de Marius, Thénardier se fit négrier.

Dès que Thénardier fut dehors, Marius courut au jardin où Cosette se promenait encore.

— Cosette! Cosette! cria-t-il. Viens! viens vite. Partons. Basque, un fiacre! Cosette, viens. Ah! mon Dieu! C'est lui qui m'avait sauvé la vie! Ne perdons pas une minute! Mets ton châle.

Cosette le crut fou, et obéit.

Il ne respirait pas, il mettait la main sur son cœur pour en comprimer les battements. Il allait et venait à grands pas, il embrassait Cosette :

— Ah! Cosette! je suis un malheureux! disait-il.

Marius était éperdu. Il commençait à entrevoir dans ce Jean Valjean on ne sait quelle haute et sombre figure. Une vertu inouïe lui apparaissait, suprême et douce, humble dans son immensité. Le forçat se transfigurait en Christ. Marius avait l'éblouissement de ce prodige. Il ne savait pas au juste ce qu'il voyait, mais c'était grand.

En un instant, un fiacre fut devant la porte.

Marius y fit monter Cosette et s'y élança.

— Cocher, dit-il, rue de l'Homme-Armé, numéro 7.

Le fiacre partit.

— Ah! quel bonheur! fit Cosette, rue de l'Homme-Armé. Je n'osais plus t'en parler. Nous allons voir monsieur Jean.

— Ton père, Cosette! ton père plus que jamais. Cosette, je devine. Tu m'as dit que tu n'avais jamais reçu la lettre que je t'avais envoyée par Gavroche. Elle sera tombée dans ses mains. Cosette, il est allé à la barricade pour me sauver. Comme c'est son besoin d'être un ange, en passant, il en a sauvé d'autres; il a sauvé Javert. Il m'a tiré de ce gouffre pour me donner à toi. Il m'a porté sur son dos dans cet effroyable égout. Ah! je suis un monstrueux ingrat. Cosette, après avoir été ta providence, il a été la mienne. Figure-toi qu'il y avait une fondrière épouvantable, à s'y noyer cent fois, à se noyer dans la boue, Cosette! il me l'a fait traverser. J'étais évanoui; je ne voyais rien, je n'entendais rien, je ne pouvais rien savoir de ma propre aventure. Nous allons le ramener, le prendre avec nous, qu'il le veuille ou non, il ne nous quittera plus. Pourvu qu'il soit chez lui! Pourvu que nous le trouvions! Je passerai le reste de ma vie à le vénérer. Oui, ce doit être cela, vois-tu, Cosette? C'est à lui que Gavroche aura remis ma lettre. Tout s'explique. Tu comprends.

Cosette ne comprenait pas un mot.

— Tu as raison, lui dit-elle.

Cependant le fiacre roulait.

V

NUIT DERRIÈRE LAQUELLE IL Y A LE JOUR.

Au coup qu'il entendit frapper à sa porte, Jean Valjean se retourna.

— Entrez, dit-il faiblement.

La porte s'ouvrit. Cosette et Marius parurent.

Cosette se précipita dans la chambre.

Marius resta sur le seuil, debout, appuyé contre le montant de la porte.

— Cosette! dit Jean Valjean, et il se dressa sur sa chaise, les bras ouverts et tremblants, hagard, livide, sinistre, une joie immense dans les yeux.

Cosette, suffoquée d'émotion, tomba sur la poitrine de Jean Valjean.

— Père! dit-elle.

Jean Valjean, bouleversé, bégayait :

— Cosette! elle! vous, madame! c'est toi! Ah mon Dieu!

Et, serré dans les bras de Cosette, il s'écria :

— C'est toi! tu es là! Tu me pardonnes donc!

Marius, baissant les paupières pour empêcher ses larmes de couler, fit un pas et murmura entre ses lèvres contractées convulsivement pour arrêter les sanglots :

— Mon père!

— Et vous aussi, vous me pardonnez! dit Jean Valjean.

Marius ne put trouver une parole, et Jean Valjean ajouta : — Merci.

Cosette arracha son châle et jeta son chapeau sur le lit.

— Cela me gêne, dit-elle.

Et, s'asseyant sur les genoux du vieillard, elle écarta ses cheveux blancs d'un mouvement adorable, et lui baisa le front.

Jean Valjean se laissait faire, égaré.

Cosette, qui ne comprenait que très confusément, redoublait ses caresses, comme si elle voulait payer la dette de Marius.

Jean Valjean balbutiait :

— Comme on est bête! Je croyais que je ne la verrais plus. Figurez-vous, monsieur Pontmercy, qu'au moment où vous êtes entré, je me disais : C'est fini. Voilà sa petite robe, je suis un misérable homme, je ne verrai plus Cosette, je disais cela au moment même où vous montiez l'escalier. Étais-je idiot! Voilà comme on est idiot! Mais on compte sans le bon Dieu. Le bon Dieu dit : Tu t'imagines qu'on va t'abandonner, bêta! Non, non, ça ne se passera pas comme ça. Allons, il y a là un pauvre bonhomme qui a besoin d'un ange. Et l'ange vient; et l'on revoit sa Cosette, et l'on revoit sa petite Cosette! Ah! j'étais bien malheureux!

Il fut un moment sans pouvoir parler, puis il poursuivit :

— J'avais vraiment besoin de voir Cosette une petite fois de temps en temps. Un cœur, cela veut un os à ronger. Cependant je sentais bien que j'étais de trop. Je me donnais des raisons : Ils n'ont pas besoin de toi, reste dans ton coin, on n'a pas le droit de s'éterniser. Ah! Dieu béni, je la revois! Sais-tu, Cosette, que ton mari est très beau? Ah! tu as un joli col brodé, à la bonne heure. J'aime ce dessin-là. C'est ton mari qui l'a choisi, n'est-ce pas? Et puis, il te faudra des cachemires. Monsieur Pontmercy, laissez-moi la tutoyer. Ce n'est pas pour longtemps.

Et Cosette reprenait :

— Quelle méchanceté de nous avoir laissés comme cela! Où êtes-vous donc allé? pourquoi avez-vous été si longtemps? Autrefois vos voyages ne duraient pas plus de trois ou quatre jours. J'ai envoyé Nicolette, on répondait toujours : Il est absent. Depuis quand êtes-vous revenu? Pourquoi ne pas nous l'avoir fait savoir? Savez-vous que vous êtes très changé? Ah! le vilain père! il a été malade, et nous ne l'avons pas su! Tiens, Marius, tâte sa main comme elle est froide!

— Ainsi vous voilà! Monsieur Pontmercy, vous me pardonnez! répéta Jean Valjean.

A ce mot, que Jean Valjean venait de redire, tout ce qui se gonflait dans le cœur de Marius trouva une issue, il éclata :

— Cosette, entends-tu? il en est là! il me demande pardon. Et sais-tu ce qu'il m'a fait, Cosette? il m'a sauvé la vie. Il a fait plus. Il t'a donnée à moi. Et après m'avoir sauvé, et après t'avoir donnée à moi, Cosette, qu'a-t-il fait de lui-même? il s'est sacrifié. Voilà l'homme. Et, à moi l'ingrat, à moi l'oublieux, à moi l'impitoyable, à moi le coupable, il me dit : Merci! Cosette, toute ma vie passée aux pieds de cet homme, ce sera trop peu. Cette barricade, cet égout, cette fournaise, ce cloaque, il a tout traversé pour moi, pour toi, Cosette! Il m'a emporté à travers toutes les morts qu'il écartait de moi et qu'il acceptait pour lui. Tous les courages, toutes les vertus, tous les héroïsmes, toutes les saintetés, il les a! Cosette, cet homme-là, c'est l'ange!

— Chut! chut! dit tout bas Jean Valjean. Pourquoi dire tout cela?

— Mais vous! s'écria Marius avec une colère où il y avait de la vénération, pourquoi ne l'avez-vous pas dit? C'est votre faute aussi. Vous sauvez la vie aux gens, et vous le leur cachez! Vous faites plus, sous prétexte de vous démasquer, vous vous calomniez. C'est affreux.

— J'ai dit la vérité, répondit Jean Valjean.

— Non, reprit Marius, la vérité, c'est toute la vérité; et vous ne l'avez pas dite. Vous étiez monsieur Madeleine, pourquoi ne pas l'avoir dit? Vous aviez sauvé Javert, pourquoi ne pas l'avoir dit? Je vous devais la vie, pourquoi ne pas l'avoir dit?

— Parce que je pensais comme vous. Je trouvais que vous aviez raison. Il fallait que je m'en allasse. Si vous aviez su cette affaire de l'égout, vous m'auriez fait rester près de vous. Je devais donc me taire. Si j'avais parlé, cela aurait tout gêné.

— Gêné quoi! gêné qui! repartit Marius. Est-ce que vous croyez que vous allez rester ici? Nous vous emmenons. Ah! mon Dieu! quand je pense que c'est par hasard que j'ai appris tout cela! Nous vous emmenons. Vous faites partie de nous-mêmes. Vous êtes son père et le mien. Vous ne passerez pas dans cette affreuse maison un jour de plus. Ne vous figurez pas que vous serez demain ici.

— Demain, dit Jean Valjean, je ne serai pas ici, mais je ne serai pas chez vous.

— Que voulez-vous dire? répliqua Marius. Ah çà, nous ne permettons plus de voyage. Vous ne nous quitterez plus. Vous nous appartenez. Nous ne vous lâchons pas.

— Cette fois-ci, c'est pour de bon, ajouta Cosette. Nous avons une voiture en bas. Je vous enlève. S'il le faut, j'emploierai la force.

Et, riant, elle fit le geste de soulever le vieillard dans ses bras.

— Il y a toujours votre chambre dans notre maison, poursuivit-elle. Si vous saviez comme le jardin est joli dans ce moment-ci! Les azalées y viennent très bien. Les allées sont sablées avec du sable de rivière; il y a de petits coquillages violets. Vous mangerez de mes fraises. C'est moi qui les arrose. Et plus de madame, et plus de monsieur Jean, nous sommes en république, tout le monde se dit *tu,* n'est-ce pas, Marius? Le programme est changé. Si vous saviez, père, j'ai eu un chagrin, il y avait un rouge-gorge qui avait fait son nid dans un trou du mur, un horrible chat me l'a mangé. Mon pauvre joli petit rouge-gorge qui mettait sa tête à sa fenêtre et qui me regardait! J'en ai pleuré. J'aurais tué le chat! Mais maintenant personne ne pleure plus. Tout le monde rit, tout le monde est heureux. Vous allez venir avec nous. Comme le grand-père va être content! Vous aurez votre carré dans le jardin, vous le cultiverez, et nous verrons si vos fraises sont aussi belles que les miennes. Et puis, je ferai tout ce que vous voudrez, et puis, vous m'obéirez bien.

Jean Valjean l'écoutait sans l'entendre. Il entendait la musique de sa voix plutôt que le sens de ses paroles; une de ces grosses larmes, qui sont les sombres perles de l'âme, germait lentement dans son œil. Il murmura :

— La preuve que Dieu est bon, c'est que la voilà.

— Mon père! dit Cosette.

Jean Valjean continua :

— C'est bien vrai que ce serait charmant de vivre ensemble. Ils ont des oiseaux plein leurs arbres. Je me promènerais avec Cosette. Être des gens qui vivent, qui se disent bonjour, qui s'appellent dans le jardin, c'est doux. On se voit dès le matin. Nous cultiverions chacun un petit coin. Elle me ferait manger ses fraises, je lui ferais cueillir mes roses. Ce serait charmant. Seulement...

Il s'interrompit, et dit doucement :

— C'est dommage.

La larme ne tomba pas, elle rentra, et Jean Valjean la remplaça par un sourire.

Cosette prit les deux mains du vieillard dans les siennes.

— Mon Dieu! dit-elle, vos mains sont encore plus froides. Est-ce que vous êtes malade? Est-ce que vous souffrez?

— Moi? non, répondit Jean Valjean, je suis très bien. Seulement...

Il s'arrêta.

— Seulement quoi?

— Je vais mourir tout à l'heure.

Cosette et Marius frissonnèrent.

— Mourir! s'écria Marius.

— Oui, mais ce n'est rien, dit Jean Valjean.

Il respira, sourit, et reprit :

— Cosette, tu me parlais, continue, parle encore, ton petit rouge-gorge est donc mort, parle, que j'entende ta voix!

Marius pétrifié regardait le vieillard.

Cosette poussa un cri déchirant.

— Père! mon père! vous vivrez. Vous allez vivre. Je veux que vous viviez, entendez-vous!

Jean Valjean leva la tête vers elle avec adoration.

— Oh oui, défends-moi de mourir. Qui sait? j'obéirai peut-être. J'étais en train de mourir quand vous êtes arrivés. Cela m'a arrêté, il m'a semblé que je renaissais.

— Vous êtes plein de force et de vie, s'écria Marius. Est-ce que vous vous imaginez qu'on meurt comme cela? Vous avez eu du chagrin, vous n'en aurez plus. C'est moi qui vous demande pardon, et à genoux encore! Vous allez vivre, et vivre avec nous, et vivre longtemps. Nous vous reprenons. Nous sommes deux ici qui n'aurons désormais qu'une pensée, votre bonheur!

— Vous voyez bien, reprit Cosette tout en larmes, que Marius dit que vous ne mourrez pas.

Jean Valjean continuait de sourire.

— Quand vous me reprendriez, monsieur Pontmercy, cela ferait-il que je ne sois pas ce que je suis? Non, Dieu a pensé comme vous et moi, et il ne change pas d'avis; il est utile que je m'en aille. La mort est un bon arrangement. Dieu sait mieux que nous ce qu'il nous faut. Que vous soyez heureux, que monsieur Pontmercy ait Cosette, que la jeunesse épouse le matin, qu'il y ait autour de vous, mes enfants, des lilas et des rossignols, que votre vie soit une belle pelouse avec du soleil, que tous les enchantements du ciel vous remplissent l'âme, et maintenant, moi qui ne suis bon à rien, que je meure, il est sûr que tout cela est bien. Voyez-vous, soyons raisonnables, il n'y a plus rien de possible maintenant, je sens tout à fait que c'est fini. Il y a une heure, j'ai eu un évanouissement. Et puis, cette nuit, j'ai bu tout ce pot d'eau qui est là. Comme ton mari est bon, Cosette! tu es bien mieux qu'avec moi.

Un bruit se fit à la porte. C'était le médecin qui entrait.

— Bonjour et adieu, docteur, dit Jean Valjean. Voici mes pauvres enfants.

Marius s'approcha du médecin. Il lui adressa ce seul mot : Monsieur?... mais dans la manière de le prononcer, il y avait une question complète.

Le médecin répondit à la question par un coup d'œil expressif.

— Parce que les choses déplaisent, dit Jean Valjean, ce n'est pas une raison pour être injuste envers Dieu.

Il y eut un silence. Toutes les poitrines étaient oppressées.

Jean Valjean se tourna vers Cosette. Il se mit à la contempler comme s'il voulait en prendre pour l'éternité. A la profondeur d'ombre où il était déjà descendu, l'extase lui était encore possible en regardant Cosette. La réverbération de ce doux visage illuminait sa face pâle. Le sépulcre peut avoir son éblouissement.

Le médecin lui tâta le pouls.

— Ah! c'est vous qu'il lui fallait! murmura-t-il en regardant Cosette et Marius.

Et, se penchant à l'oreille de Marius, il ajouta très bas :

— Trop tard.

Jean Valjean, presque sans cesser de regarder Cosette, considéra Marius et le médecin avec sérénité. On entendit sortir de sa bouche cette parole à peine articulée :

— Ce n'est rien de mourir; c'est affreux de ne pas vivre.

Tout à coup il se leva. Ces retours de force sont quelquefois un signe même de l'agonie. Il marcha d'un pas ferme à la muraille, écarta Marius et le médecin qui voulaient l'aider, détacha du mur le petit crucifix de cuivre qui y était suspendu, revint s'asseoir avec toute la liberté de mouvement de la pleine santé, et dit d'une voix haute en posant le crucifix sur la table :

— Voilà le grand martyr.

Puis sa poitrine s'affaissa, sa tête eut une vacillation, comme si l'ivresse de la tombe le prenait, et ses deux mains, posées sur ses genoux, se mirent à creuser de l'ongle l'étoffe de son pantalon.

Cosette lui soutenait les épaules, et sanglotait, et tâchait de lui parler sans pouvoir y parvenir. On distinguait, parmi les mots mêlés à cette salive lugubre qui accompagne les larmes, des paroles comme celles-ci : — Père! ne nous quittez pas. Est-il possible que nous ne vous retrouvions que pour vous perdre?

On pourrait dire que l'agonie serpente. Elle va, vient, s'avance vers le sépulcre, et se retourne vers la vie. Il y a du tâtonnement dans l'action de mourir.

Jean Valjean, après cette demi-syncope, se raffermit, secoua son front comme pour en faire tomber les ténèbres, et redevint presque pleinement lucide. Il prit un pan de la manche de Cosette et le baisa.

— Il revient! docteur, il revient! cria Marius.

— Vous êtes bons tous les deux, dit Jean Valjean. Je vais vous dire ce qui m'a fait de la peine. Ce qui m'a fait de la peine, monsieur Pontmercy, c'est que vous n'ayez pas voulu toucher à l'argent. Cet argent-là est bien à votre femme. Je vais vous expliquer, mes enfants, c'est même pour cela que je suis content de vous voir. Le jais noir vient d'Angleterre, le jais blanc vient de Norvège. Tout ceci est dans le papier que voilà, que vous lirez. Pour les bracelets, j'ai inventé de remplacer les coulants en tôle soudée par des coulants en tôle rapprochée. C'est plus joli, meilleur, et moins cher. Vous comprenez tout l'argent qu'on peut gagner. La fortune de Cosette est donc bien à elle. Je vous donne ces détails-là pour que vous ayez l'esprit en repos.

La portière était montée et regardait par la porte entre-bâillée. Le médecin la congédia, mais il ne put empêcher qu'avant de disparaître cette bonne femme zélée ne criât au mourant :

— Voulez-vous un prêtre?

— J'en ai un, répondit Jean Valjean.

Et, du doigt, il sembla désigner un point au-dessus de sa tête où l'on eût dit qu'il voyait quelqu'un.

Il est probable que l'évêque en effet assistait à cette agonie.

Cosette, doucement, lui glissa un oreiller sous les reins.

Jean Valjean reprit :

— Monsieur Pontmercy, n'ayez pas de crainte, je vous en conjure. Les six cent mille francs sont bien à Cosette. J'aurais donc perdu ma vie si vous n'en jouissiez pas! Nous étions parvenus à faire très bien cette verroterie-là. Nous rivalisions avec ce qu'on appelle les bijoux de Berlin. Par exemple, on ne peut pas égaler le verre noir d'Allemagne. Une grosse, qui contient douze cents grains très bien taillés, ne coûte que trois francs.

Quand un être qui nous est cher va mourir, on le regarde avec un regard qui se cramponne à lui et qui voudrait le retenir. Tous deux, muets d'angoisse, ne sachant que dire à la mort, désespérés et tremblants, étaient debout devant lui, Cosette donnant la main à Marius.

D'instant en instant, Jean Valjean déclinait. Il baissait; il se rapprochait de l'horizon sombre. Son souffle était devenu intermittent; un peu de râle l'entrecoupait. Il avait de la peine à déplacer son avant-bras, ses pieds avaient perdu tout mouvement, et en même temps que la misère des membres et l'accablement du corps croissait, toute la majesté de l'âme montait et se déployait sur son front. La lumière du monde inconnu était déjà visible dans sa prunelle.

Sa figure blêmissait et en même temps souriait. La vie n'était plus là, il y avait autre chose. Son haleine tombait, son regard grandissait. C'était un cadavre auquel on sentait des ailes.

Il fit signe à Cosette d'approcher, puis à Marius; c'était évidemment la dernière minute de la dernière heure, et il se mit à leur parler d'une voix si faible qu'elle semblait venir de loin, et qu'on eût dit qu'il y avait dès à présent une muraille entre eux et lui.

— Approche, approchez tous deux. Je vous aime bien. Oh! c'est bon de mourir comme cela! Toi aussi, tu m'aimes, ma Cosette. Je savais bien que tu avais toujours de l'amitié pour ton vieux bonhomme. Comme tu es gentille de m'avoir mis ce coussin sous les reins! Tu me pleureras un peu, n'est-ce pas? Pas trop. Je ne veux pas que tu aies de vrais chagrins. Il faudra vous amuser beaucoup, mes enfants. J'ai oublié de vous dire que sur les boucles sans ardillons on gagnait encore plus que sur tout le reste. La grosse, les douze douzaines, revenait à dix francs, et se vendait soixante. C'était vraiment un bon commerce. Il ne faut donc pas s'étonner des six cent mille francs, monsieur Pontmercy. C'est de l'argent honnête. Vous pouvez être riches tranquillement. Il faudra avoir une voiture, de temps en temps une loge aux théâtres, de belles toilettes de bal, ma Cosette, et puis donner de bons dîners à vos amis, être très heureux. J'écrivais tout à l'heure à Cosette. Elle trouvera ma lettre. C'est à elle que je lègue les deux chandeliers qui sont sur la cheminée. Ils sont en argent; mais pour moi ils sont en or, ils sont en diamant; ils changent les chandelles qu'on y met, en cierges. Je ne sais pas si celui qui me les a donnés est content de moi là-haut. J'ai fait ce que j'ai pu. Mes enfants, vous n'oublierez pas que je suis un pauvre, vous me ferez enterrer dans le premier coin de terre venu sous une pierre pour marquer l'endroit. C'est là ma volonté. Pas de nom sur la pierre. Si Cosette veut venir un peu quelquefois, cela me fera plaisir. Vous aussi, monsieur Pontmercy. Il faut que je vous avoue que je ne vous ai pas toujours aimé; je vous en demande pardon. Maintenant, elle et vous, vous n'êtes qu'un pour moi. Je vous suis très reconnaissant. Je sens que vous rendez Cosette heureuse. Si vous saviez, monsieur Pontmercy, ses belles joues roses, c'était ma joie; quand je la voyais un peu pâle, j'étais triste. Il y a dans la commode un billet de cinq cents francs. Je n'y ai pas touché. C'est pour les pauvres. Cosette, vois-tu ta petite robe, là, sur le lit? la reconnais-tu? Il n'y a pourtant que dix ans de cela. Comme le temps passe! Nous avons été bien heureux. C'est fini. Mes enfants, ne pleurez pas, je ne vais pas très loin. Je vous verrai de là. Vous n'aurez qu'à regarder quand il fera nuit, vous me verrez sourire. Cosette, te rappelles-tu Montfermeil? Tu étais dans le bois, tu avais bien peur; te rappelles-tu quand j'ai pris l'anse du seau d'eau? C'est la première fois que j'ai touché ta pauvre petite main. Elle était si froide! Ah! vous aviez les mains rouges dans ce temps-là, mademoiselle, vous les avez bien blanches maintenant. Et la grande poupée! te rappelles-tu? Tu la nommais Catherine. Tu regrettais de ne pas l'avoir emmenée au couvent! Comme tu m'as fait rire des fois, mon doux ange! Quand il avait plu, tu embarquais sur les ruisseaux des brins de paille, et tu les regardais aller. Un jour, je t'ai donné une raquette en osier, et un volant avec des plumes jaunes, bleues, vertes. Tu l'as oublié, toi. Tu étais si espiègle toute petite! Tu jouais. Tu te mettais des cerises aux oreilles. Ce sont là des choses du passé. Les forêts où l'on a passé avec son enfant, les arbres où l'on s'est promené, les couvents où l'on s'est caché, les jeux, les bons rires de l'enfance, c'est de l'ombre. Je m'étais imaginé que tout cela m'appartenait. Voilà où était ma bêtise. Ces Thénardier ont été méchants. Il faut leur pardonner. Cosette, voici le moment venu de te dire le nom de ta mère. Elle s'appelait Fantine. Retiens ce nom-là : Fantine. Mets-toi à genoux toutes les fois que tu le prononceras. Elle a bien souffert. Elle t'a bien aimée. Elle a eu en malheur tout ce que tu as en bonheur. Ce sont les partages de Dieu. Il est là-haut, il nous voit tous, et il sait ce qu'il fait au milieu de ses grandes étoiles. Je vais donc m'en aller, mes enfants. Aimez-vous bien toujours. Il n'y a guère autre chose que cela dans le monde : s'aimer. Vous penserez quelquefois au pauvre vieux qui est mort ici. O ma Cosette! ce n'est pas ma faute, va, si je ne t'ai pas vue tous ces temps-ci, cela me fendait le cœur; j'allais jusqu'au coin de ta rue, je devais faire un drôle d'effet aux gens qui me voyaient passer, j'étais comme fou, une fois je suis sorti sans chapeau. Mes enfants, voici que je ne vois plus très clair, j'avais encore des choses à dire, mais c'est égal. Pensez un peu à moi. Vous êtes des êtres bénis. Je ne sais pas ce que j'ai, je vois de la lumière. Approchez encore. Je meurs heureux. Donnez-moi vos chères têtes bien-aimées, que je mette mes mains dessus.

Cosette et Marius tombèrent à genoux, éperdus, étouffés de larmes, chacun sur une des mains de Jean Valjean. Ces mains augustes ne remuaient plus.

Il était renversé en arrière, la lueur des deux chandeliers l'éclairait; sa face blanche regardait le ciel, il laissait Cosette et Marius couvrir ses mains de baisers; il était mort.

La nuit était sans étoiles et profondément obscure. Sans doute, dans l'ombre, quelque ange immense était debout, les ailes déployées, attendant l'âme.

VI

L'HERBE CACHE ET LA PLUIE EFFACE.

Il y a, au cimetière du Père-Lachaise, aux environs de la fosse commune, loin du quartier élégant de cette ville des sépulcres, loin de tous ces tombeaux de fantaisie qui étalent en présence de l'éternité les hideuses modes de la mort, dans un angle désert, le long d'un vieux mur, sous un grand if auquel grimpent, parmi les chiendents et les mousses, les liserons, une pierre. Cette pierre n'est pas plus exempte que les autres des lèpres du temps, de la moisissure, du lichen, et des fientes d'oiseaux. L'eau la verdit, l'air la noircit. Elle n'est voisine d'aucun sentier, et l'on n'aime pas aller de ce côté-là, parce que l'herbe est haute et qu'on a tout de suite les pieds mouillés. Quand il y a un peu de soleil, les lézards y viennent. Il y a, tout autour, un frémissement de folles avoines. Au printemps, les fauvettes chantent dans l'arbre.

Cette pierre est toute nue. On n'a songé en la taillant qu'au nécessaire de la tombe, et l'on n'a pris d'autre soin que de faire cette pierre assez longue et assez étroite pour couvrir un homme.

On n'y lit aucun nom.

Seulement, voilà de cela bien des années déjà, une main y a écrit au crayon ces quatre vers qui sont devenus peu à peu illisibles sous la pluie et la poussière, et qui probablement sont aujourd'hui effacés :

> Il dort. Quoique le sort fût pour lui bien étrange,
> Il vivait. Il mourut quand il n'eut plus son ange ;
> La chose simplement d'elle-même arriva,
> Comme la nuit se fait lorsque le jour s'en va.

NOTE

DE L'ÉDITION HETZEL-QUANTIN.

LETTRE A M. DAËLLI

ÉDITEUR DE LA TRADUCTION ITALIENNE DES *MISÉRABLES* A MILAN.

Hauteville-House, 18 octobre 1862.

Vous avez raison, monsieur, quand vous me dites que le livre *Les Misérables* est écrit pour tous les peuples. Je ne sais s'il sera lu par tous, mais je l'ai écrit pour tous. Il s'adresse à l'Angleterre autant qu'à l'Espagne, à l'Italie autant qu'à la France, à l'Allemagne autant qu'à l'Irlande, aux républiques qui ont des esclaves aussi bien qu'aux empires qui ont des serfs. Les problèmes sociaux dépassent les frontières. Les plaies du genre humain, ces larges plaies qui couvrent le globe, ne s'arrêtent point aux lignes bleues ou rouges tracées sur la mappemonde. Partout où l'homme ignore et désespère, partout où la femme se vend pour du pain, partout où l'enfant souffre faute d'un livre qui l'enseigne et d'un foyer qui le réchauffe, le livre *Les Misérables* frappe à la porte et dit : Ouvrez-moi, je viens pour vous.

A l'heure, si sombre encore, de la civilisation où nous sommes, le misérable s'appelle L'HOMME; il agonise sous tous les climats, et il gémit dans toutes les langues.

Votre Italie n'est pas plus exempte du mal que notre France. Votre admirable Italie a sur la face toutes les misères. Est-ce que le banditisme, cette forme furieuse du paupérisme, n'habite pas vos montagnes? Peu de nations sont rongées plus profondément que l'Italie par cet ulcère des couvents que j'ai tâché de sonder. Vous avez beau avoir Rome, Milan, Naples, Palerme, Turin, Florence, Sienne, Pise, Mantoue, Bologne, Ferrare, Gênes, Venise, une histoire héroïque, des ruines sublimes, des monuments magnifiques, des villes superbes, vous êtes, comme nous, des pauvres. Vous êtes couverts de merveilles et de vermines. Certes le soleil de l'Italie est splendide, mais, hélas, l'azur sur le ciel n'empêche pas le haillon sur l'homme.

Vous avez comme nous des préjugés, des superstitions, des tyrannies, des fanatismes, des lois aveugles prêtant main-forte à des mœurs ignorantes. Vous ne goûtez rien du présent ni de l'avenir sans qu'il s'y mêle un arrière-goût du passé. Vous avez un barbare, le moine, et un sauvage, le lazzarone. La question sociale est la même pour vous comme pour nous. On meurt un peu moins de faim chez vous, et un peu plus de fièvre; votre hygiène sociale n'est pas beaucoup meilleure que la nôtre; les ténèbres, protestantes en Angleterre, sont catholiques en Italie; mais, sous des noms différents, le *vescovo* est identique au *bishop,* et c'est toujours là de la nuit, et à peu près de même qualité. Mal expliquer la Bible ou mal comprendre l'Évangile, cela se vaut.

Faut-il insister? faut-il constater plus complètement encore ce parallélisme lugubre? Est-ce que vous n'avez pas d'indigents? Regardez en bas. Est-ce que vous n'avez pas de parasites? Regardez en haut. Cette balance hideuse dont les deux plateaux, paupérisme et parasitisme, se font si douloureusement équilibre, est-ce qu'elle n'oscille pas devant vous comme devant nous?

Où est votre armée de maîtres d'école, la seule armée qu'avoue la civilisation? où sont vos écoles gratuites et obligatoires? Tout le monde sait-il lire dans la patrie de Dante et de Michel-Ange? Avez-vous fait des prytanées de vos casernes? N'avez-vous pas, comme nous, un budget de la guerre opulent et un budget de l'enseignement dérisoire? N'avez-vous pas, vous aussi, l'obéissance passive qui, si aisément, tourne au soldatesque? N'avez-vous pas un militarisme qui pousse la consigne jusqu'à faire feu sur Garibaldi, c'est-à-dire sur l'honneur vivant de l'Italie? Faisons passer son examen à votre ordre social, prenons-le où il en est et tel qu'il est, voyons son flagrant délit, montrez-moi la femme et l'enfant. C'est à la quantité de protection qui entoure ces deux êtres faibles que se mesure le degré de civilisation. La prostitution est-elle moins poignante à Naples qu'à Paris? Quelle est la quantité de vérité qui sort de vos lois et la quantité de justice qui sort de vos tribunaux? Auriez-vous par hasard le bonheur d'ignorer le sens de ces mots sombres : vindicte publique, infamie légale, bagne, échafaud, bourreau, peine de mort? Italiens, chez vous comme chez nous, Beccaria est mort et Farinace est vivant. Et puis, voyons votre raison d'état. Avez-vous un gouvernement qui comprenne l'identité de la morale et de la politique? Vous en êtes à amnistier les héros! On a fait en France quelque chose d'à peu près pareil. Tenez, passons la revue des misères, que chacun apporte son tas, vous êtes aussi riches que nous. N'avez-vous pas, comme nous, deux damnations, la damnation religieuse prononcée par le prêtre et la damnation sociale décrétée par le juge? O grand peuple d'Italie, tu es semblable au grand peuple de France. Hélas! nos frères, vous êtes comme nous « des Misérables ».

Du fond de l'ombre où nous sommes et où vous êtes, vous ne voyez pas beaucoup plus distinctement que nous les radieuses et lointaines portes de l'éden. Seulement les prêtres se trompent. Ces portes saintes ne sont pas derrière nous, mais devant nous.

Je me résume. Ce livre, *les Misérables,* n'est pas moins votre miroir que le nôtre. Certains hommes, certaines castes, se révoltent contre ce livre, je le comprends. Les miroirs, ces diseurs de vérités, sont haïs; cela ne les empêche pas d'être utiles.

Quant à moi, j'ai écrit pour tous, avec un profond amour pour mon pays, mais sans me préoccuper de la France plus que d'un autre peuple. A mesure que j'avance dans la vie je me simplifie, et je deviens de plus en plus patriote de l'humanité.

Ceci est d'ailleurs la tendance de notre temps et la loi de rayonnement de la révolution française; les livres, pour répondre à l'élargissement croissant de la civilisation, doivent cesser d'être exclusivement français, italiens, allemands, espagnols, anglais, et devenir européens; je dis plus, humains.

De là une nouvelle logique de l'art, et de certaines nécessités de composition qui modifient tout, même les conditions, jadis étroites, de goût et de langue, les-quelles doivent s'élargir comme le reste.

En France, certains critiques m'ont reproché, à ma grande joie, d'être en dehors de ce qu'ils appellent le goût français; je voudrais que cet éloge fût mérité.

En somme, je fais ce que je peux, je souffre de la souffrance universelle, et je tâche de la soulager, je n'ai que les chétives forces d'un homme, et je crie à tous : aidez-moi!

Voilà, monsieur, ce que votre lettre me provoque à vous dire; je vous le dis pour vous, et pour votre pays. Si j'ai tant insisté, c'est à cause d'une phrase de votre lettre. Vous m'écrivez : — « Il y a des italiens, et beaucoup, qui disent : ce livre, *les Misérables,* est un livre français. Cela ne nous regarde pas. Que les français le lisent comme une histoire, nous le lisons comme un roman.» — Hélas! je le répète, italiens ou français, la misère nous regarde tous. Depuis que l'histoire écrit et que la philosophie médite, la misère est le vêtement du genre humain; le moment serait enfin venu d'arracher cette guenille, et de remplacer, sur les membres nus de l'Homme-Peuple, la loque sinistre du passé par la grande robe pourpre de l'aurore.

Si cette lettre vous paraît bonne à éclairer quelques esprits et à dissiper quelques préjugés, vous pouvez la publier, monsieur. Recevez, je vous prie, la nouvelle assurance de mes sentiments très distingués.

Victor Hugo.

NOTES

DE CETTE ÉDITION

LE· MANUSCRIT

DES

MISERABLES.

———

CINQUIÈME PARTIE.

JEAN VALJEAN.

La cinquième partie, Jean Valjean, forme 500 pages écrites presque toutes d'un seul côté; le titre est au feuillet 329, la date finale au feuillet 828. Nous avons indiqué que le second volume du manuscrit se composait des deux dernières parties du roman.

Toute la cinquième partie date des années 1861 et 1862. Beaucoup d'ajoutés, peu de ratures; le texte rayé est, en général, utilisé plus loin par suite de remaniements.

Après le titre, nous trouvons, au feuillet 330, une note intéressante, reproduite en fac-similé en tête de ce volume.

Au feuillet suivant, recto et verso, une division provisoire précédée, en marge, de cette note :

(Aujourd'hui 8 juillet 1861 j'ai fait les dossiers préparatoires des divisions et je les ai ébauchées. J'y ai mis des titres. Ces titres sont pour moi et provisoires. J'ai arrêté ce classement à la section *M. Gillenormand* à partir de laquelle j'ai tout à relire.)

(Je laisse hors de ce dossier tout le reste du manuscrit à partir de cette section-là.)

(*Waterloo. — Le ravin.*)

L'évêque. (Monseigneur Bienvenu. Baptistine et non Sylvanie.)
Jean Valjean.
Une bonne farce.
En l'année 1817. (Fantine.)
Montfermeil. (Les Thénardier.)
Fantine.
Monsieur Madeleine.
Javert.

L'affaire Champmathieu.
Mort de Fantine.
Waterloo.

Toulon. Jean Valjean.
La petite Cosette.
La masure 50-52.
Jean Valjean traqué.
Le couvent. — (La Prière.)
Le Gamin. (Gavroche.)
M. Gillenormand.
Marius.
Les jeunes gens.
Premières amours. (1ère phase : le Luxembourg.)
Le bouge Jondrette.
Marius. (Désespoir. Paresse. — Mabeuf. Éponine.)
La rue Plumet. (Tristesse de Cosette. Éveil de Jean Valjean. La chaîne.)
Message de Marius. Premières amours. (2ème phase. Le jardin.)
Les petits Magnon.
L'Éléphant.
L'Évasion.
L'Argot.
Les amours. (Le jardin. Éponine Cab. Départ annoncé.)
Le grand-père.
L'enterrement de Lamarque. (Mabeuf.)
Corinthe.
La barricade.
Marius arrive.
Mabeuf. — Éponine. — Gavroche.
Le buvard. (La rue de l'Homme-Armé.)
Jean Valjean et Gavroche.
Jean Valjean y va. (Javert.)
Réveil de Cosette.
La Bataille de la Rue. (Gavroche.)
Assaut.
L'Égout.
L'Aïeul.
Javert. (Mort de Javert.)
Le grand-père et le petit-fils. (Guérison de Marius.)
Cosette reparaît.
La noce.
Jean Valjean.
Thénardier.
La fin.

————

LIVRE PREMIER. — LA GUERRE ENTRE QUATRE MURS.

Feuillet 332, titre-table. — Dès les deux premiers mots : *Livre premier,* on voit une surcharge, le mot : *deuxième* étant encore lisible sous le mot : *premier.* Le livre : *La rue de l'Homme-Armé,* qui finit actuellement la quatrième partie, était, comme l'indique une lettre de Victor Hugo à Lacroix, destiné à clore la quatrième partie ou à commencer la cinquième. Cela dépendait de l'étendue des deux derniers volumes.

La table du livre premier ne contient que trente-trois chapitres. Victor Hugo a écrit le chapitre v : *Quel horizon on voit du haut de la barricade* après avoir établi ses divisions.

Les chapitres VII et VIII sont mentionnés en marge. Quelques variantes :

XIV. Où ON LIRA LE NOM DE LA MAÎTRESSE D'ENJOLRAS.
Titre primitif rayé : *ENJOLRAS SONGE MOINS AUX HOMMES QU'ON TUE QU'AUX CARTOUCHES QUI S'ÉPUISENT.*

XXI. LES HÉROS.
Autre titre : *ÉGALITÉ DANS L'ÉPOPÉE.*

Feuillet 333. — I. LA CHARYBDE DU FAUBOURG SAINT-ANTOINE...
Dès la première page du chapitre, intercalation en marge, et, au bas de cette intercalation, un fragment de papier jauni numéroté 334 est collé et contient un nouvel ajouté.

Feuillet 350. — II. QUE FAIRE DANS L'ABÎME A MOINS QUE L'ON NE CAUSE ?
Aux deux tiers du feuillet, au-dessous de quelques lignes ajoutées en marge, cette note :

Ici l'intercalation : *L'aube éveille les grands esprits comme les oiseaux.*

Cette intercalation, qui constitue la fin du chapitre II, remplit les feuillets 351 et 352.

Feuillets 356 à 361. — IV. CINQ DE MOINS, UN DE PLUS.
Ces six feuillets intercalaires comprennent l'intervention de Combeferre sommant cinq des insurgés de quitter la barricade. L'intercalation est indiquée deux fois par Victor Hugo, au haut du feuillet 356 et au feuillet 362.

Feuillet 369. — V. QUEL HORIZON ON VOIT DU HAUT DE LA BARRICADE.
Un fragment de papier rosé est collé sur le feuillet bleu du manuscrit ; l'écriture, fine et menue, date de 1845 à 1848.
Le texte de ce fragment va de : *Jadis les premières races humaines...* à : *Courage, et en avant !* (Voir pages 24-25.)

Feuillet 378. — VII. LA SITUATION S'AGGRAVE.
Autre titre : *A BOULETS.*

Les chapitres VII, VIII et IX devaient se suivre sans interruption, car on lit en tête du chapitre VII le titre du chapitre IX : *Emploi de ce vieux talent de braconnier...*
Les titres des chapitres VIII et IX ont été ajoutés entre les lignes.

Feuillet 398. — XI. LE COUP DE FUSIL QUI NE MANQUE JAMAIS...
En tête de ce feuillet commençant le chapitre, on lit sous les ratures la fin du chapitre IX, ce qui montre que le chapitre X : *Aurore,* a été ajouté après coup.

Feuillet 399. — XII. LE DÉSORDRE PARTISAN DE L'ORDRE.
Autre titre : *FORMES QUE PRENAIT LE DÉSORDRE DANS L'ORDRE.*

Feuillet 408. — XIV. OÙ ON LIRA LE NOM DE LA MAÎTRESSE D'ENJOLRAS.
Après la dernière ligne de ce chapitre, sous une rature, on lit tout un passage, publié au chapitre XX : *Les héros,* mais qui enchaînait primitivement les chapitres XIV et XV. Nous ne reproduirons de ce texte rayé que les dernières lignes :

Marius était formidable et pensif. Il était dans la bataille comme dans un songe. On eût dit un fantôme qui fait le coup de fusil.
Pour le rappeler à la réalité, il fallait, on s'en souvient, des secousses profondes.
Il lui vint subitement une de ces commotions.
Il aperçut, de ce regard vague qui ne voyait que des ensembles, presque sous ses pieds, au bas de la barricade, dehors, dans la rue, sous les balles, ce petit être qui s'appelait pour lui Thénardier.

Feuillet 414. — XV. GAVROCHE DEHORS.
Immédiatement après la dernière ligne du chapitre, le bas du feuillet est coupé, cela pour faciliter l'intercalation du chapitre XVI ; le bas du feuillet 414 a été collé en tête du feuillet 429 où il commence le chapitre XVII.

Feuillets 428-429. — XVII. *MORTUUS PATER FILIUM MORITURUM EXPECTAT.*
Les chapitres XVII et XVIII n'en faisaient d'abord qu'un.
Un grand ajouté et un fragment collé au bas du feuillet, numéroté 429 et commençant le chapitre XVIII, ont amené la suppression de ces quelques lignes que nous rétablissons pour la clarté de l'enchaînement :

Courfeyrac défit la cravate de Marius et lui en banda le front. On fut promptement et terriblement distrait de Gavroche. Enjolras, dressé debout, jeta du haut de la barricade cette clameur tonnante.

On se rendra compte de l'importance du texte ajouté en se reportant pages 62 à 64 de ce volume.

Feuillets 435-436. — Le texte biffé sur ces deux pages a été reporté au chapitre XX.

Feuillet 442. — XX. LES MORTS ONT RAISON ET LES VIVANTS N'ONT PAS TORT.
Pour le titre, cette variante inachevée :

TOUTES LES CAUSES PLAIDENT...

En regard, la date : *30 janvier 1861.*

Dans ce même chapitre, trois feuillets plus loin, après ces trois alinéas :

Qui accuser ?
Personne, et tout le monde.
Les temps incomplets où nous vivons,

Victor Hugo a donné un coup de crayon allant rejoindre une note en marge :

Peut-être ajourner la publication de la fin de ce chapitre.

Cela se rapportait à la menace d'interdiction que l'éditeur rappelait sans cesse à Victor Hugo.

La fin de ce chapitre, en effet, tout en généralisant les considérations sur la révolte populaire et « les fantaisies de petitesse de la France », pouvait bien être interprétée comme une allusion aux « fantaisies » arbitraires et rétrogrades du second empire. Cette velléité de concession aux intérêts et aux craintes de l'éditeur fut passagère ; Victor Hugo barra nettement sa note en marge et publia intégralement son texte.

Dans ce chapitre, nombreux ajoutés.

Feuillet 462. — XXII. Pied a pied.
Autre titre : *L'Abordage.*

LIVRE II. — L'INTESTIN DE LÉVIATHAN.

Feuillet 478. — Titre-table.
Trois variantes aux titres des trois derniers chapitres :

Le passé. — Le présent. — L'avenir.

Feuillet 492. — III. Bruneseau.
Nombreux ajoutés dans tous les sens au courant de ce chapitre ; une note au haut du feuillet 492 renvoie au feuillet suivant pour une intercalation que Victor Hugo n'a pàs pu placer dans sa page trop surchargée.

LIVRE III. — LA BOUE, MAIS L'ÂME.

(*Autre titre : Après Cosette, Marius.*)

Ici, comme dans toute la cinquième partie, Victor Hugo, en revisant, a intercalé beaucoup de développements ; le plus intéressant se trouve dans ce livre ; nous avons vu, en tenant compte des ratures du texte de premier jet, que le chapitre du fontis et ces pages, si connues et si admirées, sur l'enlizement apportant une péripétie nouvelle et un obstacle de plus au sauvetage de Marius, n'ont été écrits qu'à la revision.

IMPRIMERIE NATIONALE.

Feuillet 515. — I. Le cloaque et ses surprises.

Après l'alinéa finissant par : *Une bouffée de fétidité l'avertit du lieu où il était,* nous lisons cette note :

14 février 1861.
(Il y a juste aujourd'hui treize ans que je m'étais interrompu.)

Feuillet 524. — II. Explication.
Note au bas de la page :

17 février 1861.
(Fin du papier que j'avais emporté de Paris avec le manuscrit, le 11 décembre 1851.)

Feuillet 528. — III. L'homme filé.

La filature de Thénardier par Javert avait d'abord une importance moindre ; nous retrouvons au feuillet 533, dont le haut est rayé, la fin de la phrase qui terminait le feuillet 528 ; les quatre pages intercalaires donnent tous les détails de la filature qui, dans la première version, se résumait ainsi :

Ni l'un ni l'autre ne semblait se presser et ils marchaient lentement tous les deux comme si chacun d'eux craignait de faire, par trop de hâte, doubler le pas à son partenaire.

Ils étaient parvenus à l'endroit où la rivière s'infléchit à gauche et où le pont d'Iéna commence à être visible.

Il y avait là sur la berge un assez haut monceau de déblais provenant d'on ne sait quelle démolition. (Voir pages 121-123.)

Feuillet 539. — IV. Lui aussi porte sa croix.
Une date : *28 février.*

Feuillet 562. — VIII. Le pan de l'habit déchiré.

Tout le passage où Thénardier parle de la fondrière a été ajouté en marge, à partir de ces mots : *Thénardier fit claquer ses doigts...*

L'épisode du fontis ayant été intercalé, il fallait, pour en tirer parti à la fin, que Thénardier connût dès à présent le nouveau danger auquel Jean Valjean venait d'échapper.

Feuillet 567. — IX. Marius fait l'effet d'être mort a quelqu'un qui s'y connaît.

Autre titre : Dehors, ou dedans. Cette variante est justifiée par le dernier mot du chapitre précédent.

Feuillet 579. — XII. L'aïeul.
En tête du chapitre, cette note, rayée, au crayon :

Voir s'il n'y a pas quelques retouches à faire çà et là dans ce que dit M. Gillenormand.

Nous ne pouvons nous rendre compte de l'importance de ces retouches, car à partir du moment où M. Gillenormand entre dans la chambre et murmure : *Marius!* tout le texte a dû être changé, développé; l'écriture est plus grosse.

A la fin du chapitre, cette note :

Interrompu le 17 mars 1861 pour les préparatifs du voyage en Belgique.

LIVRE IV. — JAVERT DÉRAILLÉ.

En commençant l'unique chapitre de ce livre, Victor Hugo nous apprend, par une note, où il l'a écrit :

(Je reprends mon travail le 22 mai. Ma santé est rétablie. Je suis en Belgique, à Mont-Saint-Jean, hôtel des Colonnes, chez Mlle Dehaze. Les deux fenêtres de ma chambre donnent sur le champ de Waterloo. De mon lit je vois le lion.)

LIVRE V. — LE PETIT-FILS ET LE GRAND-PÈRE.

Feuillet 616, titre-table. — Une variante de titre au chapitre VII :

Pour les heureux, le malheur passé devient rêve.

Feuillet 625. — II. Marius, en sortant de la guerre civile, s'apprête a la guerre domestique.

Vers le milieu du chapitre, une note en marge :

Interrompu. Je suis allé le 27 mai à Bruxelles, où l'on a joué la pièce de Charles, *Je vous aime,* et je suis revenu le 28 au soir. J'ai repris ce travail le 29.

Feuillets 644-645. — VI. Les deux vieillards font tout, chacun a leur façon, pour que Cosette soit heureuse.

Le bas du feuillet 644 et le feuillet 645 entier sont rayés; tout ce texte est repris et très développé dans sept feuillets intercalaires.

On retrouve l'enchaînement primitif au début biffé du feuillet 653 qui continue la phrase commencée au bas du feuillet 645.

Feuillet 651. — VII. Les effets de rêve mêlés au bonheur.

Autre titre : *Froideur et enthousiasme pour le même homme.*

Feuillet 656. — VIII. Deux hommes impossibles a retrouver.

Un important passage rayé, relatif aux recherches de Marius. Nous ne citerons que le début de cet alinéa, le reste ayant été reporté plus loin :

On put savoir le nom de l'agent. C'était un inspecteur nommé Javert, qui, fatalité de plus dans cette étrange énigme, s'était noyé cette nuit-là même.

20.

On se rappelle que Marius croit Jean Valjean coupable d'avoir assassiné Javert à
a barricade ; il ne peut donc pas, jusqu'à la visite de Thénardier, être au fait de ce
suicide.

LIVRE VI. — LA NUIT BLANCHE.

Feuillet 659, titre-table.
Le chapitre ɪᴠ, Iᴍᴍᴏʀᴛᴀʟᴇ ᴊᴇᴄᴜʀ, est intitulé sur le manuscrit :
Lᴇ ᴅᴇᴠᴏɪʀ : Lᴀ ᴄʜᴀɪ̂ɴᴇ ꜱᴀɴꜱ ꜰɪɴ.

Feuillets 661 à 671. — I. Lᴇ 16 ꜰᴇ́ᴠʀɪᴇʀ 1833.
Ces dix feuillets ont été intercalés pour y introduire l'incident de la voiture de
masques croisant la noce de Cosette. Victor Hugo, à la revision, a sans doute voulu
expliquer comment Thénardier avait retrouvé la piste de Jean Valjean. On se rend
compte de la version primitive par le texte rayé du feuillet 672, suite des derniers
mots, biffés aussi, au bas du feuillet 661.

Feuillets 681 à 684. — II. Jᴇᴀɴ Vᴀʟᴊᴇᴀɴ ᴀ ᴛᴏᴜᴊᴏᴜʀꜱ ʟᴇ ʙʀᴀꜱ ᴇɴ ᴇ́ᴄʜᴀʀᴘᴇ.
Nous avons retrouvé, sur une feuille séparée, le premier texte de la harangue
de M. Gillenormand ; cette harangue était beaucoup plus courte et ne tenait qu'une
seule page. Elle en remplit actuellement quatre.
Au verso de cette page isolée, des notes importantes qu'on verra plus loin.

LIVRE VII. — LA DERNIÈRE GORGÉE DU CALICE.

Feuillets 727 à 731. — II. Lᴇꜱ ᴏʙꜱᴄᴜʀɪᴛᴇ́ꜱ ǫᴜᴇ ᴘᴇᴜᴛ ᴄᴏɴᴛᴇɴɪʀ ᴜɴᴇ ʀᴇ́ᴠᴇ́ʟᴀᴛɪᴏɴ.
Quatre feuillets en tête du chapitre développent un passage rayé au début du
feuillet 731.

Feuillet 733. — Note au crayon résumant les questions que Marius s'adresse au
sujet de l'affaire Jondrette et de la présence de Javert à la barricade.

LIVRE VIII. — LA DÉCROISSANCE CRÉPUSCULAIRE.

Feuillet 754. — III. Iʟꜱ ꜱᴇ ꜱᴏᴜᴠɪᴇɴɴᴇɴᴛ ᴅᴜ ᴊᴀʀᴅɪɴ ᴅᴇ ʟᴀ ʀᴜᴇ Pʟᴜᴍᴇᴛ.
Le titre de ce chapitre est motivé par une intercalation de deux pages où est ra-
contée la visite de Marius et Cosette à « leur jardin ».
Au feuillet suivant, note en marge :

Interruption. Parti le 17 juin pour Bruxelles voir ma femme et ma fille qui y sont
arrivées. Revenu le 18 à 7 heures du soir. Repris le travail le 19.

LIVRE IX. — SUPRÊME OMBRE, SUPRÊME AURORE.

Une seule date à noter au livre neuvième, en face du titre du troisième chapitre : *22 juin.*

Nous donnons en fac-similé la dernière page du manuscrit ; nous citerons cependant ici les variantes des vers qui, sous les ratures, ne sont pas très déchiffrables.

> *Il dort paisible après un sombre et long martyre.*
> *Quand il n'eut plus son ange, il mourut sans rien dire.*

Il n'y a pas de Reliquat pour ce dernier volume ; nous avons seulement voulu grouper certaines notes de travail extraites de petits dossiers constitués par Victor Hugo lui-même. Il y a le dossier de Gillenormand, le dossier de Gavroche, celui des Amis de l'A B C ; telle ligne griffonnée contenait en germe le texte d'un chapitre, telle autre donnait une orientation, toute différente de celle adoptée, à l'un de ses héros ; nous avons choisi, dans les notes inutilisées, celles qui pouvaient le mieux initier le lecteur à ce premier travail ; les personnages du roman sont présents à toutes les mémoires ; aucun des changements apportés à leur caractère ne peut laisser indifférents ceux qui ont pleuré, ri, souffert, en un mot, vécu avec *les Misérables.*

Deux noms au-dessous du titre *les Misérables :*

M. Malmitaine.
Croquevignolle.

Javert, cette nature entêtée est redoutable.

WATERLOO.

Cambronne. — Parce que j'ai mis son mot? Il entrait de droit dans mon livre. C'est le misérable des mots.

A un moment donné il se dresse en charge de bataille et devient un héros. Ce misérable du langage fait une action d'éclat.

Je l'enregistre.

WATERLOO. — D'un côté des soldats frais, blonds, roses, vermeils, bien reposés et bien nourris ; de l'autre de pâles combattants qui n'ont pas dormi et qui n'ont pas mangé ; d'un côté la soupe, de l'autre l'enthousiasme.

L'Angleterre a beaucoup de vrais grands hommes et en a un faux. C'est du faux qu'elle se vante. Colonnes Wellington partout.

Cherchez la colonne Shakespeare, la colonne Newton, la colonne Cromwell, la colonne Byron, la colonne Watt, la colonne Wilberforce. Point. Wellington seul. Voilà l'Angleterre.

———

... Il éclata de rire : — Ça ! un grand homme, dit-il. Wellington, c'est le cheval que montait le destin le jour où il renversa Napoléon.

———

LES JEUNES GENS.

Caractères, gaîtés, etc. ; et choses sérieuses. Causeries républicaines, etc.

———

De Courfeyrac. — Tu ressembles à cette pauvre déesse Coronis, qui n'avait pas de temple et à qui Pallas était obligée de prêter le sien.

———

Enjolras, riant : — La propriété — de l'oiseau, — c'est le vol.

———

... et au milieu des bougies allumées, dans le bruit des bouteilles et des verres et des rires mêlés de chansons, il se leva, montra la vitre sombre et s'écria :

— Vous m'étonnez de ne faire attention à rien. Le monde existe, et nous sommes des insensés. Il y a là en ce moment au fond du ciel l'astre Jupiter qui est plein d'âmes. Jupiter est plein d'âmes terribles qui roulent dans des ouragans. Cela nous regarde.

———

Courfeyrac, entrant dans le cabaret : — Qu'y a-t-il donc là par terre ?

Joly. — Des plâtras.

Courfeyrac. — D'où ?

Joly, montrant le plafond crevassé : — Du plafond.

Grantaire. — Eh bien, c'est la maison qui s'écroule. Est-ce que tu tiens à ce que la maison ne te tombe pas sur la tête ?

———

— Monsieur de Courfeyrac...

— Point de particule ! s'écria Courfeyrac. Êtes-vous bien sûr que la particule soit un embellissement ? Je voudrais bien savoir, par exemple, ce que la mer gagnerait à s'ajouter la particule.

———

... — D'abord, s'écria Courfeyrac, on ne trahit jamais des yeux qui pleurent. Il y a un axiome : la tristesse d'une femme qu'on aime est un obstacle invincible à toute infidélité.

———

Soufflet de Musichetta à Joly qui croit ne plus être aimé. — Elle est jalouse, elle le bat, elle l'aime. Soufflet inespéré.

———

... Il passait son temps à s'admirer. Du reste, il avait un faux râtelier, mais il ne s'en confessait à personne et gardait pour lui cette mauvaise conscience-là.

Tout à coup, Musichetta lui cria :

— Vous avez les plus jolies dents du monde !

C'était là un genre de compliment, le seul peut-être qu'il ne pouvait se faire à lui-même. Il eut la volupté du chat gratté sur la tête.

———

COURFEYRAC. — (*Il s'habille. Il fredonne.*) — *Il a fait aujourd'hui le plus beau...* (à *Azelma*). Donne-moi ma cravate. — *Temps du monde. Pour aller à cheval...* — Comment trouves-tu ce nœud-là ? — *Sur la terre et sur l'onde.* — Voilà ma cravate mise. J'implore un kiss.

Azelma. — Qu'est-ce que c'est que ça, un kiss ?

Courfeyrac. — C'est un baiser.

Azelma. — Je n'aime pas qu'on me parle latin.

Courfeyrac. — C'est de l'anglais.

Azelma. — Vous avez donc vu une anglaise hier soir ?

Courfeyrac. — Moi, hier soir ! j'ai joué du cor de chasse !

Azelma. — Menteur ! voilà votre kiss.

(*Elle lui présente le front.*)

Courfeyrac. — Au front ?

Azelma. — Pas davantage.

Courfeyrac. — On est donc brouillés ?

Azelma. — Ça dépend. Où êtes-vous allé hier soir ?

Les Misérables.

Il s'écria :

Vive la France ! il n'y a que la France ! L'Espagne est un froc, l'Italie est un linceul. Londres, c'est de l'ennui bâti ; la monarchie russe, c'est l'hiver fait gouvernement.

———

Barricade. —

Ils étaient un contre vingt.

Comme ils allaient mourir, un bourgeois leur cria de derrière ses volets bien fermés :

— Vous êtes des lâches !

Courfeyrac, qui avait trois sabres levés sur lui, répliqua tranquillement :

— O jaunisse, voilà de tes coups.

———

GAVROCHE.

Variantes de sa dernière chanson :

> Je n'aime pas l'eau claire,
> C'est la faute à Voltaire;
> J'aime le curaçao,
> C'est la faute à Rousseau.
>
> Je n'prends pas un clystère,
> C'est la faute à Voltaire;
> Quand je mange un morceau,
> C'est la faute à Rousseau.
>
> Je ne suis pas notaire,
> C'est la faute à Voltaire;
> Je suis saute-ruisseau,
> C'est la faute à Rousseau.
>
> Cassons le ministère,
> Car j'en veux un morceau.
>
> On verra le notaire
> Cuit dans son panonceau.
>
> Je suis fils de Cythère
> Et du faubourg Marceau.
>
> La république est mère
> Du gamin lionceau.

En face l'une de l'autre, deux listes de rimes proposées pour cette chanson :

Ministère	Berceau
Prolétaire	Morceau
Presbytère	Ponceau

Volontaire	Boisseau
Solitaire	Biseau
Désaltère	Cerceau
Artère	Nassau
Réfractaire	Fuseau

Dans le même dossier, une réflexion prêtée à l'une des commères rencontrées par Gavroche :

Il vit seul comme un *âne à charrette.*

———

L'ÉGOUT.

Il est présumable que Thénardier, après avoir ouvert la porte à Jean Valjean, était resté sous la voûte à quelque distance, épiant ce que cela allait devenir, afin d'en profiter pour lui-même, et qu'il avait saisi au passage quelques-unes des paroles qui s'étaient échangées entre Jean Valjean et Javert.

———

Supplément d'observations à la *Note pour le bien du service* rédigée par Javert avant de se tuer :

Les deux claires-voies du parloir aux Madelonnettes sont espacées de six pieds, ce qui empêche les détenus et les visiteurs de pouvoir se parler.

Il serait juste de ramener ces deux claires-voies à la distance réglementaire de deux pieds qui dans toutes les autres prisons suffit à la surveillance.

Ne permettre dans aucune prison d'hommes que la lingère et la fouilleuse traversent le préau.

L'architecte de la Force demande qu'on fasse disparaître les rangées d'arbres de la cour Sainte-Madeleine. Ces arbres sont utiles à la salubrité de la prison. Il est utile de les conserver.

Les forçats de la chaîne tendent leurs écuelles de bois aux curieux. — Mendient.

C'est un abus qu'il y ait dans les prisons un tatoueur, et tellement toléré qu'il est presque officiel.

———

GILLENORMAND.

Il ne faudrait pas croire que M. Gillenormand fût un tousseur et un cracheur, et qu'il sortît du lit avec tous ces bruits vieux que fait un octogénaire qui se réveille. Point. Son lever était sain, alerte et gai.

———

M. Gillenormand disait :
— *Dévotion de femme maigre.*
— *Dévotion de femme grasse.*

———

Il y avait une série de Nicolettes. On disait dans la maison :
La nouvelle Nicolette.
L'ancienne Nicolette.
La Nicolette du Directoire.
La Nicolette du temps de Buonaparte.

———

La poésie n'a pas le droit de dédaigner le bourgeois heureux. Le bourgeois heureux a son rhythme. Le canard sur la mare est une harmonie comme le cygne sur le lac, comme l'aigle sur l'Océan.

———

Chanson du père Gillenormand :

Puis il se mit à fredonner sur un vieil air galant :

Trois petits cochons sur un fumier
Juraient comme un porteur de chaise.

———

Il avait eu un cousin très savant entomologiste, l'abbé Gillenormand, que l'empereur Alexandre avait désiré voir, et chez lequel S. M. I. était arrivée trop tard, vu qu'on enterrait l'abbé, mort d'une fièvre attrapée la surveille du jour où S. M. avait jugé à propos de venir. Il était furieux contre ce cousin à cause de cela. Il ne lui avait jamais pardonné d'être mort avant d'avoir reçu la visite de l'empereur de Russie.

———

Il s'écria :
Je suis curieux de les voir, vos réformes sociales. Devenir populace, c'est là le but. Quant aux gens d'esprit, tous ces aristocrates malgré eux, je suis tranquille, ils auront beau faire, ils se brosseront toujours les dents et se laveront toujours les mains.

———

On guillotinait un chiffonnier pour avoir mis une fleur de lys dans sa hotte.

———

Fragments du monologue de Gillenormand devant Marius revenant à la vie :

Oh! que tu es beau! tu as les yeux tout grands ouverts, tu me regardes, mon cher petit enfant! Vive la République!

Comme il est gentil, mon pauvre mioche! Vive la République! elle ne m'a pas tué mon enfant!

— Je crie : Vive la République! je suis bonapartiste. Je crois à ta baronnie. Es-tu content?

———

Notes sur Mlle Gillenormand :

Vous est-il arrivé de voir une lampe à gaz? c'est une bouteille en cristal qui semble contenir de l'eau. Elle contient aussi l'explosion. Cela a l'air d'une carafe et c'est une bombe.

Telle était Mlle Gillenormand.

———

... Une certaine dévotion bigote.

Le bigotisme n'est autre chose que la castration de l'intelligence. Les vertus qui en résultent ressemblent à la chasteté d'un eunuque, et ont juste autant de mérite.

———

Parlant du sentiment que Mlle Gillenormand éprouvait pour sa jeune sœur mariée :

Elle la haïssait de cette haine intime que doit avoir l'huître contre la perle.

———

COSETTE ET MARIUS.

Il arriva qu'un jour J. V. fit une de ces absences dont nous avons parlé. Ils en profitèrent pour se voir un peu plus tôt. M. arriva au jardin qu'il faisait encore jour. Et alors que firent-ils? Ils profitèrent du jour pour lire ensemble, tête contre tête, la première chose venue qui leur tomba sous la main. C'était un numéro d'une revue scientifique que M. avait dans sa poche. — Je veux lire ce que tu lis, dit Cosette.

On ouvrit la brochure au hasard et Cosette se mit à lire tout bas.

———

Heureusement, l'innocent amour était venu mettre sa grande lumière dans cette âme.

———

Nous croyons devoir informer M. Gustave Lebotelier[1], avoué à Évreux, que sa fille, l'enfant de Fantine, s'appelle maintenant Mme la baronne Telbon, possède vingt-cinq bonnes mille livres de rente, et demeure rue du Hanovre, n° 17, au premier.

Un citoyen honorable peut avouer et remplir les devoirs de la paternité vis-à-vis d'une personne ainsi placée.

———

[1] Ce personnage a été définitivement nommé Félix Tholomyès.

CORRECTION DES ÉPREUVES.

La description du manuscrit se complète tout naturellement par la correspondance échangée entre Victor Hugo et Lacroix, au sujet de la correction typographique. On trouvera plus loin, dans l'Historique, tout ce qui se rattache à la publication même du roman. Pour *les Misérables*, comme pour *les Contemplations*, comme pour *la Légende des Siècles*, Victor Hugo corrigeait à Guernesey les épreuves envoyées de Bruxelles; il eut souvent de petites querelles avec les correcteurs trop scrupuleux qui, en modifiant sa ponctuation, dénaturaient quelquefois le sens d'une phrase. Les observations de l'éditeur même agaçaient bien un peu le poète, qui, par une ligne nette et précise, quoique courtoise, attestait que, jusque dans les plus petits détails, il voulait rester maître absolu de son œuvre.

La preuve en est manifeste. Lacroix n'avait-il pas insinué — oh! fort timidement — qu'il pourrait à l'avenir affranchir Victor Hugo du travail des corrections, ce qui évidemment faciliterait et activerait la tâche de l'imprimerie, mais au détriment de la fidélité du texte; Victor Hugo répondit le 31 mai 1862 :

JAMAIS on n'a imprimé ni on n'imprimera la 1ère édition d'un de mes livres sans que je revoie les épreuves.

Ces lignes montrent quelle importance Victor Hugo attachait aux détails typographiques; il se donnait la peine de mentionner la page, la ligne contenant une faute, de recopier cette ligne qu'il corrigeait en regard; on s'en rendra compte d'ailleurs, en déchiffrant, aux Illustrations (page 411), le fac-similé d'une page de corrections; nous donnerons ici les remarques les plus amusantes, les observations les plus typiques relevées dans la correspondance; nous suivrons autant que possible l'ordre du roman, en indiquant le chapitre et le livre auxquels la correction et la lettre se rapportent.

9 janvier [1862].

Il est minuit, mon cher monsieur Lacroix; craignant de jeter à cette heure où la poste est fermée un si gros paquet à la boîte, je prends le parti de vous envoyer sur ce papier les corrections des quatre premières feuilles. Malgré des fautes graves et que je vous recommande, je donne le bon à tirer des feuilles 1 et 2, je redemande une deuxième épreuve des feuilles 3 et 4. Il est particulièrement important de mettre D. — partout au lieu de D...[1]; ne jamais mettre de points suspensifs où je n'en mets pas. Du reste ce mode de transcription me prendrait trop de temps et j'y renoncerai. Les épreuves, si vous me les envoyez de Bruxelles, vous coûteront bien cher. Si vous me les envoyiez de Paris, en prenant l'édition Claye pour étalon, grâce au traité du 1er janvier, elles ne coûteraient que deux sous la feuille *corrigée.* Autrement, elles vous reviendront à plus d'un franc. Je vous engage à peser cela. L'envoi fait de Paris serait sans inconvénient.

[1] Livre premier, chapitre 1.

Malgré sa résolution, Victor Hugo continuera *ce mode de transcription* jusqu'à la fin des épreuves.

[13 janvier.]
Dimanche. *Une heure après minuit.*

Comme vous le voyez, monsieur, il est impossible de ne pas demander une 2ᵉᵐᵉ épreuve pour presque toutes les feuilles. Sur onze feuilles corrigées je n'ai encore pu vous donner que quatre *bon à tirer* (feuilles 1, 2, 5 et 9) et encore ne suis-je pas sans inquiétude. Pourtant je rends justice à la correction préalable qui est supérieurement faite, et où je reconnais vos soins si attentifs et si intelligents. Mais, quoi qu'on fasse, l'œil de l'auteur est presque toujours nécessaire deux fois. Pour alléger autant que possible vos frais, je vous recopie les corrections, ce qui vous épargne le coût du retour des épreuves sous enveloppe par la poste. Mais cela me prend un temps précieux que je puis mieux employer dans votre intérêt, et je ne pourrai évidemment continuer ainsi. Songez quel avantage il y aurait pour vous à m'envoyer les épreuves de l'édition de Paris. Vous profiteriez du traité postal, et là où vous payez un franc, vous paieriez un décime. — Dans tous les cas ne pourriez-vous m'envoyer les épreuves sur papier moins épais, papier à lettre, collé, non transparent. Je rognerais les marges, et le retour des épreuves vous coûterait moins cher qu'avec ce gros papier. Pesez tout cela.

Dans les corrections qui accompagnent cette lettre nous relevons cette observation relative au *Conventionnel :*

[Livre 1ᵉʳ, chapitre x]

Pourquoi G***? Ce *** n'est point dans le manuscrit. Mettre partout G. Se défier des ... et des ***. Suivre le texte en tout. A cause des G*** et des mots à intercaler m'envoyer une 2ᵉᵐᵉ de la feuille vii.

Le 26 janvier, Victor Hugo se fâche ; lui qui, pour gagner du temps, s'astreint à un travail ennuyeux et fatigant, il n'obtient même pas des correcteurs une attention soutenue :

Je vous envoie la feuille 19 corrigée. Je voulais, pour gagner du temps, vous envoyer aussi la feuille 18, mais en l'examinant, j'ai reconnu qu'*elle n'avait pas été touchée,* que *pas une de mes corrections* n'avait été faite, et que par conséquent je me donnais beaucoup de peine pour n'arriver qu'à ce résultat de vous donner un 2ᵉᵐᵉ exemplaire des corrections indiquées par moi *inutilement* il y a huit jours. C'est ici vraiment le cas de faire une observation très sérieuse à votre correcteur qui, par sa négligence, cause un tel retard.

Passant au tome II, chapitre viii, à propos de cette phrase de Fantine, résignée à son sort :

... des souffrances, des inquiétudes, un peu de pain d'un côté, des chagrins de l'autre, tout cela me nourrira,

on avait imprimé *paix* pour *pain.*

Cette dernière faute, dit Victor Hugo, *paix* pour *pain*, reparaît. Je l'avais déjà corrigée sur la 1ʳᵉ épreuve. Pourtant je donne le bon à tirer, en recommandant extrêmement la correction.

Pour gagner quelques lignes et donner à la page finissant le chapitre VIII assez d'importance, les correcteurs n'avaient rien trouvé de mieux que d'indiquer deux alinéas dans le récit résumant la situation de Fantine :

Ici encore on a marqué deux alinéas qui ne sont pas dans le texte. Je le regrette et il m'est impossible d'y consentir. Une imperfection typographique (trois lignes seulement au haut d'une page) n'est rien à côté d'un contresens littéraire. A partir de : *Fantine jeta son miroir par la fenêtre*, jusqu'à : *cent sous par jour*, il y a, en bloc et sans reprendre haleine, tout un résumé de la situation désespérée de Fantine. Ce résumé ne peut se scinder. Il faut absolument qu'il se déroule sans s'interrompre de la première ligne à la dernière. C'est là ce qui donne au mot : *vendons le reste*, toute sa force. Il faut donc supprimer ces alinéas et rétablir le texte comme je l'avais indiqué, pages pleines. Ceci entraînant un remaniement et pouvant amener des fautes typographiques, je suis, à mon très grand regret, obligé de demander une 3ᵉᵐᵉ épreuve.

V. H.

En travers d'une page nous relevons deux variantes dans les titres des livres de la deuxième partie : *Cosette*.

V. *Meute muette, rude chasse.*
VIII. *Jean Valjean a une idée de Charles Quint.*

Lacroix, voulant publier la première partie en trois volumes et trouvant le tome I trop fort, demande à Victor Hugo de lui permettre de rejeter le chapitre *Petit-Gervais*, qui devait terminer le premier volume, au début du volume suivant. Immédiatement Victor Hugo répond :

Rejet d'un chapitre d'un livre à un volume suivant. Il faut éviter cela le plus possible. L'édition serait fort défigurée par là. Quant à *Petit-Gervais*, c'est absolument impossible. Ce chapitre est une conclusion. Du reste tout ce que vous m'écrivez à ce sujet vient en aide à ma lettre d'hier. Faites deux volumes.

Toutes ces dernières épreuves-ci sont beaucoup moins corrigées que les premières; elles sont surchargées de fautes de toutes sortes, et me prennent beaucoup de temps. Il faudrait ne m'envoyer les épreuves qu'après y avoir épuisé toutes les corrections possibles. Les premières étaient en ce genre des modèles.

Observation générale. — Toutes les fois qu'il y a une *virgule* avant un *et*, le correcteur ôte la virgule. Or, la virgule doit souvent être placée avant une conjonction; cela dépend du sens. *Suivez scrupuleusement ma ponctuation.*

Dans la lettre suivante, 5 février, Victor Hugo est forcé de revenir encore sur cette question :

Il ne faut ni supprimer mes alinéas ni en indiquer d'autres, cela peut entraîner de secondes épreuves.

Je fais la même observation générale pour ma ponctuation, qu'il faut suivre fidèlement.

Le 12 février, ce ne sont plus les imprimeurs, mais les grammairiens eux-mêmes qui sont sévèrement qualifiés :

Partout où il y a : bluets, mettre bleuets.
Bleuet vient de *bleu.* Ne tenir aucun compte de la stupide orthographe des dictionnaires qui sont tous faits par des ânes.

Dès le début de la seconde partie, les coquilles font leur apparition, quelques-unes vraiment trop fortes. Au chapitre v de *Waterloo,* un nuage horrible devient un nuage *honorable.*

Honorable pour *horrible* est une *horrible* faute. Pourtant je donne le bon à tirer.

Cinq feuilles plus loin, on avait imprimé : ... *le carnage au cordeau.* Cette fois, pas de *bon à tirer :*

Cette dernière faute, non-sens qui dénature le mot :
le carnage tiré au cordeau,
est grave. Il faudrait veiller à ce que de telles fautes ne me vinssent pas dans les deuxièmes épreuves. C'est ce qui me force à en demander de troisièmes. La faute ici est d'autant plus fâcheuse qu'elle entraînera un remaniement. Il faudra donc me renvoyer cette page.

Pour le livre sixième : LE PETIT-PICPUS, Victor Hugo renouvelle l'observation appliquée aux noms de peuples dans *la Légende des Siècles :*

Oter toutes les majuscules de toutes les dénominations d'ordres religieux sans exception. (J'entends les noms collectifs comme bernardines, camaldules, etc., et non les noms de lieux comme Cîteaux, Valombrosa, etc.) Sans ces malencontreuses majuscules, que n'autorise en aucune façon le manuscrit, j'aurais pu donner le bon à tirer.

Au chapitre vi du livre *Parenthèse,* livre si discuté, loin de faire des coupures, Victor Hugo indique une intercalation :

Il y a, nous le savons, d'illustres et puissants athées. Ceux-là, au fond, ramenés au vrai par leur puissance même, ne sont pas bien sûrs d'être athées, ce n'est guère avec eux qu'une affaire de définition, et, dans tous les cas, s'ils ne croient pas Dieu, étant de grands esprits, ils prouvent Dieu.
Nous saluons en eux les philosophes, tout en qualifiant inexorablement leur philosophie.

Plus loin, les typographes belges, lisant mal le latin, s'entêtaient à imprimer *crexit* pour *erexit,* un *c* au lieu d'un *e;* cette faute soulignée deux fois est mentionnée séparément dans la lettre à Lacroix.
Après avoir exposé les sentiments religieux que le séjour au couvent fait naître dans

l'âme de Jean Valjean, Victor Hugo veut établir une ligne de démarcation entre ses idées et celles de son héros, et il indique cet alinéa dans le chapitre *Clôture :*

Ici toute théorie personnelle est réservée; nous ne sommes que narrateur; c'est au point de vue de Jean Valjean que nous nous plaçons, et nous traduisons ses impressions.

Au premier chapitre du livre PATRON-MINETTE, après avoir indiqué cette petite intercalation :

Les voleurs sont pleins d'une ombre capable de flamboiement,

Victor Hugo s'aperçoit que sa phrase complémentaire : « Toute lave commence par être nuit » a été défigurée ainsi par les compositeurs :

Toute *cave* commence par être nuit.

Dans le même livre, donnant le portrait de Babet, l'épreuve lui montre cette profession bizarre attribuée au bandit :

Il avait été *prêtre* chez Bobèche et paillasse chez Bobino.

Cette ligne indique le mécontentement :

Peu de fautes, mais graves.

Une deuxième épreuve est demandée pour rétablir le mot *pitre.*

Dans l'exposé de la situation politique en 1830 placé en tête de la quatrième partie, deux détails avaient étonné Lacroix. Il avait fait suivre d'un point d'interrogation la phrase reprochant à Louis-Philippe les fautes de son règne et il avait souligné la phrase expliquant *la situation dans laquelle il fallait user Lafayette à défendre Polignac.*
Victor Hugo s'étonne de l'étonnement de Lacroix :

Je ne m'explique pas votre ? en face du mot *Blaye;* dites-moi, je vous prie, votre pensée.
De même que votre —— sous :
défendre Polignac. Si Lafayette, en décembre 1830, n'avait pas, rue de Tournon, le prince de Craon *et moi* lui donnant le bras, harangué le peuple prêt à forcer le Luxembourg, Polignac eût été tué par la colère publique sur son banc d'accusé. —— N'est-ce pas là le *défendre?*

Plus loin, au livre VI, Lacroix avait accusé l'auteur d'anachronisme; de plus, un mot, bizarre, se répétait dans deux chapitres très différents :

Livre VI (*le Petit Gavroche*), ch. II, après kcksekça?
Dans la phrase qui suit, remplacer le mot *Ogibbewas* par le mot *Batocudos.*
(Il faut, bien entendu, laisser le mot *Ogibbewas* dans le chapitre du père Gille-normand. Vous croyez, par erreur, que ce mot est postérieur à 1840. Vancouver parle des Ogibbewas.)

Dans la même lettre, cette indication qui devait déconcerter les correcteurs belges :

maintenir *Bruqueselles.*

On se rappelle que c'est ainsi que Thénardier prononce le nom de la capitale de la Belgique.

Au livre *l'Argot,* suppression d'un passage :

Les amants, avec leurs charmants diminutifs et leurs augmentatifs passionnés, parlent argot.

En lisant le deuxième chapitre de *la Maison de la rue Plumet,* Lacroix s'était élevé contre l'obligation imposée à Jean Valjean, vieux, de faire son service de garde national. Victor Hugo commence sa lettre du 24 avril en réfutant cette observation :

Vous oubliez dans votre observation, page 173, que Jean Valjean n'a pas d'état-civil, ne dit pas son âge, n'a que 60 ans en 1829, et qu'enfin, loin d'éviter la garde nationale, il en est charmé ; il désire en être.

Pourtant, après réflexion, Victor Hugo sent la nécessité d'aller au-devant des objections :

Tout bien considéré, mon cher monsieur Lacroix, votre observation pouvant être faite par d'autres, il faut y avoir égard et aller au-devant. Veuillez donc intercaler les quelques lignes que voici :
Jean Valjean venait d'atteindre ses soixante ans, âge de l'exemption légale ; mais il n'en paraissait pas plus de cinquante ; d'ailleurs, il n'avait aucune envie de se soustraire à son sergent-major et de chicaner le comte de Lobau ; il n'avait pas d'état-civil ; il cachait son nom, il cachait son identité, il cachait son âge, il cachait tout ; et, nous venons de le dire, c'était un garde national de bonne volonté.

Une correction non observée dans *la Guerre entre quatre murs* amène ce mot amer sous la plume de l'auteur :

Bon à tirer. A regret.

Dans l'histoire de l'égout, il est parlé du faux soleil de Mokannâ ; les imprimeurs en avaient fait un *fameux* soleil et s'étaient attiré cette réflexion :

Prenez garde à votre *fameux* soleil, qui est un *fameux* contresens.

L'éditeur avait souligné le mot : *récri,* à propos de travaux opérés dans l'égout *au grand récri des habitants ;* l'auteur demande :

Quelle a été votre idée, en soulignant *récri* qui est de la bonne vieille langue française ?

Variante de titre au chapitre VII : QUELQUEFOIS ON ÉCHOUE OÙ L'ON CROIT DÉBARQUER :

L'EXTRÉMITÉ.

Revenant en arrière et relisant sur l'édition de Paris, Lacroix fait un petit relevé « d'erreurs laissées dans la précipitation et la fatigue de l'esprit »; à propos du livre : *Javert déraillé,* il demande des éclaircissements sur ces passages [1] :

Certes, cela était étrange que le chauffeur de l'ordre... *puisse* être désarçonné... que l'incommutable *puisse* fléchir... qu'il y *ait...*

A la même page il souligne cette phrase :

Dieu toujours intérieur à l'homme, et réfractaire, lui, la vraie conscience, à la fausse, défense à l'étincelle de s'éteindre, ordre au rayon de se souvenir du soleil, etc...

L'éditeur trouvait que dans cet alinéa « qui condense en quelques lignes une masse de belles idées et de splendides images, dans un style coloré, nerveux, à la Tacite, la pensée est trop condensée, au point de vue du lecteur ordinaire, et cette double forme : *Dieu toujours intérieur... défense à l'étincelle,* l'une active pour ainsi dire et l'autre passive, ne serait-elle pas trop élevée pour le commun des lecteurs, trop savante, trop concise ? »

Un peu plus loin, dans la note rédigée par Javert, il demande :

Les visitants de la Force.
Faut-il *visitants* ou *visiteurs?*

Sur quelques fautes d'impression laissées dans la seconde partie, Victor Hugo lui donne raison, mais sur le reste...

Permettez-moi de vous dire que vous vous trompez dans vos questions grammaticales. Vous oubliez qu'il y a *un point* après : *étrange.* Dans tous les cas, on dit indifféremment : Cela l'étonnait que Paris soit si grand, ou que Paris fût si grand. *Soit* vaut mieux si l'on veut exprimer la permanence du fait. Et c'est précisément le cas pour le phénomène qui accable Javert. Laissons donc le texte tel qu'il est. De même pour la phrase concise. Vous si intelligent, quelle concession aux imbéciles me proposez-vous là ! on n'est jamais trop concis. La concision est de la moelle. Tacite dit à chaque ligne : tant mieux pour les intelligents, tant pis pour les idiots ! *Visitants* est le mot administratif.

Bruxelles possédant la rue des Fossés-aux-Loups, les correcteurs belges avaient ainsi modifié la phrase de Boulatruelle suivant Jean Valjean à travers les taillis :

Prenons par la rue de Rivoli-des-Loups.

Victor Hugo s'insurge :

Vos deux traits d'union et votre L, grosses fautes.

Le roman ayant paru, Victor Hugo se préoccupe des remaniements pour les éditions futures, ainsi qu'en témoigne ce petit billet :

11 octobre 1862.

Voici, pour les réimpressions des *Misérables,* les variantes annoncées. Je les indique sur l'édition de Paris, n'ayant pas sous la main en ce moment l'édition de Bruxelles.

[1] Voir page 161 de ce volume.

Il importe que Thénardier ne sache pas le nom de Pontmercy; ce qui entraîne le changement suivant : (3ᵉ partie *Marius*, tome 6, p. 211, l. 17) Au lieu de : un général appelé le comte de Pontmercy !

il faut :

un général appelé le comte de je ne sais quoi. Il m'a dit son nom; mais sa chienne de voix était si faible que je ne l'ai pas entendu. Je n'ai entendu que *Merci*. J'aurais mieux aimé son nom que son remercîment. Cela m'aurait aidé à le retrouver.

Plus bas, même page, ligne 21, au lieu de : le général Pontmercy, il faut : ce général.

5ᵉ partie. *Jean Valjean*. Tome 10, même édition, p. 263, après la ligne 1, intercaler cet alinéa :

Quant au nom de Pontmercy, on se rappelle que, sur le champ de Waterloo, il n'en avait entendu que les deux dernières syllabes, pour lesquelles il avait toujours eu le légitime dédain qu'on doit à ce qui n'est qu'un remercîment.

Le 29 mars 1863, Victor Hugo, n'ayant pas encore obtenu satisfaction, écrit :

Permettez-moi de vous rappeler que les épreuves que je réclame avec le plus d'insistance (déjà *cinq* fois, sans reproche) ce sont les épreuves des variantes très importantes que je vous ai envoyées en octobre 1862, voilà six mois, *sur le nom de Pontmercy mal entendu à Waterloo par Thénardier*, les changements portant sur un passage du *Mauvais pauvre* (T. VI) et de la *bouteille d'encre qui ne réussit qu'à blanchir* (Tome X). Je vous envoyais ces variantes en hâte en vous en demandant épreuve immédiate et en vous prévenant que je n'en avais pas gardé copie. Faites enfin droit à ma réclamation. Envoyez-moi les épreuves de ces variantes nécessaires pour l'édition in-18 le plus vite possible.

NOTES DE L'ÉDITEUR.

I

HISTORIQUE DES *MISÉRABLES*.

Nous avons retracé, dans l'historique du volume précédent, les diverses phases de la fabrication du livre et suivi attentivement la marche de la publication. Nous pensions avoir épuisé le sujet en donnant plusieurs lettres de Victor Hugo et la plupart des lettres d'Albert Lacroix, mais, au moment où nous nous préparions à remettre à l'Imprimerie nationale la copie de ce dernier historique, une vente importante avait lieu, le 18 février 1909, à l'hôtel de la rue Drouot, et nous mettait en possession des lettres de Victor Hugo à Albert Lacroix sur *les Misérables*.

LES LETTRES DE VICTOR HUGO.

Cette précieuse et volumineuse correspondance de plus d'une année laisse intact notre récit; elle nous force nécessairement à revenir — oh! très brièvement — sur la conversation engagée entre Victor Hugo et Albert Lacroix dans notre précédente notice. Car, en réalité, ces documents inédits qui couronnent l'historique des *Misérables* apportent un élément entièrement nouveau; en dehors de l'attrait puissant qu'offrent des lettres de Victor Hugo, nous y voyons la vie du poète se dérouler heure par heure devant nos yeux; et ce chapitre que nous ajoutons ici malgré ses liens de parenté avec l'historique précédent nous donne de nouveaux renseignements sur l'œuvre des *Misérables* et sur sa publication.

Victor Hugo est retiré à Guernesey; il a voulu passer ces longs mois seul dans son île, il n'a plus ses amis autour de lui; il a besoin de tout son temps et de tout son recueillement. Ce sont les conditions nécessaires pour qu'il puisse mener à bonne fin cette tâche immense. S'il a tiré de sa malle aux manuscrits ses *Misérables* écrits de 1846 à 1848, ce n'est pas seulement pour les reviser, c'est pour les compléter : combien de volumes donnera-t-il? six, huit, neuf ou dix? Il l'ignore encore.

Il travaille de 6 heures du matin à 11 heures; deux heures de halte pour le déjeuner et la réflexion, et il reprend de 1 heure de l'après-midi à 6 heures; puis il abandonne le manuscrit, et il corrige les épreuves de 8 heures du soir à minuit, parfois même jusqu'à 2 heures du matin. Il va porter le paquet lui-même à la poste pour gagner du temps. Quatorze et même seize heures de travail par jour! qu'importe. Il subit un entraînement, presque sans s'apercevoir de la fatigue. Tout au plus s'en plaint-il une ou deux fois, lorsqu'il veut faire sentir à ses éditeurs qu'ils pourraient surveiller plus attentivement les corrections et lui épargner une besogne inutile.

Car il n'est pas obligé seulement de revoir et de compléter son livre, de fournir sans cesse de la copie, éloigné de ses éditeurs et de ses imprimeurs, il est contraint de diriger à distance les opérations pour la correction, la mise en pages, la publication; de là cette correspondance presque quotidienne qui lui impose un surcroît de labeur; il ne s'astreint pas uniquement à donner ses instructions au point de vue de la confection matérielle du livre (et on sait que sur ce point il est attentif, scrupuleux, méticuleux), mais il doit répondre à des observations sur tel ou tel chapitre qui paraît à Lacroix d'une trop grande hardiesse ou d'une philosophie trop profonde. Il discute, il défend ses idées, il accueille les remarques avec patience et bonhomie, mais si on agite devant lui les menaces des rigueurs administratives, il se montre résolu à braver le péril; si on fait défiler devant ses yeux la légion des contrefacteurs qui vont le piller, il conserve toute sa sérénité en apprenant à ses éditeurs qu'on ne combat la contrefaçon qu'en la faisant soi-même.

Dans ces lettres, d'une écriture très fine sur papier pelure, avec l'adresse inscrite sur le recto, l'enveloppe étant un luxe postal assez coûteux, Victor Hugo se montre tantôt charmant, caressant, élogieux pour ses collaborateurs, tantôt sévère ou un peu maussade quand il surprend des faiblesses ou des négligences; mais il ne laisse voir que la pointe de la griffe.

En septembre 1861, Victor Hugo annonçait à ses éditeurs que son roman serait divisé en trois parties:

L'action du livre est une; les trois parties existent sous des titres spéciaux, mais tout le livre tourne autour d'un personnage central qui le résume. C'est le drame social, mêlé par moments, comme cela doit être, au drame politique.

Le 12 octobre, autorisant Lacroix à annoncer *les Misérables*, il donne les titres des trois parties:

... La première intitulée: *Fantine*, la seconde *Cosette et Marius*, et la troisième *Jean Valjean*, qui seront comme les trois actes du drame social et historique du dix-neuvième siècle. Ajouter que l'ouvrage aura sept ou huit volumes, et que chaque partie fera une sorte de tout, ou de drame distinct tournant autour d'un personnage central.

Sept ou huit volumes; cela fait réfléchir Lacroix qui demande alors que l'ouvrage soit divisé en quatre parties. Victor Hugo, dans sa réponse du 10 novembre, y voit « plus d'une difficulté ».

Pourtant ce point était important à fixer; Lacroix, qui avait acheté *les Misérables* depuis un mois à peine, se préoccupait déjà de la rédaction d'un prospectus et demandait à Victor Hugo des conseils:

Il devrait être très court, lui répond Victor Hugo le 17 novembre, ne déflorer le livre en aucune façon, parler surtout de *Notre-Dame de Paris*, car on a mauvaise grâce à parler de l'avenir et bonne grâce à rappeler le passé, et dire ceci en substance: « — Après le moyen-âge, le temps présent; telle est la double étude de Victor Hugo. Ce qu'il a fait pour le monde gothique dans *Notre-Dame de Paris*, il le fait pour le monde moderne dans *les Misérables*. Ces deux livres seront dans son œuvre comme deux miroirs reflétant tout le genre humain. »

On a vu, au volume précédent, le refus énergique que Victor Hugo avait opposé à la publication des *Misérables* en feuilleton; Lacroix pourtant ne se tenait pas pour battu puisqu'il avait entamé d'autres négociations que Victor Hugo, d'ailleurs, arrêta immédiatement par cette lettre du 18 décembre:

J'extrais ces quelques lignes d'une lettre de M. Paul Meurice où il me parle de vous bien sympathiquement:

« Nefftzer lui demande pour *le Temps* le droit de donner à ses abonnés le livre en prime à prix réduit. Rien de mieux. Mais il ne faut pas, je crois, que cette combinaison se fasse ou même s'annonce trop tôt. Avec un bénéfice cent fois moindre, vous auriez l'inconvénient que je vous signalais pour la publication en feuilleton. »

M. Paul Meurice a cent fois raison. Ne mêlez pas de journal à cette affaire, si vous ne voulez pas tout perdre. En prime ou en feuilleton, *le danger dont nous avons tant parlé est le même.* Quand le livre aura paru en entier, vous ferez ce que vous voudrez. Vous n'aurez plus rien à craindre, il circulera librement. Si donc vous faites quelque combinaison du genre de celle qu'indique M. P. Meurice, ajournez-la jusqu'après la publication totale du livre. Ceci est la condition *expresse* de votre réussite. N'innovez pas dans le mode de publier en France un livre de moi. Suivez le chemin battu qui a réussi aux *Contemplations* et à *la Légende des Siècles.*

Je ne saurais, monsieur, trop insister sur ceci, que je recommande à votre excellent et sage esprit.

En janvier 1862, Victor Hugo ignorait encore quelle serait la véritable étendue de son œuvre. Il ne pouvait fixer le nombre des volumes et n'avait pas encore définitivement arrêté leurs divisions. Il avait cependant pris une résolution, c'est que chaque partie devait avoir deux volumes.

Lacroix, qui considérait que chaque volume serait alors trop compact et nécessiterait de plus gros frais de papier et d'impression, voulait diviser la première partie en trois volumes :

Je regrette, écrit Victor Hugo le 9 janvier, que, malgré mon observation faite en vous remettant le manuscrit, vous fassiez trois volumes des deux premiers. Vous déconcerterez les petites bourses, je le crains. En deux volumes, vous auriez vendu 30,000 exemplaires de la 1re partie, petit format, en un mois. Vos trois volumes feront cher le format bon marché. Je désire vivement me tromper.

Ce que j'ai ajouté sur Waterloo est terminé. Cela commence la seconde partie, et, je crois, portera coup. J'attache le plus grand prix à votre impression. Ce que vous m'écrivez me fait un vif plaisir.

Victor Hugo ouvrait ainsi à Lacroix la voie à la critique.

Lacroix avait admiré Waterloo, et Victor Hugo répondait le 14 janvier à minuit et demi :

Votre gracieuse lettre me fait un vif plaisir. Je compte en effet que ce livre sur Waterloo ira au but.

L'accord le plus parfait régnait entre l'auteur et l'éditeur sur les péripéties dramatiques du livre. Lacroix était rempli d'un bel enthousiasme, et Victor Hugo recevait avec satisfaction l'écho de ces impressions ; les nuages ne s'amoncelaient qu'à propos des épreuves. Ce n'était pas toujours la faute de Lacroix si elles ne parvenaient pas à Guernesey à l'heure dite, et ce n'était pas la faute de Victor Hugo si elles subissaient quelques retards à l'arrivée à Bruxelles. Il y avait la mer, les tempêtes, des paquebots qui ne partaient pas tous les jours, et le dimanche anglais que Victor Hugo maudit particulièrement le 26 janvier :

Admirez le dimanche anglais, la tempête a empêché le packet d'arriver avant ce matin, mais comme c'est dimanche, la distribution ne s'est pas faite, de sorte que j'aurai seulement demain lundi votre envoi que j'aurais dû recevoir hier samedi. Et cette ineptie est régnante, précisément chez le peuple qui dit : *Time is money.*

Victor Hugo n'est pas content. Est-ce qu'on s'inquiéterait des tempêtes, du dimanche anglais, des départs de paquebots, si les correcteurs, étant plus attentifs, ne lui renvoyaient pas les épreuves avec les mêmes fautes ? Que de voyages on éviterait ! Lacroix saisit le reproche au bond en insinuant que si Victor Hugo était à Bruxelles, toutes ces petites difficultés seraient aisément surmontées, et il s'attire aussitôt cette riposte, le 28 janvier :

Ma santé ne me permettrait pas en ce moment le voyage de Bruxelles. Pourtant ne regrettez rien, car il serait contraire à vos intérêts. Je fais à cette heure en trois mois un travail de six mois, un travail énorme, et je ne le ferais pas si je n'avais point la solitude.

Le voyage de Bruxelles ne me serait possible qu'après ce *grand coup de feu* passé.

Coup de feu terrible, car le 30 janvier, à 2 heures du matin, il écrivait :

Je vais jeter ceci moi-même à la poste, mais c'est le milieu de la nuit. Le bureau est fermé.

Je n'ai pas une minute. C'est un effrayant travail de faire marcher cela de front avec la dernière main au manuscrit.

Lacroix ne voit que la fabrication du livre, la correction des épreuves, l'impression de la copie, mais Victor Hugo est bien obligé de lui rappeler, le 4 février, que son œuvre n'est pas encore achevée et qu'il doit se partager entre des besognes multiples :

Réfléchissez. Si je passe la nuit à corriger les épreuves, je ne puis travailler le matin, et ce que vous gagnez du côté de l'impression, vous le perdez du côté du manuscrit. Il serait fâcheux que je fusse forcé de renoncer à certains développements. Il serait regrettable, par exemple, que le temps m'eût manqué pour écrire Waterloo.

C'est qu'en effet, dans les premiers jours de février, Victor Hugo ne savait pas encore d'une façon définitive à quels développements il serait conduit. S'il possédait toute la moelle du roman, il avait été néanmoins amené à introduire dans les premières parties des chapitres nouveaux, et, s'il avait ébauché dans son esprit le dénouement, il ne pouvait discipliner une imagination qui lui ouvrait sans cesse de plus larges horizons. Le 5 février, il voit la « probabilité » de cinq parties. Il en avertit Lacroix.

... J'insiste plus que jamais sur l'évidente utilité de revenir à la division par deux volumes. Plus j'avance dans la révision, plus je vois la probabilité de cinq parties au lieu de quatre, ce qui ferait au moins 9 volumes et probablement 10. Cela ferait quinze volumes avec les parties délayées en trois. Le succès en serait absolument compromis, et il me serait impossible de rien préjuger désormais. A 2 volumes par partie, je crois au plus grand succès que j'aie encore eu.

A 5 fr., quinze volumes feraient 75 fr. A 6 fr., ils feraient 90 fr. Ce seul livre coûterait plus que la collection entière de mes œuvres complètes. Je vous fais toucher du doigt que c'est impossible. Ce serait désastreux. Vous reviendrez, je n'en doute pas, aux deux volumes. Le public sera content, l'auteur aussi, vous surtout. Je vous recommande dans votre suprême intérêt le retour aux deux volumes. 450 pages. Ce sera riche et beau. Avec cela immense succès.

LE PETIT-PICPUS ET PARENTHÈSE.

Lacroix devenait songeur. Des volumes de 450 pages au lieu de 300 et au même prix ! C'était coûteux ! En revanche quel excellent lancement pour l'œuvre ! Lacroix consentait donc à s'incliner devant le désir de Victor Hugo. Mais il lui avait semblé que sa résignation l'autorisait à quelque hardiesse. Il demandait dans la seconde partie : Cosette, des coupures dans *Petit-Picpus* et la suppression de *Parenthèse*. Disons-le immédiatement, il n'y avait pas, dans sa pensée, un calcul d'économie. Mais, en se soumettant aux avis de Victor Hugo, il jugeait l'occasion propice pour émettre quelques critiques qui seraient d'autant plus favorablement accueillies qu'elles venaient à une heure où il donnait des preuves de sa bonne volonté. Peut-être, en toute autre circonstance, aurait-il été moins audacieux; il ne proposait d'ailleurs que très timidement ces suppressions, et seulement parce que ces chapitres de « description » et de « philosophie » risquaient, en ralentissant l'action, d'affaiblir le succès.

Ceux qui ont connu Victor Hugo savent à quel point il était respectueux de son œuvre; si on pouvait obtenir de lui une concession pour un mot ou une phrase, on se heurtait à une résistance implacable lorsqu'il était question de sacrifier un développement ou un chapitre; et cette résistance s'accentuait encore davantage lorsqu'on invoquait un intérêt d'ordre matériel.

Aussi avec quelle fierté il condamnera certaines propositions; car enfin il a eu ses raisons pour écrire tel ou tel chapitre; il n'a pas voulu faire un roman qui ne contiendrait que des scènes de roman, il a voulu y mêler de l'histoire, de la philosophie; c'est précisément ce qui distingue *les Misérables* de 1862 des *Misérables* de 1846-1848; dans cette période de quinze années une évolution s'est produite dans son esprit, évolution politique et évolution sociale, et c'est au moment où il l'affirme par des chapitres nouveaux que Lacroix intervient. On comprend sa surprise, sa déception. Et s'il est disposé à écouter, sinon à suivre, les conseils de son éditeur, il n'en débute pas moins par des phrases qui ont des allures de catilinaire :

Tu quoque! vous aussi, vous-même, noble et rare, esprit, vous voyez la petite question avant la grande, et le succès avant la beauté. Eh bien, cela a un côté juste, et je reconnais que, si élevée que soit une intelligence, fût-ce la vôtre, l'homme de l'affaire doit dans une certaine mesure peser sur l'homme de l'idée. Je ne rejette aucune opinion sans l'entendre, à plus forte raison quand elle vient d'un homme comme vous. Envoyez-moi donc, courrier par courrier, car nous n'avons pas *une seconde* à perdre, et tous ces petits remaniements prennent du temps, envoyez-moi *in haste* les deux livres *Petit-Picpus* et *Paren-*

thèse, avec l'indication au crayon des abréviations ou des suppressions que vous souhaiteriez. J'examinerai. Quant au livre *Waterloo*, vous reconnaissez vous-même, et cela est évident, que c'est un puissant intérêt de curiosité et d'histoire ajouté au livre. Ne perdez pas une minute pour m'expédier les deux livres en question. Je ne puis faire ces indications-là, si je m'y décide, que sur la copie.

Cette lettre était du 12 février, il fallait bien attendre six jours avant d'avoir la réponse.

Et la réponse n'était-elle pas déjà implicitement indiquée dans ces mots : « Si je m'y décide ». C'est qu'en effet, il y avait de sa part surtout un acte de courtoisie; car sa résolution était arrêtée. Lacroix avait pensé se placer sur un excellent terrain en adressant sa requête au moment où il faisait sonner assez haut « le sacrifice » qu'il avait consenti en divisant chaque partie en deux volumes au lieu de trois et en offrant au public des volumes de 400 pages, mais Victor Hugo, le lendemain même, le 13 février, raillait un peu la prétendue munificence de Lacroix :

Ne me parlez pas, je vous prie, du sacrifice que vous faites; vous faites, en donnant au public deux bons volumes, ce que feraient tous les éditeurs, et ce qui était convenu. 6 francs est un très fort prix. Les volumes des *Girondins* contenaient plus de matière encore, et ne coûtaient que 6 francs. Les volumes de mes œuvres, édition Houssiaux, contiennent un bon tiers de plus, et ne coûtent que 5 francs. Permettez-moi donc de ne voir là-dedans aucun sacrifice. Je vous apprécie par tant d'autres côtés, et vous avez tant de mérites réels, que vous devez être le premier à ne pas vouloir d'un mérite factice. Si, comme je l'espère de plus en plus, vous avez dix volumes, c'est-à-dire *deux volumes par-dessus le marché*, vous pourrez bien continuer de rimer en *fice*, mais il faudra dire : *bénéfice*, et non *sacrifice*.

Je ris, cher monsieur, car je suis très content de vous voir dans l'excellente voie où votre sens si droit et si net doit toujours vous maintenir.

Pendant que la correspondance s'engageait ainsi sur le mode de publication du livre et sur certains chapitres de l'œuvre, on avait poursuivi activement, tant à Paris qu'à Bruxelles, l'impression de la première partie. Les deux volumes se trouvaient prêts, et Victor Hugo était particulièrement préoccupé des indiscrétions possibles. On pouvait redouter les bavardages, les récits, peut-être des communications trop hâtives ou même des tentatives de détourner les ouvriers de leur devoir de discrétion professionnelle.

Déjà, le 7 février, Victor Hugo avait fait part de ses inquiétudes à Lacroix :

Voici un avis qui me parvient. La lettre m'arrive par l'occasion du *Weymouth* et vient d'une personne que je ne connais pas. J'en coupe les lignes que voici :

« Je puis vous assurer qu'il y a ici quelqu'un qui se vante, qui s'est vanté à moi-même (à condition de n'être pas nommé), de connaître *les Misérables*, et d'avoir eu la seconde partie, *Cosette*, entre ses mains. »

Je n'attache à cette lettre qu'une importance relative. Cependant, pour le cas où il y aurait là quelque chose de fondé, je signale le danger à votre attention. Il importe au plus haut point que le manuscrit ne soit communiqué à qui que ce soit. Méfiez-vous des *offreurs d'avis*, qui, sous un air de sollicitude, ne songent qu'à satisfaire leur curiosité.
... Ne communiquez donc, je vous prie, le manuscrit à personne, pas même à votre meilleur ami. J'accepte le jugement du public, et surtout le jugement de la postérité; mais non les opinions individuelles. Pour un livre comme celui-ci, il faut tout le monde — ou personne.

Mais Victor Hugo craignait par-dessus tout la poste, qui, sous l'empire, ne donnait pas l'exemple d'une rare délicatesse; et cependant il lui fallait, pour la table de la première partie, les deux volumes en bonnes feuilles, ces bonnes feuilles ne pouvaient guère passer inaperçues à la poste. Que faire ? Si on les déguisait; si on leur mettait un costume, on ne les reconnaîtrait pas plus que quand nous nous grimons un soir de carnaval; et voici ce qu'il imagine le 15 février :

Envoyez-moi les bonnes feuilles tirées jusqu'à ce jour. Pour diminuer les frais, vous pourriez les envoyer par la poste en deux volumes brochés avec une couverture portant pour titre : *Œuvres de Voltaire* ou : *Traduction de l'Iliade*, n'importe quoi, qui n'éveillât pas l'attention et la curiosité des post-men.

Victor Hugo menait de front plusieurs tâches : la correction des volumes en cours, la revision des volumes suivants et le manuscrit de la dernière partie. C'était un travail considérable et compliqué. Aussi, lorsque, le 18 février, il recevait, non le manuscrit des deux livres, mais une lettre de Lacroix datée du 16 février, contenant simplement des indications de coupures dans *Petit-Picpus* et la demande de suppression de *Parenthèse*, il répondait aussitôt :

Des coupures brutales sont impossibles, il faut des raccords. Je ne puis faire des raccords que sur le manuscrit. Envoyez-le-moi donc bien vite. La suppression pure et simple de *Parenthèse* n'est pas possible. Je ne puis introduire un couvent dans *les Misérables* pour le louer seulement. Il faut des restrictions. Elles sont dans *Parenthèse*. Il faut que je les choisisse là. Une page ou deux suffisent, mais il les faut... Je suis arrivé précisément à un point de la revision du manuscrit où les modifications faites à *l'épisode Couvent* doivent influer, et me voilà arrêté. Si j'avais reçu, comme j'y comptais, le manuscrit aujourd'hui, je continuais sans une minute de temps d'arrêt. Vous n'avez pas fait ce que ma lettre vous demandait : *huit jours de perdu.*
Paralysé comme je suis par ce petit incident, il m'est impossible de vous faire aucune réponse sur ce qui concerne la 5e partie de plus en plus probable. Mais je vais pas à pas, et toujours devant moi, ayant pour système et pour nécessité de ne rien laisser derrière; car il faudrait recommencer, et cela ne finirait pas. *Marcher vite, et toujours en avant* doit être notre loi.

Réponse de pure courtoisie, car le 23 février Victor Hugo laisse comprendre qu'il vaudrait mieux ne pas « retrancher » ou « châtrer *Petit-Picpus* et *Parenthèse* qui font partie de l'histoire et de la philosophie du livre ». Il tient tellement à son idée qu'il la soutient avec énergie. Dans la pensée de Lacroix, un peu d'histoire et de philosophie risque de ralentir l'action. Qu'à cela ne tienne, Victor Hugo a trouvé un moyen de détruire cet argument, et, en envoyant la préface, il le propose le 25 février :

La 1ʳᵉ partie pourrait paraître le 15 mars. — La 2ᵉ le 25 mars. — La 3ᵉ le 5 avril.

Précipiter la 3ᵉ partie sur la seconde, cela supprime tout à fait l'effet de refroidissement (tout momentané et fugitif) que vous craignez à cause des développements historiques et philosophiques (*Petit-Picpus-Parenthèse*). La 3ᵉ partie s'achève sur le drame tout chaud et en pleine palpitation.

Je vais m'occuper de la 4ᵉ. Là, j'ai un certain travail. Je ferai en sorte de ne rien retarder ; allez aussi vite que vous voudrez.

Mais si Victor Hugo dit : « allez aussi vite que vous voudrez », se portant garant de son exactitude dans le renvoi des épreuves corrigées et de la copie, Lacroix, qui juge la question en éditeur et fait reposer la rapidité d'une publication sur la présence de l'auteur dans le voisinage des ateliers d'imprimerie, réclame toujours et sans cesse la venue de Victor Hugo à Bruxelles ; le 27 février, Victor Hugo répond :

Permettez-moi de vous faire remarquer que du moment où l'engrenage des envois d'épreuves est fait, toutes se succédant sans interruption, comme vous pouvez en juger, il n'y a d'autre retard occasionné par Guernesey que les huit premiers jours. La dépense de cette semaine-là une fois faite, tout marche aussi vite que si j'étais à Bruxelles. J'aurais beau faire, de front avec la révision du manuscrit, je ne pourrais corriger par jour plus d'épreuves que je

n'en corrige. Cela me mène quelquefois assez avant dans la nuit.

Victor Hugo avait, à Guernesey, sa vie bien organisée ; toutes ses heures étaient réglées, il était là dans son cadre et son milieu, il était entraîné. Pressé d'envoyer la copie d'un roman qu'il n'avait pas entièrement achevé, il comprenait bien qu'un déplacement, en dérangeant ses habitudes, amènerait d'abord une brusque interruption dans son travail ; ensuite, installé à Bruxelles, il deviendrait l'esclave des éditeurs et des imprimeurs, étant contraint de subir leurs heures et leurs convenances pour les corrections ; le temps réservé à son manuscrit eût été morcelé, réduit ; il eût été obligé de travailler dans la fièvre sans pouvoir jouir de la liberté d'esprit nécessaire ; si convaincu qu'il fût des avantages de la solitude, il sentait bien que son absence serait incriminée si quelque accroc survenait dans la correction et la publication ; aussi tenait-il dans ses carnets une comptabilité détaillée de la réception et du renvoi des épreuves et des envois de sa copie ; il voulait être armé le jour où il serait en butte à quelques reproches ; en effet, à la fin de février et au début de mars, Lacroix se plaignait des retards provoqués par les voyages répétés des épreuves. Cette offensive étant prévue, le 4 mars Victor Hugo riposte avec une belle véhémence :

Je ne dis pas que Bruxelles est le loup, mais, à coup sûr, Guernesey est l'agneau. Jugez plutôt.

Il y a des retards, Bruxelles s'en plaint :

1° L'impression qui devait, de convention expresse, commencer le 25 décembre, commence le 8 janvier. Retard. Imputable à qui ?

2° Guernesey avait livré deux volumes. Bruxelles veut en faire trois. Perte de temps à tâtonner sur cet allongement pendant trois semaines, puis retour raisonnable aux deux volumes. Retard. Imputable à qui ?

3° Bruxelles commence par corriger admirablement les épreuves, puis se relâche, et me renvoie jusqu'à deux et trois fois les mêmes fautes, rendant ainsi des *troisièmes* épreuves nécessaires. Retard. Imputable à qui ? ·

4° Voilà quinze jours aujourd'hui que vous auriez pu prendre livraison de la 3ᵉ partie. Vous semblez n'y pas songer. Je vous ai averti pourtant, et je vous avertis encore. Le manuscrit est là qui attend. La troisième partie pourrait et devrait être sous presse. Elle n'y est pas. *Il y aura retard dont vous vous plaindrez.* Retard imputable à qui ?

Vous voyez bien que Guernesey est l'agneau.

J'ajoute ceci : toutes les fois que, changeant ce qui a été débattu et convenu entre nous (question des *trois volumes*, question du *petit format*, question de *Waterloo ne tombant point en belle page*, etc.), toutes les fois que, par de l'imprévu de ce genre, vous me faites écrire lettres sur lettres, et de longues lettres, c'est autant de temps de perdu pour la correction des épreuves et la révision du manuscrit. Retard. Imputable à qui ?

· Vous connaissez comme moi le danger des remaniements. Dans un remaniement, pour corriger une faute, l'ouvrier en fait souvent de nouvelles. Or, toutes les fois que, par l'inattention du correcteur, vous m'envoyez dans une 2ᵉ épreuve, soit une faute par *récidive* et opiniâtre, soit une faute *amenant un remaniement*, vous me forcez de demander une 3ᵉ épreuve. A qui imputer le retard ?

Tenez, pour vous faire toucher toutes ces petites vérités du doigt, je n'eusse pas été forcé d'écrire aujourd'hui cette lettre-ci, j'aurais pu corriger une feuille de plus, et vous eussiez avancé d'autant.

Comme remède, vous demandez mon séjour à Bruxelles, et vous m'offrez votre propre maison de la façon la plus charmante ; mais mon séjour à Bruxelles (sans parler du voyage que ma gorge malade ne me permet pas en ce moment), utile peut-être à l'impression, serait désastreux pour le travail de revision, je vous l'ai dit déjà et je vous le répète.

Enfin, la question de *Petit-Picpus* et de *Parenthèse* va pouvoir être examinée, sinon tranchée. Victor Hugo a reçu le manuscrit. Lacroix a déjà perdu une partie de son intransigeance. Il opère

même une conversion en renonçant à réserver les chapitres pour une réimpression. En effet, le bénéfice qu'il se proposait par cette combinaison était annulé ; Victor Hugo exigeait que les chapitres réservés fussent tirés à part et remis gratuitement à tout propriétaire de l'édition originale, ne voulant pas, disait-il, spolier les premiers acheteurs. C'est ce qu'on fit quatre ans plus tard, au moment de la publication des *Travailleurs de la mer* pour le *Chapitre préliminaire : l'Archipel de la Manche*, qui, n'ayant pas paru dans la première édition, fut tiré à part pour compléter l'exemplaire des possesseurs de l'édition originale.

Lisez cette lettre du 5 mars écrite à minuit par Victor Hugo à Lacroix :

Vous êtes revenu à l'idée de conserver le plus possible, et vous désirez garder et publier *Parenthèse* en entier. Je suis de votre avis. J'en suis d'autant plus qu'il est, selon moi, fâcheux de forcer le public à racheter un livre par des *additions*. Ce n'est point avec mon assentiment que cela a été fait pour *Notre-Dame de Paris*, et vous devez vous rappeler ce que je vous ai dit là-dessus. J'ajoute que, par-dessus le marché, cela serait vain. Presque la valeur d'un volume était ajoutée à *Notre-Dame de Paris*. Mais ce n'est pas avec une *trentaine de pages* qu'on augmenterait véritablement une réimpression des *Misérables*, lesquels auront au moins dix volumes. Je me range tout à fait à votre avis. Publions *Parenthèse* en entier, et le plus possible du *Petit-Picpus*. Quant à moi, je publierais également tout *Petit-Picpus*. C'est là une étude de couvent au microscope absolument réelle, ce qui se fait pour la première fois, et ce qui contribuera à la physionomie historique du livre... Je publierais donc, moi, tout *Petit-Picpus*. Et je ferais suivre de très près la 2ᵉ partie par la 3ᵉ...

Victor Hugo se résignait provisoirement à quelques suppressions, car il ajoutait :

Pourtant si vous désirez quelques pages de moins dans ce chapitre vous les trouverez indiquées ci-contre.

En travers d'une page, les sacrifices sont mentionnés; ils ne sont pas nombreux : une quinzaine de pages environ, et encore, après réflexion, Lacroix se rangera à l'avis de Victor Hugo et tous les chapitres seront rétablis.

A titre de document, nous reproduisons ce passage de la lettre dans lequel les coupures sont notées par Victor Hugo :

Il faut ôter tout prétexte de criaillerie aux communautés qui existent. Les pages qui établissent la différence entre le *Petit-Picpus* et les *Dames de l'Adoration Perpétuelle* sont donc absolument nécessaires. Il n'est possible de retrancher dans *le Petit-Picpus* que les deux chapitres *Distractions* (v) et *le Petit Couvent* (vi). Ce qui vient ensuite est indispensable, jusqu'à *la Centenaire.* Là on peut couper depuis : *puisque nous sommes en train de détails* jusqu'à *dont nous venons de donner l'intérieur.* On commencerait le chapitre xi (qui changerait de numéro) par : *En 1637 le pape Alexandre VII...,* etc. Voilà les seules coupures possibles. Je vous autorise à les faire. Mais, quant à moi, je ne les ferais pas. Décidez, mon cher monsieur Lacroix. Vous avez à la fois un sens littéraire très délicat et un sens pratique très juste.

En somme, pour cette seconde partie : COSETTE, livrée à l'impression le 29 janvier, on avait perdu plus d'un mois à discuter jusqu'au 5 mars des suppressions qui ne devaient pas être faites.

Dès le 13 mars Victor Hugo avait envoyé la troisième partie : MARIUS, par paquet chargé. Mais il était obligé de recourir à certaines ruses pour garantir la fidélité de ses envois.

Ce paquet est sous double enveloppe, noué d'une corde et scellé de cinq cachets noirs. J'y ai empreint mon cachet de pair de France; je reproduis ce cachet sur cette lettre pour que vous puissiez constater que rien n'a été ouvert. J'ai abdiqué ces armoiries depuis la république; mais je les emploie aujourd'hui pour votre sécurité comme moyen de contrôle.

Vous reconnaîtrez, je crois, de plus en plus, la vérité de ce que je vous disais à Guernesey des *Misérables* : « Ce livre, c'est l'histoire mêlée au drame; c'est le siècle, c'est un vaste miroir reflétant le genre humain pris sur le fait à un jour donné de sa vie immense ».

Victor Hugo considérait volontiers ses éditeurs, qui étaient d'ailleurs des hommes d'une intelligence avisée, Renduel, Hetzel et Lacroix par exemple, comme les premiers confidents de sa pensée, et non seulement il la leur expliquait, la leur développait, en précisait la portée, mais il tenait à connaître leurs impressions. C'était pour lui comme une pierre de touche, comme un écho anticipé de l'opinion du grand public.

Mais le grand public est parfois impatient, il veut « connaître la fin, arriver vite au dénouement ». Lacroix craignait que le drame perdît, par des développements, une partie de son intensité; Victor Hugo le rassure le 20 mars :

O homme de peu de foi! sachez donc attendre. Souvenez-vous de ce que je vous ai écrit du succès des douze mois, du succès des douze ans. Le drame rapide et léger ferait le succès des douze mois; le drame profond fera le succès des douze ans. Or, il n'y a de drame profond que dans la vérité vivante et avec des personnages étudiés à fond et réels de toutes parts. Attendez. Et vous verrez... Vous verrez du reste que le drame ne perdra rien pour attendre. Seulement ici les proportions sont démesurées, le colosse Homme tout entier étant dans l'œuvre. De là ces grands horizons ouverts de tous les côtés. Il faut de l'air autour de la montagne.

Victor Hugo ne cessait d'ailleurs de manifester une grande confiance dans le succès des *Misérables;* et qu'on ne croie pas qu'il exprimait cette confiance à chaque œuvre nouvelle; si on lit sa correspondance et ses carnets, on trouve seulement en deux occasions cette approbation sans réserve qu'il se décernait à lui-même, d'abord à propos de *la Légende des Siècles,* ensuite, à propos des *Misérables;* il écrivait le 23 mars :

> Ma conviction est que ce livre sera un des principaux sommets, sinon le principal, de mon œuvre.

C'est cette conviction qui l'avait rendu rebelle à toute mutilation; il cherchait donc à concilier le respect total de l'œuvre avec les scrupules exprimés par Lacroix, reconnaissant, dans une certaine mesure, que des chapitres de philosophie pouvaient suspendre l'intérêt de l'action. Mais quel moyen? il s'était creusé l'esprit. Paul Meurice l'avait trouvé, ce moyen, et Victor Hugo l'adopte avec enthousiasme dans sa lettre du 25 mars :

> Le problème est résolu. Meurice a trouvé la solution. Lisez la lettre que voici. Il est certain qu'après la seconde partie sur la clôture dans le couvent, il y aurait un moment froid, fâcheux peut-être, un temps d'arrêt. Eh bien, supprimons le temps d'arrêt. Publions la 2ᵉ et la 3ᵉ partie ensemble, *Cosette* avec *Marius,* quatre volumes s'enchaînant; alors tout est vif, ardent, enlevé, le public reste sur la bonne bouche du *Mauvais pauvre,* et il se trouvera que la 4ᵉ partie sera aussi impatiemment attendue après *Marius* que la 2ᵉ après *Fantine.*

Cette question était désormais réglée. Mais chaque jour amenait quelque difficulté nouvelle. Ce n'était pas, en effet, chose bien aisée que de publier, et le même jour, deux éditions dont l'une devait paraître à Paris et l'autre à Bruxelles; conduisez donc un attelage dont un cheval tire d'un côté et l'autre d'un autre côté à un certain nombre de lieues de distance; Bruxelles est prêt pour la première partie le 3 ou le 4 avril et Paris est en retard, ou du moins Paris, sur la foi des anciens engagements, a pris ses arrangements pour le 7. Ah! Victor Hugo n'est pas disposé à la clémence. Il aime Paris, il l'aime encore plus, s'il est possible, depuis qu'il y a laissé tous ses souvenirs, les souvenirs heureux et les souvenirs douloureux. Paris est la ville à laquelle il a donné la primeur de ses œuvres, et qui l'a toujours récompensé par son admiration fidèle et chaleureuse. Aussi, il intervient le 1ᵉʳ avril :

> On me dit, on m'affirme même une chose qui, j'espère, est une fausse nouvelle. On prétend que le livre qui ne peut, *comme vous me l'avez écrit,* paraître à Paris que le 7, paraîtra le 3 partout; de sorte que Paris, cœur du succès, serait servi le dernier. Ce serait là une faute incalculable. Paris servi après tout le monde, c'est le succès attaqué dans sa source; vous auriez vous-même porté à vos intérêts un coup terrible. Je ne puis croire à une telle chose. La simultanéité, bien; mais s'il devait y avoir une priorité, c'était pour Paris. La priorité aux autres pays, et Paris à la queue, ce serait une telle ruine pour l'affaire que je n'y puis croire. Je compte que c'est une fausse nouvelle.

On a vu, dans le précédent volume, par quels efforts et quel concours de bonnes volontés Paris réussit à ne pas être devancé par Bruxelles.

MENACES GOUVERNEMENTALES.

Retiré à Hauteville-House, Victor Hugo, tout entier livré à son travail, ne prêtait qu'une attention distraite aux bruits du dehors; il ne les connaissait que par les lettres de ses amis et de ses éditeurs, n'ayant guère le temps de lire des journaux. L'empire a-t-il songé à prendre une revanche de *Napoléon-le-Petit* et des *Châtiments,* a-t-il eu le dessein d'interdire *les Misérables?* Il y a été en tout cas fortement exhorté; et il ne lui déplaisait pas qu'on laissât comprendre aux éditeurs à quels risques ils s'exposaient; c'était un moyen, croyait-on, d'obtenir l'atténuation du caractère socialiste du roman. Ces menaces, tout en ne portant pas leurs fruits, troublaient cependant la sérénité des éditeurs; et les scènes historiques et révolutionnaires du livre étaient plus soigneusement passées au crible par Lacroix. Il ne fallait pas espérer la moindre concession de la part de Victor Hugo, et lorsque, dans la correspondance, le mot *éventualité,* qui servait à désigner l'interdiction, revenait sous la plume de Lacroix, Victor Hugo se montrait intraitable :

Quant à *l'éventualité* nous devons tous la braver. Elle est pire pour moi que pour vous. Pour moi, c'est une suspension de propriété, pour vous c'est une prolongation...
En lançant la 2ᵉ et la 3ᵉ partie, faites feu *des quatre mains.* Si l'on donne des citations, qu'on insiste sur *Waterloo,* qu'on fasse ressortir ce que ce livre a de national, qu'on remue la fibre française, qu'on fasse d'avance honte à Persigny d'arrêter un livre où il est rendu enfin justice à Ney, grand-père de sa femme...
Vous recevrez avec cette lettre le livre 1ᵉʳ de la 5ᵉ partie, *la guerre entre quatre murs.* Lisez la chose *en soi* et non avec le tremblement de *l'éventualité...* Courage.

C'était une lutte de tous les instants. Quelques jours plus tard, Victor Hugo recevait une lettre de Lacroix, admirateur toujours fidèle, mais timoré, inquiet au sujet du début de la 5ᵉ partie; il était encore obligé de relever cette énergie un peu défaillante :

L'action, oui, disait Victor Hugo le 14 mai, je vois avec plaisir qu'elle vous saisit. Je crois en effet que l'effet à Paris de cette *guerre entre quatre murs* serait ce que vous dites. Mais au-dessus de l'action matérielle, voyez l'action morale. Le drame de la conscience, l'épopée de l'âme, c'est là le livre. C'est là sa nouveauté et son inattendu; ce sera là, je ne dis pas le succès de la minute, mais la certitude définitive de l'avenir. Or, vous avez un bon petit morceau de cet avenir. Lisez-le donc au point de vue que je vous indique, vous lecteur intelligent si haut placé au-dessus du lecteur vulgaire. Il y a de l'action matérielle pour tout le monde, et toutes les péripéties du drame moral pour les philosophes et les réformateurs.

Et sur une petite page, ces lignes jetées en travers comme une sorte de post-scriptum :

Quelle myopie et quelle misère de certains esprits de ce temps-ci! avez-vous vu celui (pas sans valeur pourtant) qui me reproche de « *voir grand!* » Pour être applaudi de ce critique-là, il faut être petit et voir petit.

Et cette ligne isolée :

Insister en France sur *Waterloo.*

Pour la première partie, Bruxelles avait essayé de paraître avant Paris; pour les seconde et troisième parties, publiées ensemble, Bruxelles était, cette fois, en retard sur Paris et Lacroix demandait un délai; Victor Hugo le refusait :

Il importe d'aller vite. Je verrais avec beaucoup de peine que la publication fixée au 10, puis au 13, puis au 15, fût encore ajournée. Pour *l'éventualité* même, il faut profiter de l'étourdissement du succès qui couvre le livre d'une certaine inviolabilité littéraire.

Lacroix se résigna et fit paraître à Bruxelles COSETTE et MARIUS quelques jours après le 15, date de publication à Paris. Mais il témoigna quelque amertume. Victor Hugo s'efforce de consoler les deux associés belges :

20 mai.

Vous êtes deux hommes fort intelligents, fort gracieux, et de tout point distingués, et vous tomberez d'accord de ce que je vais vous dire : — non, je ne suis pas charmé du tout que Bruxelles soit resté en arrière de Paris; ces défauts d'ensemble sont dangereux; Paris a eu raison de publier le 15, et Bruxelles, qui avait l'avance, a eu tort d'être en retard. Il n'y a pas d'accident qui tienne. Vous n'êtes pas les gens d'esprit que vous êtes pour ne savoir point parer à un accident. Ces ajournements, venus de Bruxelles, déconcertent le public, et dégonfleraient à coups d'épingles un succès moins solide. *Paris reste Paris,* oui, et comparez. M. Lacroix m'écrit : *Le lancement belge vaut le lancement parisien.* Je cite ses propres expressions. Eh bien, voyez. Pour la 1ʳᵉ partie *Fantine,* (en exceptant *l'Indépendance,* qui est européenne, et le *Sancho,* que je regarde comme parisien), vous n'avez pu m'envoyer que deux journaux favorables, *Gand* et *Verviers.* J'ai reçu plus de deux cents journaux enthousiastes de France. Comparez, et jugez vous-mêmes.

Victor Hugo avait développé avec une sorte de passion *la guerre entre quatre murs.* Abandonné à son inspiration, il avait donné vingt-quatre chapitres. Puis il se ravise, il songe, afin d'alléger le volume, à supprimer le chapitre v : *Quel horizon on voit du haut de la barricade;* mais il est seul de son opinion; le chapitre était vibrant, il renfermait cette belle apostrophe d'Enjolras au moment où, bravant la mort, il affirmait la prochaine libération du genre humain. Famille, amis avaient protesté contre la suppression de ce chapitre, et le 23 mai il le rétablissait par cette lettre à Verboeckhoven :

Tout ce qui m'entoure s'insurge contre ce retranchement, on me menace de barricades; le chapitre est très important en effet, et je me range du côté de l'insurrection, je cède à l'émeute, je rétablis le chapitre. Le voici. Vous jugerez vous-même qu'il est en effet capital. Il fixe le sens de la barricade, et son but.

LE BANQUET DES *MISÉRABLES.*

Cette œuvre immense des *Misérables* avait été menée à bonne fin et s'achevait sur le succès énorme de la publication des quatrième et cinquième parties le 30 juin. Mais les journées entières et parfois des nuits passées pendant neuf mois à ce rude labeur avaient imposé à Victor Hugo un effort considérable auquel n'aurait pas résisté une constitution moins robuste que la sienne. Telle était sa confiance dans sa force, qu'il s'accordait seulement quelques semaines de repos; mais, le 25 juillet, le docteur

Corbin lui conseilla de voyager, et il notait dans ses carnets :

Sur l'avis du docteur Corbin, je prends le parti de voyager quelques semaines. Je pars lundi pour Londres, puis la Belgique. M. A. Lacroix m'accompagne. Charles et Paul Meurice me rejoindront à Bruxelles où je serai mardi 30 juillet.

Victor Hugo fit son excursion de six semaines sur les bords du Rhin et rentra à Bruxelles pour assister, le 16 septembre, au banquet que ses éditeurs Lacroix et Verboeckhoven avaient organisé en son honneur pour fêter le succès des *Misérables.* Des littérateurs, des journalistes de tous les pays avaient été invités. On comptait quatre-vingts convives.

Nous n'entrerons pas ici dans les détails de cette solennité; les journaux publièrent à l'époque des comptes rendus, et un publiciste belge de grand talent, Gustave Frédérix, donna, dans une brochure, une relation très complète de ce banquet. Charles et François-Victor assistaient à cette fête.

Victor Hugo, très ému, avait répondu aux divers discours. On trouvera le texte de sa réponse dans *Actes et Paroles.* Il revoyait là des amis dont il avait été séparé pendant de longues années, toujours pleins de confiance dans le triomphe final de la cause momentanément vaincue. Le temps écoulé ne marquait aucun changement ni dans son langage, ni dans ses manières. Les discours de Lacroix, de M. Fontainas, bourgmestre de Bruxelles, de Nefftzer, directeur du *Temps,* de Léon Bérardi, directeur de *l'Indépendance belge,* d'Eugène Pelletan, de Louis Blanc, de Théodore de Banville et de plusieurs journalistes étrangers avaient profondément touché le poète, qui retrouvait autour de lui tous les combattants de la première heure.

Mᵐᵉ Victor Hugo, qui avait été invitée au banquet, n'avait pu y assister.

Elle était souffrante à Guernesey; le 22 septembre, elle écrivait à Lacroix :

Je suis en retard, monsieur, pour vous répondre, c'est que j'ai été ces temps derniers fort souffrante et forcée de garder le lit.

J'ai su par voie indirecte le succès de votre banquet, et je me suis associée à cette fête sociale aussi bien que littéraire de toute âme. Mon mari qui va revenir me dira les détails de cette touchante solennité...

Victor Hugo rentrait à Guernesey à l'heure même où Mme Victor Hugo adressait sa lettre à Lacroix.

L'ÉDITION A BON MARCHÉ.

En dépit des pronostics pessimistes, en dépit de toutes les craintes, le roman avait paru en entier sans provoquer une mesure répressive. Le gouvernement impérial avait pensé, non sans raison, qu'une persécution apporterait au livre une publicité plus retentissante encore.

Cette publicité, Victor Hugo voulait la poursuivre avec une édition à bon marché. Lacroix s'était obstiné à l'ajourner, voulant tirer d'abord de l'édition in-8° le maximum de bénéfices qu'elle pouvait donner; il l'ajournait encore afin d'épuiser les quatre ou cinq mille exemplaires qui lui restaient en magasin. Victor Hugo, en apprenant ce nouveau délai, proteste énergiquement :

Après un succès, et un succès *extraordinaire,* vous êtes aussi timide qu'après un échec. Vous débutez par une assertion sur la décroissance normale de la vente des livres, qui est contraire aux faits (voyez la brochure excellente de Hetzel, dont je vous ai parlé, et les chiffres authentiques qui la terminent) et qui est contraire au fameux et incontestable axiome de librairie : *Plus un livre s'est vendu, plus il se vendra.*

Tous les exemples sont là pour le prouver, depuis les livres médiocres comme *Télémaque* jusqu'aux livres supérieurs comme *Don*

Quichotte. Vous raisonnez un peu, permettez-moi de vous le dire, comme si vous aviez acheté un roman *heureux* d'Anne Radcliffe ou de Ducray-Duminil, sans portée, sans lendemain, et sans avenir. De la part d'un homme, écrivain lui-même, d'un homme supérieur comme vous par l'intelligence, cela m'étonne. Vous rappelez-vous, à l'époque où vous doutiez du succès des *Misérables,* une lettre de moi qui commençait ainsi : «*O homme de peu de foi !*» — Eh bien, je suis tenté de vous le répéter aujourd'hui.

Quoi! vos frais sont faits, vous l'écrivez vous-même, vous avez devant vous ce bénéfice énorme, onze ans d'exploitation libérée et gratuite, et pour quatre ou cinq mille exemplaires in-8° qui vous restent en totalisant les reliquats de tous les marchés (Bruxelles, Paris, Leipsick), vous vous arrêtez court, vous vous croisez les bras, vous renoncez à continuer le succès, vous attendez l'écoulement infaillible, mais lent, de cette queue à si haut prix! vous avez devant vous le proverbe : *battre le fer quand il est chaud,* et vous laissez refroidir!

En publiant aujourd'hui l'édition bon marché et petit format, vous recommencez, avec plus d'intensité encore, le mouvement et l'effet des premiers jours! Vous faites pénétrer le livre dans les couches profondes et inépuisables du peuple! vous passez de l'acheteur d'élite, qui pourtant vous a acheté des nombres énormes, à l'acheteur de la foule, qui vous achètera des nombres plus grands encore! Cet effet, ce bénéfice, ce succès, vous y renoncez! je dis plus, vous oubliez cette vérité incontestable et prouvée par tous les faits, que pour les livres d'avenir, le format bon marché fait vendre le format cher; il sert de prospectus et sollicite les bibliothèques. *Les Misérables bon marché,* loin de faire tort aux quelques milliers *chers* qui vous restent, en hâteraient probablement l'écoulement. Et dans tous les cas quelle indemnité! O homme de peu de foi!

C'était la vérité, la raison et la clairvoyance, mais Lacroix, avant de se décider à faire de gros tirages d'une édition à bas prix, envisageait les sacrifices qui pouvaient devenir onéreux au cas où une interdiction se produirait.

Dans une lettre du 26 octobre, Victor

Hugo place nettement la question sur son véritable terrain :

J'arrive aux *Misérables,* édition bon marché. D'abord permettez-moi de voir pour vous, dans l'interdiction, si elle avait lieu, non *une catastrophe,* mais simplement une diminution dans vos bénéfices, lesquels, en tout état de cause, resteront considérables. Ensuite, voici ce qu'on m'écrit de France : — Il est probable que l'interdiction n'aurait lieu que si MM. Lacroix et Cⁱᵉ voulaient introduire en France une édition belge bon marché ; ce serait là une imprudence de leur part ; mais s'ils impriment le petit format en France pour la France, on reculera probablement devant l'interdiction ; dans le premier cas, une simple mesure administrative suffirait ; dans le second, il faudrait un procès. — J'ai répondu que vous ne feriez pas *l'imprudence* en question et qu'il était entendu entre nous que vous imprimeriez en France pour la France. En ce cas, on me dit qu'il y a très peu de danger. Méditez, et avisez.

Je viens de relire ce récit de votre fête du 16 septembre, et je ne veux pas finir cette lettre sans en reparler avec vous. Oui, c'est là un bon et cordial souvenir pour moi. Dites-le à vos excellents associés. Jamais cette hospitalité gracieuse et charmante ne sera oubliée d'aucun de ceux qui l'ont reçue, et de moi, cher monsieur, en particulier.

Le 17 décembre, Victor Hugo revient à la charge pour cette édition à bon marché :

Claye pense, et je suis de son avis, que votre édition in-12, s'adressant presque au même public, ira moins au but qu'une édition in-18 en 5 volumes coûtant 15 fr. On en vendrait des nombres immenses, et cette fois on irait jusqu'au dernier acheteur possible, surtout si l'on autorisait à acheter *à termes* chaque partie, l'une après l'autre, au prix de 4 fr. Pesez et mûrissez cette combinaison. L'ouvrage ainsi irait au fond du peuple et vous feriez une nouvelle recette énorme.

Victor Hugo, en plaidant si chaleureusement la cause de l'édition à bon marché, n'était pas guidé par son intérêt commercial puisqu'il s'était dépouillé de sa propriété pour douze années, moyennant une somme qui nous paraît bien modeste aujourd'hui, et qui l'était en réalité si on la compare aux énormes bénéfices encaissés.

En propageant ainsi son œuvre, il s'exposait à diminuer dans l'avenir la valeur de sa propriété, mais il voulait répandre ses idées dans les couches profondes de l'opinion ; il était surprenant qu'un homme aussi perspicace que Lacroix résistât à des arguments aussi solides. Certes il était résolu à faire cette édition in-18, mais plus tard ; et encore voulait-il une édition de dix volumes à 3 fr. 50 le volume. Victor Hugo désapprouvait cette combinaison :

Quant à votre in-18, écrivait-il le 2 mai, je persiste dans le conseil que je vous avais donné. Le bon marché n'est pas 35 fr. mais au plus 20 fr. — A 15 fr. vous auriez eu une vente énorme. Vos 35 fr. s'adressent au même public que les 60 ; le public riche et même très riche. Ce public-là est servi. Vous en viendrez à mon avis. Il fallait une vraie édition à bon marché.

L'avenir devait démontrer que Victor Hugo avait raison. Lacroix avait fait une édition sans doute moins coûteuse que la grande, mais ce n'était pas la véritable édition populaire.

LE DRAME DES *MISÉRABLES.*

Le roman des *Misérables,* répandu dans le monde entier, devait être encore popularisé par le théâtre. Charles Hugo et Paul Meurice avaient tiré du livre un drame en seize tableaux qui avait été reçu à l'Ambigu ; mais le gouvernement impérial, qui n'avait pas osé faire saisir le roman, n'hésita pas, le 15 août, à interdire la pièce ; à cette époque on redoutait les manifestations dans les théâtres et on devait prévoir que le nom de Victor Hugo, proscrit jusqu'alors de toutes les scènes, donnerait lieu à de chaleureuses démonstrations. Cette mesure détermina Charles Hugo et Paul Meurice à faire représenter leur drame à Bruxelles. La première eut lieu le 3 janvier 1863 au théâtre des Galeries Saint-Hubert.

Charles Hugo seul avait été nommé. Le drame, très remanié plus tard, s'arrêtait à l'arrivée de Jean Valjean avec Cosette enfant dans le jardin du couvent. Il fut joué à Paris pour la première fois au théâtre de la Porte-Saint-Martin. La répétition générale, d'abord fixée au 14 mars 1878, fut retardée par suite de la maladie d'une artiste. Enfin la première représentation eut lieu le 22 mars.

On lit dans les carnets de Victor Hugo :

Nous sommes allés à la Porte-Saint-Martin à la première des *Misérables* (baignoire 1 et 3). Grand succès. On a nommé mon Charles. La pièce est bien jouée. Il y a une charmante petite Cosette. Georges et Jeanne y étaient.

Les interprètes étaient Dumaine, Taillade, Lacressonnière, Vannoy, M᷎ᵉ Jane Essler, Bardy et la petite Daubray, « la charmante petite Cosette ».

Paul Meurice attribuant à son collaborateur et ami, mort depuis sept ans, tout le succès de cette représentation à Paris, voulut que Charles Hugo fût seul nommé. Victor Hugo, de la loge qu'il occupait, comprit et sentit tout ce qu'il y avait de touchant et de fraternel dans ce délicat désintéressement.

Lorsque le drame fut remis à la scène le 26 décembre 1899, au théâtre de la Porte-Saint-Martin, Paul Meurice pensa qu'il devait le remanier, le resserrer ici, l'élargir là; il supprima des scènes, en ajouta d'autres, et termina le drame à la mort de Jean Valjean, cherchant à donner la substance entière du roman tout en maintenant son unité. Un travail aussi considérable ne pouvait plus désormais

s'abriter derrière l'anonymat. Paul Meurice signa la pièce avec Charles Hugo.

Le succès fut considérable. Coquelin, entouré d'interprètes de valeur, fut un Jean Valjean inoubliable. Il ne se montra pas seulement le grand artiste que nous aimions, que nous admirions, que nous applaudissions à chacune de ses créations, il rendit avec une étonnante virtuosité toutes les nuances des sentiments humains. Par son jeu, si intense et si vibrant, il nous troubla, nous remua, nous émut, il incarna avec une incomparable maîtrise le héros d'un des plus beaux romans de Victor Hugo.

DISCUSSIONS SUR LE LIVRE.

Nous avons essayé de donner un historique complet. Nous avons pris les *Misérables* à leur naissance, nous les avons suivis dans leur développement et à leur apparition. Mais un roman qui est écrit, imprimé, tiré, broché et mis en vente n'est pas arrivé au terme de sa carrière. Il est encore commenté, discuté, et à l'histoire de la conception et de la fabrication du livre succède, tout naturellement, l'histoire des querelles du lendemain.

On doit bien supposer qu'une œuvre d'une portée aussi considérable devait provoquer de la part d'amis et d'ennemis quelques controverses sur le caractère des personnages mis en scène et surtout sur les démêlés judiciaires de Jean Valjean. Sans empiéter sur le domaine de la Revue de la critique qu'on trouvera quelques pages plus loin, nous donnerons ici quelques lettres et quelques documents curieux qui ont été conservés par Victor Hugo.

L'ÉVÊQUE MYRIEL.

La première figure que nous rencontrons au seuil du livre est celle de l'évêque Myriel.

Sans entrer dans les polémiques qui furent soulevées, on se rappelle que la famille de Mᵍʳ Miollis avait, dans des lettres publiées en avril 1862 par le journal *l'Union*, de Paris, et par un journal de Bordeaux, reproché à Victor Hugo d'avoir porté atteinte à la mémoire de l'évêque ; la prétention était un peu excessive. En somme, Victor Hugo avait bien emprunté à l'évêque de Digne quelques traits, il avait même raconté l'histoire de Pierre Maurin, mais il avait cherché, en ajoutant certains détails de fantaisie, à dépister le public, ce qui était son droit. Peut-être n'y avait-il pas complètement réussi ; c'était en tout cas son intention, car, dans une lettre à Mᵐᵉ Cécile Hulpert, il disait qu'il avait voulu donner « un personnage purement imaginaire ». Cependant il ne niait pas, et les notes biographiques qu'il a prises en font foi, qu'il connaissait l'existence de Mᵍʳ Miollis :

Je savais très vaguement, écrivait-il à sa correspondante en juin 1862, qu'il y avait eu au commencement de ce siècle un bon évêque à Digne, rien de plus. Je me suis cru suffisamment autorisé par ce fait à y placer Mʳ Myriel. Pourtant je n'ai point mis le nom de la ville en toutes lettres, indiquant par là aux lecteurs intelligents la fiction.

L'évêque Myriel est un personnage purement imaginaire, et les journaux catholiques ont eu raison de le trouver invraisemblable. On pourrait même ajouter impossible, si Charles Borromée, François de Sales, Belzunce et Las Cases n'avaient pas existé.

Voilà sans doute la réponse, d'une charmante ironie, que Victor Hugo aurait faite aux journaux catholiques, en vérité bien susceptibles à l'endroit de Mᵍʳ Miollis, s'il n'avait pris le parti de s'abstenir de toute polémique. Les journaux de droite se montraient bien exigeants en prétendant que l'évêque de Digne n'apparaissait pas dans le roman avec la grandeur et la majesté attribuées par l'histoire. En revanche,

on rencontrait des jugements plus équitables chez des hommes considérables dont on ne saurait suspecter les sentiments religieux. Ainsi, M. le comte d'Haussonville, le père de l'académicien actuel, se présentait lui-même en 1869 à l'Académie française ; il ne pouvait rendre la visite traditionnelle à l'exilé, mais il crut devoir lui écrire le 3 mars :

Si vous étiez en France, je me prévaudrais avec joie de mes privilèges de candidat au siège laissé vacant par la mort de M. Viennet pour aller solliciter l'honneur de votre suffrage. Puisque votre éloignement volontaire me prive d'une semblable satisfaction, j'aurai du moins celle de vous faire hommage à distance des quelques volumes que, suivant l'usage traditionnel, j'adresse en ce moment à vos collègues de l'Académie Française. La nature ne m'avait point fait pour être auteur, et si les autres s'en doutent en me lisant, je m'en aperçois moi-même mieux que personne en écrivant. Peut-être me comprendrez-vous, et m'excuserez-vous, si j'ose vous avouer que je me suis jeté dans l'étude passionnée du passé pour me distraire fortement des tristesses du présent... En essayant de raconter la réunion de la Lorraine à la France, je me suis beaucoup aidé de l'histoire manuscrite de votre parent l'abbé Hugo, évêque de Ptolémaïs, celui de nos anciens auteurs lorrains qui a écrit de la façon la plus originale la vie du très original Charles IV. Et tout dernièrement, en parlant du Concile de 1811, j'ai eu l'occasion de mettre en scène le digne évêque Miollis, qui passe pour vous avoir fourni l'une des plus belles figures de l'un de vos plus beaux romans.

Ce n'était pas là une flatterie de candidat, puisque Victor Hugo ne pouvait pas voter. Cependant il qualifiait Mᵍʳ Myriel « une des plus belles figures du roman ».

Ce qui provoqua de violentes polémiques, ce qui excita surtout l'indignation du monde religieux, ce qui fit crier au scandale et à l'invraisemblance, ce fut la rencontre de l'évêque avec le conventionnel.

Passe encore qu'un évêque visite un conventionnel. C'était déjà bien hardi ; mais que dire, que penser de cette conversation entre un saint homme et un révolutionnaire ?

Ce révolté impénitent achève sa vie en racontant toutes ses bonnes œuvres comme toutes ses souffrances, et il termine ainsi l'entretien :

Maintenant j'ai quatrevingt-six ans; je vais mourir. Qu'est-ce que vous venez me demander?

— Votre bénédiction, dit l'évêque.

Et il s'agenouilla.

Un évêque qui s'agenouille devant cet incrédule ! Si belle, si émouvante que soit la scène, les journaux cléricaux ne purent s'empêcher de protester et de condamner ce qu'ils considéraient comme une impertinente fantaisie, peutêtre même comme un outrage.

Ce récit ne parut pas cependant si étrange à des personnages jouissant d'un grand crédit dans le monde catholique, et en particulier à M. de Montalembert, un des chefs les plus autorisés du parti monarchique.

Laurent Pichat raconte, dans une lettre adressée à Victor Hugo le 15 mai 1862 :

Dernièrement, Montalembert, on ne m'a pas dit où, était dans une réunion de son monde où les volumes de *Fantine* étaient le sujet de la conversation. On admirait avec chaleur ; il n'y a que vous pour donner la vie à ces morts ! Cependant un évêque faisait des réserves sur la scène du conventionnel. — Cette bénédiction est invraisemblable! disait-il. — Mais nous avons plus fort que cela, reprit Montalembert, vous ne vous le rappelez pas. Dans un des voyages de Bonaparte (il cita le lieu et le nom de l'évêque dont il va être question), un prélat le reçut et Bonaparte lui demanda sa bénédiction. — C'est plutôt à vous, monseigneur, de me bénir, répondit l'évêque, et il

s'inclina. Vous voyez, ajouta Montalembert, que c'est plus fort que la scène de Victor Hugo !

Un évêque, M. de Ségur, avait pris à partie Victor Hugo personnellement et son « infâme livre des *Misérables* ». L'attaque grossière passa longtemps inaperçue, lorsque en septembre 1872 on la communiqua au poète. Il répondit le 17 septembre :

Il y a dans *les Misérables* un évêque qui est bon, sincère, humble, fraternel, qui a de l'esprit en même temps que de la douceur, et qui mêle à sa bénédiction toutes les vertus. C'est pourquoi *les Misérables* sont un livre infâme. D'où il faut conclure que *les Misérables* seraient un livre admirable si l'évêque était un homme d'imposture et de haine, un insulteur, un plat et grossier écrivain, un vil scribe de la plus basse espèce, un colporteur de calomnies de police, un menteur crossé et mitré.

Le second évêque serait-il plus vrai que le premier ? Cette question vous regarde, monsieur, vous vous connaissez en évêques mieux que moi.

Cette verte leçon était méritée. M. de Ségur avait prodigué les gros mots dans son opuscule ; Victor Hugo avait simplement riposté et il avait écrit à la même époque ces vers qu'il publia dans *les Quatre Vents de l'Esprit* :

Muse, un nommé Ségur, évêque, m'est hostile;
Cet homme violet me damne en mauvais style...

Si l'évêque Myriel excitait des colères à droite, il n'était pas non plus épargné à gauche. George Sand, à qui l'évêque paraissait trop évangélique, avait présenté quelques restrictions dans une lettre que nous n'avons pas. Ce qui avait vivement ému Victor Hugo, ainsi qu'en témoigne sa réponse du 6 mai :

Votre lettre m'a attristé. Jugez si ma surprise a été pénible. Je m'étais figuré que ce livre nous rapprocherait encore, et voici qu'il nous éloigne, qu'il nous désunit presque. J'en voudrais à ce livre, si je ne le savais pas si honnête.

L'un de nous deux évidemment se trompe. Est-ce vous? est-ce moi? Votre franchise provoquant la mienne, laissez-moi vous dire que je crois que c'est vous.

J'avais fait ce rêve que vous, la grande George Sand, vous comprendriez mon cœur comme je comprends le vôtre. Dans tous les cas, vivant solitaire et face à face avec mon intention et tête à tête avec ma conscience, je suis sûr, sinon de ce que je fais, du moins de ce que je veux; je suis sûr de mon cœur qui est tout à la justice, tout à l'idéal, tout à la raison, tout à ce qui est grand, généreux, beau et vrai, tout à vous.

George Sand répliquait le 11 mai :

Oui, si quelqu'un se trompe, c'est moi! et si vous me dites que je vous ai attristé, vous me navrez, car ce n'est pas un reproche que je vous adressais. C'était une plainte ou une prière, et dans ces deux cas, un hommage toujours. Mais moi douter de la grandeur et de la ferveur de vos intentions! Maître, vous me châtiez beaucoup trop. Prenez-moi pour ce que je suis : une femme qui a besoin de la parole que vous savez dire.

La parole est toujours sublime, et ici elle a une terrible importance, à cause du moment où nous vivons. J'ai été effrayée de cette sainte candeur avec laquelle vous nous montriez les saints du passé. Eh bien, cher maître, grondez-moi, j'en suis contente, et montrez-nous les saints de l'avenir. Vous tenez en vous cette révélation, vous seul pouvez la donner en prose, comme déjà vous l'avez chantée et annoncée en vers. Frappez aux portes de l'enfer et faites-en sortir les damnés que Rome y a entassés. Votre plume vaut mieux que la crosse de tous les évêques. Ah! si j'étais vous! — Mais vous avez un plan et j'ai foi à la démonstration qui mènera au but. J'ai donc tort de m'alarmer de ce prologue dans l'église. Je suis une bête. Pardonnez-moi, et voyez au fond de mon cœur. Jamais de restriction mentale, rien au delà ni derrière ce que je vous dis. Personne plus que moi ne vous admire et ne vous apprécie. Je suis vis-à-vis de vous comme ces bonnes femmes qui crient après le sang de saint Janvier. Pensez-vous qu'elles doutent? Mais je crie tout bas et à vous seul. Soyez sûr de cela.

Ou bien, mes cris en l'air, je voudrais que vous puissiez les entendre. Je serais vite pardonnée.

George SAND.

Nohant, 11 mai 62.

JEAN VALJEAN.

Le personnage le plus discuté fut ensuite Jean Valjean. On lira plus loin les critiques. Si un reproche pouvait être sensible à Victor Hugo, c'est celui que lui adressaient certains écrivains de s'être livré à des fantaisies judiciaires sur le cas de son forçat. Or Victor Hugo ne s'engageait pas dans un récit sans s'être préalablement documenté : on a pu le constater par l'historique du tome II. Mais ce qu'on ne sait pas, c'est que, le roman ayant paru, il recueillait encore soigneusement tous les faits ayant trait à son histoire de Jean Valjean; il en constituait un dossier, se ménageant au besoin des armes pour se défendre.

C'est ainsi que nous avons retrouvé un numéro de *l'Indépendance belge*, daté du 25 janvier 1863. Il écrit sur la marge du haut : *à conserver — Jean Valjean*. Dans cet article, Victor Hugo était justifié du reproche d'avoir péché contre la vraisemblance en envoyant Jean Valjean au bagne pour le vol d'un pain. Le journal rapportait et commentait le fait suivant : un nommé Bocqué comparaissait devant le tribunal correctionnel belge. Pour acheter un pain, il avait volé vingt-huit centimes dans le tronc de l'église de Delbeck, et il était venu se dénoncer à la police. On avait reconnu que le tronc contenait vingt-huit francs et que le coupable n'avait dérobé que ces quelques centimes. Le maximum de la peine était de cinq ans; et avant l'introduction de la loi qui correctionnalisait certains délits, jusque-là du ressort des cours d'assises, Bocqué eût pu être condamné aux travaux forcés à temps. Cela se passait en 1863, et depuis l'époque où se déroulait le drame des *Misérables* on avait apporté des adoucissements à la rigueur des lois ; mais voici qui est mieux : nous avons trouvé un autre journal, *le Phare de la Loire,* daté du 25 novembre 1862, c'est-à-dire quatre mois après la publication des derniers volumes du roman. Sur la marge en haut, Victor Hugo a écrit : *à conserver. Les Misérables attaqués par un procureur général de Bourges.*

M. le premier avocat général près la cour d'appel de Bourges avait consacré son discours de rentrée aux *Misérables.* A propos de l'affaire Champmathieu, il avait trouvé « absurde » et « impossible » la persistance du magistrat du parquet à demander la condamnation de celui dont les aveux de Jean Valjean venaient de démontrer l'innocence.

Or voici ce qui s'était produit à la cour d'assises :

Le 13 août 1861, une femme Gardin, fille Doise, est condamnée par la cour d'assises du Nord aux travaux forcés à perpétuité, pour crime de parricide commis sur la personne du sieur Martin Doise.

Le 16 août 1862, la même cour condamne, pour crime d'assassinat commis sur le même Martin Doise, deux hommes, l'un à la peine de mort, l'autre aux travaux forcés à perpétuité. Or, d'après une information judiciaire, il est démontré que ces deux condamnés ne connaissent pas la femme Gardin, fille Doise. Il y a donc là, incontestablement, une erreur judiciaire. Les deux arrêts sont cassés et la femme et les deux hommes sont renvoyés devant la cour d'assises de la Somme.

Les débats s'ouvrent à Amiens le 17 novembre. Les deux hommes avouent ; l'innocence de la fille Doise éclate comme celle de Champmathieu.

Et que dit M. le Procureur général ? Oh ! il renonce à l'accusation en pré-

sence des aveux des deux hommes. Il ajoute aussitôt :

Mais proclamerai-je l'innocence ?... Et dois-je déplorer une fatale erreur judiciaire ? non, je ferais, en allant jusque-là, une injure aux magistrats, au jury et à la justice tout entière, une injure imméritée.

C'était déjà assez énorme de ne pas proclamer l'innocence. M. le Procureur impérial est allé plus loin :

En écoutant, dit-il, les témoignages produits à cette audience, n'avons-nous pas vu sans cesse dans la pensée, dans les propos, dans les actes de cette femme, la préméditation, la gestation du parricide, si je puis m'exprimer ainsi ? *aux yeux de Dieu qui lit dans les cœurs, elle était parricide.* Vous avez souhaité tout haut, poursuit-il en s'adressant à la fille Doise, vous avez rêvé durant vos nuits fiévreuses, la mort, la mort violente de celui qui vous avait donné la vie.

Je renonce à soutenir l'accusation contre vous, mais je ne vous réhabilite pas.

Relisez l'affaire Champmathieu.

Comme l'avocat général des *Misérables,* que le magistrat de la cour de Bourges qualifie d'absurde et d'invraisemblable, paraît bénin et incolore auprès du procureur général de la cour d'Amiens !

Il n'est pas aussi impitoyable pour Champmathieu que M. le Procureur pour la fille Doise. Victor Hugo a donc été en deçà de la réalité. Cela se passait en novembre 1862 et, quelques mois auparavant, nos critiques les plus abondamment pourvus de science juridique s'élevaient avec une superbe assurance contre les *inventions judiciaires* de Victor Hugo.

Tout roman, qu'on taxe en général de fantaisie extravagante ou absurde, n'est le plus souvent qu'une copie aux couleurs affaiblies des faits que nous rencontrons dans la vie. Si l'imagination des écrivains crée des récits, des aventures, des scènes qui nous paraissent fantastiques, en revanche, des affaires retentissantes nous prouvent que la fiction est presque toujours au-dessous de la réalité.

La réintégration de Jean Valjean au bagne avait paru à quelques bons esprits « une impossibilité ». Victor Hugo, qui d'ordinaire ne répondait pas aux critiques et qui se bornait à remercier les journalistes amis ou les admirateurs, crut devoir s'expliquer dans une lettre, qui n'a pas d'ailleurs été rendue publique, adressée à M. de Biéville :

Hauteville-house, 21 janvier 1863.

Monsieur,

En vous adressant l'expression de ma vive gratitude, permettez-moi de mêler une observation au remerciement que je vous dois à l'occasion de votre article du 10 janvier, si excellent et si cordial pour mon fils. Vous aussi vous affirmez, avec l'autorité d'un esprit libéral, que la réintégration de Jean Valjean au bagne est « une impossibilité ». Il n'y a pourtant là, hélas, que la vérité pure et simple; la loi telle qu'elle est appliquée par la magistrature telle qu'elle est. Vous reconnaîtrez, je n'en doute pas, en y réfléchissant, qu'il est temps de dénoncer ces excès légaux, que la conscience universelle a raison de tenir en suspicion la justice humaine, et qu'en présence de Lesurques non réhabilité et de Rosalie Doise torturée, ce qu'on appelle aujourd'hui la magistrature française mérite, non l'appui, mais la sévérité des sérieuses et généreuses intelligences comme la vôtre. Si j'étais en France sous un gouvernement libre, je prouverais par des faits extraits des sommiers judiciaires, que dans l'histoire juridique de Jean Valjean, j'ai été non au delà, mais en deçà de la réalité. Jusqu'à ce que je puisse faire cette preuve, je demande aux hommes impartiaux, tels que vous, leur neutralité. Attendez, et, la démonstration faite, les preuves données, vous serez surpris, je vous l'annonce d'avance, et vous partagerez ma douleur et mon indignation devant l'hypocrisie pénale.

Ceci, Monsieur, n'est ni une rectification, ni une réclamation; c'est l'appel d'une conscience honnête à une autre conscience honnête; c'est une simple lettre privée qui ne demande aucune publicité, et qui d'ailleurs, sous ce régime, ne pourrait être publiée. Je tiens seulement, et de vous à moi, comme dans une causerie intime et amicale, à fixer sur un point important votre attention sérieuse, et je ne saurais, Monsieur, vous donner une marque meilleure de ma cordiale estime pour votre personne et votre talent.

Victor HUGO.

WATERLOO.

Ceux qui s'étaient donné la mission de relever les prétendues « hérésies pénales » de Victor Hugo discutaient avec non moins de vivacité ses chapitres d'histoire. Le récit de Waterloo a été l'objet de nombreuses controverses. Nous n'avons pas l'intention de les examiner, nous n'apportons pas ici de la discussion, mais simplement les documents, conservés par Victor Hugo, qui peuvent jeter un jour intéressant sur l'œuvre.

On se souvient que dans le livre WATERLOO, dans le chapitre IX : l'Inattendu, Victor Hugo avait écrit :

Parvenus au point culminant de la crête, effrénés, tout à leur furie et à leur course d'extermination sur les carrés et les canons, les cuirassiers venaient d'apercevoir entre eux et les anglais un fossé, une fosse. C'était le chemin creux d'Ohain.

Et il raconte cette mêlée effroyable dans le gouffre.

Les historiens contestèrent l'existence de ce ravin. Dans un dossier portant ce titre :

WATERLOO
Chemin creux d'Ohain

nous trouvons une lettre en anglais, signée E. Hewlett, recteur de Saint-Paul, à Manchester, et datée 28 juillet

1870; au coin de la lettre Victor Hugo a écrit : *à joindre aux preuves du chemin creux d'Ohain*. Voici la traduction :

J'ai depuis peu en ma possession un livre assez rare publié immédiatement après la bataille; il contient un plan des champs à vol d'oiseau, pris à l'endroit exact où les cuirassiers ont chargé. Or il y a sur le plan un profond et grand ravin. Comme ce croquis a été pris d'après l'aspect naturel du terrain, qui se modifia par suite des excavations du monument du lion, ce témoignage est valable et confirme vos vues.

Le fameux mot de Cambronne fut vivement contesté. Nous n'avons pas à instituer de débat sur la question de l'authenticité, affirmée par les uns, contredite par les autres. Victor Hugo a constitué un dossier intitulé :

LES MISÉRABLES.
—
*Affaire
du mot
de Cambronne.*

Nous avons trouvé dans ce dossier une pièce intéressante, une lettre de Marseille, datée du 14 juillet 1862, signée Sylvain Badaroux; on y lit ce passage :

Ancien professeur au collège d'Alais (Gard), je fus mis en relation avec l'adjudant-général Boyer-Peyreleau, député de l'Eure, que la cécité força de se retirer des luttes parlementaires pour venir habiter auprès de sa famille. C'était en 1845 ou 1846 : je lui lisais deux fois par semaine *le National;* à cette époque un procès fut intenté à la ville de Nantes qui érigeait une statue à Cambronne. La veuve et les enfants du général Michel revendiquaient pour la mémoire du chef de leur famille les paroles historiques : *La garde meurt et ne se rend pas,* qui devaient être gravées sur le socle du monument.

M. Boyer-Peyreleau me raconta alors qu'ayant été détenu en 1815 avec Cambronne, La Valette, Ney, Labédoyère et autres, il avait entendu lui-même de la bouche de Cambronne qui se faisait un plaisir de le répéter avec le geste qui avait accompagné le mot : *Poussé à bout par l'insolence et l'audace d'un officier anglais qui criait : rendez-vous ! je lui montrai le derrière et frappant sur la fesse je hurlai de tous mes poumons : Merde !*

LOUIS-PHILIPPE.

Si l'indulgence de Victor Hugo pour Napoléon Ier avait rencontré quelque sévérité dans le camp républicain, ainsi qu'en témoigne la lettre de Lacroix datée du 10 juillet 1862 reproduite dans le volume précédent, en revanche les appréciations bienveillantes sur Louis-Philippe ne pouvaient être que favorablement accueillies. C'était l'époque où tous les partis, républicain, orléaniste, légitimiste, s'étaient alliés contre l'empire, sous le nom d'*Union libérale;* assurément les orléanistes n'étaient pas moins détestés par le gouvernement impérial que les républicains.

Le général Le Flô, un des auteurs de la proposition des questeurs, qui fut arrêté en 1851, emprisonné à Vincennes, puis expulsé et qui se réfugia en Angleterre, était rentré en France en 1857. Il habitait la Bretagne. Il reçut du duc d'Aumale, en juillet 1862, une lettre datée de Twickenham. Il s'empressa d'écrire à Victor Hugo :

J'ai reçu hier matin une lettre de M[r] le duc d'Aumale qui vous aurait été, ce me semble, mieux adressée qu'à moi, mais que de certaines considérations l'ont amené sans doute à faire passer par mon intermédiaire. Quoi qu'il en soit, cette lettre renferme des sentiments trop honorables pour vous et pour le Prince pour que je ne me fasse pas un véritable plaisir de vous la communiquer. Lisez-la, mon cher ami, et gardez-la, si cela vous convient, ou renvoyez-la-moi, si vous le préférez.

Je n'ai pas encore lu le 7e volume des *Misérables;* j'étais absent quand les premiers volumes sont arrivés chez mon libraire de Morlaix, et je n'ai pu m'inscrire, pour les avoir à mon tour, qu'à la suite d'une liste déjà formidable... Ce livre est devenu un véritable événement...

Je ne sais si je partagerai l'enthousiasme du duc d'Aumale, et tout à fait votre sentiment, à l'égard de ce qui concerne Louis-Philippe : Peut-être oui, peut-être non. Je ne saurais jamais approuver 1830 et pas plus 1848. Shakespeare a pu faire pourtant un beau drame de Richard III; mais tout son génie et le vôtre, mon cher ami, ne sauraient parvenir à dramatiser le coucou du 24 février. Sans compter que le 29 juillet et le 24 février sont les parrains de cet abominable 2 décembre.

Nous reproduisons in extenso la lettre du duc d'Aumale :

Twickenham, 8 juillet 1862.

Il y a longtemps que je vous dois une lettre, mon cher Général, mais les communications ne sont pas trop faciles par le temps qui court, et j'ai dû attendre une occasion pour faire passer la Manche à ce billet. Si innocent qu'il soit, je ne réponds de rien; j'espère toutefois qu'il vous parviendra sans encombre.

J'ai été charmé d'avoir de bonnes nouvelles de vous et des vôtres, et je souhaite fort que votre fils réussisse dans ses examens de Saint-Cyr. Avec le sang qui coule dans ses veines, il ne peut manquer de faire un brave soldat et un bon officier.

Les santés sont bonnes céans. Notre sainte mère porte fièrement ses 80 ans. Mes enfants grandissent et travaillent. Je cherche le moyen de bien terminer l'éducation de l'aîné; ce n'est pas sans difficulté; je songe à la Suisse, pays éclairé, libre et neutre. Nous avons de bonnes nouvelles de nos Américains; nos anxiétés sont grandes; car le danger est sérieux et leur vie est rude; mais ils servent une noble cause, ils la servent bien, et nous reviendront *hommes* si Dieu les protège comme je l'espère.

Lisez-vous *les Misérables*? Le 7ᵉ volume commence par un portrait de mon père qui m'a causé une bien vive et bien douce émotion. Cette impression a été celle de ma mère, de mes frères et sœur ici présents. Il y a sans doute, dans cette rapide et brillante esquisse,

des erreurs et des réserves que nous n'acceptons pas. Mais l'*homme* y est peint, peint de main de maître; le noble cœur du poète a compris le noble cœur du Roi, et dans leur ensemble ces pages éloquentes sont une éclatante justice rendue au caractère de mon père, à sa bonté, à ses grandes qualités, à la loyauté de son règne. Certains traits nous ont touchés jusqu'aux larmes. Si vous êtes encore en relations avec M. Victor Hugo, tâchez de lui faire connaître tous les sentiments que cette lecture nous a inspirés.

Adieu, mon cher Général; ma femme et mes enfants vous font dire mille choses. Tâchez de me donner souvent de vos nouvelles et croyez-moi toujours

Votre bien affectionné,

H. D'ORLÉANS.

Il faut croire qu'à cette époque le duc d'Aumale, très vivement ému par la lecture des *Misérables,* avait écrit à d'autres amis, car il existe une autre lettre antérieure, datée de Twickenham, 3 juillet.

Émile Blémont nous dit dans son *Livre d'or* qu'elle était adressée à Cuvillier-Fleury; on y lit ce fragment :

J'allais vous écrire au sujet du portrait du Roi tracé par Victor Hugo. Nos cœurs se sont rencontrés. Je n'ai encore rien lu d'aussi sympathique. Il y a des erreurs et des réserves que certes je n'accepte pas. Mais l'*homme* est compris, bien peint, et il y a des traits sublimes. C'est la plus éclatante justice qui ait été encore rendue à ce grand et noble cœur. En parcourant ces pages, qui m'ont pris par surprise, les larmes me sont venues aux yeux plusieurs fois.

On remarquera que, dans ces deux lettres, des phrases sont presque semblables, que les mêmes mots se retrouvent; ce qui n'est pas surprenant. Le duc d'Aumale, ayant éprouvé une impression très vive, la communiquait en même temps à plusieurs amis et la traduisait nécessairement presque dans les mêmes termes. Cette lettre à Cuvillier-Fleury avait été connue immédiatement à Paris ; on se passait même des copies de mains en mains, et ceux qui n'y auraient peut-être pas prêté attention si elle avait paru dans un journal la lisaient et la relisaient ; n'était-ce pas de l'excellent fruit défendu ? Car le duc d'Aumale était peut-être tenu en plus grande suspicion qu'un républicain par l'empire. Il ne fallait pas espérer qu'un journal français accueillerait cette lettre. Cependant Émile Blémont signale un citoyen courageux, Anatole Cerfbeer, qui inséra dans son journal *le Théâtre* le fragment cité plus haut en le faisant précéder de ces mots : *Lignes adressées à un ami de France.*

C'était à cette lettre à Cuvillier-Fleury que Lacroix faisait allusion lorsqu'il écrivait à Victor Hugo le 10 juillet :

Vous connaissez la lettre du duc d'Aumale. Je vais la faire reproduire partout, elle sera d'autant plus excellente comme effet qu'elle déplaira davantage au gouvernement français.

Lacroix communiquait aux journaux la lettre à Cuvillier-Fleury. En France, le silence fut strictement observé ; mais les journaux allemands, hollandais, italiens, belges, loin d'imiter l'exemple de la France, commentèrent ce document avec les plus grands éloges. Lacroix obtenait une publicité européenne qui le réjouissait et satisfaisait sa rancune contre le gouvernement français auquel il reprochait les anciennes alertes, lors des menaces d'interdiction des *Misérables*.

BARBÈS.

Dans ce même livre sur Louis-Philippe, Victor Hugo dit du roi :

Une autre fois, faisant allusion aux résistances de ses ministres, il écrivait à propos d'un condamné politique qui est une des plus

généreuses figures de notre temps : *Sa grâce est accordée, il ne me reste plus qu'à l'obtenir.*

Le *condamné* était Armand Barbès. Pour avoir préparé et exécuté le mouvement de mai 1839 il avait été condamné à mort par la Chambre des pairs. On se rappelle les vers que Victor Hugo adressa au roi :

Par votre ange envolée ainsi qu'une colombe,
Par ce royal enfant, doux et frêle roseau,
Grâce encore une fois ! Grâce au nom de la tombe !
    Grâce au nom du berceau !

Louis-Philippe accorda la grâce. La peine fut commuée en détention perpétuelle. Armand Barbès fut envoyé à la forteresse de Doullens et transféré à la prison de Nîmes. La révolution du 24 février lui rendit la liberté.

Le 10 juillet 1862 Armand Barbès écrivait à Victor Hugo :

Le condamné dont vous parlez dans le septième volume des *Misérables* doit vous paraître un ingrat.
Il y a vingt-trois ans qu'il est votre obligé !... et il ne vous a rien dit.
Pardonnez-lui ! pardonnez-moi !...

On peut lire la lettre entière et la réponse de Victor Hugo dans *Actes et Paroles.*

Il y a eu dans ces derniers temps quelques polémiques à ce sujet : l'intervention de Victor Hugo avait jusqu'alors paru à tous décisive ; mais tout récemment, on a publié une lettre datée de 1848 et adressée par Barbès à Lamartine ; cette lettre semblait attribuer à l'influence du poète des *Méditations* l'acte de clémence du roi.

Puisque c'est à l'occasion de la publication des *Misérables* que Barbès témoigna sa gratitude à Victor Hugo et puisqu'un point d'histoire a été soulevé, les documents destinés à l'éclaircir d'une façon définitive ont tout naturellement leur place ici.

Lorsque Victor Hugo eut envoyé ses

quatre vers au roi, il reçut la lettre suivante :

CABINET DU ROI. Neuilly, le 17 juillet 1839.

Monsieur,

Le Roi avait résolu d'user de sa prérogative et de sauver la vie du condamné. Les touchants souvenirs si heureusement invoqués étaient bien propres à confirmer Sa Majesté dans l'intention que son cœur lui avait suggérée. Votre généreuse inspiration, monsieur, a donc atteint son but, et Leurs Majestés m'ont chargé de vous dire combien Elles vous en savaient gré.

Veuillez recevoir, monsieur, l'expression de ma considération la plus distinguée.

Le secrétaire du Cabinet,
Camille FAIN.

Au dos de cette lettre, Victor Hugo avait recopié les quatre vers adressés au roi.

Victor Hugo répondit :

Monsieur,

Toutes les pensées généreuses, je le sais, sont dans le cœur comme dans la raison du Roi. Je savais donc que je ne ferais qu'aller au-devant d'une inspiration royale. Mais je croyais savoir aussi que cette noble et sainte inspiration serait peut-être contrariée par des conseils que le trône est quelquefois obligé d'écouter. Il m'a semblé alors qu'en cette grave conjoncture, tout bon citoyen, si peu de chose qu'il fût, avait un devoir, celui de joindre sa pensée à la haute pensée du Roi dans un but de clémence et de salut. Le poids le plus imperceptible aide quelquefois à faire pencher la plus grande balance ; et précisément parce qu'elle est obscure, parce qu'elle est désintéressée, parce qu'elle est perdue dans la foule, la voix d'un passant qui encourage un Roi dans une bonne résolution peut avoir son utilité.

C'est là, monsieur, ce qui m'a déterminé à envoyer à Sa Majesté les quatre vers que j'avais trouvés en quelque sorte tout faits dans mon esprit après avoir lu cet arrêt de mort.

Veuillez, je vous prie, monsieur, dire au Roi et à la Reine combien je suis touché des gracieuses paroles dont Leurs Majestés ont bien voulu vous charger pour moi, et agréer pour vous personnellement, monsieur, l'assurance de mes sentiments très distingués.

Victor HUGO.

Le roman des *Misérables* avait provoqué un mouvement de curiosité passionnée dans l'opinion, non seulement en France mais dans toute l'Europe, puisqu'il parut en même temps à Paris, à Bruxelles, à Londres, à Leipzig, à Pesth, à Varsovie, à Madrid, à Rotterdam, à Rio-de-Janeiro. Émile Blémont rapporte qu'un voyageur français, M. Alfred Rambaud, trouva la traduction russe à Kazan, au fond de la Moscovie tartare ; qu'aux États-Unis, pendant la guerre de sécession, les soldats portaient le livre dans leur sac et se surnommaient Marius, Enjolras, Courfeyrac, Bossuet, Grantaire, et que, dans les Pays-Bas, *les Misérables* étaient lus en chaire par les pasteurs.

Mais si les pasteurs lisaient à leurs fidèles *les Misérables* dans les Pays-Bas, les évêques les brûlaient en Espagne. Victor Hugo a raconté l'histoire dans les *Quatre Vents de l'Esprit* ; à la pièce intitulée *le Bout de l'oreille*, il avait donné comme variante : *les Misérables brûlés en Espagne.*

Entre un ami. « Bonjour ! savez-vous ? me dit-il,
On vient de vous brûler sur la place publique.
— Où ça ? — Dans un pays honnête et catholique.
— Je le suppose. — Peste ! ils vous ont pris vivant
Dans un livre où l'on voit le bagne et le couvent,
Vous ont brûlé, vous diable et juif, avec esclandre.
Ensuite ils ont au vent fait jeter votre cendre.
— Il serait peu décent qu'il en fût autrement.
Mais quand ça ? — L'autre jour. En Espagne. —
[Vraiment ?
— Ils ont fait cuire au bout de leur grande pincette
Myriel, Jean Valjean, Marius et Cosette,
Vos *Misérables*, vous, toute votre âme enfin.
Vous êtes un de ceux dont Escobar a faim.
Vous voilà quelque peu grillé comme Voltaire.
— Donc, j'ai chaud en Espagne et froid en Angleterre.
Tel est mon sort. — La chose est dans tous les jour-
[naux.
Ah ! Si vous n'étiez pas chez ces bons huguenots !
L'ennui, c'est qu'on ne peut jusqu'ici vous poursuivre.
Ne pouvant rôtir l'homme, on a flambé le livre.
— C'est le moins. — Vous voyez d'ici tous les détails :
De gros bonshommes noirs devant de grands portails,

Un feu, de quoi brûler une bibliothèque.
— Un évêque m'a fait cet honneur ? — Un évêque !
Morbleu ! pour vous damner ils se sont assemblés,
Et ce n'est pas un seul, c'est tous. — Vous me com-
[blez.
Et nous rions.

De tous les points de la France et du monde affluent à Guernesey des lettres de félicitations. *Les Misérables* avaient été répandus à un nombre colossal d'exemplaires. En 1874 Victor Hugo, redevenu propriétaire de son roman, traitait avec la maison Hachette.

On lit dans ses carnets :

17 avril : nous sommes allés à la librairie Hachette où j'ai vu M. Templier. Il est convaincu que *les Misérables* ne paraîtront chez Hachette que le 18 novembre, dans sept mois, et que je toucherai seulement à cette époque mon droit de 60 centimes par volume de l'édition, laquelle sera en cinq volumes.

12 janvier 1875 : reçu de Hachette (traité 60ᶜ par volume sur 15,000 volumes des *Misérables*, édition de 3,000 exemplaires. 5 volumes — 9,000 fr.)

On trouvera dans la bibliographie la liste de toutes les éditions publiées dans tous les formats. Il paraît que les éditeurs y trouvaient leur profit puisque depuis l'apparition des *Misérables* en 1862 jusqu'à aujourd'hui, c'est-à-dire en 1909, pendant quarante-six ans, les éditions se sont succédé sans relâche et que la vente du roman est chaque année considérable.

Aussi est-il assez piquant de reproduire ici le pronostic de Barbey d'Aurevilly :

Que sera son livre des *Misérables* je ne dis pas dans dix ans, mais seulement dans deux; seulement dans six mois ? Ses mameloucks peuvent se monter la tête jusqu'au degré d'imagination le plus oriental, les libraires, eux qui n'ont point cette faculté, en précipitant les dernières livraisons des *Misérables* l'une sur l'autre, ont eu là un mouvement de prophète. Ils ont senti la *petite mort* qui passait sur le livre et sur leur échine de commerçants.

Barbey était un assez pitoyable prophète : il est toujours dangereux de faire des pronostics sur les œuvres littéraires, plus dangereux encore de les imprimer. Cette œuvre qui excitait toutes les colères de Barbey est une de celles qui a été le plus vulgarisée, d'abord par les éditions nombreuses en tout format et par les éditions illustrées, ensuite par les volumes de morceaux choisis, enfin par les cours des professeurs de littérature, et par le théâtre, car chaque année le drame est joué un peu partout en France et même à l'étranger.

Myriel, Jean Valjean, Javert, Fantine ont par la suite des temps pris un relief d'autant plus accentué que, ressemblant d'abord à des personnages de légende, ils ont apparu plus tard comme des personnages réels, des personnages en quelque sorte historiques, et le roman, jadis violemment discuté, attaqué dans ses idées et dans ses tendances, est aujourd'hui presque universellement admiré sans réserves.

Victor Hugo demandait pour le peuple l'instruction, et depuis lors nous avons eu l'instruction gratuite et obligatoire; il réclamait plus de justice et d'humanité dans les lois, et nous avons obtenu des réformes sociales dans le domaine du travail et des adoucissements dans la répression pénale. Son livre a été un glorieux précurseur.

II

REVUE DE LA CRITIQUE.

Rarement roman fut plus commenté, discuté, loué, fêté, glorifié, attaqué, vilipendé, que ne le furent *les Misérables*.

Articles de journaux, de revues, brochures, livres, parodies mêmes pullulèrent. Il y eut *les Anti-Misérables*, de Tapon-Fougas; *les Misérables pour rire*, en vers, de Vémar; *Étude sur les Misérables*, par Courtat; *Examen du livre les Misérables*, par Perrot de Chazelles, procureur impérial à Châlons-sur-Marne, et d'autres satires dont les titres sont d'ailleurs aussi complètement oubliés que leurs auteurs. Quelques-uns, prévoyant sans doute leur sort, avaient imaginé un procédé assez ingénieux, ils s'étaient dit : Si par hasard nous pouvions obtenir que Victor Hugo répondît à notre opuscule, nous aurions un peu de publicité et nous provoquerions ainsi quelques polémiques dans les journaux. Pour atteindre ce but ils écrivaient une lettre anonyme à Victor Hugo. En voici un échantillon :

Monsieur,

Vous comprendrez, sans que je vous les explique, les raisons qui s'opposent à ce que je signe ma lettre. En rentrant à Paris j'ai trouvé partout le pamphlet que je vous adresse après y avoir fait quelques marques au crayon... L'auteur vend non seulement son ouvrage, mais de plus le distribue gratuitement avec une libéralité *extraordinaire*. A ma connaissance personnelle, il l'a envoyé à tous les membres de l'Institut...

Victor Hugo était si peu dupe de ce piège qu'on lui tendait pour obtenir de lui une réponse qu'il écrivait au haut de la lettre : '

Reçu le 2 X^{bre} 1862. L'anonyme est probablement... (Suit le nom de l'auteur de la brochure).

La critique sérieuse fut aussi variée que retentissante et la contradiction des jugements, tout en marquant l'indépendance des convictions et le désarroi des opinions, devait singulièrement troubler ceux qui cherchaient à s'éclairer sur l'œuvre avant de l'avoir lue.

Livre matérialiste, disait l'un; livre spiritualiste, disait un autre. Ces deux simples énoncés nous dispenseraient de toute discussion; car c'est la plus formidable critique de la critique elle-même.

A côté de deux affirmations aussi opposées, il y a eu cependant des controverses plus sérieuses et plus approfondies sur les idées et les doctrines au point de vue philosophique et social. Dans la préface publiée à la fin du premier volume de cette édition et écrite avant l'apparition du livre, Victor Hugo a indiqué à quelles inspirations il avait obéi.

Un certain nombre d'écrivains ont interprété magistralement la pensée maîtresse de l'œuvre; d'autres, tout en la méconnaissant, ont tenté du moins de mettre au service de leurs opinions un parti pris courtois; de là deux camps bien distincts.

C'est un roman socialiste dans la plus mauvaise acception du mot, ont dit les uns, un roman qui met au cœur des ignorants la passion pour l'impossible, qui «fait de la souffrance universelle un sujet d'accusation contre la société», qui dresse un violent réquisitoire contre les pénalités religieuses et sociales et qui tend, par cela même, à détruire de fond en comble toutes les institutions.

C'est un roman, ont dit les autres, tout rempli de l'idée du devoir, de l'idée de régénération et de progrès, empreint d'indulgence et de pitié, soucieux d'améliorer le sort du peuple et de poursuivre son développement intellectuel et moral, tout pénétré enfin d'un amour profond de l'humanité.

Il y a enfin les sectaires, les fanatiques; nous n'avons pas voulu les oublier afin de conserver à cette revue son caractère impartial et documentaire; nous ne pouvons mieux leur répondre qu'en empruntant à Émile Blémont ces lignes de son Livre d'or :

Un des signes qui caractérisent le mieux le génie de Victor Hugo, c'est qu'il a été toute sa vie attaqué avec une égale âpreté par toutes les intolérances, par le fanatisme religieux et par le fanatisme irréligieux, par le vertige d'en bas et par le vertige d'en haut. Les spiritualistes l'accusent de tout matérialiser, les matérialistes de tout spiritualiser. Ne voyant et ne voulant voir, les uns et les autres, qu'un côté de la destinée, ils dénoncent unanimement comme un rêveur celui qui l'a contemplée sous toutes ses faces. Eux, les incomplets, eux, qui nient l'une ou l'autre des conditions nécessaires de l'existence, ils s'entendent pour accuser d'exclusivisme le penseur harmonieux, bien équilibré, qui ne nie ni ne renie rien, qui ne se révolte ni contre le côté mystérieux, ni contre le côté brutal de la création, qui ne veut séparer les éléments inséparables ni avec la baguette de Circé, ni par l'opération du Saint-Esprit.

Si les sectaires l'ont tous déclaré anathème, en revanche ses chefs-d'œuvre ont toujours transporté d'enthousiasme les esprits élevés et les cœurs généreux.

Si Victor Hugo a eu contre lui Barbey d'Aurevilly et Eugène de Mirecourt, s'il a eu même contre lui Lamartine en cette unique circonstance, il a eu pour lui et avec lui les esprits élevés et les cœurs généreux : Paul de Saint-Victor, A. Peyrat, Scherer, Mario Proth, Nefftzer, Louis Ulbach, Albert Glatigny, Hector Malot, Jules Claretie, et combien d'autres; c'est leur jugement qui a été ratifié par la postérité.

Lorsque la première partie des Misérables fut mise en vente, Paul Meurice et Auguste Vacquerie s'étaient assurés que les journaux publieraient des articles et des fragments. Au Journal des Débats, Paul Meurice avait vu Jules Janin, et Mme Victor Hugo nous a raconté dans sa lettre du 31 mars 1862 leur entrevue :

— ... Je ne puis parler du livre ce soir puisque je ne le connais pas, dit Janin, faites vous-même la chose, Meurice, ma femme écrira sous votre dictée.

Paul Meurice dut donc dicter à la hâte l'article suivant qui parut sous la signature de Jules Janin :

Journal des Débats.

Jules JANIN.

Nous annonçons en toute hâte, avec trop de hâte, — le livre est là, qui va paraître, — les Misérables de M. Victor Hugo. Les Misérables représenteront, dans son œuvre, un des plus grands travaux de ce maître excellent dans l'art d'écrire en prose et d'écrire en vers. Philosophe, historien, poète, habile au rire, heureux au pleurer, commandant au drame, à la foule, à la passion, M. Victor Hugo laisse en ses sentiers une rude et charmante empreinte.

Hier encore il nous donnait, vous savez avec quelle intime et généreuse pitié, ces grands poèmes intitulés la Légende des Siècles, nés par une aurore douteuse, au milieu d'une nuit d'hiver; la veille encore il nous avait donné une suite printanière des plus tendres élégies et des plus douces chansons, sous ce titre éclatant de lumière et de clémence : les Contemplations, et voici qu'aujourd'hui nous tenons dans nos mains, pleines de reconnaissance et de tendresse, les deux premiers tomes de cette immense histoire intitulée *les Misé-rables*, que Béranger et Lamennais avaient pressentie, le premier avec des rires (*les Gueux*), le second avec des larmes sanglantes dans les *Paroles d'un croyant*.

Pour nous autres, les amis de la forme autant que de l'idée, et qui ne saurions sépa-rer dans notre admiration, dans nos respects, le beau style de la pensée généreuse, l'appa-rition d'un pareil livre est un évènement.

On voudrait tout citer, on voudrait tout choisir. Voici seulement une page ingénue et touchante où ce génie bienveillant console une infirmité dont il fait une joie.

Le critique donne ici les premières lignes du chapitre intitulé : *M. Made-leine en deuil*.

... Qui dirait que cette charmante et bril-lante page est sortie, empreinte de tant de grâce et de calme, de la plume à qui nous devons *Notre-Dame de Paris* et *Lucrèce Borgia* ? Écoutez maintenant ce qui peut sortir de la tête féconde qui contenait *les Orientales, les Rayons et les Ombres* et *les Contemplations*.

Ceci est une *Nénia*, une douloureuse chan-son que chante à son lit de mort une humble mère expirante. En ces moments de la nou-velle aurore, au milieu des ombres qui s'en vont, loin de la terre et voisine du ciel, dans ce dernier délire où tout passe et disparaît, la mère a retrouvé la douce chanson d'une vieille romance de berceuse avec laquelle autrefois elle endormait sa petite Cosette, et qui ne s'était pas offerte à son esprit depuis cinq ans qu'elle n'avait plus son enfant.

(Suit la chanson de Fantine.)

Il y a dans Virgile un doux vers :

Je vous dirais bien l'air... les paroles me manquent.

Nous autres, plus heureux, nous avons retrouvé dans cette élégie la parole et l'ac-cent, l'air et la chanson.

On se souvient qu'au moment où pa-rurent les deux premiers volumes des *Misérables*, Cuvillier-Fleury avait publié dans le *Journal des Débats* un article qui avait ému Victor Hugo et Mᵐᵉ Victor Hugo. On répandait alors le bruit d'une saisie ; il était question de prononcer

l'interdiction de l'œuvre et, en formu-lant certaines critiques sur le caractère politique et social du roman, Cuvillier-Fleury fournissait des armes aux parti-sans de la répression ; à la suite d'une lettre de Victor Hugo et d'une démarche de Mᵐᵉ Victor Hugo auprès du directeur du *Journal des Débats*, Édouard Bertin [1], Cuvillier-Fleury publia un second ar-ticle. Nous donnons des extraits de ces deux articles.

Journal des Débats.

CUVILLIER-FLEURY.

Quand j'ai vu M. Victor Hugo, au début de son roman, entrer de plain-pied chez un évêque et nous donner toute une série de chapitres qui semblent empruntés à la vie des saints, je l'avoue, j'ai eu peur.

... Puis, en avançant dans la lecture du livre, j'ai mieux compris la pensée de l'au-teur. Ce livre sera le martyrologe des mal-heureux, de ceux que la société châtie après les avoir dépravés, qu'elle plonge dans l'igno-minie par le besoin, qu'elle abandonne, enfants ou adultes, puis qu'elle flétrit pour se donner un air de justice... « Damnation sociale, nous dit M. Hugo, créant artificiel-lement, en pleine civilisation, des enfers et compliquant d'une fatalité humaine la desti-née qui est divine. » L'enfer des chrétiens est moins affreux, il n'y entre que des coupables. *Les Misérables* de M. Hugo ont un complice qui les absout comme individus devant la justice divine ; c'est la société. A la porte de son Enfer, Dante a écrit : *Lasciate ogni speranza.* M. Hugo a mis un saint pour enseigne à l'en-trée du sien.

... Le socialisme à craindre n'est pas le socialisme des rêveurs épris de chimères, c'est celui des hommes d'action, celui qui s'attaque à des réalités palpables, à des inégalités mani-festes, à des misères trop criantes pour ne pas exciter l'inquiétude des hommes éclairés, la sympathie des classes souffrantes et l'électrique émotion des multitudes... *Les Misérables* comptent déjà plusieurs éditions tirées à un grand nombre. Ils vont des salons dans les ateliers, ils passent des mains délicates, qui

[1] Voir l'Historique, t. III, p. 405.

en froissent par instants les pages, aux mains calleuses qui les caressent avec amour. Telle est l'action persistante de cet écrivain puissant.

Les délicats le lisent parce qu'il a un vrai style, les illettrés le recherchent parce qu'il parle aux instincts des masses un langage éclatant et passionné. Qu'importe qu'il n'habite plus la place Royale? son absence est une affliction pour ses amis; c'est peut-être un prestige de plus pour son livre. Est-ce que sa voix a un moindre écho parce qu'elle vient de plus loin? Perd-elle de sa puissance à mêler ses accents, comme disait Lamartine, à cette « plainte éternelle » de la grande mer?

Non, qu'on ne me croie ni empressé à la lutte, ni joyeux d'y retrouver un adversaire de la force de M. Hugo. Ce qui, au contraire, me paraît triste, même en le sentant adouci sur quelques points accessoires, c'est qu'il se montre à nous si peu changé pour le fond. De Claude Gueux le voleur à Jean Valjean le forçat libéré, mesurez la distance pour le temps; il y a plus de trente ans, on dirait qu'il n'y a qu'un jour pour le fond des choses. « Claude Gueux, cerveau bien fait, sans nul doute; mais le sort le met dans une *société si mal faite* (la société française), qu'il finit par voler; la *société le met* dans une prison si mal faite qu'il finit par tuer. » Voilà pour le héros de 1832.

... Affirmons qu'il n'est pas un juré en France, à aucune époque depuis soixante ans, qui eût condamné aux galères Jean Valjean, jusqu'alors honnête, pour avoir volé dans une heure de détresse un morceau de pain. M. Victor Hugo a été obligé de faire violence sur ce point à la tradition judiciaire pour la tourner contre la société. Les sociétés humaines sont riches d'imperfections; cela est trop vrai. Pourquoi leur prêter des torts imaginaires?

N'insistons pas. M. Hugo n'a pas fait un traité socialiste. Il a fait une chose que nous savons, par expérience, beaucoup plus dangereuse. Il a renouvelé en 1862, sous un régime bien différent, les tentatives qui ont marqué les premiers débuts du socialisme, en pleine liberté sous le dernier règne. Il a mis la réforme sociale dans le roman; il lui a donné la vie qu'elle n'avait pas dans les fastidieux traités où s'étale obscurément sa doctrine, et avec la vie le mouvement, la couleur, la pas-

sion, le prestige, la publicité sans limites, la popularité à haute dose, l'expansion à tous les degrés et à tous les étages. Non seulement il a mis le plus vigoureux talent au service de ses idées, mais il les a couvertes cette fois, pour tenter le respect des hommes, d'un manteau religieux. La religion est bonne partout, si elle est sincère. J'ai assez dit que je ne suspecte pas la sincérité de M. Victor Hugo; j'ai assez montré ce que le libéralisme le plus radical peut emprunter aux idées chrétiennes. J'ai aussi marqué la limite où cette association s'arrête. Le christianisme ni sa morale ne se prêtent pas à toutes sortes d'alliances.

... Si la Révolution de 89 a été bien faite, c'est contre ces excès de la justice, ces vengeances de la société, ces iniquités de l'opinion, ces insolences de la fortune, qu'elle a été faite. Qui donc se croit menacé aujourd'hui par les *vengeances de la société*? Qui se sent *écrasé sous le poids de la puissance et de la richesse*? Quel est l'ouvrier intelligent, honnête et laborieux, qui, sans richesse, sans outil de travail à la main, ne se croit l'égal d'un duc devant la loi et supporterait l'affront d'un sénateur! *Vous êtes tous rois*, disait-on aux ouvriers dans les conférences au Luxembourg. Si notre nation a un défaut depuis 89, ce n'est pas la bassesse des inférieurs; ce serait plutôt l'excès contraire. Noble défaut après tout! La bassesse, chez nous, est quelquefois en haut, jamais en bas.

... Le livre de M. Victor Hugo, inspiré par une pensée honnête, adroitement couvert d'un vernis religieux, plein des chaleureuses suggestions de la philanthropie moderne, habile à répéter par instants les plus doux accents de la charité chrétienne, ce livre, en dépit de tout, par sa tendance trop avouée, n'est pas seulement œuvre d'écrivain; c'est l'acte d'un homme, j'allais dire l'acte d'un parti, une véritable démonstration de 1848. C'est bien tard. La liberté politique a besoin d'autres défenseurs et de moins dangereux amis...

Cuvillier-Fleury avait publié son premier article le 29 avril 1862; il n'attendit pas huit jours pour donner son second article qui parut le 6 mai, mais il abandonna le terrain politique pour ne s'attacher qu'à la forme littéraire, suivant la

promesse qu'Édouard Bertin avait faite à
Mme Victor Hugo.

Journal des Débats.

CUVILLIER-FLEURY.

... J'aime donc, je le déclare sans confusion, le nouvel écrit de M. Victor Hugo. Je l'aime à l'égal de ses œuvres les plus éclatantes... Comme œuvre littéraire, j'ai le droit d'aimer son livre pour la vigueur qui s'y montre, pour la puissance qui s'y déploie, pour toutes les qualités de force, d'ampleur et d'harmonie dont la réunion semble le privilège de ce ferme et immuable esprit. Je ne dis rien de trop. Je sais tout ce qui lui manque du côté des nuances et des délicatesses de la forme. La grâce le fuit, non pas toujours celle dont Mgr Myriel est l'apôtre, mais celle qui a inspiré Virgile, Racine, Raphaël et Mozart.

... Dans un portrait je cherche moins l'original que l'auteur, je comprends donc, sans m'y livrer, l'exagération toute personnelle de M. Hugo. Il y met du sien. C'est son idéal à lui. L'élan spontané; la verve inspiratrice; l'œil pénétrant qui aime à parcourir de vastes espaces, même en rêve; la vigueur du pinceau remplissant d'immenses toiles et sacrifiant sans scrupule au prestige de la couleur la vérité du dessin; ces qualités, ces défauts d'un puissant esprit, j'ai commis cent fois le péché de les préférer, en lisant *les Misérables,* à tous les mérites d'exactitude « réaliste » dans lesquels s'est fourvoyé le roman moderne. Dans M. Victor Hugo, on sent toujours le poète. S'il vous enlève loin de terre et vous fait planer avec lui dans l'effrayante pénombre de ses cieux voilés, cette impression, qui n'est pas une des plus saines que l'esprit puisse éprouver, n'en est pas moins mêlée d'un certain orgueil et d'un plaisir véritable.

Après avoir analysé les personnages que Victor Hugo a créés «à son image, plus grands que nature», Cuvillier-Fleury poursuit :

... Je n'ai touché qu'à un des côtés du livre de M. Victor Hugo, le goût et l'abus du grand, une qualité et un défaut, un instinct naturel et une prétention acquise, car il y a de tout dans ce rare esprit, et ce serait le flatter bien peu que de lui crier, de ce rivage-ci de la Manche à l'autre, que son livre est parfait de tout point. Il croirait qu'on se moque de lui. Nous respectons son génie poétique jusque dans les erreurs de son jugement, mais c'est tout. M. Victor Hugo a commencé, avec puissance, vigueur, et même une certaine variété de nuances qui lui était moins familière, une œuvre considérable par son étendue, périlleuse par son objet, importante par la popularité qui s'attache justement aux productions de sa plume.

Le Temps.

NEFFTZER.

... Ce sont, en un sujet tout moderne, les magnificences de *Notre-Dame de Paris* unies à l'analyse psychologique et morale du *Dernier jour d'un condamné;* ce sont les misères de notre état social mises à nu avec franchise, mais expliquées avec équité, et jugées avec cette compassion inséparable de la vraie justice, ou qui plutôt est la justice du génie dispensé de maudire parce qu'il comprend, et c'est encore mieux que cela, c'est le cœur humain sondé, ce sont les abîmes de la conscience éclairés d'une lumière à la fois implacable et clémente; ce sont les luttes éternelles de l'âme, ses défaillances et ses grandeurs; c'est le drame de la chute, de l'expiation et de la transformation, voilà ce qui nous a principalement frappé, voilà ce qui fait qu'on s'attendrit en même temps qu'on admire, et que non seulement on s'attendrit, mais qu'on se sent meilleur et que l'âme retrempée s'affermit et s'élève.

La Presse.

A. PEYRAT.

... C'est en philosophe et en moraliste que M. Victor Hugo a traité ce sujet redoutable, et le titre seul de son livre indique à quelle profondeur il a dû descendre. La tête tourne sur cet abîme des misères humaines. Aussi, que de pages dans ce livre qui donnent le frisson et le vertige! Quelle étonnante union de tout ce que les émotions de l'âme ont de plus tendre, de plus poignant et de plus élevé!

... On pouvait craindre que l'esprit de système eût égaré M. Victor Hugo dans l'examen des hautes questions qu'il a entrepris et qu'il est digne de présenter à nos méditations. Non seulement la lecture de son livre dissipe ces appréhensions, non seulement elle ajoute à la grande idée que nous avions de lui comme écrivain, mais elle atteste une sérénité de pensée et une impartialité de jugement dont il est impossible de n'être pas très frappé. C'est là qu'on voit combien le vrai génie a de puissance et de ressources, quelle est la variété de ses moyens, la diversité de ses attributs, sa souplesse, sa force, sa flexibilité.

... Il y a certainement dans *les Misérables* des vues discutables; on peut, même en admirant M. Victor Hugo comme écrivain, ne pas approuver toutes ses vues et, dans une analyse raisonnée du livre, j'aurais peut-être à faire plus d'une critique de détail. Mais après toutes les critiques, je finirais comme j'aurais commencé; par rendre hommage à ce génie de première trempe qui vient d'ajouter un nouveau chef-d'œuvre à tous les chefs-d'œuvre dont il a illustré la littérature française.

L'appréciation suivante peut être curieuse à reproduire, car *la Patrie* était un des journaux officieux de l'empire qui avait dénoncé le livre des *Misérables* comme dangereux. M. Édouard Fournier s'exprime ainsi :

... Sur tout cela plane un sentiment d'amour exagéré pour les faibles et les maudits, qui singe la charité, mais qui n'est en fin de compte qu'une sorte de sophisme chrétien. M. Hugo parle à chaque instant du Christ, mais son adoration blasphème souvent tant sont étranges les pensées auxquelles il la mêle, tant est indigne le monde où il promène Dieu. Il dit quelque part de notre civilisation qu'elle est gouvernée par la loi de Jésus-Christ, mais qu'elle n'en est pas pénétrée. Il en est de même pour son livre, que l'ère chrétienne effleure, mais ne pénètre pas.

L'imagination le sert trop où il ne faudrait qu'amour, simplicité, bon sens. Il se laisse trop aller, à propos de choses saintes, à tous les excès de sa folle conductrice. Alors, au lieu d'édifier, il ne fait qu'étonner, au lieu d'être touchant, il n'est que bizarre; au lieu d'émouvoir, il fait rire.

... Applaudi, il l'a été souvent et il le sera cette fois encore à cause des incomparables qualités du style qui n'a jamais été chez lui d'un éclat plus étincelant, d'un jet plus intarissable et plus jeune, il le sera comme en ses plus beaux jours pour la vigueur continue des effets, le pathétique de la plupart des scènes et même, qualité plus nouvelle et plus inattendue, pour la vivacité spirituelle et le relief comique des observations. Tout le monde voudra s'égarer dans cette forêt vierge où tant de choses bruissent et bourdonnent, où des pièges sans nombre disparaissent dissimulés sous les richesses de la luxuriante nature; où la fleur attire, où la ronce retient; où le faible peut être tué par le parfum trop âcre de certaines plantes, mais où personne, même le plus fort, ne sortira sans être enivré.

Malgré l'appréciation finale, cet article avait éveillé la colère d'un jeune journaliste combatif et généreux qui, dans sa chronique hebdomadaire, répondit à la fois à Barbey d'Aurevilly et à Édouard Fournier :

Il est, en ce moment, parmi nous, un homme qui triomphe. Le voyez-vous? C'est un poète. Le voyez-vous, là-bas? Il a, tout à la fois, les joies glorieuses de Pétrarque et les douleurs poignantes d'Alighieri.

Celui-là, vous l'avez nommé, c'est l'illustre auteur des *Misérables,* le maître toujours jeune, l'athlète toujours fort, M. Victor Hugo!

Son œuvre est dans toutes les mains, sa voix fait battre tous les cœurs. Son livre est un livre sublime; c'est comme le code de notre société moderne, qui devrait être basée sur la justice et sur la charité! C'est l'Évangile du XIXe siècle!

Tous l'ont bien compris. Et le succès est grand. On applaudit. On admire. On s'émeut. Et, pour compléter ce triomphe, l'esclave insulteur ne manque pas. Au lieu d'un, même, il s'en est trouvé deux. Ils marchent, après le poète, et l'un appelle l'homme un fou, l'autre appelle l'œuvre une mauvaise action.

Je ne suis pas de ceux qui placent leurs fétiches sur un piédestal si haut qu'il ne soit permis d'y toucher. Il n'est homme si grand qu'on ne puisse l'atteindre.

Mais l'injure n'est pas la critique. Mais la vérité ne sort pas d'un accès de colère. Mais il est une bien grande différence entre Aristarque et Zoïle.

Je vous avoue que je ne suis pas mécontent d'avoir dit ce que je viens de dire. Me voilà tout soulagé de je ne sais quelle irritation produite en moi par les inconcevables articles de MM. Barbey d'Aurevilly et Édouard Fournier.

Peu de temps après cette chronique, Jules Claretie analyse à son tour cette œuvre qu'il admire :

Diogène :
                          Jules CLARETIE.

... Le premier volume de la deuxième partie (*Cosette*) s'ouvre par un magnifique épisode, *Waterloo*. Nul ne pourra lire sans se sentir ému et transporté ces pages brûlantes, où le poète a fait passer plus que son âme, l'âme de la France. Je ne connais rien de comparable, dans notre littérature contemporaine, à cet effrayant tableau de la plus effrayante journée de notre histoire.

Tableau complexe, qui demandait à la fois l'inspiration du poète, la fermeté de l'historien, et la profondeur du philosophe.

Victor Hugo a fait, avec cette date funeste, le plus grand, le plus beau, — faut-il le dire ? — le plus glorieux des drames.

A la lecture de ces chapitres qui sentent la poudre et le sang, le cœur s'emplit d'amertume et, en même temps, une orgueilleuse bouffée vous monte au cerveau.

C'est que la France est là, c'est que le peuple revit en ces pages superbes, c'est qu'il nous apparaît dans tout son héroïsme et toute sa grandeur. C'est lui qui marche, sans pâlir, sous les boulets anglais, qui tient haut et ferme son drapeau aux trois couleurs, qui sacrifie sa vie sans marchander, qui ouvre son flanc, qui va, qui lutte, qui meurt.

Il faudrait citer l'œuvre tout entière. Il faudrait admirer tout entier le poème.

La description de *l'Orion*, les réflexions si belles sur l'homme opposé à l'infini, les terreurs et les joies de Cosette, la poursuite de Jean Valjean par Javert, les couvents, les pages étincelantes consacrées au gamin de Paris, l'histoire de Marius, le profil sévère du brigand de la Loire, ces terribles descriptions du bas-fond social, le mauvais pauvre,

et la grêle figure du fils des Thénardier que nous apercevons à la fin du sixième volume, voilà autant de tableaux achevés et d'immortels chefs-d'œuvre.

... L'œuvre grandit. De loin, il suit des yeux, le poète, son livre qui va à tous les cœurs en passant par toutes les mains. Son âme s'emplit de cette calme satisfaction du devoir accompli ; sa parole sublime, écho des martyrs et des déshérités, est entendue de toutes les consciences. Montrant le mal, il le stigmatise à jamais, ne lui laissant qu'un refuge : le repentir ; allant au bien, il le fait marcher vers la lumière et le montre à tous. — Œuvre évangélique et qui seule pouvait venir d'un génie immense, — sanctifié par la souffrance et grandi par le malheur.

Le Temps.
                          SCHÉRER.

La thèse de M. Hugo est dirigée contre la société. Suivant lui, la société telle que nous la connaissons est cause que l'innocent devient coupable et que le coupable devient pire. C'est elle qui fait le galérien et la courtisane. La société n'a pas de pain pour tous ; de là *les Misérables,* de là la femme qui se vend et l'homme qui dérobe.

... Cette thèse, il faut le reconnaître, n'a jamais été défendue par des arguments plus éloquents.

... Je passe au drame du roman. Le drame est tout moral. Je ne veux pas dire qu'il soit le développement d'une idée, le cadre d'un enseignement ; une thèse morale ne me paraîtrait pas plus à sa place ici qu'une thèse sociale. Le roman de M. Hugo n'est pas moral en ce sens qu'il veut nous inculquer une leçon, il l'est dans ce sens, bien plus élevé, que les principaux événements dont l'action se compose sont des luttes de la conscience humaine aux prises avec le devoir, la tentation et le remords. Voilà ce qu'il y a de tout à fait caractéristique dans l'œuvre de M. Hugo. L'action se passe dans les profondeurs de l'âme.

... Il y a mauvaise grâce à faire des réserves, fût-ce les plus nécessaires, lorsqu'on a à signaler chez un auteur un progrès marqué et inattendu, lorsqu'on voit une œuvre puissante couronner une vie toute consacrée au culte des lettres, et qu'on a, pendant huit jours, vécu, palpité, souffert avec les êtres que son souffle vient d'évoquer à l'existence.

Opinion nationale.

E. PAUCHET.

... On remonterait bien loin dans l'histoire littéraire sans trouver une émotion comparable à celle qu'a produite cette épopée des misères. Cinq éditions de *Fantine* épuisées rien qu'en France, vingt-cinq mille exemplaires originaux du triple tirage parisien, belge et allemand enlevés; neuf traductions vendues simultanément dans les deux mondes; et le tout en un mois, cela n'est rien, ce n'est que le succès matériel.

Le succès moral a été encore plus grand. Jean Valjean, Fantine, l'Évêque, Javert, la sœur Simplice sont des figures désormais vivantes et ineffaçables.

Le soir d'un jour de marche, Petit-Gervais, Tempête sous un crâne sont des scènes qui ne quittent plus l'imagination et la pensée.

Cette œuvre, à la fois ardente et calme, enthousiasme les uns, exaspère les autres, mais elle passionne tout le monde. En somme, elle aura rencontré juste ce qu'il faut d'opposition et de résistance pour qu'il y ait une éclatante victoire.

Le succès n'est plus à faire, il est fait. Ce qui pouvait sembler n'être que l'illusion d'espérances trop amies est dès à présent une réalité. On disait le public indifférent, toute flamme éteinte, toute pensée endormie; en tout cas, il nous semble qu'on se réveille, et voilà le fameux succès de *Notre-Dame de Paris* dépassé.

Opinion nationale.

Hector MALOT.

... Ce qui domine *les Misérables*, ce qui dirige et enchaîne le roman, c'est l'âme humaine : les événements, le côté matériel et dramatique ne sont là que pour montrer les luttes de la conscience, pour les mettre aux prises avec la tentation et le devoir, la passion et le remords, la force et la faiblesse.

De ces luttes naissent à chaque pas des analyses psychologiques d'une gradation admirable, d'une profondeur effrayante, d'une extraordinaire beauté.

Hector Malot donne ce portrait de Javert :

... Javert, ce n'est pas l'agent de police, c'est la police elle-même, mais la police honnête, sévère, inexorable.

... En disant que Javert est la police elle-même, je ne veux pas dire cependant qu'il soit une abstraction. Il est vivant en chair, en os et en esprit et, tel qu'il est, il est parfait, caractère, langage, costume, geste et action. C'est un type. Un type effrayant, aussi vrai que la vérité, aussi complet que l'imagination peut le vouloir.

Un personnage qui, lui aussi, est un type, bien qu'il ne fasse que traverser l'action, c'est M. Gillenormand, le grand-père de Marius. Il ne fait qu'apparaître; mais il se grave si fortement dans l'esprit, les yeux et les oreilles, qu'on le voit, qu'on l'entend toujours et qu'à chacune des transformations de Marius on pense à ce vieux débris du XVIII° siècle encombrant le XIX° et regrettant de ne pouvoir pas le corrompre. On peut dire de celui-là que c'est plus qu'un type : c'est une explication. Toute une époque est là résumée en quelques mots et en quelques actions.

Le Siècle.

Hippolyte LUCAS.

Nous avons voulu attendre que la publication nouvelle de M. Victor Hugo eût atteint un certain développement afin d'en mieux saisir le sens et la portée. Il nous eût coûté de nous associer aux attaques dirigées contre la première partie de l'œuvre par des juges trop pressés d'accuser l'auteur sur des apparences, et de critiquer d'après le portique tout l'ensemble de l'édifice non encore découvert, s'emparant, en effet, de la situation d'un forçat et d'une fille perdue victimes des rigueurs de la loi et de la société. On s'est hâté de dire que l'intention de M. Victor Hugo n'était rien moins que de réhabiliter le vice et de détruire toute espèce de législation.

Maintenant que ses volumes ont paru et particulièrement le sixième [1], on a dû comprendre que l'auteur était loin de prendre le parti de la débauche et du crime; que per-

[1] Le sixième volume, dans l'édition originale, termine la troisième partie, *Marius.*

sonne ne flétrissait avec plus d'énergie les bas et envieux instincts de l'humanité, mais qu'il voyait dans la charité et surtout dans l'éducation un moyen d'en prévenir ou d'en atténuer les excès. Tel est le but moralisateur de ce livre, qui ne porte plus à son frontispice le terrible mot de fatalité comme dans *Notre-Dame de Paris,* mais celui de fraternité, et qui le dit à tous, à ceux qui sont en bas comme à ceux qui sont en haut de l'échelle sociale sans vouloir pour cela la renverser.

... Le sixième volume est le point culminant, et l'on croit assister à une représentation théâtrale en lisant les sombres pages où M. Victor Hugo a peint le crime et les criminels dans toute leur horreur.

... Si nous revenons au point de vue social, nous le répétons, la thèse véritable que l'auteur a soutenue, c'est que l'ignorance est la source de la plupart des crimes et des vices, et que l'instruction est un gage de moralité, c'est que les trop grandes sévérités de la loi n'améliorent pas les âmes, et que la douceur et la bonté déterminent le repentir. Il sort en un mot de ce livre un parfum de charité qui rend assurément l'homme meilleur et plus enclin à secourir ses semblables lorsqu'il les voit souffrir, et à leur pardonner si la faim, *malesuada fames,* qui ne devrait pas exister dans une société bien réglée, leur a fait commettre des fautes.

Des articles très remarquables parurent dans le *Journal de Gand* sous la signature de M. Paul Voituron, avocat à la cour d'appel de Gand; ils furent réunis en volume sous le titre : *Études philosophiques et littéraires sur les Misérables de Victor Hugo.* Ces articles avaient été lus avec un très vif intérêt par Victor Hugo qui adressa plusieurs lettres de félicitations et de remercîments à leur auteur. Nous croyons devoir en publier quelques courts extraits :

Vous avez compris ma pensée à ce point que vous pénétrez dès à présent le livre tout entier... Vos deux articles sont deux pages rares; tout y est, le talent et le cœur. Le cœur, à dose immense, vous l'avez. Vous entendez déjà les cris de l'égoïsme, du pédantisme et de la superstition contre ce livre qui est un livre de pitié. Mais la pitié vaincra.

(11 mai 1862.)

Les quatre derniers volumes vont vous être envoyés. Vous verrez encore que vos dernières lignes ont deviné Jean Valjean dans la barricade, ne tuant personne et protégeant tout le monde, même quand il a une arme, c'est-à-dire la guerre à la main. J'insiste sur cette faculté de divination qui vous est propre et qui est une puissance de votre esprit.

(25 juin 1862.)

Enfin, dans une dernière lettre du 3 novembre 1862, Victor Hugo écrit :

J'ai voulu relire d'un bout à l'autre votre beau travail sur *les Misérables*... L'unité se dégage à mesure qu'on avance dans le livre, et, ce qui est le triomphe du critique et du philosophe, d'une œuvre qu'on croirait au premier abord devoir être fractionnelle, vous avez su faire un tout harmonieux. Pas une question, grande ou moindre, politique, sociale, humaine, morale, idéale, divine, qui ne soit acceptée par vous et magistralement étudiée.

En raison de l'importance que Victor Hugo a attribuée à cette critique, nous en donnons de longs extraits.

M. Voituron analyse très complètement la première partie du roman, puis il ajoute :

C'est une œuvre qui, sans contredit, tiendra l'une des premières places dans l'histoire de la littérature du xixe siècle. Rien ne lui manque en effet de ce qui fait le mérite d'une production de cette nature : l'intérêt dramatique, la variété des épisodes dans l'unité générale, la vraisemblance de l'action, la profonde analyse du cœur humain, la peinture énergique des caractères, la connaissance de l'homme et de la société, et par-dessus tout la vie de la pensée, la vérité et l'élévation des idées et des sentiments. On lit ce livre comme on regarde dans un abîme; il donne le vertige.

... Chose étonnante ! Victor Hugo est le père de la littérature romantique qui a amené la littérature réaliste, et voilà que dans son œuvre nouvelle le spiritualisme apparaît dans le fond et dans la forme avec une vigueur inconnue jusqu'ici.

... De tous les romans qui ont paru jusqu'à ce jour, celui que Victor Hugo vient de publier porte le mieux, selon nous, le cachet de notre siècle, parce qu'il est à la fois le plus véritablement spiritualiste et le plus utile au progrès des idées modernes.

Ce caractère spiritualiste, dont nous parlons, respire partout dans son œuvre. C'est l'homme intérieur que Victor Hugo cherche sans cesse à saisir et à nous montrer. Le monde des sens n'est qu'apparence et ne mérite que nos dédains. C'est à l'âme qu'il faut s'adresser pour juger les actions. La plupart de ses personnages semblent n'agir que sous le regard de Dieu et ne demander d'autre approbation que celle de leur conscience.

... Le chapitre intitulé : *Une tempête sous un crâne*, et qu'on ne saurait lire sans être profondément ému, est empreint de cette spiritualité vraie et chrétienne qui fait le grand mérite de ce livre.

... Pourquoi Victor Hugo a-t-il pris ses principaux personnages parmi des forçats et des prostituées ? Est-ce par le désir d'émouvoir à tout prix, et de nous présenter l'horrible, ne pouvant plus nous intéresser par le spectacle de l'honnête et du bon ? Non, dès les premières pages on voit que telle n'est pas son intention, et qu'il ne veut pas, comme tant d'autres l'ont fait, exploiter des goûts dépravés ou satisfaire la curiosité pour le mal. Mais il veut faire voir que ce qui donne du prix aux choses humaines, c'est ce qui part de l'âme, et que le fait seul, les dehors, les apparences, le hasard de la naissance et les conditions sociales, toutes ces choses auxquelles on attache encore tant d'importance dans nos mœurs, ne sont que factices et sans valeur réelle. La vraie grandeur pour l'homme est dans l'aspiration vers le bien, et partout où brille un de ces rayons célestes qui illuminent une âme et lui découvrent quelque chose de ce qui est éternellement vrai et juste, nous devons nous incliner avec respect, que cette âme habite sous les haillons du pauvre, la casaque infamante du forçat ou la robe flétrie de la fille perdue.

Dans un second article, M. Voituron répond à ceux qui accusent Victor Hugo d'avoir voulu attaquer la société :

Le thème favori des écrivains réactionnaires et catholiques, les seuls peut-être qui aient pu sans crainte dire toute leur pensée, c'est que ce roman est socialiste dans le plus mauvais sens du mot, que pour battre en brèche la société, l'auteur la rend seule responsable de tous les maux de l'individu, qu'il méconnaît par conséquent la liberté et l'initiative individuelles.

Le reproche est curieux adressé à celui qui a défini la littérature romantique « le libéralisme littéraire ». Mais est-il juste ? La suite du roman répond péremptoirement.

... Victor Hugo ne déclame pas contre la société, il laisse parler les faits, car l'histoire de Jean Valjean est vraie dans ses parties principales. Il pose les problèmes. Il faudrait qu'il les résolve, dites-vous ! Eh ! non ; cela n'appartient pas à un homme, quelque grand qu'il soit : l'humanité entière résout les problèmes qui l'intéressent ; le génie et la science proposent ; Dieu et l'humanité, qui souvent n'est que son instrument, disposent. Quant à Victor Hugo, il dit tout ce qu'il faut dire en demandant pour le peuple l'instruction et la lumière, l'indulgence et la pitié, qui n'est que le sentiment d'une justice plus complète. La conclusion de son livre se bornerait à cela que son mérite serait immense puisqu'il vulgarise par une œuvre admirable une idée que la conscience humaine déclare vraie.

... Plus on avance dans la lecture des *Misérables*, plus on reconnaît que c'est une œuvre complète. Non seulement Victor Hugo peint l'homme et la société avec une vérité et une force de coloris qui n'ont jamais été égalées, mais il s'élève aux principes des choses et agite les questions les plus difficiles de philosophie sociale que notre siècle a pour mission sinon de résoudre, du moins d'élucider et de populariser.

Dans un troisième article, M. Voituron caractérise la philosophie de Victor Hugo :

... Nous avons rapproché *les Misérables* de *la Divine Comédie* du Dante. Ce rapprochement se justifie non seulement par le sujet et par la forme, mais encore par l'esprit philosophique. V. Hugo, dans la seconde partie de son roman, s'élève aux considérations les plus hautes de la pensée, et, sous ce rapport, nous le disons sans hésitation, l'avantage lui reste sur le poète-philosophe du moyen âge. Celui-ci se perd souvent dans les subtilités de la scolastique et partage quelques-unes des erreurs sensualistes d'Aristote. V. Hugo, au contraire, quoiqu'il ne se soit prononcé que d'une manière très sommaire sur les questions purement philosophiques, nous semble se rattacher par les points essentiels à la véritable théorie spiritualiste.

. Mais ce qui le distingue le plus du Dante, c'est le caractère pratique de sa philosophie. En cela encore, il peint fidèlement notre époque. Au moyen âge l'homme s'était retiré en lui-même; sa mission était de resserrer le lien intérieur qui l'unit à Dieu. De là le caractère spéculatif et contemplatif de la philosophie du Dante, et la place énorme que les discussions philosophiques occupent dans son poème. Sa philosophie est essentiellement théologique et mystique. Au xviie siècle une nouvelle phase commence; la révolution intérieure de l'humanité se poursuit dans les rapports de l'homme avec la nature; l'esprit humain prend possession de celle-ci par la science : c'est l'époque des grandes découvertes scientifiques. La philosophie spiritualiste se tourne vers l'explication des phénomènes de la nature; mais l'esprit, en suivant cette pente, est entraîné dans le sensualisme. Enfin, à notre époque, la mission de l'humanité est de commencer la révolution dans l'ordre social. C'est ce qui imprime à la philosophie un caractère pratique et lui donne, par suite de la grandeur même de l'œuvre, des tendances au panthéisme, mais le véritable esprit de notre siècle ne sera saisi qu'en résistant à ces tendances et en restant fermement attaché aux principes du spiritualisme. Jusqu'ici, Victor Hugo nous paraît avoir été le premier parmi les romanciers modernes qui ait eu ce mérite. Le spiritualisme pratique, besoin impérieux de notre époque, respire partout dans son œuvre.

... Le développement théorique des idées n'arrête pas l'action du drame dans le roman de Victor Hugo. Nous l'avons dit, c'est une œuvre vivante, à la fois pathétique et profonde. La mélancolique histoire de Jean Valjean symbolise la révolution intérieure et morale de l'humanité. De même que Jean Valjean, l'humanité a été condamnée aux travaux forcés, et elle est devenue mauvaise par sa faute d'abord, mais plus encore par les erreurs et les injustices que quelques-uns ont consacrées dans l'organisation des religions et des sociétés.

Dans un quatrième article et dans les articles suivants, le critique développe l'idée sociale, l'idée politique et l'idée morale de l'œuvre.

... Les véritables défenseurs de la morale, de la famille et de la société ne sont pas ceux qui balbutient quelques hypocrites protestations de dévouement au progrès, ni ceux qui s'occupent à réparer le comble d'un édifice sapé dans ses fondements et qui menace ruine, ce sont ceux qui arrachent résolûment le voile, découvrent le mal dans toute son étendue et cherchent le grand, le vrai remède...

... Victor Hugo nous montre dans la grande figure de Jean Valjean le progrès par l'action individuelle, de même qu'en peignant Marius, qui symbolise la révolution intérieure des idées politiques, il nous fait voir le progrès par l'action collective de la société.

... Ce qui se dégage avec une force irrésistible de l'œuvre de Victor Hugo, c'est l'idée du devoir et des sacrifices qu'il exige en ce monde. Nous avons eu raison de dire que ce qui fait le mérite de ce livre, c'est le sentiment moral et bienfaisant que sa lecture inspire.

... Il a admirablement compris que dans l'état actuel de désordre où vit l'humanité, le progrès ne peut se faire que par le sacrifice. L'homme, pour remplir son devoir, doit souvent renoncer, non seulement à des liens matériels, mais aux liens intérieurs qui l'attachent aux choses de ce monde. Ces liens parfois sont tellement forts qu'il faut beaucoup de courage pour les briser. Quelquefois même il faut de l'héroïsme; c'est pourquoi beaucoup faiblissent en route, mais l'exemple des héros fortifie les hommes. La création de la grande figure de Jean Valjean aura cet effet. C'est un des privilèges du génie d'agir ainsi sur l'humanité, et ce sera pour l'illustre poète une douce pensée que d'avoir, par son œuvre, raffermi bien des âmes dans la lutte du devoir contre l'attrait passager des jouissances terrestres.

... Le dernier volume des *Misérables* est un chef-d'œuvre qui dépasse tout ce qui existe en ce genre dans la littérature ancienne et moderne. On ne saurait le lire sans être remué jusqu'au fond du cœur. L'idée morale qui en fait le sujet est la plus pure et la plus fortifiante qui se puisse concevoir ; c'est elle surtout qui assure à cette œuvre l'immortalité. Si quelque chose, en effet, est au-dessus de la beauté, c'est la vérité ; si quelque chose est au-dessus du vrai, c'est le bien moral qui se résume en deux mots : le devoir et l'amour. Or le livre de Victor Hugo est beau par la forme et le style, il est vrai par les doctrines, mais par-dessus tout il est moral par l'exemple.

... L'idée culminante des *Misérables*, ce n'est pas seulement la régénération morale et le dévouement de Jean Valjean, ce n'est là qu'une idée subordonnée ; cette idée, l'auteur nous l'apprend lui-même, c'est celle du progrès. C'est donc cette dernière idée qui doit se retrouver partout, et, en effet, chaque page en est en quelque sorte imprégnée. Les idées d'une part, l'action de l'autre, tendent à un seul but, à démontrer le progrès.

... La conception, qui est une, se subdivise en deux courants presque symétriques, les idées et l'action, qui toutes deux se développent en même temps et l'une par l'autre. Dans la première partie du roman, on voit poindre le but, l'idée du progrès ; on découvre déjà tous les éléments spirituels et matériels qui doivent contribuer à la collision de l'idéal et du réel et au triomphe du progrès. Puis, dans l'ordre spirituel, nous trouvons l'idée religieuse discutée dans la seconde partie, l'idée sociale dans la troisième, l'idée politique dans la quatrième, enfin l'idée morale, la plus grande de toutes, dans la cinquième. L'action se développe suivant la même progression, toujours liée au développement des idées, et aboutit au triomphe du devoir par le dévouement et la mort de Jean Valjean.

... Cette épopée de notre époque se placera, nous en sommes sûr, à côté de tous les monuments littéraires des âges passés qui ont mérité l'admiration des peuples éclairés. Mais ce qui assure au poète une gloire plus durable encore, c'est d'avoir travaillé à l'amélioration de l'homme et au progrès de la société,

en publiant ce livre qui se résume tout entier dans ces mots prononcés il y a dix-huit siècles par le Christ : Répandez la lumière et aimez-vous les uns les autres.

Mais voici une autre cloche, un autre son ; ce n'est pas encore la critique véhémente, mais on sent déjà sous la patte de velours la griffe.

Dans une brochure intitulée : *Appréciation générale des Misérables de Victor Hugo,* G. Vapereau s'exprime ainsi :

Une œuvre aussi considérable, au moins sous le rapport de l'étendue, demande à être examinée et jugée sous des points de vue différents. L'auteur s'y présente à la fois comme philosophe, comme historien et comme romancier. Le philosophe aborde en passant tous les problèmes ; il touche à tous les intérêts humains et sociaux ; il embrasse les rapports de l'homme avec la nature et de l'un et l'autre avec Dieu ; il prétend approfondir les mystères de notre destinée religieuse et apporter des remèdes aux maux de notre destinée sociale. L'historien jette dans le cadre d'une fiction romanesque le tableau des événements qui ont le plus agité notre époque. Il juge les rois, les partis, le peuple ; il dit les catastrophes et les victoires ; il en suit les effets, il en développe les causes. Le romancier, auquel reste le rôle principal, déroule devant nous un long drame, où toutes les qualités qui font l'écrivain trouvent une ample carrière : art de conter, talent de peindre, don de l'observation, habitude de la mise en scène, inspiration poétique, caprices de style. Il y a place pour tout dans un récit en dix volumes, dont l'auteur peut à volonté étendre ou resserrer, détourner ou ramener le cours.

... L'accueil extraordinaire fait à la nouvelle œuvre de M. Victor Hugo, au milieu de notre marasme littéraire, ne s'explique pas seulement par des circonstances favorables à la publication, mais étrangères à la littérature, ou par l'engouement d'une génération en décadence pour de brillants défauts ; il y a chez M. Victor Hugo un certain nombre de qualités dominatrices qui saisissent légitimement le public et auxquelles le critique doit rendre hommage.

On ne peut refuser à l'ancien chef du romantisme cette puissance de création, qui met au monde des types et leur donne pour un temps l'individualité et la vie. Quelque étranges que soient les éléments dont il compose ses personnages, ils se meuvent, ils ont toutes les apparences de la réalité dans la fantaisie.

... La puissance propre à M. Victor Hugo éclate encore dans la composition dramatique du roman ; mais les effets en sont souvent contrariés à plaisir par les caprices d'un système qui semble un défi perpétuel à la patience du lecteur. Jamais on n'a peut-être porté aussi loin que dans *les Misérables* la science ou l'instinct des coups de théâtre. Il y a cinquante scènes où les apparitions et les retours de personnages nouveaux ou disparus produisent l'impression d'une commotion électrique. Les résultats les plus prévus arrivent d'une manière si soudaine que l'attendu même est surprise.

Revue du Monde catholique.

Louis Veuillot.

... Les données de l'erreur, même les plus vulgaires, prennent beaucoup d'importance dans la bouche d'un homme comme M. Hugo, qui possède une immense puissance de poumons, décuplée sans doute par le vacarme des sots admirateurs, mais après tout conquise par une véritable force de génie. Le génie donne à l'erreur ce rajeunissement qui est toute sa nouveauté. Nous avons d'ailleurs ici plus et mieux que l'erreur vulgaire ou rajeunie : on y sent un souffle de justice, un souffle de foi chrétienne et catholique, par conséquent ; souffle court et mêlé, mais brûlant, parfois sublime. En présence des maux qu'il veut guérir, le génie se dégage des systèmes humains et vole vers les dictames du Christ ! Ô témoignages de l'âme naturellement chrétienne ! J'étonne sans doute le lecteur, et peut-être davantage l'auteur lui-même. Je lui montrerai que j'ai pourtant raison et que ses plus belles et plus saines aspirations sont catholiques. S'il l'ignore, je ne m'y attendais pas ; difficilement sa surprise égalera la mienne. Puisse-t-elle lui faire le même plaisir !

Voyons le fond de l'œuvre.

M. Hugo veut en expliquer la pensée dans une préface qui a le mérite d'être brève, puisqu'elle ne se compose que d'une seule phrase ; il nous serait utile de la reproduire, mais

malheureusement cette phrase, longue et peu claire, demande un peu d'application ; l'auteur se propose d'abolir la faim, la nuit, la dégradation, la déchéance de la femme, les enfers artificiels et quantité d'autres choses.

Il y a là beaucoup de mauvaises idées en détestable style. S'il faut abolir tout ce que dénonce M. Hugo, et si les fléaux qu'il prétend détruire ont la cause qu'il signale, la tâche sera rude ! Loin d'y aider, des appels comme celui-ci, que l'auteur des *Misérables* adresse à la foule, ne serviraient qu'à aggraver le mal.

... Mais le livre vaut mieux que la préface. Il redresse, au moins en certaines parties, les tortuosités du programme. Le génie de l'écrivain franchit d'un vol puissant les abîmes où se perd le sectaire.

... Il me semble que l'histoire même de Valjean et de Fantine réfute les propositions radicales de la préface, et montre que ni le mal n'est si grand qu'il le dit, ni le remède si difficile à trouver et si impraticable qu'il le croit. Ce remède est dans la société même et il a un nom fort connu : c'est la religion catholique.

Premièrement : Valjean n'est pas un vrai criminel, et Fantine n'est pas une vraie prostituée. Un brave homme qui a volé un pain pour nourrir de pauvres enfants, qui est intelligent et plein de cœur, qui se relève au premier appel de la conscience, qui n'a besoin que de sentir dans sa main un roseau, pour se tirer de dix-neuf années de dégradation et monter aux plus hauts sommets de l'honneur, cet homme n'est pas du tout le criminel ordinaire que rencontrent la société et les lois ; ou il faudrait admettre que les bagnes sont peuplés de saints et de héros déportés là par des pervers siégeant dans les cours de justice.

... Secondement : ni Valjean ni Fantine ne sont si rejetés, si destitués d'appui, si fatalement condamnés et perdus que M. Hugo le prétend. Quant à Valjean, point de doute ; il ne trouverait pas un jury pour le condamner et peut-être pas même un avocat général pour requérir contre lui. Que par impossible on le condamne, il ne trouverait pas une administration de la justice qui voulût remettre à la chaîne et au boulet le « vertueux criminel ». Quant à Fantine, hélas ! nous ne sommes plus au temps où le « préjugé » repoussait les filles-mères, et ce n'est pas aujourd'hui qu'on chasserait une bonne ouvrière de n'importe quelle manufacture, parce que l'on viendrait à découvrir qu'elle a un enfant.

... Troisièmement : quand même la société serait aussi rigoureuse et aussi impitoyable envers ses membres tombés que le prétend l'auteur des *Misérables,* il reste dans cette société assez d'éléments chrétiens et avec eux assez de miséricorde pour montrer comment l'amélioration est possible. M. Hugo lui-même le prouve, et la magie de son éloquence reste encore au-dessous de la réalité.

Eugène de Mirecourt ayant subi de nombreuses condamnations politiques fut obligé de se retirer en Angleterre en 1859 ; à cette époque, il était rempli d'admiration pour Victor Hugo. C'était plus que de l'admiration, c'était de l'amour. Il lui adressait de Londres, le 4 octobre 1859, une lettre de quatre pages où, après avoir qualifié le règne de Napoléon III de *règne des coquins* et avoir demandé à Victor Hugo des notes pour écrire sa biographie, il ajoute :

Vous savez que je vous aime du plus profond de mon cœur, que vous êtes mon dieu littéraire et que je n'ai jamais laissé échapper une occasion de leur jeter à la face mon admiration pour vous. Seulement je fais une réserve. Je suis *républicain catholique,* et je suis hostile à ceux des vôtres qui commencent par détruire le seul principe moralisateur pour les masses déshéritées, avant de les lâcher sur nous. Je ne connais que deux républicains honnêtes et vraiment dignes de ce nom, vous et Félix Pyat. Cette courte profession de foi vous donne la mesure des choses que je puis dire et des choses sur lesquelles je dois me taire...

Quand j'aurai deux jours de liberté, au printemps prochain, je me donnerai la joie d'aller presser votre noble main de poète. Ah ! que votre dernier livre est magnifique [1], et que vous êtes sublime dans le malheur ! La persécution et l'exil donnent à votre génie une auréole doublement immortelle.

Tout à vous de cœur et d'âme.

Trois ans plus tard, Eugène de Mirecourt écrivait deux volumes intitulés *les Vrais Misérables* et tirait de sa hotte, qui

[1] *La Légende des Siècles.*

n'était plus alors celle du *Chiffonnier* de Félix Pyat, toutes les injures, toutes les insultes, s'imaginant naïvement éclabousser de sa déclamation vulgaire et grossière « l'auréole doublement immortelle ».

Voici des échantillons de ces diatribes :

Vous avez écrit, monsieur, en dix in-octavo énormes à Paris, et en dix-sept volumes in-douze à Bruxelles, un roman socialiste contenant un appel au désordre, à la violence, au bouleversement.

Je vous ai prouvé que ce roman était immoral, impie, révolutionnaire.

C'est un livre sans conscience, une élucubration mal digérée, mal conçue, attentatoire à la sagesse, ennemie de la religion, pleine d'erreurs, entachée de mensonges, regorgeant de divagations scandaleuses, prêchant toutes sortes de méchantes utopies et proclamant une foule de systèmes coupables.

Dans votre ignorance des principes philosophiques les plus élémentaires, vous prenez à partie la société, qui est un être abstrait, un être collectif, et vous lui jetez le blâme.

Vous l'insultez, vous la rendez responsable de tous les malheurs de ce monde.

Elle seule, à l'exclusion de l'individu, doit avoir, selon vous, la conscience d'elle-même et le sentiment de son libre arbitre.

Quant à la personne humaine, vous la dégagez de tous les embarras de la liberté, de toutes les responsabilités de l'âme.

Dans le chapitre *Conclusion,* on lit :

Insultez la religion, abreuvez d'outrages le père des chrétiens, ou plaidez insolemment sa cause, avec la réserve de saisir une occasion plus certaine de le perdre un jour, — comme ce casseur de vitres qui s'intitule philosophe et qui se fera pendre tôt ou tard, espérons-le, quand il ne trouvera plus d'autre moyen d'occuper le public de sa triste personnalité.

Montrez clairement à l'Europe attentive le but où tendent vos efforts iniques, vos manœuvres insolentes, vos criailleries, vos blasphèmes.

L'Europe saura vous donner la récompense dont vous êtes digne.

Quant au catholicisme, il vous verra sombrer dans le naufrage de tous vos systèmes, et restera debout sur la tombe de Proudhon comme sur la vôtre.

C'est l'avis d'un homme d'État célèbre. ·

Après avoir feuilleté l'une après l'autre les pages de dix-neuf siècles d'histoire, il s'écrie, preuves en main :

« — Tous ceux qui ont mangé du pape en sont morts. »

Le Constitutionnel.

A. Grenier.

Les Misérables sont la négation des principes sur lesquels repose la société, des expériences qui confirment ces principes, des institutions qui les traduisent et les sauvegardent. Si les conclusions de ce livre étaient admises, rien de l'ordre social actuel ne devrait rester debout. Il n'est si hardi plan de réforme qui pût en corriger les vices; une révolution ordinaire n'y suffirait pas. Pour égaler le remède au mal, il ne s'agirait de rien moins que de jeter bas tout l'édifice et de le recommencer à neuf sur le sol nivelé.

Dans la pensée de M. Hugo, la société est l'auteur de tous les crimes qui nous épouvantent et de toutes les misères qui nous affligent; c'est la ligue des forts, unis par un impitoyable intérêt contre les faibles isolés et circonvenus; c'est un système universel d'oppression, d'iniquité et de mensonge, qui recouvre du nom spécieux de lois et d'un vernis de feinte justice les abus les plus criants et les désordres les plus cruels.

Telle est, au fond, la doctrine des Misérables. Cette doctrine méconnaît la nature humaine; elle se confine dans l'étude exclusive de certains faits douloureux que tout le monde déplore et qu'il n'appartient à personne de supprimer, de changer ou d'adoucir; elle s'enferme dans l'horizon du bagne et des maisons de filles repenties; elle nous désapprend le courage contre les maux inséparables de notre condition mortelle; elle irrite nos besoins, nos désirs et nos inquiétudes par l'appât de satisfactions fantastiques qu'elle nous représente comme à la portée de notre main; elle détruit l'autorité de la conscience et la responsabilité personnelle.

Dans une lettre ouverte, M. Albert Wolff répond spirituellement au rédacteur du Constitutionnel et le félicite :

Le Charivari.

Albert Wolff.

A Monsieur Grenier, au Constitutionnel.

... Ce jeudi, 29 mai, il m'a enfin été donné de connaître le jugement sur les Misérables que le Constitutionnel a prononcé par votre organe.

Il est bien évident, Monsieur, que cet article n'a surpris personne. Les méchantes langues prétendaient depuis longtemps que M. Victor Hugo et A. Grenier ne pourraient jamais s'entendre. Le premier, critique élevé, recherche, disait-on, les côtés faibles et tristes et les siffle; l'autre, ajoutait-on, applaudisseur assermenté de la société, lui donne toujours raison, même lorsqu'elle a tort.

Quant à moi, avant de formuler une opinion personnelle sur les Misérables, j'attendais avec impatience le jugement du Constitutionnel.

Aujourd'hui, Monsieur, que le Constitutionnel a enfin parlé, je sais à quoi m'en tenir sur le compte de M. Victor Hugo.

Voyons maintenant, Monsieur, si j'ai bien compris toute votre pensée.

Pour nous deux, il est bien établi, Monsieur, que la société est bien organisée, qu'il ne lui reste plus rien à faire.

Il y a bien, par-ci par-là, une grande misère, une horrible infortune, mais quoi, on ne doit pas chercher à y remédier ni à approfondir les causes premières de cette misère.

Il suffit au Constitutionnel de déplorer ce mal, après quoi il est quitte avec la société.

Déplorons donc, Monsieur, c'est déjà quelque chose.

Rien n'est plus faux que le livre de Victor Hugo.

Analysons, Monsieur.

Voici Jean Valjean, une âme qui sort des ténèbres et cherche à s'élever vers la lumière, mais le passé l'attend à chaque instant et le rejette violemment vers la terre.

Évidemment cette grande figure est basée sur un préjugé tout personnel à M. Hugo.

Nous deux, Monsieur, nous savons fort bien qu'un homme frappé par la loi peut employer son temps au bagne à se repentir de son passé. Une fois sorti de prison, il est accueilli partout sans défiance. Il n'a qu'à dire : Je suis maintenant un honnête homme pour qu'on le croie sur parole. La charité évangélique du *Conſtitutionnel* lui ouvre à deux battants la grande porte du repentir et de la réhabilitation morale. Rien de plus simple assurément. On n'a pas d'exemple dans ce monde si bien régi par le *Conſtitutionnel* d'un malheureux repenti que la société brutale repousse et que le passé refoule continuellement et malgré lui vers la boue du passé.

Allons donc! M. Victor Hugo nous prend donc pour des niais vous et moi, qu'il nous raconte des histoires d'enfants.

Et puis, du reste, cela fût-il, peu importe, Monsieur, nous avons bien autre chose à faire; peu nous importent les grandes misères que nous coudoyons.

Le malheur qui court la France ne nous regarde point. *Le Conſtitutionnel* a bien autre chose à faire.

D'abord il a à s'occuper du bonheur des Mexicains qui ne veulent pas de son bonheur. Il doit pleurer un peu sur le pauvre sort des Polonais qui pleurent bien tout seuls.

Le Conſtitutionnel a la larme voyageuse! Quand ce journal éprouve le besoin de s'apitoyer sur les choses mal organisées en ce bas monde, il prend un passeport et s'en va moraliser l'étranger.

Mais pour Dieu, Monsieur, ne touchons pas à la rue de Valois. Tout y est pour le mieux dans le meilleur des mondes et il n'y a plus absolument qu'un méchant cœur comme M. Hugo qui songe à s'occuper de ce qui se passe dans son pays et qui soit d'avis que la France, qui dépense des millions pour secourir des étrangers, pourrait bien avoir quelques lois et quelques millions pour secourir les misérables qui végètent en France.

Assurément, Monsieur, un mauvais cœur comme M. Hugo *peut seul* trouver tant d'éloquence navrante pour plaider la cause des misérables. Les nobles cœurs du *Conſtitutionnel* ont bien autre chose à faire. Quand on a servi à ses abonnés un peu d'enthousiasme, trois faits divers et le cours de la Bourse, on a rempli sa tâche et, la conscience tranquille, on peut dédaigner la littérature des grandes âmes qui sont assez naïves pour penser qu'il reste encore quelque chose à faire pour la société.

J'ai, Monsieur, l'honneur de vous saluer.

Albert WOLFF.

Jules Barbey d'Aurevilly publia une série d'articles dans *le Pays* qu'il réunit en un volume sous le titre : *les Misérables de M. V. Hugo*. Son livre, dédié à M. Grandguillot, rédacteur en chef de ce journal, est orné d'une préface qui, écrite par un critique réputé, ne dénotait pas de grands dons de flair et de clairvoyance :

L'Indifférence, qui est le plus beau des Mépris, parce qu'elle en est le plus désarmé, s'est étendue sur cette grande œuvre, qu'elle regarde de ses yeux distraits et que bientôt elle ne regardera même plus. Après le bruit, tombe de partout le silence sur ce livre qui va s'engloutir dans la nécropole des *œuvres complètes*. (26 septembre 1862.)

Barbey d'Aurevilly fait ensuite le procès des *Misérables*, qui ne sont d'après lui «qu'un long sophisme d'une conception méprisable»; il compare Victor Hugo à «un Paul de Kock amphigourique et sans gaîté». Heureusement, «le style le sauve du triste destin de n'être plus que l'imitateur d'Eugène Sue», mais c'est «un Mürger manqué, un matérialiste» et même un «poète inférieur».

Ceci établi, Barbey d'Aurevilly se pose en défenseur de la Société et de la Religion. Nous détachons de ce long réquisitoire quelques extraits importants :

... Le dessein du livre de M. Hugo, c'est de faire sauter toutes les institutions sociales, les unes après les autres, avec une chose plus forte que la poudre à canon qui fait sauter les montagnes, — avec des larmes et de la pitié. Il s'est dit, avec assez de raison, que dans l'humanité, ce qui fait la foule, le nombre et les publics, ce sont les femmes et les jeunes gens, ces femmes momentanées qui bien souvent restent femmes toute leur vie par impossibilité de mûrir et indigence de cerveau, et c'est sur tous ces cœurs, peu surmontés de tête, qu'il a essayé d'opérer..... C'est pour tous ces cœurs, impétueusement ou tendrement sensibles, qu'il a combiné les effets d'un livre, arrangé de manière à donner toujours raison à l'être que la Société punit contre la Société qui le punit. Conception, je l'ai dit, méprisable, mais rendue formidable par l'exécution.

Après avoir analysé le livre, Barbey d'Aurevilly consent à reconnaître que, « dans l'ordre de la pensée, il y a deux fois dans *les Misérables* le spectacle très beau de la conscience de ce Valjean, observée avec une impartialité singulière pour un esprit comme celui de M. Hugo, très emporté toujours au delà des justesses de l'analyse et de ses subtilités »! Il admire sans réserve la « grandeur » de Javert et pour le style il s'exprime ainsi :

Chez M. Victor Hugo, le talent est surtout le style, c'est l'expression, c'est l'invention dans le verbe, c'est enfin toute cette matérialité enflammée de mots et d'images qu'on peut ne pas aimer, mais dont on ressent la puissance. Eh bien! c'est par là qu'il est encore aujourd'hui Victor Hugo et que par là il échappe au triste destin de n'être plus que l'imitateur d'Eugène Sue.

Dans un second article, analysant la partie romanesque du livre : *Cosette,* voici comment le critique traite l'auteur de *l'Art d'être grand-père :*

Dans la partie purement inventée de *Cosette,* de ce roman sentimentalo-puéril qui rappelle, moins le merveilleux et l'originalité naïve, les contes très inventés, eux, de *Cendrillon* et de *Peau-d'Âne,* l'expression du conteur de cet anti-naïf qui se met la tête de sa poupée dans l'œil, l'expression est du Thomas tombé dans du Perrault et rebondissant dans du romantisme.

Barbey d'Aurevilly arrive enfin à ce qu'il appelle « la partie des hors-d'œuvre », la bataille de Waterloo et le couvent de Picpus :

La bataille de Waterloo, qui ouvre le roman de *Cosette,* est un piège à succès où tout le monde sera pris, car c'est le piège de la gloire et du plus généreux sang versé pour la France. Comment ne pas se prendre à cela ?... Seulement, aux yeux de la Critique, que l'émotion ne doit pas troubler quand il

s'agit de voir clair dans une composition, cette bataille chaudement racontée, je le reconnais, avec ce lyrisme particulier à M. Hugo, le poète olympique des canons, des clairons, des manœuvres, des mêlées et des uniformes, cette bataille qui nous prend le cœur partout, qui est belle dans Jomini, qui est belle dans M. Charras, qui est superbe dans M. Quinet qui sera même belle dans M. Thiers, n'en est pas moins un hors-d'œuvre qui vaut mieux que l'œuvre, qui lui nuit!

Quant à *l'Idylle de la rue Plumet,* que Lamartine dans ses *Entretiens* appelle « le vrai poème de l'œuvre », ah! nous allons voir ce que Barbey d'Aurevilly laissera de cette niaiserie ridicule :

M. V. Hugo, au lieu d'être un romancier, c'est-à-dire un conteur, qui montre les choses vivantes en cachant la main qui les montre, n'est, au moins dans ses *Misérables,* qu'un dissertateur et un prédicant.

M. Hugo, qui n'est pas un poète naïf pour faire des idylles, mais qui est un poète après tout, un poète non pas simple, mais excessivement ingénieux et qui, tout homme de décadence qu'il soit, sent encore la nature, quand il la peint avec des couleurs artificielles, nous a fait une description de ce jardin de la rue Plumet, qui serait une des belles choses du livre, si cette description ne finissait pas par la balançoire panthéistique des *Contemplations!*

... Certes! je n'hésite point à le déclarer : ce personnage de Marius qui, au milieu de tous les personnages du grand roman de M. Hugo, lesquels sont impossibles, est possible, lui, comme bêtise humaine; ce Marius, qui déshonore l'amour qu'il encadre dans le ridicule et la fausse dignité de sa personne, est la faute capitale, la faute sans rémission du livre de M. Hugo...

D'après M. Barbey d'Aurevilly, *l'Épopée de la rue Saint-Denis* n'inspire à Victor Hugo, « à cet esprit sans fécondité », que des inventions chétives où grotesques :

Ses barricades ne valent pas son Waterloo, du moins pour moi! Son Waterloo, avec le colossal mouvement de ses masses militaires, l'éblouissement de ses éclairs, le foudroiement de ses tonnerres, la vaste brume de ses fumées, son Waterloo, plus rêvé que vu, qui n'est probablement pas le Waterloo de l'histoire, et dont la confusion fait peut-être toute la grandeur, a la beauté de son vague même et l'émotion de cette ébranlante idée que c'est là Waterloo, tandis que dans les barricades, rien de pareil !

En ces photographies coloriées d'émeutes que nous avons tous vues et qui n'ont pas pour nous le lointain favorable de la perspective, le photographe (il l'est devenu !), sentant bien qu'il n'a plus sous la main un de ces immenses faits historiques assez grand pour passionner l'imagination humaine sans qu'on y ajoute d'inventions, se croit obligé d'ajouter les siennes à l'histoire, et les siennes, à cet esprit sans toute-puissante fécondité, sont chétives, alors qu'elles ne sont pas grotesques.

Et il cite à l'appui la soûlerie de Grantaire dormant deux jours durant dans le bruit de la mitraille sur le bord de la fenêtre de la maison attaquée, la mort du père Mabeuf qui se fait tuer parce qu'il a mangé son dernier bouquin, l'arrivée de Jean Valjean qui a donné son habit de garde national.

Le critique ne fait crédit qu'à Enjolras :

Enjolras, voilà le vrai héros du livre de M. Hugo ! Je me tiens à quatre par moments pour ne pas l'aimer... Beau comme un archange de ce ciel catholique auquel M. Hugo ne croit plus, mais auquel il n'a pas renoncé en littérature ; chaste comme une vierge du même ciel ; fait, je le sais, de souvenirs bibliques, chrétiens et grecs, par un poète qui a encore plus de mémoire que d'imagination, ce jeune homme, qui semble une jeune fille, — qui cache la force impassible d'un chef sous la gracilité de la jeunesse et la fierté du commandement sous un front rose de pudeur, cet adolescent aux cheveux d'or, qui a de l'Achille et de l'Aristogiton, comme il a du Chérubin d'Ézéchiel et du Michel, à l'épée flamboyante, de nos bannières, il faut, pour que je ne sois pas pris à l'aimer, que j'entende ses interminables harangues et que je pense qu'après tout il n'est qu'un Saint-Just, — un Saint-Just sans Robespierre !

... A part toutes ces dissertations hors-d'œuvre qui mettent la composition en hachis et qui nous empêchent de juger combien l'organisme du livre est grêle, vous trouvez... quoi... en définitive ? un petit roman, philosophique de but contre les pénalités religieuses et sociales, compliqué très peu d'une intriguette vertueuse et d'un mariage avec une dot (la *dot de Suzette*), orné de calembours et du contraste de deux papas, Jean Valjean, le papa infortuné et tendre, et M. Gillenormand, le papa heureux !

Le rédacteur de l'*Indépendance belge* qui signe du pseudonyme de *Manè* publie ce curieux article à propos des critiques de Barbey d'Aurevilly dans *le Pays* :

Véritable critique de proie, il faut le voir avec son nez courbé vers la pointe qui le fait ressembler au faucon, avec ses doigts durcis au métier qui jouent la serre de l'aigle, fondre sur l'ennemi dont il prétend faire sa victime, s'y cramponner, le déchiqueter de son mieux. Par malheur ou par bonheur, il s'est pris, cette fois, à plus *dur que lui* comme *le petit serpent à tête folle* dont parle une fable de Lafontaine et ni griffes ni morsures n'entameront la triple armure faite de génie, de génie et encore de génie, dans laquelle l'écrivain le plus glorieux de notre temps marche, non pas inattaquable assurément, mais invulnérable.

Victor Hugo n'avait donc nul besoin qu'on lui vînt en aide. L'ouvrage est de taille à se passer de champions réunis pour sa cause. Tous ses adversaires coalisés peuvent sonner sept fois et encore sept fois de la trompette autour de ce succès inexpugnable, pas un fleuron ne se détachera de la couronne du puissant poète.

Mais l'enthousiasme et la foi sentent plus qu'ils ne réfléchissent ; et dans les ateliers où de touchantes cotisations s'établissent entre les travailleurs pour acheter en commun un exemplaire des *Misérables,* dans les rangs de cette bouillante jeunesse des écoles qui est l'avenir, on s'était armé pour la défense du poète absent, avant de se demander si effectivement *les Misérables* pouvaient être compromis par les démonstrations et les hostilités de M. Barbey d'Aurevilly.

Une espèce de garde poétique s'organisa en

un clin d'œil, prête à repousser les assauts de la critique par la force et la violence du style, par la violence des armes, et toute disposée à faire un mauvais parti au critique déchaîné du *Pays*.

C'était à la fois superbe et déplorable. Ces tressaillements de la jeunesse, à propos d'un livre, dans un temps qu'on accuse de ne se passionner que pour les choses matérielles, quel beau démenti donné aux inclinations basses d'une société aux trois quarts courbée sous la loi du veau d'or! Mais cette croisade n'était pas parfaite. Ce fut toujours le défaut de la jeunesse de passer trop vite de l'idée au fait et de traduire impétueusement ses sensations en actes. Dans certains cafés exaltés la tête de M. Barbey d'Aurevilly était en quelque sorte mise à prix. Ne me dites pas que j'exagère. J'ai de mes yeux vu et entre mes mains tenu une liste où sept noms figuraient déjà, entre lesquels le critique excessif du *Pays* allait être sommé de choisir son meurtrier. On ne doutait pas, naturellement, de l'immoler à la première passe. Cette jeunesse ne doute de rien.

On ne se serait pas attendu à trouver Lamartine parmi les adversaires des *Misérables*. La correspondance publiée par Gustave Simon dans la *Revue de Paris* du 15 avril 1904 nous a montré les relations cordiales et fraternelles des deux poètes. Cependant lorsque Victor Hugo envoya son œuvre à Lamartine, il reçut de lui la lettre suivante :

Mon cher et illustre ami,

D'abord merci de l'envoi des *Misérables* au plus malheureux des vivants.

J'ai été ébloui et étourdi du talent devenu plus grand que nature. Cela m'a sollicité d'écrire sur vous et sur le livre.

Puis je me suis senti retenu par l'opposition qui existe entre nos idées et nullement entre nos cœurs. J'ai craint de vous blesser en combattant trop vertement le socialisme égalitaire, création des systèmes contre nature.

Je me suis donc arrêté et je vous dis : je n'écrirai mon ou mes *entretiens* littéraires que si Hugo me dit formellement : « mon cœur sauf, j'abandonne mon système à Lamartine ».

Adieu, répondez-moi et aimez-moi comme je vous ai toujours aimé.

LAMARTINE.

P.-S. — Pas de complaisance dans la réponse. Je n'écrirai pas avec autant de plaisir que j'écrirais. Ne pensez qu'à vous!

Victor Hugo lui répondit le 24 juin 1862 une longue lettre [1] dont nous reproduisons ces quelques extraits :

Oui, une société qui admet la misère, oui, une religion qui admet l'enfer, oui, une humanité qui admet la guerre, me semblent une société, une religion et une humanité inférieures, et c'est vers la société d'en haut, vers l'humanité d'en haut et vers la religion d'en haut que je tends : société sans roi, humanité sans frontières, religion sans livre.

... Dans ma pensée, *les Misérables* ne sont autre chose qu'un livre ayant la fraternité pour base et le progrès pour cime.

Cher Lamartine, il y a longtemps, en 1820, mon premier bégayement de poète adolescent fut un cri d'enthousiasme devant votre soleil éblouissant se levant sur le monde... Aujourd'hui vous pensez que votre tour est venu de parler de moi. J'en suis fier. Nous nous aimons depuis quarante ans et nous ne sommes pas morts; vous ne voudrez gâter ni ce passé, ni cet avenir, j'en suis sûr. Faites de mon livre et de moi ce que vous voudrez. Il ne peut sortir de vos mains que de la lumière.

Lamartine répondait le 7 juillet 1862 :

Ces quatre derniers volumes sont un chef-d'œuvre à mes yeux... Si je reconquiers un instant de loisir et de paix d'esprit, je le dirai.

Comme vous dites, nous avons quarante ans de loyale amitié, jamais nous ne marcherons dessus.

Mille amitiés encore, d'autant plus fidèles qu'elles ont vieilli sans se corrompre. L'amertume est une maladie des mauvais vins.

Lamartine avait entrepris depuis 1856 la publication de son *Cours familier de littérature*; il faisait paraître un *Entretien* par mois, mais en effet, harcelé de toutes parts, il n'avait guère la paix de son esprit, et hélas! il ne devait pas la reconquérir; il se décida à publier en 1863 plusieurs *Entretiens* sous ce titre : *Consi-*

[1] *Correspondance.*

dérations sur un chef-d'œuvre ou le Danger du génie.

Il usa largement de la liberté que lui avait donnée Victor Hugo, mais si l'on songe que Lamartine a écrit sa critique sur *les Misérables* dans les circonstances les plus douloureuses, au milieu des persécutions de toutes sortes, on peut certes trouver des excuses à ces mouvements d'humeur : un nuage passa sur l'amitié des deux poètes sans l'altérer et la compromettre. Victor Hugo fit la part de ces durs moments, car à la mort de Lamartine il écrivit à la nièce de son ami, le 16 mars 1869 :

Depuis 1821 j'étais étroitement uni de cœur avec Lamartine; cette amitié de cinquante ans subit aujourd'hui l'éclipse momentanée de la mort...

Ayant exposé le seul petit différend qui exista entre les deux poètes, nous donnerons aux extraits des articles, qui firent un certain bruit à l'époque, une grande étendue ; on sera peut-être surpris qu'un esprit aussi pondéré dénature les idées d'un livre pour se donner le facile moyen de les réfuter, et défigure les caractères des personnages pour les mieux combattre. L'exagération même de certaines critiques prouve surabondamment que Lamartine avait écrit ces *entretiens* dans des heures de fièvre, de découragement et d'amertume. Il ne pouvait cependant se dispenser, dans son premier entretien, de rappeler les anciens jours heureux :

J'ai toujours aimé Victor Hugo et je crois qu'il m'a toujours aimé lui-même, malgré quelques sérieuses divergences de doctrines, de caractère, d'opinions fugitives, comme tout ce qui est humain dans l'homme; mais, par le côté divin de notre nature, nous nous sommes aimés quand même, et nous nous aimerons jusqu'à la fin, sincèrement, sans jalousie, malgré l'absurde rivalité que les hommes à esprit court de notre temps se sont plu à supposer entre nous.

Et il raconte les premières et chères rencontres au temps de la jeunesse.

Au sujet des *Misérables*, nous relevons ces passages suivants :

Je veux défendre la société, chose sacrée et nécessaire quoique imparfaite, contre un ami, chose délicate, qui laisse emporter son génie aux fautes de Platon dans le style de Platon, et qui, en accusant la société, résumé de l'homme, fait de l'homme imaginaire l'antagoniste et la victime de la société.

L'HOMME CONTRE LA SOCIÉTÉ, voilà le vrai titre de cet ouvrage, ouvrage d'autant plus funeste qu'en faisant de l'homme individu un être parfait, il fait de la société humaine, composée pour l'homme et par l'homme, le résumé de toutes les iniquités humaines; livre qui ne peut inspirer qu'une passion, la passion de trouver en faute la société, de la renouveler et de la renverser, pour la refondre sur le type des rêves d'un écrivain de génie.

... Nous avons été contristés en lisant dans *les Misérables* un chapitre intitulé : *Ce qu'on faisait en 1817*. La Restauration fut notre mère; est-ce à nous de lui arracher son manteau après sa mort et de montrer sa nudité à ses ennemis pour leur donner la mauvaise joie de ses ridicules et de ses fous rires ?

Lamartine entame la critique des *Misérables* en disant que le titre du livre de Victor Hugo est faux, que ses personnages ne sont pas les *misérables*, mais les *coupables* et les *malheureux* :

... Car presque personne n'y est innocent, et personne n'y travaille, dans cette société de voleurs, de débauchés, de fainéants, de filles de joie et de vagabonds; c'est le poème des vices trop punis, peut-être, et des châtiments les mieux mérités.

... Ce livre d'accusation contre la société s'intitulerait plus justement *l'Épopée de la canaille;* or la Société n'est pas faite pour la canaille, mais contre elle. Prendre les ordres de Valjean contre le vol, de Thénardier contre le maraudage, des étudiants contre la débauche, des gamins héroïques de Paris et des jeunes émeutiers de la barricade sur l'organisation savante du travail et de la société parfaite, contre le luxe des riches et contre la misère du chômage du peuple, est une homœopathie par le vice, l'ignorance et le sang, qui nous laisse quelque doute sur la guérison du corps social. Or, de bonne foi, nous ne voyons guère d'autre conclusion à tirer de ce beau livre des songes où tout est coupable, excepté le coupable lui-même, et où la société est responsable de tout le mal qu'on fait ou qu'on subit contre ses prescriptions ou contre ses institutions.

Sur 93 et sur la rencontre de l'évêque avec le conventionnel, Lamartine s'exprime ainsi :

Je ne puis comprendre que Victor Hugo, qui prononce de si énergiques protestations contre cette machine à meurtre appelée guillotine, élevée sur nos places publiques contre une seule tête coupable dont la société veut se défaire pour prémunir ses membres innocents; je ne puis comprendre, dis-je, qu'il innocente, qu'il excuse et qu'il exalte cette machine à dix mille coups, montée par la mort et pour la mort, pour faucher, comme une moissonneuse à la vapeur, des milliers d'innocents, de vieillards, de femmes, d'enfants de quinze ans, assez vaincus pour se laisser conduire, en charrettes pleines, à travers les places et les faubourgs de Paris, leur roi en tête, à guillotiner, désarmés et sans résistance !

... Louis XVII, pauvre enfant d'un père tombé du trône, d'un père et d'une mère égorgés en cérémonie par tout un peuple, Louis XVII comparé au frère de Cartouche, innocent, supplicié en place de Grève ! Rapprochement de férocité, oui; rapprochement de situation, non. La nature physique assimile les deux victimes, oui; la nature morale, non.

Voir du même œil le même supplice dans la même chute, c'est une grave erreur : on plaint les deux victimes d'une égale pitié, on ne les plaint pas du même respect...

... Si l'auteur eût mieux réfléchi, il n'aurait jamais écrit ces deux noms sur la même ligne. Aussi, tout en gémissant sur le frère innocent et supplicié du fameux filou, quand on lit sous la même larme les deux noms accolés, on ne peut s'empêcher de faire un geste de tête en arrière et de crier : « Oh ! » Ce cri est un jugement.

.. Il faut convenir que ce pauvre évêque avait peu de présence d'esprit contre les paradoxes du terrorisme, et l'on ne doit pas s'étonner qu'il tombe, comme saint Paul sur le chemin de Damas, atterré et sans paroles, aux genoux de celui qui daigne l'instruire des droits de la colère et de la sublimité des vengeances du peuple, pour adorer le révélateur du mystère de l'échafaud et pour montrer, le lendemain, le ciel comme le seul séjour digne de ce prophète du Comité de salut public !

A quels excès d'aveuglement le génie même de la parole peut conduire !

... Nous venons de voir ce que c'est que le paradoxe en matière de sentiment sous la plume d'un écrivain de génie : une absolution de mauvais exemple chantée comme un Te Deum aux excès et aux forfaits de la démagogie de 1793 sur les lèvres d'un saint; des maximes pernicieuses de fausse économie sociale dans la bouche d'un homme charitable égaré par sa passion de soulager le pauvre peuple. N'en parlons plus, et souvenons-nous tour à tour tantôt d'adoucir, tantôt de réprouver les étranges disparates de cette philosophie à tiroir.

Ceci est en effet un roman à tiroir, comme l'Émile de J.-J. Rousseau, comme la Nouvelle Héloïse, comme tout ce qui est beau dans l'art d'écrire. Ce livre, comme tous ces livres d'art supérieur, n'est évidemment pas un but à lui-même. C'est un cadre dans lequel l'écrivain, tour à tour philosophe, penseur, sophiste, poëte, prend, comme l'aigle, son lecteur à terre, l'emporte avec lui çà et là dans l'irrésistible élan de son style, lui fait parcourir un pan de l'espace, lui donne le vertige, l'enthousiasme, le délire de son talent, puis ne se souvient plus ni de lui, ni de sa composition, ni de son sujet parcouru à grand vol, le dépose à terre sûr de le reprendre à son gré et lui dit de nouveau : « Allons ! » comme le cheval de Job ou comme l'hippogriffe de l'Arioste.

Ce ne sont pas les lois ordinaires du roman conçu, médité, écrit par un écrivain consciencieux et humain; c'est le procédé d'un dieu de la plume, d'un possédé de la verve qui se dit à soi-même : « A quoi bon composer du vraisemblable ? A quoi bon faire naître la curiosité, l'intérêt, le sentiment, et les nourrir pour attacher mes lecteurs ? Je n'ai pas besoin de ces procédés vulgaires : je suis moi, j'ai mon talisman en main, j'ai mes ailes au talon, je vais où je veux; qui m'aime me suive ! »

Et on le suit, car, si on n'est pas attaché, on est entraîné, on est étonné, on est ébloui. D'ailleurs c'est le roman du peuple. Le peuple jusqu'ici n'avait pas de roman à lui, de roman tantôt crapuleux, tantôt sublime, tantôt rêveur, surtout utopiste, quelquefois dangereux, souvent héroïque, fait à son image.

Enfin, Victor Hugo a senti le vide d'un livre où le prolétaire lit, où le démagogue pense, où l'ouvrier songe. Il s'est dit : « Je vais me jeter avec mon talent au milieu de tout cela, je vais me donner le vertige et le donnerai à cette foule sans savoir comment je la nourrirai ! »

Et il y a longtemps, bien longtemps, avant la révolution de 1848, que cette idée lui est venue : car je me souviens parfaitement qu'avant 1848 il y pensait, il s'en occupait; il avait peut-être commencé à l'écrire.

... Moi-même à peu près vers le même temps où Hugo concevait son épopée des *Misérables,* ce retentissement du gémissement des choses humaines résonnait dans mon cœur, et j'écrivis aussi, non un livre entier, non un livre dogmatique, mais un épisode de toutes ces misères résumées en moi. Puis le besoin de venir en aide à mon pays, ce grand misérable, m'enlevait le loisir nécessaire à mon œuvre ; puis les calamités réelles de la misère relative m'atteignaient en me forçant à un travail de manœuvre arriéré pour que d'autres ne souffrissent pas par ma faute; je fermai dans mon cœur la source de larmes sympathiques, et je travaillai, saignant, comme je saigne encore, sous le fouet de la nécessité. Je comprends très bien que Victor Hugo, plus libre, plus plein de loisirs que moi, ait été tenté par ce seul sujet véritablement digne de l'homme, par ce poëme, terrible et touchant à l'invraisemblable, de la misère des êtres humains ; seulement je ne comprends pas autant pourquoi il fait de cette souffrance universelle des êtres un sujet d'amertume, de critique acerbe, d'accusation contre la société.

... *Les Misérables* de Victor Hugo sont sortis, comme un coup de foudre contre la société mal faite, de cette préméditation de vingt ans, faisant maudire et haïr, au lieu d'en sortir comme une commisération secourable, faisant pleurer, plaindre et bénir, ainsi que j'avais de mon côté conçu mon triste sujet.

Le coup de foudre s'est trompé ! Il a aggravé la condition malade, au lieu de la consoler et de la guérir en ce qu'elle a de guérissable.

... Belle œuvre d'imagination, mauvaise œuvre de raison. Semer l'*idéal* et l'impossible, c'est semer la fureur sacrée de la déception dans les masses.

... Remarquez, déjà, chose étonnante dans ce poème des travailleurs illusionnés : c'est que personne n'y travaille, et que tous sortent du bagne ou sont dignes d'y être, à l'exception de l'évêque et de Marius, de la religion et de l'amour.

Les Misérables de Victor Hugo seraient beaucoup mieux intitulés *les Coupables;* quelques-uns même *les Scélérats,* tels que Valjean.

C'est à propos de Jean Valjean que Lamartine, « le plus malheureux des vivants », meurtri, luttant dans un travail ingrat et désespérant de s'affranchir des mille persécutions dont il est l'objet, s'abandonne à toute son aigreur en dénaturant avec une sorte de parti pris le caractère du principal personnage du roman.

Dans un second entretien, après avoir reproduit le récit de la rencontre de Jean Valjean avec Petit-Gervais et du vol de la pièce de quarante sous, il dit :

Et voilà l'honnête brigand devant qui la société coupable doit confesser ses précautions contre la récidive ! Voilà le type qui va poser pour l'honnête homme par excellence jusqu'au bout du roman ! Qu'en pensez-vous ? Est-ce de ce bloc de vices incorrigibles, d'instincts ignobles et de brutalités féroces que le romancier philosophe doit jamais faire sortir le saint philanthrope, pétri de toutes les délicatesses de l'intelligence et de toutes les saintetés de la vertu !

L'invraisemblance touche ici au paradoxe, et, si l'écrivain était moins consommé dans son art, le livre ici tomberait des mains de tout le monde comme il est tombé des miennes. On dirait : Non, je n'irai pas plus loin ; ce n'est pas là l'homme, c'est le cauchemar du scélérat, et puisque l'auteur veut en faire le type de la vertu populaire, qu'il aille tout seul, je ne le suivrai pas dans ces précipices du paradoxe.

Et cependant on relève le livre jeté à terre parce que l'écrivain y est encore avec tout son style, et on va plus loin.

Après avoir analysé les diverses phases de la vie de Jean Valjean, devenu M. Madeleine, l'arrestation du forçat Champmathieu pris pour Jean Valjean, Lamartine s'exprime ainsi sur le chapitre : *Une tempête sous un crâne :*

Ici s'ouvre une des plus belles angoisses de conscience qu'il ait jamais été donné à l'homme de concevoir et d'écrire.

Un écrivain digne d'être le secrétaire de la conscience pouvait seul l'inventer et l'écrire. C'est véritablement l'héroïsme de la vertu, le martyre nécessaire, mais mortel, de tout ce qui est humain dans l'homme, contre tout ce qui est divin, la *vérité,* aux dépens de la vie.

La *question* sacrée donnée à l'homme par lui-même, l'aveu coûte que coûte arraché à la nature humaine par l'homme lui-même, le triomphe de la confession devant Dieu, avec la pénitence devant les hommes !

C'est sublime !

Mais comment ce chef-d'œuvre de vertu humaine est-il réservé à un aussi vil scélérat que ce Valjean ? Où aurait-il pris cette lumière intérieure parfaite, cette justesse infaillible, cette délicatesse de sainteté qui surgissent tout à coup en lui comme la fleur surgit du fumier, pour se foudroyer lui-même, s'offrir en holocauste pour un misérable flétri d'avance et pour s'écrier de sang-froid devant le jury, et devant Dieu, et devant ses concitoyens dont la considération se change en exécration : C'est moi qui suis le forçat ! ce forçat hautain, ce forçat récidiviste ! Relâchez cet homme et enchaînez-moi. M. Madeleine a fait plus difficile et plus beau que le suicide de Brutus !

Mais il faut lire cette scène, écrite comme elle est pensée, dans le roman, ici trois fois vertueux, de Victor Hugo. Encore une fois, lisez.

... Lisez, lisez toutes ces pages, et surtout celles de son voyage pour arriver à temps : chemin de croix des justes !... C'est un chapitre de la mort de Socrate, quelque chose d'héroïque.

Au sujet de la bataille de Waterloo que Lamartine considère comme un hors-d'œuvre, il écrit :

Il est impossible ici de rien citer, il faut tout lire, ou plutôt s'abandonner à ces accès de verve historique, épique, tragique, qu'il plaît à l'auteur de se donner à propos de Waterloo, et le suivre bon gré mal gré à travers les péripéties de ces innombrables peintures de combat.

Depuis Jules Romain dans les batailles de Constantin, jusqu'à Lebrun dans les batailles d'Alexandre, aucun peintre de batailles n'égale ici le poëte des batailles de Napoléon. Les batailles d'Achille, dans Homère, n'ont pas plus de verve. C'est le triomphe de la langue française menée au feu : infanterie, cavalerie, artillerie, incendie, assauts, carnage, tout roule, tout avance, tout recule, tout tourbillonne, tout s'abat, comme dans ces trombes terrestres où les nuées, entrechoquées par des vents contraires, finissent par vomir la grêle qui couche à terre les maisons, et qui emporte avec les feuilles les membres des arbres. On sort de cette lecture ivre et anéanti comme un enfant qui s'essouffle à suivre un géant. C'est superbe !

A propos du mot de Cambronne, Lamartine dit :

Ce mot est une adulation à la trivialité de la multitude hébétée de rage, qui, faute de trouver une parole, jette l'excrément au visage du destin ; c'est de la démagogie grammaticale, qui, voulant que tout lui ressemble, enlève au soldat et au peuple une réplique immortelle, pour lui substituer ce qui n'a de nom dans aucune langue, une bestialité muette cherchant une injure sur ses lèvres et n'y trouvant qu'un sale idiotisme dans le cœur de tant de héros ! Mieux valait mourir en silence !

Dans un troisième entretien, Lamartine parle de la rencontre de Jean Valjean avec Cosette dans la forêt de Montfermeil :

C'est un chef-d'œuvre de compassion enfantine.

Il contemple Cosette ; la description de

l'enfant souffreteuse et grelottante est d'une vérité et d'une sensibilité qui n'appartiennent qu'au grand poëte des petits enfants, Victor Hugo. C'est là sa note de prédilection : poëte toujours, père avant tout, c'est sa nature.

Sur *l'Idylle de la rue Plumet*, Lamartine s'exprime ainsi :

Ici, hélas! trop tard, commence pour moi le vrai poëme de cette œuvre, poëme souvent éloquent, souvent paradoxal, mais qui devient innocemment passionné et descriptif à la fin de ce quatrième volume. Nous ne connaissons rien de plus parfait et de plus réel dans aucune langue ancienne ou moderne. Il semble que les années de solitude ont apporté au poëte, dans son île, la seule note qui manquait à ses concerts avant cette heure, la note paisible, amoureuse, sympathique, celle qui fait rendre au cœur humain les vibrations les plus intimes, celle de Charlotte sous la main de Gœthe, celle de Bernardin de Saint-Pierre dans *Paul et Virginie*, celle de René dans Chateaubriand. Mais Gœthe a exagéré la note; Chateaubriand y mêle trop de lamentations mélancoliques; Bernardin de Saint-Pierre, quoique parfait et modeste, a été obligé d'aller chercher la source des larmes dans les îles de l'océan Indien, et d'emprunter leur émotion aux plus grandes tragédies de la nature : les tonnerres, les tempêtes, les naufrages, agents de ce drame qui n'avait eu jusqu'à lui aucun modèle dans l'antiquité. Victor Hugo, au contraire, n'a eu besoin que de son âme, d'ouvrir les yeux autour de lui, au milieu de nous, de décrire une maison déserte et un jardinet inculte dans un de nos faubourgs les plus reculés, et d'y placer deux êtres qui se sont entrevus, deux innocents, deux sauvages de la grande ville, Cosette et Marius; et, avec ces simples personnages, il a fait, en racontant leurs entrevues et leurs entretiens, le plus ravissant tableau d'amour qu'il ait jamais écrit.

Dans un quatrième entretien, Lamartine parle de la cinquième partie; il donne ses conclusions sur l'œuvre :

...On s'épouse. On reçoit les 730,000 francs de Valjean pour dot, on est heureux; mais Valjean, honnête homme un peu tard, finit par confesser tout bas à son gendre Marius qu'il n'est qu'un forçat et qu'il lui a fait épouser une aventurière. Il meurt ensuite dans son bouge de solitaire, et l'on est parfaitement heureux chez Marius.

Voilà toute l'histoire, mais ce n'est pas tout le livre. Si c'était vous ou moi qui eussions écrit cette histoire, on n'en dirait rien, ou bien on en dirait peu de chose.

Pourquoi?

Parce que cette histoire, avec ses situations bizarres et ses tiroirs plus longs que le bras, ne serait pas relevée par ce qui relève tout : la magie unique du style, la verve adolescente de l'écrivain, l'incroyable souplesse de ce génie infatigable qui va, de trapèze en trapèze, tantôt à cent pieds au-dessus de notre tête, tantôt à cent pieds au-dessous du pavé, sans donner un moment signe de lassitude, et nous entraînant toujours où il veut, même dans l'incroyable.

Mais c'est Hugo qui écrit : il y a plus, c'est Hugo qui pense; il y a plus encore, c'est Hugo qui songe.

Chez lui, le cauchemar même a du génie! Et de temps en temps, comme dans *l'Idylle de la rue Plumet*, c'est Hugo qui pense et qui aime; la rue Plumet est un Éden aussi délicieux que celui de Milton.

...Ce qui fait de ce livre un livre souvent dangereux pour le peuple, dont il aspire évidemment à être le code, c'est la partie dogmatique, c'est l'erreur de l'économiste à côté de la charité du philosophe; en un mot, c'est l'excès d'*idéal*, ou soi-disant tel, versé partout à plein bord, et versé à qui? à la misère immméritée et quelquefois très méritée des classes inférieures, négligées, oubliées, suspectes, souvent coupables, à la misère de la partie souffrante de la société; idéal faux, qui, en se présentant à ces misères déplorables, imméritées ou méritées, de l'humanité *manuellement* laborieuse, présente à ses yeux la société comme une marâtre sans entrailles, qu'il faut haïr et logiquement détruire de fond en comble pour faire place à la société de Dieu. Voilà le monstre (nous disons ce mot *monstre* dans son sens antique, c'est-à-dire prodige), voilà le livre que nous avons essayé d'analyser ici en le condamnant quelquefois et en l'admirant presque toujours. C'est le romantisme introduit dans la politique.

...Le livre est dangereux, parce que le

danger suprême en fait de sociabilité, l'excès séduisant l'idéal, le pervertit. Il passionne l'homme peu intelligent pour l'impossible : la plus terrible et la plus meurtrière des passions à donner aux masses, c'est la passion de l'impossible! Presque tout est impossible dans les aspirations des *Misérables,* et la première de ces impossibilités, c'est l'extinction de toutes nos misères.

... Il y a une puissance divine contre laquelle l'humanité, dans la personne de ses plus grands hommes, s'est insurgée dans tous les siècles, pour franchir aussi les limites prescrites à sa destinée mortelle par son Créateur, et qui, comme l'Océan, l'a toujours fait retomber en poussières et en écumes retentissantes dans son lit. Niez cette puissance, c'est la folie; reconnaissez-la en l'adorant, c'est la sagesse.

Cette puissance mystérieuse, invincible, souveraine, que les hommes refusent orgueilleusement d'avouer, voulez-vous que je la révèle à mon tour? Elle n'a qu'un nom, mystérieuse et sans réplique comme elle :

C'EST LA FORCE DES CHOSES.

Qu'est-ce que la force des choses?

C'est l'ensemble, c'est le composé de toutes les lois absolues dont le Créateur de ce pauvre *embryon de Dieu,* nommé l'homme, a formé sa courte et imparfaite créature, en la jetant, on ne sait pour quelle fin (châtiment, expiation, germination, mais, en tout cas, misère), sur ce petit globe misérable lui-même, composé d'un éclair de temps, d'un atome d'espace, d'un nombre infinitésimal de jours, d'un éclair de vie et d'une nuit de mort!

Voilà la FORCE DES CHOSES de notre organisation. Humanité, ton vrai nom est Misère !

Mais qu'on fasse espérer aux peuples, fanatisés d'espérances, le renversement à leur profit des inégalités organiques créées par la FORCE DES CHOSES... c'est là le sacrilège, c'est le drapeau rouge ou le drapeau noir de la philosophie sociale! Tout ce qu'il y a de raison, de bon sens, de lumière dans l'intelligence humaine doit se rallier et protester contre ces doctrines qui seraient le suicide de l'humanité.

On peut y pousser son siècle de deux manières : soit par la violence et par le levier de la loi agraire, comme Catilina à Rome et Babeuf à Paris; soit par l'excès des tendances égalitaires et par la magie séductrice d'un idéal plus beau que nature, comme Victor Hugo et les utopistes.

Malgré ses protestations sincères et courageuses contre toute coercition violente à ses fins, la seule magie de son éloquence, les seuls mirages de ses promesses, la seule séduction de ses songes dorés, font de son livre un livre malsain de fait. Il est trop beau pour être innocent. Il ne sait pas dire à la société humaine d'assez rudes vérités; il lui masque la face impassible de la FORCE DES CHOSES; il la soulève contre le fait accompli; il la flatte plus qu'il ne l'éclaire; il donne tort partout à la société contre la misère, contre la nécessité, contre le crime; il lui reproche ses impuissances.

... En résumé, *les Misérables* sont un sublime talent, une honnête intention, et un livre très dangereux de deux manières :

Non seulement parce qu'il fait trop craindre aux heureux, mais parce qu'il fait trop espérer aux malheureux.

Le Siècle.

E. LEGOUVÉ.

Quand on voit se produire dans son pays un fait à la fois glorieux et exemplaire, c'est, je crois, un devoir de le signaler. Louer le bien n'est pas moins utile que flétrir le mal.

Les Misérables sont certes un livre puissant, mais rien ne m'y a plus frappé peut-être que la date même qu'il porte : 1862, c'est-à-dire quarante-trois ans après la première publication de Victor Hugo. Aussi, au bout de quarante-trois ans de travaux, souvent de combats, au théâtre, à la tribune et dans la presse; après dix volumes de poésies, trois volumes de drames, six volumes d'œuvres romanesques ou philosophiques, après onze ans d'exil, cet infatigable lutteur se lève et jette au public, on peut dire à l'Europe, une œuvre qui dépasse en étendue, parfois même en profondeur d'analyse, toutes ses autres œuvres, et qui poursuit ce qu'il y a de plus difficile dans l'art, l'alliance d'une grande pensée sociale et d'une forte conception dramatique.

Je l'avoue, une telle puissance et une telle volonté de travail à soixante ans m'inspire un sentiment qui va jusqu'au respect.

Presse.

Paul DE SAINT-VICTOR.

Saint Jérôme parle, quelque part, d'un « discours casqué » : *sermo galeatus*. Il y a aussi du casque et de l'épée dans les livres de Victor Hugo ; la bataille s'engage naturellement autour d'eux. Leur épigraphe pourrait être ce chant de *Norma* : *Guerra! Guerra!* Le poète est si fort et si absolu, il éveille tant d'admirations et il attroupe tant d'hostilités, il est si impossible de rester devant lui dans l'indifférence, que ceux qui n'acceptent pas sa domination littéraire comme une royauté doivent la subir comme une tyrannie.

Si ses poésies et ses drames, qui ne soulevaient que des questions d'art, ont déchaîné des tempêtes, que devait faire cette vaste épopée des *Misérables* qui remue, retourne et fouille en tous sens les misères sociales, c'est-à-dire ce qu'il y a de plus irritable et de plus susceptible au monde ?

On a accusé, à la fois, le fond et la forme de l'œuvre, le choix du sujet et la violence de l'artiste.

Le premier grief est inadmissible.

De tous temps, les grands écrivains ont pansé et fait crier les plaies de leur siècle ; c'est leur privilège et c'est leur devoir.

Les tragédies réelles, comme celles du théâtre, doivent exciter la terreur, pour inspirer la pitié.

Une société n'est pas une femmelette : il est permis de lui faire mal aux nerfs, si c'est pour émouvoir sa conscience. Elle a le droit d'exiger de ses peintres l'impartialité, mais non la flatterie. L'Angleterre, qui n'est pas suspecte, permet à ses romanciers de lui montrer, toutes nues et toutes saignantes, les horreurs de son paupérisme. Elle ne rejette pas, avec colère, ces livres tragiques ; elle les étudie et elle en profite.

Quant à l'exécution des *Misérables,* elle est, sans doute, d'une beauté terrible et d'une incomparable énergie. Ce n'est pas à un tel peintre qu'il faut demander des tons amollis. La force est l'essence même de ce grand esprit ; il laisse à ce qu'il touche des marques profondes ; sa plume s'étale sur les choses, comme la griffe du lion sur le sable. Mais ce qui me frappe justement dans cet amoncellement de misères si hardiment exposées, c'est l'impartialité qui les domine, la sérénité qui y règne,

la puissante intelligence qui les observe, et qui sait, au besoin, absoudre la cause de l'effet.

Il y a un choix à faire dans la multitude d'idées qui remplissent ce livre. Il en est que, pour notre part, nous ne saurions accepter ; mais ce qui reste au-dessus de toute atteinte, en dehors de toute controverse, c'est la pureté de son intention, la hauteur de son point de vue, la modération de ses jugements, la bienveillance qui en est l'âme et qui le remplit de son rayonnement. Il exalte la compassion, il ne fait jamais appel à la haine ; il ne divise pas, il réconcilie ; il pardonne beaucoup, parce qu'il comprend tout. On sort de sa lecture attristé, mais non irrité. *Les Misérables* sont, avant tout, un livre de bonne volonté.

Ceci dit, on nous permettra de prendre notre point de vue dans le monument et de l'envisager surtout sous son aspect littéraire. D'autres discuteront les doctrines et les théories du penseur ; nous choisissons la meilleure part, celle d'admirer le grand poète, l'artiste prodigieux, le maître souverain, dont l'œuvre immense, si merveilleusement agrandie, sera une des gloires de cette grande époque.

... Victor Hugo, dans ses *Misérables,* renverse l'ordre de l'épopée du Dante : c'est par le Paradis qu'il commence ; il fait planer un ange sur l'abîme où il va descendre. L'Évêque disparaît, après avoir traversé le seuil du livre, mais il y laisse son esprit. Un homme, racheté par lui de la perdition, va le continuer dans le sacrifice : l'âme du saint entrera dans le corps du pécheur, et recommencera, avec lui, une autre existence.

Jean Valjean apparaît au livre suivant. Je ne sais, dans aucune littérature, de scène plus terrible que l'entrée du forçat libéré dans la ville de D... Cet homme, exténué, affamé, sordide, que l'auberge chasse, que le cabaret repousse, que l'enfant lapide, que le chien mord, que la ville vomit dans la campagne avec un dégoût indigné, et qui y rôde, par une nuit sans étoiles, la rage dans le cœur et le souffle aux dents, fait songer au Caïn biblique, errant, « fugitif et agité sur la terre ».

L'isolement subit que la proscription antique créait autour de ses condamnés, le cercle d'horreur dans lequel l'excommunication du moyen âge enfermait ses victimes, sont moins effrayants que cette damnation sociale où le mépris se mêle à l'effroi.

Mais ce que j'admire plus encore, ce sont les fouilles opérées par l'auteur dans cette nature sombre et grossière ; c'est cette psychologie d'un démon, qui a la rigueur et l'exactitude d'une autopsie scientifique. L'analyse à ce degré de puissance, et portée sur un sujet si obscur, rappelle ces regards magiques qui percent l'enveloppe du monde souterrain. On touche du doigt l'endurcissement progressif de l'âme du forçat ; on suit dans leur va-et-vient obstiné les idées lugubres qui tournent dans sa tête étroite ; on y voit le monde s'y réfléchir monstrueusement et confusément, comme dans ces eaux noires où les objets se renversent. Le poëte débrouille, en quelque sorte, ce cerveau sauvage, avec la sûreté de l'aruspice lisant dans les entrailles du taureau ou du loup.

... Ni le roman ni le drame n'ont créé de type plus parfait que ce mouchard dur et pur, rigide et borné, fanatique de l'autorité, ignorant de l'humanité, inaccessible à la pitié, à la sympathie, à toute notion de miséricorde et de circonstance atténuante, et qui comprend la police comme Dracon concevait la loi. On pourrait dire, tant sa composition est précise, que c'est une figure de géométrie. Tous les traits de son caractère se croisent avec la rigueur des angles d'un plan symétrique. On voit fonctionner, avec la régularité des rouages d'une horloge, les principes secs et brefs qui le font agir. En créant ce personnage, à la fois si rare et si vrai, Victor Hugo a dû ressentir la joie du chimiste trouvant un corps simple. On peut dire qu'avec Javert le musée humain s'est enrichi d'un type nouveau et impérissable.

Dans le *Courrier du dimanche*, M. Louis Ulbach a donné à son article la forme d'une lettre :

... Ce qui me frappe, ce qu'il faut constater dans cette première partie, c'est que votre œuvre a précisément cette haute impartialité sans laquelle les études sociales tournent en pamphlet, et l'art n'est plus qu'un instrument suspect de vengeance et de faiblesse.

L'écrivain médiocre crée des inégalités choquantes entre les différents héros qu'il met en mouvement pour avoir plus facilement raison de ceux-ci, et pour donner une victoire plus éclatante, plus théâtrale à ceux-là.

... Les grands artistes ne procèdent pas de cette façon ! Quelquefois, réservant la sentence, ils feignent de sortir de l'humanité pour la regarder de plus haut, et la laissent se débattre dans ses fureurs et dans ses folies, sans intervenir pour séparer les combattants.

... Tout homme a en lui plusieurs hommes : le juste est celui qui ne permet la tyrannie d'aucun d'eux. Le grand écrivain les connaît tous, et au besoin les démasque tous ; mais, soit qu'il s'émeuve, soit qu'il reste impassible, il ne calomnie aucune des parties, et il cherche le problème de l'harmonie, sans tricher avec aucune des difficultés.

Vous avez loyalement abordé la question des *Misérables*, cher maître. Voilà pourquoi votre œuvre est émouvante, sans qu'on ait à se repentir jamais d'avoir cédé à l'émotion et sans que le cœur entraîne jamais la raison dans un piège. Voilà pourquoi aussi ce poème lamentable est une œuvre sociale, sans être précisément une œuvre de socialiste, en prenant ce mot dans l'acception vulgaire donnée par les partis.

Fantine trompée, outragée dans son amour, est déchue complètement ; la misère la dégrade ; elle s'avilit, elle s'enlaidit, au moral comme au physique, par une loi du cœur en même temps que par une nécessité sociale ; et si la tendresse maternelle, si la reconnaissance met des lueurs idéales dans ses yeux prêts à s'éteindre, cette réverbération de la lumière cachée au fond de son âme ne la transfigure ni en une sainte ni en une martyre. C'est une pauvre fille, perdue comme tant d'autres, sans exagération de vices, sans fausse théorie de l'honneur et du devoir. Elle est perdue par la corruption, par la misère. Le tableau est vrai ; et pourtant cette vérité banale, usuelle, emprunte à son exactitude une grandeur qui rend cette triste héroïne intéressante.

... Eh bien, cette sobriété d'effets, cette inflexibilité envers Fantine n'ôte rien à la douleur que sa chute nous inspire ; bien au contraire, nous la plaignons davantage, puisqu'elle ne se rachètera pas, et nous plaignons avec elle, sans effort sentimental, toutes celles que l'amour foule, laisse tomber, comme Fantine, dans la misère et dans la dégradation.

Votre agent de police est peut-être le premier, dans les romans, qui soit un honnête homme à sa manière. Préoccupé du devoir et de la nécessité de mettre des soldats loyaux au poste que vous assignez à chacune des forces sociales, vous rendez la lutte de cet espion et de Valjean plus redoutable et plus belle, en n'empruntant d'autres armes que la conscience. Dans une thèse comme celle que vous soutenez, voulant peser l'écrasant fardeau que la société fait porter à ceux qu'elle punit, la disproportion choquante entre les torts individuels et la répression exercée au nom de tous, une exception n'eût rien prouvé, et des types bizarres eussent mis le public en défiance. C'est une idée simple, logique, et pourtant d'un art profond, d'avoir pris des caractères généraux, complets. Ce Javert, s'il eût été un plat coquin, eût obéi brutalement, niaisement à la perversité de sa nature, et n'eût éveillé l'intérêt que sur sa victime; mais vous avez compris que tous les instruments humains doivent émouvoir l'humanité, qu'on doit sentir vibrer une fibre dans toutes les poitrines, et que l'espion, pour être réellement formidable, devait être l'instrument sincère, honnête, d'une force indépendante de son caprice.

... Quant à Jean Valjean, si grand, si fort; quant à cet héritier de monseigneur Bienvenu, qui a pour ainsi dire reçu l'âme de ce saint homme, et qui représente, dans le prolétariat émancipé par le travail et l'instruction, cette charité intelligente et ardente que le prêtre extatique symbolisait seul avant la Révolution, on serait tenté de l'admirer, sans le comprendre tout à fait, sans l'admettre aussi absolument irréprochable, si, par un admirable procédé, qui fait de la seconde partie du second volume la plus lumineuse et la plus profonde portion de votre œuvre jusqu'ici, vous n'indiquiez précisément les faiblesses humaines de ce héros surhumain, au moment où il va dépasser notre horizon.

Les héros tout d'une pièce sont des monstres. Puisque la vertu, c'est le combat, Jean Valjean ne mériterait pas d'être appelé un *juste* s'il se levait sans hésiter, s'il descendait, sans pâlir, du haut de sa fortune et de son bonheur mélancolique pour reprendre cette livrée du bagne, cette lèpre impérissable qui reparaîtra toujours aux heures les plus riantes de sa prospérité et de sa santé morale. Mais cette marche automatique, scandée par des soubresauts de l'esprit qui se révolte et qui

proteste, mais ce voyage de Valjean qui veut arriver au but, au martyre, et qui espère tout bas que le ciel le prendra en pitié, et qu'il sera délivré avant l'heure du calice, voilà l'acte vraiment humain, voilà le stoïcisme dans toute sa virilité, en dehors des catalepsies suggérées par la foi, par l'extase.

Diogène.

Albert GLATIGNY.

... Bien des schismes se sont déclarés dans l'église romantique de 1830. On a combattu pour l'un contre l'autre; beaucoup de camps sont en présence; les uns s'en vont vers le nord, d'autres vont chercher le midi, mais vienne à paraître un livre nouveau de Victor Hugo et, partout, les différends s'apaisent, les ennemis sont réconciliés dans la commune admiration. Et, malgré l'indifférence, malgré la haine acharnée, la poésie demeure victorieuse, parce que celui qui la représente, le chef, le maître est là au milieu de nous, pareil à son Barberousse, autour de qui se groupent en faisceau les guerriers épars, soutiens de l'Allemagne.

Jamais cette admiration pour ainsi dire religieuse ne s'était manifestée comme à présent. La preuve en est dans la réprobation et l'étonnement avec lesquels on a accueilli les deux ou trois critiques essayées contre *les Misérables.* Dans l'une d'elles n'allait-on pas reprocher à Victor Hugo de n'avoir pas imité Mürger? Que répondre à de pareilles choses? C'est la première fois, je crois, que l'on s'avise de faire un tel rapprochement, et le pauvre et doux conteur des amours de Mimi en eût bien été surpris. Dans cet article, soyons juste, on a reconnu que Victor Hugo était *peut-être* le premier poète de France, depuis la mort d'Alfred de Musset. Il est vrai que l'on sait à quoi s'en tenir sur la valeur des opinions littéraires du journal où ces bêtises ont été imprimées. Son rédacteur en chef annonçait, la semaine dernière, qu'il était parfaitement résolu de suivre, comme directeur de journal, les traces de M. Marc Fournier comme directeur de théâtre et qu'il préférait beaucoup *le Pied d; Mouton* aux meilleurs poèmes.

Il peut sembler au moins puéril de me voir ainsi essayer de défendre Victor Hugo.

Ce bouclier d'un nain placé devant un colosse ne sert pas à grand chose. La puissance des *Misérables* est assez grande pour protéger elle-même le livre. Mais tant que réunis sous une même bannière, qui est celle du beau et du juste, les soldats de la presse tendront vers un même but, aucun de leurs efforts ne sera dérisoire. Dût son coup de fusil être tiré derrière un buisson et loin de l'endroit où l'on se bat, le dernier tirailleur fera bien de faire usage de ses armes. Voilà pourquoi, même en ce petit journal, habitué à ne tenir que de frivoles propos, moi dont la voix n'est pas écoutée et ne le sera peut-être jamais, je crois de mon devoir de protester contre les clameurs des uns et le silence des autres.

Analyser *les Misérables,* je n'y songe pas. Une fois que d'eux on a dit : c'est beau ! on n'a pas assez dit encore. Il est des œuvres qu'il est impossible de raconter et de glorifier, tant elles nous dépassent. Je ne comprends un article bien fait sur un tel livre, qu'à la condition d'être écrit par Victor Hugo lui-même. Malgré leur divine harmonie, *les Misérables* dépassent la portée de l'œil. Il en est d'eux, comme de ces montagnes qui vous écrasent et vous anéantissent par leur effrayante grandeur ; devant elles, on tremble, on a peur et on s'agenouille.

... Une immense bonté tombait du firmament...

dit *la Légende des Siècles.* Rien ne me paraît mieux rendre l'effet produit sur ceux qui sentent, qui admirent et qui attendent ce vers. De chaque page, de chaque ligne, la même bonté, la même joie, s'épanchent avec une égale splendeur. C'est le flamboiement du soleil à midi alors qu'il est au plus haut du ciel, qu'il ne décline pas, qu'il lui est impossible d'aller plus loin. Tant pis pour les aveugles volontaires cachés dans la cave à cette heure, ils ne l'auront pas vu et ce ne seront pas les clairvoyants qui en seront punis.

Le mouvement en faveur
des Misérables.

Mario PROTH.

... Selon l'expression consacrée, ce livre passera à la postérité, parce que, s'il résume dans son émouvant récit les souffrances et les erreurs du présent, il formule aussi les promesses et les aspirations de l'avenir. Il peint un siècle, il en prépare un autre. Il est histoire, mais il est prophétie. Tous les problèmes où se heurte notre mouvement y sont agités ou provoqués ; et sur tous ces problèmes plane le grand axiome, celui que savent les poètes et que les économistes oublient : la loi d'amour ! Elle se détache naïve et lumineuse de cette œuvre, et par-dessus les barricades de l'an 1832, on voit se chercher pour s'étreindre les frères de l'an deux mille.

Qu'il s'agisse de la forme ou de la pensée, *les Misérables* ont tous les caractères de la durée. Cette forme si puissante et si large, si mobile et si variée, n'a jamais été si maîtresse d'elle-même ; elle a atteint cette tranquillité majestueuse qui coule les œuvres en bronze, pour la postérité.

... Ce livre-là, *les Misérables,* est actuel, car il est éternel.

... Et puisque *les Misérables* ont jeté de la lumière dans notre nuit, de la vie dans notre désert, de l'émulation dans nos âmes et de l'espoir dans notre avenir, *les Misérables* sont un bienfait, *les Misérables* sont une belle et bonne action.

... Certains personnages de Victor Hugo dépassent la taille ordinaire, soit. Si l'on y tient trop, je l'admets. Or, qu'est-ce que cela prouve ? Ce sont des mythes, oui ; ce sont des synthèses, oui encore. S'il ne leur reste plus qu'un pas à franchir pour entrer de la réalité dans la légende, tant mieux, nous le leur laisserons faire. Il importe que, dans cette œuvre synthétique, ils soient des synthèses. Ils symbolisent toute une classe, ou toute une souffrance, ou tout un courant de la société, un monde dans un monde, et l'on va leur marquer un étiage !

Claquesous, Gueulemer, Montparnasse, Thénardier lui-même, sont des figures admirablement observées et dramatiquement campées ; mais elles ne dépassent pas la grandeur ordinaire.

Victor Hugo a bien fait, les faisant ainsi ; car les bandits ne sont, après tout, que des bêtes extraordinaires, des loups ou des renards perfectionnés qui auraient quelque métamorphose à subir pour devenir des hommes, même vulgaires.

Mais qui donc aurait le courage de chicaner sur le réalisme des proportions de ces deux êtres, Jean Valjean et Javert ?

Jean Valjean personnifie et résume en lui toutes les angoisses et toutes les luttes, toutes les résignations, toutes les humilités, tous les courages. Quand il a lutté contre lui-même, quand il a terrassé dans son âme le génie du mal, effacé de sa colère dix-neuf ans de bagne immérités, quand il a étouffé sous sa poitrine le démon de la vengeance presque juste, quand enfin il s'est vaincu, transfiguré, il lui reste à lutter contre l'univers entier. Combat inégal de l'insecte contre le roc, de l'individu contre la masse.

... Javert, le formidable adversaire de Jean Valjean, son garde-chiourme, son cauchemar, sa fatalité, est peut-être la création la plus originale et la plus profonde de l'œuvre entier. Comme Jean Valjean, Javert est courageux, sobre, probe; il a résisté à plus d'une tentation. Comme Jean Valjean, il a vécu au milieu des émanations du crime et de la corruption; plus heureux que sa victime, il est toujours demeuré Javert l'honnête homme. Et cependant, si la société qui se jette dans ses bras au jour du danger ne le méprise point à l'égal de Valjean, elle ne l'honore guère... Paradoxe vivant, Javert enfin, c'est la justice injuste, et le camp sera bien gardé par ce terrible surveillant qui n'admet point que le plus petit crime puisse jamais devenir une grande vertu.

... Donc, nous admirons Victor Hugo parce qu'il est une des plus éclatantes expressions de la volonté individuelle, et parce qu'il jette des éclairs dans notre propre voie; mais dans notre obscurité, notre forme et notre pensée demeureront toujours indépendantes de tout écrivain passé, présent ou futur. Une fois les Misérables lus, étudiés, salués, nous marchons de notre côté, et nous nous séparons de Victor Hugo sur plus d'un point, sur deux surtout dont l'importance ne peut échapper à personne. Le premier c'est l'admiration indulgente du poète pour le vainqueur d'Austerlitz; le second, c'est l'idée religieuse.

Un dernier mot encore, et nous terminons. Si l'enthousiasme exagéré est un écueil, la fausse pudeur de l'enthousiasme en est un autre, et le scepticisme par respect humain, une faiblesse. Il faut avoir l'entêtement de son approbation, comme d'autres ont la franchise de l'opposition. Applaudir n'est pas plus ridicule que siffler. De tous temps, les amis ou les défenseurs d'un homme illustre ont encouru le reproche d'impersonnalité et d'imitation : cela est arrivé, notamment à certains amis de Hugo, qui se contentent pour toute réponse d'être des esprits fort indépendants et des écrivains très originaux; cela arrivera à tous les jeunes gens qui accuseront franchement leur sympathie pour l'œuvre nouvelle. Ils passeront pour les séides du poète, pour ses janissaires, et je ne sais quoi encore, voire même pour les séides de ses séides. Qu'importe ! toutes les opinions sont libres, toutes les plaisanteries sont bonnes et mauvaises. Qu'ils fassent comme le poète lui-même, qu'ils marchent et qu'ils créent eux aussi, et qu'ils méditent simplement ceci : Voilà un livre qui provoque à lui seul tant de bruit. Qu'est-ce donc qui le distingue de tant d'autres pour lesquels l'amitié ou le dévouement ne peuvent faire que de la réclame ?

Donnons, pour finir, quelques vers d'un ami de la première heure, resté fidèle au chef de l'école romantique et qui, après avoir applaudi au succès des premières *Odes*, envoyait, quarante-cinq ans plus tard, l'hommage de son admiration à l'auteur des *Misérables* :

A VICTOR HUGO.

Les Misérables sont une vaste épopée
Et de sang et de boue et de larmes trempée,
Où tout est grand, profond, de splendeur revêtu,
Et le malheur plus saint encor que la vertu !
L'évêque Myriel, apostolique image
Respirant la candeur et la foi d'un autre âge,
Le vieux Mabeuf sentant tressaillir tous ses os,
Ne voulant que mourir et mourant en héros !
Au sommet, Jean Valjean, cet homme-conscience
Dont l'amour du devoir est toute la science,
Éponine, blessée à mort, et sous le feu
Faisant à Marius le tendre et simple aveu,
Tournant vers ce front pur sa mourante prunelle
Et lavant de son sang la fange paternelle ;
Marius et Cosette, adorables enfants,
Après tant de misère, à la fin triomphants,
Par la main de l'amour, dans la mêlée humaine
Un instant détachés de la lugubre chaîne,
Et le poète, auteur de ce monde nouveau,
Reflétant la lueur du sublime flambeau
De la création sur son ardente face,
Du haut de son rocher, le lançant dans l'espace !

Antoni DESCHAMPS.

Passy, juillet 1862.

III

NOTICE BIBLIOGRAPHIQUE.

Les Misérables. — Paris, Pagnerre, libraire-éditeur, rue de Seine, n° 18 (imprimerie J. Claye), 1862, 10 volumes in-8°. Édition originale, publiée à 6 francs le volume.

Les Misérables. — A. Lacroix, Verboeckhoven et Cie, éditeurs, à Bruxelles et Leipzig, 1862. Édition conforme à l'édition française et publiée en même temps.

Les Misérables. — Paris, Pagnerre, libraire-éditeur, rue de Seine, n° 18, A. Lacroix, Verboeckhoven et Cie, Bruxelles et Leipzig (imprimerie J. Claye), 1863, 10 volumes in-18, 3 fr. 50 le volume.

Les Misérables. — Illustrations de Brion. Paris, J. Hetzel et A. Lacroix, éditeurs, rue Jacob, n° 18 (imprimerie Bonaventure et Ducessois), 1865, grand in-8°. Première édition illustrée parue en 100 livraisons à 10 centimes.

Les Misérables. — Paris, édition collective Eugène Hugues, éditeur (imprimerie J. Claye), 1879-1882, grand in-8°. Illustrations d'Eugène Delacroix, Lix, Émile Bayard, G. Brion, Daniel Vierge, de Neuville, Jean-Paul Laurens, etc. Parue en 233 livraisons à 10 centimes, 24 francs l'ouvrage complet.

Les Misérables. — Édition définitive, Paris, J. Hetzel et Cie, rue Jacob, n° 18, A. Quantin,

rue Saint-Benoît, n° 7 (imprimerie A. Quantin), 1881, 5 volumes in-8°, 7 fr. 50 le volume.

Les Misérables. — Petite édition définitive, Hetzel-Quantin, 8 volumes in-16, s. d., à 2 francs le volume.

Les Misérables. — Édition nationale, Paris, Émile Testard, éditeur, rue de Condé, n° 10 (typographie G. Chamerot), 25 compositions hors texte, par G. Jeanniot, 1890-1891, 5 volumes in-4°, 30 francs le volume.

Les Misérables. — Paris, Hachette et Cie, boulevard Saint-Germain, n° 79 (typographie Charles Lahure), 1875, édition collective, 5 volumes in-16, 3 fr. 50 le volume.

Les Misérables. — Œuvres de Victor Hugo. Paris, A. Lemerre, passage Choiseul, n° 23, 1899, 5 volumes, petit in-12, 6 francs le volume.

Les Misérables. — Édition à 25 centimes le volume. Paris, Jules Rouff et Cie, 30 volumes in-32.

Les Misérables. — Édition de l'Imprimerie nationale. Paris, Paul Ollendorff, chaussée d'Antin, n° 50, 1908-1909, 4 volumes grand in-8°.

IV

NOTICE ICONOGRAPHIQUE.

1862. Album contenant un portrait de Victor Hugo, par Radoux, et vingt-cinq compositions de G. Brion.
Mgr *Bienvenu.* — *Le vieux conventionnel.* — *Jean Valjean.* — *Fantine.* — *La porte de l'auberge des Thénardier.* — *M. Madeleine.* — *Javert.* — *Sœur*

Simplice. — *Les Thénardier.* — *L'Alouette.* — *Le soir de Waterloo.* — *Entre quatre planches.* — *Gillenormand.* - *- Mort du colonel Pontmercy.* — *Marius.* — *Jean Valjean et Cosette.* — *Éponine.* — *Gavroche.* — *M. Mabeuf.* — *L'éléphant de la Bastille.* — *La fin d'Éponine.*

— *Jean Valjean se venge.* — *Sortie du cloaque.* — *L'aïeul et le petit-fils.* — *Mort de Jean Valjean.*

1862. Album contenant vingt compositions de Castelli et d'Alphonse de Neuville, gravées sur acier par Outhwaite : *Jean Valjean au bagne.* — *Le vol de l'argenterie.* — *Fantine.* — *Arrestation de Fantine.* — *Waterloo.* — *Enlèvement de Cosette.* — *Javert sur les traces de Jean Valjean.* — *Fauchelevent ouvrant le cercueil.* — *Marius au cimetière.* — *Éponine chez Marius.* — *Jean Valjean chez Thénardier.* — *Gavroche.* — *Montparnasse à la chasse.* — *Les amis de l'ABC.* — *Évasion de Thénardier.* — *Mort d'Éponine.* — *Jean Valjean et Marius dans l'égout.* — *La berge de la Seine.* — *Marius confond Thénardier.* — *Mort de Jean Valjean.*

1865. Édition Hetzel. Deux cents illustrations de G. Brion, gravées par Yon et Perrichon.

1879. Édition Hugues. Illustrations de Jean-Paul Laurens, Eugène Delacroix, G. Brion, A. de Neuville, Daniel Vierge, Lix, etc. Soixante-seize compositions hors texte, un dessin de Victor Hugo. Nombreuses illustrations dans le texte.

1883. LE LIVRE D'OR DE VICTOR HUGO. — Paris, E. Launette, direction de M. Émile Blémont. Quatre compositions (photogravure Goupil) : *Cambronne à Waterloo* (Armand Dumarescq). — *Cosette dans le bois* (P. Kaufmann). — *Le départ de Montfermeil* (Maurice Leloir). — *La tombe de Jean Valjean* (Maurice Baudoin).

1886. Édition Hébert. Dix compositions de François Flameng, gravées par L. Flameng, R. de Los Rios, H. Lefort, L. Lucas, J. Massard : *L'évêque endormi.* — *Fantine aux genoux de M. Madeleine.* — *Cosette regardant la poupée à l'étalage.* — *Jean Valjean et Fauchelevent enterrant la bière vide.* — *Cosette, Jean Valjean et Marius*

au Luxembourg. — *Jean Valjean se brûlant le bras.* — *Cosette lisant la lettre de Marius.* — *Colle-toi ça dans le fusil.* — *La mort de Gavroche.* — *La mort de Javert.*

1890-1891. Édition nationale Testard. Cinq volumes in-4°, vingt-cinq compositions hors texte de G. Jeanniot :

Tome I : *Un juste* [Mort du conventionnel]. — *Ce qu'il fait* [Jean Valjean dans la chambre de l'évêque]. — *Le père Fauchelevent* [Sauvetage de Fauchelevent]. — *Le désœuvrement de M. Bamatabois* [Arrestation de Fantine]. — *L'autorité reprend ses droits* [Mort de Fantine]. Gravées à l'eau-forte par Ch. Courtry, Alfred Boilot.

Tome II : *L'inattendu* [Le chemin creux d'Ohain]. — *La petite toute seule* [Cosette et Jean Valjean dans le bois]. — *Qui cherche le mieux peut trouver le pire* [Cosette, Jean Valjean et Thénardier]. — *Distractions* [Madame Albertine]. — *Fauchelevent et le fossoyeur.* Gravées par A. Mongin, Cl. Faivre, L. Muller.

Tome III : *Le grand bourgeois.* — *Fin d'un brigand.* — *Commencement d'une grande maladie.* — *Une rose dans la misère* [Éponine chez Marius]. — *Le guet-apens.* Gravées par L. Muller.

Tome IV : *Apparition au père Mabeuf.* — *La cadène* [Cosette et Jean Valjean]. — *Cab roule en anglais* [Éponine et les bandits]. — *Recrues.* — *Mort d'Éponine.* Gravées par L. Muller, Dumoulin, Cl. Faivre.

Tome V : *Gavroche dehors* [Mort de Gavroche]. — *Oreste à jeun et Pylade ivre* [Mort de Grantaire et d'Enjolras]. — *Marius fait l'effet d'être mort...* [La sortie de l'égout]. — *Le septième cercle et le huitième ciel* [Cosette entrant chez Marius]. — *Mort de Jean Valjean.* Gravées par L. Muller et Cl. Faivre.

1903. *Fantine.* Peinture d'Eugène Carrière. Maison de Victor Hugo.

Cosette et Jean Valjean dans le bois de Montfermeil, Grisaille de Geoffroy. Maison de Victor Hugo.

1903. *Je suis Jean Valjean,* peinture d'A. Dewambez. Maison de Victor Hugo.

Cosette enfant, dessin d'Émile Bayard. Maison de Victor Hugo.

1904. *Gavroche à la barricade,* peinture de Willette. Maison de Victor Hugo.

SALONS.

1865. BELLANGÉ (J.-L.-H.) [peinture].
Les cuirassiers à Waterloo. Passage du chemin creux.

18... SINNER [peinture].
Jean Valjean.

1870. DESBROSSES (Léopold) [gravure].
Waterloo. Épisode du chemin creux d'Ohain.

1878. LECORNEY [terre cuite].
Cosette portant son seau.

1879. BONIFACE (Mlle Irma) [peinture].
Jean Valjean.

1881. HUTIN (Charles) [peinture].
Le vol de Jean Valjean.

1882. CHAPERON (Eugène) [peinture].
Waterloo. Épisode de la ferme de Hougomont.

1882. GUAY (Gabriel) [peinture].
Cosette.

1883. BOTTÉE (Louis-Alexandre) [sculpture].
Cosette, statuette de plâtre.

1883. MOREAU-VAUTHIER (Augustin-Jean) [sculpture].
Gavroche, statuette de plâtre.

1885. BOUILLON (Léon) [peinture].
Cosette.

1886. LUCAS (Louis) [gravure eau-forte].
Marius et Cosette au Luxembourg.

1887. DUBOIS (Fernand) [sculpture].
Jean Valjean, statuette de plâtre.

1888. BRICOUX (Charles-Jules) [peinture].
Cosette.

1888. VIBERT (Alexandre) [sculpture].
La mort de Gavroche, statue plâtre.

1889. GUARDIA (Mlle Marguerite) [dessin fusain].
Cosette.

1890. POMPON (François) [sculpture].
Cosette, statue de bronze.

1891. ROUFFET (J.) [peinture].
Waterloo. — La fin de l'épopée.

1892. CAZIN (Jean-Charles) [peinture].
M.-sur-M.

1895. LÉTOURNEAU (Louis-Alexis) [peinture].
18 juin 1815. «C'était Napoléon... immense somnambule de ce rêve écroulé.»

1898. BALESTRIERI (Lionello) [dessin].
«Les vivants voient l'infini; le définitif ne se laisse voir qu'aux morts.»

1898. POMPON (François) [sculpture].
Cosette, statue de marbre.

1901. LECOMTE DU NOUY (Jean) [sculpture].
Pour la liberté. La mort de Gavroche, statue marbre.

1902. CHAPERON (Eugène) [peinture].
Waterloo. — Derniers trophées.

1902. FIZELIÈRE-RITTI (Mme Marthe DE LA) [sculpture].
Cosette, statue de plâtre.

1902. BRUNO (François) [gravure en médaille].
Victor Hugo et «les Misérables», sculpture incisée sur pierres fines.

1903. MORIA (Mlle Blanche-Adèle) [sculpture].
Gavroche, statuette de marbre.

1903. WHITE (Mlle H. Mabel) [sculpture].
Jean Valjean, médaillon d'étain.

1903. CAROLUS-DURAN (Émile-Auguste) [peinture].
Gavroche.

1903. HIGGINS (Eugène) [peinture].
Encore une Fantine.

1903. INJALBERT (Antonin) [sculpture].
Gavroche, buste bronze.

1904. CHAPERON (Eugène) [peinture].
La chute de l'aigle. — Waterloo. — 18 juin 1815.

1905. WILLETTE (Léon-Adolphe) [peinture].
La mort de Gavroche.

1905. BERTHOUD (Paul-François) [sculpture].
Gavroche, terre cuite.

1906. WHITE (Mlle H. Mabel) [sculpture].
Jean Valjean, buste de plâtre.

1908. DECORCHEMONT (François) [pastel].
Cosette.

ILLUSTRATION DES ŒUVRES

REPRODUCTIONS ET DOCUMENTS

MISERIA

DESSIN DE VICTOR HUGO. — MAISON DE VICTOR HUGO.

IMPRIMERIE NATIONALE.

THÉNARDIER. DESSIN DE VICTOR HUGO.

MAISON DE VICTOR HUGO.

25.

LA GUERRE ENTRE QUATRE MURS. COMPOSITION D'EUGÈNE DELACROIX.
EDITION HUGUES.

389

GAVROCHE. COMPOSITION DE G. BRION.
ÉDITION HETZEL.

JEAN VALJEAN SE VENGE. COMPOSITION DE G. BRION.
ÉDITION HETZEL.

Dans l'égout. Composition d'Alphonse de Neuville.
Édition Hugues.

SUR *LA BERGE*. COMPOSITION DE G. BRION.
ÉDITION HETZEL.

LA NOCE DANS LA BARRICADE. COMPOSITION DE LIX.
ÉDITION HUGUES.

L𝐴 MORT DE J𝐸AN V𝐴LJEAN. COMPOSITION D'ALPHONSE DE NEUVILLE.
ÉDITION HUGUES.

IMPRIMERIE NATIONALE.

CONSTANT COQUELIN, RÔLE DE JEAN VALJEAN. CRAYON DE CAZIN.

DUMAINE RÔLE DE M. MADELEINE. PHOTOGRAPHIE DE CARJAT.

XIX

novembre 1861

L'agonie de la barricade allait
commencer.

Tout concourait à la majesté
tragique de cette minute suprême ;
mille fracas mystérieux dans l'air, le souffle
des masses armées mises en mouve-
ment dans des rues qu'on ne voyait
pas, le galop intermittent de la
cavalerie, le lourd ébranlement
des artilleries en marche, les feux
de peloton et les canonnades se
croisant dans le dédale de Paris,
les fumées de la bataille montant
au dessus des toits, on ne sait quels
cris lointains vaguement terribles,
des éclairs de menace partout, le
tocsin de Saint Merry qui maintenant avait l'accent du Sanglot,
la douceur de la saison, la splendeur
du ciel plein de soleil et de nuages,
la beauté du jour et l'épouvantable
silence des maisons.

FAC-SIMILÉ DU MANUSCRIT. CINQUIÈME PARTIE. (VOIR PAGE 71.)

Seulement, voilà de cela bien
des années déjà, une main y a écrit
au crayon ~~——————~~
~~——————~~ ces quatre vers qui sont
devenus peu à peu illisibles sous la
pluie et la poussière, et qui ~~sont~~ (probablement)
aujourd'hui effacés :

~~——————~~
~~——————~~
~~——————~~
~~——————~~

Il dort. Quoique le sort fût pour lui bien étrange,
il l'aimait. Il mourut quand il n'eut plus son ange;
la chose simplement d'elle-même arriva,
comme la nuit se fait lorsque le jour s'en va.

fin.

Mont St-Jean. 30 juin 1861. 8 h. ½ du matin

(aujourd'hui. 30 juin apparition à 8 h. du matin
d'une comète. elle est immense.
la queue a dix sept millions de lieues.)

TABLE.

IMPRIMERIE NATIONALE.

NOTES DE CETTE ÉDITION.

    Miseria, dessin de Victor Hugo. — *Thénardier*, dessin de Victor Hugo.
    — *La guerre entre quatre murs* (Eugène Delacroix). — *Gavroche*
    (G. Brion). — *Jean Valjean se venge* (G. Brion). — *Dans l'égout*
    (Alphonse de Neuville). — *Sur la berge* (G. Brion). — *La noce dans*
    la barricade (Lix). — *La mort de Jean Valjean* (Alphonse de Neu-
    ville). — *Constant Coquelin*, rôle de Jean Valjean (Cazin). — *Du-*
    maine, rôle de M. Madeleine (photographie de Carjat).
    Deux fac-similés du manuscrit, Cinquième partie. — Fac-similé d'une
    page de corrections.

ACHEVÉ D'IMPRIMER

PAR L'IMPRIMERIE NATIONALE

POUR

LA SOCIÉTÉ D'ÉDITIONS LITTÉRAIRES ET ARTISTIQUES
&
LIBRAIRIE PAUL OLLENDORFF

LE 15 JUIN 1909

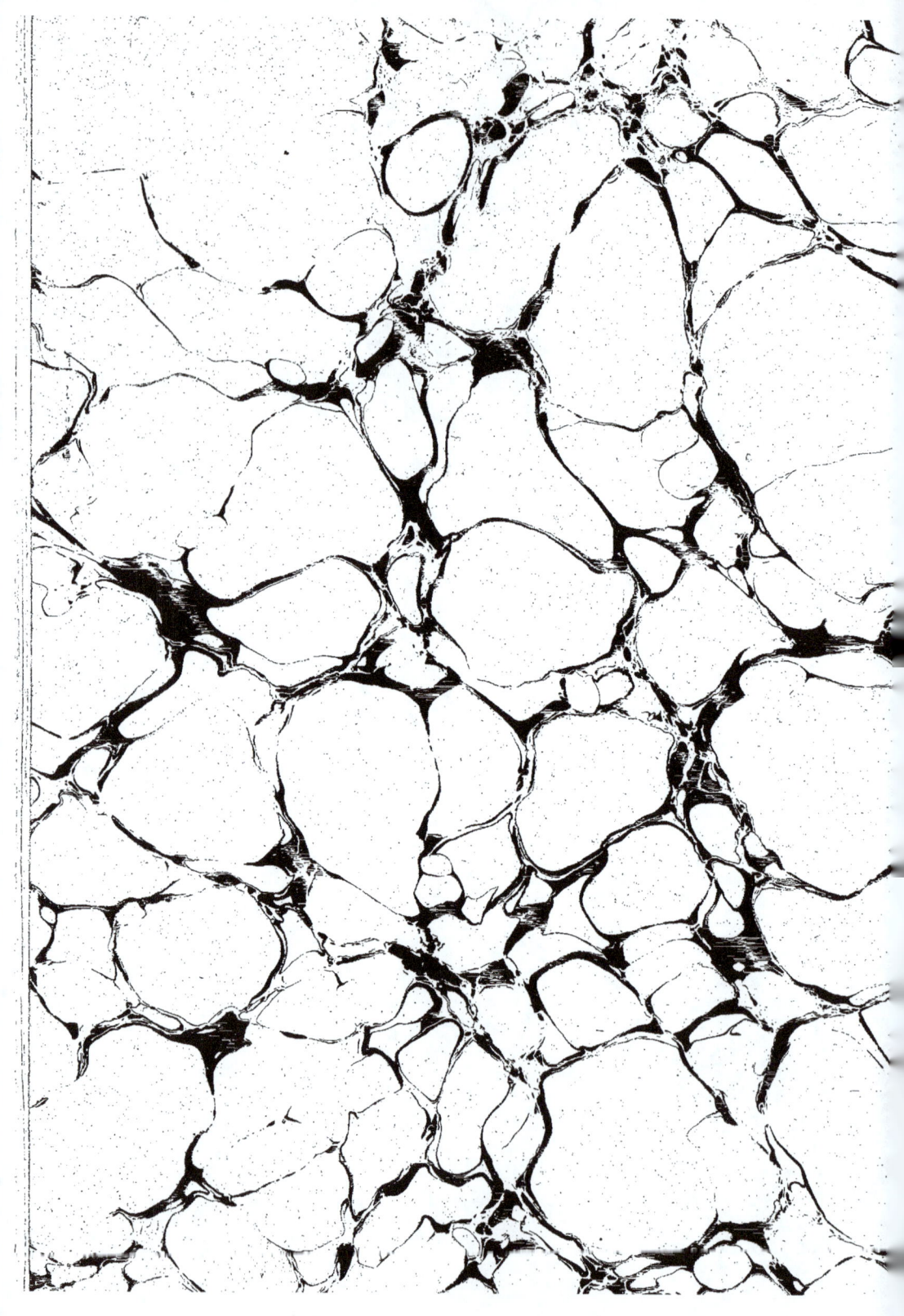

www.ingramcontent.com/pod-product-compliance
Lightning Source LLC
Chambersburg PA
CBHW070544030726
47505CB00001B/154